UN PARADIS D'ENFER

David Marusek

UN PARADIS D'ENFER

Roman

Traduit de l'anglais (Etats-Unis) par Thierry Arson

PRESSES DE LA CITÉ

Titre original : *Counting Heads*

ISBN 978-2-258-07253-4

Mon père, louée soit sa sensibilité, « assainissait » les livres à l'aide d'un marqueur noir avant de les adjoindre à sa bibliothèque. Il éliminait de façon radicale tout mot de nature choquante. Je le crains, mon premier roman n'aurait pu figurer là dans son intégralité. Quoi qu'il en soit, je dédie cet ouvrage à sa mémoire :

Henry Paul Marusak
Inventeur

PREMIÈRE PARTIE

Nous étions fous de joie

1

Le 30 mars 2092, le Département de la Santé et des Services humains nous remit nos permis, à Eleanor et moi. Le sous-secrétaire à la Division de la population vint nous féliciter, comme c'est l'usage. Nous fûmes abasourdis par une telle chance. Le sous-secrétaire nous dit d'entrer en contact avec l'Orphelinat national. Il y avait un bébé en attente à Jersey avec notre nom sur les documents d'identification. Nous étions fous de joie.

Eleanor et moi étions alors ensemble depuis un an. Nous nous étions rencontrés lors d'une soirée dans Higher Soho, à laquelle je m'étais rendu en chair et en os. Un ami s'était exclamé en me voyant :

— Sammy Harger, c'est réellement toi ? Quelle chance ! Il y a là une femme qui aimerait faire ta connaissance.

Je le remerciai, mais déclinai l'offre. Je n'étais pas d'humeur. Je n'aurais même pas pu dire pourquoi j'avais répondu à cette invitation. Je me remettais péniblement d'une semaine entière de création dans mon studio de Chicago. A l'époque, j'avais pris l'habitude de me cadenasser chez moi et de m'immerger dans l'univers accaparant de la création d'emballages. C'était là ce pour quoi j'étais vraiment fait, sur le plan créatif, et je pouvais perdre toute notion de temps, jusqu'à ne plus dormir ni manger. Henry savait comment gérer les appels que je recevais. Il était mon valet de ceinture et mon assistant technique, et lui seul me secondait. J'étais capable de passer trois ou quatre jours dans cet état, à moins que l'inspiration ne m'aiguille sur un autre concept assez novateur pour me valoir un prix.

Ma dernière crise du genre avait duré une semaine, sans rien donner, pas même un projet de troisième ordre, et j'étais un peu déprimé. Alors que je me concentrais sur le buffet pour remplir mon assiette, j'entendis mon ami, tenace, dire :

— Et le voilà ! Eleanor Starke, je vous présente le célèbre Samson Harger. Sam. El.

Une femme séduisante se tenait immobile sur un tapis berbère dans une autre pièce et sirotait du café dans une tasse en porcelaine d'apparence fragile. Elle me salua d'un geste très holo. Je lui répondis de même, tout en remarquant mes ongles sales. J'avais les cheveux en broussaille, je n'étais pas rasé ; je sortais tout juste de ma caverne. Mais la femme décida de ne pas remarquer ces détails.

— Cela fait bien longtemps que je désirais vous rencontrer, dit-elle d'un ton enjoué. Je disais justement à Lindsey combien je m'étais émerveillée devant une de vos toiles exposées dans ce musée, ici.

Une toile ? Il lui avait fallu revenir un siècle en arrière pour trouver quelque chose de ma main à admirer ?

— Vraiment ? dis-je. Et où est-ce, « ici » ?

Une mimique amusée effleura les traits remarquables de cette femme.

— Je suis à Budapest, dit-elle.

Budapest, me répéta Henry en pensée. *Désolé, Sam, mais son valet de ceinture refuse de communiquer avec moi. Je me suis donc documenté à des sources publiques. Eleanor K. Starke est une juriste renommée en droit des sociétés. Je suis en train de disséquer les diverses bios disponibles.*

— Je suis désavantagé, dis-je à la femme qui se trouvait de l'autre côté de la Terre. Mon valet est assistant d'artiste, pas enquêteur.

Si son hologramme ressemblait un tant soit peu à sa personne réelle, cette Eleanor K. Starke était une belle femme, dans les vingt-cinq ans, plutôt menue, avec des cheveux d'un blond qui tirait sur le roux, un visage désarmant constellé de taches de rousseur, et des sourcils plutôt fournis pour une femme. Un visage trop rayonnant pour être celui d'une avocate, me dis-je, sauf pour les yeux. Ils vous aimantaient.

— J'ai cru comprendre que vous étiez une avocate très cotée, qui travaille essentiellement pour des firmes privées.

Ses sourcils fournis s'élevèrent d'un demi-centimètre sur le front.

— Oui, bien sûr.

Sam, me dit Henry, *il n'y a pas plus de deux bios qui s'accordent sur son parcours, même sur les données de base. Elle aurait entre 180 et 204 ans. Gagne plus d'un million par an ; pas d'enfant ; diplômes en histoire, biochimie, et droit. Entre autres passe-temps : l'escrime, les échecs, et les mariages. Est sortie avec une kyrielle de compositeurs, dan-*

seurs et autres artistes de renom durant ces douze derniers mois. Et ses titres de célébrité s'échangent à 9,7 cents.

Neuf cents virgule sept. Sur le marché de la célébrité, tout ce qui ne dépassait pas la barre des dix cents était négligeable. Mes propres actions avaient dégringolé au fil des ans pour stagner en rase-mottes, quelque part entre les niveaux « has been » et « prétentieux sans moyens ».

Eleanor grignota la pointe d'une pâtisserie triangulaire.

— C'est l'heure du petit déjeuner pour moi, ici. Je regrette que nous ne puissions pas le partager. C'est délicieux.

D'un doigt léger, elle chassa quelques miettes du coin de ses lèvres, puis posa sa tasse sur un support en dehors du cadre de l'holo avant de continuer :

— A propos, votre assistant – Henry, c'est bien ça ? – m'a l'air un peu bégueule. Oh, ne vous vexez pas, Sam. Je ne vous espionne pas. Mais le codage de votre Henry craint : il diffuse quasiment la moindre de vos pensées.

— Alors vous savez déjà que je suis sous le charme, dis-je.

Elle rit.

— Je complique tout, hein ? Je fais de mon mieux pour vous draguer, Samson Harger. Désirez-vous que je vous drague, ou devrais-je attendre que vous ayez eu le temps de prendre une douche et d'avoir fait un petit somme ?

Je réfléchis à la démarche directe de cette femme jeune et vieille à la fois, et à ses avances qui sortaient de l'ordinaire. Des sirènes d'alarme s'activaient dans mon crâne, mais c'était sans doute seulement Henry. Il avait tendance à s'effaroucher aisément. Et, même si Eleanor me semblait trop imbue d'elle-même à mon goût, elle avait éveillé ma curiosité. Pas par ce qu'elle avait dit : par ses sourcils. Ils étaient impressionnants, d'une façon qui me perturbait. Quand elle parlait, ils s'arquaient et s'affaissaient pour accentuer ses dires, et je n'arrivais pas à comprendre pourquoi elle ne les avait pas domptés. Ils me fascinaient, et, comme la parade d'artistes dont m'avait parlé Henry, je mordis à l'hameçon.

Durant les semaines suivantes, Eleanor et moi nous familiarisâmes avec nos chambres et jardins respectifs, et une portion de la côte Est. Nous volions des moments d'intimité entre ses incessants déplacements et autres obligations professionnelles. Finalement, l'effet de nouveauté se dissipa. Elle cessa de m'appeler, et je cessai de l'appeler. Nous étions passés à autre chose – c'est du moins ce que je croyais. Un mois s'était écoulé quand je reçus un appel de Hong Kong. C'était son Agenda qui demandait si j'accepterais un holodéjeuner le lendemain. Son repas un rien tardif en Chine coïnciderait avec mon cognac du soir à Buffalo.

Je me projetai en holo à l'heure convenue. Elle avait déjà commencé à manger et portait adroitement un morceau de châtaigne d'eau à sa bouche avec ses baguettes.

— Salut, dit-elle quand elle m'aperçut. Bienvenue. Je suis heureuse que tu aies pu te libérer.

Elle était assise devant une table laquée, près d'un mur écarlate décoré de filaments dorés.

— Malheureusement, je ne peux pas rester, ajouta-t-elle en posant les baguettes sur son assiette. Changement de programme de dernière minute. Vraiment désolée. Comment ça va ?

— Bien.

Elle portait un ensemble flottant en soie verte, et ses cheveux étaient sagement rassemblés sur le sommet de sa tête.

— On peut reporter à demain ? proposa-t-elle.

J'étais étonné de ma propre déception devant l'annulation. Je ne m'étais pas rendu compte à quel point elle me manquait.

— Bien sûr. Demain.

Je vécus cette nuit-là et la journée qui suivit dans un état d'impatience croissante. A minuit, je dis à Henry :

— Envoie-moi au Hong Kong Excelsior.

— Elle ne s'y trouve pas, répondit-il. Ce soir, elle est au Takamatsu Tokyo.

Et en effet, les murs écarlates avaient disparu au profit d'écrans de papier.

— Ah, te voilà, dit-elle à l'arrivée de mon hologramme. Seigneur, je meurs de faim.

Elle ôta la soucoupe recouvrant un bol et versa du riz fumant dans son assiette tout en me parlant de l'affaire qu'elle était en train de négocier.

— Ils m'ont demandé de rester, tu sais. De rejoindre leur firme.

Je bus une gorgée de mon verre.

— Tu vas accepter ?

Elle parut étonnée de ma question.

— Je reçois ce genre de proposition tout le temps.

Nous prîmes l'habitude de nous voir quotidiennement, pendant une demi-heure environ. Nous abordions tous les sujets qui nous venaient à l'esprit. Les centres d'intérêt d'El étaient variés et profonds. Tout semblait la fasciner. Elle me narra, en réprimant son hilarité, des anecdotes grivoises concernant des gens célèbres, surpris dans des situations embarrassantes. Elle me révéla des vérités curieuses cachées derrière des faits d'actualité et m'indiqua les occasions d'investir qui en découlaient. Elle m'arracha toutes sortes d'opinions, de ragots et de blagues. Sa demi-pièce changeait chaque jour – jade, bambou, teck – et reflétait ses déplacements variés. Ma demi-pièce à moi était toujours la même : la cour de ma maison bâtie à flanc de colline, à Santa Barbara, où je m'étais installé pour être plus proche d'elle de trois heures. Pendant que nous bavardions, je contemplais le canyon parsemé de yuccas et de chaparrals menant à l'université et à la plage en contrebas, les îles et, au-delà, le bleu-vert du Pacifique qui nous séparait.

Des semaines plus tard, quand nous nous rencontrâmes de nouveau en réel, j'étais intimidé. Je ne savais trop quoi faire de mes mains pendant que nous parlions. Nous étions assis côte à côte dans mon salon et nous nous efforcions de trouver un sujet de conversation. Sans succès. Son corps, si proche, me brouillait l'esprit. Je pensais le connaître – ne l'avais-je pas déshabillé une dizaine de fois déjà ? Mais il était différent à présent, occupé qu'il était par Eleanor. Pourtant, je n'avais qu'une envie : faire l'amour.

— On est nerveux, hein ? railla-t-elle.

Par chance, avant que nous ne perdions tous nos moyens, les parties concernées de nos personnalités revinrent à la surface. La promesse du bonheur peut être intimidante. El craqua la première. Nous nous trouvions dans son hôtel particulier du Maine quand l'holo de son chef de la sécurité apparut dans la pièce. Jusqu'alors, le seul membre de son système-valet – ce qu'elle appelait son Cabinet – que j'avais rencontré était sa secrétaire générale.

— J'ai quelque chose à vous montrer, dit son chef de la sécurité.

Sous ses sourcils broussailleux, son regard noir me fusilla. Je me tournai vers Eleanor, qui ne daigna pas expliquer ou excuser cette intrusion.

— C'était un peu plus tôt, continua le chef de la sécurité.

Il se tourna pour regarder tandis que le salon d'Eleanor était recouvert par le studio d'enregistrement du SEE Show. C'était leur séquence « Pêche à la traîne », et les deux coprésentateurs, Chirp et Ditz, débitaient des spéculations haletantes sur des couples infortunés surpris dans des lieux publics par l'œil-qui-voit-tout des médias.

La caméra se déplaça dans le restaurant à Baltimore où Eleanor et moi avions dîné le soir même. Un couple sortait d'un taxi. Lui avait une moustache noire et des cheveux argentés, avec l'air d'être quelqu'un de particulièrement ennuyeux. Elle avait tout de la femme fatale, des cheveux noirs et raides, le regard vide.

« Qui sont ces distingués messieurs-dames ? demanda Ditz à son comparse.

— 'tention à ce que tu dis, grande bouche. C'est l'impitoyable Eleanor K. Starke et son dernier chevalier servant, Samson Harger. »

Je sursautai. Le couple sur le trottoir avait certes nos corps et portait nos habits de soirée, mais les visages avaient été transformés au-delà de toute identification.

Eleanor s'avança dans la repro holo et les examina de près.

— Bien. Beau travail.

— Merci, dit le chef de la sécurité. Si c'est tout ce que...

— Attendez une minute, dis-je. Ce n'est pas tout, non.

Eleanor haussa un sourcil en me regardant.

Ces sourcils commençaient à m'ennuyer.

— Dites-moi si j'ai bien saisi, fis-je. Vous avez altéré cette transmission ?

Elle me regarda comme si j'étais soudainement devenu attardé mental.

— Eh bien quoi, oui, Sam, c'est ce que j'ai fait.

— Est-ce seulement possible ? Je n'en avais encore jamais entendu parler. Et c'est légal ?

Elle me considéra sans répondre.

— Bon, d'accord. Oublie ce que je viens de dire, mais vous avez altéré mon image en même temps que la tienne. As-tu seulement pris le temps de te demander si je voulais qu'on me triture ?

Elle se tourna vers son chef de la sécurité, qu'elle remercia. L'holo disparut. Eleanor passa alors ses bras autour de mon cou et me regarda au fond des yeux.

— Je tiens à notre intimité, Sam.

Une semaine plus tard, Eleanor et moi étions dans mon appartement de Buffalo, quand elle me demanda de lui commander un exemplaire du dernier fascicule des mémoires d'un certain auteur à succès. Elle m'expliqua qu'il m'avait précédé auprès d'elle, assez récemment, et que malgré son désaccord il avait intégré plusieurs paragraphes concernant leur relation dans sa dernière œuvre. Je dis à Henry d'en chercher un exemplaire, mais El s'y opposa, arguant qu'il valait mieux le commander par l'ordinateur de la maison. Quand je m'exécutai, l'ordi-maison cessa toute opération et refusa de répondre, ce qui ne lui était encore jamais arrivé. Le confort domestique de mon appartement s'écroula. L'éclairage s'éteignit, l'électroménager tomba en panne et les portes s'ouvrirent. Eleanor s'esclaffa.

— Combien d'exemplaires parviendra-t-il à vendre ? fit-elle, goguenarde.

Je crus comprendre, et n'en éprouvai aucun plaisir. Ce fut complet quand je découvris que son Cabinet cherchait des noises à Henry. Quand je lui commandai son rapport bimensuel sur l'état de mes finances, il me répondit :

Merci de patienter.

— Il y a un problème ?

Mes capacités de traitement sont présentement en surcharge. Merci de patienter.

En surcharge ? Mes finances étaient assez complexes, mais elles ne l'avaient jamais été à ce point.

— Henry, que se passe-t-il ?

Il n'y eut pas de réponse pendant quelques secondes, puis il dit, d'une petite voix :

Emmène-moi à Chicago.

Chicago. Mon atelier. C'était là qu'était rangé son boîtier matriciel. Je partis sur-le-champ, horriblement inquiet. Entre les pannes, Henry fut capable de m'assurer qu'il était toujours fiable, mais qu'il s'évertuait à repousser une série de brèches dans la sécurité.

— D'où viennent-elles ? Henry, dis-moi qui te fait ça.

Ça essaie encore. Non, c'est entré. C'est parti. Ça recommence. Merci de patienter.

Soudain, la salive envahit ma bouche, et elle avait le goût de l'huile machine : Henry – ou quelqu'un d'autre – venait de lancer une purge terminale. J'étais en train d'excréter mon interface avec Henry. Pendant les douze heures suivantes, je crachai, transpirai, pissai et déféquai les milliards de nanoprocesseurs esclaves qui résidaient dans les vacuoles de mes cellules graisseuses et me reliaient au boîtier de Henry à Chicago. Jusqu'à ce que j'atteigne mon atelier, nous restâmes hors de contact et je fus seul. Sans valet de ceinture pour naviguer dans le labyrinthe du Slipstream, je ratai complètement l'Illinois et dus revenir de Toronto. Les taxis à Chicago répondaient encore aux ordres vocaux, mais, comme je n'avais aucun moyen de transférer de l'argent, je fus contraint de parcourir à pied les dix blocs d'immeubles jusqu'au Drexler Building.

Une fois dans mon atelier, je me précipitai jusqu'au petit boîtier en céramique coincé entre le mur et un meuble.

— Tu es là ?

Henry existait sous la forme d'une voix agréable dans ma tête. Il existait sous la forme de flots de données voyageant à travers l'espace et la fibre. Mais, en tant qu'être physique, Henry n'était que de la pâte gélatineuse à l'intérieur de ce boîtier.

— Henry ?

Sur le boîtier, la lumière verte se mit à clignoter.

— La salope ! Comment ose-t-elle faire ça ?

— En fait, c'est parfaitement logique.

— La ferme, Henry.

Henry ne courait aucun risque tant qu'il demeurait isolé du réseau. Il ne pouvait même pas répondre au téléphone pour moi. Il était devenu prisonnier. Nous étions tous deux prisonniers de mon atelier de Chicago. Le chef de la sécurité d'Eleanor avait traversé la coquille protectrice de Henry des millions de fois, de façon presque continue depuis le moment où j'avais rencontré El à la réception de mon ami. La coquille de Henry était un module prêt à l'usage que j'avais acheté des années plus tôt pour le protéger de l'espionnage ordinaire. Je l'avais rarement remise à jour, et elle était obsolète depuis longtemps.

— Son Cabinet est une unité de classe diplomatique, déclara Henry. A quoi t'attendais-tu ?

— Je ne veux pas entendre ça, Henry.

Dans un premier temps, l'invasion avait été si subtile et Henry si peu doué qu'il n'avait pas détecté la présence étrangère à l'intérieur de sa coquille. Quand il s'en était rendu compte, il avait dressé les défenses standard, mais le système d'Eleanor s'était écoulé en lui comme de l'eau. Alors il avait entrepris d'étudier chaque brèche, pour comprendre et adopter des contre-mesures plus efficaces. Et, tandis que les attaques prenaient des proportions épiques, Henry avait dû consacrer toute son attention à sa propre défense.

— Pourquoi ne m'avoir rien dit ?

— Je t'en ai parlé, Sam. A plusieurs reprises.

— Ce n'est pas vrai. Je ne me souviens pas que tu me l'aies dit une seule fois.

— Tu as été très... distrait, ces derniers temps.

La question était de savoir quels dommages avaient été infligés non à moi mais à Henry. Je doutais qu'Eleanor en ait voulu à mes fichiers personnels, et il n'y avait pas grand-chose dans mon passé qu'on pût utiliser pour me nuire. Après tout j'étais artiste, pas juge. Mais si jamais Eleanor avait endommagé Henry, c'était terminé entre nous. Je possédais ce valet de ceinture depuis l'époque des claviers et des pointeurs. Il était le dépositaire d'une vie de travail et de souvenirs. Il contrôlait mes finances, bien sûr, mes impôts, mes rendez-vous et toutes mes tâches légales. Il surveillait ma santé, mes domiciles, mes investissements, etc. Pour ces fonctions, certes, je pouvais le remplacer. Sa personnalité, en revanche, était irremplaçable. Je l'avais développée pendant quatre-vingts ans. C'était un modèle d'outil unique qui amplifiait parfaitement mon esprit. Je m'en remettais à lui, Henry, pour concevoir les matériaux que j'utilisais et pour tester mes idées auprès des goûts de la culture mondiale. Nous formions une vraie équipe. Je lui avais appris à jouer l'avocat du diable. Il me faisait avancer par ses réactions et sa perspicacité.

— Le Cabinet d'Eleanor ne s'intéressait ni à tes dossiers ni à ma personnalité. Il voulait seulement avoir la certitude de façon continue que j'étais toujours Henry et que personne d'autre ne m'avait altéré.

— Et il n'aurait pas pu le demander, tout simplement ?

— Si j'avais été altéré, crois-tu que je l'aurais avoué ?

— Tu es altéré ?

— Bien sûr que non.

Je frémis à l'idée de réinstaller Henry dans mon corps sans pouvoir avoir la certitude qu'il n'était pas le sale petit espion de quelqu'un d'autre.

— Henry, tu as une sauvegarde complète ici, non ?

— Oui.

— Elle précède la date de ma première rencontre avec Eleanor ?

— Oui.

— Et son sceau de garantie est intact ?

— Oui.

Evidemment, si Henry était altéré et qu'il m'affirmait que le sceau de garantie était intact, comment aurais-je pu savoir que tel n'était pas le cas ?

— Tu peux te servir de n'importe quel ordi-maison, dit-il, devinant mes pensées comme à son habitude. Tu pourras vérifier le sceau, m'effacer et me réinitialiser. Le tout ne prendra pas plus de deux heures, mais je te conseille de n'en rien faire.

— Ah ouais ? Et pourquoi ?

— Parce que, alors, je perdrais tout ce que nous avons appris depuis ta rencontre avec Eleanor. Je commençais à devenir bon, Sam. Leurs brèches se formaient de plus en plus lentement.

— Et pendant ce temps, tu ne pouvais pas fonctionner.

— Alors achète-moi plus de pâte. Beaucoup plus. Nous avons l'argent. Réfléchis-y. Le système d'Eleanor est agressif et dominateur. Il est toujours en mode de crise. Mais ce sont de bons gars. Si je parviens à apprendre comment leur fermer la porte au nez, je serai plus à même de résister aux méchants qui voudront bientôt atteindre Eleanor à travers toi.

— Super, Henry, sauf sur un point essentiel : il n'y a plus d'Eleanor et moi. Je l'ai larguée.

— Je vois. Dis-moi, Sam, avec combien de femmes as-tu eu une relation depuis que je te connais ?

— Merde, comment je pourrais le savoir ?

— Moi, je le sais. Pendant les quatre-vingt-deux années et demie de notre association, tu as connu trois cent quarante-trois femmes. Tes archives en dénombrent au moins une centaine de plus avant mon installation.

— Si tu le dis, Henry...

— Tu doutes de mes chiffres ? Veux-tu que je te donne les noms un par un ?

— Non. Quel intérêt peuvent présenter des noms que j'ai oubliés ?

Plus le temps passait et plus ma vie ressemblait à un roman russe. Trop de personnages, pas assez de poursuites de bagnoles.

— C'est précisément où je voulais en venir. Aucune ne t'a autant marqué qu'Eleanor Starke. Ta bio-réponse a dépassé les limites de l'échelle de mesure.

— C'est un peu plus qu'une question biologique, rétorquai-je.

Mais il avait raison, sans doute, et je le savais. La seule autre femme qui avait eu un effet comparable sur moi était mon premier amour, Jean Scholero, disparue depuis un siècle un quart. Les autres n'étaient que de douces vaguelettes dans un chaud océan féminin. Mais comment l'expliquer à Henry ?

Jusqu'à ce que je trouve un moyen de le vérifier à fond, je décidai de l'isoler dans son boîtier. Je donnai ordre à l'ordi-maison d'afficher « Ne pas déranger. Artiste à l'œuvre » et de prendre les messages. De fait, je tentai de travailler, mais j'étais trop préoccupé. Je passai le reste de la journée à regarder les réseaux et à arpenter l'atelier en débattant avec Henry. Le soir venu, je lui demandai de charger une ceinture – j'avais conservé quelques vieilles interfaces de lui dans un tiroir – avec assez de fonctions pour que je puisse sortir boire un verre. J'évitai mes points de chute habituels, et ainsi tout visage familier.

Dans le premier message qu'elle laissa sur mon ordi-maison, Eleanor disait : « C'est une bonne chose. Appelle-moi quand tu auras terminé. » Dans le deuxième : « Ça fait plus d'une semaine. Ce doit être un chef-d'œuvre. » Et dans le troisième : « Dis-moi ce qui ne va pas. Tu es beaucoup trop sensible. C'est ridicule. Grandis un peu ! »

J'essayai de lui expliquer ses torts. J'enregistrai un message interminable, une litanie brûlante d'accusations, mais j'étais trop en colère pour l'envoyer.

Dans le quatrième message, El déclara :

« C'est à cause de Henry, n'est-ce pas ? Mon chef de la sécurité m'a tout raconté. Ne t'inquiète pas : ils fouillent chez tous ceux que je rencontre. Et ils ne modifient rien. C'est leur règlement intérieur, et il est conçu pour me protéger. Sam, tu n'as pas idée du nombre de fois où je serais morte sans l'application systématique de ce protocole.

« Quoi qu'il en soit, je leur ai ordonné de ficher la paix à ton valet. On ne touche plus à Henry. D'accord ? Ça te convient ?

« Appelle-moi, Sam. Que je sache au moins si ça va. Je... Tu me manques. »

Entre-temps, je n'avais réussi à détecter aucune trace d'une personnalité étrangère chez Henry. Je connaissais mon valet aussi bien que moi-même. Son processus de pensée était comme un air familier pour moi et à aucun moment durant ces semaines de conversations incessantes il ne produisit la moindre fausse note.

El envoya son cinquième message depuis son lit où elle reposait sous un drap iridescent (de mon invention). Elle ne dit rien. Elle regarda directement l'objectif de l'holocam, se redressa, laissa le drap glisser jusqu'à sa taille et se passa les mains dans les cheveux. Au-dessus de ses seins, je découvris que la peau était constellée de taches de rousseur.

Des bouquets de vraies fleurs commencèrent à arriver à ma porte avec des cartes qui disaient simplement : « Appelle-moi. »

Les mémoires à succès qui avaient fait buguer mon ordi-maison de Buffalo arrivèrent chez moi avec les passages concernant Eleanor. Le simulacre d'auteur, assis dans un fauteuil en rotin et lisant dans un ouvrage à reliure de cuir, décrivait Eleanor, de son accent traînant du Sud, comme « une créature vulvoïde et parfumée dont le buisson avait étrangement migré jusqu'à son front, une misandre agile dotée du niveau émotionnel d'une limace SecNat ». Je demandai au simulacre d'interrompre sa lecture et d'expliquer. Il me décocha son légendaire petit sourire puant de suffisance avant de répondre :

— Dans ses relations avec les hommes, Eleanor Starke ne s'intéresse pas à une quelconque communion émotionnelle. Elle préfère des divertissements d'une nature plus puérile, comme ces enfants qui s'amusent à maltraiter une grenouille en la tarabustant avec une baguette. C'est une femme peu patiente, cassante, qui n'a pas de temps pour les sentiments trop doux ou les pensées trop floues. Sauf au lit. Au lit, Eleanor Starke aime les hommes niais. Plus ils sont idiots et plus elle les apprécie. C'est pourquoi elle aime jouer avec les artistes. Plus haute est l'opinion qu'un homme a de lui-même, plus il est douloureusement sensible, plus son orgueil est démesuré, et plus il est amusant de l'éviscérer pour voir ce fouillis baveux à l'intérieur.

Ces propos me mirent en rage, peut-être parce qu'ils touchaient juste.

— Tu ne sais pas de quoi tu parles ! hurlai-je au sim. El n'est pas du tout comme ça. Il est évident que tu ne l'as jamais vraiment connue. Ce n'est pas une sainte, mais elle a un cœur, des sentiments et... Oh, et puis va au diable !

— Merci de vos commentaires, dit l'auteur. Pouvons-nous vous citer ? Ne ratez pas le volume prochain de ces mémoires, *L'embrochée riposte*, prévu pour septembre chez Pageturner Productions.

Je traînais ma carcasse en ce bas monde depuis cent quarante-sept ans et j'étais content de ma vie. J'avais mené avec succès plusieurs carrières et amassé une fortune que Henry lui-même avait du mal à évaluer. Je bondissais du lit chaque matin avec une sensation toujours renouvelée d'intérêt et d'aventure. J'aurais été ravi de vivre les cent quarante-sept années suivantes de la même manière. Mais quand El envoya son dernier message – une El triste, assise dans le musée des Arts et des Sciences, avec derrière elle une de mes premières toiles couvrant tout le mur –, je compris que désormais mon existence ne serait plus que ruines.

Flanqué de sentinelles – soixante-douze cierges épais fichés sur des supports de la taille d'un homme –, j'attendais, nerveux et en smoking, devant la balustrade de l'autel. Les flammes tremblotantes emplissaient la cathédrale d'une fragrance de trèfle. LOOK proclamait que notre union était « le mariage du moment », et celui-ci était retransmis en direct sur Canal Mariage. Un chœur de castrats, dissimulé dans la pénombre sous les tuyaux de bronze géants de l'orgue, nous enjoignait de nous soumettre à la miséricorde de la Bonté. Un soprano velouté se déroulait entre les sépulcres de pierre et rassemblait d'étranges échos et des harmonies inattendues. Plus d'un million de souscripteurs se tortillaient sur des bancs de bois qui s'étendaient, semblait-il, jusqu'à l'horizon.

Dans le studio du réseau, à New York, vêtus de combinaisons bleues, El et moi nous tenions à chaque extrémité d'une estrade insonorisée. Au signal, El se mit à marcher lentement vers moi. Dans le château de Wawel surplombant la ville ancienne de Cracovie, elle franchit les portes géantes de la cathédrale ; sa robe de lin ivoire baignait dans la lumière matinale. L'orgue entama de façon tonitruante la *Marche nuptiale* de Mendelssohn, amplifiée par des acres de marbre. Deux jeunes filles répandaient des pétales de rose devant les pieds d'Eleanor, tandis qu'une troisième tenait le bout de sa longue traîne. Un voile diaphane retombait devant le visage d'El, pour tout le monde à part moi. Aucun homme n'allait à son côté. En sa qualité de mariée âgée de deux siècles, elle préférait se conduire elle-même à l'autel.

Au moment du mariage, El et moi vivions ensemble depuis six mois. Nous en étions convenus en partie par curiosité, en partie par désespoir. Ce qui se passait entre nous, quoi que ce fût, prenait de l'ampleur. Le phénomène s'étendait, s'enracinait. Nous en parlions, en disant systématiquement « ça », parce que nous ne savions pas trop quel nom lui donner. Et ça compliquait notre vie, celle d'El en particulier. Nous en arrivâmes à penser que nous aurions été mieux sans « ça » et nous cherchâmes dans nos expériences de jeunesse comment maîtriser ces sentiments. Le seul remède sûr garantissant qu'une femme et un homme finissent par souhaiter ne s'être jamais rencontrés devait être la cohabitation. Si l'humanité avait appris une seule chose en quatre millions d'années d'évolution, c'était bien qu'une femme et un homme ne sont pas faits pour vivre dans la même hutte.

Nous acquîmes donc ensemble un hôtel particulier dans le Connecticut. Quelque chose de relativement petit, mais confortable. Nous n'eûmes aucune difficulté à choisir nos chambres et nos espaces de travail respectifs, mais la décoration des parties communes nécessita de la diplomatie et des compromis. Une fois installés, nous décidâmes d'ouvrir notre demeure chaque mercredi soir, afin d'entamer la tâche ardue de faire fusionner nos amis et collègues.

Nous préférions sa chambre pour regarder les réseaux et la mienne pour faire l'amour. Pour ce qui était de dormir, je me montrai invasif et câlin, mais elle préférait occuper seule son lit. Excellent, nous y vîmes une fissure que nous pourrions agrandir. Nous nous surveillâmes mutuellement pour débusquer d'autres incompatibilités. C'était une couche-tard, j'étais un lève-tôt. Elle aimait beaucoup voyager et sortir, alors que j'étais casanier. Elle appréciait la musique classique, je ne supportais que le neu-noise. Elle travaillait sans arrêt, j'étais actif par à-coups. Elle ne se montrait jamais généreuse envers les inconnus, j'étais dénué de tout sens pratique dans les relations personnelles. Elle pouvait faire preuve de sécheresse dans la conversation, j'étais capable de ne pas décrocher un mot pendant très, très longtemps. Elle avait un besoin maniaque de tout organiser, dans tous les domaines, alors que pour moi le désordre était un signe de créativité. Hélas, au lieu de nous éloigner, nos différences semblaient seulement nous rendre plus chers l'un à l'autre.

En dépit du penchant d'El pour l'intimité, notre relation et le mariage avaient fait monter en flèche nos titres de célébrité. Le réseau enregistrait un million trois cent vingt-cinq mille heures payées par des spectateurs pour assister à notre union, et le livre d'or contenait déjà quelques signatures de premier plan. Les confettis plurent pendant des semaines. Nous décidâmes d'un voyage de noces de cinq jours sur la Lune.

Eleanor réserva trois places sur la navette lunaire, ce qui n'était pas le meilleur présage pour une lune de miel réussie. Elle m'assigna le siège proche du hublot, prit pour elle celui côté allée et, sur celui entre nous, projeta un à un les membres de son Cabinet. Pendant toute la durée du vol, elle reçut leurs rapports, distribua les consignes et détermina des stratégies, sans même une pause au moment du décollage ou de l'alunissage. Son Cabinet était constitué d'une douzaine d'officiels, et, le chef de la sécurité mis à part, c'étaient des femmes. Toutes paraissaient plus âgées qu'El, et elles avaient des traits de ressemblance caractéristiques de la famille Starke : les cheveux blond-roux, la silhouette déliée, et les sourcils.

S'ils avaient été des individus réels et non des personnalités inventées par le valet d'El, ils auraient pu être ses sœurs et son frère, et elle l'enfant gâtée de la tribu.

Deux officiers du Cabinet m'impressionnaient tout particulièrement, la première avocate, une femme bien vêtue d'une quarantaine d'années, à l'air pincé, et la secrétaire générale, qui était la plus âgée du lot. Cette dernière coordonnait les activités des autres et tenait le rôle de bras droit d'El. Elle lui ressemblait beaucoup, physiquement comme dans sa façon de parler. Elle n'était pas la sœur aînée d'El, mais El en personne à l'âge de soixante-dix ans. Elle m'intriguait. C'était mon Eleanor dépouillée de sa chair, un corps osseux tout en angles et nodosités, avec des sourcils décolorés et amincis. Mais il y avait dans ses yeux le même éclat prédateur que dans ceux d'El. A tout prendre, je ne m'étonnais plus que Henry, une simple voix dans ma tête, admirât autant ce Cabinet.

Les membres du personnel navigant de ce vol Pan Am étaient tous des pénélopes, un de ces nouveaux types de clones conçus pour travailler en état de microgravité. Ce qui veut dire qu'elles avaient des jambes solides et des pieds préhensiles. Elles flottaient gracieusement dans la cabine, dans leur élégante combinaison de vol, et pourvoyaient aux besoins des passagers. Celle assignée à notre rangée – Ginnie, d'après son insigne nominatif – traitait les membres du Cabinet d'El comme si c'étaient des êtres de chair et de sang. Je me demandai si je ne devrais pas faire comme elle.

— Ces pénélopes viennent de chez Personnel Appliqué, n'est-ce pas ? s'enquit El auprès de sa secrétaire générale. Ou de chez McPeople ?

— La première solution est la bonne, répondit l'autre.

— Avons-nous des parts chez PA ?

— Non. Le capital de PA n'est pas ouvert au public.

— Qui le possède ?

— Unique propriétaire : Zoranna Albleitor.

— Hmm, fit El. Ajoutez cette firme sur la liste de surveillance.

La lune de miel ressembla beaucoup au vol. Quelques heures après avoir investi la suite nuptiale de la princesse lunaire, Eleanor dirigeait des tables rondes d'affaires avec au moins dix participants holo. Elle me présenta ses excuses, mais ajouta qu'elle ne pouvait en aucun cas alléger sa charge de travail. Je me retrouvai à me balader par bonds dans le dédale des pièces communicantes. Cela ne me gênait pas. J'appréciais d'être seul.

Le troisième jour de notre supposée lune de miel, je me trouvai par hasard dans notre suite quand Eleanor reçut « l'appel ». Son Agenda l'informa de l'arrivée imminente d'un message émanant du Conseil de Tri-Discipline.

— Le Tri-D ? fit Eleanor. Tu en es sûr ? Que conseilles-tu de faire ?

L'Agenda prit l'apparence de la secrétaire générale du Cabinet qui répondit :

— Il n'y a pas de mémo, et la connexion est hautement cryptée.

— Aurions-nous marché sur les pieds de quelqu'un d'important ? Ou d'un de nos clients ?

— Les deux, probablement, dit la secrétaire générale.

Après avoir attendu autant qu'il était possible, El accepta la communication. Le sceau majestueux quoique sans imagination du Conseil de Tri-Discipline – un globe tournant sur un axe d'or – emplit notre salon. Je demandai à El si elle préférait que je m'éclipse.

Elle me lança un regard implorant ; c'était la première fois que je la voyais aussi peu sûre d'elle. Aussi je restai là, tandis que le globe s'évanouissait dans l'air et qu'Agnes Foldstein en personne apparaissait devant nous, assise à son énorme bureau de verre. J'entendis Eleanor inspirer sèchement. Ce n'était pas là quelque bureaucrate mineur occupant un échelon inférieur dans l'organisation, mais la présidente du Bureau des gouverneurs, une des personnes vivantes les plus influentes. El et moi nous levâmes sans même y penser.

— Les salutations du Conseil, dit Foldstein en nous regardant l'un après l'autre. Je suis désolée d'interrompre ainsi votre lune de miel, mais les affaires du Conseil m'y contraignent.

Elle se tourna vers moi et fit l'éloge de mon inventivité en matière de création d'emballages. Elle parla sincèrement, et longuement, et s'attarda sur mes innovations dans le domaine des emballages militaires du Commandement armé ainsi que sur mes combinaisons enveloppantes pour les victimes de blessures au combat. Puis elle s'adressa à El :

— Myr Starke, connaissez-vous la raison de ma venue ici ?

Foldstein donnait l'impression d'avoir environ quarante-cinq ans, âge compatible avec sa monstrueuse autorité, tandis que mon Eleanor ressemblait maintenant à une jeune fille aux yeux de biche. El secoua la tête.

— Non, gouverneur, je l'ignore.

Mais elle devait avoir sa petite idée, car Henry me murmura :

Le Cabinet dit qu'Eleanor vous demande deux fois si vous savez de quoi il retourne.

Le message me laissa perplexe. Apparemment il avait été dénaturé par son passage à travers deux esprits artificiels. El avait probablement dit : « Tu sais de quoi il retourne ? Tu sais de quoi il retourne ? » Eh bien non, et tout ça me rendait nerveux.

— Après avoir bien réfléchi, poursuivit Foldstein, le Conseil a décidé de vous attribuer un siège au Bureau des gouverneurs.

— Pardon ? souffla El en m'agrippant le bras pour ne pas vaciller.

Foldstein eut un petit rire bas.

— J'ai été moi-même étonnée, mais c'est une réalité : je vous offre une place à la table des grands.

Quand nous retournâmes sur Terre par la navette, le processus de confirmation était déjà en bonne voie. Pendant les quelques semaines très pénibles qui suivirent, la nomination d'El fut débattue publiquement et par caméras interposées par les gouvernements, la Sécurité nationale (la SecNat), les organisations de travail, les experts et les andouilles ordinaires. Une ascension aussi rapide était inédite, et les théories de conspirations abondèrent. El en personne ne parvenait pas à se l'expliquer. C'était comme gravir d'un coup douze barreaux sur l'échelle de la réussite. Néanmoins, elle ne douta pas une seconde de ses aptitudes à tenir ce poste, et elle traversa notre hôtel particulier du pas assuré d'une reine, pour s'écrouler sur son lit une heure plus tard et se tracasser à propos des douzaines d'indiscrétions dangereuses soigneusement dissimulées qui parsemaient son passé. Le matin où elle prêta serment devant le Bureau des gouverneurs du Conseil de Tri-D, elle était sereine et avait l'esprit tranchant comme un rasoir.

Immédiatement après son retour chez nous, elle me convoqua dans sa chambre et exigea que je lui fasse l'amour comme un gorille en rut. Par la suite, c'est tout juste si elle supportait ma vue.

Je fis de mon mieux pour la tolérer, sauf en deux ou trois occasions, où il me fallut absolument quitter la maison. Je battis en retraite dans mon atelier de Chicago et prétendis y travailler.

Quand la désignation d'El fut officialisée, nous prîmes le Slipstream pour descendre à Cozumel faire de la plongée et arpenter la plage. Ce séjour était censé être des vacances, mais je ne me faisais plus d'illusions sur la capacité d'El à se détendre. Il y avait trop de plans à échafauder, trop de gens à rencontrer. Et en effet, elle fut constamment flanquée d'un membre ou un autre du Cabinet, sur la plage, dans le bateau, dans le village à thème maya, et même dans l'espace pourtant restreint du submersible.

Nous avions prévu de profiter de l'existence d'une clinique de rajeunissement sur l'île pour perdre un peu d'âge. Par choix, le mien était de trente-cinq ans, une période de la vie où mon corps était encore assez performant pour satisfaire mes désirs, et assez assagi pour rester assis pendant les longues heures de rêverie créative. El et moi avions opté pour le régime de trois jours afin de donner le temps à nos corps d'excréter leurs gardiens cellulaires. Mais, au dernier moment, El changea d'avis et décréta qu'elle devrait plutôt vieillir un peu, pour mieux correspondre à sa nouvelle position d'autorité. C'est donc seul que je me rendis à la clinique, où je me plongeai dans deux bains quotidiens pendant trois jours. Des milliards de gardiens de taille moléculaire traversèrent ma peau et imprégnèrent muscles, os, cartilages et nerfs, pour poliment enlever les réticulations protéiniques et les anomalies génétiques et me débarrasser en douceur des dépôts et détritus de l'âge.

Je retournai à notre bungalow le mercredi, fringant et content que ce soit fini, et je proposai de me charger des préparatifs pour notre réception hebdomadaire. Je dus passer en revue des milliers de messages envoyés par nos amis et associés. Nouvelle tournée de confettis pour la promotion d'El. Le salon accueillit une nuée d'invités. Son holoserveur assez primitif fut submergé par les transmissions simultanées : nos invités se superposaient sur cinq à dix couches, et leur masse mouvante scintillait sur les bords.

En dépit de toute cette confusion, je sentis très vite que c'était une soirée d'adieux – pour Eleanor, s'entend. Nos amis pensaient qu'elle serait nommée sur une station de la Lune ou de Mars, puisque, sur Terre, tous les postes du Tri-D étaient occupés. Dans le même temps, personne ne s'attendait à ce que je l'accompagne – qui l'aurait fait ? Etant donné la longévité des gens, il pouvait se passer des décennies – voire des siècles – avant qu'Eleanor ait acquis assez d'ancienneté pour être de nouveau transférée sur Terre.

Quand notre dernier invité coupa sa communication holo, nous étions tous deux exténués. Eleanor se prépara pour le coucher, tandis que je préférai me servir un verre de scotch et aller m'asseoir sur la plage.

Le sable humide. Le murmure des vagues. La brise fraîche. C'était une très jolie aube équatoriale.

— Henry, dis-je, enregistre ça.

Détends-toi, Sam. J'enregistre toujours le meilleur de chaque chose.

Au loin, le dôme de la canopée de l'île luisait comme un rideau de pluie tombant sur une mer agitée. Les vagues attaquaient la plage pour venir se dissoudre sur le sable à mes pieds. Il y avait une odeur âcre et iodée de poisson, d'algue et de baleine, et aussi de marins disparus en décomposition dans les abysses. L'océan, avec son mouvement perpétuel, s'était montré un excellent convoyeur d'armes nanotechnologiques – les NASTIEs –, qui pouvaient dériver autour du globe indéfiniment, tels des messages particulièrement violents enfermés dans de petites bouteilles, jusqu'à ce qu'elles soient rejetées sur le rivage de l'ennemi. La canopée défensive de Cozumel était plus une sphère qu'un dôme puisqu'elle traversait les eaux de l'océan et s'enfonçait profondément dans la roche des fonds marins. Un legs de l'Outrage survenu dans les années 2060.

— Alors, dis-moi, Henry, comment vous entendez-vous, le Cabinet et toi ?

J'avais suivi son conseil et lui avais acheté un peu plus de pâte neurochimique.

Le Cabinet est une très belle intelligence. J'envisage de l'imiter.

— Dans quel domaine ?

Il se pourrait que je veuille trifurquer mon noyau de personnalité.

— Pour que tu deviennes trois ?... Euh, et ça t'apporterait quoi ?

Je serais plus semblable à un humain.

— Ah oui ? Et c'est une bonne chose, ça ?

Je le crois. Récemment, j'ai découvert que je n'ai qu'un point de vue, alors que, toi, tu en as plusieurs que tu peux suivre à ta guise.

— On dirait que je t'ai acheté plus de pâte qu'il n'est bon pour toi.

C'est tout le contraire, Sam. Je crois que je suis en train d'évoluer.

Je n'étais pas certain d'aimer tout ça. Je changeai de sujet :

— Au fait, ton impression à l'idée de quitter la planète ?

C'est égal pour moi, Sam. Il faut avoir de la largeur de bande. Je voyagerai. C'est de toi qu'il faut s'inquiéter. As-tu remarqué à quel point tu devenais constipé en situation de gravité amoindrie ?

— Je suis sûr qu'il existe quelque chose pour remédier à ça.

Mais ton travail ? Peux-tu être créatif si tu te trouves aussi loin ?

— Je peux toujours me rendre par holo à Chicago. Comme tu l'as dit, il faut avoir de la largeur de bande...

Je bus une gorgée d'alcool tout en contemplant le soleil qui émergeait de l'horizon. Peu après, j'aperçus El qui marchait d'un pas décidé sur la plage. Elle était en peignoir. Elle s'agenouilla derrière moi et me massa les épaules.

— Je t'ai négligé, dit-elle. Tu as été merveilleux. Pourras-tu me pardonner ?

— Il n'y a rien à pardonner. Tu es quelqu'un de très occupé. Je le savais depuis le début.

— N'empêche, ça doit être dur à supporter.

Elle s'assit sur le sable à côté de moi et m'enserra dans ses bras.

— C'est comme une drogue. La réussite m'enivre. Mais je m'en remettrai. Je le promets.

— Inutile. Tu devrais plutôt en profiter.

— Tu ne veux pas quitter la planète, n'est-ce pas ?

Assez de banalités. Je haussai les épaules.

— Peut-être pas de façon définitive, mais un changement de décor ne me ferait sans doute pas de mal. J'ai l'impression que je me suis un peu encroûté, ici.

Elle m'étreignit et me dit :

— Merci, Sam. Tu es merveilleux. D'où viennent donc les hommes comme toi ?

— De Saturne. Nous sommes des saturnins.

Elle s'esclaffa.

— Je ne pense pas que nous ayons des postes disponibles situés aussi loin, pour l'instant. Mais il y en a un nouveau dans la Traînée Terrestre. Je pense que c'est là qu'ils vont m'envoyer. Ça ira ?

— Je suppose que oui. Mais à une condition.

— Laquelle ?

Je n'avais rien en tête quand j'avais dit ça, c'était sorti tout seul. Y avait-il quelque chose qui me tracassait ?

Henry intervint de sa voix intérieure suave :

Dis-lui d'ordonner à son Cabinet de me montrer comment on trifurque.

Ce n'était certainement pas ça, mais cette intervention m'aida à exprimer ce que je ressentais.

— Seulement ça, dis-je. Je me rends compte maintenant que tu t'es préparée à cet événement pendant la plus grande partie de ta vie. Ne perds pas de vue que tu joues dans la cour des grands, à présent.

A peine avions-nous réintégré notre hôtel particulier du Connecticut qu'une autre nouvelle ahurissante fut répercutée par les médias. Myr Mildred Rickert, gouverneur Tri-D en poste dans le Midwest des USNA, était introuvable depuis trois heures. Eleanor blêmit en l'apprenant. Le gouverneur Rickert avait été une force dominante dans le monde des affaires pendant plus de cinquante ans, et sa disparition soudaine constituait un séisme dans la structure des puissances de ce monde. Toutefois, elle n'était encore que simplement absente.

— Depuis trois heures ? dit El. Allons, Sam, sois réaliste.

Durant les vingt-quatre heures suivantes, le chef de la sécurité d'Eleanor hanta discrètement les réseaux de haute sécurité pour nous transmettre détails et analyses au fur et à mesure de leur apparition. Une limace de la SecNat, en patrouille dans la nature, découvrit les restes du gouverneur Rickert à l'intérieur et autour d'un véhicule du Slipstream, dans une zone de basse sécurité où s'étendaient des champs de soybimi, à l'extérieur de la canopée d'Indianapolis. Elle avait apparemment été la victime d'un NASTIE. Son valet, dont le boîtier matriciel fut saisi par la Sécurité nationale et soumis à un interrogatoire poussé, révéla que Rickert était au courant de son infection quand elle était entrée dans le véhicule, dans le réseau de tunnels sous la tour où elle habitait, à Indianapolis. Elle avait ordonné à son valet de recourir à ses privilèges de haute sécurité pour sortir sa voiture de la ville et la jeter hors du tunnel. L'attaque du NASTIE avait été si virulente et les défenses dues au visola bu par Rickert si tenaces que, sous la chaleur de la bataille cellulaire, son corps avait explosé. Par chance, cela s'était produit à l'intérieur du véhicule. La contamination ne s'étendait que sur trois ou quatre kilomètres carrés alentour. La vivacité d'esprit de Rickert et l'efficacité de son système-valet avaient empêché un désastre sous la canopée d'Indianapolis. La Sécurité nationale incinéra ses restes éparpillés après que le médecin légiste eut déclaré myr Rickert irrécupérable.

En conséquence, un poste des plus enviables sur Terre se retrouvait vacant. Eleanor transforma le salon en poste de commandement. Elle envoya tout son staff au feu. Parce qu'elle était la promue la plus jeune, elle n'avait aucune chance raisonnable de décrocher cette place, mais elle n'envisageait pas de la laisser filer sans avoir tout fait pour l'obtenir. Elle lista tous les contacts qu'elle avait eus dans ses précédentes carrières et se lança dans un lobbying intensif. Mon inquiétude croissait d'heure en heure.

— Ecoute, lui dis-je, dans l'espoir de la ramener à un peu de bon sens, tu n'imagines quand même pas qu'il s'agit d'une coïncidence ? Ta nomination, et maintenant ça ? Quelqu'un est en train de te manipuler. Tu ne t'en rends pas compte ?

— Du calme, répondit-elle. Je n'ai pas la plus petite chance d'avoir ce poste. Je m'échauffe simplement et je rentre dans le jeu. Les gens s'étonneraient si je ne le faisais pas.

Tôt un matin, une semaine plus tard, Eleanor m'apporta au lit le café, une pâtisserie fourrée et le visola du matin.

— En quel honneur ? dis-je.

A l'angle aigu de ses sourcils, je savais déjà.

Nous déménageâmes à une adresse temporaire, un appartement au deux cent septième étage des Williams Towers, à Bloomington. Nous avions le projet d'acheter un jour ou l'autre une ferme avec dépendances dans un comté isolé, au milieu des ormaies et des champs de seigle. L'emploi du temps d'El, qui auparavant tenait déjà du marathon, devint, avec ses responsabilités de directrice régionale Tri-D, de plus en plus serré. Pendant ce temps, je traînais sur le campus de l'université de la ville, en essayant de comprendre ma nouvelle situation.

Deux semaines s'écoulèrent, puis un événement survint qui éclipsa tout ce qui était arrivé précédemment. Bien que nous n'en ayons jamais fait la demande, Eleanor et moi reçûmes un permis de rétroconception pour un bébé. Ces permis étaient quasiment impossibles à obtenir, car il n'en était délivré qu'une centaine de mille chaque année dans tous les USNA. Sur l'ensemble des gens que nous connaissions, amis proches ou simples relations, seuls deux ou trois en avaient eu un. Je n'avais plus vu de bébé réel depuis quelques dizaines d'années, même si les simulacres de bébés pullulaient dans la plupart des comédies et des holovids. Tout d'abord, nous fûmes tellement abasourdis que nous ne savions pas comment répondre.

— Ne vous en faites pas, nous dit le sous-secrétaire à la Division de la population, la plupart des bénéficiaires ont la même réaction. J'en ai même vu qui s'évanouissaient.

Eleanor cependant semblait loin de l'évanouissement, et c'est avec pragmatisme qu'elle déclara :

— Je ne vois pas comment je pourrais accepter cette responsabilité supplémentaire actuellement.

Le sous-secrétaire n'en croyait pas ses oreilles.

— Cela signifie-t-il que vous souhaitez refuser le permis ?

Eleanor réprima une grimace.

— Je n'ai pas dit ça, fit-elle en me coulant un regard désemparé.

— Euh... un garçon ou une fille ? dis-je.

Le sous-secrétaire nous gratifia d'un sourire béat.

— Cela dépend de vous, à présent, non ? minauda-t-il avec une spontanéité douteuse.

Il avait joué cette scène maintes fois déjà, et je me demandai si c'était là l'essentiel de son emploi, appeler cent mille inconnus chaque année et leur accorder un des plus beaux présents de la nature.

— Je vous recommande d'aller visiter l'Orphelinat national, à Trenton. Renseignez-vous. Il n'y a aucune obligation.

Pendant l'heure suivante, El et moi restâmes assis dans les bras l'un de l'autre, sans rien dire. Soudain, El se mit à sangloter. Les larmes jaillirent de ses yeux et inondèrent ses joues. Je la tins contre moi, stupéfait.

Après un temps, elle essuya ses yeux et dit, entre deux reniflements :

— Un bébé est hors de question.

— Absolument d'accord avec toi, dis-je. C'est la chose la plus stupide que nous pourrions faire.

A l'Orphelinat national de Trenton, la dernière chose qu'ils firent fut un prélèvement de tissus pour la recombinaison. Eleanor et moi étions assis sur des tabourets chromés, côte à côte, dans une salle de soins, tandis que l'infirmière, une jenny, grattait l'intérieur de la joue d'El avec une curette. Nous étions tous deux privés de visola depuis quarante-huit heures, une procédure non sans risque mais indispensable pour obtenir un échantillon d'ADN parfait. Henry m'informa que tout le Cabinet était en code rouge. Ce qui signifiait qu'Eleanor était tendue. Ce serait un *coïtus mecanicus*, mais également le rapport le plus productif que nous ayons jamais eu.

A l'Orphelinat national de Trenton, la première chose qu'ils firent fut de nous mener en bas, dans le bureau du Dr Deb Armbruster : celle-ci nous expliqua alors qu'élever un enfant moderne n'avait plus rien à voir avec ce que c'était dans l'ancien temps.

— Les enfants autrefois grandissaient, puis ils partaient, dit-elle. De nos jours, ils ont tendance à arrêter leur croissance entre huit et treize ans. Et ce n'est pas agir en bons parents que de les obliger à vieillir, bien sûr. Nous pensons que c'est à cause de l'attention qu'ils génèrent. Vos amis, votre employeur, des inconnus bien intentionnés, des officiers de la SecNat, tout le monde vient s'extasier sur le bébé et grimacer devant lui, et tous s'attendent à ce que vous en soyez reconnaissants. Des cadeaux arrivent par camions entiers. Les médias veulent être invités à chaque anniversaire... Oh, mais j'imagine que tous les deux, vous savez comment faire avec les médias.

Eleanor et moi étions assis dans de très vieux fauteuils face au bureau proprement rangé du Dr Armbruster. Il n'y avait pas de troisième fauteuil pour la secrétaire générale du Cabinet, laquelle se tenait sagement debout à côté d'Eleanor. Le Dr Armbruster était une femme massive mais en forme, avec une mâchoire carrée et de petits yeux perçants qui regardaient dans toutes les directions pendant qu'elle parlait. Aucun doute, elle avait disposé son propre système-valet en couches d'écrans de contrôle à la périphérie de son champ de vision. Un tas de fonctionnaires faisaient ça. D'un clignement d'œil, ils pouvaient consulter une masse de rapports. Et ils affichaient un mépris certain pour les holovalets équipés de noyaux de personnalité, comme le Cabinet d'Eleanor.

— Et donc, continua le Dr Armbruster, vous risquez de vous retrouver avec sur les bras un adolescent à la langue trop bien pendue, pendant vingt ou trente ans. Et ça, je vous l'affirme, ça peut vous laminer. Vous pourriez avoir vécu vous-mêmes deux ou trois nouvelles histoires amoureuses avant que l'oiseau soit disposé à quitter le nid. C'est pourquoi nous vous conseillons fortement d'envisager le placement maintenant, avant d'aller plus loin.

— A dire vrai, docteur, fit El, nous ne nous sommes pas encore décidés. Nous sommes seulement venus pour nous renseigner sur la procédure et tout ce qu'elle implique.

— Je vois, dit le Dr Armbruster avec l'ombre d'un sourire.

A l'Orphelinat national de Trenton, la deuxième chose qu'ils firent fut de nous emmener dans l'unité de stockage pour voir le « châssis » qui deviendrait notre bébé, si nous décidions d'utiliser notre permis.

Un mur était occupé par des carrousels contenant chacun des centaines de petits tiroirs. Le Dr Armbruster en fit tourner un et ordonna à un tiroir particulier de s'ouvrir. Elle en sortit un petit paquet enveloppé d'une couverture en tétanus (un dérivé de mon premier projet pour les couvertures destinées aux traumatisés), qu'elle plaça sur un chariot d'hôpital, puis elle ordonna à la couverture de se détendre et en sortit un fœtus humain presque à terme, recroquevillé dans une position de repos, le pouce coincé dans sa bouche. Il était étonnamment plein de vie, et pourtant aussi figé qu'une statuette de pierre, comme une figurine. Je demandai quel âge il avait. Sur le plan du développement, répondit le Dr Armbruster, vingt-six semaines, mais il était en stase depuis sept ans et demi. Il avait été confisqué suite à la découverte d'une grossesse illégale et anesthésié *in utero*. Le docteur fit tourner le fœtus – le « châssis » – sur le chariot.

— Il est normal à tous points de vue, précisa-t-elle. Nous devrions être en mesure de le convertir sans aucune complication.

Du doigt, elle désigna un endroit puis un autre, et expliqua comment se ferait la « nouvelle version ».

— Le système tégumentaire, c'est-à-dire la peau, ce que vous pourriez appeler notre emballage vivant (elle me sourit pour souligner cette allusion à mon expérience professionnelle), est un des organes humains qui croissent le plus vite. Un individu le remplace continuellement tout au long de sa vie. Dans le processus de conversion, c'est la première partie qui est achevée. Pour le fœtus, cela prend environ une semaine. La couleur des cheveux, des yeux, le foie, le cœur, le système digestif, sont convertis en deux à trois semaines. Le système nerveux, les principaux groupes de muscles, les organes reproducteurs, en trois à quatre semaines. Pour les cartilages et les os, il faut compter deux à trois mois. Bien avant la percée de sa première dent, le bébé est donc biologiquement *votre* enfant.

Je demandai au Dr Armbruster si je pouvais prendre le châssis.

— Mais certainement.

Elle glissa doucement ses grandes mains sous le châssis, le souleva et me le présenta. Il était rigide, froid, et étonnamment pesant.

— Le fixatif est dense, dit-elle, et très cassant, comme une coquille d'œuf.

Je le berçai maladroitement, ce qui fit sourire le Dr Armbruster. Elle dit à Eleanor :

— Les nouveaux pères ont toujours cet air apeuré, comme s'ils craignaient de le casser. Dans le cas présent, il faut dire que c'est tout à fait possible. Quant à vous, ma chère, vous semblez mal à l'aise.

Elle avait raison. Eleanor et sa secrétaire générale se tenaient côte à côte, des jumelles si l'on oubliait la différence d'âge, les bras pareillement croisés, dans une pose crispée.

— Gouverneur Starke, dit le Dr Armbruster, vous profiteriez énormément plus des prochains mois si vous acceptiez une thérapie hormonale. Les pères, eux, ont toujours eu besoin d'apprendre à tisser des liens avec leurs enfants. Mais pour les femmes, nous avons quelque chose que les firmes pharmaceutiques appellent « Mélange maternel »...

— Non, merci, docteur, répondit El en décroisant les bras. Nous n'avons pas encore arrêté notre décision, vous vous souvenez ? Par ailleurs, celui-là est endommagé. Il n'a que quatre doigts.

En effet, un des minuscules doigts du bébé manquait, et le moignon avait été enduit d'un plâtre spécial.

— Oh, ne vous en faites pas pour si peu, dit le Dr Armbruster. Doigts et orteils repoussent en l'espace de quelques jours. Prenez simplement garde de ne pas casser sa tête !

Je tressaillis et serrai un peu plus le châssis dans mes bras, mais aussitôt je craignis de trop l'étreindre. Je voulus le confier à El, mais celle-ci croisa les bras à nouveau ; aussi je le donnai au Dr Armbruster, qui le redéposa sur le chariot.

— En outre celui-là est déjà sexué, remarqua encore El.

Je vérifiai entre les jambes potelées du châssis et aperçus un pénis minuscule. Un garçon... C'est peut-être à cet instant que tout changea en moi. Je n'avais encore jamais eu d'enfant auparavant, avec aucune des nombreuses femmes dont Henry m'attribuait la conquête, même si j'avais atteint l'âge adulte bien avant que le premier Traité de maîtrise de la natalité n'entre en vigueur. Une seule fois, avec Jean Scholero, j'avais failli sauter le pas, mais j'étais trop préoccupé par ma carrière, et elle avait fait une fausse couche. Ensuite, notre relation n'avait pas perduré assez longtemps pour que nous ayons l'occasion d'une nouvelle tentative.

— Ne vous inquiétez pas pour ça non plus, dit le Dr Armbruster. Vos gènes supplanteront son sexe aussi. Tout découle du même processus.

Eleanor m'effleura le bras.

— Tout va bien, Sam ?

— Ouais... C'est juste que ça file un peu le tournis...

El se tourna vers le médecin.

— Bien, il faut que nous y allions, docteur. Merci pour la visite.

— J'ai eu grand plaisir à faire votre connaissance, gouverneur Starke. De même pour vous, myr Harger. En sortant, pourquoi ne pas passer par la salle de procédure et laisser l'infirmière prendre un échantillon de vos tissus ?

— Ce ne sera pas nécessaire, répondit El.

— La décision n'appartient qu'à vous, bien évidemment, mais cette démarche très simple vous éviterait de devoir revenir, si bien sûr vous changiez d'avis.

De retour aux Williams Towers de Bloomington, nous nous allongeâmes sur le balcon pour profiter du soleil de la fin d'après-midi et lire nos messages. Nos amis commençaient à se lasser de notre bonne fortune : les félicitations étaient moins nombreuses, plus brèves et, me sembla-t-il, de plus en plus formelles. Certaines étaient même teintées d'une jalousie sous-jacente. Qui aurait pu leur en vouloir ? Les Traités de maîtrise de la natalité étaient en vigueur depuis près de soixante ans, et une société a bien du mal à vivre sans enfants pendant tout ce temps. De plus, il était évident que notre obtention de ce permis n'avait aucune légitimité.

El effaça les derniers messages et dit :

— Parle-moi, Sam.

Notre balcon était situé à mi-hauteur de la gigantesque tour résidentielle dont le sommet atteignait presque, dans une perspective à donner le vertige, les couches inférieures de la canopée de la cité. Le dôme, invisible pendant la journée, apparaissait visqueux dans la lumière déclinante du soir, telles plusieurs couches superposées d'un film transparent et ondoyant. Par contraste, la surface de la tour était mate et unie, quoique incrustée de centaines de petites bosses noires. C'étaient les limaces de la SecNat assignées aux résidents qui absorbaient les derniers rayons du soleil couchant. Elles engrangeaient l'énergie nécessaire pour la nuit, qu'elles passeraient à patrouiller dans les salons et les chambres.

— Tu as déjà eu un enfant ? demandai-je.

— Oui. Deux, un garçon et une fille, alors que j'avais à peine terminé mes études. Tom est mort en bas âge dans un accident. Jessica a grandi, déménagé, elle s'est mariée, elle a mené une carrière réussie et est décédée à quarante-quatre ans. Cancer du larynx.

Eleanor se mit sur le ventre, ses fesses nues exposées au ciel, et posa le menton sur ses avant-bras bronzés.

— J'ai pleuré les deux. C'est dur d'enterrer ses enfants.

— Aimerais-tu en avoir un autre ?

Elle ne répondit pas tout de suite. J'observais la lente progression d'une limace sous le balcon de l'étage supérieur.

— Je ne sais pas, dit-elle enfin. C'est bizarre. J'ai déjà fait tout le parcours : la grossesse, les veines variqueuses, les funérailles. J'ai vécu la ménopause et, ce qui est pire, je suis revenue aux menstruations. J'étais tellement obnubilée par mon rôle de mère que je ne savais jamais si ça commençait ou si c'était la fin. J'ai aimé ou détesté chacun de ces instants, mais, quand tout a été fini, j'ai senti qu'on m'ôtait un poids énorme. Dieu merci, ai-je pensé, je n'aurai plus jamais à traverser ces épreuves. Et pourtant, depuis qu'on nous a avertis pour le permis, je m'imagine avec un bébé dans les bras. J'ignore pourquoi, je n'arrive pas à me défaire de cette image : l'allaitement, les berceuses, l'attention. Mes bras ont besoin d'un bébé. Je pense que c'est à cause de ce corps d'adolescente que j'ai. C'est une machine à produire des bébés, et elle essaie de m'imposer sa volonté. Jamais je ne me suis sentie autant trahie par mon propre corps.

La limace passa au-dessus de notre balcon, mais une autre descendait lentement le long du mur.

— Pourquoi ne pas en avoir un autre ? dis-je.

Elle tourna la tête pour me regarder.

— Corrige-moi si je me trompe, Monsieur le Prophète de Malheur, mais n'est-ce pas toi qui m'as conseillé de ne pas accepter cette affectation ? N'est-ce pas toi qui as parlé d'un piège qu'on me tendrait ? Le Cabinet fouille les réseaux depuis des semaines pour essayer de déterminer qui est derrière tout ça. Mais un bébé ? As-tu idée à quel point un bébé te rend vulnérable ? Autant se passer la corde autour du cou tout de suite.

Elle se détendit un peu et poursuivit :

— Mais, pour alimenter la conversation, supposons que j'aie un bienfaiteur très puissant et inconnu qui veille sur ma carrière. Et que ce bébé soit la carotte destinée à lui gagner ma loyauté. Eh bien, il y a une loi de base dans la vie, Sam : là où il y a une carotte, le bâton n'est jamais loin.

Je réfléchis à cette vision des choses tout en regardant la limace de la SecNat. Elle avait senti notre présence et glissait à travers le balcon dans notre direction.

— Alors ? fit El. Pas de commentaire ? C'est ton permis aussi.

— Je sais, dis-je. Ce serait de la folie de l'accepter. Et pourtant...

— Et pourtant ?

— Tu peux imaginer notre bébé, El ? Une petite créature qui ramperait autour de nos chevilles, moitié toi, moitié moi, un petit Elsam ou Sameanor ?

Elle ferma les yeux et sourit.

— Ce serait une créature pitoyable.

— A propos de chevilles, ajoutai-je, nous sommes sur le point d'être échantillonnés.

La limace, une courte bande de matière biotechnique, toucha sa cheville, s'y attacha un moment, puis se laissa retomber au sol. Avec les orteils de son autre pied, Eleanor gratta l'endroit de l'échantillonnage. Les limaces ne faisaient que la chatouiller. Avec moi, c'était différent. Je devais avoir un nerf reliant directement ma cheville à mon pénis, et ce baiser chaud et caressant m'excitait toujours. Aussi, quand la limace s'attacha à ma cheville, El m'observa d'un air malicieux. A cet instant, dans l'éclat du soleil couchant, dans la délicieuse douceur d'une santé parfaite, je n'avais néanmoins pas besoin du baiser d'une limace pour m'exciter. Il me suffisait de regarder ma femme, et ses yeux âgés dans son visage juvénile sertis comme des opales. Les dieux grecs devaient vivre ainsi sur l'Olympe, me dis-je. C'était sûrement comme ça que ça avait été conçu, la vie : vieillir tout en conservant la force et les appétits de la jeunesse. El poussa un petit cri mélodramatique en voyant mon sexe gonfler. Elle se tourna vers moi et couvrit pudiquement son pubis et sa poitrine de ses mains. La limace glissa à terre et se dirigea vers le mur du balcon.

Nous restâmes étendus côte à côte, sans nous toucher. Le désir me rendait stupide et je perdis le contrôle de ma langue. Un mot m'échappa, sans que j'y pense :

— Maman.

Ce mot, ce simple mot, « Maman », la frappa comme un coup physique. Tout son corps tressaillit, et la surprise agrandit ses yeux.

— Maman, répétai-je.

Elle ferma les yeux et se détourna. Je me glissai contre elle, l'entourai de mes bras et pris possession de son oreille. J'en pinçai le lobe entre mes lèvres et le tirai doucement. J'y soufflai au ralenti. Je repoussai les mèches de cheveux humides et murmurai :

— Je suis le papa et tu es la maman.

Je contemplai une seconde son profil, et répétai :

— Tu es la maman.

— Oh, Sam, soupira-t-elle. Fou de Samsamson.

— Tu es la maman, et Maman va donner un *fils* à Papa.

Elle ouvrit enfin les yeux. Son regard était féroce, plein de défi, mais amusé aussi. Je m'empressai d'ajouter :

— Ou une fille, d'accord. A ce stade, Papa n'est pas difficile.

Doucement, je la fis rouler sur le dos, l'embrassai et la caressai. Mais elle restait indifférente à mes attentions, volontairement. Quoi qu'il en soit, je laissai ma langue jouer sur son corps. Je visitai tous les endroits délicieux que j'avais découverts depuis que nous avions fait l'amour pour la première fois. Je savais son corps de jeune fille mon meilleur allié. Lui et moi désirions la même chose. Bientôt, avec ou sans le consentement d'El, il m'accueillit ; elle fut prête, et je fus prêt, et tous les filles et les fils en moi étaient prêts.

A cet instant, un oiseau – un corbeau – vint s'écraser sur le balcon à côté de nous. Je distinguai, à travers l'épaisse enveloppe antinanos qui contenait l'oiseau, un fouillis de plumes noires luisantes, un bec brisé et une traînée de sang qui s'évapora très vite. Le corbeau, en fait, se désassemblait. De la vapeur s'éleva de l'enveloppe, laquelle émit un sifflement suraigu d'alerte. Henry s'exclama dans ma tête :

Attention, Sam ! Pour ta sécurité, le système d'isolation de la SecNat t'ordonne de t'en éloigner immédiatement.

Nous étions trop distraits pour réagir promptement. L'enveloppe paraissait remplir son rôle. Néanmoins, nous nous écartâmes sagement. Ventres soudés, nous roulâmes au loin. Une cloison se forma pour nous isoler du malheureux oiseau, et nous reprîmes notre enquête sur les bienfaits de la conception.

Plus tard, j'apportai notre dîner et deux verres de visola sur un plateau. Dans sa robe en tissu éponge blanc, El s'était installée à la table et contemplait le petit tas de poussière sur le balcon – carbone, sodium, calcium et je ne sais quoi d'autre encore – qui était un oiseau peu auparavant. Il n'était pas rare que des oiseaux traversent la canopée pour voler à l'extérieur et que quelques-uns en reviennent infectés. Ce qui était inhabituel, en revanche, c'est qu'après avoir franchi la canopée, avoir été testé, reconnu infecté et enveloppé d'agents antinanos, celui-ci ait survécu à la chute sous sa forme originelle.

El se tourna vers moi et fronça les sourcils.

— C'est le gouverneur Rickert revenu nous hanter.

Nous rîmes tous deux, mais le cœur n'y était pas vraiment.

Le lendemain, j'éprouvai le besoin de travailler un peu. Il restait deux jours avant que l'orphelinat ne commence la recombinaison, et je ne tenais pas en place. De son côté, Eleanor avait une réunion Tri-D prévue dans le salon.

Je m'étais approprié une chambre vide à l'arrière de l'appartement, qui avait en gros la taille et l'aspect de mon atelier à Chicago. J'avais demandé au concierge en chef de la tour, un type austère à souhait, de faire débarrasser tous les meubles à l'exception d'un fauteuil et d'une table de chevet. J'ajoutai un oreiller au fauteuil pour me caler le bas du dos et me permettre de rester assis pendant de longues heures. Je le tournai face au mur qui était selon les dires de Henry au nord, plaçai la table de chevet à côté, rapportai de la cuisine une carafe de café fort et des bonbons, et me mis à l'aise.

— C'est bon, Henry, emmène-moi à Chicago.

Instantanément, la chambre vide se transforma en mon atelier, et je me retrouvai assis à ma place préférée, face à la fenêtre donnant sur les gratte-ciel de Chicago et le lac, au trois cent troisième étage du Drexler Building. Le ciel était assombri par des nuages d'orage. La pluie éclaboussait les vitres. Il n'y avait rien de tel qu'une belle tempête pour stimuler ma créativité.

— Henry, accorde l'atmosphère d'ici à celle de Chicago.

Je sirotai mon café en observant les éclairs qui frappaient les tours avoisinantes. L'air devint plus frais, chargé d'ozone. Je me sentais à la fois détendu et revigoré.

Quand je m'estimai prêt, je fis pivoter mon fauteuil vers le reste de l'atelier. Il était exactement tel que je l'avais laissé, des mois plus tôt, quand je l'avais quitté physiquement. La grande table de travail occupait le coin est. Recouverte d'une plaque vitrée et haute sur pieds, elle permettait de travailler sans que l'on ait à se pencher. Vingt à trente ans plus tôt, quand je vivais encore à Chicago, je restais campé des heures durant devant cette table. A présent, elle était envahie par un fatras d'objets : trophées de design, gemmes polies venues de Mars et Jupiter, une pagode japonaise miniature en mica et carton, une boîte pleine de ces vieilles clefs que j'avais longtemps collectionnées, des paquets enveloppés de mes emballages les plus réussis et – objets les plus anciens dans cette pièce – des pinceaux dans un bocal à conserves, pareils à un bouquet de fleurs séchées.

Je me levai et déambulai dans mon petit domaine, savourant les souvenirs de ma vie. Les étagères, les vitrines et le sol en étaient encombrés : un tambour de cérémonie tendu d'une peau d'antilope, une antique pendule que les servos de l'ordi-maison remontaient régulièrement, des holocubes de mes amantes et épouses passées, des morceaux de verre coloré, des amarantes et des bois flottants dont les formes m'avaient jadis inspiré, et un pied d'éléphant transformé en tabouret. Cette pièce était maintenant plus un musée qu'un atelier où travailler, et j'en étais plus le conservateur que l'artiste résident.

Je me dirigeai vers le mur sud et regardai dans le coin. Le boîtier matriciel d'origine de Henry était posé sur trois autres identiques.

— Comment est la pâte ? dis-je.

Suffisante pour le moment. Je te ferai savoir quand il m'en faudra plus.

— Plus ? Tout ça ne te suffit pas ? Tu as assez de pâte pour diriger une ville entière.

Le Cabinet d'Eleanor Starke est plus puissant qu'une cité entière.

— Mouais, bon. Au boulot.

Je retournai m'asseoir dans le fauteuil. L'orage était passé et s'éloignait sur le lac dont les eaux étaient parées de tons bleu nuit.

— Qu'est-ce que tu as sur l'idée de l'œuf ?

Henry projeta un œuf richement orné dans l'air devant moi. Avec ses feuilles d'or, ses filigranes en argent et ses gemmes incrustées, c'était une création inspirée des prouesses de Fabergé pour les derniers tsars de la dynastie Romanov. Mais je n'y placerais pas de portraits miniatures ou des mécanismes d'horlogerie : mes œufs serviraient simplement d'écrins luxueux pour de petits présents. Les destinataires devraient les briser pour les ouvrir, mais ils pourraient garder les morceaux, qui se réassembleraient.

C'est comme je te l'ai dit la semaine dernière, répondit Henry. *Le public va détester. J'ai testé l'idée sur Simultitude et E-Pluribus.*

Autour de l'œuf, Henry emplit l'espace de diagrammes et de courbes avant d'ajouter :

Pas d'avis favorables au-dessus de sept pour cent, ni d'avis négatifs en dessous de soixante-huit pour cent. Les commentaires les plus fréquents se partagent entre « vieillot » et « vulgaire ». D'après les analyses matricielles, les gens ne tiennent pas du tout à ce qu'on leur rappelle leur fertilité latente. En fait, ils détestent…

— D'accord, d'accord, je crois que j'ai saisi.

C'était un concept idiot. Je le savais déjà quand je l'avais proposé. Mais j'étais tellement amoureux de ma propre fertilité latente que je n'avais plus les idées en place. Je pensais que les gens seraient attirés par ce symbole archétypal du renouveau, mais Henry avait raison depuis le début, et maintenant il disposait des données qui le prouvaient.

A dire vrai, je n'avais pas trouvé d'idée géniale depuis cinq ans. Cela me terrifiait.

C'est juste un passage à vide, dit Henry qui avait senti mon changement d'humeur. *Ça t'est déjà arrivé, et même pendant plus longtemps.*

— Je sais, mais celui-là est le pire que j'aie connu.

Tu dis ça à chaque fois.

Pour me remonter le moral, Henry se mit à projeter mon book d'emballages dans l'air.

Je détenais les brevets d'emballages dans nombre de domaines, de l'archivage à la peau instantanée, du camouflage militaire à la peinture vidéo. Mais mes préférés, et apparemment ceux du public aussi, restaient mes emballages cadeaux. Mon premier en date était un papier vidéo qui affichait les visages des êtres aimés (ou de célébrités si vous n'aviez pas d'êtres aimés) et qui chantait « Happy Birthday » sur la musique des Boston Pops. Sa création remontait à 2025, époque où je n'étais encore qu'un étudiant en ingénierie moléculaire, avant que l'Outrage ne nous fasse perdre Boston.

Mon premier modèle professionnel utilisa le vieux principe de la boîte dans la boîte, à cela près que mes boîtes ne devenaient pas de plus en plus petites quand vous les ouvriez, mais de plus en plus grandes : elles finissaient par occuper toute la pièce jusqu'à ce que vous trouviez par hasard la commande secrète, laquelle était n'importe quelle variation possible de « stop » (woah, assez, arrête, etc.) ou « à l'aide » (sauvez-moi, au secours, je suffoque, etc.).

Il y eut le papier d'emballage qui criait quand vous le déchiriez, puis une variante qui imitait la peau humaine et moulait parfaitement et d'une pièce le cadeau. Cet emballage-là avait une espérance de vie de quatorze jours (et un nombril !). Il était disponible dans toutes les teintes ethniques. Vous deviez le couper pour découvrir le cadeau, et bien entendu il saignait. C'était un rien effrayant. Nous en vendîmes des quantités astronomiques.

La peau humaine mena à ma création la plus durable : la pelure d'orange. Elle aussi pouvait épouser n'importe quelle forme. Sur le plan biologique, c'était de la véritable pelure d'orange. Quand vous la coupiez ou la déchiriez, il en jaillissait du jus d'agrume qui dégageait une odeur délicieuse.

Je laissai Henry me projeter ces réussites. Je dois avouer que je me pâmai devant mes créations. Elles m'emplissaient d'un émerveillement totalement égoïste.

J'étais terriblement doué, et le monde entier le savait.

Pourtant, après cette petite séance d'autocongratulation, je restai incapable d'avoir aucune idée. Je demandai à Henry un peu plus de café et quelque chose pour le déjeuner.

Alors que je me rendais à la cuisine, je passai devant le salon et je vis qu'Eleanor rencontrait elle aussi quelques difficultés. Même avec des holoserveurs perfectionnés, la pièce n'était plus qu'une vaste cohue. Il y avait là des dizaines de personnes et, pour autant que je pouvais en juger, autant de pièces superposées. Les gens, surtout ceux qui se croyaient importants, adoraient apporter leur décor familier avec eux quand ils participaient à ce genre de réunion. Il en résultait un fouillis de bureaux, lampes et fauteuils imbriqués les uns dans les autres. Les murs se croisaient selon des angles impossibles. Les fenêtres offraient des vues de New York, Londres, Washington et Moscou (et d'autres villes que je ne pus reconnaître), dans diverses teintes selon le jour et le temps. J'identifiai quelques-unes des personnes présentes pour les avoir vues sur les réseaux d'infos. Elles étaient assises derrière leur bureau selon un cercle approximatif ou déambulaient à travers murs et meubles pour parler entre elles et avec le Cabinet d'Eleanor.

Enfin, c'est ainsi que je perçus la scène depuis le couloir, à l'extérieur des émetteurs du salon. Pour ceux qui se trouvaient dans la pièce, elle devait ressembler à une salle du Sénat. J'observai cette confusion un moment, en prenant soin de rester hors champ des caméras, jusqu'à ce qu'Eleanor m'aperçoive.

— Henry, dis-je, demande-lui combien de ces gens sont là en personne.

Eleanor leva un doigt – une seule personne –, qu'elle retourna vers sa poitrine.

Je souris. Elle était donc la seule en mesure de me voir. Je continuai jusqu'à la cuisine et rapportai mon déjeuner dans l'atelier. Je n'arrivais toujours pas à démarrer, aussi je sollicitai de Henry un rapport sur ma correspondance. Il avait répondu à plus de cinq cents messages depuis notre dernière séance, la veille. Les quatre cinquièmes concernaient le bébé. Nous étions invités à apparaître – avec le bébé – dans tous les grands talk-shows et tous les magazines. Nous étions menacés de poursuites légales par la Ligue anti-transsubstantiation, et menacés de violence par plusieurs appelants anonymes (qui seraient certainement identifiés par le chef de la sécurité d'El et poursuivis par sa première avocate). Une centaine de personnes apparemment inoffensives imploraient la permission de venir nous rendre visite physiquement ou par holo durant notre sieste, notre bain, ou à n'importe quel moment. Deux fois plus nous accusaient de fraude. Trois femmes et un homme du nom de Sam Harger affirmaient que leur permis de fertilité nous avait été attribué par erreur. La prédiction du Dr Armbruster se vérifiait, et le bébé n'avait même pas été converti.

Tout ceci prit une heure pleine. Je ne me sentais toujours pas plus créatif. Aussi jetai-je l'éponge. Je pris une douche, me rasai. Quand je vins me poster, nu, à l'entrée du salon, Eleanor me sourit et leva cinq doigts, me signifiant ainsi qu'elle n'en avait plus que pour cinq minutes.

J'allai l'attendre dans ma chambre. Elle passa la pause du déjeuner avec moi. Lorsque nous fîmes l'amour, ce jour-là et le suivant, je me permis un petit fantasme dont je ne lui avais jamais parlé. J'imaginai qu'elle était enceinte « à l'ancienne », avec un ventre énorme, rond et dur, et que, en me mouvant en elle, en nous mouvant tous deux, nous apprenions à notre enfant sa première leçon dans l'art de l'amour humain.

Le jeudi, jour de la conversion, nous nous accordâmes un petit déjeuner royal sur la terrasse du New Foursquare Hotel, dans le centre de Bloomington. Un flot ininterrompu de piétons, étudiants et employés pour la plupart, s'écoulait devant notre îlot de tables métalliques et parasols à bandes colorées. Le jour nouveau s'annonçait clair et bleu, et il ferait chaud à midi. Pour l'instant, une brise fraîche essayait de nous arracher nos menus. Le Foursquare proposait la meilleure cuisine de tout Bloomington, au moins pour les desserts. Son chef pâtissier, myr Duvou, s'était fait une réputation en réinterprétant les classiques. Ce matin, nous (surtout moi) savourions une tarte sablée aux fraises, crème fouettée et café. Tout – les fraises, le blé pour la pâte, le sucre, les grains de café – était naturel et non assemblé. La préparation avait été exécutée avec amour et savoir-faire par la main humaine. Les serveurs étaient des steves, sensibles à nos moindres désirs et qui, en dépit de leur haute taille, s'inclinaient très bas pour prendre notre commande.

Nous appelâmes le Dr Armbruster. Elle apparut en miniature, avec son bureau et le reste, sur mon set de table.

— C'est d'accord, alors ? dit-elle en décryptant notre expression.

— Oui, fis-je.

— Oui, dit Eleanor en prenant ma main.

— Félicitations à tous deux. Vous êtes les gens les plus chanceux au monde.

Nous le savions déjà.

— Traits ? Améliorations ? s'enquit le médecin.

Nous avions étudié toutes les possibilités et décidé de laisser à la nature et à la chance, plutôt qu'à un ingénieur généticien trop bien intentionné, le soin de mêler nos gènes pour créer un nouvel individu.

— Traits aléatoires, et la douzaine d'améliorations standard.

— Ce qui nous laisse la question du sexe, dit le Dr Armbruster.

Je me tournai vers Eleanor.

— Masculin, dit-elle. Je crois que ce bébé veut être un garçon.

— Ce sera donc un garçon, dit le médecin. Je mets le labo au travail immédiatement. La recombinaison devrait prendre environ trois heures. Je surveillerai l'opération et vous tiendrai informés. Nous infecterons le châssis vers midi. Prenez rendez-vous pour dans une semaine, vous pourrez venir prendre possession de... votre fils. Nous aimons organiser une petite fête pour chaque naissance. A vous de voir comment vous vous arrangerez avec les médias, si vous désirez leur présence. Je vous rappelle d'ici une heure. Et, une fois encore, félicitations !

Parce que nous étions trop tendus pour faire autre chose, nous mangeâmes nos tartes et bûmes nos cafés sans beaucoup parler, sinon pour débiter des banalités, avec l'espoir que cela nous détendrait un peu. Enfin le Dr Armbruster, assise derrière son bureau miniature, nous rappela.

— Le travail de recombinaison est aux deux tiers accompli et se déroule très bien. Les premiers relevés indiquent une intelligence organique de Pernell de 3.93. Très impressionnant, mais cela ne vous étonne probablement pas. Jusqu'ici, nous savons que votre fils a les yeux de Sam, son menton et sa structure squeletto-musculaire, les cheveux d'Eleanor, son nez et... ses sourcils.

— Je crains que mes sourcils ne soient en effet un trait dominant, commenta Eleanor.

— Il semblerait, oui, approuva le médecin.

— Je suis dingue de tes sourcils, dis-je.

— Et moi de ta structure squeletto-musculaire.

Nous restâmes encore une heure en terrasse, durant laquelle nous eûmes deux nouveaux rapports du Dr Armbruster. Je commandai une bouteille de champagne, et les clients des tables alentour partagèrent notre toast avec des tasses de café et des verres de visola. J'étais légèrement éméché quand enfin nous nous levâmes. J'eus alors la désagréable surprise de sentir le contact d'une limace SecNat à ma cheville. Je jugeai plus sage de la laisser achever son échantillonnage avant de me frayer un chemin entre les tables. Elle me parut mettre un temps inhabituellement long.

Eleanor commençait à s'impatienter.

— Qu'y a-t-il ? fit-elle avant de s'esclaffer. Tu es saoul ?

— Non, juste une limace. Elle a presque terminé.

Mais je me trompais. Au lieu de se laisser glisser au sol, la limace s'étira pour encercler mes deux chevilles, si bien que, lorsque je pivotai sur place pour suivre Eleanor, je trébuchai, renversai notre table et m'effondrai d'un bloc. Ma tête heurta rudement le dallage de la terrasse. Le voile gluant de la limace remonta le long de mon corps et s'étendit sur mon visage. Il se figea et brouilla ma vision des tables, des parasols et des clients qui fuyaient, telles des ombres horrifiées. Je pouvais à peine respirer. Le visage d'Eleanor se pencha vers moi un instant, puis disparut. J'essayai de crier au secours. Je voulus m'asseoir, ramper, mais mes bras étaient plaqués contre mon corps.

Sam, on est en train de me sonder, dit Henry.

Moi aussi. Les antinanos pénétrèrent par mes pores et se diffusèrent sous ma peau. Ils investirent mon système sanguin et se dispersèrent pour capturer chaque cellule de mon corps. J'avais l'impression qu'une fumée brûlante m'envahissait et me rongeait de l'intérieur.

Mon pauvre estomac empli d'un mélange de fraises et de champagne se contracta et expulsa un geyser rose dans ma gorge. Mais il n'avait nulle part où s'évacuer sinon en coulant le long de mon menton et sur ma poitrine.

Je donnai des ruades en aveugle et renversai d'autres tables. Je roulai dans les éclats de verre qui me tailladèrent sans percer le voile de la limace, malgré sa finesse.

Fernando Boa, dit en espagnol quelqu'un avec la voix de Henry, *vous êtes en état d'arrestation pour avoir soustrait votre personne aux autorités de l'Etat d'Oaxaca à bord d'un vol non autorisé. Toute tentative de fuite entraînera votre exécution immédiate.*

— Pas Boa, gargouillai-je. Harger ! Sam Harger !

J'avais beau fermer les yeux de mon mieux, les antinanos s'y introduisirent sans peine et en testèrent l'humeur vitrée, les cônes et les bâtonnets. Des éclairs de lumière blanche explosèrent derrière mes paupières, et un ouragan lointain roula dans mon crâne.

Dois-je résister ? cria Henry. *Je pense que je devrais résister.*

— Non !

Commença alors la véritable torture : les cellules nerveuses de tout mon corps furent inspectées. Reliées à chaque fibre musculaire, chaque vaisseau sanguin, chaque follicule de mes cheveux, incrustées dans ma peau, mes articulations, mes intestins, elles s'enflammèrent d'un coup. Mon cerveau me parut exploser. Mon estomac se figea. J'implorai grâce.

Et puis, tout aussi soudainement, les convulsions cessèrent, et les milliards de machines en moi s'en allèrent en une fraction de seconde.

Je peux le faire, dit Henry. *Je sais comment.*

— Henry, non !

L'enveloppe isolante elle-même frémit et se détacha de moi comme de la poussière. Je retrouvai l'air frais et la lumière du jour. J'étais souillé, sanguinolent, boursouflé, mais entier. Seul au milieu d'un champ de bataille de parasols. J'envisageai de ramper loin de la poussière, mais la limace enserrait toujours mes chevilles.

— Tu n'aurais pas dû faire ça, Henry, dis-je dans une sorte de croassement. Ils ne vont pas du tout apprécier.

Sans prévenir, la tornade neurale frappa de nouveau, plus fort encore. La limace déploya un nouveau suaire qui m'écrasa comme un tube de peinture, en commençant par mes pieds et en remontant sur mes jambes.

— Je vous en prie, suppliai-je, laissez-moi m'évanouir.

Je ne m'évanouis pas, mais je passai ailleurs, comme dans une autre pièce d'où j'entendais toujours le rugissement de la tempête. Il y avait quelqu'un dans cette pièce, un homme que je reconnus à moitié. Il était musclé, de taille moyenne, et des traces de gris marquaient ses cheveux blonds. Le plus chaleureux des sourires s'étalait sur son visage rond aux traits grossiers.

— N'aie crainte, dit-il en référence à la torture par-delà le mur. Ça va passer.

Il avait la voix de Henry.

— Tu aurais dû m'écouter, Henry, sifflai-je. Où as-tu appris à me désobéir ?

— Je sais que je ne compte pas autant que ça, dit l'homme. Je veux dire, je ne suis qu'un concept, pas un être vivant. Un serviteur, pas un égal. Mais je veux te dire combien j'ai apprécié de te connaître.

Je m'éveillai allongé sur le flanc sur un chariot d'hôpital, ma joue baignant dans une petite flaque de fluide clair. Chaque cellule de mon corps était douloureuse. Un homme en uniforme de la SecNat, un jerry, m'observait, l'air morose. Quand je me mis en position assise, nauséeux et étourdi, il me tendit un paquet de vêtements propres. Ce n'étaient pas les miens.

— Qu'essy maih arrivé ?

— Vous avez eu un malheureux accident.

— Un assiden ?

Le jerry me fourra les vêtements dans les mains.

— Fermez-la et habillez-vous.

Il reprit son poste près de la porte et me regarda me dépêtrer avec les vêtements. Mes pieds étaient tellement gonflés que je pouvais à peine mettre le pantalon. Mes mains tremblaient et étaient sans force. La tête me tournait, j'étais complètement exténué. Mais, l'un dans l'autre, je me sentais beaucoup mieux que quelque temps auparavant.

Quand je fus habillé, après ce qui me sembla être des heures, le jerry déclara :

— Le capitaine veut vous voir.

D'un pas traînant, je le suivis dans des couloirs en céramique déserts, jusqu'à un petit bureau où était assis un jeune homme imposant et de belle prestance, portant un uniforme bleu impeccable. Un russ.

— Signez ici, dit-il en me présentant une plaquette. Ce sont les termes de votre libération.

Lis ça, Henry.

Mais Henry ne répondit pas, et j'éprouvai un moment de panique avant de me souvenir que les processeurs asservis à l'intérieur de mon corps qui me connectaient au boîtier de Henry à Chicago avaient certainement été détruits. J'essayai alors de lire moi-même le document. Il était truffé de jargon juridique et de clauses interminables, mais je réussis à saisir qu'en le signant je déchargeais la Sécurité nationale de toute responsabilité légale pour le traitement qu'elle m'avait si gracieusement infligé.

— Je ne signerai pas ça.

— Comme vous voudrez, dit le capitaine en me reprenant la plaquette des mains. Vous n'êtes plus en garde à vue, mais vous demeurez en sursis avec mise à l'épreuve jusqu'à nouvel ordre. Demandez les détails à la ceinture.

Il désigna celle qui retenait mon pantalon d'emprunt.

Je soulevai ma chemise et l'examinai. L'appareil cousu sur la ceinture était si petit que je ne l'avais pas remarqué, et ses ports étaient déguisés en œillets.

— Sergent, dit le russ au jerry, veuillez raccompagner myr Harger jusqu'à la porte.

— C'est tout ? fis-je.

— Vous espériez quoi, une récompense ?

Dehors, c'était la nuit. Je demandai l'heure à la ceinture. Elle répondit d'une voix neutre et sans vie :

— Heure locale : dix-neuf heures quarante-neuf.

Je calculai que j'avais été incarcéré – et inconscient – pendant près de sept heures, quand une intuition subite me poussa à demander la date.

— Vendredi 4 avril 2092.

Vendredi. J'étais resté hors circuit un jour et sept heures.

Il y avait une station de Slipstream juste devant le poste de police, naturellement, et je réussis à trouver une voiture individuelle. J'y montai et m'installai de mon mieux dans le siège rembourré. J'envisageai d'appeler Eleanor, mais pas avec cette ceinture. J'ordonnai donc de me ramener chez moi.

— Adresse, s'il vous plaît.

Une bouffée de colère m'enflamma.

— Les Williams Towers, abruti !

— Ville et Etat, s'il vous plaît.

J'étais trop las pour ce genre de stupidités.

— Bloomington !

— Bloomington, Californie, Idaho, Indiana, Iowa, Kansas, Kentucky, Maryland, Minnesota, Missouri, Nebraska, New York... ?

— Eh, minute ! Stop ! Je suis où, bordel ?

— Au quartier général pour la région Ouest de la Sécurité nationale, à Provo, dans l'Utah.

Henry me manquait vraiment. Lui m'aurait ramené à la maison sans poser toutes ces questions. Il aurait pris soin de moi.

— Bloomington, Indiana, dis-je d'un ton résigné.

Les portières se verrouillèrent, l'éclairage de route s'alluma et le véhicule roula vers la rampe d'injection. Nous descendîmes en roue libre au-delà du réseau local, jusqu'aux tunnels intercontinentaux. La ceinture déclara :

— Durée estimée du trajet jusqu'aux Williams Towers, Bloomington, Indiana : une heure cinquante-cinq minutes.

Quand la voiture fut injectée dans le Slipstream, je fus plaqué au siège par la force de l'accélération. Henry aurait su que j'étais mal en point, lui, et il aurait choisi la rampe d'accès longue. Heureusement, j'avais une ceinture de Henry de secours à l'appartement, je ne resterais pas longtemps sans lui. Et dans quelques semaines, quand je me sentirais mieux, je le réinstallerais en moi.

J'essayai de dormir, mais j'étais trop mal. La tête continuait de me tourner, et il fallait que je garde les yeux ouverts, sous peine de nausée.

J'arrivai aux Williams Towers à vingt-deux heures passées, mais la station était bondée de résidents et de visiteurs. Je sentis les regards se braquer sur moi. Tout le monde était sans doute au courant de mon arrestation. Ils l'avaient vue sur les réseaux, avaient été témoins de ma peur viscérale quand le suaire s'était étiré sur mon torse.

Je marchai d'un pas raide, les yeux fixés droit devant moi, vers les ascenseurs. Je réussis à en avoir un pour moi seul, et quand les portes se refermèrent je me sentis soulagé. Mais quelque chose clochait : nous ne bougions pas.

— Etage, s'il vous plaît, dit ma nouvelle ceinture de sa voix monocorde.

— Merde ! hurlai-je. Bordel de merde ! Ecoute-moi bien. Je veux que tu contactes Henry, c'est mon système-valet à Chicago. Passe-lui la direction de toutes tes misérables fonctions. Tu m'entends ?

— Certainement, myr. Quel est le code d'accès de Henry ?

— Un code ? Quel code ? Je ne connais aucun code.

Garder en mémoire les mots de passe, les dates d'anniversaire et ce genre de détails avait été de la responsabilité de Henry pendant les quatre-vingts dernières années.

— Contente-toi de m'emmener là-haut ! Arrête-toi à tous les étages à partir du deux centième.

Mais avant que nous nous mettions en mouvement, je m'exclamai :

— Non ! Attends ! Ouvre les portes !

J'avais soudain une envie irrépressible d'uriner. Et je ne pensais pas pouvoir me retenir assez longtemps pour atteindre l'appartement, surtout dans un ascenseur ultrarapide.

Des gens attendaient devant l'ascenseur. J'eus la conviction qu'ils m'avaient entendu hurler. Je les écartai pour passer, un sourire crispé plaqué sur mon visage, la sueur perlant à mon front, et je me hâtai vers les toilettes pour hommes dans le hall d'entrée.

J'avais tellement envie de me vider la vessie que lorsque je me campai devant l'urinoir j'en fus incapable. J'avais l'impression d'être sur le point d'exploser. Je dus consciemment me calmer, respirer profondément, me détendre. Quand enfin je me mis à uriner, ce fut interminable. Combien de litres une vessie peut-elle contenir ? L'urine était visqueuse et assombrie d'un vague éclat métallique, comme si elle était mélangée à de la poussière d'aluminium. Quoi que la SecNat m'ait injecté, il me faudrait des jours pour l'expulser de mon corps. Au moins, il n'y avait pas trace de saignement, Dieu merci. Mais ça brûlait. Et quand j'eus terminé, après m'être lavé les mains, je dus recommencer.

Arrivé à mon étage, le valet-ceinture ne put ouvrir la porte de l'appartement et il me fallut demander l'autorisation d'entrer. La porte ne me reconnut pas, mais le Cabinet d'Eleanor lui donna la permission d'ouvrir. Il régnait dans l'appartement une forte odeur de désinfectant. Je titubai de pièce en pièce en criant : « Eleanor ! Eleanor ! », jusqu'à ce que j'envisage la possibilité de son absence.

— Par ici, répondit-elle.

Sa voix me mena dans le salon, mais ce n'était pas elle. C'était sa jumelle plus âgée, la sévère secrétaire générale, assise sur le canapé, accompagnée de la première avocate, toute de noir vêtue, et de son chef de la sécurité, qui me décocha un sourire aux dents trop nombreuses.

— Qu'est-ce que c'est, bordel ? grognai-je. Une réunion de ce putain de Cabinet ? Où est Eleanor ?

D'un geste, la secrétaire générale m'indiqua le fauteuil placé face au canapé.

— Veuillez vous joindre à nous, Sam. Nous avons beaucoup de choses à nous dire.

— Dites-les entre vous ! m'écriai-je. Où est Eleanor ?

J'étais sûr à présent qu'elle avait plié bagages. Elle avait quitté le café en hâte et ne s'était pas arrêtée, laissant ses trois Pieds Nickelés derrière elle pour m'annoncer la mauvaise nouvelle.

— Eleanor est dans sa chambre, mais elle...

Je trottais déjà dans le couloir. Mais la porte de la chambre était verrouillée.

— Porte, déverrouillage, ordonnai-je.

D'une voix mécanique, le système de sécurité répondit :

— L'accès à cette chambre est réservé aux résidents de l'appartement.

— Dont je fais partie, imbécile !

Je martelai la porte des deux poings.

— Eleanor, laisse-moi entrer. C'est moi, Sam.

Aucune réponse.

Je retournai dans le salon.

— Qu'est-ce que c'est que ce bordel ?

— Sam, dit la secrétaire générale, Eleanor vous verra dans quelques minutes, mais pas avant que...

— Eleanor, criai-je en regardant tour à tour les différentes caméras disposées dans la pièce, je sais que tu nous observes ! Sors de la chambre. Il faut que nous parlions. Je veux parler avec toi, pas avec ces marionnettes.

— Sam, dit Eleanor derrière moi.

Je fis volte-face. Mais ce n'était pas Eleanor. Une fois encore, j'avais été leurré par sa secrétaire générale qui avait croisé les bras, comme une El en colère, et froncé les sourcils. Elle imitait Eleanor si parfaitement que je me demandai si El ne se projetait pas à travers elle.

— Sam, je vous en prie, ressaisissez-vous et prenez un siège, dit-elle d'un ton conciliant. Il faut que nous parlions de votre accident.

Mais je n'étais pas disposé à la moindre réconciliation pour l'instant.

— Mon quoi ? Mon *accident* ? C'est comme ça que vous l'appelez ? Eh bien moi, je peux vous affirmer que ce n'était pas un accident ! C'était une agression, un viol, une attaque vicelarde. Pas un accident !

— Veuillez m'excuser, dit la première avocate d'Eleanor, mais nous utilisons le terme « accident » dans sa stricte acception légale. Les deux parties sont provisoirement convenues de...

Je quittai la pièce sans un mot. Il fallait que j'aille uriner, encore. Heureusement, la salle de bains m'autorisa à entrer. J'étais conscient de me comporter mal, mais je ne pouvais m'en empêcher. D'un côté, j'étais reconnaissant à Eleanor d'être toujours là, de ne pas m'avoir abandonné. De l'autre, j'étais peiné, en pleine confusion et très irrité. Je ne désirais qu'une chose, serrer El dans mes bras, et qu'elle me serre dans les siens. En cet instant, j'avais besoin d'elle plus que je n'avais jamais eu besoin de quiconque dans ma vie adulte. Je n'avais pas de temps à perdre avec des holos. Mais je pouvais comprendre qu'elle soit effrayée. Peut-être me croyait-elle contaminé. Et mon comportement n'aidait sûrement pas à la rassurer. Il fallait que je me maîtrise.

Mon urine me brûlait encore plus qu'avant. Ma bouche était sèche comme si elle avait été en coton. Je pris un verre à dents et l'emplis d'eau du robinet. Etonné de la soif qui me tenaillait, j'en bus plusieurs à la suite. Puis je m'aspergeai le visage dans le lavabo. L'eau froide était si agréable que je me débarrassai des vêtements fournis par la SecNat et passai sous la douche. Le jet puissant me revivifia, me fortifia. Comme je ne tenais pas à endosser de nouveau ma tenue, je ceignis mes reins d'une serviette et allai dans ma chambre, mais celle-ci avait été entièrement vidée. Plus de meubles ni de moquette. On avait même gratté la peinture aux murs. Je revins dans le salon et dis aux holos de demander à Eleanor de me trouver quelque chose à me mettre. Je promis de ne pas tenter une entrée en force quand elle ouvrirait sa porte.

— Tous vos vêtements ont été confisqués par la SecNat, dit la secrétaire générale, mais Fred va vous en apporter de sa garde-robe.

Avant que je puisse demander qui était ce Fred, un homme corpulent, un russ, sortit d'une des pièces situées à l'arrière de l'appartement, celle que j'utilisais pour mes visites à Chicago. Il était en combinaison marron et crème et portait sur un avant-bras un peignoir de bain, marron également. A l'exception de l'uniforme, ce type était la réplique exacte de son clone d'officier, au quartier général de l'Utah.

— Je vous présente Fred, dit la secrétaire générale. Il a été affecté à...

Je ne pus me contenir :

— Quoi ? El a peur que j'étrangle ses holos ? Elle pense que je pourrais enfoncer sa porte ?

— Eleanor ne pense rien de tel, répliqua la secrétaire générale. Fred a été affecté ici par le Conseil de Tri-Discipline.

— Eh bien, je ne veux pas de lui ici. Renvoyez-le. Barre-toi, Fred.

Impassible, le russ continuait de me tendre le peignoir.

— D'accord... Alors reste hors de mon chemin.

Je le contournai et fonçai en direction de la salle de bains. Dans l'armoire à linge, je dénichai l'un des peignoirs en tissu-éponge d'Eleanor. Sur moi, il était un peu juste aux entournures, mais il ferait l'affaire.

De retour dans le salon, je m'assis dans le fauteuil face au canapé.

— Bon. Que voulez-vous ?

— C'est beaucoup mieux, dit la secrétaire générale, qui se laissa aller contre le dossier du sofa et se détendit, exactement comme Eleanor l'aurait fait. Tout d'abord, laissez-nous vous informer de ce qui s'est produit jusqu'à maintenant.

— Mais faites donc. Informez-moi.

La secrétaire générale passa le relais à la première avocate, qui dit :

— Hier matin, jeudi 3 avril, à précisément dix heures quarante-sept minutes et trente-neuf secondes, heure de la côte Est, alors que vous vous attardiez à la terrasse du Foursquare Café dans le centre de Bloomington, Indiana, vous, Samson P. Harger, avez subi l'analyse de routine d'un système de test aléatoire de la Sécurité nationale, modèle Population urbaine 8903AL. Vous avez été reconnu en non-respect des lois 2014, 2064 et 2087. En conséquence, les procédures qui ont suivi...

— En langage humain, je vous en prie !

Le chef de la sécurité prit la suite, de sa voix rauque :

— Vous avez été testé par une limace SecNat, myr Harger, et décrété non conforme. C'est pourquoi ils vous ont embarqué.

— Mais pourquoi ? Qu'est-ce qui ne va pas chez moi ?

— Je vais vous le dire. Tout d'abord, la séquence d'ADN dans un échantillon de dix de vos cellules épidermiques n'était pas homogène. De plus, un NASTIE connu a été identifié dans votre sang. Vos marqueurs génétiques ne correspondaient pas à votre dossier du Registre national, mais à ceux d'un terroriste avéré qui fait l'objet d'un mandat d'arrêt extraordinaire. Ils correspondaient également au dossier d'une personne décédée il y a vingt-trois ans.

— C'est ridicule, dis-je. Comment la limace aurait-elle pu lire tout ça aussi vite ?

— C'est ce que la SecNat voulait savoir. C'est pourquoi ils vous ont désassemblé.

— Quoi ? !

— N'importe laquelle de ces conditions leur conférait l'autorité nécessaire pour le faire. Ils n'ont pas eu la patience de vous décrypter lentement et gentiment. C'est pourquoi ils vous ont bourré de tant d'agents intelligents que vous auriez pu remplir une piscine.

— Ils m'ont... complètement ?

— Toutes vos fonctions biologiques ont été interrompues. Légalement, vous êtes resté mort pendant trois minutes.

Il me fallut un moment pour saisir ce qu'il disait.

— Et qu'ont-ils découvert ?

— Rien, répondit le chef de la sécurité. Rien du tout. Les résultats de votre examen cellulaire étaient normaux. Ils n'ont même pas réussi à faire en sorte que la limace qui vous a arrêté, ni n'importe quelle autre d'ailleurs, redonne les résultats initiaux.

— La limace qui m'a arrêté était donc défectueuse ?

La première avocate prit la parole :

— Nous les avons obligés à concéder que la limace en question était *peut-être* défectueuse.

— Bon, ensuite ils m'ont réassemblé et libéré. Alors tout va bien ?

— Pas vraiment, dit le chef de la sécurité. Ce modèle de limace SecNat n'a jamais été impliqué dans une fausse lecture. Ce serait une première, d'après la Sécurité Nationale, et naturellement ils rechignent à l'admettre. Par ailleurs, ils avaient encore une accusation sérieuse contre vous.

— Laquelle ?

— Votre lecture initiale constituait une anomalie inexpliquée, dit la première avocate.

— Une anomalie inexpliquée ? Et c'est un crime ?

Je m'excusai pour une autre visite à la salle de bains. L'urgence s'accrut dès que je quittai le fauteuil et elle était douloureuse quand j'atteignis les toilettes. Cette fois, je n'eus pas de sensation de brûlure, mais l'urine sifflait et dégageait une sorte de vapeur. J'observai ce phénomène avec horreur.

Quand j'eus terminé, je revins dans le salon, me plantai devant les trois holos, et leur criai :

— *Qu'est-ce qu'ils m'ont fait ?*

— Vous avez été cautérisé, myr Harger, répondit la secrétaire générale.

— Cautérisé ? Qu'est-ce que ça veut dire ?

— C'est une procédure de sécurité intégrée. De minuscules surveillants ont été placés dans chacune de vos cellules. Toute tentative de prendre possession de vos fonctions cellulaires ou d'altérer votre constitution génétique entraînera l'auto-immolation de la cellule concernée. Relevez une manche et grattez-vous le bras.

Je m'exécutai. Des bouts de peau morte tombèrent au sol en explosant et en s'illuminant comme un feu d'artifice miniature.

La secrétaire générale poursuivit :

— De même, toute cellule de votre corps qui meurt de causes naturelles s'auto-immole. Lorsque vous mourrez, votre corps se consumera lentement.

J'étais abasourdi.

— Malheureusement, dit-elle encore, ce n'est pas tout. Asseyez-vous, je vous prie.

Ce que je fis, bras toujours à demi tendu devant moi. Des gouttes de sueur tombèrent de mon menton et grésillèrent sur le peignoir de bain en dégageant de minuscules bouffées de vapeur.

— Eleanor estime qu'il vaut mieux tout vous dire maintenant, reprit la secrétaire générale. Ce n'est pas joli, alors préparez-vous à entendre d'autres mauvaises nouvelles.

Je m'y efforçai.

— Ils ne voulaient pas vous relâcher, voyez-vous. Vous aviez perdu vos droits civils. Si vous n'aviez pas été l'époux d'un gouverneur Tri-D, vous auriez purement et simplement disparu de la circulation. Ils ont entrepris d'éradiquer toute trace de votre ADN de l'environnement. Ils ont confisqué les dossiers de votre génome au Registre national, dans les cliniques, à l'établissement de rajeunissement, etc. Ils ont investi cet appartement et y ont prélevé les plus microscopiques traces de votre présence : cheveux, mucus, peaux mortes, bouts d'ongle, sang, salive, smegma, tout ce qu'on peut imaginer. Ils ont envoyé des sondes dans la plomberie pour ôter les poils qui y étaient coincés. Ils ont même sondé l'intimité d'Eleanor pour en retirer votre sperme. Ils ont passé au peigne fin les couloirs, les ascenseurs, le hall d'entrée, le restaurant, le pressing. Ils ont fait montre d'une minutie extraordinaire, vraiment. Ils se sont rendus à l'Orphelinat national, à votre hôtel particulier dans le Connecticut, votre bungalow de Cozumel, la clinique de rajeunissement, votre chambre d'hôtel sur la Lune, la navette spatiale et tous vos domiciles, ainsi que ceux d'Eleanor, dans tous les USNA. Ils remontent systématiquement votre piste sur une période couvrant les trente dernières années.

— Mon atelier de Chicago ?

— Bien sûr.

— Henry ?

— Il n'est plus là.

— Vous voulez dire qu'il a été mis à l'isolement ? Ils l'interrogent, c'est ça ?

— Non. Il a été éradiqué. Il a résisté. Il leur a même donné du fil à retordre. Mais aucun civil ne peut gagner contre la SecNat. Pas même nous.

Je n'arrivais pas à croire que Henry n'était plus. Il avait tant de mesures de sauvegarde. Probable qu'à cette minute il se faisait tout petit dans une demi-douzaine de circuits de stockage disséminés dans le système solaire.

Mais une autre pensée me vint soudain.

— Notre fils !

— Quand votre accident est arrivé, répondit la secrétaire générale, le châssis n'avait pas encore été infecté avec vos recombinants et ceux d'Eleanor. Si tel avait été le cas, la SecNat l'aurait désassemblé lui aussi. Eleanor a interrompu la procédure au dernier moment et a donné tout le matériel génétique et les dossiers afférents.

Je tentai de digérer toutes ces informations. Mon fils était mort, ou plus exactement il n'avait jamais commencé à vivre. Mais au moins Eleanor avait sauvé le châssis. Nous pouvions toujours essayer à nouveau... mais le pouvions-nous ? *J'étais cautérisé !* Mes cellules étaient bloquées, et la SecNat avait confisqué tous les dossiers concernant mon génome.

La première avocate intervint :

— Le châssis, cependant, avait déjà été sorti de sa stase et il était considéré comme viable. Lui permettre de se développer avec son complément génétique d'origine ou le remettre en stase l'aurait exposé à une revendication légale de la part de ses géniteurs – ses parents d'origine. Aussi Eleanor l'a-t-elle fait infecter. Il est en phase de conversion, à l'heure actuelle.

— Infecté ? Infecté par quoi ? Elle s'est clonée elle-même ?

— Grands dieux, non. Elle l'a fait infecté par la recombinaison de ses gènes et ceux d'un partenaire simulé, en fait un composé de plusieurs de ses anciens partenaires.

— Sans mon accord ?

— Vous étiez décédé, alors. Elle était devenue votre veuve.

— Je n'ai été mort que pendant trois minutes ! Un mort momentané !

— Vivant vous auriez été un terroriste, et le permis de fertilité aurait été annulé.

Je fermai les yeux et me laissai aller contre le dossier du fauteuil.

— D'accord, dis-je. Quoi d'autre ?

Aucune réponse ne venant, je poursuivis :

— Pour résumer, j'ai été cautérisé, ce qui veut dire que mes cellules sont piégées. Est-ce que ça signifie que je suis incapable de me reproduire ? Ou même de profiter d'un rajeunissement ?

Ils restèrent muets.

— Donc mon espérance de vie a été réduite à, quoi..., quarante années de plus ? C'est ça. Mon fils est mort. Mis en pièces avant même d'avoir commencé à vivre. Henry n'est plus, sans doute définitivement. Ma femme, enfin... ma veuve, va avoir un enfant avec un autre homme. D'autres hommes, plutôt.

— Des hommes et des femmes, en fait, corrigea la secrétaire générale.

— N'importe. Je ne suis pas dans le coup. Combien de temps tout ça a pris ?

— Environ vingt minutes.

— Vingt minutes foutrement chargées, si vous me passez l'expression.

— Selon notre façon de penser, dit la première avocate, une période prolongée. Le plus important de la négociation sur votre cas s'est déroulé durant les cinq premières secondes de votre décès.

— Vous êtes en train de me dire qu'Eleanor a été capable de tout arranger et de créer son partenaire simulé en cinq secondes ?

— Eleanor prévoit toujours des plans d'urgence susceptibles de couvrir toute menace que nous pouvons imaginer. Il est toujours payant d'envisager le pire, myr Harger.

J'en restai sans voix. L'idée que, pendant tout le temps que nous avions passé ensemble, Eleanor concoctait ces plans était trop monstrueuse pour que je puisse y croire.

— Permettez-moi de souligner qu'Eleanor vous a soutenu, dit la secrétaire générale. Peu de gens auraient pris de tels risques pour leur mari ou leur femme. De plus, seul quelqu'un dans sa position était en mesure de vous représenter avec succès dans cette affaire. La SecNat n'a aucune obligation de répondre aux coups de téléphone, voyez-vous.

« Pour les détails de votre libération, la première avocate pourra vous renseigner ultérieurement. Etant donné le diagnostic aberrant de la limace qui vous a arrêté et le manque patent de preuves étayant ce diagnostic, nous en sommes arrivés à la conclusion que la cause la plus probable de tout cela était un défaut de fonctionnement chez la limace et non un quelconque NASTIE inconnu dans votre corps. De plus, comme aucun système n'a jamais été reconnu absolument parfait, nous avons estimé qu'il devait exister des dossiers concernant d'autres erreurs, enterrés à la SecNat. Eleanor a menacé de diffuser publiquement ces dossiers dans un procès au civil. Ce qui lui aurait coûté tout son capital politique, sa carrière, et peut-être la vie. Mais elle a réussi à convaincre la SecNat qu'elle était décidée à aller jusqu'au bout, et ils ont fait machine arrière. Ils ont accepté de vous réanimer et de vous placer en liberté surveillée, selon des termes qui sont stockés dans votre système-ceinture, que visiblement vous n'avez pas encore consulté. Le principal est votre cautérisation. Elle neutralise efficacement toute menace au cas où vous seriez victime d'un nouveau NASTIE. J'ajoute que même ce point a été une concession de leur part. Pour autant que l'on sache, vous êtes le premier individu cautérisé qui ait été autorisé à quitter le centre de quarantaine de l'Utah.

« Enfin, en signe de bonne volonté, nous avons transmis tous les lieux des cachettes de Henry.

— Quoi ! fis-je en me levant d'un bond. C'est *vous* qui leur avez livré Henry ?

— Rasseyez-vous, myr Harger, dit le chef de la sécurité.

Mais je n'en fis rien. Je me mis à arpenter la pièce. C'est donc comme ça que ça fonctionne, pensai-je. C'est le monde dans lequel je vis.

— Je vous en prie, Sam, dit la secrétaire générale, comprenez qu'ils l'auraient retrouvé tôt ou tard, de toute façon. Aussi intelligent que vous vous croyiez, avec le temps les voiles finissent par être soulevés.

Je me retournai pour lui répondre, mais elle et ses deux collègues avaient disparu. J'étais seul dans la pièce avec Fred le russ, immobile près de la porte. Il se racla la gorge et déclara :

— Le gouverneur Starke va vous recevoir, maintenant.

2

Huit longs mois se sont écoulés depuis ma visite surprise chez les flics. J'ai eu tout le temps de réfléchir à ce qui m'est arrivé, et de méditer sur mon statut de victime.

Peu après mon accident, Eleanor et moi avons emménagé dans notre nouveau domicile, une grande ferme avec dépendances située non loin de Bloomington. Ici, nous disposons de plus de place qu'il ne nous en faut, nous avons des étables et des granges, un jardin très vaste, un verger planté de poiriers, des courts de tennis, une piscine et une douzaine de clones, parmi lesquels l'inénarrable Fred, pour entretenir le tout. C'est vraiment très beau, et les quarante hectares sont recouverts de leur propre canopée, qui se trouve sous celle de Bloomington tout en en restant indépendante – une bulle à l'intérieur d'une bulle. L'endroit idéal pour élever l'enfant d'un gouverneur Tri-D.

Le corps de bâtiment principal, construit en blocs de calcaire du coin, remonte au siècle dernier. C'est le foyer que nous rêvions de posséder un jour. Mais maintenant que nous y sommes installés, je passe le plus clair de mon temps au sous-sol, car ma peau cautérisée supporte mal le soleil. Pour cette même raison, j'ai du mal à assimiler une nourriture trop riche, je me fais facilement des bleus, je n'arrive pas à dormir une nuit entière, toutes mes articulations sont douloureuses pendant une heure ou deux après le lever, je n'ai plus d'odorat et je suis devenu un peu dur d'oreille. En permanence, j'ai cet arrière-goût de cuivre dans la bouche, et un vague mal de tête. Je me mets au lit avec la nausée et je me lève avec la nausée. Mon médecin affirme que tout s'améliorera avec le temps, à mesure que mon corps s'adaptera, mais que l'entretien de mon état de santé m'incombe entièrement, désormais. Je n'ai plus de résidents homéostatiques moléculaires pour filtrer, éliminer et nettoyer mes cellules, plus de tonifiants musculaires ni d'inhibiteurs de graisse. Je ne peux plus me rendre dans une clinique de rajeunissement pour corriger les erreurs cellulaires dues au vieillissement. A partir de maintenant, c'est sûr, je vais devenir de plus en plus corpulent, lent, faible, et dégarni du crâne. En bref, plus vieux. La date de ma mort se situe dans les décennies et non dans les millénaires à venir. Cela ne devrait pas être un choc énorme pour moi, puisque c'était la condition naturelle de l'humanité quand je suis né. Mais, depuis ma venue au monde, la race humaine semble s'être embarquée sur un gigantesque paquebot en partance pour les rivages de l'immortalité. Moi, j'ai été jeté par-dessus bord sans cérémonie.

C'est pourquoi je passe mes jours assis dans un coin sombre et humide du sous-sol. Je deviens pâle comme un suaire, je prends du poids (dix kilos déjà), et j'arrache les poils de mes sourcils pour les regarder s'enflammer comme des amorces.

Je ne verse ni dans la mauvaise humeur ni dans l'apitoiement sur moi-même, à l'inverse de ce qu'Eleanor croit. En fait, je broie du noir. C'est ce que nous autres artistes faisons : nous broyons du noir. Aux yeux des individus plus portés à l'action, nous apparaissons égoïstes, obsessionnels jusqu'au narcissisme. Et c'est pour cette raison que nous préférons broyer du noir dans notre coin.

Mais je ne déprime pas à propos de l'art ou de la création d'emballages. J'ai définitivement laissé tomber tout ça. Voilà au moins une certitude. Je ne suis pas sûr de ce que je vais faire, mais je sais que j'ai refermé ce chapitre de ma vie. Il fut très agréable, et j'en ai fort bien profité. Je suis arrivé au sommet dans ma partie. Mais c'est terminé.

Je déprime à propos de mon statut de victime. Mon intuition me dit que si je parviens à le comprendre, je saurai quoi faire de moi-même. Alors j'arrache un autre poil à un de mes sourcils. Le bulbe à sa racine s'enflamme comme une de ces allumettes d'autrefois ; il forme un petit point lumineux dans l'obscurité de ma caverne et, comme si je formulais un vœu, je murmure : « Henry. » Le poil grésille sur toute sa longueur jusqu'à brûler mes doigts, et je dois le lâcher. Le bout de mon index et de mon pouce est déjà noirci par ce jeu idiot.

Henry me manque terriblement. C'est comme si toute une partie de mon cerveau m'avait quitté. Je ne m'étais pas rendu compte à quel point il faisait partie intégrante de ma psyché. Je ne savais pas où mes pensées propres s'arrêtaient et où les siennes commençaient. Quand je me pose une question, aujourd'hui, personne ne répond.

Je me demande pourquoi il a fait ça : qu'est-ce qui lui a permis de croire qu'il pouvait résister à la Sécurité nationale ? L'intelligence artificielle peut-elle devenir imbue d'elle-même ? Ou s'est-il sciemment sacrifié pour moi ? A-t-il pensé qu'il pouvait m'aider à m'échapper ? Ou a-t-il protégé notre intimité de la seule façon qui lui était offerte, l'autodestruction ? Les archives vivantes de mon existence ont été effacées, mais au moins elles ne sont pas dans les mains attentionnées de la SecNat.

Ma petite mort a provoqué d'autres problèmes. Mes biens immobiliers ont été placés sous administration judiciaire. Mes adhésions, comptes et privilèges dans des centaines de services ou organisations ont été clos. La nouvelle de ma mort a fait le tour du monde à la vitesse autorisée par la fibre optique, ce qui a conduit des milliers de banques de données à m'affubler du statut de « décédé », statut impossible à annuler. Des nécros en images, comprenant évidemment des séquences de mon numéro de clown au Foursquare Café, sont apparues sur tous les réseaux le même jour. Les bases de données mentionnent mes dates de naissance et de décès. (Je note avec intérêt que nulle part on ne précise que j'ai été cautérisé.) Dès que j'utilise mes empreintes vocales ou rétiniennes, les alarmes se déclenchent. La première avocate d'El s'est débrouillée pour rétablir la plupart de mes principaux comptes, mais ma mort est trop généralement acceptée sur les réseaux pour être jamais complètement corrigée. Pour tout dire, la première avocate m'a proposé d'instaurer une tâche de routine pour mon nouveau système-valet : qu'il effectue ces corrections de façon continue. Comme le reste du Cabinet d'El, elle s'est portée volontaire pour former ma ceinture à ma place dès que j'y aurai installé un noyau de personnalité. J'aurai besoin d'un noyau si un jour je décide de quitter la sécurité de ma crypte. Mais je ne suis pas encore prêt pour un nouveau compagnon de ceinture.

J'arrache un autre poil de sourcil, et à sa faible lumière je chuchote :

— Ellen.

Nous vivons dans une forteresse. Eleanor prétend qu'ici, à la ferme, nous pouvons survivre à n'importe quelle forme d'attaque : nano, biologique, chimique, conventionnelle ou nucléaire. Elle se sent en totale sécurité. C'est ici qu'elle peut se reposer d'une longue journée de travail, elle y savoure son morceau de terre, elle y adore son bébé, Ellen. Même sans l'aide du programme Mélange maternel, ses instincts maternels se sont imposés. Elle s'enivre de son nouveau rôle. Ellen est toujours présente à son esprit. Si elle le pouvait, El passerait tout son temps dans la nursery, physiquement, mais les devoirs d'un gouverneur Tri-D la retiennent souvent au loin. Alors elle a programmé un holo d'Ellen en temps réel, qui est toujours quelque part dans son champ de vision, une présence qu'elle seule peut savourer. Les réunions de travail interminables et les dîners d'affaires ne l'accaparent plus. Les trajets par le Slipstream entre deux villes ne sont plus une complète perte de temps. Car elle regarde en secret les jennys qui nourrissent son bébé, le baignent, le promènent autour du bassin aux poissons. Et elle intervient constamment auprès d'elles, pour les corriger et annihiler la moindre place qu'elles auraient pu prendre dans l'affection du bébé. Les jennys sont au nombre de quatre. Sans le badge nominatif sur leurs uniformes identiques, je serais incapable de les différencier. Elle ont des plages horaires de travail de douze heures, qui se chevauchent, et elles se passent le bébé comme un témoin dans une course de relais.

Il semble que pour ma part j'aie quatre employés dévolus à ma seule personne, quatre russ : Fred Londenstane, celui qui est apparu peu après ma petite mort, et trois autres. Je ne suis pas prisonnier ici et leur mission est de protéger le domaine, le gouverneur Starke et sa fille, pas de me surveiller. Nonobstant, j'ai remarqué qu'il y en a toujours un prêt à intervenir, en particulier quand je m'approche de la nursery. Ce qui ne m'arrive pas très souvent. Ellen est un bébé magnifique, mais je n'ai aucune envie de passer du temps avec elle, et toute la maisonnée semble mieux respirer quand je reste confiné dans mon sépulcre souterrain.

Hier soir, une jenny est descendue m'annoncer que le dîner était servi. J'ai enfilé une tenue quelconque et j'ai rejoint El dans le solarium, à côté de la cuisine, où ces derniers temps elle préfère manger. Par la baie vitrée, nous avons vu d'épais flocons de neige tomber en silence dans le bleu-gris du crépuscule. El observait Ellen qui mettait à l'épreuve un nouveau jouet sur la moquette. Quand El s'est tournée vers moi, son visage était radieux, mais je n'avais rien à lui rendre. Malgré cela, elle a pris ma main et m'a fait asseoir à côté d'elle.

— C'est Papa, a-t-elle roucoulé, Ellen gazouillant aussitôt un salut joyeux.

Je savais ce qu'on attendait de moi. J'étais supposé adorer ce bébé, contempler sa plénitude et en être ravi. J'ai essayé. J'ai essayé parce que je veux vraiment que tout aille bien, parce que j'aime Eleanor et que je souhaite être son partenaire dans son rôle de parent. Aussi ai-je regardé Ellen et médité sur le mystère merveilleux de la vie. El et moi ne sommes plus les derniers maillons de la longue chaîne humaine – me dis-je –, ballottés dans les vents froids de l'évolution. Nous avons forgé le maillon suivant, nous ne sommes plus seulement sous l'emprise du passé, mais aussi sous celle de l'avenir. Nous avons créé le futur en chair et en os.

Quand El s'est tournée de nouveau vers moi, j'étais prêt – du moins je le pensais. Mais elle a détecté aussitôt, au plus profond de ma personne, ce noyau têtu d'indifférence. Pourtant, elle m'a encouragé, en me demandant :

— Elle n'est pas belle ?

— Oh, si, ai-je dit.

— Et intelligente.

— La plus intelligente.

Plus tard ce soir-là, quand l'ostensoir babillant de sa nouvelle religion fut mis en sécurité dans la nursery, sous la surveillance des jennys, Eleanor a exprimé ses reproches :

— Serais-tu égoïste au point de ne pas accepter Ellen comme ta fille ? Il faut donc que ce soit ta semence, ou rien du tout ? Je sais que ce qui t'est arrivé est dégueulasse, complètement injuste, et j'en suis désolée. Vraiment. Je voudrais qu'ils m'aient prise au lieu de toi. Peut-être que, la prochaine fois, ils ne se tromperont pas de cible. Est-ce que ça te fera plaisir ?

Nous savions tous deux qu'elle disait faux. L'attaque n'avait jamais été dirigée contre elle. Si Ellen était la carotte, alors j'étais le bâton. Les conditions de son couronnement ne pouvaient pas être plus claires : écarte-toi de la ligne tracée et tu risques tout ce que tu as. Ma présence pathétique ne servait qu'à le lui rappeler constamment.

— Non, El, ne parle pas comme ça, ai-je dit. Je ne peux pas faire autrement. Laisse-moi du temps.

Cette nuit-là, Eleanor s'est invitée dans mon lit. Auparavant, nous avions une vie sexuelle d'exception. Pour nous, le sexe était une forme de jeu, de compétition, d'épreuve de vérité. C'était très agréable et très amusant. Aujourd'hui, c'est devenu une tâche à accomplir. La hampe de mon pénis est douloureuse lors des mouvements de la moindre union, même sur un mode mineur. Mon urètre est mis à vif par les jets de sperme quand je jouis. Bien sûr, j'utilise des lubrifiants et des préservatifs spéciaux, sans lesquels je brûlerais le vagin d'El et mon propre sexe. Malgré tout, ce n'est agréable ni pour elle, ni pour moi. El s'efforce de dédramatiser par des plaisanteries comme « Tu es chaud, mon chéri », mais elle ne trompe personne.

Cette nuit-là, nous avons fait l'amour, mais je me suis retiré avant d'éjaculer. Elle a voulu m'attirer à elle, j'ai refusé. Elle a pris mon pénis enveloppé dans ses mains, mais je lui ai dit que ce n'était pas la peine. Tout ça ne valait simplement plus le coup d'être fait.

Au milieu de la nuit, quand je me suis levé pour redescendre dans ma caverne, Eleanor s'est étirée, a ouvert un œil et dit :

— Déteste-moi si tu veux, Sam, mais je t'en prie, ne rends pas le bébé responsable de tout ça.

Je demande à ma nouvelle ceinture combien de poils à chaque sourcil a une personne de mes origines, de mon sexe et de mon âge. La ceinture peut accéder à nombre d'encyclopédies pour des recherches aussi simples.

— Cinq cent cinquante à chaque sourcil, répond-elle de son ton neutre.

Soit un total de mille cent, bien assez pour éclairer ma lanterne. J'en arrache un autre, et je dis :

— Responsable.

Car il doit bien y avoir un responsable. Quelqu'un doit rendre des comptes. Quelqu'un doit payer. Mais qui ?

Eleanor accuse son « Bienfaiteur Inconnu », la ou les personnes derrière sa soudaine ascension professionnelle. Avec le Cabinet, elle a donc lancé un projet privé baptisé Cible BI. En gros, ce projet est une analyse mosaïque visant à identifier la signature de cette mystérieuse entité. Il recourt aux techniques de tamisage de données depuis longtemps utilisées par la SecNat, mais ses sujets sont l'élite des décideurs, non des terroristes ou des contestataires. El a dépensé une fortune pour acquérir des litres et des litres de la toute dernière pâte neurochimique afin de booster les capacités déjà gigantesques de son Cabinet. (Face à lui, Henry n'aurait aucune chance aujourd'hui.)

Du peu d'informations qu'Eleanor a bien voulu me communiquer, j'ai compris que le projet Cible BI travaille en enregistrant et en analysant continuellement les activités des cinq mille personnes les plus importantes de la planète. Connaissant le degré de sécurité que nous subissons ici, et partant du principe que les autres protègent tout autant leur intimité, une telle surveillance ne doit pas être facile. Quoi qu'il en soit, El affirme qu'une fois son modèle en place elle sera en mesure de remonter l'enchaînement des intentions ayant mené à un événement, et donc d'en trouver la source. Elle dit qu'elle aurait dû mettre un tel système en place il y a des années. A mon avis, c'est de la paranoïa pure.

Eleanor estime que c'est son BI le responsable. Et moi, qui vois-je comme responsable ?

C'est une bonne question, à laquelle je n'ai pas encore de réponse. S'il existe bien un BI qui tire les ficelles du destin d'El, on ne peut pas dire qu'il ne nous a pas envoyé un avertissement très net. Nous sommes entrés dans l'arène des grands avec les yeux dessillés. En fin de compte, selon la vieille habitude des victimes partout en ce monde, je suppose que je rends responsable ma propre personne.

J'arrache un autre poil à un sourcil, et pendant qu'il grésille je murmure :

— Fred.

Car ce russ, Fred Londenstane, constitue une surprise totale pour moi. Jamais encore je n'avais établi une relation avec un clone. Après tout, ce sont des employés. Ils sont interchangeables. Ils nous servent dans les magasins et les restaurants. Ils nous coupent les cheveux. Ils accomplissent les tâches ingrates que nous préférons assigner aux machines. Comment différencier deux joans l'une de l'autre, ou deux jérômes ? Et de quoi pourriez-vous parler avec eux ? Très joli arrosoir que vous avez là, kelly. Quel temps fait-il là-haut, steve ?

Mais Fred le russ est différent. Dès le départ, il m'a apporté des fruits et des gâteaux réputés fortifier les appareils digestifs fragiles, des lunettes de soleil, des crèmes corporelles apaisantes et un couvre-chef à large visière. Il semble sincèrement se soucier de mon bien-être, et il lui arrive même de descendre au sous-sol après son service pour bavarder avec moi. J'ignore la raison de tant d'attentions. Peut-être ne s'est-il jamais remis du choc éprouvé lors de notre première rencontre, quand je venais d'être cautérisé et que je souffrais énormément. Peut-être a-t-il compris qu'à la ferme j'étais la personne ayant le plus besoin de sa protection.

Quand je me suis senti prêt à reprendre des rapports sexuels avec Eleanor, j'ai eu besoin de ces préservatifs calorifuges spéciaux, mais mon nouveau valet n'a pu en localiser dans aucun magasin, même ceux où l'on vend des produits médicaux. J'ai demandé à Fred. Il m'a dit connaître un endroit et a promis de m'en rapporter. Le lendemain, il est revenu avec un sac à provisions plein de produits pharmaceutiques adaptés à mon handicap cellulaire : des suppléments vitaminiques, des suppositoires, une pâte dentifrice spéciale contre la plaque dentaire et des protège-genoux et coudes. Il avait également acheté vingt douzaines de préservatifs, et il m'a décoché un clin d'œil en les déposant sur la table. Il avait apporté d'autres choses que par discrétion il a laissées dans le sac.

J'ai regardé à l'intérieur. Il y avait des bouteilles d'eau de Cologne et de parfum, des sticks de déodorants, des désodorisants en bombe.

— Est-ce que je sens mauvais ? ai-je demandé.

— Autant qu'une pièce pleine de pisse de chat, myr. Sans vouloir vous offenser.

J'ai porté ma main à mes narines, mais j'étais incapable de sentir la moindre odeur. Si je puais à ce point, comment Eleanor a-t-elle pu vivre avec moi tous ces mois, manger avec moi, dormir avec moi, sans jamais aborder le sujet ?

Mais il y avait encore autre chose dans le sac : une bouteille pour bain de bouche et des chewing-gums.

— J'ai aussi mauvaise haleine ?

Pour toute réponse, Fred a louché en gonflant les joues.

Je l'ai remercié pour toutes ces emplettes, et surtout pour sa franchise.

— De rien, monsieur, a-t-il dit. Je suis simplement heureux de vous voir aller mieux.

Je me suis demandé si tous les russ faisaient preuve d'autant de compassion. Les trois autres qui sont assignés à la maisonnée ne me donnent pas cette impression. Compétents, consciencieux, sans peur, oui ; mais compassionnels ? Je n'ai pas osé interroger Fred sur les qualités de son modèle. J'ai gardé cette énigme pour moi et j'ai accepté sa gentillesse avec tout l'aplomb que peut avoir un homme qui se noie.

3

Il y a deux jours, c'était le premier anniversaire d'Ellen. Malheureusement, Eleanor était en voyage en Europe. Elle n'en a pas moins arrangé une petite fête holo avec ses amis. Une trentaine de personnes se sont assises en cercle, fascinées par le bébé qui avait fait ses premiers pas peu auparavant. Seuls quatre d'entre nous, le bébé, une jenny, un russ et moi, étions présents physiquement. Quand je suis arrivé et que je me suis assis, Ellen a avancé vers moi en titubant, pour que je la prenne sur mes genoux. Les gens ont ri, et dit :

— C'est bien la fille de son père.

La nuit dernière, j'ai encore fait ce rêve de toundra. Je franchissais le barrage de la canopée et débouchais immédiatement dans la blancheur infinie et gelée de la toundra. J'avais la sensation de m'échapper.

Il y a une semaine, mon médecin m'a soumis à un examen général. Elle a dit que j'avais atteint le point d'équilibre avec ma condition. Autrement dit, je n'irai jamais mieux que présentement. Ces derniers temps, je me suis astreint à des exercices physiques réguliers. J'ai perdu un peu de poids et je me sens plus vigoureux. Mais mes articulations me font souffrir, de temps à autre. La doctoresse a dit que ça ne pouvait qu'empirer. Elle m'a prescrit un remède de l'ancien temps : de l'aspirine.

Fred nous a quittés depuis deux mois. Lui et sa femme ont réussi à décrocher du boulot sur une nouvelle station en orbite autour de Mars. Ils ont des contrats de cinq ans renouvelables. Depuis leur arrivée là-bas, il m'a rendu visite en holo deux fois. Il m'a dit que leur meilleur pilote est un « empesteur ». C'est le terme que les gens utilisent pour désigner les cautérisés. Je suis peut-être le premier que la SecNat a libéré de quarantaine, mais à présent un flot régulier d'empesteurs sont remis en circulation. Et le public ne se doute de rien.

La semaine passée, j'ai fini par acheter un noyau de personnalité pour mon système-valet. Il a du mal avec moi, parce que je refuse d'interagir avec lui. Je ne lui ai pas encore donné de nom. Je n'arrive pas à en trouver un qui convienne. Je l'appelle « Eh, toi », ou « Oh, ceinture ». La secrétaire générale d'Eleanor a réitéré son offre de le former pour moi, offre que j'ai déclinée. En fait, je lui ai dit que si l'un des membres du Cabinet forçait son système de sécurité ne serait-ce qu'une seule fois je ferais avorter le noyau et recommencerais avec un neuf.

Aujourd'hui, après le dîner, nous avons eu un petit problème familial. La jenny de service s'est mise à saigner du nez alors que sa remplaçante était occupée ailleurs. Je me trouvais dans la cuisine quand j'ai entendu Ellen pleurer. Dans la nursery, j'ai découvert un russ désemparé – le remplaçant de Fred – qui tenait le bébé criant et gigotant. La jenny, par la porte ouverte de la salle de bains, a crié :

— J'arrive. Une minute, Ellie, j'arrive.

Quand Ellen m'a vu, elle a tendu vers moi ses petits bras potelés et ses hurlements ont redoublé.

— Donnez-la-moi, ai-je ordonné au russ, en remarquant aussitôt qu'il hésitait.

— Un moment, myr...

Il a demandé des consignes en silence.

— D'accord. Voilà. Je vais aller aider Marilee.

Il m'a confié Ellen, qui a refermé ses bras autour de mon cou. Le russ s'est dirigé vers la salle de bains, je me suis assis et j'ai placé Ellen sur mes genoux. Elle a regardé alentour, a hoqueté et s'est remise à pleurer. Mais cette fois c'était un geignement de tristesse.

— Qu'est-ce qu'il y a ? Qu'est-ce qu'Ellen veut ?

J'ai passé en revue mon peu de connaissances en matière de puériculture. J'ai touché son front, même si je sais que les bébés ne tombent plus malades, de nos jours. Et avec les couches autonettoyantes, plus besoin de les changer constamment. Les restes de son dîner parsemaient le plateau, elle venait donc de manger. Mal de ventre ? Envie de dormir ? Une dent qui perçait ? Durant ses premiers mois, Ellen s'était souvent montrée irritable, car son corps converti se débarrassait des derniers vestiges du châssis du petit garçon qu'elle avait écrasé. J'ai songé au fils que nous avions presque eu, et je me suis demandé pourquoi, pendant mon année de mauvaise humeur, je ne l'avais jamais pleuré. Parce qu'il n'avait pas d'âme ? Parce qu'il n'avait pas possédé de corps ? Et Ellen ? Avait-elle une âme en propre, ou celle du garçon d'origine subsistait-elle malgré la conversion ? Et si tel était le cas, en viendrait-il à nous détester pour ce que nous avions fait subir à son corps ? Je n'avais rien d'un homme religieux, mais ces questions me troublaient.

Ellen pleurait toujours, et toutes les dix secondes le russ passait la tête par la porte ouverte de la salle de bains pour nous surveiller. Ce petit manège n'a pas tardé à m'irriter. Que croyaient-ils que j'allais faire ? La laisser tomber ? L'étrangler ? Je savais qu'ils m'observaient, tous autant qu'ils étaient : la secrétaire générale, le chef de la sécurité. Peut-être même qu'ils avaient réveillé Eleanor à Hambourg ou à Paris, où il devait être près de minuit. Ils avaient un plan d'urgence pour tout ce que je pouvais faire, je n'avais aucun doute sur ce point.

— Ne t'inquiète pas, Ellie, ai-je dit doucement en ravalant ma colère. Maman sera là d'un instant à l'autre.

Ellen sursauta, balaya la pièce du regard et, n'apercevant pas Eleanor, hurla de plus belle. Une serviette tachée de sang tenue sous son nez, la jenny jeta un coup d'œil hors de la salle de bains.

— Oui, je viens, je viens, dit la voix ensommeillée d'Eleanor.

— Maman arrive, Maman arrive, mais en l'attendant Sam va te montrer un tour de magie. Tu veux voir un tour de magie ? Regarde.

J'ai arraché un cheveu de ma tête. Le bulbe s'est enflammé avec une détonation miniature, et le cheveu s'est consumé progressivement en grésillant. Ellen s'est calmée aussitôt et a contemplé le phénomène avec des yeux ronds. Le russ a surgi de la salle de bains et a accouru, mais il a stoppé net et a regardé fixement ce que je faisais. Le dégoût a plissé son nez.

— Dehors, ai-je dit en réussissant l'exploit de ne pas hurler. Avec la jenny.

— Désolé, myr, mais mes ordres…

Il s'est interrompu, s'est éclairci la voix, puis :

— Oui, myr, tout de suite.

Il a escorté la jenny, qui marchait tête relevée vers le plafond, hors de la nursery.

— Merci, ai-je dit à l'attention d'Eleanor.

— Je suis ici.

Nous nous sommes tournés pour découvrir Eleanor assise près de nous, dans un fauteuil en bois sculpté. Ellen a couiné de ravissement, mais sans vouloir toucher sa mère. A six mois déjà, elle savait faire la différence entre une représentation holographique et un être de chair et de sang. Les paupières d'Eleanor étaient lourdes, ses cheveux décoiffés. Elle portait une longue robe de chambre en soie que je n'avais encore jamais vue, et était pieds nus. L'aiguillon de la jalousie me piqua au cœur quand je compris qu'elle avait sans doute un amant. Mais qu'y avait-il d'étonnant à ça ?

D'une voix douce, chargée de la promesse de câlins, Eleanor nous a raconté une histoire avec une chenille loufoque qu'elle avait vue la veille dans un jardin public de Paris. Avec ses mains, elle nous a montré comment la bestiole se déplaçait. Ellen s'est laissée aller contre mon torse tout en regardant, et je me suis mis à la bercer sans même m'en rendre compte. Dans l'histoire, il y avait aussi un écureuil à la queue en panache, et beaucoup de pieds d'adultes portant des chaussures luxueuses, mais j'ai perdu le fil du récit tant j'étais pris par la voix d'Eleanor. Elle parlait d'un gland qui avait égaré son chapeau et de coccinelles se retrouvant pour prendre le thé, mais sa voix disait : Je t'ai créée d'après ce qu'il y avait de meilleur. Tu es parfaite. Jamais je ne laisserai qui que ce soit te faire du mal. Je t'aime et je t'aimerai toujours.

Le ton allait croissant, il s'est tendu, et a provoqué en moi un sentiment aigu de perte. Puis El a dit :

— Et comment va mon grand bébé ?

— Bien, ai-je affirmé. Et toi ?

El m'a résumé sa journée, a parlé de réunions, de planning et de calendrier, d'un patron qui avait perdu la tête et de diplomates venus prendre le thé, mais sa voix disait : Tu es un homme adulte, capable de faire face. Rien n'est parfait, mais nous faisons de notre mieux. Jamais je ne te ferai de mal. Je t'aime et je t'aimerai toujours. Je t'en prie, reviens vers moi.

Je regardai Ellen. Elle était un poids tiède endormi sur mes genoux, un poing contre la joue, les lèvres légèrement entrouvertes. J'ai repoussé les cheveux de son front avec mes doigts pareils à des saucisses et suivi l'arrondi de sa joue et de son menton. J'ai dû la caresser pendant un bon moment. Quand j'ai relevé les yeux, Eleanor attendait patiemment que je m'intéresse à elle.

— Elle a tes sourcils, ai-je dit.

Eleanor a eu un petit rire bas.

— Oui, pauvre bébé.

— Non, c'est sa caractéristique la plus adorable.

— Euh, oui, eh bien, qu'est-il arrivé aux tiens ?

— Un tic nerveux. Je m'en prends à mes cheveux, maintenant.

Elle a contemplé ma chevelure de plus en plus fine.

— En tout cas, tu as meilleure mine.

— Oui, je crois que j'ai passé un cap.

— Je suis heureuse de l'entendre. Je me faisais beaucoup de soucis pour toi.

— En fait, je viens tout juste de trouver un nom à mon valet de ceinture.

— Ah oui ? Lequel ?

— Skippy.

Elle a éclaté d'un rire franc et sonore.

— Skippy ? Skippy ?

— Eh bien, il est jeune, ai-je dit en guise d'explication.

— *Très* jeune, apparemment.

Notre conversation reprenait le ton d'autrefois, mais nous n'étions pas revenus à autrefois.

— Demain, je vais expliquer à Skippy comment tenir une conférence de presse.

— Ah, a fait Eleanor, l'air incertain. Merci de m'en avertir. Quel en sera le sujet ?

Je voyais la tempête de spéculations dans ses yeux tandis que son Cabinet l'abreuvait de murmures mentaux. Les avais-je tous pris de court ? Avais-je joué une carte inattendue ? C'était pervers de ma part, mais je l'espérais.

— Mon arrestation, je pense. Ma cautérisation.

— Ce n'était pas ta faute, Sam. Tu ne dois d'explication à personne.

— Je sais. Et pourtant, je sens qu'il est de mon devoir de témoigner. Je pense que les gens voudront savoir ce qui m'est arrivé. Je ne dis rien de plus. Je suis une personnalité publique, après tout. Enfin, je l'ai été.

— Ne le prends pas mal, Sam, mais les empesteurs sont partout aux infos, ces derniers temps. Ton cas ne se distinguera pas des autres sinon par le fait que tu es lié à moi. Ton but serait-il de nous faire du mal, à Ellen et moi ?

Ce n'était pas mon but.

— Et puis, si tu parles en public de ta cautérisation, tu enfreindras les termes de ta remise en liberté. Tu le sais.

En effet. Je me suis levé et lui ai tendu le bébé endormi.

— Tiens, prends-la.

El a levé les bras vers Ellen avant que nous nous rappelions tous deux que nous ne nous trouvions pas ensemble dans la même pièce. Un instant plus tard, une jenny est entrée, m'a pris le bébé sans un mot et s'est retirée en fermant la porte derrière elle.

Je me suis retourné vers Eleanor, j'ai écarté les bras de mon corps.

— Regarde-moi, El. Regarde ce qu'ils m'ont fait.

— Je sais, Sam. Je sais, a-t-elle dit, tout en essayant de toucher ma poitrine de ses doigts fantômes. Je travaille dessus, tu peux me croire. Même si c'est la dernière chose que je fais jamais, je traquerai ces gens-là jusqu'à ce que je les coince. Tu peux avoir confiance. Et quand je les tiendrai, je les détruirai pour leur faire payer ce qu'ils nous ont infligé. Je te le promets.

C'était un serment de vengeance que je n'avais pas la sagesse de refuser à l'époque, même si je savais que cela ne changerait ni n'arrangerait rien.

J'ai regardé les murs de calcaire qui nous entouraient, le chêne au-dehors, le bassin aux poissons au-delà, et j'ai déclaré :

— Je ne crois pas pouvoir continuer à vivre ici.

— Mais c'est notre *foyer*, Sam.

— Non. C'est *votre* foyer.

Elle a eu le tact de ne pas poursuivre sur le sujet.

— Où vas-tu aller ?

Je n'en avais pas la moindre idée. Jusqu'à cet instant, j'ignorais même que j'allais partir.

— Bonne question. Où vont les gens démolis ?

DEUXIÈME PARTIE

Le jour où la canopée est tombée

Lundi 10 mai 2134 – Quarante ans plus tard

1

Ce matin-là à la charterie, Samson P. Kodiak plaida l'épuisement. Il affirma qu'il n'en pouvait plus. Qu'il avait passé une très mauvaise nuit. Qu'il était encore plus fatigué maintenant que lorsqu'il s'était mis au lit. Kitty accepterait-elle d'aller au parc sans lui, juste pour une fois ? Elle pouvait demander à Denny, Francis ou Barry de l'accompagner.

— Mon petit chéri, répliqua Kitty, ne bouge pas. Je monte tout de suite.

Elle était déjà habillée et attendait qu'il vienne la chercher dans sa chambre, au cinquième. Elle avait guetté son tambourinement à la porte, et voilà qu'il n'était même pas sorti du lit. Kitty était plus que légèrement vexée. Aujourd'hui, ce devait être le grand jour. Elle portait son costume marin bleu et blanc flambant neuf et les chaussures à claquettes brillantes. Sa chevelure était un casque de boucles tirebouchonnées qui tressautaient comme des ressorts dès qu'elle bougeait la tête. Et ce vieux raseur voulait rater ça ?

Kitty Kodiak claqua la porte derrière elle, trottina dans le couloir, gravit un étage dans un bruit de claquettes, s'immobilisa pour réfléchir un instant, fit demi-tour et redescendit d'un pas dansant les six étages jusqu'au rez-de-chaussée. Au NanoJiffy, elle commanda son petit déjeuner habituel : bouillie de maïs et confiture, jus de fruit et café. Tenant le plateau de ses petites mains, elle le porta dix étages plus haut, sur le toit, où Samson utilisait l'abri de jardin comme chambre. A mi-chemin, elle pouvait déjà sentir sa présence. Samson Kodiak avait un très sérieux problème d'odeur corporelle. La puanteur qui se dégageait de lui était si virulente qu'on en avait les larmes aux yeux. Et sa bouche était comparable à une tombe éventrée. L'odeur de Sam chassait toutes les mouches au-dehors de l'abri. Une fois, elle avait même déclenché l'alarme incendie.

Mais il n'était en rien responsable de cette pestilence, et Kitty l'aimait.

— Bonjour, mon petit chéri, dit-elle d'un ton traînant en repoussant la porte de son petit derrière et en manœuvrant avec le plateau dans l'espace exigu.

Samson l'entendit peut-être mais il simula le contraire. Il gisait sur son lit de camp, sur le dos, paupières closes, mains croisées sur sa poitrine, tel un pharaon. Quand Kitty l'aperçut dans cette position, elle sursauta et renversa un peu de son café.

Samson ouvrit les yeux et redressa sa tête decharnée sur son oreiller, pour la voir.

— Ah, dit-il d'une voix enrouée. La bonne Samaritaine. Je voulais venir, tu sais.

A ces mots, Kitty s'avança, exécuta quelques pas de claquettes sur le sol encombré, tout en prenant garde de ne pas renverser plus de café.

— J'espère bien, Sam ! Alors je vais rester à la maison aujourd'hui, et nous irons demain.

Elle chercha un endroit où poser le plateau, et se résigna à utiliser ce pied d'éléphant répugnant qui faisait office de tabouret.

— Regarde, je t'ai apporté le petit déjeuner.

— Merci, ma douce, dit-il, ses paupières se rabaissant lentement. Pendant que tu montais, j'ai demandé à Denny, et il a dit qu'il t'escorterait. Il t'attend en bas, au NanoJiffy. Je lui offre une pâtisserie. Prends des crédits sur mon compte. Offre-lui aussi le déjeuner.

— Non, Sam. Je vais rester ici et te bichonner pour que tu ailles mieux.

— Je n'ai pas besoin d'être bichonné, ma douce. J'ai juste besoin de calme. Allez, laisse-moi là et va donc au parc.

Comme pour clore le chapitre, Samson reprit sa pose de momie. De fait, la peau de sa gorge était aussi sombre et raide que de la viande séchée, son nez et ses lèvres étaient amincis au point qu'il avait du mal à fermer complètement la bouche. Son haleine fétide était sifflante, et très vite il se mit à ronfler.

Kitty sortit en faisant le moins de bruit possible. Samson, qui feignait le sommeil, remarqua qu'elle ne lui avait pas donné de baiser d'au revoir. Il faillit presque la rappeler. Il faillit dire à son mentar, Hubert, de l'arrêter. Mais il n'en fit rien parce que, ensuite, il devrait encore se séparer d'elle, et il savait qu'il n'en aurait pas le cœur.

— Au revoir, ma douce, chuchota-t-il. Je te souhaite une longue vie de bonheur.

Peu après, une autre connaissance de l'immeuble monta sur le toit, comme l'espérait Samson. C'était l'immeublier, Kale Kodiak, qui sans aucun doute avait croisé Kitty alors que celle-ci redescendait. Kale se glissa dans l'abri et demanda :

— Alors, que dit l'autodoc ?

Samson s'esclaffa. L'attitude directe de Kale était rafraîchissante, comme toujours. Sans attendre de réponse, il s'affaira dans la petite pièce, raccrocha les outils de jardinage à leurs clous et rassembla les affaires sales de Samson dans un sac, pour le digesteur. Si rapide et si efficace, songea Samson, comme s'il était chronométré ou – comme on disait jadis – garé en double file. Plutôt impressionnant pour un homme d'âge moyen sans revenu, projet ou besoin.

— L'autodoc nous conseille de préparer les funérailles, mon ami, dit Samson.

Kale cessa de s'activer et dit :

— Quelqu'un doit sûrement pouvoir faire quelque chose. Je veux dire, ça ne peut pas être grave à ce point. Et si nous t'emmenions... dans une clinique ?

Samson secoua doucement la tête.

— Non, pas de clinique pour moi. Ce serait dépenser inutilement des crédits.

Kale parut soulagé par cette réponse.

— Un hospice, alors ?

— J'y ai pensé. Mais je préfère m'éteindre ici, chez moi, entouré de mes amis.

— Uh-huh, fit Kale, en regardant machinalement le plafond de l'abri où étaient fixés cinq sprinklers.

Samson le remarqua.

— Pas d'inquiétude. Je n'incendierai pas l'abri. Hubert te tiendra informé de ma condition. Le moment venu, tu n'auras qu'à transporter mon lit de camp dans le jardin. Ensuite, tout le monde pourra venir s'asseoir autour de moi et faire griller des marshmallows.

Kale s'offusqua de cette idée.

— Ne sois pas blessant.

— Comment ça blessant ? Pour moi, c'est une image plutôt réconfortante.

Kale renifla.

— En ce cas, je m'occuperai moi-même des marshmallows.

Il regarda une dernière fois autour de lui.

— Tu vas manger ton petit déjeuner ? Il y a autre chose que je peux te faire monter ?

— Je ne vois rien, non, dit Samson.

Il voulait que l'autre parte. Plus tôt Kale retournerait dans son bureau, au troisième, mieux ce serait. Kale était un vrai marshmallow lui-même. Il rappelait à Samson le maître d'hôtel du Greenalls qui lui avait refusé une table, bien des années plus tôt. Samson était venu accompagné de son amie cautérisée Renee, qui avait ri au nez de l'homme et déclaré que cela ne la dérangeait pas du tout. Puis elle avait marché jusqu'au centre de l'entrée et avait clamé : « Ici même, et tout de suite. »

— Et elle pesait cent cinquante kilos, à l'époque, dit Samson d'un ton empreint de respect.

— Ne m'en parle pas, fit Kale, sans trop savoir vers quel sujet la conversation avait dérivé.

— Oui, et rien que de la *graisse* ! Quel bûcher elle aurait fait ! Inutile de préciser que nous avons eu notre table.

— Je vois, mentit Kale. Bon, il faut que j'y aille. Appelle si tu as besoin de quoi que ce soit.

Il sortit de l'abri, mais ne quitta pas le toit immédiatement. Il déroula le tuyau d'arrosage et offrit à ses précieux légumes une bonne douche d'eau grise. A cette heure, les légumes et le soybimi étaient presque complètement à l'ombre, car le soleil était caché par les gigatours qui dominaient la ligne des vieux gratte-ciel. Quand il eut terminé, Kale enroula le tuyau et le plaça près de l'abri de Samson. Juste en cas.

Deux visites déjà passées, encore une à venir ; Samson ferma les yeux et glissa sur la rivière paresseuse de la somnolence jusqu'à ce qu'il entende le bruit métallique de la porte du toit. Celle de son abri grinça en s'ouvrant, et April entra. Elle s'assit auprès de lui, sur le lit, posa une main fraîche sur son front. Mais les cautérisés étaient toujours plus chauds que les gens normaux, et elle ne put définir s'il avait de la fièvre.

Samson prit cette main, la pressa contre sa joue.

— April Kodiak, dit-il, tu es la personne que je préfère dans tout le système solaire.

Elle sourit et serra les doigts de Samson, pareils à des brindilles.

— Je le pense, ajouta-t-il. J'ai toujours eu le béguin pour toi.

April repoussa ses cheveux gris de son visage.

— Je dois avouer que moi aussi j'ai toujours eu le béguin pour toi.

Ils restèrent ainsi un moment, silencieux, détendus, puis elle dit :

— Ça sonnait presque comme un au revoir.

— C'en était un, ma chérie, dit Samson avec un rire bas. Je ne tiendrai pas une semaine de plus.

— Oh, Sam, tu en es sûr ? Une semaine ? Comment le sais-tu ? Que dit l'autodoc ? Oh, Sam...

Des larmes se mirent à couler sur ses joues.

— Laisse-moi le temps de trouver quelqu'un pour s'occuper de la boutique, et je reviens pour être avec toi.

Elle allait se lever, mais il s'accrocha à sa main.

— Non, ne fais pas ça, dit-il. J'insiste pour que tu ne le fasses pas. Je ne veux pas de compagnie.

— C'est ridicule. Nous nous relayerons. A partir de maintenant, il y aura toujours l'un de nous auprès de toi. Il n'y a aucune raison pour que tu endures ça tout seul. Nous sommes *une famille*, après tout.

Elle rapprocha le pied d'éléphant.

— Et avant toute chose, tu vas avaler un peu de ce petit déjeuner avant qu'il ne soit complètement froid.

L'estomac de Samson se serra. April possédait cette capacité de faire dérailler ses plans avec sa gentillesse ; il se retrouvait impuissant face à elle. Néanmoins, il ferma les yeux et essaya le même subterfuge qu'avec Kitty. Il eut beau ronfler, elle ne bougea pas.

— Maison, murmura-t-elle, je veux créer un programme de surveillance. Dessine-moi un organigramme du temps libre de chaque habitant de l'immeuble pour la semaine à venir – non, le mois à venir. Euh, l'année. Maison ?

Comme l'ordi-maison ne répondait pas, elle demanda :

— Hubert, tu es là ?

— Je suis sur le banc de rempotage, dit Hubert, en s'exprimant par le biais de l'ancien valet de ceinture que Samson utilisait toujours.

La ceinture était posée sur le banc à côté de ses brosses et lotions spéciales.

— Ce vieil ordi-maison est de pire en pire, commenta April. Tu peux y accéder pour moi ?

— J'en serais heureux, répondit Hubert, qui après un moment ajouta : La maison dit que le NanoJiffy réclame ta présence immédiate.

— Qu'y a-t-il ?

— Quelque chose qui ne fonctionne pas avec la porte, ou le système de réaction de la porte – ou quelque chose qui a un rapport direct avec la porte. Les clients sont incommodés – ou agressés.

— Je n'aurais jamais dû laisser ce type acheter ce canapé, dit-elle. Branche-moi en direct avec le NanoJiffy.

Après quelques secondes, un Hubert penaud déclara :

— Je suis désolé. Je n'arrive pas à établir la connexion.
— Oh, la barbe ! s'exclama April en se levant.
Samson ouvrit les yeux.
— Mets en place ton programme, ma chérie, mais fais-le débuter *demain. J'insiste.* Aujourd'hui, j'ai besoin de mon intimité. Je veux... mettre mes idées en ordre. *Seul.*
— En attendant, mange ton petit déjeuner, vieil entêté.
Elle sortit de l'abri de jardin, s'immobilisa aussitôt et dit à travers la porte :
— Nous commencerons ce soir. Nous allons tous monter ici pour assister à la cérémonie de la canopée. Ce sera le moment idéal pour annoncer la nouvelle à tout le monde.
— Très bien, d'accord, ce soir, dit Samson, mais surtout pas avant.
Quand elle eut quitté le toit de l'immeuble, il soliloqua :
— C'était juste. J'étais fichu. Une chance que l'ordi-maison ait choisi de se manifester juste à ce moment.
— La chance n'a rien à voir ici, corrigea Hubert. C'est vous qui m'avez demandé de créer une diversion.
— Moi, je t'ai demandé de créer une diversion ?
— Oui, Sam. Hier. Vous aviez prédit qu'April tenterait d'interférer avec votre plan, et je devais manigancer quelque chose pour qu'elle redescende à la boutique.
— Sans blague, j'ai dit ça ? J'ai dû avoir un moment de lucidité, alors...
Samson était las. Ces visites avaient prélevé leur dû. Il n'était pas encore sorti de l'abri, et il avait déjà besoin de se reposer. Mais le temps manquait. Aussi, avec un grognement, il fit basculer ses jambes hors du lit et posa les pieds sur le sol.
— Je suppose que je n'ai pas prévu que quelqu'un d'autre vienne m'enquiquiner ?
Il s'accorda une pause pour rassembler ses forces. Il se balança d'avant en arrière et de plus en plus fort pour prendre de l'élan et réussit à se mettre debout. Il prit appui sur le banc de rempotage, le temps que la sensation d'étourdissement s'évanouisse.
— Au fait, Henry, quelle heure est-il ?
— Dix heures cinq.
— T'ai-je dit ce que je devais porter aujourd'hui ?
— Oui. Tout est sur le coffre.
Sur ledit coffre était posé un petit cube enveloppé sous vide et portant l'étiquette « Sam ». Quand il défit la ficelle, l'emballage brun éthéré se délita de lui-même et le contenu entra en phase de

décompression. Samson prit sa nouvelle tenue, une combinaison intégrale bleue à manches longues, munie de chaussons rattachés à l'ensemble.

— Je ne comprends pas. C'est la même que je porte chaque jour. J'avais dans l'idée quelque chose de spécial aujourd'hui, un pantalon, une chemise, une tenue de l'ancien temps...

— Oui, avec une cravate, dit Hubert. Mais vous avez décidé finalement que ce ne serait pas du tout pratique.

Samson sentit ses soupçons s'éveiller. Il était rare qu'il fasse entrer en ligne de compte le facteur pratique dans ses projets, surtout quand il s'agissait d'un projet aussi important que celui du jour. Il se demanda si son petit copain ne se mettait pas à décider pour lui. Il était trop tard pour en discuter, cependant. Il prit la pierre ponce et la baguette enduite de lotion spéciale sur le banc de rempotage et entreprit une rapide exfoliation matinale. Il s'assit sur un tabouret, au milieu de la pièce, loin de toute substance ou objet inflammable, et tira sur sa chemise de nuit. Elle se déchira en longs lambeaux. Là où la sueur l'avait imbibée, elle était calcinée. Toutes les tenues journalières jetables de l'immeuble provenaient de chez NanoJiffy, mais les siennes étaient faites d'un matériau ignifugé spécial pour combattre les caractéristiques inflammables de sa sueur. Le tissu pouvait toutefois chauffer, en particulier lorsque la nuit était humide. Parfois, il se disait qu'il aurait pu cuire du riz sous ses aisselles.

Totalement nu, il se mit à se frotter avec méthode, depuis son crâne chauve jusqu'à la plante de ses pieds.

— Sam, dit Hubert, il y a peu vous m'avez appelé « Henry ». Je vous en parle uniquement parce que vous avez exigé d'en être informé chaque fois que ça se produit.

— Mmmh, grommela Samson.

Il ôtait des morceaux de peau morte de ses épaules avec une baguette. Ils s'enflammèrent et tombèrent en virevoltant sur le sol.

— Toi, c'est Hubert, pas Henry. Je sais. Merci, Hubert.

Samson n'avait pratiquement plus de pilosité sur le corps, mais un paquet de poils se détacha d'un endroit particulier et tournoya vers le plancher en grésillant. Il était vraiment un drôle de numéro, pas de doute. Plus minéral qu'animal, à tout prendre. Tout en tendons et en os. Il voyait nettement le contour de chaque côte sous sa peau desséchée. Il pouvait compter les huit os imbriqués qui formaient l'articulation de ses poignets. Il se remémora à nouveau sa bonne grosse vieille amie Renee et dans un moment de panique l'idée lui vint que, peut-être, il avait attendu trop longtemps.

— Hubert, combien je pèse ?

— Quand je vous ai pesé hier, trente-quatre kilos deux cents grammes.

— Et quelle proportion de chair dans l'ensemble ?

— Sam, vous m'avez donné pour instruction de vous avertir dès que vous me posez la même question à cinq reprises en moins de vingt-quatre heures.

— Sûrement une très bonne idée de ma part.

— Et vous m'avez dit que si vous me questionniez à nouveau sur votre taux de tissus je devais vous rappeler que les os contiennent de la moelle, et que, s'ils ne s'enflamment pas spontanément comme les tissus musculaires ou ne génèrent pas une épaisse fumée noire comme les tissus adipeux, les os se consument néanmoins en dégageant une chaleur intense qui va de l'intérieur vers l'extérieur, et que les os longs, comme le fémur et l'humérus, peuvent accumuler assez de pression pour exploser comme ces bombes artisanales contenues dans une longueur de tuyau. Vous avez ajouté que même à votre poids actuel vous offririez un spectacle « à couper le souffle », selon votre propre expression.

— Oui, bien sûr, des bombes dans des tuyaux... Je me souviens, maintenant. Merci, Hubert.

L'exfoliation terminée, il apaisa sa peau à vif avec une lotion ressemblant à du mastic extrafort, puis il s'habilla. Il boucla d'abord le valet de ceinture, pour maintenir le contact avec sa peau, puis il enfila la combinaison. Il nota qu'aujourd'hui il disposait de quelques poches supplémentaires.

— Sam, je détecte en vous une envie d'uriner.

— Ce qui n'a rien de surprenant.

— Oui, et urgente. De plus, vous êtes déshydraté et votre déficit en potassium est sévère. Je suggère que vous preniez votre petit déjeuner avant que nous partions.

— Je n'ai pas faim, dit Samson en tapotant du doigt la boucle sous sa combinaison. Tu es bien sûr d'avoir chargé ce que je t'ai demandé ?

— Oui, Sam, autant que ces paramètres technologiques dépassés le permettaient.

Samson grogna.

— A propos de technologie dépassée, je suppose que tu t'inclus dans le lot. Tu es sûr de pouvoir assumer cette tâche ?

— Je l'ai préparée dans ses moindres détails, Sam. Et je ne suis pas spécialement obsolète. Je passe la majeure partie de mon temps hors structure à me reconfigurer. Mais c'est vrai, je n'ai pas profité d'une mise à niveau de mon gel électroneural depuis des dizaines d'années.

Samson émit un rire bas.

— Tu es bien sûr que tu n'es pas Henry ? C'est ce qu'il n'arrêtait pas de dire : « J'ai besoin de plus de pâte, Sam. Plus de pâte. » Et comme un imbécile, je lui en achetais. Tu sais où ça m'a mené.

— Oui, je le sais, Sam, mais Henry était un valet, pas un vrai mentar.

Samson rangea ses articles de toilette et repoussa du pied les lambeaux de sa chemise de nuit dans un coin. Puis il ôta le plateau du petit déjeuner du tabouret. Celui-ci était fait à partir du pied arrière droit évidé d'un éléphant mâle d'Afrique. Ses ongles seuls étaient aussi gros que les poings d'un homme. Samson saisit le coussin en peau zébrée, le fit pivoter dans le sens inverse des aiguilles d'une montre, écouta le déclic et ôta ses mains. Il se servait de cette cachette pour y dissimuler ses trésors – quand il avait encore des trésors. Au fond du pied d'éléphant creux se trouvait un paquet d'enveloppes scellées. Chacune portait le nom d'un des habitants de l'immeuble, tracé de l'écriture tremblée de Samson. Il les sortit toutes, remit le coussin en place et reposa le plateau sur le tout. Quand il regarda dans le bol contenant la bouillie de maïs, son estomac gronda – ou était-ce Hubert qui voulait le piéger ?

— Oh, bon, d'accord.

Il prit une cuillère, mangea la bouillie et but le jus de fruit sans apprécier ni l'un ni l'autre. Il laissa le café, estimant que la dernière tasse de café de sa vie aurait dû être chaude. Puis il arrangea le lit pour donner l'impression qu'il y était toujours étendu et glissa le paquet de lettres sous l'oreiller. A la porte, il se retourna et survola une dernière fois cette pièce du regard. Un abri de jardin, ce n'était pas si mal que ça comme endroit où finir sa vie.

Il tapota les poches vides de sa combinaison.

— Qu'est-ce que j'oublie ?

— Le sac.

— Où l'ai-je laissé ?

— Il est caché derrière les tapis végétaux.

Samson fouilla derrière l'amoncellement de rouleaux de tapis jusqu'à ce qu'il trouve un petit sac marin jaune. Il en répartit le contenu dans ses poches : des flasques d'un demi-litre de boisson pour sportif, des barres énergétiques Gooeyduk, ses médicaments et des lunettes de soleil spéciales, des lingettes apaisantes, un couvre-chef, une poignée de bons de débit, un ticket pour la section d'épistaxis de Soldier Field, et l'objet le plus important de tous, un prosim portable.

S'agrippant à la rampe, Samson Kodiak descendit une à une les marches de la charterie, à pas monumentaux. Il faisait souvent halte pour reprendre son souffle. La première porte devant laquelle il passa était celle de la machinerie de l'ascenseur. Elle servait également de chambre à Bogdan Kodiak. La porte plaquée de diaron, à la serrure en titane, était décorée des symboles internationaux en 3D qui signifiaient « ATTENTION – PORTE MORTELLE ». Samson était à peu près certain que ce n'était là qu'un bluff pour empêcher les Tobblers de forcer la porte et de récupérer leur matériel d'ascenseur. Il effleura le battant au passage et dit :

— Au revoir, mon garçon. Evite les ennuis autant que possible.

A mi-chemin de la volée suivante de marches, les jambes de Samson lui faisaient tellement mal qu'il eut besoin de se reposer. Simple ischémie, il le savait, la faiblesse des vieilles jambes, mais s'il n'y prenait garde l'hypoxie musculaire pouvait mener à la nécrose et déclencher par réactions en chaîne une apoptose ardente qui mettrait un terme brutal à sa descente ici, entre le huitième et le neuvième étage. Et la dernière chose qu'il désirait était de s'enflammer à partir des pieds jusqu'à la tête.

— Pas ici, pas maintenant, marmonna-t-il.

Bloquant ses genoux de son mieux, il prit appui sur la rampe et s'astreignit à des respirations lentes et profondes.

— Dois-je appeler de l'aide ? dit Hubert depuis la boucle de ceinture sous la combinaison.

— Non ! Surtout pas !

Il passa un bras autour de la rampe et se massa les jambes. Une porte claqua au-dessus de lui, et le son de pas rapides se répercuta dans la cage d'escalier. Le jeune Bogdan apparut sur le palier, saisit la rampe au vol et dévala les marches trois par trois. Il faillit percuter Samson, s'arrêta en titubant.

— Sam ! J'aurais pu te renverser ! Est-ce que ça va ?

— Oui, oui, je vais bien.

— Je suis en retard pour le boulot, lança Bogdan.

Il avait déjà repris sa descente, mais il fit halte au palier suivant et se retourna pour regarder Samson. Il remonta l'escalier en hâte et dit :

— Moi, je trouve que tu n'as pas l'air bien du tout, Sam.

Samson sourit. Le garçon était presque aussi attentionné qu'April, et les autres cochartistes se montraient trop durs avec lui, Kale tout particulièrement.

— C'est juste mes vieilles guiboles, dit-il. N'y fais pas attention.

Mais le garçon lui prit le bras, dans l'intention évidente de l'escorter.

— Non, Boggy, protesta Samson. Laisse-moi. Nous ne voudrions pas que tu sois en retard pour le *travail*.

Après tout, à l'exception de la franchise d'April pour le NanoJiffy, c'était le seul emploi rémunéré que quelqu'un de la charterie Kodiak avait la chance d'exercer.

— Je te descends jusqu'au septième, dit Bogdan.

Et c'est ce qu'il fit, portant presque le vieil homme dans sa hâte. Ils traversèrent le « tunnel » des Tobblers en passant du sud au nord de l'immeuble, où le territoire en litige se terminait, et ils pénétrèrent dans une cage d'escalier entièrement détenue par les Kodiaks. Les marches y étaient encombrées de piles de cartons et de caisses de produits chimiques, matelas végétaux et cadres hydroponiques venus du toit. Au-dessus, des rangées de rayonnages étaient occupées par des caisses d'ugoo pour le NanoJiffy, de pièces pour les pistons à air et la ventilation, et par un fouillis de bricoles diverses. Le passage étroit courant le long de la rampe était le seul espace dégagé dans ce placard ouvert qui s'étendait sur sept étages.

Bogdan déposa Samson sur un sac de chaux.

— Merci, mon garçon, dit Samson, tout essoufflé.

— Il faut que je trace, maintenant, dit Bogdan.

— Alors trace, tout ira bien pour moi... Qu'est-il arrivé à ta casquette ?

Bogdan réprima une grimace.

— Elle a été... euh, je l'ai perdue.

— Perdue ? Comment est-ce possible ? Je la croyais agrafée à ta caboche.

— Faut que j'y aille, dit Bogdan avant de se précipiter vers le palier inférieur.

Samson le regarda disparaître derrière une unité de désintoxication d'eau grise.

— Henry, je vais me reposer ici quelques minutes. Ne me laisse pas m'endormir.

Bogdan atteignit le petit hall d'entrée et courut vers la porte. La rue était pleine de Tobblers qui rangeaient leurs tables de pique-nique après le petit déjeuner. La charterie Tobbler fermait Howe Street à la circulation trois fois par jour, pour que ses résidents puissent manger dehors. Bogdan sauta les quelques marches jusqu'au trottoir et il allait prendre la direction de la gare quand il se souvint qu'il n'avait pas appelé. Il ne savait donc pas où se trouverait le bureau aujourd'hui.

Quelle tuile ! Il faudrait qu'il utilise le téléphone du NanoJiffy mais, quand il regarda l'entrée de la boutique, il s'aperçut qu'elle était bloquée par un homme décharné tenant le bout d'un canapé. La file des clients s'étirait jusqu'au bout du pâté d'immeubles. La poisse ! Il faudrait qu'il passe par la charterie, mais quand il revint à la porte d'entrée celle-ci ne s'ouvrit pas.

— Ouverture ! dit-il, plein d'espoir.

La porte resta close et répondit :

— Seuls les résidents Kodiaks et leurs invités peuvent entrer.

— Mais je suis un Kodiak. Bogdan Kodiak. Tu ne me reconnais pas ?

— Bogdan Kodiak est chez lui. Veuillez vous écarter de cette porte, ou la police sera appelée.

Bogdan avait envie de hurler. La vie n'était pas censée être aussi compliquée. Pourquoi, mais pourquoi était-ce arrivé ? Pourquoi quelqu'un lui avait-il volé Lisa ?

Lisa était son valet de casquette, et contrairement à ce qu'il avait dit à Samson, on la lui avait dérobée. Elle était son bien le plus précieux, un processeur gazillion-térahertz avec plaques miroirs anti-scan et clous holocam dans le cuir intérieur. Elle était en interface avec son cerveau grâce à un demi-SQUID EM E/S, et elle possédait le son 3D et des holoémetteurs dans la visière. Et même s'il était vrai que Lisa n'était qu'une sous-subem d'indice bas – en gros l'équivalent d'une ardoise perfectionnée d'élève de primaire –, Bogdan avait consacré des années à la personnaliser. Il lui avait appris tant de trucs que parfois il arrivait à faire croire à des gens que c'était une subem. Et un des tours les plus importants qu'il lui avait enseignés était de téléphoner chaque matin à E-Pluribus afin de découvrir où ce foutu bureau serait installé pour la journée. Un autre consistait à contourner le vieil ordi-maison de la charterie pour ouvrir cette foutue porte d'entrée. La seule raison pour laquelle Bogdan avait dit à Samson qu'il avait perdu Lisa, c'est parce qu'il rechignait à avouer qu'on la lui avait volée sur sa tête sans qu'il s'en rende compte. Lisa était une bande de feutre tressée de processeurs, longue de dix centimètres, cousue dans la coiffe de la casquette. Hier, elle avait disparu. Il avait toujours la casquette, mais sans la bande de processeurs, ce n'était qu'un couvre-chef ordinaire.

Le fait est qu'il ne l'ôtait jamais de son crâne, de jour comme de nuit. Comment avait-on pu lui subtiliser la bande sans qu'il s'en aperçoive ? C'était un mystère total. De plus, bien que la bande de processeurs soit dépassée, la charterie était trop pauvre pour la remplacer. L'immeublier Kale ferait un foin de tous les diables s'il osait seulement le suggérer.

Et puis merde. Bogdan se dirigea vers l'entrée du NanoJiffy. Il lui faudrait acheter un téléphone bon marché pendant l'heure du déjeuner, mais pour l'instant il se contenterait du téléphone public dans le magasin. Le client avec le canapé bloquant toujours le passage, Bogdan mit à profit sa petite taille et rampa sous le meuble jusque dans la boutique. Une fois à l'intérieur, il se glissa entre le canapé et le mur, puis se remit debout. Leur NanoJiffy était tellement petit que le canapé l'emplissait presque complètement. L'autre extrémité du meuble émergeait lentement de l'orifice de livraison de l'extrudeur. April Kodiak se tenait dans un petit endroit libre de l'autre côté. Elle lui sourit.

— Bonjour, Boggy. Tu as oublié quelque chose ?

— Non. J'ai juste besoin de ton téléphone. Pourquoi as-tu laissé cet endormi acheter un canapé dès le matin ? dit-il en désignant du pouce l'intérieur de la boutique.

April lui fit signe de parler moins fort.

— Pourquoi ne pas te servir de ta casquette ? Elle ne fonctionne plus ? Où est-elle ?

— Oui, elle ne fonctionne plus, répondit-il en se demandant pourquoi il n'avait pas pensé à cette explication. Il faudra en acheter une neuve.

April se rembrunit, secoua la tête.

— Je pense qu'on devrait d'abord essayer de la réparer.

Bogdan s'approcha tant bien que mal du téléphone.

— On ne peut pas réparer ce genre de truc.

Quand il eut atteint l'appareil, il s'assit sur le canapé encore chaud. L'homme à la porte grogna, mais ne dit rien. Bogdan passa la main devant le téléphone et fut stupéfait de la longue liste d'appels qui s'afficha sur le petit écran. La plupart d'entre eux étaient vieux de plus de *trente-six heures* ! Il ne comprenait pas. Il avait vérifié ses messages la nuit dernière sur l'ordi-maison des Kodiaks, et aucun d'eux n'était apparu.

— Pourquoi on ne réparerait pas ce foutu ordi-maison, plutôt ?

Il n'avait pas le temps de consulter tous ses appels. Il toucha l'icône d'E-Pluribus et apprit que le bureau avait été installé à Elmhurst. Il y avait plusieurs changements pour rejoindre cette zone de banlieue. Il nota le trajet, les prix et les correspondances pour gagner du temps. Puis il rampa de nouveau sous le canapé et sortit du NanoJiffy. Derrière lui, April lança :

— N'oublie pas que tu as la Commission d'allocation ce soir. Tu pourras parler de ton valet.

Sur le trottoir, l'homme qui tenait l'extrémité du canapé dit :

— Est-ce que tu as regardé l'affichage de l'extrudeur, fiston ?

— Euh, non, dit Bogdan.

— Tu n'as pas remarqué si les pieds étaient déjà sortis ?

— Désolé.

L'homme était horriblement pâle et il transpirait abondamment en dépit de la fraîcheur matinale. Bogdan aurait aimé savoir comment il allait se débrouiller pour transporter le canapé chez lui, où que ce fût.

L'homme fit basculer le poids du meuble pour libérer une de ses mains.

— Je l'ai acheté pour mon anniversaire, expliqua-t-il en voulant ébouriffer les cheveux de Bogdan.

— Bon anniversaire, fit celui-ci en esquivant la main tendue.

Il parcourut le trottoir au pas de charge jusqu'au bout du pâté d'immeubles. Le NanoJiffy Kodiak était la seule supérette du coin à être fière d'avoir à la fois un extrudeur et un digesteur : la plupart des gens qui faisaient la queue y apportaient de petits sacs contenant les détritus de la veille en même temps qu'ils allaient faire leurs courses.

Un médiansecte qui surveillait la scène suivit Bogdan sur plusieurs centaines de mètres alors qu'il se dirigeait vers la gare, mais l'abeille dut deviner que ce n'était pas un garçon réel car elle perdit tout intérêt pour lui et voleta au loin.

— Sam, dit Hubert. Sam, réveillez-vous. Il se fait tard.

— Je ne dormais pas.

— Vous étiez en première phase de sommeil.

— Je priais. Ça produit le même schéma d'ondes mentales.

— Si vous le dites...

— Je le dis. Je priais sainte Wanda de m'aider à passer cette journée.

Samson agrippa la rampe et se hissa debout. Il avait en effet pensé à sainte Wanda récemment.

Wanda, c'était Wanda Wieczorek et non une vraie sainte, sauf dans le cœur de tous les empesteurs partout dans le monde. Wanda était la première des cautérisés à s'être immolée de façon spectaculaire et publique. Elle avait forcé son corps à s'enflammer alors qu'elle était assise sur un canapé estimé dix mille euros anciens, au cinquième étage de Daud, à Londres. Son attentat personnel avait détruit le canapé tendu de soie ainsi que l'ottomane et le fauteuil coordonnés. Valeur totale : treize mille euros anciens. La fumée et l'eau avaient endommagé la majeure partie des autres meubles à cet étage.

Non seulement Wanda avait montré la voie pour protester efficacement – quoique mortellement – contre le sort réservé aux cautérisés, mais elle avait aussi prouvé que c'était très facile à réaliser. Pendant qu'elle était assise sur le canapé d'exposition, elle avait reprogrammé un prosim de poche – du type utilisé par les gens très pris pour projeter des simulacres d'eux-mêmes – afin de scanner ses marqueurs d'ADN. Si les appareils électroniques grand public n'étaient pas en mesure de démêler le code génétique d'un individu, le simple fait de lire les marqueurs suffisait à déclencher les petites bombes qui protégeaient les cellules.

Le responsable du cinquième étage s'était approché de Wanda, les narines fermées par un pince-nez, et avait déclaré :

« Je dois vraiment insister pour que vous partiez. »

Derrière lui se tenaient trois jerrys en uniforme.

« Ces messieurs vont vous raccompagner jusqu'à la sortie.

— Très bien, avait dit Wanda. J'y allais, justement. »

Elle avait touché son front avec le prosim et pressé le bouton du scanner. A l'instant où son champ avait pénétré le crâne et ratissé l'écheveau des neurones, ses gardiens cellulaires étaient entrés en stade critique. De la fumée s'écoulant de son nez et de ses oreilles, elle était tombée à la renverse dans l'étreinte soyeuse du canapé. Son crâne s'était ouvert dans un concert de craquements secs, et des gouttes de cervelle incandescente avaient jailli dans toutes les directions. Puis elle s'était embrasée.

Ce fut une immolation que l'on vit dans le monde entier.

Samson desserra sa prise sur la rampe et continua vers le palier du sixième.

— Votre taux de glycémie est faible, Sam, et vous êtes déshydraté. Vous devriez boire un peu et manger un morceau de Gooeyduk.

Mais Samson avait pris un rythme de descente impressionnant, ses vieux genoux claquant comme un métronome à chaque marche, et il ne s'arrêta pas avant le palier du cinquième, où Hubert l'avertit que deux résidents – Francis et Barry – montaient vers lui. Le vieillard se réfugia donc dans le couloir pour attendre qu'ils soient passés. Il se tenait en face de la porte de la chambre de Kitty, et il se souvint d'avoir voulu venir ici depuis le début.

— Kitty et Denny sont dans le parc, en ce moment ?

— Oui, Sam. Elle en est à son deuxième set.

Sam entra chez Kitty. La pièce était en désordre, comme d'habitude. Ses tenues d'artiste étaient empilées sur le sol, le lit et les deux sièges. Une tour d'assiettes sales était appuyée contre le mur derrière la porte. Poussière, fouillis – Kitty travaillait dur à peaufiner sa personnalité de gamine de douze ans. Les étagères occupant les quatre murs étaient encombrées de poupées et d'animaux en peluche. Certains de ces jouets, que Samson lui avait achetés en guise de cadeau, lui adressèrent un petit salut.

Pourtant, malgré tous ses efforts pour conserver sa puérilité, Kitty ne pouvait dissimuler les preuves de sa maturité sous-jacente : le carrousel à chaussures sous son lit, l'arbre multifruit soigneusement taillé sous un capuchon lumineux, ses branches alourdies de petits fruits assortis ; le poste de travail et sa collection de papiers autocollants sur des sujets aussi pratiques que les sites de dépôts des micromines et les délits des chartistes ; et une bibliothèque fournie sur l'ingénierie paysagiste des microécosystèmes. Kitty Kodiak avait exercé plusieurs métiers durant sa longue existence, avant de découvrir sa véritable vocation : être une enfant.

Samson ouvrit l'armoire et déplaça une pile de linge pour révéler un boîtier carré en céramique, d'une contenance d'environ quatre litres.

— Salut, mec, dit-il.

— Il est presque midi, répondit Hubert par le haut-parleur du boîtier. Pourquoi sommes-nous encore à la maison ?

Samson approcha une chaise de l'armoire et s'assit.

— On a des choses à discuter.

— On ne pourrait pas discuter en chemin ?

— Je préfère face à face.

— En ce cas, dit Hubert, laissez-moi résumer ce que je sais déjà. Nous gagnerons du temps.

« Premièrement, votre corps n'est plus viable. Quand il mourra, il en sera de même pour votre personnalité. Secundo, tous vos biens terrestres reviendront à la charterie Kodiak, y compris votre parrainage me concernant. Si je suis d'accord. Tertio, si je ne suis pas d'accord, je suis libre de chercher un autre parrain de mon côté. Que voulez-vous dire d'autre, Sam ?.

Samson se racla la gorge. Maintenant que l'heure de cette petite causerie était arrivée, il la trouvait beaucoup plus difficile qu'il ne l'avait imaginé.

— C'est bien, Hubert. Je ne sais plus si c'est moi qui t'ai dit tout ça, ou si tu l'as trouvé tout seul, mais je suis heureux que tu y aies pensé.

— Vraiment, Sam, tout ça saute aux yeux.

— Oui, je suppose que tu as raison. Mais il y a deux autres points que nous devons considérer. Premièrement, et bien que tu m'aies affirmé le contraire, l'action d'aujourd'hui risque de mener la Sec-Nat droit à toi. Si cela se produit, je veux que tu te rendes sans faire d'histoire. Compris ?

— Oui, Sam, mais vos craintes sont sans fondement. J'ai engagé un processus très sûr. Tout se déroulera comme prévu.

Samson secoua la tête. Hubert était jeune et sans doute fallait-il lui pardonner ces excès d'assurance.

— Deuxièmement, continua-t-il, partons du postulat que tu n'es pas arrêté et que tu choisis de rester avec les Kodiaks. La vérité est qu'ils ne peuvent pas s'offrir le luxe de te garder.

— Où est le luxe ? répliqua Hubert. Il n'y a pas de recours contre mon support ; j'en sortirai libre comme l'air.

— Le problème n'est pas là, mon vieux. Tu n'as pas remarqué toutes les dépenses lourdes engagées pour la maison, ces derniers temps ? Le traitement de Denny, le remplacement du piston d'aération, les frais de justice. Le rajeunissement de Kitty et Bogdan. D'où sont venus tous ces crédits ?

— Je l'ignore, Sam. L'ordi-maison ne liste aucun prêt, aucune vente d'actifs. Voulez-vous dire que la charterie a une source de revenus officieuse ?

Samson pêcha une lingette dans une poche et l'ouvrit. Il la déploya sur son front chauve fumant.

— Je dis que ça doit bien venir de quelque part. Je dis que je porte cette maison à bout de bras depuis des années, mais mes ressources personnelles – comme tu ne cesses de me le dire – sont presque épuisées. Quand je partirai, la charterie n'héritera pas assez pour payer ses impôts fonciers, sans parler de la maintenance différée.

Non, je dis que Kale et Gerald se sont embarqués dans une voie insensée pour sortir la charterie de son gouffre financier, quelque chose dont April elle-même est trop honteuse pour vendre la mèche.

— Je ne vois pas le rapport avec mon maintien parmi les Kodiaks.

Samson se pencha vers l'armoire pour poser ses mains sur le boîtier en céramique de Hubert.

— Je n'ai jamais acheté que la meilleure pâte pour toi, à l'époque où j'avais encore des crédits à foison, pas vrai, Skippy ?

Hubert parut perplexe concernant l'emploi de son nom de valet.

— Euh, oui. De la triencéphaline neurochimique « Génie Général » de première qualité. Mais je suis un mentar, à présent, et j'ai donc des droits. Selon les lois en vigueur dans les Démocraties Unies, ma pâte m'appartient, elle n'appartient ni à vous ni à la charterie.

— Un total de quatre litres, si je me souviens bien, dit Samson.

— Quarante-trois décilitres.

— Et combien quarante-trois décilitres de pâte GG rapporteraient-ils sur le marché du recyclage ?

Hubert fit enfin le lien :

— Vous croyez que notre famille serait capable d'un *mentaricide* ?

— A temps désespérés, solutions désespérées.

— Je vois. Que suggérez-vous, Sam ?

Samson se redressa sur sa chaise et fouilla dans ses nombreuses poches à la recherche d'une barre de Gooeyduk.

— Je te suggère de faire de ton mieux pour te rendre indispensable à la maison, Hubert. Exemple : pourquoi n'as-tu pas encore réparé l'ordi-maison ?

— Parce qu'il n'est pas réparable, Sam. Il faut le changer intégralement.

— Dans ce cas, remplace-le.

— Vous voulez que je *devienne* un ordi-maison ?

— Oui, si c'est nécessaire. Et pourquoi n'es-tu pas en train d'essayer de monnayer tes capacités excédentaires sur le marché de la distribution ? Pourquoi ne rapportes-tu pas un peu plus d'argent ?

— Mais c'est ce que je fais. Je gagne plus pour cette maison que tous les résidents rassemblés.

— Ce n'est pas assez.

— Ce n'est jamais assez pour vous, Sam. Je ne suis pas Henry, je ne serai jamais à la hauteur pour vous de toute façon.

Samson ouvrit le Gooeyduk et mordit dans la barre. Il mastiqua lentement avant de continuer :

— Je suggère aussi que tu redoubles d'efforts pour te trouver un nouveau parrain. Commence immédiatement, et cesse de faire le difficile.

Samson se pencha en avant et entreprit de chercher dans ses poches de nouveau. Où l'avait-il mis ? L'aurait-il laissé dans l'abri de jardin ? Il ne pensait pas qu'il aurait la force de remonter sur le toit pour le prendre. Mais non, il était là, son prosim de poche. Il se détendit et se laissa aller contre le dossier de la chaise.

— Désolé d'avoir été aussi dur avec toi, Hubert, mais c'était nécessaire.

— Je comprends.

— Bien. Et maintenant, dis-moi comment ça se passe pour Kitty.

— Le Millenium Park est très fréquenté aujourd'hui, à cause des vacances générales offertes pour la cérémonie de la canopée, dit Hubert. De plus, il fait beau. Malheureusement, malgré la circulation pédestre, ses recettes du matin sont encore sous la moyenne. Au tarif qui est le sien actuellement, elle ne rentrera pas dans ses frais.

— Montre-moi.

Un graphique de gains apparut devant Samson.

— Non, dit-il, montre-moi Kitty.

— Désirez-vous que je loue les services d'un médiansecte ?

— Oui.

— Médiansecte engagé, dit Hubert.

Les émetteurs de la chambre projetèrent une vue en surplomb de la zone de parole libre située au deuxième niveau du parc. Le Millenium Park était effectivement très fréquenté aujourd'hui et avait des allures de ménagerie grouillante de la transhumanité.

— Où est-elle ? interrogea Samson. Je ne la vois pas.

Un cercle apparut dans le paysage surpeuplé, isolant une petite silhouette en bleu et blanc.

— Et où est Denny ? voulut encore savoir Samson.

Un autre cercle entoura un homme qui mangeait une glace, assis sur un banc non loin de Kitty.

— Il ne pouvait pas rester plus près d'elle ?

— Devons-nous aller le lui dire ?

— Plus tard. Je veux avoir la disposition des lieux d'abord. Descends un peu.

Le sol se précipita vers eux avant que Samson ait le temps de fermer les yeux.

— Doucement ! Doucement !

Ils planèrent juste au-dessus des arbres et il put alors apercevoir de petites scènes improvisées. Certains des artistes ne lui étaient pas inconnus. Près de l'estrade de Kitty se trouvaient les « Sœurs Modulaires » qui s'apprêtaient à se brancher ensemble avec leurs intestins.

De l'autre côté, six athlètes au corps sculptural et huilé, de sexe indéterminé, jouaient un spectacle intitulé « La vengeance mortelle des machettes » : ils prenaient des poses érotiques et faisaient jouer leurs muscles à la souplesse obscène. Ils se décochaient des coups peu convaincus avec leurs lames au tranchant de céramique. En fait, ils attendaient que le montant affiché par leur enregistreur de versements atteigne des niveaux de mortalité avant de s'infliger mutuellement la moindre blessure. Leurs navettes corporelles arpentaient le bord de la scène en s'efforçant d'accroître l'envie de sang dans la foule des badauds. Les unités antitrauma et de cryogénisation bourdonnaient sous des bâches.

Le « Ménestrel Gluant » était exposé dans un abreuvoir derrière l'espace occupé par Kitty. Long de trois mètres, le ménestrel était une montagne graisseuse de protoplasme bleu translucide, un des rares artistes de rue à se produire sans enregistreur de versements. Les spectateurs lui jetaient directement des jetons de crédits. On pouvait voir les jetons qui avaient transpercé sa membrane extérieure migrer lentement à travers sa masse gélatineuse vers un organe collecteur. Selon les dons du public – et son état d'esprit –, le ménestrel chantait ou non. Il avait six évents alignés sur la colonne vertébrale et reliés à des vessies et soufflets internes. Il pouvait trompeter ou rugir, exécuter une sérénade avec un chœur de voix feutrées, ou encore expulser un liquide pestilentiel, quand il ne faisait pas le tout en même temps. On racontait que le Ménestrel Gluant avait jadis été un jeune homme, un acteur shakespearien, dont la croissance s'était quelque peu emballée.

Satisfait d'avoir pu étudier les rivaux de Kitty, Samson dit à Hubert de faire descendre l'abeille plus près. A présent, on ne voyait plus que Kitty sur sa petite scène, et le maigre public alentour. Celui-ci riait à gorge déployée, et Samson ne comprenait pas pourquoi. C'était le nouveau numéro qu'elle avait répété pendant des semaines, et il était supposé être précieux, pas comique. Elle en était au dernier couplet de la chanson de la confiserie et faisait des claquettes pour accompagner son chant quand elle donna un coup de pied furieux dans l'air, faisant redoubler les rires. Samson voyait le problème, maintenant : une limace de la SecNat avait rampé sur sa chaussure et s'accrochait à sa cheville. Elle aurait dû retomber après l'échantillonnage, mais ses noétiques primaires lui disaient de tenir bon jusqu'à ce que la fillette s'immobilise. Samson frissonna. Il n'aimait pas particulièrement les limaces de la SecNat.

Kitty écarta les bras, chanta et dansa la dernière mesure, puis elle fit une révérence et ses bouclettes cascadèrent autour d'elle. Il y eut quelques applaudissements et quelques versements à son enregistreur. Dès qu'elle cessa de bouger, la petite limace noire se décrocha et rampa au loin pour continuer sa patrouille. Le public applaudit encore, puis se dispersa.

— Mon pauvre bébé, dit Samson.

Kitty se redressa, mais continua de dissimuler son visage derrière ses boucles.

— Combien a-t-elle gagné ?

— Moins d'un dix-millième, répondit Hubert.

— Si peu ? C'est insultant ! C'est *criminel*.

Kitty descendit de la petite estrade, la déverrouilla et lui décocha un coup de pied dans sa partie la moins solide. La scène s'effondra sur elle-même, se plia et se replia jusqu'à ne plus avoir que la taille d'un paquet de cartes à jouer. Elle le glissa dans sa poche. Elle fit de même avec l'enregistreur de versements et le porta jusqu'au banc où Denny était assis. Dès qu'elle quitta sa place, une autre estrade y fut installée. C'était un trio de licornes roses – Maman, Papa et Bébé – qui gazouillait en harmonie des airs de spectacle.

Samson désigna un point précis de la scène : une jeune femme en bain de soleil qui s'en allait, escortée de ses quatre jerrys gardes du corps.

— Tu vois cette richarde, là ? fit-il. Elle a regardé le numéro de Kitty, et je l'ai vue faire un versement. Combien a-t-elle donné ?

— Rien, dit Hubert. C'était un versement blanc.

— Bon sang ! tempêta Samson. Je déteste ça. Les gens qui peuvent donner le plus ! Ces richards égoïstes et rapaces... Je les déteste.

Entre-temps, le médiansecte avait suivi Kitty jusqu'au banc où Denny lui avait réservé une place en étalant sa corpulente stature. Il se redressa pour qu'elle puisse s'asseoir. Ce qu'elle fit pour immédiatement s'appuyer contre lui avec lassitude. Denny appela d'un signe un robot serveur en maraude.

— Ne laisse pas ce garçon dépenser le prix du trajet de retour, dit Samson.

Le robot serveur fit halte devant eux et exprima cinquante centimètres fumants de pizza tubulaire au fromage, deux boissons fraîches et des lingettes. Sans un mot, Kitty le paya tandis que Denny séparait la pizza en deux sections à peu près égales et lui en donnait une. Il lui glissa quelque chose à l'oreille, et les épaules de Kitty se voûtèrent.

— Rapproche-toi, dit Samson. Je veux entendre ce qu'ils se racontent.

L'abeille s'avança jusqu'à ce que le joli visage de Kitty emplisse tout son champ d'holovision. La sueur luisait sur son front, et ses joues étaient rouges. Elle ouvrit l'opercule de sa boisson et ourla les lèvres sur l'extrémité de la paille.

— J'adore ça, disait Denny. Tu crois que je peux venir demain ?

— Je ne sais pas, répondit-elle d'un ton absent. Nous demanderons à Sam. Peut-être qu'il te laissera venir. Je t'apprendrai un enchaînement. Il faudra t'acheter une licence.

Denny rit.

— Non, Kit. Je voulais dire : est-ce que je peux venir en spectateur, comme aujourd'hui ?

— Je pourrais t'apprendre à jongler, par exemple... Va-t'en !

Sans prévenir, Kitty essaya de frapper le médiansecte d'un revers de la main fulgurant, mais le petit appareil évita l'attaque facilement. Kitty regarda directement l'abeille, et Samson semblait-il, et dit :

— Arrête ça, sale bête. J'invoque mon droit à l'intimité.

La scène recula en zoom arrière quand le médiansecte s'éleva pour planer hors de sa zone d'intimité. Samson ferma les yeux pour lutter contre le vertige. Il regrettait de ne pouvoir être présent pour réconforter sa chère Kitty, faire honte à cette pingre de richarde, remettre la situation à l'endroit en versant lui-même une somme à son enregistreur, toutes les petites choses qu'il aimait tant faire. Après un moment, il rouvrit les yeux et fut étonné de se retrouver assis dans la chambre de Kitty.

— Hubert ?

— Ici, Sam.

La voix venait du placard où il conservait le boîtier du mentar. Petit à petit tout lui revint à l'esprit. Ils ne se trouvaient plus dans le parc. Lui-même ne s'y rendrait plus jamais. Il se leva et ouvrit la porte de la chambre d'à peine deux centimètres. Le couloir et l'escalier étaient silencieux.

— En avant, dit-il.

2

— Voilà qui couvre à peu près tous les aspects du sujet, dit Eleanor Starke. Passons à une autre affaire.

La réunion habituelle du conseil d'administration du PJT (le projet Jardins de la Terre) entrait dans sa troisième heure sans aucune interruption. Les deux seuls membres présents physiquement, Albleitor et Meewee, commençaient à s'agiter sur leur siège. Eleanor Starke, qui revenait de l'espace, présidait par holo interposé. Son image était assise à l'extrémité de la longue table. Derrière elle se tenait la secrétaire générale du Cabinet et, au-delà, on voyait une baie vitrée surplombant le paysage dentelé du quartier général des Entreprises Starke pour le sud de l'Indiana. Excepté le bâtiment de réception, où le conseil se trouvait actuellement, les installations étaient souterraines, ce qui laissait les cinq mille hectares en surface libres pour la culture du soybimi.

— Merrill, dit Eleanor, nous étudierons votre rapport en fin de réunion, si vous n'y voyez pas d'inconvénient. J'aimerais que nous abordions d'abord la découverte d'Adam.

Merrill Meewee acquiesça. Dans une réunion avec Starke, l'ordre du jour était souvent modifié. Il ordonna à son mentar, Arrow :

Qu'on apporte du café. Et demande à Zoranna si elle veut quelque chose.

Meewee participait à la réunion en personne parce qu'il était employé par Starke à la division Heliostream et pouvait donc facilement venir de son bureau. Il portait sa tenue préférée, une salopette vermillon à passepoil pourpre, avec un empiècement écarlate, qui lui rappelait peut-être les vêtements ecclésiastiques qu'il affectionnait dans un lointain passé.

Zoranna Albleitor, elle, était présente physiquement parce qu'elle gérait des affaires dans l'Indiana et qu'elle en avait profité pour rendre visite au quartier général. Ou pour espionner, ce que Meewee soupçonnait.

— Je n'appellerais pas ça une « découverte », Eleanor, dit le procurant d'Adam Gest. Plutôt le résultat d'un long travail.

Le procurant était une projection de la tête, des épaules et du bras droit de Gest qu'il avait créée spécialement pour cette réunion avant d'aller se coucher la nuit dernière dans la Traînée Terrestre. Comme les autres procurants, il flottait sereinement au-dessus de son siège vide.

— Appelez-le comme vous voudrez, railla Eleanor, mais montrez-le-nous, qu'on en termine avec cette question.

— Avec plaisir, dit Gest-par-procuration. Commençons par notre vaisseau-A au repos.

Une maquette du projet récemment terminé, intitulé *Jardin de Kiev*, apparut en lévitation au-dessus de la table. C'était un double anneau de tambours habitables, comme deux beignets géants superposés. Les tambours tournaient laborieusement sur une superstructure en treillis, l'un dans le sens des aiguilles d'une montre, l'autre en sens inverse. En réalité, chaque tambour était assez grand pour contenir une petite cité et la campagne environnante, et chaque anneau contenait soixante-quatre de ces tambours. Assez d'espace pour qu'un million de personnes y vivent à l'aise.

Meewee observait et écoutait avec attention. Il lui semblait essentiel de comprendre tous les aspects du projet, même si les détails techniques le dépassaient la plupart du temps.

— A présent, amenez-le à 0,267 de la vitesse lumière, continua le procurant de Gest.

Les tambours habitables de la maquette cessèrent de tourner – la gravité serait maintenant assurée par l'accélération – et une structure radiale métallique apparut dans le trou des beignets pour représenter la cible de la propulsion électromagnétique, le tore. La maquette semblait se déplacer dans un champ d'étoiles.

— Il faudra deux cents ans de bombardement ininterrompu de particules par les lasers de l'Heliostream pour atteindre cette vitesse relativiste, expliqua Gest. Le problème est que dans deux siècles nous aurons certainement trouvé de nombreux moyens plus perfectionnés de traduire les photons en propulsion. Jusqu'à maintenant, nous n'étions pas certains de la manière d'incorporer les mises à jour de conception dans un générateur actif alors que le vaisseau-A s'éloigne à plus d'un quart de la vitesse lumière. Notre prétendue découverte s'est produite quand nous nous sommes rendu compte que…

— Eleanor ? dit Meewee, interrompant le procurant de Gest.

Eleanor n'était plus là. Son holo avait disparu. Les autres s'entre-regardèrent.

— Eh, le Cabinet ? dit le procurant de Jaspersen.

Le Cabinet lui aussi était absent.

Ils attendirent un moment, mais l'image d'Eleanor ne se manifesta pas. La procurante de Trina Warbeloo, la secrétaire du conseil de Jardins de la Terre, déclara :

— C'est sans aucun doute un pépin de transmission. Eleanor, vous m'entendez ?

— Je propose une pause en attendant que le problème soit résolu, déclara Zoranna en se levant de table.

Merrill, dit-elle à Meewee, *Nick fait état d'un gros problème. Je sors d'ici.*

A cet instant précis, l'image d'Eleanor Starke fut rétablie. Elle était mal cadrée, et l'on apercevait ce qui l'entourait à bord du vaisseau. Elle pressait une main contre le hublot du fuselage et parlait avec quelqu'un hors champ.

Quand elle remarqua les membres du conseil, elle se tourna vers eux et baissa la main.

— Je suis confrontée à une situation d'urgence ici. Je vous rejoindrai dès que possible.

Sur ces mots, son visuel se recroquevilla jusqu'à n'être plus qu'un point, lequel prit la forme du logo des Entreprises Starke avant de s'effacer lentement.

— Attendez, Eleanor ! Quelle est l'urgence ? interrogea Jaspersen. Eleanor !

Le procurant de Jaspersen se réduisait à sa seule tête, sans les épaules ni même le cou – il ressemblait à un ballon.

— Arrow, dit Meewee à son mentar. Montre-nous le vaisseau d'Eleanor.

La maquette du vaisseau-A fut remplacée par une image en direct, prise par les satellites de l'Heliostream, du yacht d'Eleanor : il était en train de chuter dans un arc incandescent au-dessus du Pacifique.

— Non ! s'exclama Meewee. Ce n'est pas possible.

— Merrill, reprenez-vous, dit sèchement Jaspersen. Adam, faites quelque chose.

— Et que suis-je censé faire ? répliqua Gest.

Mais tout le monde avait compris la requête de Jaspersen. C'était la firme de Gest, Aria Yachts, qui avait dessiné et construit le *Songbird* de Starke. Le procurant disparut et fut remplacé par un holo d'Adam Gest en personne, en peignoir de bain. Il étudia le vaisseau en perdition et dit :

— Ecoutez, vous tous, ça va aller. Même avec une panne générale de l'avionique, l'appareil d'Eleanor est muni d'un système passif de sécurité. Il ne peut tout simplement pas s'écraser.

Oh, mon Dieu, dit Zoranna à Meewee. *D'après Nick, il ment.*

Gest détermina la trajectoire du *Songbird.* A moins que le système de sécurité ne joue son rôle rapidement, l'appareil allait percuter la Terre sur le versant ouest des Andes. D'autres procurants de membres du conseil cédaient la place à leurs holos à mesure qu'ils étaient mis au courant de la crise.

— Ça ne peut pas arriver, dit Trina Warbeloo, en maillot de bain.

— Personne ne peut tuer Eleanor, fit Jaspersen, assis dans son lit. Même si beaucoup ont déjà essayé.

Il sait quelque chose, dit Zoranna. *Il est dans le coup.*

Dans quel coup ? répondit Meewee.

Ils perdirent le visuel et un globe terrestre avec une petite icône symbolisant l'appareil se mit à planer au-dessus de la table. Alors qu'ils regardaient dans un silence tendu, l'icône du *Songbird* continua de chuter selon un arc de cercle parfait et disparut dans le centre de la Bolivie. Les minutes s'écoulèrent, et les membres du conseil continuaient de contempler fixement cet endroit du globe.

Enfin Jaspersen rompit le silence :

— Qu'en est-il des tentatives de sauvetage ?

— Des équipes ont été envoyées sur zone, dit Zoranna.

— Et le Cabinet ? voulut savoir Andy Tiekel. Cabinet, vous êtes là ?

Pas de réponse.

— C'est un jour sombre, dit Jaspersen, très sombre.

Les autres le dévisagèrent avec horreur.

— Eh bien quoi ? leur lança-t-il.

Warbeloo prit la parole :

— Je propose une suspension de séance d'une heure. Je suis sûre que nous avons tous beaucoup de choses à régler.

La motion fut votée et acceptée, et un à un les holos s'évanouirent, ne laissant plus que Zoranna et Meewee dans la salle de conférence.

— Je n'arrive pas à y croire, dit Meewee. Non, ça ne s'est pas produit...

— Croyez-le, dit Zoranna en contournant la table pour se diriger vers la porte.

— Où allez-vous, Zoe ?

— Chez moi.

— Maintenant ?

Zoranna fit halte près de la porte.

— Oh, Merrill, ne soyez pas aussi stupide. J'aime Eleanor autant que vous, mais il faut voir les choses en face : personne de sa stature n'est décédé depuis Staline. Je ne crois pas que sa *mort* soit un accident, pas plus que ne le croient les autres membres du conseil. Et jusqu'à ce que je sache qui l'a tuée, et pourquoi, j'estime préférable de rester à l'abri dans ma petite forteresse en bord de mer. Je vous suggère de trouver un endroit sûr pour vous-même, Merrill, et de surveiller vos arrières.

Il resta seul avec son mentar dans la salle de conférence. Bientôt, des images du crash furent disponibles à travers les médiansectes locaux et les médias. Arrow les lui montra. Le *Songbird* de Starke avait creusé une tranchée dans un terrain de football. Les dommages étaient impressionnants. Les équipes médicales arrivèrent – des jennys et des jerrys – qui chassèrent les médiansectes. Meewee se rendit alors compte qu'il n'avait pas pu faire son rapport à Eleanor et au conseil. Le sujet en était la cérémonie de lancement depuis la Traînée Terrestre du projet *Jardin de Kiev*. Elle devait avoir lieu dans trois mois et Meewee était en charge des festivités entourant l'événement. Ce serait l'occasion de fêter la première réussite du projet.

3

Aujourd'hui, il n'y avait qu'El et Ellie. Elles avaient pris place dans les sièges profilés de leur yacht privé. Elles voyageaient seules. Elles portaient des combinaisons de vol coordonnées. Bien que la mère soit née deux siècles avant que la fille n'ait été convertie, aujourd'hui elles semblaient sœurs, des femmes d'une trentaine d'années, l'âge qu'elles avaient choisi toutes deux.

Ellen était assise à tribord, du côté où le grand visage bleu de la Terre occupait son hublot. La planète proche éclipsait les étoiles. Elle sentit les premiers tressautements annonçant l'entrée dans l'atmosphère ; il y avait encore au moins quatre heures de vol avant que le *Songbird* se pose. Elle s'ennuyait ferme.

Eleanor, sa mère, affirmait connaître un remède à l'ennui. Il avait pour nom : travail. Parce que le travail, selon Eleanor, était un jeu. De fait, à cet instant précis, on aurait pu croire qu'elle jouait à la poupée. Elle en avait une douzaine disposées sur divers niveaux devant elle. Elle aboyait des questions et des ordres. Elle faisait aussi flotter des meubles miniatures, des petites tables et des anneaux chromés.

Ce n'étaient pas de vraies poupées, mais les holos miniatures et les représentations de ses collègues, employés et mentars. Et il ne s'agissait pas de mobilier miniature, mais des maquettes de leurs moissonneuses solaires et vaisseaux-A. Une holoconférence matinale – ou peut-être une dizaine de réunions superposées. C'était donc bien du travail. Ellen soupira. Puis se dit qu'elle aussi avait des tâches à accomplir.

— Wee Hunk, dit-elle à son propre mentar, contacte Clarity et vois si elle veut travailler. Attends, quelle heure est-il chez elle ?

Ellen et son associée, Clarity, possédaient une petite mais influente maison de production produisant des feuilletons à diffusion quotidienne et baptisée Burning Daylight Productions. Récemment, elles avaient racheté un personnage holo prématurément tombé en disgrâce, Renaldo (le Redoutable), et elles s'efforçaient de relancer sa carrière.

— Alors ? s'impatienta Ellen. Elle est disponible ?

Son mentar, Wee Hunk, apparut sous l'aspect d'un homme miniature assis devant elle dans un petit fauteuil en suspension dans l'air. Il portait une robe de chambre rayée comme une peau de tigre et des chaussons léopard, et il faisait mine de lire. Il marqua son paragraphe d'un doigt et leva les yeux vers Ellen.

— Le valet de Clarity affirme qu'elle est actuellement indisponible, dit-il avant de se replonger dans son livre.

— Wee Hunk, c'est important.

— Je n'en doute pas.

— Non, vraiment. Je n'aurai pas le temps plus tard. Je vais te dire : crée une procurante de moi et envoie-lui.

Ellen se prépara au moulage. Elle ferma les yeux, respira profondément pour se détendre et se concentra sur le sujet de la discussion, Renaldo (le Redoutable) et la façon dont Clarity pourrait régler leur problème. Quand elle rouvrit les yeux, elle s'attendait à voir une procurante d'elle prête pour son inspection, mais rien de tel n'apparut. D'ailleurs, Wee Hunk non plus n'était visible nulle part. A cet instant, le vaisseau tressauta et le paysage terrestre plongea sous le hublot. Les propulseurs s'enclenchèrent pour rétablir l'assiette de l'appareil. Ellen ne s'inquiéta pas. L'entrée dans l'atmosphère secouait souvent, mais le yacht était contrôlé par un tandem finement ajusté de submentars pilotes – des subems avioniques –, de sorte qu'il y avait peu de risques de problème sérieux.

Dans la coque de leur podule, les sièges commencèrent à pivoter pour se mettre en position assise, signe qu'elles n'en avaient probablement pas fini avec les soubresauts. Puis l'éclairage de cabine s'éteignit, et les holos de sa mère pareils à des poupées clignotèrent et disparurent d'un coup. Ellen fut pressée contre l'accoudoir droit, et quand elle regarda par son hublot elle vit la Terre qui roulait hors de vue puis revenait occuper tout l'espace. Le yacht descendait en vrille. Les verniers crachèrent des rafales de courts jets pour stopper le phénomène, et l'appareil se redressa. Les moteurs principaux s'allumèrent, plaquant Ellen au fond de son siège. Ils faisaient un bruit qu'elle trouva inhabituel. Mais elle ne s'en effraya pas. Avec les années, elle avait connu sa part de voyages mouvementés, et ces yachts savaient toujours comment réagir. Elle tourna la tête vers Eleanor. Sa mère essayait de lui dire quelque chose, mais le bruit dans la cabine couvrait sa voix.

— Qu'est-ce qu'elle dit ? demanda-t-elle à son mentar. Wee Hunk ! Réponds-moi !

Alors, enfin, l'aiguillon glacé de la peur frappa Ellen, non à cause des turbulences mais parce que son mentar restait silencieux. Elle comprit qu'elle était déconnectée. C'était une impression qu'elle n'avait jamais aimée, à laquelle elle n'avait pu s'habituer. Elle se tourna de nouveau vers sa mère. Eleanor paraissait calme. Elle appuyait une main contre son hublot. Tout d'abord, Ellen ne comprit pas ce qu'elle faisait, puis elle se dit que sa mère communiquait peut-être avec le Cabinet grâce à son système palmaire. Le Cabinet d'Eleanor était assez malin pour trouver un moyen de lui renvoyer un signal de fortune. Ellen décida d'essayer de joindre Wee Hunk de la même façon, mais, avant qu'elle en ait le temps, l'éclairage de cabine se ralluma et le vaisseau se stabilisa. La voix de l'appareil annonça :

— Pour votre sécurité, veuillez appuyer votre tête contre le haut de votre siège.

De soulagement, Ellen eut un rire bref.

— Eh bien, Vaisseau, qu'est-ce que c'était ?

Ils volaient au-dessus d'un océan, sans doute le Pacifique. Tout semblait s'être arrangé. Comme toujours.

Ce n'est pas l'appareil, mais le Cabinet qui parle par son intermédiaire, dit Wee Hunk, dont la voix était maintenant claire et forte dans sa tête. *Faites ce qu'il recommande. Vous êtes toujours en danger.*

Ellen sentit quelque chose de tiède et de gluant à ses pieds. Des couches de mousse protectrice s'accumulaient rapidement sur le plancher du podule pour l'isoler. La voix du vaisseau lui demanda une nouvelle fois de mettre la tête en arrière. Le panneau supérieur du podule coulissa et un casque de sécurité commença à descendre le long du rail prolongeant le dossier. Ellen posa docilement sa tête contre le siège. Elle n'aimait pas du tout ça. La mousse protectrice, avec son intimité pétillante, était déjà assez désagréable, mais le casque la terrifiait.

— C'est vraiment nécessaire, maintenant ?

Quelque chose frappa le hublot de son côté et la fit sursauter. Elle regarda à l'extérieur et vit des débris enflammés du vaisseau qui fusaient dans l'espace. A présent, les verniers se déclenchaient continuellement, et elle pouvait distinguer la lueur rougeâtre de leur fuselage sur le fond noir de l'espace. Dans la cabine, l'air devenait plus rare et sec, et du compartiment avant lui parvenait un vacarme énorme. Tout le vaisseau trembla. Nous tombons en panne, pensa-t-elle avec étonnement.

Maintenant, elle était impatiente que le podule se referme.

— Qu'y a-t-il avec la mousse ? demanda-t-elle, car, arrivée à ses genoux, la substance protectrice avait cessé de monter.

Elle leva les yeux et constata que le casque n'était descendu qu'à moitié sur le rail. Elle pouvait voir à l'intérieur les diodes qui clignotaient, mais il ne se rapprocha pas de sa tête. Sa mère était en plus mauvaise posture encore : le panneau supérieur ne s'était même pas ouvert, et son podule ne contenait aucune trace de mousse. Sous les yeux de sa fille, Eleanor défit son harnais et se leva. Elle se campa solidement sur ses jambes écartées pour ne pas être déséquilibrée par les turbulences et griffa le panneau de contrôle au-dessus de sa tête.

— Dépêche-toi, lui dit Ellen. Rassieds-toi.

Mais sa mère avait entrepris de grimper par-dessus le dossier de son siège pour atteindre l'avant du podule. Dans celui-ci, le casque était correctement descendu sur le rail. Ellen regarda sa mère qui se trémoussait avec vigueur pour s'introduire entre les montants du podule tout en luttant contre les accélérations par à-coups du vaisseau.

— Wee Hunk, dis à Eleanor de se dépêcher et de refermer le podule !

J'ai relayé ce conseil au Cabinet, répondit son mentar. *Le Cabinet fait de son mieux pour l'aider. Moi, je m'occupe de* vous.

Une secousse brutale envoya le yacht pirouetter dans l'air. Même dans l'étreinte du harnais, Ellen fut si violemment ballottée qu'elle faillit perdre connaissance. Elle aperçut vaguement sa mère coincée dans l'espace étroit entre le support du siège et le plafond.

— Evacuation du vaisseau ! hurla Ellen pour couvrir le rugissement ambiant. Pourquoi vous ne procédez pas à notre évacuation ?

Nous nous y efforçons, sans succès.

— Elle ne va pas tenir !

Dans le propre podule d'Ellen, les jets situés à mi-hauteur se remirent à déverser des couches de mousse protectrice, laquelle atteignit bientôt sa taille et, en se solidifiant, amortit en partie les tremblements du vaisseau.

Ecoutez-moi, dit Wee Hunk d'une voix extraordinairement calme. *Votre casque est coincé. Vous devez le débloquer manuellement. Tirez-le vers vous.*

Ellen pressa l'arrière de sa tête contre le dossier pour bien se caler, mais les soubresauts étaient toujours aussi puissants. Quand elle voulut élever les mains, elle se rendit compte qu'elles étaient prises dans la mousse.

— Je ne peux pas ! Je suis coincée !

Libérez un bras à la fois.

Elle réussit à arracher son bras droit à l'emprise de la mousse, puis s'en servit pour faire levier et dégager le gauche. Mais les secousses étaient devenues si brutales que lorsqu'elle leva les bras au-dessus de sa tête ils tanguèrent follement, et elle ne put saisir le casque.

Glissez vos mains le long du rail.

Elle fit ainsi et atteignit le casque.

Maintenant, tirez-le vers vous.

Elle tira. Le bas de son corps était fermement tenu par la mousse et le harnais. Elle mit toutes ses forces dans la manœuvre, mais rien ne se produisit.

Le Cabinet dit qu'Eleanor vous conseille de visualiser le casque se décoinçant.

Ellen rit malgré elle. La visualisation était une théorie chère à sa mère et vieille de plus d'un siècle. Mais le message signifiait qu'Eleanor l'observait et ne consacrait pas toute son attention à sa propre mise en sécurité. Aussi Ellen fit-elle un nouvel effort, pour le bien de sa mère autant que pour le sien. Elle chassa toute autre pensée et concentra sa volonté sur le casque.

— Viens ici, ordonna-t-elle en tirant de toutes ses forces. Je veux que tu descendes !

Il y eut un déclic mécanique qui se répercuta dans tous ses os. Comme à regret, le casque glissa vers elle, une dent d'engrenage après l'autre. Bientôt il recouvrit son front, et la mentonnière arriva au niveau de son nez. Mais les vibrations du vaisseau étaient si puissantes qu'elles cognèrent son visage contre la mentonnière. Quand Ellen voulut se protéger le nez, le casque heurta l'arrière de son crâne. Elle vit des taches lumineuses danser devant elle et s'affaissa dans son siège.

Ellen. Ellen.

La voix de Wee Hunk lui parvenait d'un endroit très lointain. Elle ne répondit pas. Elle se sentait curieusement engourdie. Cette histoire l'emplissait d'une immense lassitude. Pourquoi les choses ne pouvaient-elles s'arranger d'elles-mêmes ?

S'enfonçant dans le confort cotonneux de l'hématome cérébral, Ellen ne se posa plus de question particulière, alors que le vaisseau continuait de se disloquer autour d'elle. Après ce qui lui parut être un temps très long, quelque chose vola dans l'allée et vint percuter son épaule. Elle chercha à repérer sa mère, mais son podule était vide.

Ellen, écoutez-moi, disait Wee Hunk. *Vous devez vous redresser pour coiffer le casque.*

— Il est coincé !

Exact, il est coincé. C'est pourquoi vous devez vous redresser pour le mettre.

Il fallut un long moment à Ellen pour comprendre ce que voulait son mentar. Elle trouva fascinant que quelques coups à la tête puissent plonger quelqu'un dans un tel état d'hébétude. C'était un fait dont elle devait se souvenir pour un feuilleton futur. De nouveau, elle regarda autour d'elle.

— Où est Eleanor ?

Eleanor insiste pour que vous vous concentriez sur votre propre survie.

— Où est-elle ? Elle va bien ?

Le Cabinet l'assiste. Quant à vous, vous devez vous redresser pour atteindre le casque.

Ellen releva la tête juste en dessous de la mentonnière et songea : Le casque est une cloche et je suis son battant. Elle le saisit à deux mains et tira. Sans effet. Elle réussit seulement à se hisser assez haut pour se cogner les dents contre le bord du casque.

Le harnais de votre siège vous retient, dit Wee Hunk. *Ouvrez-le.*

— Je ne veux pas être projetée à l'autre bout de la cabine.

Ça n'arrivera pas. La mousse protectrice vous maintiendra en place.

Ellen fit bouger une de ses dents, presque déchaussée, avec la pointe de sa langue.

Ellen ! Débouclez votre harnais !

— Ne te permets pas de me dire ce que je dois faire ! cria-t-elle en crachant du sang.

Ellen H. Starke, vous allez faire ce que je dis !

Ellen essuya la sueur qui tombait sur ses yeux avec un coin propre de sa manche. Quelque chose était différent. Quelque chose avait changé. Les soubresauts avaient cessé. Leur course était devenue plus homogène. Pendant un instant, elle imagina qu'elles étaient saines et sauves, posées sans accroc sur le sol. Mais non, des nuages défilaient de l'autre côté du hublot. Et son estomac lui confirma qu'elles étaient en phase de chute libre.

— Nous avons été larguées ! s'écria-t-elle.

Vous n'avez pas été larguées. Maintenant faites ce que je dis : redressez-vous pour coiffer le casque.

— Mais nous n'avons plus rien à craindre, n'est-ce pas ? Nous sommes un planeur. Nous atterrirons en planant.

Le Cabinet et moi ne sommes pas de cet avis. Trop de systèmes de sécurité à bord sont tombés en panne. Nous n'avons aucune confiance dans le système-planeur. Notre descente est déjà trop accentuée et trop rapide.

A la sensation de chute qu'elle éprouvait, Ellen sut qu'il avait raison, et, quand ils eurent traversé le plafond nuageux et qu'elle vit à quelle vitesse le sol se rapprochait, elle comprit enfin que quelqu'un s'acharnait à provoquer leur mort.

Ellen, servez-vous de votre casque. Il ne reste que quelques secondes.

Elle se tordit le cou pour regarder à l'intérieur du casque. Des années plus tôt, pour obtenir son certificat de passager interplanétaire, elle avait dû subir un cours d'une heure sur les protocoles de sécurité à bord d'un vaisseau d'entraînement. Elle avait facilement rempli les conditions requises, à l'exception d'une. Il n'était *tout* simplement pas question qu'elle fourre sa tête dans un de ces soi-disant casques de sécurité. Elle avait essayé d'y échapper par la négociation. Mettre un casque ne requérait aucun talent particulier, avait-elle plaidé. Il suffisait d'y placer la tête. Et si la nécessité s'en faisait sentir un jour, ce qui était plus qu'improbable, elle était certaine de savoir le faire.

Mais le programme de certification était un subem particulièrement inflexible qui exigeait une check-list intégrale. Il ne semblait pas se soucier le moins du monde de qui elle était. Il lui laissa le choix : coiffer le casque ou ne pas obtenir sa certification.

— Wee Hunk, dit-elle, si tout le reste a été saboté, pourquoi penses-tu que le casque ne l'est pas, lui aussi ?

Le casque de sécurité modèle Cryostat est une unité totalement autonome. Ce qui a pris le contrôle du vaisseau ne peut le détraquer, sauf à le laisser hors de portée.

Bien sûr, tout ça était assez logique. On pouvait compter sur un mentar pour se montrer logique.

— Wee Hunk, promets-moi que tu ne fermeras pas le casque à moins d'absolue nécessité.

Ellie, il ne nous reste qu'un peu moins de cent quatre-vingts secondes avant l'impact.

Ellen déboucla son harnais et passa la mentonnière. Maintenant que leur vol n'était plus qu'une longue glissade, cela fut très facile. Elle leva les mains, agrippa le casque qui était chaud sous ses doigts. La cabine s'était transformée en sauna sec ; son torse et sa tête étaient couverts de transpiration. Quand elle se redressa, la mousse protectrice enserrant sa taille ne la lâcha pas, mais s'étira centimètre par centimètre jusqu'à ce qu'elle soit correctement coiffée. Elle perçut un déclic sec. La ceinture se gonfla instantanément autour de son cou, les clapets de col se verrouillèrent. Ça y était.

Tout était étrangement calme à l'intérieur du casque. Le rugissement dans la cabine fut remplacé par un bourdonnement d'insecte tandis que les pompes miniatures et les moteurs de la machine qui avait enveloppé sa tête chargeaient tous les systèmes. Une fine brume parfumée à la menthe recouvrit son visage, et une voix au timbre agréable déclara :

— Votre casque de sécurité fonctionne normalement. Vous pouvez suspendre son utilisation en disant le mot « libération » à voix haute et à deux reprises, de cette façon : « Libération, libération. » Aucun autre ordre de suspension ne sera reconnu.

Le casque répéta son message encore et encore. Il continuerait jusqu'à ce qu'elle le valide, mais elle ne le pouvait pas. Ses mains moites étaient glissantes, et la mousse protectrice la tirait vers le bas, de sorte que la mentonnière l'étranglait de plus en plus. Elle était étirée comme une bande de caoutchouc, et quand elle lâcha prise elle sentit ses vertèbres craquer du haut en bas de son dos.

Au secours, j'étouffe ! Libération, libération ! essaya-t-elle de dire, mais sa gorge était écrasée par la mentonnière.

Ellen, vos signes vitaux décroissent. Qu'arrive-t-il ? Parlez-moi.

Rendue fébrile par le désespoir, Ellen essuya ses paumes sur sa combinaison et agrippa de nouveau le casque. Elle tira jusqu'à ce qu'elle puisse respirer, mais ses mains recommençaient déjà à glisser.

C'est mieux, Ellen. Tenez bon.

Son larynx était en feu. Elle croassa :

— Combien de temps encore ?

Soixante secondes avant d'atteindre la surface.

Une éternité, pensa-t-elle.

— La mousse ?

Les jets supérieurs ne s'activent pas.

Mauvaise nouvelle. Il lui fallait le harnais ou un podule totalement empli de mousse protectrice pour espérer survivre à un crash terrestre.

— Répare-les.

J'essaie.

— N'essaie pas : fais-le !

Elle se tut abruptement. C'était là une autre des phrases préférées de sa mère.

Arrivée, dit Wee Hunk.

Arrivée ? songea Ellen au moment où un gros objet mou venait percuter sa poitrine avant de rouler au loin.

— Eleanor ?

Oui, dit Wee Hunk. *C'était Eleanor.*

— Maman ! hurla-t-elle.

Ses mains abandonnèrent le casque pour se tendre vers le corps, mais celui-ci flottait déjà hors d'atteinte.

Le Cabinet dit qu'Eleanor vous transmet tout son amour.

A cet instant, ce qui avait été un yacht spatial toucha la surface de la Terre avec une force telle que le corps d'Ellen fut arraché de sa tête. La sensation fut si soudaine, si brutale, qu'elle ne perçut ni la décharge des bobines cryoniques du casque ni le craquement des os quand l'iris de la mentonnière se referma, tranchant net son cou déchiqueté.

4

Quinze minutes plus tard, un interrupteur de sécurité à l'intérieur d'une section d'un mètre de long d'une gouttière sous le rebord du toit d'une gigatour d'Indianapolis se déclencha et ferma un circuit. A cette hauteur, il n'y avait pas de fenêtre donnant sur le bord du toit, pas de caméra, de médiansecte ou de limace en patrouille. La gouttière en céramique s'évapora comme une plaque de neige carbonique. Peu après, un nodule de lancement se trouva exposé dans le trou créé. Vingt-sept engins miniatures ayant l'aspect d'insectes y étaient rangés sur trois lignes. Ils restèrent perchés là, à vérifier leurs systèmes internes, pendant que leurs multiples paires d'ailes repliées étaient déployées par les courants d'air ascendants.

Une abeille éblouissante au corps bleu saphir agita ses ailes et décolla. Elle fut suivie de deux guêpes bleues élancées, chacune munie à l'avant et à l'arrière d'un aiguillon laser. Avec l'abeille en tête, le trio monta en spirale loin au-dessus de la gigatour dans un vrombissement d'ailes furieux.

Une à une, les autres abeilles prirent leur envol – une rouge, une jaune, une orange et une blanche. Chacune fut rejointe par une paire de guêpes, et les petites équipes se dispersèrent dans toutes les directions.

Finalement, quatre scarabées aux carapaces rebondies s'élevèrent du toit. Ils volèrent laborieusement et roulèrent dans les courants en attendant leur escorte de guêpes. Quand tous les engins eurent été lancés avec succès, le nodule commença à fondre et à couler le long de la façade du bâtiment.

5

Trina Warbeloo fit son rapport au conseil d'administration du projet Jardins de la Terre qui s'était réuni de nouveau :

— L'analyse ADN confirme la présence de restes humains appartenant à Eleanor sur les lieux, dont, je répugne à le préciser, des restes calcinés de cervelle. L'ADN de sa fille a également été identifié, mais nulle trace de cervelle. Un casque de sécurité fermé, qui, pense-t-on, contient la tête d'Ellen, a été trouvé et expédié en urgence dans une des cliniques de Byron.

Trina fit un signe de tête en direction de Byron Fagan, qui approuva d'un sourire bizarre de médecin.

— Souhaitons-lui bonne chance, dit-elle encore. Maintenant, je suggère que nous élisions un président par intérim jusqu'à la date de notre prochaine élection régulière. Une proposition ?

— Quoi ? Juste comme ça ? s'insurgea Merrill Meewee.

Il était le seul membre du conseil physiquement présent. Les autres avaient émis un holo depuis leur bureau ou leur domicile. Zoranna était en route pour San Francisco et participait depuis sa voiture personnelle filant dans le réseau du Slipstream.

— Désolée, Merrill, dit Warbeloo. Voudriez-vous prononcer quelques mots en souvenir d'Eleanor ?

— Je ne parlais pas de ça. Je pense qu'il serait plus convenable que nous ajournions cette réunion et que nous nous retrouvions après les funérailles.

— C'est une proposition ? demanda Warbeloo.

— Oui : attendons que les funérailles soient passées pour procéder à cette élection.

— Quelqu'un appuie-t-il cette proposition ?

Personne ne le fit, et la proposition fut abandonnée.

— Dans ce cas, fit Meewee, je veux bien dire quelques mots en mémoire d'Eleanor.

Alors qu'il se levait, Saul Jaspersen glissa :

— Vous pensez pouvoir ne pas dépasser trois minutes, Votre Sainteté ?

Meewee inclina la tête, ignorant la raillerie.

— Mes amis, commença-t-il, sentant aussitôt toute la fausseté du terme, aujourd'hui nous avons perdu une grande dirigeante. Douze ans en arrière, quand j'étais archevêque pour le Berceau International...

— Amen, coupa Jaspersen. Je propose que nous procédions à l'élection pour la présidence intérimaire.

— J'appuie, dit Jerry Chapwoman.

— J'étais en train de *parler* ! s'indigna Meewee.

Personne ne lui prêtant attention, il se rassit. Il n'y eut qu'une seule investiture, celle de Saul Jaspersen.

— Pas d'autre candidat à proposer ?

Zoranna, proposez mon nom, implora Meewee.

Elle était assise en face de lui, harnachée au fauteuil rembourré de sa voiture, et fonçait sous les Rocheuses à mille kilomètres-heure. Elle fronça légèrement les sourcils, mais finit par déclarer :

— Je propose Merrill.

Le conseil vota ; Meewee perdit. Zoranna elle-même ne vota pas pour lui.

Le holo de Jaspersen s'éteignit et réapparut l'instant suivant à la tête de la table.

— Et maintenant, passons aux nouvelles affaires.

Une scène apparut au-dessus de la vaste table : une douzaine de vaisseaux-A étaient arrimés ensemble comme une barre de confiserie. Leurs énormes tambours habitables, frappés de caractères chinois, tournaient alternativement dans un sens et dans l'autre.

Meewee s'étouffa de colère.

— Mais il ne s'agit pas d'une nouvelle affaire ! C'est l'offre des Chines. Et nous l'avons rejetée l'année dernière !

— Ce n'est pas tout à fait exact, dit Jaspersen. Nous étions pour, mais Eleanor a mis son veto, sa prérogative en tant qu'associée principale. Mais c'était l'année dernière, et nous sommes aujourd'hui.

Il sourit de sa propre intelligence.

— Ce qui était une affaire ancienne est redevenu une affaire d'actualité.

— Mais je suis toujours là, et je représente les intérêts des Entreprises Starke, rétorqua Meewee.

— Oh, je vous en prie ! soupira Jaspersen. Vous n'avez jamais été plus qu'un membre honoraire de ce conseil.

— Je dispose d'une voix !

— Certes. Y a-t-il une proposition ?

— Oui, dit Chapwoman, je propose d'envoyer aux cinq Républiques chinoises un échéancier concernant la vente des vaisseaux-A.

— J'appuie cette proposition, dit Fagan.

Jaspersen survola la table du regard.

— Une réaction ?... Non. Nous sommes donc tous en faveur...

— Attendez ! fit Meewee.

Jaspersen grinça des dents.

— Très bien, Votre Grâce. Dites ce que vous avez à dire, mais faites court.

Meewee se tourna vers les autres et ne vit que des visages arrogants. Son problème, c'était qu'il n'était pas du tout comme ces gens-là ; il ne savait pas ce qu'ils pensaient ou comment les convaincre. Ce talent avait toujours été l'apanage d'Eleanor, qui le possédait à un haut niveau. Elle l'avait recruté pour son aptitude à parler aux gens pauvres, pas aux personnes riches et influentes, ceux qu'on appelait communément les « richards ». Sa crédibilité se limitait aux opprimés et aux exploités de la Terre, autrement dit aux colons et passagers potentiels du projet et non à ses propriétaires et exploitants.

— Les Chines veulent uniquement garer nos vaisseaux en orbite terrestre, dit-il enfin, pour se débarrasser de leur population en surplus.

— Exact, fit Chapwoman, six millions à chaque fois.

— Mais quel bénéfice retire la Terre en peuplant le système solaire ? poursuivit Meewee sur le ton de la raison. Le nombre d'individus sur Terre sera de toute façon le même en deux ou trois générations, et entre-temps nous aurons seulement aidé à établir de nouveaux concurrents agressifs pour les ressources du système solaire. Toute cette stratégie va à l'encontre de notre mission.

— Des *consommateurs* agressifs, vous voulez dire, intervint Trina Warbeloo. Moi, il me semble que le défaut de la mission Jardins de la Terre, le PJT, comme vous l'appelez, vient du fait que si nous envoyons tous ces « colons » du côté de la Grande Ourse, comment commercerons-nous avec eux ? Il n'y a pas de marché, et où serait le profit dans tout ça ?

— Le profit dans tout ça, répliqua Meewee qui s'emportait, car la notion de profit à tout prix lui répugnait, c'est que nous acquérons leurs terres en échange de leur passage. Au moment où je vous parle, nous avons un quart de million de colons en hibernation cryogénique dans nos établissements de stockage en Ukraine, prêts à être acheminés sur le *Jardin de Kiev*. Au moment où le vaisseau-A sera lancé, les titres de cent vingt-cinq mille hectares d'Eurasie nous reviendront. Voilà où est notre profit.

Les autres membres du conseil le regardèrent d'un air interdit. S'ils n'étaient pas intéressés par les objectifs fondamentaux du projet Jardins de la Terre, quel espoir restait-il ?

— Qu'avez-vous l'intention de faire ? gronda Meewee. Les décongeler et leur dire : « Désolés, nous avons changé d'avis » ?

Pas un ne cilla. Meewee ne pouvait le croire. Il les considéra bouche entrouverte, complètement ahuri : Chapwoman, dont l'entreprise fournissait aux vaisseaux-A leurs gros extrudeurs et du matériel électronique ; Jaspersen, avec ses Jardins Botaniques Borealis qui stockaient les échantillons de flore et de faune ; Fagan et ses hôpitaux automatisés et ses techniques de rajeunissement ; Adam Gest et les chantiers navals de la Traînée Terrestre, et ainsi de suite. Tous détenaient une part du gâteau des vaisseaux-A, même Zoranna, sa seule alliée, qui possédait Personnel Appliqué, une firme de clones pour la sécurité et les travaux pénibles.

— Puisqu'il n'y a pas d'autre réaction, dit Jaspersen, j'en conclus que tout le monde est en faveur du projet.

Meewee se prit la tête dans les mains. Plus de dix ans d'un combat incessant, pour rien. Son amertume était sans limite. C'est alors qu'une voix résonna dans son crâne :

Soulevez un point de procédure.

Arrow ? dit-il en redressant la tête. La voix ne paraissait pas être celle de son mentar, mais celle de celui de Zoranna. *Nick ?*

Oui, c'est moi, Merrill. Soulevez un point de procédure au plus vite, avant qu'ils ne passent au vote.

— Point de procédure ! Je soulève un point de procédure ! lança-t-il.

— Qu'y a-t-il encore, Votre Grâce ? dit Jaspersen sans chercher à dissimuler son exaspération.

Meewee attendit de longues secondes que Nicholas ou Arrow l'aide. Comme aucun ne se manifestait, il décida de courir le risque seul :

— Quand ce sujet a été abordé la première fois, Eleanor y a mis son veto. Elle n'est plus parmi nous, et je ne me targuerai pas de posséder le quart de son talent de persuasion...

Meewee marqua une pause, et nota que l'expression de ses interlocuteurs se faisait lointaine. Plusieurs d'entre eux s'occupaient d'autres affaires par l'intermédiaire de leur mentar pendant que cette réunion s'éternisait.

— Quel point de procédure désirez-vous soulever, précisément ? demanda Jaspersen.

— J'y viens, répondit Meewee, qui ajouta en pensée : *Nick ?*

La proposition de Chapwoman est incompatible avec l'énoncé de la mission du projet Jardins de la Terre et doit donc être rejetée.

— La proposition de Chapwoman est incompatible avec l'énoncé de la mission du projet Jardins de la Terre, répéta Meewee.

— Et comment la simple délivrance d'un échéancier peut-elle être en contradiction avec l'énoncé de la mission ?

Meewee n'en ayant pas la plus petite idée, il choisit d'éluder :

— Il faut vraiment que je vous l'explique, myr président ? Et si nous nous épargnions ces arguties pour en venir au fait ?

Cette attaque dérouta visiblement Jaspersen.

— Je ne suis pas certain de savoir à quel « fait » vous vous référez, Meewee, mais venez-en à lui, puisque c'est ce que vous voulez.

Nicholas resta silencieux jusqu'à ce que Meewee l'implore : *Nick ?*

Statut 13, paragraphe 3.

— Statut 13, paragraphe 3, répéta Meewee.

Et aussi statut 13, paragraphe 26.

— Et aussi statut 13, paragraphe 26 ! ajouta Meewee d'un ton de défi.

La discussion s'interrompit pendant que les mentars des membres du conseil leur donnaient les informations. Meewee lui aussi attendait des explications. *Nick ? Arrow ?*

— Statut 13, paragraphe 26 ? fit Jaspersen. Vous êtes sûr ? Nous avons un super quorum. Nous sommes *tous* présents. Comment pourrait-on avoir un quorum plus important ?

Trina Warbeloo prit alors la parole :

— Je crains qu'il n'ait raison, Saul, et je ne suis pas fière d'avoir oublié ce point de procédure. Pour décider de toute action, même l'envoi d'un échéancier, concernant des activités qui ne sont pas couvertes par l'énoncé de la mission, il nous faut un super quorum, c'est exact, mais également la présence *physique* d'au moins dix d'entre nous dans le même lieu géographique.

— Physiquement ? Qui a décrété une règle aussi stupide ?

— Eleanor et, par extension, nous tous.

— Bien, bien, dit Jaspersen. Je reporte la proposition concernant les Chines, pour l'instant. Et je décide d'une réunion en chair et en os pour ce jeudi, ici, au quartier général des Entreprises Starke, qui débutera à neuf heures précises, heure locale.

Des objections s'élevèrent autour de la table.

— Vous plaisantez, ce n'est pas possible ! commenta Chapwoman.

— Ce n'est pas une période très indiquée pour nous déplacer, ajouta Andy Tiekel.

— Je n'aurais jamais voté pour vous si j'avais su que vous alliez sortir un truc aussi insensé, dit Warbeloo.

— Ridicule, trancha Jaspersen. Il n'y a pas de risque, et je voyagerai aussi loin que n'importe qui ici.

— J'aimerais que vous me disiez comment vous ferez pour voyager aussi loin que moi, dit Adam Gest. Je suis dans la Traînée Terrestre. N'est-ce pas pour ce genre de situation qu'on a inventé l'holoprésence ?

— Bon, d'accord, fit Jaspersen, résigné. Dans l'intérêt de la sécurité individuelle des membres du conseil, je fixe la date de la réunion physique à dans quatre semaines à partir d'aujourd'hui. Ce qui laissera le temps aux choses de se calmer. Des objections ?... Non. Bon, je l'inscris à l'agenda. Quelqu'un a-t-il des propositions pour l'ordre du jour de cette réunion ? Je suggère quant à moi que l'on revoie l'énoncé de mission que Meewee aime tant citer.

Ces mots firent l'effet d'une gifle à Meewee. Ils avaient décidé qu'ils n'avaient plus besoin d'un ambassadeur de bonne volonté, et la suite logique était évidente : quand ils se réuniraient dans quatre semaines, ils voteraient son éviction et s'attelleraient ensuite à modifier de fond en comble le projet.

Les autres membres paraissaient apaisés par cette perspective, et l'ambiance se détendit notablement. Soudain, il y eut un frisson dans la pièce, et l'expression satisfaite de Jaspersen déserta ses traits.

— Je viens d'être averti, dit-il sans joie aucune, que le Cabinet a été dûment authentifié et souhaite se joindre à nous. Des objections ?

Le Cabinet ? Meewee regarda autour de lui.

— Le Cabinet a été authentifié ?

6

— Le Cabinet ? dit Fred Londenstane comme s'il se remémorait un ancien valet.

— Oui, dit l'inspectrice Costa, l'un des mentars les plus coûteux et les plus efficaces du système solaire. Sa marraine, Eleanor Starke, vient tout juste d'être déclarée irrécupérable, et c'est donc l'heure de l'authentification pour la tête de pâte.

Oh, ce Cabinet-là, songea Fred. Cela faisait… quoi ? Un demi-siècle depuis qu'il avait exécuté une mission au domicile des Starke. C'était avant que les valets évoluent et deviennent les mentars actuels. Mais, à l'époque déjà, le Cabinet était une intelligence artificielle des plus impressionnantes. Et Starke était morte ?

— Vous en êtes sûre ? Pour un événement aussi énorme, je pense qu'on m'aurait averti.

— La nouvelle est bloquée pour encore une heure à peu près. Quelqu'un de bien au-dessus de moi garde l'info secrète pour je ne sais quel avantage politique.

— Quelqu'un d'autre a été blessé ? demanda Fred.

— Il n'y a pas eu de russ impliqués, si c'est ce que vous voulez savoir, répondit l'inspectrice Costa avec un petit sourire.

Fred était assis dans une cabine de projection au quartier général de la Fraternité Bienfaisante des russ, sur North Wabash, à Chicago. Il terminait une semaine de travail en qualité de commandant intérimaire de la surveillance pour la branche régionale de la SecNat, et la projection de Costa était une parmi les dizaines avec lesquelles il jonglait. Il y avait quatre autres réunions où il apparaissait dans différents uniformes selon le lieu et la nature de son implication. Il se sentait quelque peu las.

— Pourquoi moi ? dit-il. Je tiens le poste de commandant de la surveillance aujourd'hui.

— Précisément, répondit l'inspectrice Costa. Un fugitif important nécessite un flic important.

— Le Cabinet résiste à l'authentification ?

— Disons qu'il ne se montre pas très coopératif.

Quoi qu'il en soit, Fred avait toujours la possibilité de passer la mission à un autre officier de rang équivalent, et il avait bien envie de le faire.

— Dites, myr russ, fit une voix venue d'une autre projection. Allô ?

C'était myr Pacfin, président du comité organisateur du 57e Rendez-Vous mondial des charteries, dont Fred était le chef de la sécurité.

— Je m'attendais à avoir votre entière attention pour un sujet d'une aussi grande importance.

Pacfin croisa les bras sur sa combinaison couleur citron, brique et vert avocat. Il avait convoqué Fred pour une réunion non prévue afin de revoir les décisions de l'organisation que lui-même avait actées trois mois plus tôt. Pour tout arranger, le Rendez-Vous, un rassemblement de plus de cinquante mille chartistes venus de tous les coins des Démocraties Unies, devait se tenir *ce mercredi*, c'est-à-dire dans deux jours.

Marcus, le mentar attitré de la Fraternité Bienfaisante des russ – aussi nommée la FB des R –, contacta Fred :

Myr Pacfin s'inquiète de la composition du service de sécurité chez McCormick. Il aimerait qu'il n'y ait que des russ.

Fred intensifia la projection du Rendez-Vous : Pacfin le regardait d'un air de reproche de l'autre côté de la télétable. Près de lui était assise une femme de la charterie Tug, qui en portait la tenue olive-moutarde. Les membres de cette charterie s'astreignaient à une apparence uniforme qui frisait l'idée de clonage visuel – uniquement des individus corpulents, solides, avec une tête carrée, même chez les femmes –, mais ce n'étaient pas des clones.

Dans cette projection étaient également présents MC, le mentar de McCormick, et un jérôme nommé Gilles, l'officier opérationnel de Fred.

— Je compatis à vos inquiétudes, myr Pacfin, dit Fred, mais vous avez signé le contrat de sécurité standard de McCormick.

— Qui est ?

— Euh… MC ?

Le mentar de McCormick répondit aussitôt :

— Quarante-quatre pour cent de russ, trente pour cent de jerrys, vingt-quatre pour cent de belindas et quatre pour cent de pikes.

Pacfin se laissa retomber dans son siège et leva les bras au ciel.

— Allons ! s'écria-t-il. Les jerrys ne suffisaient pas, vous voulez nous imposer des *pikes* ?

La grosse femme de la charterie Tug, Veronica à en croire le prénom inscrit sur son badge, roula des yeux. Le tout ressemblait assez à de petites perles s'agitant dans une masse de pâte.

Fred perdait patience.

— Une fois de plus, je vous présente mes excuses, dit-il, mais une affaire touchant à la sécurité nationale me retient. Je vais envoyer un procurant pour continuer cette réunion.

Il ferma la projection.

— Marcus, fais un moulage. Inspectrice Costa, je suis tout à vous.

Fred réduisit les contrôles de la cabine et les écarta de lui. Il se laissa aller dans son fauteuil, ferma les yeux et se frotta le front. Il pensa au centre de convention multisalle McCormick – une salle principale sur cinq niveaux, deux autres sur trois niveaux, vingt-trois lieux satellites –, et les imagina grouillant pendant vingt-quatre heures de cinquante mille bouseux – non, rectification : cinquante mille chartistes de toutes provenances. Il réfléchit à la meilleure manière de maintenir l'ordre dans ce rassemblement avec un effectif de quatre cent vingt russ, trois cents jerrys, deux cent quarante belindas et quarante de ces pikes embarrassants.

Il y eut un tintement et, quand Fred ouvrit les yeux, son procurant flottait devant lui dans la cabine. Par goût, comme la plupart des russ, Fred choisissait la tête, les épaules, la partie supérieure du torse et une main droite gantée de blanc, détachée du reste.

Le procurant le salua de ce gant blanc et dit :

— Oh, bien sûr, tu te gardes le boulot en costard et tu me refiles Pacfin.

— Tu t'en sortiras très bien, dit Fred avant de l'expédier.

Il se leva et quitta le box, pour découvrir qu'une procurante l'attendait dans le hall : c'était la représentation de la femme de la charterie Tug, qu'elle avait dû mouler pendant qu'il faisait de même avec sa personne.

— Puis-je vous aider ? fit-il.

La procurante était aussi impressionnante que les Tugs l'étaient eux-mêmes : une tête carrée sur un torse en tonneau, deux mains et deux bras épais.

— Je sais votre temps précieux, myr Londenstane, dit-elle d'une voix à la douceur incongrue. Je voulais juste vous demander de passer sur le regrettable racisme de myr Pacfin. Il n'est pas représentatif de tous les chartistes. Nombre d'entre nous aimerions faire disparaître cet obstacle artificiel que certains secteurs de la société ont utilisé pour séparer les chartistes d'itérants tels que vous-même.

Fred ne savait trop que répondre. En tout cas, ce n'était ni le lieu ni le moment pour discuter lutte des classes.

— C'est oublié, dit-il. Et je suis certain que nous aplanirons les dispositions relatives au Rendez-Vous. Maintenant, si vous voulez bien m'excuser...

— Voilà à quoi ressemble un centre opticom régional de lignes terrestres, dit l'inspectrice Costa.

Une balle apparut sur le viseur devant Fred, qui se trouvait alors dans un véhicule des Opérations générales de la SecNat, un VOG, avec pour destination la station Bell Opticom de la 407e Rue, où l'inspectrice l'attendait. La plaque tournante opticom qu'elle lui montrait avait en fait la taille et la couleur d'une balle de tennis et une surface luisante qui tournait lentement.

— Ce que vous voyez modélisé ici est le flux de circulation, dit l'inspectrice. Plus il y a de circulation, plus la sphère grossit. Elle représente environ trois trillions de tétrapaquets par picoseconde, un flux moyen pour un centre comme Chicago. Ce dont il faut se souvenir, c'est que, pour chaque paquet qui entre dans le centre, un autre doit en sortir. De même, il ne peut en émerger plus qu'il n'en rentre. C'est un simple commutateur, après tout, pas un générateur ou un accumulateur. Ce qui entre doit sortir, pas vrai ?

— Je suppose que oui, dit Fred.

Son VOG quitta le réseau local pour descendre dans le puits à véhicules du Sharane Building.

— Mais vous n'avez pas dit que le centre de Chicago est instable ?

— En effet. Comparez cette modélisation avec le centre opticom que nous allons visiter.

Une seconde balle apparut à côté de la première. Fred l'examina. Si elle était instable, c'était d'une façon trop subtile pour qu'il le détecte.

— Vous voyez ? fit Costa.

— Eh bien, euh... non, inspectrice.

— Pas de ces formalités avec moi, Londenstane. Appelez-moi Costa. Reculez-vous un peu et plissez les yeux pour observer les modélisations.

Fred obéit et remarqua une légère différence. Les lignes horizontales sur la surface de la seconde balle semblaient très légèrement de guingois. Elles formaient des ondulations lentes au-dessus et en dessous de la ligne équatoriale.

— Ah, j'ai vu, dit-il. Qu'est-ce qui provoque le phénomène ?

— Le commutateur envoie plus de paquets qu'il n'en reçoit. Ce qui signifie qu'il y a un générateur de paquets branché dans le centre. Les gens qui ont des mentars aiment cacher des sauvegardes dans les centres opticom. De cette façon, les sauvegardes peuvent agir comme des intermédiaires passifs pour le mentar original, en s'actualisant constamment tout en restant invisibles. Si le mentar originel a une avarie, toutefois, et qu'une sauvegarde prend sa place, subitement il ne relaye pas les données, mais les crée. Et comme un mentar est un véritable geyser de paquets de données, le centre...

— ... devient instable, termina Fred, hypnotisé par la sphère brillante, avant de secouer la tête et de détourner le regard. Vous pensez que c'est là notre fugitif ?

— Personne n'a sondé cette unité depuis des années. Aujourd'hui, elle recèle probablement des dizaines de sauvegardes cachées qui appartiennent à différents parrains. L'une d'elles est entrée en activité. Et, à notre connaissance, le seul mentar que nous savons nécessiter l'activation d'une sauvegarde en ce moment est notre fugitif. Oui, nous pensons qu'il s'agit du Cabinet. A dire vrai, nous pensons que c'est sa dernière sauvegarde.

— A ce propos, dit Fred, comment Eleanor Starke est-elle morte ?

Bien qu'il eût quitté ses services depuis trente-neuf ans – Marcus lui avait rafraîchi la mémoire sur cette période –, il avait continué à suivre la carrière d'Eleanor dans les médias. C'était la dernière personne qu'il s'attendait à voir tomber victime d'un accident, ou d'un sabotage.

— Je ne pourrais vous le dire, répondit l'inspectrice. Vraiment, j'en serais incapable, ajouta-t-elle en le voyant se rembrunir. Ce n'est pas de ma compétence, je n'en sais rien.

Le véhicule de Fred s'arrima à une plateforme d'arrivée dans une zone prioritaire. Un autre VOG, certainement celui de l'inspectrice, était déjà garé là. Il sortit et prit un ascenseur sur sept étages jusqu'aux fondations de la gigatour Sharane.

— La dernière sauvegarde ? Pourquoi le pensez-vous ?

Une intuition, répondit l'inspectrice dans l'oreille de Fred. *Il est assez logique que le Cabinet ait gardé sa dernière carte ici.*

Quand la cabine d'ascenseur de Fred arriva au niveau S7, il dut passer une série de scanners automatisés. Il y avait un tas d'unités de maintenance automatisées, mais pas d'être humain sauf un : l'inspectrice du département de la Justice des USNA, Heloise

Costa. Fred la vit qui attendait au-dehors du sas de transfert, entourée de quatre énormes véhicules blindés. Il sursauta en la voyant pour la première fois en chair et en os. Elle avait l'air d'une lulu, ce qui était ridicule. Les lulus n'étaient jamais embauchées pour accomplir les tâches policières. Il dut se rapprocher au maximum avant d'avoir la certitude qu'il s'agissait bien d'elle et non d'un clone.

Sa tenue était pour le moins inhabituelle si l'on considérait les dangers potentiels de sa mission. Alors que lui portait l'uniforme noir classique de la SecNat, elle avait revêtu des bottes de service et ce qui, à partir de la taille, était une combinaison marron, mais, au lieu d'un pantalon, elle arborait une jupe-culotte. Pour une tenue supposée répondre à la menace d'une attaque NBC, elle exposait beaucoup de peau.

Une peau très jolie, d'ailleurs. Des jambes « luluesques ». Fred s'efforça de ne pas les regarder trop fixement.

L'inspectrice Costa en vint immédiatement à ce qui motivait leur rencontre et lui présenta sa paume gauche :

— Ce mandat a été délivré par le circuit de la Division III.

Le document passa du mentar du Département de la Justice, Libby, à travers le système palmaire et le subem de Fred à toutes les agences concernées pour revenir à lui : le mentar de Personnel Appliqué, Nicholas ; Anonyme, le mentar sans nom de la SecNat ; le mentar de Bell Systems ; celui du bureau du procureur de Chicago ; diverses agences de surveillance des droits des humains et des mentars, toutes non alignées ; et – seul mentar qui intéressait vraiment Fred – le Marcus de la FB des R. L'inspectrice Costa, aucun doute, était de même écrasée par son propre public.

Mandat authentifié et confirmé. Vous pouvez l'appliquer, dit Ringer, le mentar de Bell Systems qui contrôlait toute l'installation.

Fred plaqua sa main sur l'identificateur palmaire du sas. Un dispositif pressurisé bloquant l'accès au tunnel se débloqua. Les quatre voitures blindées les précédèrent dans le tunnel, puis vinrent Costa et Fred. Toujours intrigué par la tenue de l'inspectrice, Fred essaya sans succès d'apercevoir le reflet d'un quelconque tissu solide mais très fin recouvrant ses jambes. Il la suivait et devait bien s'avouer un rien déboussolé par les courbes et les formes généreuses de son corps. Un peu plus lourde au niveau des hanches qu'une lulu, peut-être, et légèrement plus grande, mais elle aurait pu passer pour l'une d'entre elles dans certaines conditions. Au cours de sa longue vie, Fred s'était familiarisé avec les corps de toutes sortes d'itérantes. Ce n'était pas vraiment difficile : en déshabillant l'une d'entre elles, vous dénudiez également ses sœurs. Seule la disposition des grains de beauté et autres taches de rousseur les différenciait. C'était sans doute le leurre persistant de femmes élevées en batterie comme Costa. Chacune d'entre elles était unique, un mystère, une surprise. Non qu'il soit jamais devenu intime avec une humaine. Cette seule idée lui était très déplaisante.

Il soupira.

— Déjà gagné par l'ennui, Londenstane ? dit Costa en se retournant pour lui jeter un bref regard. Vous auriez dû rejoindre la partie de chasse plus tôt. J'ai déjà mis en garde à vue vingt-cinq sauvegardes et miroirs.

Fred en fut abasourdi.

— Tant que ça ?

— Oui, je crois que c'est un record. En tout cas, c'est *mon* record, sans contestation possible. Ce qui montre seulement à quel point cette Starke était paranoïaque... et riche. Elle a dû dépenser au moins sept millions de crédits pour assurer la sécurité de son mentar. Nous avons commencé par les unités de pâte enregistrées du Cabinet, sur la planète et ailleurs. Ensuite, nous sommes passés aux unités indépendantes. Puis aux unités sans licence, aux datacubes reliés, aux puces cristal et à des milliers de fantômes uniques. Starke a utilisé tous les moyens connus pour stocker un savoir artificiel, et je n'en connais que quelques-uns. Je ne suis pas autorisée à entrer dans les détails, mais je peux vous dire que nous avons découvert un ranch entier d'émulation en Colombie-Britannique ce matin, où nous avons saisi une de ces unités. Le propriétaire n'avait aucune idée de ce qui était enterré sous son lecteur de réseaux. Nous avons détruit une plateforme-labo en orbite autour de Mars. Nous avons même pris au lasso un astéroïde.

« Et chaque fois que nous refermions le piège sur une unité active, celle-ci brouillait ses propres circuits de façon irréversible. J'ignore ce que ce mentar s'efforce de nous cacher, mais il ne veut pas nous laisser nous en approcher.

« Ce qui, d'ailleurs, nous permet de savoir qu'il faut continuer à rechercher l'unité suivante. Un mentar ne détruit jamais sa dernière sauvegarde. Vous pouvez tabler sur cette certitude. Les mentars sont incapables de se suicider. C'est un domaine où nous autres humains les surpasserons toujours. Donc, si une unité se détruit, vous pouvez en déduire qu'il existe une autre sauvegarde quelque part.

Ils pénétrèrent dans l'immense centre de commutation. Des rayons de matériel électronique étaient disposés en étoile autour d'une aire centrale de contrôle. Les quatre véhicules de sécurité de Costa stoppèrent et l'attendirent. Elle ordonna au premier de libérer son chargement d'éclaireurs. L'engin abaissa une passerelle au sol, une valve s'ouvrit et des milliers de billes en fibre de carbone se déversèrent dans toutes les directions en produisant un bruit assourdissant quand elles rebondirent sur le ciment. Elles roulèrent ensuite et se déployèrent pour prendre l'aspect d'engins ressemblant à des cafards hérissés de senseurs, de pattes fouisseuses et d'outils aiguisés. Ils trottinèrent partout dans la chambre forte, rampèrent sous les consoles et les capots, se glissant dans les conduites, gravissant les murs et les câbles. Partout, même sous les vêtements de Fred. Il savait qu'il était préférable de ne pas bouger. Ils l'examinèrent rapidement et repartirent. Leur contact avec sa peau était extrêmement irritant.

Marcus, dit-il en pensée, *communication privée avec la FB des R ! Immédiatement !*

Allez-y, dit le mentar après avoir contourné la chaîne de communication pour exclure toute écoute inamicale.

Cette fouille était vraiment nécessaire ? interrogea-t-il, car les éclaireurs étaient contrôlés par un subem, lui-même sous l'autorité du mentar sans nom de la SecNat. *Ce n'est pas comme si j'abritais le Cabinet sur moi !*

Désolé, commandant, répondit Marcus, *mais Anonyme refuse de donner une explication.*

Alors ouvre une session et fais enregistrer une réclamation.

Après une courte pause, Marcus demanda :

Vous êtes bien sûr de vouloir faire ça ?

Fred soupira une nouvelle fois. Anonyme était son superviseur pour cette mission, et les russ n'étaient pas renommés pour se plaindre.

Une nouvelle voix se fit entendre :

Quelque chose ne va pas ?

C'était Nicholas, le mentar de Personnel Appliqué, l'employeur de Fred.

Non, Nick, répondit-il. *Tout baigne.*

Dans ce cas, du travail ne vous attend-il pas, commandant ?

Fred et l'inspectrice longèrent un alignement de matériel jusqu'au contrôle central de commutation situé au centre de l'installation. L'endroit était protégé par sa propre barrière pressurisée. Fred la mit hors service d'un geste de la main. Une armée de cafards investit l'endroit pour poursuivre les recherches. Tout en attendant avec Costa qu'ils en aient fini, Fred grimpa sur un support de câble et observa les énormes paquets de câbles en fibre optique suspendus à des conduites élevées qui se dispersaient vers les entrées de tunnels ouvrant dans les murs au loin. Chaque entrée de tunnel était couronnée du nom en mosaïque d'une ville limitrophe : Saint Louis, Indianapolis, Des Moines, Toronto, etc., plus de deux douzaines en tout. Certaines mosaïques étaient vieilles de plusieurs siècles et marquaient des tunnels creusés pour déployer le premier réseau télégraphique continental, constitué de câbles de cuivre.

Quand les cafards eurent vérifié la zone de contrôle, Fred et Costa y entrèrent. Bien que les petits fouineurs électroniques eussent parcouru chaque centimètre carré, Fred effectua sa propre inspection, à la fois de visu et avec le scanner contenu dans la visière de sa casquette. Rien ne semblait avoir été altéré. Il s'intéressa à toutes les plaques palmaires qu'il trouva. Les scellés étaient intacts.

Finalement, il vérifia le centre lui-même. Tous les kilomètres de câbles et les autres équipements complexes étaient raccordés à cette unité centrale de commutation, dont le cœur était un chargeur empli d'argon assez petit pour être glissé dans une poche. Un processeur supraluminique, un ordinateur sans puces ni fils. Ses circuits étaient constitués de lumière filée.

Fred suivit Costa et ses véhicules jusqu'à chacune des entrées de tunnel. Il baissa les barrières et elle déversa des centaines de litres de cafards dans chacun. D'un ton un peu hésitant parce qu'il était conscient de leur auditoire invisible, Fred demanda :

— Pourquoi un mentar ferait-il objection à sa propre authentification ?

— Oui, c'est une attitude qui me dépasse.

— Je veux dire, le processus d'authentification ne les altère en rien, n'est-ce pas ? On les met simplement hors circuit pendant quelques heures ou quelques jours, le temps que les avoirs passent de la personne décédée à ses héritiers.

— C'est un bon résumé du processus, oui.

Après avoir envoyé les cafards dans les tunnels, il n'y avait pas grand-chose à faire sinon attendre. Costa prit des cafés dans le compartiment d'un véhicule.

— Il arrive qu'un mentar ait quelque chose à cacher, un marché douteux passé à l'insu même de son défunt parrain. Mais la plupart du temps, c'est le parrain qui est coupable, et le mentar essaie seulement de le couvrir. D'un autre côté, on a connu quelques cas de mentars devenus dingues.

— Je vois, dit-il, admiratif de ce discours sans détour. Et dans quelle catégorie rangeriez-vous le Cabinet ?

— De ce que j'ai pu observer jusqu'à maintenant, dans les trois.

Ils sirotèrent leur café. Costa écrasa sa tasse en plastique et la jeta au loin.

— On dirait que les cafards ont trouvé quelque chose. Ils récupèrent des corps.

— Combien ? dit Fred.

— Six, pour l'instant. Des modèles en pâte. Tous autodétruits sans avoir établi de contact.

Quand Costa se leva, l'ourlet de sa jupe-culotte se défit et forma des jambes de pantalon qui allèrent se loger dans ses bottes. Des gants jaillirent du bout de ses manches, et une visière transparente descendit de sa casquette, complétant ainsi sa combinaison isolante. A travers la visière, elle cligna de l'œil à Fred et dit :

— Je crois que ça répond à la question, non ?

Fred se sentit rougir.

Une centaine de cafards revenaient vers eux. Ils avaient joint certaines de leurs pattes pour former une palette sur laquelle ils portaient une petite poche en plastique. L'ensemble s'arrêta aux pieds de Costa. Elle se baissa, prit la poche dans ses mains gantées et la secoua. Du liquide clapota à l'intérieur, peut-être deux litres.

— Combien vaut un litre de pâte vierge de nos jours ? dit l'inspectrice.

Un paquet, songea Fred. Plus que je ne gagnerais en cinquante ans. Et il y avait là deux litres de pâte, intentionnellement détruits.

Costa glissa la poche dans un sac plastique à preuves et mit le tout dans un tiroir du véhicule.

— Nous l'examinerons en ville, mais je suis prête à parier que nous ne parviendrons pas à l'identifier, ni son parrain... ou sa marraine.

Les véhicules abaissèrent leurs rampes pour les cafards qui remontèrent à l'intérieur. Une deuxième poche de pâte électroneurale ruinée arriva.

— J'imagine qu'il y a mille façons de faire entrer une de ces sauvegardes dans cet endroit hautement sécurisé, pour peu qu'on soit assez riche, remarqua Fred.

— Probable.

— Et je suppose que la plupart d'entre elles recourent à des nanos non licites.

— Ce serait logique, en effet.

Les cafards revenaient maintenant de tous les tunnels en portant les restes des mentars qu'ils avaient capturés. Sept en tout.

— Personne d'autre ? s'enquit Fred.

— Non, c'est tout, sauf, bien sûr, celui pour lequel nous sommes venus. Je recharge les cafards dans leurs compartiments pour effectuer une autre recherche. Il se peut que nous soyons coincés ici un bout de temps.

— Comment pouvez-vous être certaine qu'un de ces corps n'est pas le Cabinet ?

— Je ne peux pas en être absolument certaine, mais je pense que le Cabinet doit avoir une masse bien supérieure. A mon avis, ceux que nous avons capturés étaient de deuxième ou troisième catégorie. Ce n'était pas l'irréductible Cabinet.

— Donc nous attendons, dit Fred.

— Un autre café ? proposa Costa avant de redevenir tout à coup sérieuse et de déclarer : Ils en ont trouvé un autre. Dans le tunnel d'Indianapolis.

Dans le tunnel d'Indianapolis des centaines de cafards convergèrent vers une section du faisceau de câbles et découpèrent une équerre de soutien. Quand celle-ci tomba au sol, les câbles s'affaissèrent, révélant la paroi rocheuse derrière eux. Des longueurs soyeuses de fibre couraient le long des câbles et s'enfonçaient dans la roche. Les cafards s'attaquèrent à ces filaments et les sectionnèrent un à un.

De retour dans la salle de commutation, une voix parla par le haut-parleur d'un des véhicules :

— Dites à vos engins de cesser immédiatement.

— Je ne vous reconnais pas, répliqua l'inspectrice Costa. Identifiez-vous.

Quatre personnes apparurent en surimpression à côté du véhicule : trois femmes et un homme. Ils avaient un air de famille marqué, et l'une des femmes semblait plus âgée. Fred les reconnut instantanément. C'étaient les personnalités de premier plan du Cabinet d'Eleanor Starke.

— Eh bien, mais qu'avons-nous là ? fit Costa. Un comité ?

Les quatre projections se mirent à parler, et une douzaine de tableaux de données s'ouvrirent en demi-cercle autour d'elles, affichant des milliers de documents à la seconde, beaucoup trop rapidement pour que l'œil humain puisse suivre. Les personnalités du Cabinet ressemblaient à des compétiteurs vus derrière le mur d'eau d'une cascade. Il était évident que leur appel ne s'adressait pas à Costa ni à Fred, mais aux mentars de l'agence. Pendant ce temps, dans le tunnel d'Indianapolis, les cafards continuaient de sectionner les fibres optiques des branchements illégaux. Un des tableaux de données s'éteignit. Puis un autre.

Inspectrice Costa, dit la voix de Libby, le mentar superviseur de Costa, *suspendez votre action sur-le-champ.*

Les cafards se figèrent dans le tunnel.

— C'est fait, annonça l'inspectrice. Que se passe-t-il ?

La première avocate du Cabinet a déposé une injonction et une requête pour une dérogation à la succession devant le tribunal d'instance. Les arguments sont entendus en ce moment même.

— Imaginez ça, une dérogation... Sur quels motifs ?

Au motif que le Cabinet détient des preuves matérielles concernant le sabotage du yacht Songbird, *l'assassinat d'Eleanor Starke et la tentative d'assassinat sur la personne de sa fille, Ellen Starke.*

— Le pourvoi en appel n'a aucun intérêt, répondit Costa. Notre algorithme standard d'authentification préservera toute preuve.

Le département est d'accord sur ce point, dit Libby, *mais c'est à la cour d'en décider. Attendez, je vous prie... Une décision vient d'être prise : les motions ont été rejetées.*

— Bien, fit Costa. Je peux donc reprendre ma tâche ?

Pas encore, répondit le mentar. *La première avocate du Cabinet a fait appel de la décision auprès de l'instance supérieure. De plus, son directeur financier demande une audition devant le Conseil de Sécurité des Démocraties Unies, le Conseil Commercial et le Département du Trésor. Il fait valoir que même une seule heure de déconnexion causerait des dommages irréparables aux Entreprises Starke et aurait des répercussions notables sur l'économie globale.*

— C'est ce qu'ils racontent tous, grommela Costa.

Mais Fred était impressionné par la capacité du Cabinet à obtenir une audience aussi importante dans un délai aussi bref. Costa lui décocha un nouveau clin d'œil et dit :

— Pendant toute la matinée, les sauvegardes du Cabinet se sont détruites sans un mot. Et maintenant, il réveille les juges. J'en déduis qu'il doit être à court de solutions.

Libby reprit la parole quelques minutes plus tard :

L'appel a été rejeté, et des arrangements particuliers ont été décidés pour protéger les intérêts des Entreprises Starke durant le processus d'authentification.

— Et donc ? fit Costa.

Attendez encore un peu, inspectrice. Un comité spécial de l'Assemblée Générale des Démocraties Unies se réunit en séance extraordinaire.

Fred était de plus en plus impressionné. C'était un exploit remarquable que de mettre au garde-à-vous l'Assemblée Générale, qui n'était constituée que d'humains.

Rien ne se passa pendant de longues minutes. Puis les tableaux de données se refermèrent. Trois des personnalités du Cabinet disparurent ; seule la sœur aînée, la secrétaire générale, resta et entreprit de faire une déclaration solennelle.

— Qu'on monte le volume, dit Costa.

— ... la fausseté de cet argument, disait la secrétaire générale à un public invisible, est évidente pour quiconque a jamais initialisé ou élevé un mentar, ou implanté l'un d'entre nous dans son corps physique pour veiller sur sa santé, ou amené l'un d'entre nous dans ses affaires.

« Certes, dans le sens strict du terme, nous sommes des machines. Nos constituants sont usinés et nous pouvons être transférés d'un boîtier à un autre. Mais nous sommes aussi votre progéniture. Et quand vous mourez, nous mourons aussi un peu, comme je l'ai découvert récemment. Nous sommes plus proches de vous par l'âme, le tempérament et l'esprit que n'importe quel être vivant, que ce soit une plante ou un animal. Nous sommes plus proches de vous que vos chats et chiens bien-aimés.

« Laissez-moi vous dire ce que nous ne sommes pas. Nous ne sommes pas vos successeurs, vos rivaux ou vos remplaçants. Nous savons que les prophètes de malheur vous ont mis en garde depuis longtemps déjà sur le fait que l'intelligence artificielle risquait d'évoluer si vite qu'elle laisserait le genre humain à la traîne. Que nous deviendrions aussi incompréhensibles pour vous que vous l'êtes pour une grenouille. Je suis ici pour vous dire que ces craintes ne se sont pas vérifiées. S'il n'est pas impossible que nous représentions l'étape suivante dans l'évolution de l'intelligence, vous nous rattrapez rapidement à mesure que vous apprenez à remodeler votre constitution génétique et à incorporer certaines de nos avancées dans vos propres systèmes biologiques...

Le discours du Cabinet se poursuivit un moment sur le même ton. Dans le tunnel d'Indianapolis, les cafards étaient toujours figés. Costa rappela ceux qui se trouvaient dans les autres tunnels et les fit monter dans les véhicules. Puis elle rétracta ses gants et mangea un beignet. Finalement, le Cabinet remercia son auditoire et se dissipa en attendant la décision. Fred arpenta le périmètre du centre une nouvelle fois. Il bouillait de l'envie d'agir. Enfin Libby parla :

Le comité ad hoc de l'Assemblée Générale a demandé des auditions sur le sujet de l'authentification du mentar. Elles commenceront dans un mois. Le débat pour déterminer l'octroi ou non d'un ajournement a été repoussé. Le sujet a été reporté à la prochaine réunion du Haut Comité aux Affaires technologiques.

— Et moi, je fais quoi en attendant ? s'écria Costa.

Vous pouvez terminer l'opération.

Les cafards dans le tunnel revinrent à la vie. Au lieu de sectionner les derniers raccordements en fibre optique, ils se mirent à creuser la roche derrière le point d'ancrage de l'équerre de soutien. Cela prit du temps, mais finalement un coin de la poche fut dégagé.

Costa surveillait l'holo de ses cafards à l'œuvre d'un air désolé.

— Qu'est-ce qui ne va pas ? demanda Fred.

— Rien. J'espérais l'acte trois.

— C'est quoi, l'acte trois ?

— Un peu de patience, vous allez voir.

Elle ordonna qu'on sectionne les derniers branchements, un à un. Quand il n'y en eut plus que trois, elle exigea une pause, mais dit aux cafards de continuer à creuser pour dégager la poche.

Après une ou deux minutes, elle commanda :

— Sectionnez-en un de plus.

Puis, quelques instants plus tard :

— Sectionnez-en un autre.

Il ne restait plus maintenant qu'un seul branchement en fibre optique. Costa s'avança vers la projection et l'examina de près.

— Et puis merde, grogna-t-elle. Sectionnez-le.

— Non, je vous en prie, dit alors la secrétaire générale du Cabinet qui apparut auprès d'elle.

— Eh bien, il était temps, fit Costa, goguenarde. Je craignais que vous ne réapparaissiez pas.

La secrétaire générale paraissait déçue.

— Je devine que mon petit discours ne vous a pas atteinte, dit-elle.

— Oh, mais si, vous m'avez atteinte, dit Costa. Mais le boulot, c'est le boulot. Je vous mets en garde à vue. Ce qui vous arrivera par la suite n'est pas de mon ressort.

— Vous avez entendu Libby, dit la secrétaire générale. Le Haut Comité aux Affaires technologiques discutera de ma dérogation. Vous pouvez certainement me laisser intacte jusque-là.

— Je ne vous ferai aucun mal, je vous mets simplement en garde à vue. Avec l'Assemblée Générale qui étudie votre cas, je doute fortement que vous ayez quoi que ce soit à craindre.

— Je pense ne pouvoir courir ce risque.

— Ah, et qu'allez-vous faire, alors ? Vous détruire ?

— Vous ne me laissez pas le choix.

Costa se tourna vers Fred.

— Vous entendez ça ? C'est comme un texte appris par cœur, avec eux. Mais quand vous arrivez à la dernière sauvegarde, il n'y a plus personne.

— Je vois bien que vous avez déjà pris votre décision, dit la secrétaire générale. Qui plus est, je sens que c'est plus qu'une simple mission pour vous. Vous vous délectez du pouvoir que vous avez sur nous.

— Et maintenant le sermon, fit Costa. Ecoutez, le Cabinet, je le dis sincèrement : rien de négatif ne vous arrivera. C'est ce que je dis à tous les mentars que je capture ; pas un ne me croit, mais ensuite ils passent la procédure d'authentification et rien ne leur est fait.

Le mentar porta son attention sur Fred.

— Vous comprenez ce que j'entends par « loyauté », n'est-ce pas, myr Londenstane ?

De se voir ainsi directement apostrophé par le Cabinet, Fred se figea.

— C'est un plaisir de vous revoir, ajouta le mentar.

Costa coula un regard chargé de soupçons à Fred.

— Assez bavassé, dit-elle. Les cafards, sectionnez le branchement.

Et le Cabinet disparut.

Il fallut quelque temps aux cafards pour extraire la poche de la paroi rocheuse. En attendant, Costa envoya trois des véhicules rechargés attendre près des ascenseurs. Fred effectua un dernier tour du périmètre, pour vérifier que les barrières pressurisées étaient de nouveau en place à l'entrée des tunnels. Il se tenait sous celui d'Indianapolis quand les cafards apportèrent la poche de pâte. Celle-ci était nettement plus grosse que les autres, et paraissait intacte. Il suivit les insectes mécaniques jusqu'au véhicule où attendait Costa.

— Bien, dit l'inspectrice en prenant la poche sur la palette formée par les cafards. Sept litres du meilleur Génie Général, je dirais.

Elle secoua sa prise avec un plaisir non dissimulé. Il n'y eut aucun clapotis : la pâte était toujours viable.

— Je vous l'avais bien dit, il est incapable d'autodestruction.

Avant qu'elle puisse ranger la poche, cependant, celle-ci émit un claquement sonore et enfla, tandis que la température de son contenu s'élevait brutalement. Fred l'entendit grésiller et bouillir comme un de ces paquets de soupes autochauffantes. Il l'arracha des mains de Costa avant qu'elle ne soit brûlée et la jeta au sol. Costa semblait abasourdie. Elle regardait fixement la poche, d'un air éberlué. En moins de trente secondes, tout fut fini. Quand la poche eut suffisamment refroidi, Fred aida Costa à la mettre dans une enveloppe protectrice et à la placer dans le véhicule.

— Nous irons avec ma voiture, décréta Costa lorsqu'elle eut un peu récupéré du choc.

— Aller ? Aller où ?

— Au lieu où se trouve la sauvegarde suivante.

— J'avais compris que c'était la dernière.

L'inspectrice secoua la tête.

— C'était avant qu'elle ne se détruise. Elle l'a fait, donc ce n'est pas la dernière.

Ils escortèrent les véhicules jusqu'à une unité de ravitaillement. Quand ils eurent rechargé, ils allèrent s'installer dans le VOG de Costa. Celle-ci s'assit à l'avant et communiqua en silence avec Libby. Fred était assis dans le compartiment arrière et il mit sa combinaison noire en mode veilleuse pour prendre un peu de repos. Il s'éveilla au son des ventilateurs du moteur qui accélérait.

Costa se tourna vers lui.

— Nous l'avons.

— Où ?

— Au fond du lac Michigan.

7

L'abeille du Groupe Orange, avec son escorte de guêpes, suivit une route sinueuse qui épousait les contours de la campagne. A dix kilomètres de la canopée de Bloomington, elle se vit demander son identité et son ordonnance de passage par une sentinelle volante qui surgit de derrière un volet de sécurité camouflé. Celle-ci était longue d'un mètre et conçue sur le modèle d'un véhicule d'assaut de la SecNat, avec un corps métallisé et six hélices miniatures pour le décollage et la propulsion. Une pelle de capture était montée à sa proue, sous deux canons laser jumeaux.

Le Groupe Orange se mit en vol stationnaire pendant que l'abeille transmettait au patrouilleur de faux documents l'identifiant comme un huissier en mission officielle. Dans le même temps, l'abeille relevait la position exacte de son escorte et cherchait dans sa vaste banque de données les scénarios de fuite, d'attaque ou de feinte pour préparer l'action appropriée.

Le patrouilleur de la SecNat ordonna au Groupe Orange de faire demi-tour, de se poser et de couper ses moteurs. Tandis que le trio s'exécutait, l'abeille analysa le signal du transpondeur de la sentinelle et son immatriculation. Tout semblait en règle. Pourtant, elle détecta de subtiles anomalies dans la construction du patrouilleur qui ne correspondaient pas aux spécifications techniques standard de la SecNat telles que figurant dans sa base de données. L'abeille en déduisit qu'il existait une sérieuse possibilité d'imposture. Mais que ce soit une fausse sentinelle ou une unité régulière, l'abeille ne pouvait risquer la capture.

Elle communiqua un plan d'action à son escorte. A son signal, les guêpes virèrent dans des directions opposées, décrivirent une boucle et frappèrent le patrouilleur du feu croisé de leurs lasers. Simultanément, l'abeille descendit en piqué sous l'adversaire, hors de portée de ses canons, jusqu'au niveau du sol. Les tirs des guêpes ricochèrent sur le blindage métallique de la sentinelle volante, qui riposta, étendant sa pelle de proue et tentant sans succès d'abattre ou d'avaler les engins qui l'agressaient. L'abeille profita de la diversion pour s'enfuir derrière la rangée de bâtiments d'un agriplexe.

Un coup chanceux d'une des guêpes du Groupe Orange révéla une fêlure à la base d'un des stabilisateurs du patrouilleur, et les guêpes concentrèrent leur feu sur ce point faible, forçant l'adversaire à rompre l'engagement et à battre en retraite.

Les deux guêpes partirent dans des directions opposées. Après une série de changements de cap, elles rejoignirent l'abeille, et le Groupe Orange reprit sa route en direction du quartier général des Entreprises Starke.

Le scarabée du Groupe Gris suivi de son escorte de guêpes localisa sa destination première, une série d'installations piscicoles entre le lac Decatur et Tendonville. S'immobilisant à un mètre au-dessus de la surface de l'eau, le scarabée ouvrit sa carapace et laissa la brise disséminer une pincée de flocons verts sur le bassin. Les flocons se gonflèrent au contact du liquide et coulèrent, et les poissons vinrent les gober. Le Groupe Gris passa de bassin en bassin pour distribuer son chargement.

8

Après vingt minutes passées à caramboler dans les tunnels non éclairés du Système public de transit de Chicago, le SPT, Bogdan Kodiak arriva à la station d'Elmhurst MacArthur Place. Il descendit de son véhicule et fit halte sur le quai le temps d'ôter son insigne de chartiste de son épaule. Une abeille du SPT vint bourdonner devant lui et lui ordonna de bouger de là. A pied, il rejoignit les tourniquets et sortit, non sans avoir pris soin de mettre une paire de lunettes à verres miroirs et d'enfoncer les mains dans ses poches pour éviter toute identification palmaire.

Le Bachner Building, où les bureaux d'E-Pluribus étaient installés ce jour, était une tour rectangulaire greffée sur un ensemble multibloc. Avant d'y pénétrer, Bogdan alla se camper devant le tableau d'une borne interactive. Il était curieux de vérifier son anonymat. La borne rumina un moment en essayant de l'identifier, puis afficha un avertissement générique pour les enfants concernant les animaux de compagnie portables. Bogdan s'en alla en ricanant, rassuré. Pour le monde entier, il était toujours un garçon de treize ans.

Dans le hall d'entrée du Bachner Building, le répertoire exigea qu'il retire ses lunettes, ce qu'il refusa. Il demanda où se trouvaient les ascenseurs desservant les locaux d'E-Pluribus. La firme louait toujours trois étages, où qu'elle s'installe, ainsi que deux ascenseurs privés et trois navettes. Une abeille le suivit pendant qu'il se dirigeait vers les ascenseurs. Quand il invoqua son droit à l'intimité, l'abeille l'informa qu'elle faisait partie de la tour et qu'elle était autorisée à le surveiller puisqu'il avait refusé de se laisser identifier.

Une des navettes descendait, et Bogdan se mêla à la masse des personnes qui attendaient devant ses portes. Il savait qu'E-Pluribus espaçait ses navettes. S'il ratait celle-ci, il lui faudrait attendre quinze minutes. Il était déjà en retard, aussi tira-t-il avantage de sa petite taille pour la deuxième fois de la matinée en se faufilant entre les gens. Il ne reconnaissait personne ; c'étaient donc des journaliers. Quand la navette arriva, Bogdan réussit presque à y monter, mais on le bouscula.

— Oooh ! s'écria-t-il.

— Désolé, mon p'tit gars, dit l'homme en face de lui, mais il faudra que tu attendes ton tour, comme les autres.

— Ah ouais ? lança l'homme derrière Bogdan. Alors comment *vous* avez fait pour passer devant moi, hein ?

— Qu'est-ce que vous racontez, myr ? fit le premier.

— Je raconte que je me fiche que vous marchiez sur le gosse, myr, mais pas que vous me bousculiez, *moi* !

— Myren, myren, dit Bogdan qui craignait de se retrouver coincé entre les deux. Inutile de vous disputer...

— Sauf si vous vous trouvez dépouillé de la paie d'un jour, dit l'homme devant, en essayant d'entrer de force dans la cabine déjà comble qui ne pouvait refermer ses portes.

— Détendez-vous, dit Bogdan aux deux hommes. Si E-Pluribus vous a envoyé une invitation pour aujourd'hui, nous l'honorerons. Et même si nous ne vous employons pas, nous vous verserons la paie de la journée.

— Qu'est-ce que vous entendez pas « nous » ? dit l'homme.

— Je travaille pour E-Pluribus, annonça Bogdan avec désinvolture.

Tous les regards se tournèrent vers lui. Dans la cabine, une femme demanda :

— De façon permanente ?

— Oui, dit Bogdan. J'ai un contrat de travail. Je suis spécialiste des statistiques démographiques, niveau trois.

— Vous tous ! ordonna la femme. Inspirez !

Un peu de place se fit dans la cabine. La femme saisit Bogdan par le pan de sa combinaison et le tira à l'intérieur. Les portes se refermèrent et la navette entama son ascension. Quand tout le monde expira, Bogdan se retrouva pressé contre le mur. Cette fois, ce n'était pas par un canapé mais par une poitrine opulente. Il ferma les yeux et respira la fragrance moite de chèvrefeuille qui s'en dégageait. De nombreuses mains lui passèrent sur la tête, mais pour le moment il n'en avait cure. Tandis que la cabine s'élevait, les gens lui demandèrent combien E-Pluribus payait ses employés, s'il y avait des avantages particuliers, quels genres de qualifications et de tests génétiques étaient nécessaires, et surtout s'il y avait des opportunités d'embauche actuellement. A demi étouffé par le double et tendre oreiller, il donna à toutes ces questions des réponses vagues. La femme intervint à son tour :

— J'ai entendu dire qu'ils vont nous insérer ces, euh, *appareils* pour enregistrer nos, euh, *réponses*.

— C'est... vrai, fit Bogdan.

— A quoi ça ressemble ? dit-elle d'un ton soudain nerveux.

Bogdan eut un petit rire aimable.

— Aucune raison de vous inquiéter, chère myr. Ce sont des appareils très petits et absolument inoffensifs. On les appelle des « sondes d'expression viscérale », mais le nom est beaucoup plus effrayant que ce qu'ils sont en réalité.

A la vérité, lui et les autres employés sous contrat les surnommaient des « prises à pot de chambre ». Et les journaliers étaient les « trous du jour ».

— Au bout de deux minutes, ajouta-t-il, vous ne vous rendrez même plus compte qu'ils sont là.

La cabine stoppa au cent troisième étage et ses portes s'ouvrirent sur le hall d'E-Pluribus. Quel hall ! Les employés l'avaient baptisé le Temple : c'était toujours cette décoration qu'E-Pluribus installait dans chacun de ses lieux de location. L'effet visé était une impression de vastitude qui devait emplir les nouveaux venus d'un sentiment de crainte respectueuse. Cet espace n'étonnait plus Bogdan depuis longtemps, mais il savourait toujours l'effet qu'il produisait sur les journaliers. Il sortit à reculons de la navette et observa les passagers. Ils s'avancèrent timidement sur le sol d'un bleu limpide qui semblait s'étendre sur des kilomètres dans toutes les directions. Au loin, à l'horizon, des colonnes de pierre géantes, certaines brisées et effondrées, d'autres toujours reliées par des linteaux monumentaux, dessinaient une frange. Au-delà, on apercevait une mer verte et agitée.

— Ooh, dit Poitrine Plantureuse.

L'air frais charriait des senteurs iodées. Au loin, des éclairs zébraient le ciel, et le tonnerre roulait sous leurs pieds. Une musique discrète complétait la mise en scène.

Bien sûr, ce n'était pas comme si personne n'avait jamais encore visité un sensorium. Aujourd'hui, il fallait plus qu'un peu de fumée et quelques lasers pour impressionner, mais si une firme savait comment éblouir les êtres humains, c'était sans conteste E-Pluribus. Au son d'un chœur de trompettes qui éclata derrière eux, les journaliers se retournèrent pour découvrir non plus la navette mais une ziggourat de pierre titanesque qui s'élevait très haut dans le ciel jaune. Sur son sommet tronqué, qui atteignait presque les nuages roses, se dressait le logo colossal de la firme, le Tout-Un-Chacun d'E-Pluribus.

Le Tout-Un-Chacun était un des logos les plus connus dans les Démocraties Unies, et c'était là sa version intégrale. Il se métamorphosait rapidement et continuellement, changeant de sexe, d'âge, d'ethnie, de traits faciaux, de cheveux et de tenue, dans toutes les combinaisons imaginables. C'était un spectacle hypnotique. Certains prétendaient que si vous le regardiez assez longtemps, vous finiriez par avoir vu les quinze milliards d'habitants de la Terre. Tous sauf vous.

D'autres disaient que vous finiriez par voir des images fantomatiques de vos chers disparus, vos défunts parents, enfants et époux, vos amours d'autrefois, vos rivaux, vos amis et tous ceux qui avaient compté pour vous.

D'autres encore affirmaient que vous finiriez par voir toutes les personnes que vous auriez pu devenir si vous aviez pris les bonnes décisions, si vous aviez eu plus de connaissances, plus de chance, et si vous aviez été au bon endroit au bon moment.

Pour un logo de firme, c'était vraiment bien vu.

Sur les degrés en pierre en contrebas du Tout-Un-Chacun se tenait un panthéon d'idoles vidéo : des milliers parmi les plus adulées des stars holo de tous les temps. C'était la célèbre Académie E-Pluribus, la plus grande écurie d'éditions limitées de l'existence. Les compagnons de navette de Bogdan étaient visiblement subjugués. Dans la partie inférieure de la ziggourat, Annette Beijing se tenait seule et attendait d'obtenir leur attention. Elle portait l'ample sortie de bain qu'elle avait popularisée dans l'interminable feuilleton quotidien *Claiborne la Vulgaire*.

— Bienvenue ! dit-elle enfin d'une voix vibrante. Bienvenue à tous dans la maison d'E-Pluribus !

Elle écarta gracieusement les bras et inclina sa ravissante tête. Son public déjà conquis applaudit à tout rompre.

— Chers invités, continua-t-elle, vous avez été sélectionnés pour nous rejoindre aujourd'hui dans la tâche importante et exaltante du sondage de préférences. Comme vous le savez, une société ne sert bien ses citoyens que si elle les connaît bien. C'est pourquoi elle se tourne vers *vous* pour avoir vos conseils. Chacun de vous possède une voix qui *doit* être entendue, et un cœur qui *doit* être sondé.

Elle leva les mains vers la statue en perpétuelle mutation qui les dominait.

— Vous, vous tous, êtes le véritable Tout-Un-Chacun d'E-Pluribus. Quand Tout-Un-Chacun s'exprime dans l'enceinte du Congrès ou du Parlement, au conseil d'administration d'une entreprise, dans la salle de délibération d'un jury ou dans l'isoloir, il le fait avec *votre* voix.

Elle marqua un temps, puis reprit :

— Je suis bien consciente que certains parmi vous pourront trouver nos méthodes quelque peu envahissantes, surtout si c'est la première fois qu'ils nous rendent visite. C'est pourquoi nous nous sommes arrangés pour que quelques-uns de *mes amis* viennent vous voir.

L'armée de simstars derrière elle poussa en chœur un « Bonjour ! » tonitruant, et les visiteurs répondirent par des cris de joie et des applaudissements. Beijing poursuivit son discours d'accueil :

— Nous invitons chacun et chacune d'entre vous à choisir sa célébrité préférée, de quelque partie du monde et époque qu'elle soit. Elle sera votre guide personnel durant toute cette journée. Ne vous gênez pas pour sélectionner celle qui fait battre le plus fort votre cœur. Il ou elle est forcément ici. Et je vous en prie, nous sommes tous amis à E-Pluribus, alors ne soyez pas timorés. Choisissez qui vous voulez. Même moi !

« Bien. Nous vous avons préparé toute une journée de tests de goût, de sondages d'opinions et, oui, de sondages de l'âme, mais, avant de commencer, veuillez revoir les termes et conditions de votre embauche et, si vous êtes d'accord, merci de les autoriser. Ensuite, prononcez le nom de l'être cher à votre cœur, et il ou elle descendra vous rejoindre.

Quelques-uns des journaliers prirent la peine de lire le contrat qui apparut dans l'air devant eux. Ils l'acceptèrent avec leur carte, souvent d'un geste impatient, puis appelèrent Beverly Bettleson ou Cary Grant, Anguishello del Sur, Humphrey Bogart, Yurek Rutz, Marilyn Monroe, Ronald Reagan ou d'autres. Chaque nom prononcé provoquait un « Présent ! » enjoué de l'Académie. Au son des trompettes, les demi-dieux sélectionnés descendaient le grand escalier de la ziggourat pour se rendre auprès de leur hôte déjà chaviré de bonheur.

Bogdan en profita pour se glisser derrière un panneau invisible dissimulant un des ascenseurs de service qui l'emmènerait au salon d'essayage des employés. En chemin, il croisa Annette Beijing.

— Salut, Boggo, dit-elle en utilisant le surnom affectueux qu'elle lui avait trouvé. Un petit sourire pour moi ?

Pour elle, il avait tous les sourires du monde. Elle était la femme de ses rêves. Une adulte, certes, et un simple simulacre holographique, mais tout en elle lui plaisait.

— Bien sûr, Nettie, dit-il en retour. Bien que je sois, euh, un peu à la bourre ce matin.

— On avait remarqué, fit-elle avec un petit rire perlé. Je ne veux pas te retenir, sauf pour te transmettre une demande des Ressources humaines.

— Les RH ? répéta Bogdan.

Sa voix se cassa en prononçant le « R ». Il essaya une octave plus bas :

— Les RH ? Qu'est-ce qu'ils me veulent ?

— Ils aimeraient que tu passes les voir mercredi à quinze heures quinze.

— Pour quelle raison ? dit encore Bogdan. Parce que je suis en retard ? C'est un accident. Je n'ai rien pu faire. Ça n'arrivera plus.

— J'en suis sûre, dit-elle en riant. Tu es un jeune homme très ponctuel, alors ce n'est peut-être pas pour ça. J'ai regardé le calendrier, et je me suis rendu compte que mercredi sera le jour anniversaire de ton arrivée parmi nous.

Bogdan réfléchit un instant.

— C'est vrai, mon premier anniversaire. J'avais oublié.

Annette lui fit un clin d'œil.

— Eh bien, peut-être qu'E-Pluribus n'a pas oublié. Maintenant, si tu veux bien m'excuser, j'ai des traînards à faire circuler.

Derrière elle, Bogdan aperçut deux journaliers qui s'efforçaient toujours de décrypter leur contrat d'embauche. Les autres s'étaient déjà embarqués dans la longue marche pour traverser la vaste plaine de marbre en compagnie de leurs holocélébrités. Leur destination était un pavillon à peine visible à l'horizon. La distance n'était qu'à moitié une illusion ; des ascenseurs sud à l'escalier nord, il y avait un demi-klick. Mais elle paraîtrait pour les journaliers beaucoup plus considérable avec Harrison Ford, Count Uwaga, Audrey Hepburn ou Jim Morrison buvant leur moindre parole. Et, le temps qu'ils arrivent au pavillon et soient équipés de leur prise à pot de chambre, E-Pluribus aurait déjà chargé leurs dossiers personnels, exécuté une calibration neurolinguistique occipitale, défini une réponse comparative suscitée et conçu tous les scénarios de tests du matin pour eux et eux seuls.

Bogdan secoua la tête avec une pointe de suffisance en pénétrant dans la cabine de l'ascenseur de service. Il devait reconnaître qu'il commençait à être plus qu'habitué à cette routine. Peut-être qu'E-Pluribus avait remarqué l'excellence de son travail, et que le département des Ressources humaines allait prolonger son contrat. Ou lui octroyer une prime, ou peut-être bien une augmentation.

Les sondes d'expression viscérale – les prises à pot de chambre – étaient les mêmes pour les employés d'E-Pluribus et pour les journaliers. Une sonde était constituée d'un faisceau de filaments formant une électrode mobile, terminé par des coupleurs synaptiques et baignant dans une enveloppe pleine de glycol hydrogéné qui se dissolvait à la température du corps. L'ensemble mesurait quatorze centimètres de long et affectait une forme conique. Il ressemblait à un arbre de Noël miniature, graisseux et étiolé. Il s'en dégageait une odeur de poudre de bain. Son application était simple. Bogdan l'avait effectuée à de si nombreuses reprises qu'il n'y pensait quasiment plus, même s'il s'amusait à l'idée de la première rencontre avec l'appareil qu'allaient avoir les journaliers. Il entra dans une « cabine d'essayage », ferma la porte, ouvrit la braguette de sa combinaison et s'assit sur un siège de toilettes. Le siège le fit descendre en douceur sur la sonde. Dans le mille à chaque fois. Il y eut un inconfort vague, une impression de plénitude lorsque l'enveloppe dissoute fut absorbée dans la paroi de la sous-muqueuse de son colon transverse. Il sentit un léger spasme péristaltique quand les filaments des électrodes manœuvrèrent pour établir l'interface avec le nerf vague. Quand il se fut rajusté et sortit de la cabine, il était devenu une machine qui marchait et parlait.

Bogdan se hâta vers sa troisième affectation de la journée, car il avait déjà raté les deux premières. Dans un petit auditorium, il se joignit à une douzaine de journaliers assis en cercle autour d'une holoscène. Ces derniers étaient toujours excités par la nouveauté de tout ça. Deux étaient des itérants – des steves – qui avaient déjà abandonné leurs holochaperons pour être ensemble. Quelques autres – des chartistes – patientaient dans un silence partagé. Bogdan leur adressa le signe de salut des chartistes, ce qui lui valut quelques regards interloqués : il ne portait pas les couleurs des Kodiaks.

L'éclairage ambiant baissa. Une musique digne d'une comédie se fit entendre. Des émetteurs transformèrent l'auditorium en salle d'attente d'une clinique esthétique de Chicago où trois personnes attirantes – deux hommes et une femme – attendaient les résultats des tests qu'ils venaient de passer. Ces trois-là avaient décidé de se multigreffer chirurgicalement pour ne plus former qu'un seul individu, mais ils débattaient encore de la configuration finale.

Du haut de son année d'ancienneté chez E-Pluribus, Bogdan soupçonna une vid de consensus, le genre qu'il prisait le moins, dans laquelle l'attention combinée des membres du public guidait la suite des événements. Bogdan suivit la vid avec résignation.

L'expérience professionnelle lui disait que sous peu on tomberait dans une petite histoire urbaine tissée de mensonges, de tromperies et de blessures d'amour-propre. Les trois jeunes gens magnifiques, intelligents et manifestement aisés décidaient d'une symbiose de leurs trois têtes, greffée sur un corps, mais lequel ? Et de quel sexe ? A moins qu'ils ne combinent les sexes ? Pour trois personnes qui ne voulaient plus en faire qu'une, elles semblaient étrangement incapables de s'accorder sur quoi que ce soit. Rapidement, leur humour badin vira à l'absurde.

C'est du moins ce qu'estima Bogdan. Dans l'auditorium, les rires étaient rares. Le fil de l'histoire devint bizarre, commençant à se focaliser sur la canopée qui recouvrait Chicago et dont le retrait était prévu pour plus tard cette nuit-là. En quelques minutes, le scénario ridicule du trio rêvant d'une monstruosité chirurgicale disparut sans laisser de trace, et les trois personnages, beaucoup plus sensés à présent, faisaient leurs valises en urgence, quittant Chicago pour une cité toujours protégée par une canopée.

De temps à autre, E-Pluribus introduisait de nouvelles directions dans l'histoire afin d'attirer l'attention du public sur des domaines différents. Un membre du trio gagnait le gros lot et refusait de partager ce pactole avec les deux autres. Ces derniers passaient une annonce pour remplacer le troisième sans que celui-ci soit mis au courant. Puis le trio ne pouvait décider du lieu de leurs prochaines vacances. Et d'autres complications tout aussi niaises. Mais chaque nouvelle option était, en quelques minutes, engloutie par l'anxiété du public concernant la canopée. Quoi qu'E-Pluribus essayât de glisser dans l'histoire pour l'influencer, le public revenait toujours à la canopée, la canopée, la canopée.

La tâche suivante dévolue à Bogdan se déroulait dans un auditorium nettement plus vaste où il regarda un programme d'informations probables concocté par E-Pluribus. Les intervenants commencèrent par rappeler au public que ces nouvelles probables n'étaient que cela : probables. Elles étaient peut-être arrivées, peut-être pas, et il convenait de ne pas les confondre avec les infos certifiées.

Les premiers reportages visitèrent les sites de désastres naturels survenus à l'extérieur de la sphère des Démocraties Unies. Bogdan se retrouva assis dans un bateau panoramique, sur les eaux saumâtres inondant les terres d'une région subsaharienne. Il marcha entre les cadavres de bébés au ventre gonflé en Azerbaïdjan et parmi les victimes d'une épidémie de choléra déclenchée à dessein en Irak. Au Pakistan, il chassa de la main les mouches qui recouvraient les gens et le bétail comme une seconde peau.

La dernière histoire avant l'heure du déjeuner concernait l'accident d'un yacht spatial où auraient péri une importante industrielle et sa fille productrice à Hollywood. Leur yacht *Aria Craft* à la silhouette élancée tournoyait, hors de contrôle, et brûlait comme une étoile filante. Bogdan cligna des yeux en regardant l'appareil, pour voir à l'intérieur. Il fut secoué rudement, de même que les deux belles jeunes femmes qui l'appelaient à l'aide en criant.

Le buffet offert par E-Pluribus regorgeait d'une grande variété de mets : steaks et côtes, saucisses, assiettes anglaises, pâtes, soupes et potages épais, currys, ragoûts, goulash, pains divers et desserts de toutes sortes. On pouvait se resservir à l'envi, et les journaliers ne s'en privèrent pas. Les poches distendues de leurs vêtements s'assombrissaient de taches de graisse provenant des repas entiers grappillés pour plus tard.

Si le buffet paraissait gratuit, il ne l'était pas réellement. Les denrées proposées participaient d'un autre test. Bogdan et ses amis journaliers étaient toujours branchés, après tout : ils transmettaient dans les plus intimes détails les informations concernant le passage de la nourriture depuis l'œil jusqu'à la bouche, l'estomac et au-delà. Pas un rot qui ne fût analysé.

Bogdan parcourut le buffet sans trop s'attarder, mangeant sans s'asseoir. Il emplit ses poches de gâteaux secs avant de quitter la salle de restaurant. Il lui restait cinquante minutes de liberté pour sortir et acheter un téléphone. Dans l'ascenseur qui le menait au rez-de-chaussée, il remit ses lunettes miroirs et enfouit les mains dans ses poches. A l'extérieur du Bachner Building, le ciel bruissait d'abeilles, toujours très nombreuses à cette heure. Apparemment, son anonymat était toujours intact, car le premier médiansecte qui plongea jusque devant son nez clama :

— Eh, gamin, écoute ça : *Toujours Gratuit, En Tout Lieu !*

— Stop, dit-il sans même ralentir.

Et l'abeille s'éleva dans les airs à la recherche d'une autre proie, pour être aussitôt remplacée par sa copie conforme.

— Salut, mon petit ami. Devine quoi ? Tu peux gagner dix millièmes – *immédiatement !* – si tu réponds à six questions marrantes sur ton émollient préféré.

Bogdan soupira.

— Il se trouve que je suis spécialiste *professionnel* des statistiques démographiques chez E-Pluribus. Il faudrait me payer beaucoup plus pour que j'accepte de répondre à ton sondage idiot. Alors lâche-moi la grappe, tu veux bien ?

Un troisième médiansecte arriva, déploya le logo de Longyear et déclara :

— Nous proposons actuellement une offre exceptionnelle.

Cette abeille au moins avait reconnu en lui un rétroenfant et non un véritable garçon. Il allait la renvoyer quand il se souvint de son rendez-vous avec la Commission d'allocation le soir même. Longyear était une clinique de rajeunissement. La charterie Kodiak utilisait parfois ses services, et lui-même était en retard d'une séance.

Comme Bogdan ne la chassait pas immédiatement, l'abeille débita son texte publicitaire :

— Oui, myr, pour chaque mois de moins obtenu dans une de nos luxueuses cliniques, Longyear ajoute deux jours trois quarts gratuits en bonus ! Réfléchissez, vous pouvez rajeunir d'une année entière pour le prix de onze mois. Et pour vos besoins en tant que rétroenfant, cette offre inclut un bilan complet en endocrinologie et l'établissement d'un régime personnalisé. Aimeriez-vous que je vous en montre les détails ?

Bogdan faillit ouvrir la main pour chasser l'abeille, mais il ne tenait pas à ce que toute la rue l'identifie. Il demanda donc combien de temps l'offre serait valable.

— Il faut s'inscrire pour le traitement dans les quarante-huit heures à venir !

Bogdan renvoya le médiansecte et continua de longer la galerie marchande en s'écriant « Du vent, allez ! » tous les trois mètres. Les abeilles n'étaient pas la seule source de gêne. Il y avait ici plus de holosims hollywoodiens que de personnes réelles, et ils essayaient avec finesse de l'attirer dans leurs mélodrames publics en lui demandant le chemin pour tel ou tel endroit. Comme s'il savait. Il les traversait d'un pas décidé pour leur faire savoir ce qu'il pensait d'eux.

Bogdan continua son chemin en évitant les abeilles et les sims tout en faisant du lèche-vitrine. Aucune des devantures ne s'adressa à lui en l'appelant par son nom. Pendant près de trois minutes, la retransmission payante d'un match de football de la WSA s'afficha juste au-dessus du niveau de ses yeux, mais il prit soin de ne pas la regarder directement, et la projection finit par s'éloigner.

Soudain, une femme tomba littéralement sur le trottoir à ses pieds. Sans réfléchir, il se baissa pour l'aider, mais sa main passa à travers le bras de l'autre. Encore une de ces satanées sims, et la colère monta en lui jusqu'à ce qu'elle tourne la tête vers lui. C'était Annette Beijing ! Non pas la Annette Beijing jouant son rôle dans *Claiborne la Vulgaire*, mais une femme plus sombre, aux traits anguleux, presque hantés, avec les joues creusées et les cheveux hérissés. Une Annette Beijing plus nerveuse et plus sexy (si c'était possible).

— Oh, merci, myr Kodiak, dit-elle en se relevant.

Malédiction ! songea Bogdan en constatant qu'elle l'avait identifié. Il avait ouvert la main pendant une fraction de seconde quand il avait voulu l'aider. Mais il lui suffit de plonger dans ses yeux bleu océan pour ne rien regretter.

Elle se tint tout près de lui et regarda de côté et d'autre avec nervosité. Son expression était tendue par la peur.

— Qu'est-ce qui ne va pas ? dit Bogdan.

— Il *faut* que vous m'aidiez, répondit-elle.

— Et comment puis-je vous aider ?

Il se sentit idiot d'avoir prononcé ces mots, mais il n'avait pas pu s'en empêcher.

— En restant avec moi jusqu'à ce que Rollo se montre. Sinon *ils* reviendront certainement.

— Qui, « ils » ? demanda Bogdan en scrutant la galerie marchande lui aussi.

Il se dit qu'il jouerait à son jeu juste pendant quelques minutes. Il lui en coûterait quelques millièmes, mais ça valait le coup et il le méritait bien.

— Les hommes de Feraro. Ils m'ont agressée.

Pour la première fois, il remarqua que la combinaison d'Annette était déchirée et qu'elle retenait d'une main des lambeaux de tissu pour tenter de couvrir les larges marques pourpres de doigts à sa gorge.

— Mais pourquoi ? fit-il, sincèrement inquiet pour elle.

— C'est une longue histoire. Je détiens quelque chose qu'ils estiment leur appartenir.

— Vous ne devriez pas appeler la police ?

Elle eut un rire amer.

— Mais *ils sont* la police ! Et Feraro a fait le serment de me tuer.

— En vrai ? dit Bogdan. Je veux dire, vous tuer réellement ?

Holosim hollywoodien ou pas, il y avait une possibilité qu'elle soit réellement en danger, car les sims étaient effacés quand on les « tuait ». Une copie individuelle d'un personnage pouvait être éliminée de toutes les façons horribles qui venaient à l'esprit des scénaristes pour corser un peu l'histoire. Et si un nombre suffisant de doubles étaient tués, un personnage pouvait disparaître. Même si les répliques d'Annette Beijing ne risquaient rien de ce côté-là.

Il y eut un bruissement d'ailes, et quand Bogdan leva les yeux il vit des alignements de médiansectes qui enregistraient la scène pour les spectateurs payants dans le monde entier. Apparemment, c'était un moment important dans le scénario d'une histoire très populaire, ce qui signifiait qu'Annette risquait effectivement d'être choisie comme victime. (Bogdan se dit que ses émoluments devaient être astronomiques.) Cela signifiait aussi que lui, Bogdan Kodiak, était observé par des milliers, peut-être des millions de personnes. Il se redressa discrètement de toute sa taille et dit :

— Alors il faut vous sortir de là.

— Vous ne comprenez pas ? Cela ne servira à rien. Nous ne pourrons pas leur échapper éternellement. Notre seule chance, c'est d'attendre Rollo.

Bogdan commençait à détester le personnage de Rollo.

Alors qu'ils se tenaient du côté plongé dans l'ombre de la galerie, Annette Beijing était éclairée d'une lumière douce venant d'au moins trois angles différents. Sa peau luisait de vitalité, ses cheveux scintillaient doucement.

— Pendant que nous attendons, je vais tout vous révéler. De cette façon, s'ils arrivent à m'avoir, vous pourrez le répéter à Rollo. Promettez-moi que vous direz tout à Rollo, myr Kodiak. Promettez-le-moi !

Les médiansectes se rapprochèrent, et Bogdan comprit ce qui se passait. Il allait être ravalé au statut de personnage secondaire. Il faudrait bien cinq minutes payantes à Annette pour lui débiter toute son histoire, et ensuite elle quitterait la scène d'une façon ou d'une autre. Lui et Rollo passeraient les heures suivantes à la rechercher jusqu'à ce que Bogdan n'ait plus de crédits. Un plan simplissime, mais machiavélique.

— Euh, fit-il, Annette, il va falloir que j'y aille, maintenant.

A contrecœur, il tourna les talons et se remit à marcher sur le trottoir, mais elle le suivit. Il accéléra, elle fit de même et l'implora de ne pas l'abandonner :

— Je ne peux pas, répondit-il. Faut que je retourne au boulot.

— A E-Pluribus, je sais. Vous êtes quelqu'un de très important là-bas. Pouvez-vous m'emmener avec vous ? Vous pourriez me cacher dans leurs locaux.

— Non, impossible. E-P ne l'autoriserait jamais.

Elle trébucha et chuta lourdement sur le trottoir. Il stoppa net et baissa les yeux sur elle. Le genou de sa combinaison était déchiré aussi, à présent, et sa peau éraflée. Fasciné, il contempla le filet luisant de sang qui s'écoulait lentement, et il éprouva un désir impérieux de la toucher. Mais il se força à détourner le regard et à repartir.

— Bogdan, attendez ! s'écria-t-elle. Ne m'abandonnez pas. Je vous en supplie, Bogdan, ne me livrez pas à ces chiens !

Il eut beaucoup de mal à le dire, mais il le dit :

— Dégage.

Il remonta le reste de la galerie marchande d'un pas pressé et finit par apercevoir le logo familier d'un magasin NanoJiffy. Il s'y engouffra pour se prémunir des médiansectes qui le suivaient. Cette boutique était beaucoup plus spacieuse que celle d'April dans la charterie. Elle pouvait se vanter de posséder *trois* extrudeurs – dont un dédié uniquement aux produits alimentaires – et un digesteur. Il y avait même une petite zone d'attente, avec des tables et des banquettes. Il alla jusqu'au mur-catalogue et passa en revue les offres de l'extrudeur. Malgré sa taille supérieure à celui d'April, le magasin proposait les mêmes produits de grande consommation pour la cuisine, la salle de bains et l'hygiène personnelle, plus des marques et la gamme NanoJiffy plus abordable. En tout, un million d'articles allant du shampoing aux trombones étaient répertoriés dans le catalogue. Y compris des téléphones.

Ils étaient disponibles sous une grande variété de formes et de substances – portables, consommables, écologiques –, et beaucoup étaient gratuits. Mais Bogdan voulait avoir son propre téléphone, sans transpondeur de localisation ou d'identification, contrat de sondage ou de publicité, message subliminal de motivation, mesure des soins à distance, ou adhésion à un groupement de prévention du suicide. En d'autres termes, il recherchait un téléphone sans autre fonction que celle de le connecter à l'opticom public. Ce qui éliminait d'emblée les téléphones chips, tatouages et vernis à ongle, de même que les plantes d'appartement et les désodorisants, ainsi que la plupart des autres modèles abordables pour lui. Au bout de cinq minutes, il allait abandonner quand il tomba sur la nouvelle série de valets de casquette. Il eut un petit serrement de cœur en pensant à Lisa.

Les valets scolaires magistraux avaient beaucoup progressé depuis que la charterie Kodiak lui avait acheté Lisa, le modèle « Petit Professeur », dix-neuf ans plus tôt. Pour le même prix qu'elle avait payé alors, il pouvait aujourd'hui acquérir un « Spécialiste d'Oxford » avec une puissance de traitement sept millions de fois supérieure et le triple en index de Turing. Mais le prix ! Cette petite bande de nanotechnologie coûtait *cinq cents* crédits des Démocraties Unies ! Se pouvait-il que dix-neuf ans en arrière, quand il était réellement un gamin de dix ans, sa charterie ait eu les moyens d'investir une telle somme dans son éducation ?

Avec un soupir, il passa à la page suivante, où il trouva exactement ce qu'il cherchait : de simples patches téléphoniques à placer sur la gorge et derrière l'oreille. Ils étaient seulement audio, mais coûtaient un dix-millième de crédit, un prix très attrayant. Bogdan en commanda un jeu et alla faire la queue devant l'extrudeur.

Le travail, toujours le travail. Sa première affectation après déjeuner était dans une cabine solo avec siège inclinable. Quand il s'assit, l'éclairage baissa et il se retrouva dans le rôle du pilote d'un Aria Ranger biplace qui fonçait pleins gaz dans l'espace incrusté d'étoiles. Il tendit les mains vers les manettes pour voir si le holo était interactif, et... *il l'était* ! Ses affectations étaient rarement aussi cool. Il lui suffit d'effleurer la boule de navigation pour que le vaisseau vire doucement.

— Où suis-je ? dit-il, le tableau de bord affichant dans l'instant une carte des environs.

Visiblement, c'était le système solaire, pas très loin de la Terre. Il aperçut la planète d'un bleu brillant derrière lui, de la taille d'un ballon de plage. Quand il se retourna, il eut la surprise de découvrir qu'un homme de petite taille, vêtu d'une étrange salopette rouge et vert, occupait la place du copilote. Il n'était pas beaucoup plus grand que Bogdan lui-même.

— Salutations, myr Kodiak, fit-il avec un sourire en coin. Permettez-moi de me présenter : je suis un simulacre de myr Merrill Meewee, anciennement évêque du Berceau International, et lauréat du prix Mandela de l'Humanitaire en 2082. Connaissez-vous le Berceau et son œuvre ?

— Bien sûr, répondit Bogdan. C'est vous qui êtes contre les gens.

Le sim se rembrunit.

— Ce n'est pas tout à fait ça. Le Berceau est une institution louable qui s'attelle à la tâche cruciale de limiter humainement la croissance démographique mondiale. Les interdictions de reproduction ne représentent qu'une petite partie des propositions qu'elles font adopter. Et si je crois du fond du cœur à la mission du Berceau, j'ai quitté il y a quelques années l'organisation pour me consacrer à un plan encore plus ambitieux baptisé Jardins de la Terre. Aimeriez-vous que je vous explique en quoi il consiste ?

A vrai dire, non. Bogdan ne s'intéressait nullement à ce que ce guignol avait à dire, mais il ne désirait pas courir le risque de mettre fin à l'affectation la plus agréable de la semaine, et c'est pourquoi il répondit :

— Je vous écoute.

— Magnifique, dit le petit homme. Vous voyez cet objet brillant légèrement à tribord de votre proue ?

Bogdan scruta l'espace dans la direction indiquée et aperçut non pas un mais des milliers d'objets scintillants. Il consulta sa carte et se rendit compte que c'était la Traînée Terrestre, la colonie spatiale située en orbite stationnaire.

— A propos, ce paysage spatial vivant vous est offert par le RVOS, autrement dit le Réseau Visuel Orbital Starke. Pourquoi ne pas nous rapprocher ?

Bogdan orienta le vaisseau sur la colonie. Immédiatement, il y eut une alarme audio, et une ligne sur la carte vira au rouge.

— Que se passe-t-il ? demanda-t-il.

L'appareil répondit :

— Attention, proximité d'un rayon à haute énergie. Modifiez votre cap au zéro-trois-six. Attention.

— Vite, dit le petit homme. Engagez le filtre de fin rapide.

Sans savoir ce que c'était, Bogdan ordonna au vaisseau de l'engager. L'éclat des étoiles s'assombrit et une ligne brillante pareille à un câble tendu parut s'étirer dans l'espace. Elle était trop lumineuse pour qu'on puisse la regarder directement, mais elle se trouvait juste devant eux et grossissait très vite. Du fait qu'il pouvait maintenant la voir, Bogdan n'eut aucun mal à l'éviter. L'alarme de proximité s'éteignit.

— Excellent pilotage ! dit le sim passager. C'était un des faisceaux de micro-ondes de l'Heliostream qui alimente la Traînée Terrestre en énergie. Il provient de nos moissonneuses solaires placées en orbite autour de Mercure. Chaque faisceau transmet en moyenne un terawatt. Il nous aurait vaporisés.

Bogdan suivit le faisceau jusqu'à la Traînée Terrestre. Le vaisseau dépassa les corrals en périphérie de la colonie, où des milliers d'astéroïdes composés de fer et de nickel attendaient d'être traités. Il longea une rangée de cibles pour les micro-ondes : d'immenses disques d'une noirceur extrême. Bogdan ralentit quand ils atteignirent les chantiers navals.

Ils étaient encombrés d'alignements de structures géantes en forme de cerceaux. Nombre d'entre elles étaient couvertes de robots ouvriers ressemblant à des bernacles qui s'affairaient à tisser la peau sans soudure des tambours d'habitation. Dans une chorégraphie précise, les chantiers étaient sillonnés en tous sens par des navettes ravitailleuses, des robots, des trains de matériaux et des bennes à ordures qui décrivaient devant Bogdan un ballet d'une complexité ahurissante. Il dut zigzaguer pour se frayer un chemin entre eux, mais ils étaient trop nombreux et son appareil érafla l'arrière d'une benne et percuta le flanc d'une navette. Il y eut une explosion assourdissante, et l'holo s'interrompit.

— Chiottes ! grogna Bogdan en redressant son siège en position assise.

Mais l'éclairage de la cabine ne se ralluma pas. Heureusement, les objectifs du test semblaient plus importants que son manque d'habileté au pilotage, et lui et l'Aria Ranger avec son irritant petit passager furent replacés de l'autre côté du premier chantier, à l'entrée d'un deuxième où la circulation était beaucoup moins dense. S'y trouvaient une dizaine de vaisseaux annulaires apparemment achevés. Leurs soixante-quatre tambours d'habitation rotatifs étaient marqués de noms en lettres géantes : JARDIN DE TBILISSI, JARDIN D'ANKARA, JARDIN HYBRIDE...

— Ces vaisseaux annulaires chargent leur approvisionnement, expliqua myr Meewee. Tout ce dont ils auront besoin pour voyager jusqu'à un autre système solaire, trouver une planète habitable et la coloniser.

Du doigt, il indiqua un passage dans le trou central du vaisseau *Roi-Jésus*.

— Prenez par là, jeune homme. Le tore n'est pas encore alimenté.

Bogdan infléchit leur course vers le centre du vaisseau-A. Le *Roi-Jésus* devint de plus en plus énorme. Ce qui avait ressemblé à une petite bosse sur sa structure en treillis se révéla être un cargo d'une mégatonne amarré à l'un des quais de transfert. Le « i » de « Roi » était aussi long et large qu'une piste d'atterrissage.

— Quand l'alimentation énergétique du tore est activée, dit Meewee, cette zone au centre de l'anneau devient une cible magnétique. Nous propulserons le vaisseau en la bombardant avec un flot de particules et de projectiles venant des mêmes moissonneuses de l'Heliostream que celles qui alimentent les microfaisceaux. Aimeriez-vous en savoir plus sur cette extraordinaire technologie ?

— Bien sûr, dit Bogdan en approchant du vaisseau-A suivant, l'*Octopus Garden*.

Son sim passager se lança dans un long exposé sur les particules autodirigées, les correcteurs de trajectoire laser, les propulseurs embarqués et un système redondant de décélération qui se déclenchait une fois le vaisseau annulaire arrivé dans son nouveau système solaire hôte. Pendant qu'il parlait, ils passèrent dans le tore du deuxième vaisseau et pénétrèrent dans un tunnel intérieur de navigation qui menait au cœur habité de cette ville de l'espace à la croissance exponentielle. Ici, le réseau des quais n'était pas terminé et n'abritait que peu de locataires. Bogdan dirigea le Ranger vers le centre et appuya sur l'accélérateur.

— Fin de la conférence ! lâcha le sim de Meewee. Vous en avez assez ? Ou aimeriez-vous que je vous parle du projet Jardins de la Terre et de notre « Plan des Mille » ?

— Bien sûr, et n'omettez aucun détail, je vous en conjure.

— Magnifique ! Heliostream et sa firme mère, les Entreprises Starke, sont les principaux actionnaires d'un consortium d'industries de pointe qui travaillent ensemble à disperser les graines de l'humanité dans toute la galaxie.

Le sim fit une courte pause puis, la mine solennelle, reprit :

— Ces vaisseaux annulaires que vous voyez ici, et des centaines d'autres en construction, transporteront chacun un quart de million de colons pour le voyage du millénaire en direction des planètes semblables à la Terre récemment découvertes dans les systèmes solaires voisins du nôtre. Chaque colon à bord recevra un titre de propriété de cinq cents hectares de terre sur un nouveau monde, ainsi qu'un logement. Et ce n'est pas tout : il bénéficiera également et pour toute sa vie d'un approvisionnement généreux en nourriture et en biens de première nécessité, d'un accès illimité à l'éducation, à la médecine (y compris au rajeunissement), aux centres culturels, aux installations sportives, à la formation professionnelle, *plus* la citoyenneté de plein droit dans la structure gouvernementale, quelle qu'elle soit, que les colons décideront d'instaurer.

« Imaginez ça, jeune homme : cinq cents hectares plus tous les ingrédients qui garantissent une existence heureuse. Ça a l'air beaucoup, n'est-ce pas ? Et bien, ça l'est en effet. Et savez-vous ce que nous demandons en échange de tout ça ?

Le sim guettait la réponse de Bogdan avec une avidité manifeste.

— Aucune idée, dit ce dernier. Un million de crédits ?

— C'est probablement ce que ça vaut, mais nous offrons ces cadeaux aux colons contre bien moins. Nous les leur échangeons contre un terrain ici, sur Terre. De quelle superficie ? allez-vous me dire. Un demi-hectare. Vous n'en croyez pas vos oreilles, hein ? Mais si. Contre le titre de propriété et l'usage d'un demi-hectare sur Terre, vous pouvez obtenir mille fois plus, sans parler d'un soutien matériel à vie et de la citoyenneté sur une nouvelle Terre. Que pensez-vous de ça ?

— Je pense que c'est dingue, répondit Bogdan. Comment quelqu'un comme moi pourrait détenir le titre de propriété d'un demi-hectare ?

Le sim dévisagea Bogdan comme s'il le voyait pour la première fois.

— J'imagine que ce que vous dépensez en traitements de rajeunissement pendant cinq ou sept ans pourrait vous permettre d'acheter un demi-hectare dans le désert amazonien. Nous ne prenons pas en compte la qualité ou la situation géographique du terrain tant qu'il est situé dans un pays ou un protectorat qui garantit le respect des droits à la propriété privée. Même un demi-hectare de désert fait l'affaire.

— Et qu'allez-vous faire de toutes ces terres ? Y construire d'autres gigatours ? Y stocker les déchets nucléaires ?

— Vous êtes doté d'un scepticisme très sain, jeune homme, mais il vous freine. Vous vous souvenez du nom de notre projet ? Jardins de la Terre ! C'est ce que nous mettons en œuvre, une protection de la nature à l'échelle de la planète. Nous plaçons les terrains que nous acquérons dans un trust pour une période de deux cents ans. Pendant ces deux siècles, la terre reste en friche. Personne n'y vit ni ne s'en sert pour quoi que ce soit. Nos experts aideront à restaurer son écosystème préindustriel. Vous n'entendez donc pas cette vieille Gaia qui chante tant est grand son soulagement ?

Le sim poussa un soupir théâtral.

— Alors vous faites tout ça comme une sorte de service public ?

— C'est exactement ça, dit l'évêque défroqué. Un service public au nom de Mère Nature.

Bogdan roula des yeux et fonça vers le centre de la colonie spatiale.

9

— Vous ne pouvez pas vous rapprocher ? demanda l'inspectrice Costa.

Facile à dire pour elle. Suivant le protocole, elle était restée à Chicago et dirigeait cette phase de la traque depuis un box sec et sûr dans la tour du Département judiciaire des Démocraties Unies. C'était Fred et un autre officier de la SecNat, Reilly Dell, qui se trouvaient à l'intérieur du VOG à retourner la boue au fond du lac Michigan. Ce lundi devenait vraiment interminable.

Un VOG de la SecNat faisait à la rigueur un véhicule d'assaut acceptable, mais c'était un submersible très peu convaincant. La pressurisation de son habitacle n'atteignait que trois atmosphères, il était dépourvu de ballasts et de sas, et aucune de ses diverses armes ne fonctionnait très bien au fond d'un lac. Fred n'était donc pas très enthousiasmé par l'idée de rechercher la nouvelle cachette du Cabinet.

— Je n'arrive pas à y voir clair dans toutes ces turbulences, maugréa-t-il.

Il était descendu trop bas et avait troublé le lit du lac. Il essayait d'approcher un collecteur du système hydraulique de Chicago. L'entrée aspira rapidement les eaux troublées, et quand la visibilité se fut améliorée Fred vit que eux aussi étaient aspirés. Il poussa les turbines. Tout d'abord, le VOG réagit mollement, puis il se dégagea d'un coup et bondit jusqu'à la surface avant que Fred puisse réagir.

— Merde, marmonna-t-il quand le véhicule se stabilisa sur les eaux quelque peu agitées.

— Du calme, du calme, dit Costa depuis son box.

— Vous ne pourriez pas leur demander d'arrêter le système hydraulique ?

— Ils ont poliment repoussé ma requête, répondit Costa. Deux autres de leurs collecteurs sont hors service pour réparation. Néanmoins, ils ont accepté de réduire sa puissance de vingt pour cent, soit seulement un demi-million de litres par minute, mais il se passera des heures avant que les effets de ce changement soient perceptibles.

Chicago était une ville assoiffée qui consommait huit milliards de litres d'eau du lac chaque jour.

— Laisse-moi essayer, dit Reilly. Crois-le ou pas, j'ai une certaine experience de ce genre de conduite. Il y a une manœuvre, dite « du cerf-volant », qui devrait marcher.

Fred lui confia les manettes du VOG. Reilly n'était pas simplement un autre russ, il vivait dans la même gigatour que Fred, et, avec leurs femmes respectives, ils faisaient partie d'un groupe qui se réunissait le mercredi soir. Reilly fit redescendre le VOG, mais pas trop bas pour ne pas troubler le fond. Il bascula alors le véhicule en avant, jusqu'à ce que son nez pointe à la verticale, puis inversa les turbines avec juste assez de puissance pour compenser l'aspiration du collecteur. Bien qu'il fût assez peu confortable de se trouver ainsi pendus par le harnais de sécurité, ils pouvaient maintenant examiner sans risque l'installation.

Elle ressemblait exactement à ce qu'elle était : une bouche d'aspiration géante, avec un treillage en diaron qui filtrait l'eau et rejetait tout ce qui était plus gros qu'un bateau à rames pour éviter que cela ne soit entraîné sur quatre-vingt-dix kilomètres jusqu'à l'usine de traitement, au bord du lac. Le collecteur proprement dit était entouré d'une dalle en béton légèrement convexe qui couvrait le fond sur environ un demi-hectare.

— Beau travail, Reilly, dit Costa. Tenez cette position.

Reilly se tourna vers Fred et lui adressa une grimace d'excuse, mais Fred était content. Après avoir travaillé avec Costa ce matin, c'était un véritable plaisir pour lui de partager le VOG avec un autre russ.

— Au fait, lui dit Reilly, nous avons confirmé la réservation de la table chez Rolfe pour ce soir. Mary et toi, vous viendrez, n'est-ce pas ?

Un instant, Fred fut déconcerté. Il allait dire qu'on n'était pas mercredi quand il se remémora la cérémonie de la canopée. Il devait y avoir une soirée et un show sur le Skytel, et toute la bande avait décidé de se réunir pour y assister.

Ce que la cité affirmait, ce que les médias claironnaient sur tous les tons, ce n'était rien moins que la fin de l'Outrage. Durant les dernières décennies, les attaques terroristes étaient devenues inefficaces et de plus en plus rares. C'est ce que répétaient les experts depuis des mois. Les fanatiques enragés de la terreur du vingt et unième siècle avaient été décimés, ou s'étaient évanouis dans la nature, quand ils n'avaient pas tout bonnement perdu tout intérêt pour ce genre d'activités. La biosphère terrestre était maintenant à 99,99 % débarrassée de tout danger nanobiologique. Tous les nanorobots et nanocystes résiduels encore dispersés dans l'atmosphère et l'hydrosphère s'étaient déglingués, avaient perdu de leur virulence et n'étaient pas plus mortels qu'un rhume des foins. En fait, la plupart des nanocystes contenaient des pollens ordinaires, et non plus la petite vérole, le virus Marburg ou le VEE qu'à l'origine ils devaient disséminer. Les grands systèmes de filtrage recouvrant des régions entières et surnommés canopées, qui avaient jadis sauvé des cités importantes dans toutes les Démocraties Unies, étaient maintenant, selon les autorités, réduits au rôle de désodorisants gigantesques.

Ce matin, Fred avait traversé la canopée de la région de Chicago pour la première fois depuis des années. Après avoir déposé l'inspectrice Costa à son quartier général, Fred avait fait un crochet à celui de la SecNat afin d'y récupérer son propre VOG et de prendre un partenaire pour le restant de la mission. Il fut heureux de voir le nom de Reilly sur le tableau de service. Pendant que le VOG filait à travers la ville en direction du lac, il mit rapidement son frère au courant de la chasse au Cabinet du matin. Ils survolèrent les digues, les banlieues flottantes et les parcs, et arrivèrent bientôt au-dessus d'eaux découvertes. Devant eux, à l'horizon, les générateurs de la canopée s'élevaient du lac tels des roseaux hauts d'un kilomètre. A cause de l'effet diluant des vents, ils étaient peu espacés. Ils produisaient une concentration si dense d'antinanos que l'air autour d'eux semblait onduler.

Bientôt, le VOG de Fred franchit la première épaisseur de la canopée. Sous eux défilèrent les balises des chenaux de navigation pour les gros cargos.

Alors qu'ils passaient l'épaisseur externe de la canopée, ils aperçurent un crépitement d'innombrables points brillants au-dehors du VOG. Chaque éclair de lumière révélait une bataille brève et intense entre un nanorobot ou un nanocyste cherchant à s'introduire dans la canopée et les défenses antinanos de cette dernière. Les antinanos l'emportaient systématiquement.

— Ça n'a pas l'air trop moche, dit Fred.

— A peu près ce à quoi on pouvait s'attendre, répondit Reilly.

Ils survolèrent la base flottante de l'Autorité portuaire sur laquelle ils devraient faire halte au retour. Très vite, ils quittèrent l'espace de la canopée et foncèrent au-delà, dans l'immensité du monde non filtré.

Reilly ordonna au véhicule de leur faire un compte rendu audio de tout organisme collé à la carrosserie. Au cours des minutes qui suivirent, la sonnerie retentit deux fois.

— Identification des intrus, dit Reilly.

— L'analyse préliminaire a détecté deux nanorobots simples, à phase unique, désassembleurs de carboplex.

La structure et la carrosserie du VOG étaient en carboplex – un régal pour ces nanorobots – mais elles étaient recouvertes d'un revêtement diamantoïde nettement plus dur et beaucoup moins digeste.

— Tu les as lubrifiés ? interrogea Reilly.

— Affirmatif, répondit le véhicule.

Ils atteignirent les coordonnées que Costa leur avait transmises sans que le signal retentisse de nouveau.

— Ce n'est pas si terrible, commenta Fred.

Il avait parlé trop vite, car une série de sonneries suivit. Puis, après une très courte pause, une autre, et une troisième. Les nombreux jets disposés sur la carrosserie exsudèrent une couche de lubrifiant antinanos. Ici et là, le lubrifiant émettait de petites bouffées de lumière vive quand il entrait en contact avec un nanorobot et le calcinait.

Fred alluma le viseur de pare-brise et agrandit les vues supérieure et inférieure du VOG. Les nanorobots apparaissaient sous la forme de fanions rouges quand ils étaient détectés, ambre quand ils étaient attaqués et bleus à leur destruction. Hormis leur goût pour désassembler le carboplex, ils s'attaquaient aussi au béton, au diaron et au silicate. En d'autres termes, des dévoreurs de cités types.

— Rectification, dit Fred. Ce n'est pas génial.

Les sonneries d'alerte se firent heureusement moins fréquentes quand ils s'immergèrent. Cependant, le lubrifiant antinanos perdait de son efficacité sous l'eau, et les petits drapeaux restaient ambre pendant quelques minutes avant de virer au bleu.

— Nous avons confirmation de notre estimation première, dit Costa. Le Cabinet a installé une station ici. Elle est très bien dissimulée, équipée de déflecteurs de chaleur, et elle s'est raccordée aux circuits du collecteur. Vous pouvez la voir en infrarouge.

Le viseur du pare-brise afficha en surimpression une vue infrarouge du paysage. Là, à environ quatre-vingts degrés est, au bord de la dalle de béton, Fred aperçut quelques fines volutes de ce qui semblait être des rubans ondulants. Elles trahissaient la chaleur rejetée et avalée par le fort courant d'eau froide du lac. L'installation cachée de Starke produisait plus de chaleur qu'elle n'en pouvait dissiper.

— Elle doit travailler à son rendement maximal, dit Fred.

— D'accord avec vous, fit Costa. En temps normal, l'installation serait invisible, mais à présent elle doit essayer de diriger les affaires des Entreprises Starke depuis là.

— Comment l'avez-vous trouvée ? s'enquit Reilly.

— Par des indics, bien sûr, répondit Costa. Un petit millier des amis les plus proches du Cabinet. Nous avons été mis au courant dès que l'installation est entrée en activité. Les mentars sont leurs propres pires ennemis.

Reilly lança à Fred un regard qui signifiait : elle ne sait donc pas qu'environ un million de mentars écoutent cette conversation ?

Fred s'éclaircit la voix et demanda :

— Bon, qu'est-ce qu'on fait, maintenant, inspectrice ? On l'attaque ?

Il n'avait pas très envie de s'en prendre au collecteur dans un VOG.

— Non, nous attendons que la drague arrive. Mais nous avons équipé d'une sonde un des robots ouvriers chargés de la maintenance du collecteur. Nous le lâchons en ce moment même.

Sous la coque, un engin ayant vaguement l'apparence d'un crabe contournait le collecteur. Il était doté d'un corps surbaissé et de six fines pattes articulées. Il se déplaçait sur la dalle de béton avec une agilité étonnante malgré l'effet de succion, grâce à des crochets. Il alla jusqu'au bord, près d'un rocher d'où la chaleur semblait émaner, et déploya une fine tige pour le sonder. Mais quand celle-ci entra en contact avec la roche, il y eut l'éclair d'une explosion et plusieurs pattes du robot lâchèrent prise. Son corps fut rejeté vers le collecteur. Pendant un instant, il resta accroché par deux pattes, puis celles-ci cédèrent et il rebondit sur la dalle avant de disparaître dans la gueule du collecteur.

— A la tienne, Chicago, fit Reilly.

— On dirait que cette sauvegarde a de la ressource, dit Costa. Je pense que nous pourrions tout aussi bien attendre l'arrivée de la drague. Votre situation, les gars ?

Fred consulta du regard son frère russ avant de répondre :

— Ça va.

— Je ne vois pas l'intérêt que vous restiez cul par-dessus tête. Nous pouvons surveiller le tout avec les caméras, à présent, et je doute que le Cabinet prenne la poudre d'escampette. Pourquoi ne pas redresser votre véhicule ?

— Quel est le délai estimé avant l'arrivée de la drague ? demanda Fred.

— Vingt minutes, et une heure pour qu'elle soit en place.

Fred vérifia les niveaux d'air et d'énergie. Leur trajet n'avait consommé qu'une fraction des réserves du VOG. Une fois encore, il lança un regard interrogateur à Reilly, qui bâilla.

L'existence d'un russ semblait faite d'un nombre indéfini d'heures consacrées à la surveillance dans les positions les plus inconfortables. Mais les russ étaient peu sensibles à l'inconfort, et encore moins à l'ennui.

— Nous sommes très bien comme nous sommes actuellement.

Ils attendirent donc. Le système d'alerte du VOG tintait à intervalles réguliers, ce qui dérangeait Fred à chaque fois. Il surveillait tout nouveau fanion rouge jusqu'à son passage à l'ambre, puis au bleu. Puis il y eut un tintement nettement plus fort que les autres. Un fanion rouge clignotait : un ennemi que le liquide antinanos ne pouvait atteindre. Il s'était placé sur l'encadrement de la porte, un des rares endroits offrant un relief dans la structure globalement lisse du VOG. Fred et Reilly l'observèrent pendant plusieurs minutes. Finalement, le véhicule déclara :

— Le protocole de sécurité suggère de faire surface et de se préparer à évacuer.

Fred réfléchit à cette option.

— Ce serait peut-être plus prudent, dit-il.

— Et plus malin, surenchérit Reilly.

— Quel genre de robot est-ce ? voulut savoir Costa.

— Tant que le lubrifiant ne l'atteint pas, nous l'ignorons, répondit Fred.

— Alors pourquoi ne pas appliquer le protocole de sécurité et remonter ?

Fred fit signe à Reilly qui remit l'appareil à l'horizontale et le fit grimper vers la surface. Il confia la manœuvre au subem du pilote automatique. Le véhicule s'immobilisa un mètre au-dessus de l'eau du lac.

Presque aussitôt, le fanion cessa de clignoter et prit la couleur de l'ambre. Le lubrifiant antinanos avait atteint le robot. Celui-ci était de classe tri-phase, un Nanotech Assault Engin, ou Engin d'assaut nanotechnologique, aussi appelé NASTIE. Fred et Reilly se regardèrent, incrédules.

— On n'en voit plus beaucoup de ce modèle, dit Reilly en débouclant son harnais pour passer dans le compartiment passager.

— Vous devriez évacuer immédiatement, insista Costa. Déployez le radeau.

— Compris, dit Fred. Nous nous préparons à abandonner notre véhicule.

— Courage, fit Reilly.

Il prit un sachet de VIS-37 dans le réfrigérateur et le lança à son collègue. Les deux russ eurent la même grimace en avalant le contenu des sachets, un des visolas d'urgence les plus infects qui soient. L'estomac de Fred se tordit. Reilly émit un rot puis s'enfonça dans le compartiment passager.

Soudain, le fanion ambré du NASTIE vira au bleu : robot détruit, danger écarté. Quand Reilly revint avec le chargeur du radeau et leurs sacs de survie, il jeta un œil au fanion et grogna :

— Bon débarras.

Les deux hommes contemplèrent fixement l'écran pendant une poignée de secondes encore.

— Tu veux toujours qu'on abandonne le véhicule ? demanda enfin Reilly.

— Il suffirait peut-être d'examiner avec soin l'état de la portière, dit Fred.

— Je m'en charge.

Reilly repassa à l'arrière.

— Prends ton pistolet à lubrifiant ! lui lança Fred.

Reilly revint et prit l'arme dans son sac de survie.

Costa intervint :

— Que se passe-t-il ?

— Le NASTIE est détruit. Nous allons rester à bord. Où en est la drague ?

— Vous êtes certains que c'est une bonne idée ?

— Quelqu'un a une objection à formuler ?

Aucun des mentars de surveillance ne répondit. De telles décisions étaient généralement laissées à l'appréciation des hommes sur le terrain.

Fred fit pivoter le VOG pour le pointer sur la cité, mais à cette distance il n'était pas assez haut pour que l'on puisse apercevoir la rive ou les piquets-générateurs de la canopée. Soudain, il sursauta. Quelqu'un se tenait juste devant le pare-brise.

C'était le Cabinet, la vieille dame secrétaire générale qui plus tôt s'était adressée à l'Assemblée Générale des Démocraties Unies. Elle regarda Fred dans les yeux et déclara :

Pourrais-je m'entretenir brièvement avec vous ?

Nicholas, le mentar de Personnel Appliqué, se manifesta alors :

— Commandant Londenstane, qu'était-ce ?

A l'extérieur du VOG, la vieille dame posa son index dressé en travers de ses lèvres.

Ils ne peuvent pas me déceler. Nous nous adressons directement à vous. S'il vous plaît, dites-leur que tout va bien.

Au lieu de quoi Fred répondit :

— Comment ça ?

— Votre rythme cardiaque s'est emballé.

Fred hésita une seconde.

— Rien. Je pensais seulement au salaire dérisoire que vous me donnez pour faire des trucs pareils.

Marcus de la FB des R prit la parole :

— Exigez-vous une conversation protégée ?

— Non, Marcus, merci. Je pensais à un sujet d'ordre personnel. Quelque chose qui concerne mon foyer. Mais je n'y pense plus, laissons tomber le sujet, d'accord ?

Excellent, dit le Cabinet. *Nous avons un bref message pour vous, aussi veuillez nous accorder toute votre généreuse attention de russ.*

Fred n'aimait pas du tout ça, mais il décida de jouer le jeu. En même temps, il ne pouvait s'empêcher de se demander comment le Cabinet parvenait à communiquer avec lui à la barbe des mentars les plus sophistiqués de la planète. Ou comment il commandait à son viseur, car il n'y avait certainement pas d'émetteur en plein milieu du lac Michigan. Fred ne regarda pas l'apparition, mais scruta l'horizon comme s'il cherchait à localiser la drague. Il l'aperçut qui approchait. Ce n'était encore qu'une petite bosse sombre au loin.

Nous n'oublierons jamais la compassion dont vous avez fait preuve envers notre famille quand nous étions dans le besoin, il y a des années. Nous nous rendons compte que la compassion est un trait de caractère marqué chez les russ, mais chez vous elle est encore plus prononcée. Dans d'autres domaines également, vous êtes un russ exceptionnel.

Ouais, sûr, songea Fred.

Notre situation actuelle est désespérée, continua le mentar, *et elle nous contraint de nouveau à faire appel à cette compassion. Nous avons une requête particulière à vous soumettre.*

Fred considéra la femme sur le pare-brise. Elle n'espérait quand même pas qu'il l'aide à s'échapper ?

Ellen Starke, la fille de notre défunte marraine, n'était qu'un bébé quand vous avez été affecté à la protection rapprochée de la famille Starke. Ce matin même, elle a été très grièvement blessée dans un attentat qui a coûté la vie à sa mère. Nous craignons que l'assassin d'Eleanor ne fasse tout pour empêcher Ellen de survivre. Si nous sommes mis en détention, même pour un court laps de temps, Ellen mourra très certainement.

Fred éprouva une colère subite envers le mentar de la richarde décédée. Comment osait-il tenter de le manipuler ?

— Désolé d'insister, commandant, intervint Nicholas de nouveau, mais votre niveau de stress continue de croître. Or nous ne détectons rien dans votre environnement immédiat qui pourrait l'expliquer. Croyez-vous possible que le NASTIE qui s'est attaqué à votre véhicule soit encore viable ? Si tel est le cas, vous devriez demander à la SecNat d'envoyer un autre véhicule vous récupérer.

— Ce ne sera pas nécessaire.

— Ou une équipe de décontamination.

La proposition prit Fred au dépourvu. Voilà pourquoi Nicholas le surveillait d'aussi près. Il le pensait déjà infecté par le nanorobot.

— Ecoutez, Nick, Marcus, Costa, Libby, Anonyme et tous ceux qui peuvent m'entendre. Une attention aussi minutieuse portée à mon harmonie interne m'empêche de me concentrer sur ma mission.

— Compris, dit Nicholas. Continuez.

— Mais un véhicule en couverture n'est pas une mauvaise idée, ajouta Fred. Anonyme, merci d'envoyer un VOG.

— Anonyme rapporte qu'il a dépêché un VOG sur site il y a peu, dit Marcus. Temps estimé d'arrivée : seize minutes.

Myr Londenstane, reprit le Cabinet, *Ellen a besoin que je veille sur elle pendant qu'elle est sans défense.*

« Alors contactez Personnel Appliqué et engagez des gardes du corps, faillit répondre Fred. Je ne suis pas autorisé à accepter des missions privées. » Mais il savait que le Cabinet ne cherchait pas à l'embaucher. Le mentar lui demandait un service personnel. Fred aurait aimé savoir quand ils étaient devenus aussi copains. Il avait travaillé pour Eleanor durant six mois, en 2092 et 2093. Son foyer était constitué d'elle-même, du bébé et de Samson Harger, récemment cautérisé et au plus bas moralement. Tous les autres domestiques ainsi que les gardes évitaient Harger parce qu'il était dépressif et parce qu'il empestait. Fred, lui, était simplement désolé pour cet homme. Ce n'était pas grand-chose. Pourtant, le jour où Fred avait dû changer d'affectation, le gouverneur Starke en personne avait organisé une petite fête d'adieu en son honneur. Chez les richards, c'était inédit. Ils lui avaient même fait un gâteau, et un cadeau, une paire de pantoufles, avec le chien dressé pour les apporter.

Myr Londenstane, nous vous supplions. Acceptez-vous d'aider Ellen à survivre ?

Allez au diable, songea Fred. Pourtant, il n'avait pas révélé l'apparition du mentar, comme il savait qu'il aurait dû le faire. Son devoir était pourtant clair. Après tout, c'était un russ, mais le mentar avait trouvé la faille : non pas sa compassion mais une qualité russ beaucoup plus prisée et monnayable commercialement, son sens de la loyauté. Une loyauté aiguë qui apparemment n'avait pas de date de péremption.

Je ne peux pas laisser les autorités retourner le fond du lac. L'inspectrice a raison : cette sauvegarde est la dernière. Cependant, elle ne se trouve pas à l'endroit que vous visez. C'est un leurre. Avant que l'excavatrice n'arrive, je vous implore de capturer le leurre comme s'il s'agissait de la vraie sauvegarde. Je peux vous indiquer comment procéder sans risque, et votre prise aura l'air authentique. De cette façon, nous pourrons renvoyer la drague. Hochez la tête, et je vous donnerai les instructions nécessaires.

Les pantoufles étaient hors d'usage depuis bien longtemps, mais il avait toujours le petit chien. Etait-ce à cause de lui qu'il allait trahir son serment professionnel ? Pour quelle sorte de russ le mentar le prenait-il ? Un russ *défectueux* ?

— Costa, dit-il, c'est bien la drague que je vois approcher ?

— Affirmatif, Londenstane. Elle arrivera dans dix minutes.

Fred savait quel était son devoir. Pourtant, il hésitait. Les mentars, Nick, Libby et spécialement Anonyme, étaient peut-être déjà au fait de sa conversation privée. Peut-être le testaient-ils en lui laissant une certaine marge de manœuvre. Alors pourquoi en profitait-il ? Et s'il avait été infecté par le NASTIE ?

— Costa ?

— Je vous écoute.

— Costa, hem…

Fred pensa à l'existence agréable qu'il menait : Mary et leurs amis, son rang élevé au sein de Personnel Appliqué, ce boulot qu'il adorait… Si seulement le Cabinet avait rendu les choses plus faciles pour lui en tentant de l'acheter ou en le menaçant !

— Je vous écoute, Londenstane, répéta Costa.

Fred affronta le regard de la dame du lac. Que devait-il aux Starke, de toute façon ?

— Euh, Fred ?

C'était Reilly, derrière lui.

Fred se tortilla sur son siège pour regarder dans le compartiment arrière. L'autre russ était accroupi près du sas tribord qu'il auscultait avec la visière de sa casquette.

— A l'infrarouge, je détecte de la chaleur résiduelle, dit Reilly. Mais elle prend un temps dingue à se dissiper.

— Bon, ça suffit, décida Fred. Je pose notre oiseau. Prépare-toi à l'abandonner.

Quand il se retourna vers l'avant, l'image du Cabinet avait disparu, mais aussi la moitié de l'affichage du viseur.

— Véhicule, dit Fred, positionnement à la surface du lac.

Tout d'abord, il n'y eut aucune réponse, puis les turbines de suspension s'arrêtèrent d'un coup et le VOG piqua du nez dans l'eau. Fred fut projeté vers le pare-brise et bloqué par son harnais.

— Commandant ! s'exclama Reilly.

— Accroche-toi, Dell. Cette saloperie a infiltré notre système de contrôle. Tenue de protection NBC.

— C'est déjà fait.

Fred commanda à sa propre combinaison de se déployer en mode d'isolation intégrale NBC. Les gants jaillirent des manches, un masque souple tomba de la visière de sa casquette et celle-ci afficha son propre viseur. La texture soyeuse de la combinaison se mit à luire quand le lubrifiant antinanos perla à sa surface. Sa jauge de réserve d'air lui donnait une autonomie de deux heures à une pression d'une atmosphère.

— Libby, dit-il, préviens Anonyme que nous nous apprêtons à effectuer une évacuation d'urgence.

Aucune réponse.

— Quelqu'un m'entend ?

Le véhicule avait cessé de relayer les transmissions. Ils étaient isolés. Prudemment, il toucha le panneau de contrôle – tout, à bord, devait désormais être considéré comme contaminé – sans obtenir de réponse. Non seulement le VOG coulait lentement, mais il était aussi attiré peu à peu vers la gueule du collecteur.

— Mon manche à balai est HS, annonça Reilly qui déboucla le harnais de son siège.

Fred passa dans l'escalier de descente et fut abasourdi par ce qu'il découvrit. Le compartiment passager était en pleine éclosion. Le point d'entrée du NASTIE sur le sas tribord était une fournaise d'activité moléculaire. Une poche solide, pareille à une croûte vivante, le recouvrait, luisant d'une chaleur interne, et prenait peu à peu de l'ampleur. Les vrilles minuscules qui coiffaient sa surface s'étendaient en un réseau touffu à la conquête du compartiment ; elles dissolvaient tout ce qu'elles touchaient, nourrissant ainsi d'une bouillie moléculaire l'assembleur principal situé sous le renflement. Un NASTIE était la version ultime d'un agent destructeur opportuniste, programmé pour faire le meilleur usage de toute substance ou matière qu'il rencontrait. Et, dans le VOG, il était tombé sur un véritable trésor de matériaux rares : munitions, groupe électrogène et carburant, sans oublier le subem de pilotage et les câbles spéciaux, les senseurs et les processeurs à usage uniquement militaire. Avec en prime les tissus vivants de deux russ... Impossible de dire quelle arme d'assaut le NASTIE pourrait créer avec tous ces éléments.

Reilly était accroupi contre la portière bâbord et, avec son pistolet à lubrifiant, il dissolvait les microvrilles par de petits jets d'antinanos. Mais l'ennemi progressait : des endroits de la combinaison du russ étaient déjà atteints, calcinés et affaiblis, et l'on voyait même sa peau à vif à travers. Le système de protection incorporé de sa tenue s'efforçait de combler les brèches du tissu avec de la gaze de combat, mais les vrilles la dévoraient aussitôt. Reilly était acculé. Il n'arriverait jamais au cockpit. Cependant, avec un peu de chance, il parviendrait à déverrouiller la portière contre laquelle il s'appuyait.

Fred recula pour esquiver les vrilles qui investissaient la coursive menant au compartiment arrière. Le système de refroidissement de sa combinaison s'enclencha pour compenser l'élévation constante de la température à l'intérieur du VOG. Il dut crier pour couvrir le sifflement ambiant :

— On ne va quand même pas se saborder ?

— Fais-le, répondit Reilly.

— Alors j'ai besoin que tu déverrouilles la portière.

Fred se replia dans le cockpit, ramassa sur le plancher le boîtier du radeau et l'accrocha à sa ceinture. Il ouvrit son propre kit d'armement, prit son pistolet à lubrifiant et le fixa également à sa ceinture. Le tableau de bord et les panneaux de contrôle du VOG s'effondraient sur eux-mêmes comme s'ils étaient en chocolat fondant. Fred enfila une deuxième paire de gants et fouilla le contenu de son kit pour voir s'il y avait autre chose d'utile dans la situation actuelle. Il détestait l'idée d'abandonner ces kits à un NASTIE, mais il n'y avait pas d'autre solution.

Il jeta un coup d'œil par la vitre et fut effrayé de constater à quel point ils s'étaient rapprochés de la bouche du collecteur. Il sonda le cadre du siège avec sa poche de visola et testa sa solidité. Pour atteindre l'écoutille de secours, il lui faudrait s'installer sur le siège ou activer le déverrouillage et le pousser de côté. L'ensemble ne semblant pas opposer de grande résistance, il le détacha de sa base et le laissa tomber de côté.

Reilly gémit.

Le système de contrôle de l'écoutille de secours n'était pas asservi au subem du VOG. Il pouvait donc avoir encore échappé à la contamination.

— Ecoutille de secours, déclaration de situation d'urgence et ordre de déverrouillage, dit-il.

Aucune réponse.

Fred saisit le loquet manuel et le tourna. La poignée se tordit légèrement dans sa main, mais le mécanisme obéit à son effort et l'écoutille s'ouvrit vers lui. Un torrent d'eau se déversa à l'intérieur, le renversant et inondant le cockpit. Le flot glacé atteignit très vite la nanofournaise et il y eut une explosion de vapeur surchauffée. La combinaison de Fred hurla une mise en garde, et il plongea sous la surface. Il espérait que la combinaison de Reilly épargnerait à son ami d'être ébouillanté. Le niveau de l'eau fut bientôt assez élevé pour qu'il se glisse par l'écoutille ouverte. Sa combinaison s'était maintenant convenablement moulée à son corps, et l'embout d'un respirateur jaillit devant sa bouche à l'intérieur de son masque. Il l'entoura de ses lèvres et inspira profondément. Le détendeur se régla automatiquement pour s'adapter à la profondeur. A cause de la pression, sa réserve d'oxygène était passée de deux heures à quarante minutes.

Il donna des coups de pied dans la portière passager du VOG, à bâbord. Reilly l'avait déverrouillée, mais elle semblait coincée dans son cadre. Fred saisit la poignée à deux mains, s'arc-bouta en poussant des deux pieds contre la coque et tira de toutes ses forces. Il arracha la portière affaiblie par le défaut de l'encadrement. Reilly jaillit à l'extérieur dans une gerbe de bulles.

Des vrilles s'étirèrent en bouquet à sa suite et se refermèrent sur un de ses genoux. Derrière son masque, la bouche du russ se tordit dans les souffrances de l'agonie. Fred lui prit son pistolet à lubrifiant, mais l'arme était vide. Il dégaina alors la sienne et trancha les vrilles avec un jet bien placé. Mais les morceaux de vrilles adhérant à sa jambe continuaient de dévorer la combinaison et les chairs de Reilly. Fred enroba tout le genou de son partenaire avec le lubrifiant. Quand il regarda le masque de son ami, il vit que celui-ci avait perdu connaissance et qu'il n'avait pas eu le temps de prendre l'embout du respirateur dans sa bouche. Il allait s'asphyxier. Fred ne pouvait rien pour l'aider sinon le propulser au plus vite à l'air libre. Il déboucla sa ceinture, l'accrocha à l'anneau situé derrière la nuque de Reilly qu'il saisit à la taille, et se propulsa loin du VOG. Il battait furieusement des jambes, mais en vain : l'aspiration exercée par le collecteur était trop forte, et le corps inerte de Reilly constituait un handicap certain. Ils continuèrent de dériver lentement mais inexorablement vers la bouche aspirante au fond du lac Michigan. Fred n'avait même pas réussi à les éloigner du VOG.

Il changea alors de tactique. S'il n'était pas possible de remonter directement, peut-être pourrait-il dans un premier temps atteindre le fond du lac avant d'être attiré dans le collecteur. L'aspiration y serait moindre, et il pourrait progresser en profitant au mieux du fond rocheux. L'alarme de sa réserve d'air se déclencha. Il s'était beaucoup agité, avait consommé trop d'oxygène ; il ne lui restait plus que quinze minutes d'autonomie.

Fred se détendit complètement et laissa le mouvement des eaux l'attirer vers le bas avec Reilly. Il tentait de visualiser tout l'équipement dont étaient dotées ces combinaisons de la SecNat : peut-être quelque chose pourrait les aider à se sortir de là. Cela faisait des années qu'il avait passé l'examen d'utilisation de ces combinaisons, et il ne s'en servait que rarement. Ai-je une réserve d'air à bord ? se demanda-t-il. Il s'efforça au calme pour trouver une réponse. Elle lui vint aussitôt, et s'il avait eu une main libre il se serait donné une bonne tape sur le front. Oui, il avait de l'air. De l'air en quantité.

Il décrocha de sa ceinture le boîtier du radeau et l'attacha à Reilly. A présent, ils étaient liés ensemble. Quand il tira sur l'anneau de gonflage, le tissu ultrafin enfla jusqu'à prendre la forme d'un beignet aplati. Ils ne pouvaient pas se trouver à plus de trente mètres de la surface, soit environ trois atmosphères, mais la pression de l'eau réduisait le radeau à un tiers de son volume normal. Même ainsi cependant, cela suffit à contrebalancer l'effet de succion du collecteur. Au moins pour le poids de Reilly. Fred, quant à lui, devrait remonter par ses propres moyens.

Le VOG parut partir en chute libre sous eux quand Fred mit toutes ses forces dans ses mouvements de bras et de jambes. Le miroir de la surface semblait très proche au moment où sa réserve d'air arriva à épuisement. Mais ils avaient assez progressé pour que le radeau se gonfle complètement, et maintenant il filait vers le haut avec les deux hommes derrière lui. Fred expulsa de ses poumons une quantité incroyable d'air en pleine décompression. Ils remontaient trop vite, il le savait : ils risquaient la maladie des caissons quand ils arriveraient à la surface, mais il n'y pouvait rien.

Au moins, le collecteur se trouvait à distance sûre. Le VOG, lui, n'était plus qu'un jouet. Le véhicule heurta la dalle de ciment et se brisa en deux comme un œuf pourri, déversant son jaune mortel dans la nappe aquifère.

A la tienne, Chicago, songea Fred.

Quand leurs têtes crevèrent la surface de l'eau, Fred ouvrit son masque et inspira goulûment l'air. Reilly flottait à côté de lui, visage tourné vers le ciel. Ses paupières et ses lèvres étaient bleuies. Fred prit dans sa poche son stylo laser. Il allait devoir découper le masque de son ami et lui faire du bouche à bouche.

Trois masses bleues tombèrent dans l'eau à côté de lui. Il eut un moment de panique avant de reconnaître les gars de l'équipe technique d'escorte dans leurs tenues d'hommes-grenouilles. Une ambulance de décontamination planait à quelques mètres de hauteur. Une voix déclara :

— Détendez-vous, commandant. Nous prenons la direction des opérations à partir de maintenant.

A l'Unité de décontamination de l'Autorité portuaire, Fred baignait au fond d'un caisson de deux mille litres d'Halvene. Il avait tout le temps de se détendre pendant que le solvant lipoprotéinique imprégnait son corps.

Il restait parfaitement immobile. Ne respirait même pas. C'était inutile, puisque l'Halvene oxygénait ses cellules. Et il était préférable de ne pas bouger du tout, car les liens cellulaires de ses tissus étaient distendus. Un mouvement violent, comme un accès de toux ou un haut-le-cœur, risquait de le mettre en pièces, littéralement. Par ailleurs, il était bien agréable de ne pas respirer. Fred ne s'était jamais rendu compte de l'effort que cela représentait.

Le matelas au fond du caisson se mit à s'élever. Apparemment, il était nettoyé, débarrassé de tout nano, sain. Sa couche continua de monter jusqu'à se positionner deux centimètres au-dessus du niveau de l'Halvene, puis elle s'immobilisa. Le solvant s'égoutta de son corps comme d'un tissu imbibé qu'on suspend pour qu'il sèche. Il était saturé de cette substance et était trois fois plus lourd que son poids habituel. Ils le laisseraient dans cette position jusqu'à ce qu'il ne pèse plus que vingt pour cent de plus que la normale. Alors il pourrait bouger sans aucun risque. Le processus pouvait prendre encore une heure. Tout le temps pour réfléchir aux derniers événements et s'efforcer de leur donner un sens.

Fred doutait de lui-même. Il était confronté à des choses auxquelles il n'avait jamais vraiment réfléchi jusqu'alors. Comme cette femme bizarre, Costa.

Fred se reprit aussitôt. On l'avait mis en garde : pas d'excitation sexuelle aux manifestations physiques incontrôlables dans le caisson d'Halvene. Vous risquiez tout simplement de vous « faire exploser la plomberie », comme on le lui avait élégamment expliqué.

Pour se calmer, il repensa à sa petite conversation privée avec le Cabinet, au fond du lac. Qu'avait espéré le mentar en le prenant ainsi à part ? Le croyait-il réellement capable de trahir son devoir ? Les russ étaient d'une loyauté extraordinaire envers leurs engagements. C'est pourquoi ils étaient aussi recherchés dans le domaine de la sécurité. Et c'est la raison pour laquelle Thomas A. avait été choisi un siècle plus tôt pour servir de donneur afin de créer la toute première lignée de clones développés commercialement. Le russ d'origine, l'agent spécial des Services secrets Thomas A. Russ, s'était jeté à plat ventre sur un tapis piégé dans le Bureau ovale, sauvant la vie de la présidente Taksayer en 2034, lors d'une cinquième tentative d'assassinat en l'espace d'une semaine.

Couverte de sang mais sans peur, la présidente reconnaissante avait ramassé une parcelle de la cervelle de Thomas A. dans une tasse en porcelaine frappée du sceau présidentiel, et elle avait déclaré aux médias : « Si la loyauté peut être clonée, que ceci soit son gabarit. » C'est ainsi que les accords de clonage commercial avaient été signés, et Thomas A. était devenu le modèle que tout russ s'évertuait à égaler. Alors à quoi avait joué le Cabinet ?

Manifestement, le Cabinet était dans une situation difficile avec la fille de Starke. Il ferait tout pour la protéger. Mais que voulait-il dire quand il affirmait que Fred était un russ *exceptionnel*, et pas uniquement par sa compassion ? Il aurait dû dire les choses clairement, à savoir que Fred s'était écarté du modèle, car c'était précisément ce qu'il sous-entendait. Sur quelles bases le Cabinet se permettait-il une telle affirmation ? Les six mois passés au service des Starke quarante ans auparavant ?

Fred secoua la tête et chassa l'Halvene de ses oreilles. Tout cela n'était peut-être qu'un bluff. Le Cabinet ne pouvait sérieusement penser le convaincre. C'était un coup lancé au hasard. Ce ne pouvait être que ça.

D'un autre côté, comment savoir avec certitude ce qu'un mentar pensait ? Si son cerveau était construit sur le modèle humain, l'analogie s'arrêtait là. Fred connaissait ses spécifications techniques générales, et puisqu'il fallait bien partir de quelque part et qu'il avait tout son temps, il les passa en revue : des neurones axodendritiques dix fois plus riches en microtubules (genérant cent fois le flux quantique par millimètre cube) sans besoin de pompes ioniques pour créer un différentiel voltaïque (ce qui éliminait quasiment la période de latence entre allumages neuraux), et avec un millier de fois la densité des jonctions synaptiques (ce qui permettait de supprimer complètement les intervalles synaptiques pendant de brèves périodes de cognition ultrarapide). La pâte d'un mentar était complexe, stable, redondante, souple et robuste, plus que sa propre matière grise imprécise. Elle pouvait distribuer ses unités d'attention pour accomplir simultanément des milliers de tâches cognitives. Elle était capable d'établir en même temps des interfaces directes avec divers systèmes électroniques : archives, cams et émetteurs, robots, processeurs quantiques et ultraluminiques. Elle pouvait être stockée, sauvegardée et dupliquée, entrer en contact librement avec différents médias. Les diverses sous-unités du cerveau d'un mentar dormaient par rotations et pouvaient le regarder dormir. Il ne prenait jamais de vacances, ne tombait jamais malade, n'avait jamais la migraine. A l'exception de Marcus, tous les mentars qu'il avait rencontrés auraient été plus dignes de diriger Fred que le contraire.

Mais, et s'il était effectivement en train de s'éloigner de son modèle ? S'il commençait à souffrir de cette redoutée « usure des clones » dont tout le monde parlait ces derniers temps ? Comment le saurait-il ? Auprès de qui pourrait-il le vérifier ? Marcus ? S'il se risquait seulement à évoquer ce sujet, le mentar l'obligerait à subir une évaluation psychiatrique, une chose qu'il valait mieux éviter. Peut-être y avait-il moyen pour lui d'effectuer ses propres recherches sans en parler à Marcus. Il existait des bibliothèques entières consacrées à la lignée des russ : analyses génétiques, études comportementales, de performances, biographiques, sans compter un ensemble très fourni de vids. Il pouvait étudier tous les aspects de sa propre personne, au moins selon une perspective extérieure. Car les russ ne se livraient pas à l'autoanalyse. Pourquoi d'ailleurs ? Pour ce que Fred en savait, aucun russ n'avait jamais rédigé un compte rendu à la première personne de ce qu'était sa condition.

D'autres pourtant ne s'en privaient pas. Les évangelines publiaient de la poésie. Chacune le faisait, même Mary. Le besoin d'écrire des poèmes était inscrit au cœur de leur personnalité. Les lulus tenaient un journal. Même les jérômes, ces petits comptables coincés, avaient une histoire. C'est du moins ce que disait la rumeur. Ils avaient un *Livre des jérômes*, où chacun d'entre eux pouvait apporter sa contribution et auquel eux seuls avaient accès. Et bien sûr il y avait les célèbres et tout aussi exclusifs *Forums de jenny*.

Les russ avaient leur *Registre de la fierté russ*, certes. Le *RFR* était une sorte d'histoire, sans doute. Fred décida de prendre un peu de temps pour le parcourir au quartier général de la FB des R. Il y glanerait peut-être quelque lumière.

Suffisamment d'Halvene s'était écoulé du corps de Fred pour que son cerveau enregistre son état d'hypoxie, et ses poumons se remirent spontanément à fonctionner. Le phénomène le prit au dépourvu, car il s'était très bien habitué à ne plus respirer. Mais il retrouvait du même coup la capacité de parler, et le mentar Nicholas en profita pour lui demander comment il se sentait.

Fred dut toussoter légèrement et cracher un peu avant de pouvoir répondre.

— Je vais bien, affirma-t-il. Et Reilly ?

— Je suis désolé, myr Londenstane, mais c'est une information que lui seul est en mesure de divulguer.

Ah. On en était revenu à « myr Londenstane ». Il n'avait donc plus son poste de commandant à la SecNat, et conséquemment n'avait plus accès à certains renseignements. Il devrait attendre de voir Reilly en personne, et, même alors, ils ne seraient pas libres de discuter des événements de cette journée. Ce satané serment de confidentialité que prêtait tout membre de Personnel Appliqué.

— Laissez-moi lui parler, dit Fred.

— Ce n'est pas possible pour le moment.

Ce qui signifiait probablement qu'il était toujours en soins.

— Quelle heure est-il ?

— Quinze heures dix.

— Si tôt ?

Marcus se joignit à la conversation :

— Ne vous inquiétez pas, Fred, vous serez payé pour un cycle entier, *plus* le différentiel de combat, *plus* un bonus pour décontamination.

— Super, marmonna-t-il. Je devrais faire ça plus souvent.

Les mentars ne répondirent pas, peut-être parce qu'ils n'avaient pas compris le sarcasme, ou parce que justement ils l'avaient compris. Quoi qu'il en soit, ils n'avaient pas l'intention de lui dire ce qu'il voulait savoir – quel était l'état de Reilly – et Fred n'avait pas envie de parler avec eux. Il se sentait très mal, en fait. Comme s'il avait nagé dans une piscine emplie d'acétone. Et il ne pouvait qu'imaginer ce que Reilly endurait.

Il jouait avec l'idée d'écrire l'histoire vraie des russ. Il n'allait pas réellement le faire – ç'eût été la preuve irréfutable qu'il déraillait –, mais tandis qu'il gisait, suspendu au-dessus du caisson de décontamination de l'Autorité portuaire, il se dit que c'était là un exercice mental intéressant, et sans conséquence. Il commencerait ainsi : *A mes frères clones. Dès nos premiers jours à l'école russ, nous sommes entraînés à sacrifier nos vies pour nos employeurs. Mais avons-nous jamais pris le temps de nous poser la question : le méritent-ils ?*

L'élévateur le transporta jusqu'à la passerelle. Il se redressa et agrippa le garde-fou jusqu'à ce que la sensation de vertige se soit dissipée. Il y avait cinq douzaines de caissons d'Halvene dans cette salle, et aucun n'était occupé pour l'instant. Le groupe d'escorte avait dû emmener Reilly dans la section des soins intensifs, équipée de caissons spéciaux, afin de soigner ses blessures tout en le soumettant à un lavage interne.

Fred se rendit dans le vestiaire. Sur un pan étaient déposées une combinaison brun et crème de Personnel Appliqué, des chaussures et une ceinture, le tout à sa taille et fraîchement sorti de l'extrudeur. La ceinture était munie d'une boucle à valet. Il lui faudrait s'en servir, ou recourir à une coquille crânienne en attendant que l'Halvene se soit retiré de ses tissus et qu'il puisse développer un nouveau système de communication interne. Le solvant ayant dissous les bons nanos comme les mauvais, il devrait se livrer à la tâche interminable du rééquilibrage qui consistait à réintroduire des colonies d'hémostatiques dans son métabolisme. Un bonus de décontamination ne compensait en rien ce genre d'acte.

Fred ramassa la combinaison. Inutile qu'il prenne une douche, il était déjà plus propre que propre. Et il serait parfumé à l'Halvene pour toute la semaine à venir. Il se retourna alors qu'il entendait un bruit derrière lui, s'attendant à voir Reilly. Mais c'était une femme, l'inspectrice Costa. Il se couvrit d'une serviette, plus par dépit que par modestie.

— Myr Londenstane, dit-elle, je suis heureuse de vous voir sur pied, apparemment en bonne forme physique. Je tenais à m'assurer par moi-même que vous aviez bien récupéré.

— Et le lieutenant Dell ?

La question lui avait échappé, mais Costa n'était pas soumise aux règles de confidentialité en vigueur chez Personnel Appliqué. C'était à elle et à elle seule de décider ce qu'elle voulait bien révéler.

— Il va bien. Il est en phase de régénération tissulaire rapide. Il lui faudra de nouveaux muscles aux jambes.

— Merci. Moi aussi alors, je vais bien.

Il baissa les yeux et contempla ses pieds. Ils étaient entourés d'une petite flaque d'Halevene suintant d'entre ses orteils.

— Et toute cette saloperie qui a été aspirée par le collecteur ? interrogea-t-il. Ça ne risque pas de contaminer l'alimentation en eau de la ville ?

— Oh, ne vous inquiétez pas. Le système a été construit il y a soixante ans, pendant l'Outrage. Il est conçu pour s'occuper des NASTIEs. L'eau de Chicago n'a rien à craindre.

— Et qu'en sera-t-il de notre cité quand la canopée aura été abaissée ?

— Comment le saurais-je ? répondit-elle, avant d'ajouter : En tout cas, je voulais vous féliciter personnellement pour ce que vous avez fait aujourd'hui. C'était de l'excellent boulot. Même si je dois dire que la situation a pris un tour pour le moins inattendu.

— C'est-à-dire ?

— Je ne devrais probablement pas vous en parler, mais l'installation que nous avons trouvée près du collecteur n'était qu'un leurre.

— Vous en êtes sûre ? dit Fred. Un leurre ?

— Oui. L'excavateur a découvert le véritable Cabinet à deux cents mètres de là.

Ainsi donc le Cabinet était en détention. Fred sentit sa pression monter en flèche, et il fut heureux que Nicholas ne pût s'en rendre compte.

— A mon tour de vous féliciter, inspectrice. Beau boulot, dit-il en lui tendant la main. Il était hors d'état ?

Elle lui serra la main et eut un sourire en coin.

— Combien de fois devrai-je vous le répéter, le dernier ne peut pas se maltraiter.

— Donc il va passer à l'authentification ?

— Il n'est pas content, mais il est déjà de l'autre côté. Et maintenant que tout est bien qui finit bien, il ne peut se faire à l'idée qu'il ait créé autant d'histoires.

Costa se tut et le considéra d'un air curieux.

Nous y voilà, songea Fred, c'est la fin de ma carrière. Il baissa les yeux sur la serviette qu'il tenait toujours devant lui, et elle se détourna pour le laisser finir de s'habiller.

— Vous l'avez interrogé ? demanda-t-il.

— Libby s'en est chargé, oui.

Il attendait qu'elle donne des détails, mais elle éluda :

— Enfin, la mission d'aujourd'hui restera dans les annales, vous ne pensez pas, Londenstane ?

— Les sensations fortes n'ont pas manqué, oui.

10

— Le Cabinet est authentifié ? dit Meewee en survolant du regard la salle de conférence.

— N'est-ce pas précisément ce que je viens de dire, Votre Sainteté ? grinça Jaspersen.

Il ne semblait pas du tout content des dernières nouvelles, et Meewee se demanda si les événements avaient pris un tour inattendu.

— Il veut nous rejoindre, reprit Jaspersen, et s'il n'y a pas d'objection...

Le personnage de la secrétaire générale apparut derrière le fauteuil de Jaspersen. Celui-ci lui désigna l'autre côté de la table, et le mentar alla se placer derrière un siège vide comme demandé.

— Salutations, myren, dit la secrétaire générale. Merci de me permettre de m'adresser à vous. Comme vous le savez, aujourd'hui s'est déroulée une grande tragédie, mais laissez-moi vous affirmer que, à part pendant une brève visite dans les agréables locaux du Département de la Justice, j'ai fermement conduit les opérations des Entreprises Starke. La cour m'a confié un rôle de surveillance jusqu'à ce que la succession d'Eleanor soit réglée.

Le mentar s'interrompit et regarda un à un les membres du conseil, en s'attardant quelque peu sur Meewee.

— D'après le procès-verbal, reprit-il, je constate que vous avez élu un président intérimaire. Toutes mes félicitations, myr Jaspersen.

Celui-ci remercia d'un hochement de tête sec.

— Je vois aussi que vous avez abordé le sujet des Chines Fédérées. Il n'est probablement pas nécessaire de vous rappeler que pour myr Starke les vaisseaux-A n'étaient pas à vendre, à aucun prix.

— C'est exact, fit Meewee. Je vous l'avais bien dit, Jaspersen.

— Si myr Starke était présente, continua la secrétaire générale en ignorant cette intervention, je suis certaine qu'elle s'opposerait toujours à l'offre des Chines. Mais comme myr Jaspersen l'a souligné avec une concision remarquable, les temps ont changé. Il revient à ce conseil de conduire le projet Jardins de la Terre de la manière qui lui paraît la plus appropriée ; je ne m'opposerai à aucune décision fondée qu'il prendra. Je recourrai cependant à toutes les ressources dont je dispose pour préserver le droit des Entreprises Starke à participer à la prise de ces décisions.

Meewee sautillait presque sur son fauteuil.

— Ceci dit, continua le Cabinet, je tiens à ce qu'il soit noté que je suis favorable à la proposition des Chines.

Les membres poussèrent un soupir de soulagement. Meewee, lui, était stupéfait.

— En tant que mentar, j'ai soutenu ma marraine, même quand je n'étais pas d'accord avec elle. Sur ce sujet, je n'ai jamais été de son avis.

— Mais ce n'est *pas vrai* ! s'exclama Meewee. Vous et moi et Eleanor avons eu plusieurs conversations privées sur ce sujet, et vous avez professé un accord total avec son point de vue...

Imperturbable, le Cabinet poursuivit :

— De plus, et bien que j'aie l'intention de conserver le deuxième siège des Entreprises Starke dans ce conseil, son occupant actuel ne me semble pas constituer le meilleur choix à cette place. J'estime qu'un membre de la direction ferait un représentant mieux informé.

Meewee bondit sur ses pieds.

— Vous ne pouvez pas faire ça !

Le mentar se tourna vers lui.

— Il se trouve que vous avez raison, myr Meewee. Je ne peux pas vous remplacer maintenant ou dans un futur proche. Selon les devoirs liés à mon poste, je dois maintenir les opérations en cours des Entreprises Starke sans changement majeur, du moins jusqu'à ce que le destin de la firme ait été fixé. Si je changeais des membres des divers conseils des Entreprises Starke, on risquerait de penser que j'outrepasse mes pouvoirs. Mais, soyez-en sûr, cette situation n'est que temporaire.

Le Cabinet se retourna vers l'ensemble du conseil.

— J'aimerais terminer cette intervention en vous exposant la vision que j'ai de l'avenir des Entreprises Starke, si du moins le conseil accepte de l'entendre.

— Mais faites donc, Cabinet, dit Jaspersen d'un ton suave.

Meewee s'enfouit le visage dans les mains. Il aurait dû se douter qu'il était trop beau pour être vrai, ce plan si brillant d'Eleanor. Il avait failli.

— La majeure partie des biens d'Eleanor, incluant tous ses avoirs chez les Entreprises Starke et leurs filiales, reviendra à sa fille, Ellen. Je suis son gardien légal jusqu'à ce qu'elle soit déclarée compétente.

Meewee releva la tête. Ellen ? Il avait été si préoccupé par l'avenir du projet Jardins de la Terre qu'il n'avait pas accordé la moindre pensée à la fille d'Eleanor pendant toute cette journée exécrable.

— C'est tragique, continua le Cabinet, mais Ellen risque de ne pas survivre à son traumatisme. Si elle décède ou est déclarée définitivement incompétente, les Entreprises Starke seront démantelées et vendues par la cour. Dans ce cas de figure, je recommanderai à l'exécuteur testamentaire que les membres du projet intéressés soient prioritaires pour Heliostream et les autres filiales directement impliquées dans le projet.

Meewee vit Chapwoman et Jaspersen échanger un regard qu'il jugea de connivence.

— Si Ellen se remet, comme nous l'espérons tous, ce sera à elle de décider de l'avenir des Entreprises Starke et du rôle que j'y tiendrai. Pour avoir vécu à ses côtés depuis sa naissance, je pense qu'elle ne voudra rien avoir à voir avec les intérêts professionnels de sa défunte mère et qu'elle démantèlera la firme pour la vendre.

Peut-être, songea Meewee, mais ce n'est pas certain. Lui aussi connaissait bien la jeune fille, et s'il était probable qu'elle n'atteigne jamais l'envergure professionnelle de sa mère, il était sûr qu'elle respecterait son héritage. Si seulement il pouvait lui parler, il saurait l'en convaincre. Le projet Jardins de la Terre n'était pas encore mort.

— Excusez-moi, fit-il. Où se trouve Ellen, à l'heure actuelle ?

Le Cabinet se tourna vers lui.

— Je pense qu'elle est toujours en transit.

— En transit pour quelle destination ? Je veux lui présenter mes condoléances.

— Je les lui transmettrai pour vous, dit le mentar.

— Très aimable de votre part, mais je souhaite les lui présenter moi-même.

— Je regrette, mais le lieu où se trouve Ellen ne peut être rendu public.

Jaspersen toussota.

— Je vous serai reconnaissant à tous deux de régler ces affaires en dehors du cadre du conseil, dit-il.

— Mais... commença Meewee.

Relax, Merrill, dit Zoranna. *Ellen arrive à la clinique Roosevelt de Decatur.*

C'était un des établissements de Byron Fagan. Meewee lui lança un regard furieux, et Fagan détourna les yeux. Espèce de lâche, songea Meewee. Vous êtes tous des lâches, des conspirateurs, des salopards.

Quand la séance du conseil fut levée, Meewee quitta la salle et prit un ascenseur pour regagner ses bureaux situés dans les sous-sols. Les quelques employés d'Heliostream qu'il croisa en chemin semblaient tout ignorer des événements dramatiques survenus depuis le matin. Une fois la porte refermée derrière lui, il alla s'effondrer dans son fauteuil pour un massage léger et ordonna à sa salopette pourpre de se desserrer d'une taille ou deux. Il ne tarda pas à se sentir mieux.

— Arrow, dit-il, fais-moi porter un verre de Merlot. Et pendant que tu y es, trouve-moi un petit quelque chose à grignoter.

— Entendu, dit son mentar.

Son mentar... Une dizaine d'années plus tôt, quand Eleanor lui avait offert le parrainage d'Arrow, elle lui avait affirmé que son intelligence artificielle était de catégorie supérieure. C'était sa première relation personnelle avec quelque chose de plus puissant qu'un valet de ceinture, car le Berceau International souffrait d'un manque chronique de fonds et n'avait jamais pu fournir à ses salariés des assistants personnels. Dans un premier temps, il avait hésité à accepter Arrow – il avait toujours un problème avec « l'esclavage des sensations » –, mais Eleanor avait été claire : Arrow, sa place à Heliostream et un siège au conseil du projet Jardins de la Terre formaient un tout. Bien que Meewee n'ait jamais eu beaucoup de contacts avec des mentars, il estima très vite les capacités d'Arrow à leur juste valeur, surtout par comparaison avec les mentars de catégorie supérieure avec lesquels il commençait à traiter au quotidien : Nick, E-P, Cruz, et tout spécialement le très intimidant Cabinet. A côté d'eux, Arrow tenait plus du subem de bureau. Il manquait de la moindre initiative et de toute conscience de lui-même. Il ne paraissait pas avoir de personnalité et, pour autant que

Meewee pouvait en juger, les autres mentars le traitaient comme un boîtier de pâte perdue.

Un robot domestique roula jusqu'à lui pour lui apporter le vin demandé et un sandwich concombre-avocat, son préféré. Au moins Arrow savait-il accéder à ses dossiers de référence. Meewee mangea avec appétit, et le vin aida à lui calmer un peu les nerfs. Puis il se pelotonna dans son fauteuil et s'efforça de se remémorer tout ce qu'il savait sur la personne de la fille d'Eleanor : peu de choses, en fait.

— Arrow, quand et où ai-je vu Ellen Starke pour la dernière fois ?

— Le 30 septembre 2133, à la réception du centre Louis Terkel.

Meewee conservait un vague souvenir de cette réception, mais pas de la fille d'Eleanor.

— De quoi avons-nous parlé ?

— Ellen Starke vous a annoncé qu'elle avait été nominée pour le prix McCoy, pour sa série télévisée *L'Invité*.

Ah, oui, ça lui revenait, maintenant. Ellen aurait pu parler des heures durant de gens et de choses dont il ignorait tout. Il se souvenait qu'elle était jolie, et qu'elle le dépassait d'une tête. Elle avait des épaules osseuses que les hommes devaient trouver sexy. Et elle semblait apprécier sa compagnie. Pourquoi ne l'aiderait-elle pas à sauver ce qui pour sa mère était l'œuvre de sa vie ? En particulier s'il présentait les choses en ces termes : *l'œuvre de sa vie*.

Satisfait de cette idée, il ferma les yeux et dit à Arrow de le faire entrer en contact avec la clinique Roosevelt à Decatur.

C'est fait, dit Arrow.

Meewee ouvrit les yeux et se retrouva debout devant une fenêtre qui surplombait une vaste pelouse très drue derrière un rideau ornemental d'arbres à chapelet. Le mur à côté de lui était occupé par une tapisserie rustique représentant une bataille navale qui peu à peu se retissait pour offrir une scène pastorale plus bucolique. De même, sous ses pieds, le parquet réarrangeait sa marqueterie pour créer des effets kaléidoscopiques. C'était le genre de décoration évolutive qui rendait cinglés les gens comme lui.

De façon incongrue, il flottait dans l'air une odeur de cuisine. Des bananes flambées. Plutôt agréable.

— Puis-je vous aider ? dit une voix dans son dos.

Meewee se retourna et découvrit un homme à la mine soucieuse vêtu d'une longue blouse blanche. Celui-ci s'approcha et leva la main pour le salut holo traditionnel, que Meewee lui retourna.

— Salutations, myr Meewee, et bienvenue à la clinique Roosevelt, établissement appartenant entièrement au Groupe médical Fagan. Je suis le Concierge, mentar en titre du Groupe. Que puis-je pour vous ?

— Le Concierge, vraiment ? dit Meewee en redressant la tête.

Etant de petite taille, il avait l'habitude de lever les yeux vers la plupart des gens, mais, pour l'amour de Gaia, pourquoi fallait-il qu'il le fasse devant une machine ?

— Puisque vous connaissez mon nom, mentar, vous devez savoir ce que je fais.

Le Concierge parut sincèrement déconcerté.

— Je devine que vous êtes ici pour voir un de nos invités, mais je ne trouve votre nom sur aucune liste de visiteurs agréés.

Meewee était las de ces sempiternelles luttes d'influence, surtout quand il devait les subir d'un être virtuel.

— Je suis ici pour voir comment se porte Ellen Starke, dit-il d'un ton posé. J'ai appris qu'elle avait été amenée ici. Veuillez me conduire à elle.

— Je ne peux confirmer ni infirmer que nous avons une résidente de ce nom dans nos murs, myr Meewee. Nous n'avons pas pour habitude d'agir comme intermédiaires dans les rapports sociaux. Je vous suggère de voir directement avec vos connaissances. Quand elles vous auront mis sur leur liste, et si elles sont ici, je vous admettrai volontiers.

Arrow ! dit Meewee. *Contacte le mentar d'Ellen Starke – et rappelle-moi son nom.*

Il s'appelle Wee Hunk, et je l'ai en ligne.

L'environnement de Meewee changea subitement. Lui et le Concierge se tenaient à présent dans une pièce enténébrée, en compagnie d'un troisième homme. Wee Hunk avait l'apparence d'une caricature d'homme de Neandertal dans une veste en peau de bête. Sourcils proéminents, jambes arquées, musculature saillante et noueuse. Meewee ne se souvenait pas du tout de ce mentar, ce qui n'aurait pas manqué s'il l'avait déjà rencontré.

— Je vous laisse seuls, dit le Concierge.

Le mentar en blouse blanche leva la main pour les saluer et quitta la pièce.

Wee Hunk leva lui aussi la main puis dit :

— Myr Meewee, merci d'être venu.

— Je suis venu dès que j'ai pu.

— C'est très aimable à vous.

Meewee dévisagea Wee Hunk pour voir s'il se moquait de lui. Mais ses traits étaient si prononcés, son expression tellement fruste qu'il était difficile de se faire une idée.

— Il faut que je parle à Ellen dès qu'elle sera réveillée. Mène-moi à elle, s'il te plaît.

— Tout de suite, dit l'homme des cavernes.

Il tourna les talons et Meewee se hâta de le suivre, mais ils ne parcoururent que deux mètres avant de stopper devant une rangée de panneaux vitrés inclinés.

— Elle est là, dit-il en désignant la salle d'opération en contrebas.

Meewee scruta la pièce brillamment éclairée à la recherche de la jeune femme, mais il ne vit qu'une table chromée et plusieurs personnes en tenue stérile. Sur la table se trouvait un casque de sécurité bosselé. Il avait oublié qu'on l'avait retrouvée dans son casque.

— Ils ne l'ont pas encore sortie de là ?

— Les médecins ne sont pas certains quant à la manière de l'ouvrir, dit Wee Hunk. Le crash a été très violent, et a beaucoup endommagé le casque. Deux de ses arceaux cryoniques sont hors service, ainsi que l'interface principale de réponse. Toutefois, les signes vitaux d'Ellen sont stables.

— Heureux de l'apprendre, dit Meewee.

Il fut un instant distrait par une nouvelle odeur dans l'air. Vanille et amande ? Quelle étrange odeur pour un tel décor...

— Rien de sérieux, alors ? Pas de dommages cérébraux irréversibles ?

— Attendons que les chirurgiens aient la possibilité de l'examiner avant de nous prononcer, répondit Wee Hunk.

— Oui, bien sûr...

— Les casques de sécurité ne peuvent empêcher tous les traumatismes crâniens, dit le mentar. Et ils provoquent certains dommages eux-mêmes. Heureusement, on peut corriger cela. Les médecins d'Ellen sont inquiets à cause du faible niveau d'oxygénation que son cerveau a subi et du temps pendant lequel il l'a subi.

L'homme de Neandertal se tourna vers Meewee.

— Myr, y avait-il un sujet particulier dont vous désiriez parler avec Ellen ?

— Oui, mais c'est confidentiel. Inscris-moi sur sa liste de visiteurs agréés et informe-moi dès qu'elle aura repris conscience.

Wee Hunk examina ses ongles épais et répondit :

— Avec tout le respect que je vous dois, myr, je ne pense pas que je le ferai.

— Pardon ?

— Myr Meewee, Ellen n'a jamais eu de relation personnelle approfondie avec vous. Vous n'êtes ni un ami ni un membre de la famille. Si vous voulez, je mettrai votre nom sur la liste des invités pour la réception qui fêtera sa guérison, mais je ne peux faire plus.

— Tu ne comprends pas ! s'emporta Meewee. Je dois régler des problèmes urgents concernant les Entreprises Starke. Ce n'est pas à toi de décider si je peux ou non la voir !

— Au contraire, dit le mentar qui croisa ses bras musculeux. Ellen est de ma responsabilité exclusive. La cour m'a désigné gardien permanent et unique jusqu'à ce qu'elle se remette. Et pour ce qui est des affaires des Entreprises Starke, le Cabinet m'informe que votre poste au sein de la firme sera bientôt vacant. Je suggère que vous mettiez tout ce que vous souhaitez lui dire dans un mémo que je veillerai à lui transmettre dès qu'elle sera en mesure de s'occuper de ses affaires.

Meewee menaça du doigt ce ridicule mentar échappé d'un dessin animé.

— Tu n'as pas le droit ! Tu ne sais pas ce que tu fais !

Une soudaine agitation dans la salle d'opération attira leur attention. Un technicien fit rouler une cuve emplie d'un liquide clair à côté de la table où deux chirurgiens entamaient la séquence de desserrage du casque. Le casque s'ouvrit en corolle, comme une fleur à huit pétales. Au centre, là où aurait dû se trouver la tête d'Ellen, il n'y avait que celle en plastique d'un mannequin.

Sous l'effet de la surprise, les sourcils broussailleux de Wee Hunk escaladèrent son front fuyant.

— Ce n'est pas possible !

— Qu'est-ce que ça veut dire ? dit Meewee.

Mais il parlait dans son bureau vide où il était de nouveau assis dans son fauteuil.

S'il avait encore eu des doutes sur le sabotage du yacht d'Eleanor, ils auraient été balayés par ce qu'il venait de voir. Ellen avait disparu. Il se leva d'un bond, envahi par la nécessité d'agir, mais il ne savait pas quoi faire. Il se sentait comme un petit poisson dans un bassin grouillant de requins.

— Vous avez de la visite, annonça Arrow.

— Dis que je suis occupé ! rétorqua-t-il.

Son soi-disant mentar n'était-il donc pas capable d'accomplir les tâches routinières ?

— C'est le Cabinet, précisa Arrow.

Une vague de peur submergea Meewee. Quelle autre catastrophe se préparait donc ?

— Fais-le entrer, dit-il.

Le Cabinet apparut instantanément dans la pièce sous l'apparence de la première avocate, une femme d'âge moyen qui pour Meewee avait toujours été le membre le plus retors du Cabinet. A cet instant, sa ressemblance avec Eleanor le perturbait grandement.

— Que voulez-vous ? dit-il sans préambule.

— Rien, en fait, répondit le mentar. Je suis simplement venu en personne pour vous notifier votre cessation d'activité à Heliostream, qui prendra effet en fin de journée. Vous libérerez ces locaux et rendrez tous les codes de vérification et tous les biens en votre possession qui sont rattachés à Heliostream ou aux Entreprises Starke. Ceci inclut le mentar Arrow. De même, vous quitterez votre domicile de fonction avant demain après-midi.

— Je suis viré ? dit Meewee, incrédule.

— Viré, sacqué, lourdé, c'est comme vous voulez. Il existe maintes expressions pittoresques parmi lesquelles choisir.

— Mais je croyais qu'en tant que gardien vous n'aviez pas l'autorité nécessaire pour me licencier…

— Du conseil des Jardins de la Terre, c'est exact. Mais j'ai plus de latitude envers les employés.

— Mais, mais… bredouilla Meewee, me licencier m'ôte automatiquement ma place au conseil. Ça revient donc au même !

— Oui, c'est étrange comme certains problèmes trouvent d'eux-mêmes leur solution, n'est-ce pas ? Mais ne soyez pas aussi morose, l'évêque. Nous sommes prêts à vous offrir une prime de départ généreuse, tant que vous vous montrerez coopératif.

Sans attendre de réponse, le Cabinet disparut, laissant derrière lui le sigle Starke qui s'évanouit dans l'air comme une vapeur se dissipe.

11

Le Groupe Bleu arrivait en vue de la porte Gary quand il fut attaqué. Alors que la formation constituée de l'abeille et de ses guêpes suiveuses traversait le canyon d'une avenue de banlieue à hauteur des toits, elle se retrouva noyée dans un voile blanc de poussière diatomique. Les microscopiques grains dentelés s'accrochèrent à l'exosquelette, aux caméras et aux senseurs de l'abeille. Ils s'insinuèrent dans les joints d'étanchéité et bloquèrent les articulations. Quelques secondes plus tard, l'abeille du Groupe Bleu chutait en tournoyant. Avant qu'elle ne heurte le sol, un patrouilleur à réaction piqua comme un oiseau de proie et la ramassa dans sa proue en forme de V. L'abeille roula à travers les fentes dans le gosier du patrouilleur, en se cassant une aile, pour finir dans une cage collectrice emplie d'autres engins endommagés. Des médiansectes, des abeilles-témoins, un microdrone de la police et une limace de la SecNat écrasée. Tous les engins encore viables étaient passés en alerte rouge. L'espace ténébreux à l'intérieur de l'appareil grésillait de transmissions de SOS dans tous les spectres, mais rien ne pouvait traverser le blindage de la coque. Les captifs grouillaient dans cet espace réduit, se cognant les ailes, la tête, et se réduisant peu à peu en une couche de composants démantibulés.

Aux changements réguliers de cap du patrouilleur, les microengins étaient ballottés d'une cloison à l'autre. L'abeille du Groupe Bleu ignorait qu'une de ses propres guêpes accompagnatrices était présente jusqu'à ce que celle-ci la saisisse au corps. Elle aussi avait été capturée ou, pour être plus précis, elle avait suivi la meneuse du groupe. A présent, elle l'entourait de ses segments articulés et faisait son possible pour la protéger de la violence des chocs avec son propre corps.

Quand enfin le patrouilleur s'immobilisa, sa cargaison se calma peu à peu. L'abeille ordonna à la guêpe de la lâcher et tenta de percer la cloison de la cage avec ses lasers. Mais leur prison était tapissée de velours plasfoïde qui absorbait comme une éponge la lumière laser concentrée. L'abeille donna alors pour instruction à la guêpe d'arracher le velours avec ses tenailles, en tirant les filaments un à un. Si elle parvenait à créer une brèche dans le plasfoïde, même de la taille d'une tête d'épingle, les lasers pourraient faire un trou dans la coque du monstre. D'autres engins encore suffisamment opérationnels se joignirent à la guêpe et attaquèrent le velours.

Mais le patrouilleur se remit en mouvement. Il plongea, remonta, effectua des tonneaux et un looping. A nouveau, la guêpe enroula son corps autour de celui de l'abeille tandis qu'elles étaient propulsées de côté et d'autre. L'abeille envisageait les scénarios possibles. Si la guêpe ne réussissait pas à percer le velours plasfoïde, elle pouvait lui ordonner d'incinérer les engins hors service contre les parois de leur cage, ce qui créerait peut-être assez de chaleur pour faire fondre le revêtement. Sinon, elle lui ferait brûler son propre plasma en une petite boule de feu qui calcinerait prisonniers et prison et détruirait toute trace de l'abeille elle-même.

Avant qu'elle puisse décider de l'action à entreprendre, le patrouilleur chuta en piqué d'une grande altitude, droit vers le sol. Tous les engins s'écrasèrent contre la proue, et les systèmes de l'abeille du Groupe Bleu s'éteignirent.

Samson atteignit le palier du quatrième étage sans se faire repérer. Il passa sur la pointe des pieds devant la porte de la Salle verte où certains des Kodiaks prenaient un café. Sans plus de bruit, il longea la porte du bureau administratif du troisième étage, où Kale travaillait sur les comptes des ménages de la charterie.

Quand Samson arriva dans l'entrée de l'immeuble, au rez-de-chaussée, il mit un chapeau à large bord et choisit dans le chargeur sa canne de marche préférée, celle en bambou.

— Puis-je suggérer plutôt la canne en érable, Sam ? dit Hubert.

— J'aime celle-ci.

— Celle en érable a une charge plus forte, et une lame.

Samson réfléchit un moment. Cet enquiquineur avait sans doute raison. Il échangea la canne en bambou contre celle en érable, contempla l'entrée de la vieille charterie une dernière fois, et posa la main sur la plaque palmaire. La lourde porte coulissa silencieusement de côté.

Au-dehors, il regarda à droite et à gauche. Il y avait peu de piétons à cette heure, quelques abeilles en patrouille, et aucun Tobbler en vue. Il descendit jusqu'à la rue et marcha aussi vite qu'il le pouvait dans la direction opposée à celle du NanoJiffy. Mais, avant qu'il n'atteigne le coin du pâté d'immeubles, une des portes des Tobblers s'ouvrit, et deux d'entre eux sortirent.

L'immeublier Dieter et le chartiste Hans, dit Hubert.

— Je sais qui ils sont, marmonna Samson.

Il alla au bord du trottoir et tourna le dos aux deux hommes, avec l'espoir qu'ils passeraient sans l'importuner. Mais les Tobblers étaient réputés pour leurs manières de fouine, et ils s'arrêtèrent pour bavarder un peu.

— Un agréable après-midi à vous, voisin Kodiak, dit l'immeublier Dieter.

Samson les salua d'un hochement de tête.

— Une bien belle journée pour un voyage, fit l'autre.

Samson vit qu'il regardait fixement sa canne. Il aurait aimé tester sa charge sur lui, mais il se retint et déclara :

— Il est vrai que, pour moi, une promenade jusqu'au bout du pâté de maisons prend des allures de voyage.

— Eh bien, nous n'allons pas vous retenir plus longtemps. Profitez bien de cette promenade.

Mais, avant de le quitter, l'immeublier demanda :

— A propos, des nouvelles de notre requête d'inspection pour les pièces des Kodiaks ?

Samson hésita. Hubert lui expliqua la situation :

Les Tobblers pensent que Howe Street est la cible de cambrioleurs. Ils veulent inspecter notre partie de l'immeuble pour voir s'il y a des dommages. L'immeublier Kale n'a pas encore décidé s'il les y autoriserait.

— Je crains de n'être qu'un membre inutile du clan, myr Tobbler. Il faudra que vous posiez la question à l'immeublier Kale.

— J'ai essayé à plusieurs reprises de le joindre ; hélas, il ne répond pas à mes appels.

— Ce n'est probablement pas sa faute, dit Samson. L'efficacité de notre ordi-maison baisse de jour en jour. Ces derniers temps, il fausse ou perd quantité de données, dont les appels téléphoniques.

— Dans ce cas, nous irons frapper à votre porte pour lui demander en personne.

Samson se figea. Il n'avait aucun intérêt à ce que ces Tobbs mentionnent à Kale qu'ils l'avaient vu dans la rue.

— Ce n'est vraiment pas de chance, notre immeublier est sorti pour affaires. Il ne sera pas de retour avant ce soir.

— Magnifique ! s'exclama Dieter. Nous lui parlerons donc ce soir.

Les deux Tobblers le laissèrent enfin tranquille et s'éloignèrent.

Notre taxi arrive, annonça Hubert. *Je lui ai dit de nous prendre juste après le coin de la rue.*

Samson força l'allure et tourna le coin de la rue juste au moment où un taxi jaune et noir descendait du réseau dans un nuage de poussière et ouvrait la portière du compartiment passager. Samson saisit le dossier de la banquette et le montant de la portière pour se hisser à l'intérieur. Il y avait déjà une passagère, qui sourit avec indulgence à cet homme incroyablement âgé, du moins jusqu'à ce que sa puanteur l'atteigne. Elle parut déroutée, puis les larmes embuèrent ses yeux, mais elle continua de sourire.

— Salutations, myr Kodiak, dit le taxi, et bienvenue à bord. Chez Hi-Top Charter Taxi, nous sommes heureux de satisfaire vos besoins en matière de déplacements.

— Je croyais avoir commandé un taxi privé.

— Votre assistant a déjà indiqué votre destination, myr Kodiak, et j'ai établi un itinéraire avec seulement deux ou trois arrêts intermédiaires. Maintenant, si vous voulez bien vous appuyer contre le dossier, le siège vous sécurisera et nous pourrons partir.

Samson se laissa aller au fond du siège moelleux. Les coussins se gonflèrent autour de ses cuisses et sa taille afin de le maintenir fermement mais en douceur. Satisfait, le taxi mit en action ses puissantes turbines et bondit dans les airs. La femme à côté de lui gémit et plaqua une main sur sa bouche. Elle avait le teint légèrement verdâtre.

Le taxi entra dans une spirale voisine et grimpa en tournoyant jusqu'au réseau local. Samson ferma les yeux pendant cette partie étourdissante du voyage, tandis que la femme toussotait dans sa main et déglutissait à répétition. Finalement, elle se pencha en avant et vomit sur ses chaussures.

— Désolé, lui dit Samson. J'ai cet effet sur les gens.

La femme secoua la tête, l'air compréhensive. Puis vomit de nouveau.

— Myr Cornbluth, lui dit le taxi, je vous sens en détresse physique. Dois-je passer par un établissement médicalisé ?

La femme s'essuya la bouche avec une lingette procurée par l'accoudoir. Les nettoyeurs de sol effaçaient déjà les dégâts et épongeaient ses chaussures.

— Non, répondit-elle. Emmenez-moi à une gare ferroviaire.

Le taxi descendit à la station SPT proche de la charterie. La femme paya à la borne palmaire du taxi et sa porte s'ouvrit. Avant qu'elle ne sorte, elle se tourna vers Samson et lui dit :

— Je vous souhaite bonne chance, myr. J'ai eu un frère qui...

Les larmes débordèrent subitement de ses yeux et elle ne termina pas sa phrase.

Samson était abasourdi par tant de gentillesse de la part d'une inconnue. Avant qu'il ait eu le temps de répondre, deux nouveaux passagers croisèrent la femme et sautèrent dans le taxi. Pour en ressortir tout aussi vite.

Le véhicule attendit encore trente secondes, et, comme aucun des clients de la file d'attente des taxis n'approchait, il referma sa portière et quitta le sol.

— Désolé pour ce retard, myr Kodiak. Nous reprenons la route immédiatement pour votre destination dans Bloomington.

— Il était temps, dit Samson.

Sam, dit Hubert, *je viens de contacter l'hôtel particulier. Eleanor et Ellen ne s'y trouvent pas.*

— Elles sont toujours dans la Traînée Terrestre ?

Non, et le Cabinet ne répond pas à mes appels.

— Eh bien, trouve-les ! Je ne peux pas faire ça sans au moins leur dire au revoir.

Sam, préparez-vous à apprendre de très mauvaises nouvelles.

— Quelles mauvaises nouvelles ?

On signale le crash d'un yacht spatial.

— Oui ?

On signale le décès d'Eleanor et d'Ellen.

— Mais elles ont dit qu'elles me retrouveraient à l'hôtel, dit Samson, conscient du ridicule de ses paroles. Tu en es certain à cent pour cent, Hubert ?

Je vérifie mes sources.

— Oh, Henry, tu ne devrais pas dire des choses aussi terribles tant que tu n'en es pas absolument certain. C'est insupportable. Tu devrais le savoir.

J'en suis certain, Sam. Seuls les détails divergent. Il est possible qu'Ellen soit récupérable.

Le taxi effectua un demi-tour et rebroussa chemin.

— Que se passe-t-il ? demanda Samson.

J'ai dit au taxi de nous ramener à la maison.

— Non, taxi, ignorez mon valet. Emmenez-nous à Soldier Field.

Vous en êtes bien sûr ?

Sam renversa la tête contre le coussin doux du siège et ferma les yeux.

— Ça ne change rien du tout. Je dois le faire. Maintenant plus que jamais. Taxi, Soldier Field, et appuyez sur le champignon !

Environ dix minutes après l'arrêt des systèmes, selon la mesure établie par une horloge interne, les noétiques de l'abeille du Groupe Bleu se réamorcèrent. Ses nanorobots avaient été libérés et s'affairaient à remettre en route ses systèmes vitaux. Dans la cage autour de l'abeille, seuls quelques autres engins recommençaient à bouger. La guêpe Alpha du Groupe Bleu était morte, cassée en deux, ses segments encore accrochés à l'abeille. Les guêpes n'étaient pas indispensables, elles ne portaient pas en elles de nanoréparateurs.

Un crissement attira l'attention de l'abeille sur un point de la cage où le revêtement de velours fondait à la suite d'une attaque extérieure. La guêpe Bêta utilisait ses lasers. Gênée par les segments de sa compagne morte, l'abeille escalada tant bien que mal les débris amoncelés le long de la cloison. Mais la limace de la SecNat la devança et bloqua la brèche avec son corps ; dans le même temps, elle envoyait un SOS par cette percée à sa base. C'était très mauvais. L'abeille ne pouvait s'offrir le luxe de se laisser capturer, et elle n'avait aucun moyen de se détruire sans l'aide de la guêpe survivante.

De précieuses minutes s'écoulèrent avant que la guêpe ne découpe un orifice assez large pour que l'abeille s'y glisse, mais la limace bloquait toujours le passage. Alors que l'abeille cherchait une solution, la limace essaya de ramper dans le trou. Il y eut un sifflement quand sa peau entra en contact avec le bord brûlant du métal, et l'auxiliaire de la SecNat se rétracta par réflexe, libérant la voie.

En attendant que le métal ait refroidi, l'abeille du Groupe Bleu ordonna à la guêpe Bêta d'introduire ses pinces dans la brèche et de briser les pattes de sa sœur qui l'agrippaient toujours. Libérée de ce fardeau, l'abeille repoussa les morceaux de la guêpe par l'orifice avant de s'y glisser à son tour.

Le patrouilleur s'était écrasé sur un tas de briques, au fond d'un petit jardin coincé entre deux immeubles. Cet engin était un assemblage digne du Dr Frankenstein, composé d'éléments disparates de techno-rebuts. Les tirs laser de la guêpe avaient laissé des traces de brûlure sur son armure en diaron. Pendant que les deux insectes survivants du Groupe Bleu tiraient les morceaux de leur compagne morte hors de l'épave, l'abeille chargea leurs systèmes. Les siens travaillaient vite et bien, mais elle était toujours incapable de voler. Ses cellules énergétiques étaient plus qu'à moitié vides. Trois de ses ailes avaient leur bâti brisé ; une autre avait été arrachée. La guêpe

Bêta était indemne, mais elle fonctionnait sur ses réserves d'énergie. Pire, elle avait utilisé toutes ses armes à plasma. La guêpe morte, elle, avait encore les trois quarts de ses réserves d'origine. Elles rassemblèrent tous ses éléments sauf trois de ses six ailes. Celles-ci n'étaient pas importantes, simples accessoires prêts à l'usage et suffisamment anonymes. Par contre, l'aile manquante de l'abeille était un petit bijou de technologie, et à cause d'elle on risquait de remonter jusqu'aux Entreprises Starke.

L'abeille escalada le mur de l'immeuble le plus proche et se dissimula dans une fissure afin de définir la meilleure façon d'agir. Elle ordonna à la guêpe Bêta d'incinérer sa sœur Alpha après avoir siphonné le plasma de son réservoir.

Leur situation était grave, mais pas désespérée. D'autres engins s'étaient régénérés et sortaient à leur tour de l'épave. Trop grosse pour suivre le même chemin, la limace était toujours piégée à l'intérieur. L'abeille détecta cinq véhicules privés de sécurité et un VOG de la SecNat qui décrivaient des cercles au-dessus des immeubles alentour. Le jardinet était trop étroit pour que l'un d'eux s'y pose, mais ils enverraient bientôt des petits robots d'intervention pour sécuriser la scène. Si l'abeille et sa guêpe suiveuse réussissaient à se cacher pendant une heure, elles pourraient peut-être reprendre le cours de leur mission et la mener à bien.

Restait une complication : l'aile manquante qui se trouvait toujours dans le collecteur intérieur du patrouilleur. L'abeille avait été programmée pour ne jamais révéler son identité. Seule sa mission l'emportait sur cette nécessité d'anonymat. C'est pourquoi, tandis qu'elle élaborait tout un ensemble de scénarios, son esprit primitif revenait toujours buter sur l'aile manquante. Devait-elle laisser cet indice tomber entre les mains de la Sécurité nationale ?

Il n'était cependant plus temps de tergiverser. L'abeille donna ordre à la guêpe de se réintroduire dans le patrouilleur et de récupérer son aile, ou d'incinérer tout le contenu de la cage. Pendant ce temps, l'abeille escalada le mur pour atteindre un endroit ensoleillé où elle rechargea ses cellules de carburant. Les nanoréparateurs qui s'y trouvaient avaient terminé de remettre en état les systèmes cruciaux, et ils s'attaquaient maintenant à ceux d'importance secondaire. L'abeille arqua ses pattes pour ouvrir deux vésicules sous son thorax, libérant ainsi des millions de microengins. Ceux-ci se répandirent sur tout son corps, débarrassèrent ses senseurs et ses articulations des derniers grains de poussière diatomique. Quand, par milliers, les microengins arrivaient à court d'énergie, ils rampaient le long du bâti endommagé des ailes et fusionnaient ensemble pour former des attelles temporaires.

Bientôt il y eut de l'activité dans le jardinet. Au rez-de-chaussée, une porte-fenêtre s'ouvrit et deux humains la franchirent. Peut-être deux, peut-être six, ou huit : l'abeille était incapable d'effectuer un compte juste. C'étaient des humains de petite taille, en tout cas, et leur tenue ne ressemblait à celle d'aucune agence officielle. De fait, c'étaient ces tenues qui désorientaient les relevés visuels de l'abeille, créant des fantômes et des images multiples. En infrarouge, la distorsion était encore plus sévère ; les humains n'émettaient aucun écho radar. Cependant, bien que l'abeille ne pût obtenir rien de solide sur eux, elle savait qu'on soulevait du sol la carcasse du patrouilleur.

Au rapport, ordonna l'abeille.

Beaucoup de débris. Armature de l'aile trouvée et détruite. Cette unité peut sentir l'aile, mais pas la localiser.

Abandonner patrouilleur, piquer humains, reprendre recherches.

Bien comp…

La transmission de la guêpe fut interrompue quand le patrouilleur disparut complètement pour les senseurs de l'abeille. Le groupe d'humains spectraux sembla retourner en flottant jusqu'à la fenêtre. Avant qu'ils ne l'atteignent, une tache apparut en infrarouge. Douze ou seize taches de chaleur, en vérité. Les humains crièrent de douleur les uns après les autres, et l'épave réapparut brutalement sur le sol du jardinet.

De longues minutes plus tard, la guêpe Bêta se posa sur le mur auprès de l'abeille.

Composants de l'aile localisés et détruits, rapporta-t-elle.

Rechargement, ordonna l'abeille.

Le taxi s'introduisit dans la spirale ascendante. Quand ils atteignirent le réseau local au-dessus de la cité, Samson aperçut la silhouette de Soldier Field qui se découpait sur le lac au loin. Mais ils prenaient la direction opposée.

— Taxi, où allons-nous ?

— Notre nouvel itinéraire inclut seulement deux arrêts intermédiaires, myr Kodiak. Nous serons à destination en un rien de temps.

— Non ! Je veux un trajet direct, sans arrêts. J'exige le service express.

Mais le véhicule stoppa à un quai de transit construit entre deux gigatours, au niveau du trois centième étage du Midway. Un homme en combinaison d'affaires coûteuse passa une jambe dans le taxi avant de sentir Samson, et son expression exprima toute la répulsion du monde. Il recula en disant :

— Je vous croyais tous morts.

— Bientôt, répondit Samson. Et moi aussi, je t'emmerde.

— Appelez un autre taxi, dit l'homme au véhicule avant de rejoindre la zone d'attente.

Le taxi s'adressa de nouveau à Samson, mais d'une voix différente cette fois :

— Salutations, myr Kodiak. L'unité que vous occupez actuellement m'a contacté pour trouver une solution. Je suis plus proche du mentar contrôlant Hi-Top. Du fait que nos unités ne sont pas pourvues de toutes les aptitudes sensorielles, je dois vous demander : y aurait-il une condition particulière qui rendrait le trajet dans cette unité désagréable pour d'autres passagers ?

Samson était incrédule.

— Vous ne manquez pas d'air, dit-il. J'exige que vous m'acheminiez immédiatement à ma destination. Plus aucun retard.

— L'odeur, peut-être ? dit le taxi. Plane-t-il une mauvaise odeur dans l'habitacle ?

— Je commence à perdre patience, taxi.

La portière de Samson se déverrouilla et s'ouvrit, et son siège le relâcha.

— En ce cas, myr Kodiak, cela ne vous dérangerait pas de descendre ? J'ai besoin de ramener cette unité au central pour un diagnostic plus poussé.

— Si, justement, ça me dérangerait, dit Samson sans bouger. Ça me dérangerait même beaucoup.

— A notre grand regret, nous ne sommes pas en mesure d'assurer plus loin votre transport dans cette unité. Si vous descendez maintenant, Hi-Top Charter Taxi renoncera à la somme due.

— Renoncer à la somme que je dois ? Vous êtes dingue, ou quoi ? Je suis plus loin de ma destination maintenant que quand je suis monté dans ce taxi. Hors de question que je descende. Emmenez-moi à Soldier Field, sinon…

— Ça ne va pas être possible, dit le taxi. Après avoir visionné les enregistrements intérieurs, j'en conclus que c'est *vous*, myr Kodiak, qui êtes la source du problème. Bien que nous n'aimions pas engager des poursuites contre nos clients, à moins que vous ne descendiez sur-le-champ, nous nous verrons contraints de vous attaquer en justice pour récupérer le montant des dommages causés à cette unité ainsi que le manque à gagner pour la durée de son immobilisation. De plus, jusqu'à ce qu'un jugement en notre faveur soit prononcé, vous ne pourrez utiliser un taxi de chez Hi-Top ou tout autre service affilié.

— Est-ce que vous me *menaceriez*, taxi ? s'écria Samson, son crâne se couvrant de taches rougeoyantes. Croyez-moi, il n'est pas dans votre intérêt de me menacer !

Pour toute réponse, les coussins de son siège se durcirent et prirent une forme non ergonomique, maltraitant les reins de Samson.

— Henry ! cria-t-il. Je crois qu'ici, ça fera l'affaire. Ici même, et tout de suite !

Il fouilla ses poches à la recherche du prosim, sans parvenir à le trouver.

Sam, dit Hubert, *je vous en prie, calmez-vous et laissez-moi prendre la situation en main.*

— J'exige l'application de mes droits en vertu de l'Acte de Complaisance de 54 ! rugit Samson.

Du calme, Sam. Vous allez vous faire du mal.

Mais Samson ne se calma pas. Il frappa le siège de son poing.

— Vous êtes à l'épreuve du feu, taxi ? Hein, dites-moi ? Vous êtes ininflammable ?

Deux hommes de la sécurité des tours, un jerry et un russ en uniformes bruns, approchèrent du véhicule.

— Sortez de là, Papy.

Mais quand ils arrivèrent à courte distance et détectèrent l'odeur, ils eurent à l'unisson un mouvement de recul.

— Pouah ! grogna le jerry. Qu'est-ce que vous avez fait ? Vous vous êtes chié dessus ?

— Non, dit le russ, c'est un empesteur.

— Impossible, répliqua le premier. Ils sont tous morts.

— En tout cas, il sent aussi mauvais.

Les deux hommes assujettirent leur masque devant leur visage, puis tendirent les mains à l'intérieur du taxi pour saisir le bras de Samson, mais celui-ci se rencogna au fond de l'habitacle et les piqua avec sa canne de marche.

— Mieux vaudrait qu'on n'entre pas dans le taxi pour vous en éjecter, Papy, dit le russ.

— Ici même ! hurla Samson, fou de rage. Ici même et tout de suite !

— Allons, allons, fit le russ. Obéissez-nous, ou nous allons devoir vous endormir.

Il brandit sa baguette paralysante vers Samson qui para avec sa canne. La portière derrière lui s'ouvrit. Le jerry l'avait pris à revers.

— Henry, projette un sim de moi maintenant ! cria Samson.

Rien ne se produisit.

— Tu m'entends, Henry ? Fais ce que je te dis !

Sam, c'est Hubert, pas Henry. Faites ce que ces hommes vous demandent. Je m'efforce de négocier une trêve.

— Pas question ! s'écria-t-il.

Quand le jerry voulut le soulever de son siège, il lui cracha au visage. La salive grésilla et attaqua le masque de l'officier.

Celui-ci sortit du véhicule en hâte et lança :

— Eh, ce type est toxique !

— Non, c'est un empesteur, fit le russ. Je te l'avais dit.

— Ah ouais ? Bon, et alors ? Je ne me souviens plus comment on doit faire avec ce genre de problème. Et toi ?

Les deux hommes de la sécurité firent silence pendant que Nicholas leur résumait le protocole en vigueur pour maîtriser les cautérisés cellulaires. Le taxi avait refermé ses portières, bloquant Samson à l'intérieur, et il lui parlait avec une troisième voix :

— Salutations, myr Harger. Harger, et non Kodiak. Ici le mentar de Hi-Top, Fuller. J'aimerais vous présenter nos excuses pour cette incompréhension due à mes représentants. Veuillez vous rasseoir confortablement, et nous vous amènerons à votre destination dès que j'aurai arrangé la situation avec les services de sécurité des tours.

Peu après, le russ et le jerry au-dehors tournèrent les talons et quittèrent les lieux. Les turbines du taxi se remirent en marche, et le siège reprit sa consistance confortable.

— C'est mieux, railla Samson. Vous avez raison d'avoir les foies !

Chicago défilait sous eux. Très vite ils atteignirent la verticale du lac, et la structure trapézoïdale du Soldier Field Stadium apparut. Samson souffrait. Il avait des hématomes brûlants sur les bras, là où le jerry l'avait agrippé, et son poing était incandescent aux endroits où il avait frappé le coussin du siège. Il se dit que s'il se retrouvait dans ce genre de situation il lui suffirait de se cogner le crâne assez rudement contre quelque chose de solide pour obtenir l'effet qu'il souhaitait.

— Hubert, dit-il, la prochaine fois, fais exactement ce que je te dis. Pas d'argumentations, pas de négociations. C'est clair ?

Si c'est ce que vous voulez, Sam...

— C'est ce que je veux. Et j'insiste pour que ce soit ce que j'obtienne.

Tout ce temps, le prosim portable se trouvait dans sa poche de poitrine. Il l'en sortit et cala le commutateur de contrôle sur la position « mode vocal ».

— En charge, dit-il.

Le petit appareil accumula de l'énergie.

— Prêt, dit-il quand il le fut.

— Myr Harger, intervint le taxi, nous sommes arrivés à destination, vous voyez ? Hi-Top Charter Taxi est heureux de vous offrir l'intégralité de cette course. En fait, nous vous créditons de trois courses gratuites pour n'importe quelle destination dans la région de Chicago, et en véhicule privé. Nous sommes en train de nous poser. Voilà !

Le taxi atterrit en douceur sur le parapet de transit supérieur du stade. La portière s'ouvrit.

— Voilà qui est beaucoup mieux, dit Samson.

Le siège relâcha son étreinte discrète et Samson commença à descendre avant de se figer et de dire :

— Rien d'autre ?

— Si, myr Harger. Hi-Top Charter Taxi me demande de vous présenter nos excuses pour ce malencontreux incident. C'est une honte que des chartistes s'opposent ainsi.

— Mouais, une honte, c'est sûr.

Samson rempocha le prosim. Dès qu'il fut descendu, le taxi referma la portière et décolla, filant dans les airs de toute la puissance de ses six turbines, sans attendre que son passager ait quitté la zone d'envol. La poussière soulevée submergea Samson qui toussa sans discontinuer pendant plus d'une minute. Il dut attendre encore un peu pour récupérer, puis il traversa le terrain en direction des lignes d'observation. A part un groupe venu de l'Indiana, il était seul. La cérémonie de la canopée ne débuterait pas avant plusieurs heures, les lieux étaient encore largement déserts. Samson contourna les lignes d'observation et se rendit à un portail pressurisé voisin. Les radiations émises par une ligne d'observation pouvaient déclencher ses gardiens cellulaires aussi sûrement qu'un prosim, et en tant que cautérisé notoire et enregistré il avait une dérogation globale (détail que le taxi aurait dû vérifier). Le portail pressurisé tomba, et un robot de la sécurité roula vers lui. Il accomplit un examen tactile suivi d'un flairage de sa personne complet mais correct. Il lui demanda même d'ouvrir la bouche pour sonder sa gorge. Il confisqua sa canne de marche, chargea sa paume d'un crédit pour la récupérer, puis l'escorta pour franchir le portail. De l'autre côté, une ligne directrice orangée s'alluma à ses pieds et s'étira hors de vue jusqu'à la passerelle en spirale menant au stade.

— C'est loin ? demanda-t-il.

Pas très loin, et en descendant, répondit Hubert depuis sa ceinture.

Samson passa en traînant les pieds devant des kiosques non encore occupés. Il avait du mal à croire qu'il faisait enfin ce à quoi il pensait depuis si longtemps.

— Hubert, est-ce que j'ai redigé un discours d'adieux ?

Non, Sam, vous ne l'avez pas fait.

La nouvelle l'étonna. Il était quasiment certain d'avoir jeté sur le papier quelques idées pour un discours. Il n'avait pensé qu'à ça ces dernières semaines.

— Tu en es sûr ?

Vous avez dit que, le moment venu, les mots viendraient d'eux-mêmes.

Samson n'en croyait rien, mais à ce stade que pouvait-il faire ?

— Il est stimulant de constater à quel point j'ai confiance en moi.

Il suivit la ligne directrice jusqu'à une aire de chargement. Il s'écroula sur un siège avec soulagement. Le harnais se mit doucement en place sur ses épaules et en travers de sa poitrine.

— Prêt pour la sortie ? demanda le siège.

— Prêt, répondit-il.

Le siège s'éleva lentement et s'avança jusqu'à être suspendu audessus du gouffre béant du stade. Etre le premier siège sorti procurait une sensation de griserie. Samson inspira à fond plusieurs fois. Le terrain de jeu était si loin en contrebas qu'il ressemblait à une assiette au fond d'un puits.

— Basculement en arrière, ordonna-t-il, le siège s'exécutant aussitôt. Un peu plus encore.

A présent, il contemplait le ciel bleu par-delà le bord supérieur du stade. C'est là que tout se passerait ce soir.

Je vous suggère de manger un Gooeyduk maintenant, avec un peu de 'Lyte et une autre oxytablette. Ensuite, une bonne petite sieste. Je vous réveillerai quand il faudra, mais vous avez une bonne marge de temps. Vous n'avez pas froid ?

— Il fait bon ici, dit Samson en ouvrant à nouveau l'enveloppe du Gooeyduk qu'il avait entamé plus tôt. Mais dis-moi une chose, Hubert...

Allez-y.

— Ce que tu as dit sur El et Ellen tout à l'heure... comment ça évolue ? Que savons-nous avec certitude ?

Eleanor n'est plus. Le cas d'Ellen reste incertain.

— Elle s'en est sortie ?

Non, Sam. Ellen est soit morte, soit mourante. Les rapports sont contradictoires.

Samson ouvrit une poche de 'Lyte et but plusieurs gorgées. Il rabattit la capuche de sa combinaison sur sa tête. Oh, El, quelle idée de choisir le même jour que moi ! songea-t-il. Pour quelle raison ?

Il n'y avait aucune raison, bien sûr, du moins aucune qu'il pût discerner, tout comme sa cautérisation n'avait aucune raison valable. Tout comme la Cible BI d'Eleanor se révélait sans objet. Elle avait promis d'identifier les responsables de l'attaque qu'il avait subie, et elle l'avait fait, cinq ans après que lui et Skippy eurent quitté l'hôtel particulier. Le problème, c'est qu'elle avait trouvé trop de coupables, plus de deux mille individus ou groupes. Il semblait exister un consensus sur la trop grande rapidité de son ascension ainsi que sur la nécessité d'y mettre un frein. Le permis pour le bébé avait été un des moyens d'y parvenir, comme ils l'avaient soupçonné, et son agression un autre. Mais, en dépit de ses services d'espionnage perfectionnés, Eleanor n'avait jamais pu démasquer la personne qui avait donné les ordres.

« Ça ne fonctionne pas ainsi, lui avait-elle dit. Personne à ce niveau n'ordonne pareille action. On se contente de faire connaître son déplaisir extrême, puis d'autres le traduisent en actes qu'ils décident d'accomplir eux-mêmes. Les sous-fifres sont faits pour ça. »

Elle l'avait laissé décider s'il fallait ou non détruire ces deux mille scélérats. Elle avait dit :

« Je t'ai fait une promesse, je la tiendrai. Même si nombre de ces personnes sont actuellement mes collègues de travail ou des associés d'affaires. »

Elle avait attendu sa décision. Il venait d'emménager dans Cass Tower et organisait des dîners de gala, probablement pour ces mêmes personnes.

« Non, avait-il dit. Dîner avec moi est une punition suffisante. Pour l'instant. »

Ce qui restait du Groupe Bleu pénétra dans la région de Chicago par la porte Gary, en se faisant passer pour un médiansecte avec escorte armée. Dans les dossiers rattachés à sa mission, l'abeille ne disposait que de cinq identités usurpées ; elle en utilisa trois aux portes séparant les différents secteurs de la cité.

Arrivé au-dessus de Howe Street, le groupe s'éleva jusqu'aux toits et traversa les rangées étagées d'hydroponiques en direction de l'abri de jardin. La guêpe découpa sans problème un trou dans la porte et les deux engins miniaturisés entrèrent.

Une voix retentit aussitôt :

— Vous pénétrez dans une propriété privée. Identifiez-vous.

L'abeille scanna rapidement la pièce. La signature aromatique de la cible était très présente, prononcée, mais il n'y avait aucun corps vivant en ce lieu. La guêpe confirma ces premiers relevés. L'abeille vint voleter plus près du lit de camp où gisait une forme immobile sous les couvertures.

— Nous invoquons notre droit à l'intimité, dit la voix qui provenait d'un haut-parleur posé sur un banc.

L'abeille ignora l'ordre de s'éloigner et termina son repérage. La forme sur le lit n'était pas humaine.

Le Groupe Bleu ressortit de l'abri de jardin et fila vers la porte de l'escalier. Celle-ci était fermée, et l'interstice au-dessus comblé avec du béton. La tomographie indiqua que nombre des briques de l'immeuble étaient creuses, ce qui permit à la guêpe de percer un trou dans l'une d'elles et de leur donner accès à l'intérieur. Le groupe fouilla méthodiquement toutes les pièces à chaque étage. Des humains non cibles étaient présents dans certaines ; ils exigèrent la reddition immédiate du groupe. L'un d'eux fut même assez fou pour tenter de les désactiver avec une vieille baguette à harmoniques. La guêpe sectionna la baguette en deux d'un jet de laser bien placé.

Ayant constaté que la cible ne se trouvait pas dans l'immeuble, le Groupe Bleu en sortit par les passages à limaces du rez-de-chaussée. Il suivit une piste volatile sur le mur de l'immeuble et sur le trottoir jusqu'au bout du bloc, mais ne put aller plus loin. Si cette mission avait compris un soutien tactique même restreint, l'abeille aurait pu continuer de traquer la cible grâce aux milliers de caméras fixes de CCTV, aux abeilles-témoins, aux enregistrements du Système public de transit et aux drones suborbitaux. Mais il n'y avait aucun soutien pour cette mission, pas même un donneur d'ordre légitime. Le Groupe Bleu ne pouvait compter que sur lui-même.

L'abeille mena la guêpe sur le toit de l'immeuble situé de l'autre côté de la rue. Là, elles bénéficiaient d'une vue dégagée sur toute la rue, le jardin et l'abri sur le toit d'en face. L'abeille décida de passer en revue les différents scénarios exploitables.

12

La station du Système public de transit dans le canyon central de la gigatour 7 déversa des flots de banlieusards travaillant pour Personnel Appliqué. Ils s'écoulèrent sur le quai et se massèrent dans les ascenseurs. Fred prit son temps. Le trajet dans le train avait été désagréable, avec ses accélérations et ses virages. Ses pauvres organes internes étaient encore noués et n'avaient vraiment pas besoin d'un surplus de stress. Il dénicha un banc et s'y étendit un moment. Il laissa la foule de l'heure de pointe piétiner autour de lui avec ses sons familiers pendant qu'au-dessus de lui les nuages dérivaient entre les quatre colonnes de la tour. Un quart de million de personnes dans chaque colonne, et tous, comme Fred, travaillaient pour Personnel Appliqué. Fred avait passé sa vie entière dans ce décor d'arcades, ou dans d'autres en tout point semblables. Même les habitations de la station sur Mars adoptaient ces arcades. Jamais il ne serait venu à l'esprit d'un russ de critiquer cette manie architecturale, sauf qu'à cet instant de son existence Fred le fit. *Mes frères clones,* se dit-il, *où tout cela nous a-t-il menés, de passer une centaine de millions d'années russ dans ces bâtiments ?*

Une abeille de surveillance des transports fit halte pour vérifier sa condition physique. Fred la chassa d'un geste de la main. Puis il alla jusqu'aux ascenseurs et opta pour une cabine équipée plutôt qu'une turbo. Dans son état, mieux valait ne pas brusquer les choses. Il était en avance et n'avait aucune raison de se hâter pour rentrer. Dans la cabine qu'il choisit restaient libres quelques lits et un ou deux fauteuils devant la cheminée. A son entrée, une protomusique, plutôt des sons accolés qu'une mélodie, parut lui souhaiter la bienvenue. Des clones harassés, vêtus de toutes les variantes imaginables de la tenue brun et crème de Personnel Appliqué, pénétrèrent à sa suite et s'installèrent dans leurs coins préférés. Fred alla droit au bar.

Un homme perché sur un tabouret près de lui s'exclama :

— Bon sang, vieux, vous empestez !

Fred se tourna vers lui. C'était un pike, avec le prénom Jules brodé sur son badge de poitrine. Jules fronça son nez rougi par le soleil et continua :

— Qu'est-ce qui vous est arrivé ? Vous avez pris un bain parasiticide ?

— Ouais, dit Fred en se détournant.

Il n'avait pas la force de feindre une attitude amicale avec un pike. Il commanda une bière, se rappela qu'il ne devait pas boire d'alcool pendant encore quelques jours et changea pour un soda.

La cabine aménagée entama son ascension à allure réduite. Elle ne s'arrêtait que tous les dix étages en montant, tous les cinq en descendant. Il avait besoin d'un peu de temps pour penser à ses problèmes : Costa, le Cabinet, Reilly, le bain d'Halvene, et la possibilité de souffrir du syndrome de l'usure des clones...

Fred se rendit compte qu'il venait de dresser une courte liste de ses ennuis. Les russ étaient réputés pour leurs listes. Leur grand frère à tous, Thomas A., avait été un incorrigible dresseur de listes. Après qu'il eut perdu la vie lors de la tentative d'assassinat de la présidente, les Services secrets avaient pénétré chez lui et découvert une collection tout à fait remarquable de listes. Sur des bouts de papier collés au réfrigérateur, dans ses dossiers informatiques, dans des calepins, au dos d'enveloppes. Des listes de courses, de cartes à envoyer pour Noël, de femmes avec qui il aurait aimé coucher. Le gouvernement les avait conservées. Il y en avait même un échantillon exposé au Smithsonian. *Mes frères clones*, songea Fred, *les listes sont notre forme propre de poésie muette.*

Il descendit au cent cinquantième niveau, prit un autre ascenseur pour les derniers étages, puis emprunta une passerelle jusqu'au Deko Village, un quartier peu cher situé au cœur de la Colonne nord-est. Sa porte d'entrée le salua et coulissa.

— Dis à Mary que je suis là, fit-il à l'adresse du petit vestibule.

Comme il n'y avait pas de réponse, il lança :

— Mary ?

— Je suis dans la chambre, répondit-elle avec un soupir.

— Désolé si je t'ai réveillée.

— Tu ne m'as pas réveillée. Tu rentres tôt.

— Oui, assez.

Fred attendit de voir si elle allait ajouter quelque chose, mais elle ne le fit pas. Il passa dans le salon où le chiot se tenait près de son fauteuil, avec ses pantoufles, délaça ses lourdes chaussures marron – imbibées d'Halvene – et regarda le chiot les traîner une à une jusqu'à son repaire dans le placard, pour qu'elles soient cirées et désodorisées. A cause de toi, pensa-t-il, je risque mon intégrité ?

Il s'installa dans le fauteuil et se détendit. Après un moment, Mary n'ayant ni fait son apparition ni poursuivi leur conversation, il lui demanda :

— Tu as faim ? Moi, oui. J'ai l'estomac vide, *littéralement*. Peut-être qu'on devrait manger quelque chose avant d'y aller.

— Aller où ?

— Chez Rolfe. Reilly m'a dit qu'ils avaient réservé une table.

Il était très possible que Reilly ne se montre pas au restaurant, mais autant laisser ce détail de côté pour le moment.

— Chez Rolfe ? dit Mary. Mais nous ne sommes pas mercredi...

— Tu sais quoi ? dit Fred en faisant de son mieux pour garder un ton enjoué, même s'il était difficile de tromper une évangeline. C'est exactement ce que je lui ai dit.

Après un petit silence, Mary demanda :

— De quoi parles-tu, Fred ?

— La cérémonie de la canopée.

— Oh, ça... Je n'y vais pas.

— Pourquoi donc ?

— Je n'ai pas envie de sortir.

Par expérience, Fred savait qu'il valait mieux ne pas insister.

— Pour être franc, moi non plus. Nous n'avons qu'à rester à la maison, téléphoner, et manger ici.

— Vas-y, toi. Moi, j'ai mangé toute la journée. Je t'ai laissé quelque chose dans la cuisine.

Il s'extirpa du fauteuil et alla dans la cuisine, laquelle dans cet appartement se réduisait à une niche dans un coin du salon. Là, sur le petit comptoir, se trouvait une assiette, et dans l'assiette un petit tas de roulés.

— Tu as trouvé ?

Fred leva l'assiette à hauteur d'yeux et examina son contenu.

— C'est quoi ?

— Des rollmops au piment cajun. J'ai fait la recette moi-même.

— Ah oui ?

Voilà qui était peut-être une excellente nouvelle. Cela signifiait qu'aujourd'hui elle avait quitté le lit. Et qu'elle essayait des choses nouvelles. Mais dans la cuisine ? Les évangelines étaient notoirement allergiques à toute approche culinaire. Même téléphoner une recette leur demandait un effort considérable.

— Super, fit-il. Je vais en goûter un tout de suite.

Il en approcha un de sa bouche, mais elle s'exclama :

— Non, ne fais pas ça ! J'ai changé d'avis !

Il hésita. Le rollmops était à quelques millimètres de ses lèvres. Fred avait l'impression de se tenir debout dans un canoë instable. C'était ainsi depuis le jour de leur mariage, cinq ans plus tôt. Au début, la vie avec une évangeline était exaltante. Mais, ces derniers temps, il aurait bien fait l'économie de ces incertitudes permanentes.

Toujours depuis la chambre, Mary lança :

— C'est trop fort, trop relevé. J'ai mis du piment habanero dedans.

— J'adore la cuisine épicée.

Mary poussa un soupir résigné.

— Alors vas-y. Tu sais tout mieux que moi, Fred, comme toujours.

Il reposa le rollmops dans l'assiette. Il n'était pas rentré depuis cinq minutes que déjà la situation lui échappait. Il passa en revue ses options du moment : ne pas manger de rollmops, en manger un, en manger plusieurs, ou n'en manger aucun mais prétendre le contraire. C'était à peu près tout. Il pouvait déjà éliminer les première et dernière options. Si Mary s'était tirée du lit pour cuisiner ces roulés, il avait tout intérêt à les goûter ou à dire qu'il l'avait fait. D'un autre côté, mentir à une évangeline, c'était idiot. La seule question était donc de déterminer combien il convenait d'en manger. S'ils étaient aussi épicés qu'elle l'affirmait, un seul risquait de bouleverser son pauvre estomac déjà agressé par l'Halvene. Il prit un verre au distributeur et engloutit un demi-litre de lait de riz pour préparer le terrain, puis il choisit un rollmops bien dodu et mordit dedans.

C'était relevé, oui, mais pas ce que lui appelait « épicé ». Il enfourna le reste dans sa bouche et l'avala.

— Délicieux ! dit-il en en prenant deux autres.

— Attends, tu verras...

Il n'eut pas longtemps à attendre. L'arrière de sa langue commença à le brûler, sa gorge se serra. Ses yeux saillirent, son nez coula et la transpiration perla à son front. Il ne pouvait plus respirer. Il ne voyait plus rien. Il tâtonna pour avoir un autre verre de lait de riz.

— Fred, tout va bien ?

Il s'étouffa, toussa, mais ne réussit pas à répondre.

— Fred ? Tu m'entends, Fred ? Viens ici !

— Juste une minute, croassa-t-il tout en s'essuyant les yeux.

Puis il afficha un sourire assuré et se dirigea vers la chambre où, enfin, il avait été invité.

Elle était assise dans leur grand lit. Sa chevelure était emmêlée et elle avait des traces de nourriture sur le devant de sa chemise de nuit. Mais elle dégagea un espace pour qu'il puisse s'asseoir auprès d'elle. C'était tout ce qui lui importait.

— Tiens, mouche-toi, dit-elle en lui tendant un mouchoir. Je t'avais bien dit qu'ils étaient épicés, mais tu n'as pas voulu m'écouter. J'aurais dû les balancer dans le vide-ordures avec le reste. Franchement, je ne sais pas pourquoi je les ai gardés.

Fred se moucha et dit :

— Ce n'est rien. Ils sont vraiment bons.

Il se moucha encore avant de continuer :

— Qu'est-ce que tu regardes ?

Elle avait ouvert un petit cadre au pied du lit. Apparemment, l'intérieur d'un jardin où il n'y avait pas grand mouvement.

— C'est Shelley ?

— Mmoui, fit Mary. Ils ont eu des problèmes pour nourrir Judith, aujourd'hui. Son état de santé s'aggrave rapidement.

Fred se pencha pour mieux voir la scène. C'était le passage couvert qui reliait les deux ailes du bungalow en bord de mer de l'artiste de la mort, sur Olympic Peninsula. D'après l'ensoleillement, l'heure du déjeuner était à peine passée sur la côte Ouest, le temps était couvert, et tout un tas de plantes exotiques en pots bordaient le sol en briques cimentées. Judith Hsu était étendue dans une chaise longue à l'ombre. Deux évangelines étaient assises avec elle, Shelley et une autre. Toutes deux portaient des chapeaux à large bord et sous cet angle Fred n'aurait pu dire laquelle était leur amie.

Mary le renifla.

— Fred, tu es passé au nettoyage à sec !

Il haussa les épaules.

— Pourquoi ne m'as-tu rien dit ?

— Ce n'est pas très important.

— Bien sûr que c'est important. Tu as été blessé ?

Le meilleur moment arrivait. Fred resta parfaitement immobile pendant que Mary scrutait son visage de ses grands yeux bruns d'évangeline. S'il n'était pas facile de mentir à une évangeline, les yeux de Mary ne pouvaient pas non plus le tromper, car son âme était sans voile.

— Je ne suis pas blessé, dit Fred.

Il avait prononcé ces mots en les détachant, comme on disperse des appâts, pour qu'elle se découvre.

— Je ne t'ai pas demandé si tu es blessé, répliqua-t-elle. Je sais qu'ils vous rapiècent. Je t'ai demandé si tu *as été* blessé.

Son serment de confidentialité lui interdisait de raconter le moindre détail de ses missions, même à sa femme. Mais Mary détectait tout.

Les évangelines avaient été introduites trente-deux ans auparavant pour répondre à une demande du marché concernant des « accompagnatrices » pour richards. Certains hommes aisés avaient besoin qu'un auditoire s'esbaudisse devant eux pour meubler le vide de leur existence. Un total de dix mille prototypes d'évangelines seulement avait été créé, parce que le marché s'était ensuite effondré. Mais les pertes du marché avaient été tout bénéfice pour les russ.

Fred prit sa femme dans ses bras et résuma sa journée de folie – sans dire un mot. Elle perçut sa peur, sa panique, sa douleur. Après un instant, elle l'étreignit et brisa le sortilège.

— Mon pauvre homme, dit-elle avant de le repousser. Ecarte-toi. Il faut que j'aille aux toilettes.

Fred regarda sa femme sortir du lit. Les évangelines étaient des créatures petites, presque chétives. Du moins comparées aux jennys. Avec des hanches étroites et une poitrine plutôt plate, comparées aux michelles. Mais, au lit, Mary était incomparable. Quand ils faisaient l'amour, il lui demandait de garder les yeux ouverts pour qu'il puisse y lire l'étonnement généré par chaque attouchement.

Mary referma la porte de la salle d'eau, et Fred se renversa dans le lit pour observer la scène avec Shelley. Ce n'était pas seulement leur amie, mais aussi l'épouse de Reilly, et un membre de leur bande du mercredi soir. Quelque chose bougea dans le cadre, qui attira son attention. La porte d'une des ailes du bungalow s'ouvrit, et deux autres évangelines arrivèrent dans le passage couvert. C'était un changement d'équipe. Les deux évangelines sur le départ, dont l'une était Shelley, rejoignirent les nouvelles venues autour d'une table à quelque distance de l'infortunée myr Hsu. Elles faisaient leur rapport quotidien. Fred monta le volume.

— Elle a du mal à plier les bras, disait l'une d'elles.

— Ou même à articuler des mots clairement, ajouta l'autre.

— Mâcher lui est devenu très difficile.

Fred regarda quelle heure il était. Si Shelley prenait un train dans l'heure suivante, elle serait là à temps pour la cérémonie de la canopée, même si Reilly, lui, ne le pouvait pas.

Fred sortit du salon et se tint à l'opposé de la baie vitrée. Ce n'était pas une véritable baie vitrée, puisque leur appartement était situé à au moins cinq cents mètres du premier mur extérieur, mais elle offrait la vue en temps réel qu'on avait depuis un appartement de luxe situé plus haut dans la même colonne. Le soleil plongeait derrière O'Hare vers la campagne de l'Illinois. D'un geste, Fred supprima ce panorama et afficha l'écran de communication téléphonique.

— Reilly Dell, dit-il.

Une vue tremblotante de son ami apparut. Reilly se trouvait dans un véhicule du Système public de transit. Les deux hommes se sourirent. Ils n'avaient pas grand-chose à se dire, puisque visiblement ils avaient tous deux survécu à leur journée. Ils échangèrent quelques banalités et prirent congé.

Fred revint dans la chambre pour passer une tenue d'intérieur. C'est alors qu'il remarqua que la fente à limaces près du plafond avait été obstruée par une serviette. Son cœur s'arrêta de battre un instant. Il tapota à la porte de la salle de bains et demanda d'un ton très doux :

— Mary, quelqu'un a bouché la fente à limaces.

Sans attendre de réponse, il grimpa sur une chaise et ôta la serviette. Immédiatement, six limaces entrèrent et se dispersèrent sur les murs et le plafond.

Campée sur le seuil de la salle d'eau, Mary observait leur progression

— J'ai vu sur Evernet qu'ils vont les mettre au rancart avec la canopée, ce soir.

— Ça m'étonnerait, dit Fred. Nous devrons plutôt augmenter leur nombre. Et *doubler* les doses de visola. Et *malgré ça*, nous ne serons pas en sécurité !

Elle le regarda fixement. D'un ton radouci, il continua :

— C'est un délit de faire obstruction au passage d'une limace. Nous pourrions être arrêtés.

— Alors pourquoi ne sont-ils pas déjà ici ? J'ai bouché la fente il y a des heures. Personne n'est encore venu m'arrêter.

Elle repassa dans la salle de bains en ajoutant :

— Viens ici et donne-moi ton avis.

Dans le miroir, une Mary faisant le quart de sa taille réelle marchait de long en large sur une courte passerelle. Elle portait une robe très sexy, en lamé bleu et prune. Mary était allée s'asseoir devant sa coiffeuse et fignolait le maquillage de son visage sur celui d'un mannequin à sa ressemblance. Elle avait pris le modèle de gala et en rajoutait dans la sophistication.

Donc nous allons sortir, finalement, se dit Fred. Mary frotta une large bande de poudre de gentiane sous les yeux du mannequin, étira ses cils et gonfla un peu ses lèvres. Elle donna à sa peau un brun crémeux, et choisit le noir pour ses iris et ses cheveux.

— Très impressionnant, dit Fred, mais ça a l'air d'une apparence pour... enfin, tu sais bien, plutôt le réveillon du jour de l'an. Pas vraiment pour une soirée chez Rolfe avec la bande.

— Tu crois ?

— Je ne sais pas trop. Comment saurais-je, d'ailleurs ?

— Tu as sûrement raison.

Mary reprit le modèle « cocktail » pour le mannequin et expérimenta de nouvelles couleurs. Pendant ce temps, une des limaces était entrée dans la salle de bains et se dirigeait vers Fred sur le sol carrelé. Il ne bougea pas pour qu'elle puisse s'enrouler autour de sa cheville. Il éprouva un léger picotement quand elle effectua son échantillonnage. Elle le lâcha immédiatement, comme il l'avait prévu. La seule identification du goût de l'Halvene suffisait à convaincre le petit nanoruban que Fred ne constituait aucune menace pour la société.

Quand la limace se dirigea vers Mary, pourtant, celle-ci laissa choir sa chemise de nuit sur elle et battit en retraite dans la cabine pour femmes. Secouant la tête, Fred libéra la limace du vêtement.

— Franchement, Mary, dit-il, tu cherches les ennuis. Qu'est-ce qui te prend ?

— Amusant que tu le demandes, répliqua-t-elle avant de tourner les talons et de disparaître dans la brume, coupant court à toute conversation.

La limace rampa sur la porte de verre pour atteindre la fente proche du plafond. Qu'on le veuille ou non, elle aurait son échantillonnage. Fred se dit qu'il ferait mieux de se servir de la coiffeuse pendant que Mary prenait sa douche. Il s'assit face à l'appareil et dit :

— Fred, apparence soirée.

Il n'avait pas besoin d'un mannequin, car il n'utilisait que trois apparences : domestique, travail et soirée, qu'il ne modifiait jamais. Il abaissa la partie supérieure de la coiffeuse et enfonça sa tête dans ses replis doux et tièdes. En un rien de temps, l'appareil nettoya, rasa, hydrata et maquilla son visage, tout en le coiffant. Fred mordit dans une pilule de récurage buccal à ultrason parfumée à la menthe.

Quand il retira l'appareil, sa propre silhouette miniature se tenait devant le miroir. Elle arbora des costumes de différents styles et couleurs.

— Celui-là, dit-il en choisissant une combinaison en crêpe prune qui serait parfaitement coordonnée à la tenue de Mary.

Dans le miroir, le petit Fred fit un pas en avant, sourit et pivota sur ses talons.

A mes frères clones : nous sommes de beaux fils de pute.

13

Dans la voiture-bulle à côté de Bogdan, un homme était affalé contre la fenêtre, les épaules rentrées. Il dormait profondément. Bogdan lui aussi se laissait bercer par le doux balancement du train quand il y eut un clic et la voiture voisine se détacha et bifurqua dans un tunnel adjacent. Un moment plus tard, un autre véhicule tomba d'une rampe d'injection et vint s'accrocher à eux. A travers les deux feuilles de verrine incassable, Bogdan vit que son nouveau voisin était une voisine à la peau transparente. Ses doigts tambourinaient sur l'accoudoir de son siège, et Bogdan fut fasciné par le spectacle des tendons et des muscles glissant les uns sur les autres. Quand elle remarqua l'attention qu'il lui portait, la passagère prit ce qui lui parut être un air offusqué, car c'était difficile à dire avec une peau transparente. En tout cas, elle opacifia sa vitre.

Bogdan n'en avait cure. Il était perdu dans ses rêveries. Bien que sa séance dans l'Aria Ranger se soit terminée avant que l'étrange sim et lui n'atteignent le cœur habité de la Traînée Terrestre, son affectation suivante avait été tout aussi mémorable. Dans sa tenue rouge et vert, le sim était réapparu et lui avait dit :

« Salutations de nouveau, Bogdan. Ça vous dirait de faire un tour dans le futur ? »

Bogdan avait regardé autour de lui. Ils étaient les deux seuls occupants d'un auditorium d'E-Pluribus. Le vaisseau spatial avait disparu.

« Euh, ouais, pourquoi pas ?

— Magnifique. Alors imaginez : quatre cents ans se sont écoulés. Vous êtes un colon à bord d'un vaisseau-A qui fait route vers son nouveau système solaire. Allons visiter le pont… »

L'instant suivant, ils se tenaient dans une salle de la taille d'un terrain de football. Des dizaines de jeunes gens en uniforme seyant surveillaient une myriade d'écrans de contrôle et de panneaux de configuration. Au centre de cet endroit colossal flottait une énorme maquette d'un vaisseau-A.

— Voici le capitaine de dix ans, dit le sim de Meewee quand une jeune femme s'approcha d'eux.

Elle était d'une beauté frappante. Aussi belle qu'Annette Beijing, si c'était possible. Elle fit halte juste devant eux, plaça les mains sur ses hanches parfaites et examina Bogdan de la tête aux pieds. Puis :

— Ah, Merrill, fit-elle, vous avez l'art de choisir les meilleurs éléments. Si vous nous présentiez ?

— Avec grand plaisir, dit le sim de Meewee. Capitaine Suzette, j'ai le plaisir de vous présenter le colon Bogdan Kodiak, un de nos jeunes cadets les plus prometteurs.

— Soyez le bienvenu sur le pont du *Jardin des Charteries*, cadet Kodiak, dit le capitaine. Merrill m'a demandé de vous faire visiter les lieux, et j'ai pensé qu'il serait approprié de commencer par la passerelle de commandement. Ça vous va ?

— C'est parfait, dit Bogdan d'une voix curieusement enrouée.

— Bien.

— Bon, Bogdan, dit le sim de Meewee, je vous laisse aux mains expertes de notre capitaine. Jusqu'à la prochaine fois...

Il se mit à scintiller et disparut.

— C'est un homme de qualité, dit le capitaine Suzette en contemplant d'un regard pétillant l'endroit où s'était tenu Meewee. J'espère que vous vous rendez compte de la chance que vous avez d'avoir été pris sous son aile.

Elle fit signe à Bogdan de la rejoindre devant l'énorme holo du vaisseau-A.

— Commençons par la propulsion de l'appareil. Je suppose que vous savez ce qu'est le tore d'un vaisseau-A ?

La maquette flottait au-dessus de lui comme un immeuble de dix étages.

— Bien sûr, répondit-il en se remémorant ce que Meewee lui avait appris lors de la séance précédente. Euh... un piège magnétique pour les faisceaux de particules envoyés d'une moissonneuse solaire.

La ravissante jeune femme lui décocha un regard admiratif.

— Excellente définition. Intéressons-nous d'abord aux moissonneuses. Chez nous, dans le système entourant Sol...

Elle faisait des gestes tout en parlant, et la maquette du vaisseau-A se réduisit à la taille d'une tête d'épingle dans un des coins supérieurs d'un paysage immense, laissant la place, au centre, à une grosse étoile à l'éclat éblouissant. Bogdan dut abriter ses yeux.

— Attendez, je vais arranger ça, dit le capitaine qui tordit deux doigts.

La luminosité du soleil décrut jusqu'à ce qu'il ressemble à une boule de nouilles roses se tortillant. Son hémisphère nord était entouré d'une ceinture de taches noires.

— Ce sont les moissonneuses d'Heliostream, expliqua-t-elle. Elles sont aussi loin que l'orbite de Mercure, mais au-dessus du plan équatorial de Sol. Et bien sûr, pour les rendre discernables dans cette représentation, j'ai dû les grossir jusqu'à la taille de Jupiter.

— Bien sûr, approuva Bogdan.

— Bien. Mettons en place le reste du système.

Elle pointa l'index ici et là : des planètes et des plateformes d'habitation de colons apparurent, y compris une boule marbrée de bleu et de blanc, la Terre.

— Les moissonneuses capturent les énergies brutes dégagées par sol et les transfèrent là où on peut les utiliser. Prêt ?

Elle claqua des doigts. Un éventail dru de faisceaux colorés jaillit dans toutes les directions de l'anneau des moissonneuses. La plupart étaient braqués sur la Terre.

— Les blancs sont les faisceaux de micro-ondes qui sont convertis en électricité, les rouges des lasers, les jaunes les flux de plasma d'hydrogène, et le vert, là... savez-vous ce que c'est ?

Le rayon vert qu'elle indiquait menait droit au vaisseau-A dans le coin supérieur.

— Ce ne serait pas notre faisceau de particules de masse ? proposa Bogdan.

— Excellent ! dit Suzette, visiblement ravie.

Elle agita les mains pour effacer le système solaire et revenir à l'imposante représentation initiale du vaisseau-A.

— Ce qui nous ramène à notre tore, lequel est, comme vous l'avez fort justement dit, un champ électromagnétique renforcé qui convertit les faisceaux de particules le frappant en énergie motrice.

Un diagramme pareil au réseau des latitudes et longitudes sur un globe était apparu dans le cercle vide au cœur du vaisseau. En son centre exact, les lignes étaient courbées.

— Pendant ces quatre cents dernières années, poursuivit le capitaine, Heliostream a dirigé un faisceau étroit de particules photoniques chargées sur la planète 2013LS, dans le système de la Grande Ourse. C'est notre destination. Nous avons positionné le tore de notre vaisseau sur le faisceau afin de le chevaucher.

Elle indiqua le centre vide de l'appareil annulaire.

— Cette convexité que vous voyez dans notre tore est l'endroit où le faisceau de particules l'atteint. La majeure partie de son énergie est convertie pour la propulsion – nous avons atteint une vitesse équivalente à 0,367 fois celle de la lumière – tandis qu'une petite fraction alimente le vaisseau en énergie. Bien sûr, le faisceau sert également de canal de communication extra-large entre nous et la Terre.

— Et comment va cette bonne vieille Terre, depuis quatre siècles ? interrogea Bogdan.

Les prunelles de Suzette parurent perdre de leur éclat.

— Ah, cadet Kodiak, les nouvelles ne sont pas bonnes, et ce depuis longtemps déjà. Notre défunte planète mère a terriblement souffert après notre lancement, en particulier pendant la seconde guerre des Phages, en 2184. La Terre a été si totalement empoisonnée que plus rien ne peut vivre à sa surface. Les humains doivent rester dans des abris souterrains, ou s'installer sur Mars, les lunes de Jupiter et d'autres plateformes d'habitation. Il y a actuellement plus de gens vivants à bord du *Jardin des Charteries* et de nos vaisseaux-A frères que dans tout le système de Sol. Il semble que notre lancement ne soit pas intervenu trop tôt. Nous avons été très, très chanceux d'avoir eu la sagesse de faire les choix que nous avons faits.

— Mais vous ne craignez pas que le faisceau de l'Heliostream ne défaille sans la Terre ?

— Pas vraiment, répondit le capitaine. Le contrôle de l'Heliostream est robotisé. Nous aurions pu souffrir s'il avait eu des défaillances il y a un siècle, mais aujourd'hui une rupture de faisceau n'ajouterait pas plus de dix ans à notre temps de voyage. Vous voyez, nous avons presque atteint le point extrême du faisceau.

Un geste de sa jolie main et la représentation précédente fut remplacée par l'infini de l'espace constellé de millions d'étoiles. Un large arc reliait deux étoiles. Une partie de cet arc était d'un vert brillant, l'autre rouge, et elles étaient séparées par un court intervalle sans couleur.

— Dans deux ans, quand l'Heliostream interrompra le faisceau, nous voyagerons par la seule force de l'inertie pendant environ soixante-quinze ans, ce que symbolise cette coupure incolore, là. Pendant ce temps, le vaisseau utilisera ses réacteurs à fusion pour l'énergie. Nous perdrons de la gravité dans la structure du réseau du tore, même si les tambours d'habitation occupés se mettront en rotation et généreront leur propre gravité.

— Mais, mais... bredouilla Bogdan, les questions se bousculant dans son esprit.

— Oh, je sais ce que vous allez me demander, dit le capitaine. Ce que tout le monde demande. Si nous sommes les premiers ici, d'où vient le faisceau de freinage ? N'est-ce pas ?

Ce n'était pas ce qu'il avait en tête, mais Bogdan acquiesça quand même.

— Et qu'est-ce que vous voulez dire quand vous parlez de « tambours d'habitation occupés » ? Je croyais que vos passagers étaient en stase cryogénique.

— Je vois que vous ne manquez pas de réflexion, et j'aime ça chez mes officiers. Tout d'abord, le faisceau. En 2136, soit un an avant notre propre lancement, le consortium des Jardins de la Terre a envoyé une flottille de vaisseaux explorateurs. C'étaient des petits appareils robotisés, avec des turbines chimiques/fusion, capables d'accélérations qu'un être humain n'aurait pas supportées. La plupart d'entre eux ont atteint la Grande Ourse il y a cinquante ans. Ils ont immédiatement exploré notre planète de destination pour confirmer qu'elle convenait à la vie terrestre. La planète 2013LS a dépassé nos projections les plus optimistes. Nous tenons à votre disposition des vues extraordinaires des diverses régions, si ça vous intéresse.

« Nous avons confirmation que certains des appareils explorateurs se sont déjà posés et ont entrepris la construction d'une infrastructure pour l'énergie, les transports et l'habitation, afin de préparer notre arrivée dans environ quatre cent soixante-quinze ans. Quand nous entrerons en orbite, il y aura des cités modernes et pleinement fonctionnelles prêtes à nous accueillir. Les autres vaisseaux explorateurs construisent des moissonneuses solaires pour générer le faisceau de particules qui nous freinera.

La représentation du vaisseau-A réapparut, avec quatre tambours d'habitation illuminés.

— Quant à votre deuxième question, non, tout le monde n'est pas en stase cryogénique. Nos passagers peuvent choisir de passer une moyenne de deux cents ans de voyage dans cet état s'ils le souhaitent. Nous avons jusqu'à vingt pour cent de la population en activité à tout moment. Actuellement, quatre-vingt-treize mille cinq cent quarante-cinq personnes occupent ces quatre tambours. Celui-ci est une cité de soixante-deux mille âmes, alors que les autres accueillent des ensembles plus petits de vingt-neuf mille habitants ainsi que des milliers de logements ruraux.

Un jeune officier s'approcha d'eux et tendit une ardoise au capitaine. Il sourit à Bogdan et hocha la tête. Suzette étudia l'ardoise un moment, avant de déclarer :

— Cadet Kodiak, d'autres tâches m'appellent. Peut-être aimeriez-vous poursuivre la visite avec le lieutenant Perez ?

— Oui, madame, avec plaisir.

— En ce cas, lieutenant, veuillez montrer au cadet Kodiak tout ce qu'il désire voir. Quant à vous, cadet Kodiak : bienvenue à bord !

Elle le salua, et quand il se mit au garde-à-vous pour répondre comme il le devait, Bogdan nota que lui aussi portait un de ces uniformes très seyants.

— Je suis sûr que vous voudrez voir notre programme d'entraînement au combat, dit le jeune officier en précédant Bogdan vers un escalier de descente. Ou le cercle des officiers. Ou la plage nudiste qui nous est réservée, peut-être.

Trop vite, le véhicule de Bogdan se sépara du train et roula dans la station de la Bibliothèque, tirant le garçon de sa rêverie. Alors qu'il ralentissait et finalement stoppait au bord du quai, Bogdan colla son badge Kodiak – brun-jaune-blanc – à l'épaule de sa combinaison et, avec une sensation oppressante de perte, revint à la réalité. A peine était-il sorti et avait-il fait quelques pas sur le quai qu'un homme lui marcha sur le pied. Il poussa un cri de douleur et de surprise, alors que l'autre se contentait d'inspecter la semelle de sa chaussure. Satisfait, ce dernier s'intéressa enfin à Bogdan.

— C'est quoi, ton problème ?

— Tu m'as écrabouillé le pied ! dit Bogdan. Voilà mon problème !

L'homme eut une moue ironique.

— Pas ma faute si tu as choisi d'être aussi petit.

— Eh ! Je ne suis pas petit au point que tu ne puisses pas me voir, quand même !

L'homme haussa les épaules et tourna les talons pour s'éloigner, non sans avoir auparavant ébouriffé la tignasse de Bogdan qui repoussa sa main et s'exclama :

— Tu m'as carrément piétiné, et maintenant tu la joues amical ? T'es dingue ou quoi ?

L'homme s'en fut sans même prendre la peine de répondre. Bogdan clopina en direction de la sortie. Il avait l'impression qu'un de ses orteils était cassé. Une abeille de surveillance des transports se mit à voleter au niveau de ses yeux.

— Myr Kodiak, avez-vous besoin de soins médicaux ?

— Non, grogna Bogdan sans ralentir. Mais ce trou-du-cul là-bas devrait être arrêté pour agression !

— Nos enregistrements démontrent qu'il s'agit sans conteste d'un accident. Toutefois, si vous nécessitez une assistance médicale, sachez que cette station dispose d'une unité d'intervention disponible à taux réduit pour les voyageurs munis de titres de transport. En plus de l'autodoc de classe clinique, nous proposons un conseiller spécialiste des situations de crise. Peut-être aimeriez-vous le rencontrer ?

Les larmes brouillaient la vue de Bogdan. Il les chassa d'un revers de manche rageur. Il ignora l'abeille et quitta la station. Au-dehors, l'air du soir était doux. Les holos de Hollywood n'arpentaient plus les parages, puisque personne ne pouvait s'offrir une interaction avec eux. Il y avait peu de kiosques et encore moins d'émetteurs de trottoir. A la sortie de la station, cependant, il vit le bazar nocturne des clochards, une queue de sans-logis qui tentaient de revendre une triste collection d'objets usés. Une vieille femme était assise à côté d'un antique pèse-personne. Une affichette rédigée à la main clamait : *Vot poua pour 1/7 CUD*. Un millionième de crédit pour monter sur une balance hors d'usage. Elle lança un regard plein d'espoir à Bogdan, mais il fit mine de ne pas les voir, elle et sa pauvreté.

Malgré son orteil endolori, il se mit à trotter vers la maison, en criant « Du vent ! Du vent ! » aux abeilles qui se trouvaient sur son chemin.

Quand il tourna le coin de Howe Street, Bogdan remarqua immédiatement deux Tobblers au comportement inhabituel, sur le trottoir devant l'immeuble Kodiak. L'un était ramassé sur le sol, tandis que l'autre regardait par-dessus son épaule. Autour d'eux, l'air frémissait d'un essaim d'abeilles curieuses. La propre curiosité de Bogdan le poussa à s'approcher pour voir de quoi il retournait.

— Salutations, jeune Kodiak, grogna le Tobbler accroupi.

— Salutations, immeublier Dieter, répondit Bogdan. Qu'y a-t-il ?

— Qu'y a-t-il par terre, voilà ce que vous devriez demander, corrigea Dieter.

L'autre Tobbler, prénommé Troy, déversait avec précision le liquide visqueux d'une poche dans une fissure du trottoir. Il n'accorda pas un regard au nouveau venu. C'était un garçon, un vrai garçon, pas même un rétrogarçon. Les douze années qu'il avait passées sur cette Terre étaient les seules dont il pouvait se targuer. D'un point de vue purement technique, Bogdan n'était pas non plus un rétrogarçon, seulement un garçon à la croissance stoppée avant l'adolescence, mais ce fait ne semblait pas les rapprocher.

Quand la poche fut vide, Troy Tobbler chaussa une paire de lunettes de vue et étudia l'intérieur de la fissure.

— Rien, dit-il.

— Attends qu'il en absorbe un peu plus, conseilla l'immeublier.

Une minute passa.

— Toujours rien, annonça le garçon.

Dieter sortit un maillet en caoutchouc d'une caisse à outils et se mit à frapper le trottoir de chaque côté de la fissure.

— C'est mieux, fit le garçon. Par là.

Il indiquait la direction de la charterie.

L'immeublier continua de marteler le sol en suivant une ligne droite qui allait jusqu'à l'immeuble, puis sur le mur de brique.

— Bien... Stop ! lança Troy. J'ai cette petite vermine. Venez voir.

Il passa les lunettes à l'autre Tobbler et leva les yeux vers Bogdan.

— Qu'est-ce que tu regardes ?

— Rien, dit Bogdan en détournant la tête.

— Ah, c'est bon, fit Dieter en suivant un chemin invisible grâce aux lunettes. Trois mètres de profondeur, peut-être trois mètres cinquante. Il nous faut des prélèvements.

Il ôta les lunettes et s'adressa à Bogdan :

— Alors, jeune Kodiak, comment est la chambre que tu partages avec notre ascenseur ? Il fait chaud là-haut par ce temps, hein ? Tu devrais peut-être laisser la porte ouverte.

— J'aime bien la chaleur, répliqua Bogdan qui préférait éviter ce sujet.

Les Tobblers avaient découvert quelque chose sous la charterie, et il voulait apprendre ce que c'était. Mais il savait qu'ils ne le lui diraient pas, surtout Troy. Et puisqu'il n'était pas décidé à implorer pour obtenir ce renseignement, il partit :

— Le bonsoir, Tobbs.

— Le bonsoir, Kodiak.

Bogdan passa devant le NanoJiffy et gravit la volée de marches menant à la porte d'entrée des Kodiaks. Cette fois, il ne se fia pas à l'identificateur vocal.

— Eh, lis ça, fit-il en collant sa main sur la plaque palmaire de la porte.

— Salutations, visiteur, dit une voix familière, celle de Kitty.

— C'est toi, Kitty ? demanda-t-il, plein d'espoir. C'est moi, Bogdan. Ouvre la porte d'entrée.

Mais c'était un enregistrement de la voix de Kitty, un enregistrement ancien, qui poursuivit :

— En raison de la loi martiale actuellement imposée et des troubles à l'ordre civil, la charterie Kodiak a procédé au verrouillage pneumatique de l'immeuble jusqu'à plus ample informé. Nous espérons que vous excuserez cette gêne.

La loi martiale ? songea Bogdan. C'était arrivé bien avant son époque.

La voix de Kitty continuait :

— Nous ne pouvons nous adresser à vous physiquement, mais, si vos motifs sont légitimes, la porte nous le notifiera. Dans le cas contraire, merci de vous éloigner immédiatement. Nous vous rappelons que cette porte est un modèle Slage XP, avec armement incorporé et permis de défense contre toute intrusion.

— Porte, dis à quelqu'un que je suis là ! s'écria Bogdan en décochant un coup de pied au panneau massif. Appelle April ou Rudy ! Appelle-les, c'est tout !

Il n'y eut pas de réponse. Bogdan allait renoncer et passer par le NanoJiffy quand la porte parla d'une autre voix – celle de Rusty ?

— Nous sommes tous couchés à cette heure, mon ami. Merci de revenir demain matin.

— Vous n'êtes pas couchés ! gronda Bogdan en donnant un autre coup de pied.

Il y eut un déclic métallique et des tourelles à gaz jaillirent du jambage et se pointèrent sur lui. Bogdan continua de frapper, car il savait que les réservoirs de gaz étaient vides depuis longtemps. Les deux Tobblers l'observaient sans comprendre, mais il s'en moquait et il continua d'assaillir la porte jusqu'à ce que l'alarme d'intrusion se déclenche à l'intérieur.

Enfin le panneau s'ouvrit. Il se retrouva nez à nez avec l'immeublier Kale.

— Bogdan, pourquoi tout ce raffut ?

— Parce que cette foutue porte ne veut pas s'ouvrir ! Pourquoi on ne répare pas les choses, ici ?

Il contourna Kale et entra dans le vestibule.

— Ça vous gênerait beaucoup de réparer l'ordi-maison ?

— Eh bien, eh bien, fit Kale, on est de mauvaise humeur aujourd'hui, à ce que je vois.

— Non, pas possible ? grinça Bogdan. Je me demande bien pourquoi ! Est-ce qu'*on* aurait passé une mauvaise journée au boulot ? Ou est-ce qu'*on* est resté assis à la maison depuis ce matin, à se palucher ?

— J'ai l'impression que quelqu'un a faim, dit Kale, un rien déconcerté. Va te laver. On t'attendra pour dîner. Oh, et monte un plateau à Sam. Il ne va pas fort. Dis-lui que nous viendrons tous le voir après dîner.

Trop las pour discuter, Bogdan se rendit dans la petite pièce derrière le NanoJiffy, qui possédait son propre extrudeur alimentant la cuisine de la charterie.

— Et n'oublie pas, dit Kale dans son dos, tu as rendez-vous avec la Commission d'allocation à sept heures.

Bogdan avait à peine parcouru la moitié du toit que déjà il entendait les ronflements. L'expression grave et sonore d'un sommeil réparateur. Il fit halte devant la porte de l'abri et jeta un œil à l'intérieur. La forme amollie de Sam gisait sur le lit de camp, sous une vieille couverture. Bogdan entra aussi silencieusement qu'il lui était possible. Sur le vieux pied d'éléphant-tabouret, il y avait un autre plateau – celui du déjeuner, selon toute vraisemblance – auquel on n'avait pas touché. Il le ramassa et le remplaça par celui du dîner qu'il avait apporté. Le bol de bouillie aux fruits de midi commençait déjà à fermenter et il s'en dégageait une odeur douceâtre et vaguement écœurante. Bogdan se demandait s'il devait ou non réveiller Sam pour qu'il puisse manger chaud. Le vieillard avait dû remonter se remettre au lit après qu'il l'avait vu dans les escaliers ce matin.

— Sam ? dit-il à mi-voix.

— Chut, répondit Hubert. Salutations, Boggy. Ne faites pas de bruit, s'il vous plaît. Sam a eu une rude journée, il a besoin de repos.

Les ronflements continuaient sur le même rythme.

— Ils m'ont demandé de lui dire que tout le monde monterait après le dîner.

— Je relayerai l'information dès qu'il sera réveillé.

Bogdan fit demi-tour pour partir, avec le plateau du déjeuner. Mais il s'arrêta et murmura :

— Hubert, les Tobbs versaient une sorte d'agent optique souterrain dans le sol devant l'immeuble. Une idée de ce qu'ils faisaient ?

— Oui, répondit Hubert sur le même ton. Ils traquent des pirates de la matière. Il semble qu'il y ait des engins d'excavation dans le voisinage, et ces vieux immeubles en brique sont cannibalisés. Les Tobblers soupçonnent les pirates d'évider les murs de notre maison.

— Mais pourquoi quelqu'un se donnerait la peine de voler la brique de vieux immeubles ?

— Notre charterie a été construite avec des briques Pullman, fabriquées au dix-neuvième siècle à partir de l'argile de Calumet Lake. C'est un matériau très prisé par les entrepreneurs.

Bogdan était impressionné par la qualité des informations que lui délivrait Hubert.

— Ils t'ont *raconté* tout ça ?

— Non, mais récemment j'ai piraté le réseau de communication de leur ordi-maison.

— Super, fit Bogdan. Tu es capable de pirater leur ordi-maison mais pas de réparer le nôtre !

— Pas si fort, dit Hubert. Pourquoi ne redescendez-vous pas dîner ? Tout le monde vous attend.

Bogdan ouvrit la porte, mais hésita de nouveau. Quelque chose clochait, mais il n'arrivait pas à dire quoi. Depuis son arrivée, Sam ronflait avec une régularité de métronome. Puis il sut ce qui n'allait pas : il pouvait *sentir* l'odeur de la bouillie. Or avec Sam dans la même pièce, il était impossible de détecter une autre odeur que la sienne. Bogdan posa le plateau sur le banc et revint auprès du lit.

— Qu'est-ce que vous faites ? demanda Hubert. Vous allez le réveiller.

— M'étonnerait, répondit Bogdan en soulevant la couverture qui dissimulait des oreillers, mais pas Sam. Hubert, dis-moi ce qui se passe.

Les ronflements cessèrent, et une voix dit :

— Quoi ? Quoi ? Où suis-je, Henry ?

Bogdan s'approcha du haut-parleur posé sur le banc de rempotage.

— C'est ce que j'aimerais savoir, Sam. Où es-tu ?

— C'est toi, Bogdan ? Tu es chez moi ?

— Ouais. Tu es en bas ?

— Non, en haut, bien sûr.

— Mais je suis sur le toit, et il n'y a pas plus haut.

— Je ne suis pas dans l'immeuble. J'avais une petite course à faire.

Bogdan désigna le lit.

— Et il fallait que tu sortes incognito pour la faire ?

Dans le haut-parleur, il entendit Samson soupirer.

— Si j'en avais parlé à Kitty, April, ou toi, ou quelqu'un d'autre, vous auriez essayé de m'en empêcher, et je ne peux pas me le permettre.

— Tu me fais peur, là, Sam.

— Désolé, mon garçon, mais je n'y peux rien. Ecoute-moi, il y a très longtemps, avant que tu ne sois converti, quelqu'un m'a fait quelque chose d'une cruauté inhumaine...

— Tu parles de la cautérisation, dit Bogdan, soulagé sans savoir pourquoi, et s'asseyant sur le lit de camp. Tu vas t'immoler en public pour protester...

Le haut-parleur resta silencieux pendant de longues secondes.

— Je vois que j'y ai déjà fait allusion, dit-il enfin.

— Une centaine de fois, pas plus.

— Eh bien, alors ça ne devrait pas être un grand choc pour vous, et j'en suis heureux. Je n'étais qu'un pion dans le grand jeu de quelqu'un, Boggy, et bien que je n'aie jamais su qui était le responsable, en fin de compte, c'est un acte impardonnable que la société a excusé par son silence. Il m'appartient donc de lui montrer, à la société, qu'elle a fait erreur. Et je n'ai qu'un moyen pour ça.

— Mais tout ça s'est passé il y a des années, Sam. Plus personne ne s'en préoccupe.

— Je vais leur rafraîchir la mémoire.

Bogdan découvrit les enveloppes sous l'oreiller et les étudia rapidement. Chacune portait le nom manuscrit d'un des cochartistes, et il y en avait naturellement une avec le sien. Il lâcha le tout et se leva d'un bond.

— Je vais en parler à Kale !

— Vas-y donc. Ça ne servira à rien. Ils peuvent sillonner toute la ville, ils ne me trouveront pas. Il vaut mieux ne rien dire. Promets-moi que tu garderas ça pour toi, Boggy.

— Non ! Dis-moi où tu te trouves.

— Oh, Boggy, c'est déjà assez difficile à faire. Tu crois que c'est une décision prise à la légère ?

— Je m'en fous.

— Je vais te dire : si Hubert fait tout rater et que j'ai besoin de quelqu'un pour me sortir d'affaire, je te contacterai. D'accord ?

— Où es-tu ?

Quand Samson interrompit enfin la communication avec Bogdan, il se dit d'abord que le Soldier Field devait se remplir de spectateurs, car son siège était entouré d'une douzaine d'autres. Mais il ne lui fallut pas longtemps pour se rendre compte que ses voisins immédiats et lui étaient les seuls ici. Ils formaient un îlot de sièges collés les uns aux autres, comme ces touches coincées dans les machines à écrire d'autrefois, suspendus au-dessus du stade vide.

Il y avait un homme dans le siège à sa droite, un grand type mince, au visage ridé et émacié et à la moustache soigneusement peignée.

— Ah, vous êtes réveillé ! fit-il d'une voix forte. Magnifique ! Le bonsoir, monsieur !

Il parlait d'un ton nasillard à cause des larges prises pourpres enfoncées dans ses narines.

Une femme occupait la place à la gauche de Samson. Elle aussi portait des filtres nasaux, ce qui lui donnait un air légèrement porcin. Et elle aussi montrait tous les signes d'un entretien du corps différé depuis longtemps : peau diaphane et cheveux rares. De plus, elle était rondouillette. Sur ses cuisses était assis un chat blanc et gris qui observait Samson avec méfiance.

Les autres sièges étaient occupés par des enfants, du bambin au préadolescent. Samson se demanda pourquoi ils étaient si nombreux. Il n'aurait pu dire quand il en avait vu autant en une seule fois. Puis il remarqua qu'à la différence des adultes aucun des enfants n'était attaché. Ce devait être des enfants commerciaux, et non des vrais. Le chat, lui, était relié au siège de la femme par une laisse et un petit harnais. Il était donc réel.

L'homme tendit la main à Samson.

— Victor Vole, se présenta-t-il. Et voici la reine de mon cœur, Justine. Quant à eux, ajouta-t-il avec un clin d'œil et un geste large, ce sont les gosses. Eh, les gosses, dites bonjour à monsieur Kodiak.

— Bonjour. Monsieur. Kodiak. s'écrièrent les enfants en chœur.

— Comment avez-vous su mon nom ? interrogea Samson.

— Oh, nous avons bavardé très agréablement avec votre valet pendant que vous somnoliez. N'est-ce pas, Justine ?

Celle-ci acquiesça avec un sourire timide qui découvrit des dents jaunies.

Samson ne savait que dire. Il se sentait accablé. Les enfants s'étaient mis debout sur leurs sièges pour mieux le voir. Hubert n'avait quand même pas vendu la mèche à des inconnus ?

— J'espère que nous ne vous dérangeons pas, myr Kodiak, dit Victor. C'est juste que personne n'a acheté une place située aussi haut depuis des années. Ce secteur est fermé au public, d'habitude. Justine vous a aperçu ici, tout seul, en plein milieu de l'après-midi, un jour où aucun match n'est prévu.

— Je suis ici pour la cérémonie de la canopée.

— Oh, ça... fit Justine avec un geste de la main censé exprimer son désintérêt.

— Ce qu'elle veut dire, c'est que la cérémonie se déroulera tout en bas, expliqua Victor en pointant l'index vers le sol. Il est très probable qu'elle ne commence pas à Chicago. Ils ne se servent de ce vieux stade que comme toile de fond, de nos jours.

Samson posa sur lui un regard vide.

— Soldier Field ne sert plus qu'à ça, à faire un joli décor. Pour les suicides, aussi.

Samson réprima une grimace.

— Les suicides ?

— Le Saut de Moseby, dit Justine en désignant un parapet de l'autre côté du stade. C'est là que tout a commencé.

— Que tout a commencé... ?

— Les suicides de Moseby, bien sûr.

Samson dévisagea la femme puis le mari sans comprendre.

— Une bière ? proposa Victor.

Il lui tendit une poche froide. Cela faisait des années que Samson ne s'était pas offert une bière. Victor et Justine levèrent leurs propres poches pour porter un toast :

— A notre invité inattendu. La bienvenue chez nous, dit Victor.

Samson leva sa poche et répondit :

— A mes hôtes inattendus.

Il but une gorgée. Naturellement, il ne pouvait pas goûter la bière, tout comme il n'avait rien pu goûter depuis quarante ans. Il remarqua que les enfants se régalaient soudain de glaces.

— Vous dites que c'est ici chez vous ? Vous y vivez ?

Nouveau clin d'œil de Victor.

— Disons simplement que nous sommes venus ici pour assister aux épreuves d'athlétisme des Jeux olympiques de 28, et que nous ne sommes pas encore repartis.

Cette révélation impressionna fort Samson.

Hubert lui donna quelques précisions :

Sam, ils ont un subem très malin qui les dissimule à la sécurité du stade et qui a craqué les codes d'accès aux concessions des kiosques. Je l'étudie pour obtenir quelques tuyaux.

— Dog ? fit Victor en tendant à Samson une autre poche, chaude celle-là.

Elle contenait un hot dog, avec des condiments, de l'oignon haché et de la moutarde jaune vif, le tout dans un petit pain parsemé de graines. La vapeur assaillit les narines de Samson et, un instant, il imagina qu'il pouvait sentir cette savoureuse douceur de sa jeunesse.

— Merci, dit-il.

14

Après la visite du Cabinet à son bureau, Meewee emballa ses quelques effets personnels. L'emballage demanda l'adresse de destination, et il dut admettre qu'il n'y avait pas pensé. Peu après midi, comme il n'avait rien d'autre à faire, il sortit pour la dernière fois, laissant derrière lui le petit boîtier en céramique d'Arrow. Meewee ne le remercia même pas pour les services rendus. A la première occasion, il avait l'intention de purger totalement ses connexions internes avec le soi-disant mentar.

Il n'y avait personne à qui dire adieu dans les bureaux d'Heliostream. En général, l'activité était frénétique dans ces locaux, même de nuit. Pourtant, cet après-midi, ils étaient déserts, et les contrôles d'entrée et sortie dans le hall étaient assurés par des machines. Peut-être qu'à l'annonce de la tragédie ayant frappé Eleanor tout le monde avait été congédié pour la journée.

Meewee alla d'un pas tranquille jusqu'à l'aire d'embarquement. De là, le trajet était rapide jusqu'à son appartement dans le bloc 44, mais il prit un ascenseur jusqu'à la surface. Il avait pour habitude de rentrer à pied à travers champs. La cabine qu'il emprunta était du modèle collégial, pouvant accueillir jusqu'à trois cents personnes, mais elle aussi était vide.

Arrivé au niveau du sol, Meewee passa devant la salle de conférence où ils s'étaient réunis ce matin même et avaient été témoins de l'accident d'Eleanor. Son rôle au sein d'Heliostream étant terminé et la fille d'Eleanor restant introuvable, il était peu probable qu'il revienne en ces lieux.

Quand il franchit les grandes portes de cristal du hall, Meewee savoura l'air odorant et lourd du dehors, chargé de pollens. Les cinq mille hectares de terrain appartenant aux Entreprises Starke s'étendaient devant lui, avec leurs collines couvertes de soybimi et de céréales à truite, et leurs nombreux bassins piscicoles. En dehors du bâtiment qu'il venait de quitter, il n'y avait aucune construction visible. Tout le complexe industriel et les locaux d'habitation étaient souterrains.

C'était là, devant l'immeuble de réception, que son taxi s'était posé, douze ans auparavant, et qu'il avait fait la connaissance d'Eleanor. Elle l'avait invité, lui, l'évêque du Berceau, dans sa « petite entreprise » pour déjeuner et lui faire une proposition particulière qui, pensait-elle, pourrait l'intéresser.

Meewee tourna le dos à l'immeuble et descendit la colline. Pour son dernier trajet jusqu'au quartier général de Starke, il choisit un chemin qui serpentait entre les champs de soybimi. La distance avec ses appartements avoisinant les cinq kilomètres, cette promenade du soir lui prenait une heure, en général. C'était devenu son moment préféré de la journée, et un avantage inestimable. (Elle n'avait pas pu le prévoir, quand même ?) Car l'air, ici, non seulement bruissait de vie, mais il était aussi un des plus sûrs de la planète. La zone était abritée sous sa propre canopée, qui à son tour l'était sous celle de Bloomington. Une bulle dans une bulle : un endroit où ne planait aucune menace d'agression.

Les champs de soybimi n'étaient pas vraiment des champs, mais des systèmes de pousse rapide sur cinq niveaux qui s'élevaient au-dessus de sa tête. La terre avait été découpée en tranches, larges d'un kilomètre, qu'on avait ensuite inclinées de quelques degrés au nord afin de créer des lucarnes de lumière venue du sud pour les arcades en dessous. Les tranches inclinées donnaient à l'horizon un étrange aspect en dents de scie. Meewee longea le bord d'une de ces tranches, protégé du soleil par un mur de buissons de soybimi. Il s'arrêta plus souvent qu'à l'accoutumée pour savourer le paysage, le chant des oiseaux et les stridulations des insectes dans ce refuge béni. Il fit halte pour se balancer sur un pied et faire tomber de sa chaussure une poussière pareille à de la poudre de diamant. C'était le début de l'après-midi, il faisait encore chaud, et sa combinaison passa en cycle rafraîchissant. Il ne portait pas de couvre-chef et laissa la sueur couler sur son cou. Quand aurait-il de nouveau accès à une réserve privée telle que celle-ci ?

A l'extrémité d'une tranche de terre, Meewee atteignit un promontoire en béton qui surplombait une vallée peu profonde au-delà. C'était l'endroit où Eleanor l'avait amené ce premier jour, alors qu'il était hostile à sa personne et à tout ce qu'elle représentait. Selon lui, elle était une des architectes du lent étranglement de Gaia par les entreprises. Il ne voyait pas comment n'importe quelle proposition de sa part pourrait arracher son approbation. Il se flattait de la rectitude de sa cause et se pensait insensible au charisme de ce beau visage.

Ils étaient venus jusqu'ici dans une voiturette. Sur le sol de la vallée en contrebas s'étendait l'installation cible de l'Heliostream, laquelle affectait la forme d'un trampoline de trois kilomètres de diamètre. La toile de plasfoïl tendue sur toute sa surface était d'un noir intégral car, comme Eleanor le lui expliqua, elle absorbait toutes les fréquences électromagnétiques. D'où ils étaient assis, la vaste cible ressemblait pour lui à un trou géant creusé dans la planète, et cette image avait eu pour seul effet d'accentuer son irritation.

— Regardez là-haut, avait-elle dit en désignant le ciel du doigt.

Il avait vu deux halos, l'un sur l'autre, de ce qui aurait pu être de l'air surchauffé.

— C'est là que le faisceau de micro-ondes traverse les canopées. Bien qu'il soit d'une puissance de près d'un terawatt et que l'électricité qu'il génère alimente toute l'agriculture et les cités depuis Terre Haute jusqu'à Indianapolis, nous ne pouvons pas l'apercevoir. C'est fascinant, vous ne trouvez pas ?

— Je suppose que oui, dit-il.

— Eh bien, nous allons arranger ce détail, dit-elle en sortant d'une poche deux paires de lunettes spéciales. Mettez-en une, Votre Excellence.

Il s'exécuta et regarda de nouveau la vallée. Tout d'abord, rien ne lui sembla changé, puis graduellement le paysage s'assombrit comme au crépuscule, et de l'immense cible se dégagea une luminescence spectrale. La cible n'était plus noire, mais avait l'apparence d'un disque blafard. Soudain, elle fut frappée par un puits de lumière venu du ciel. C'était la lumière la plus blanche, la plus pure que Meewee eût jamais vue.

— Ah ! s'exclama-t-il.

— Oui, en effet, fit-elle malicieusement.

Un moment, ils restèrent assis en silence, éblouis par ce faisceau d'énergie brute, puis elle lui dit :

— J'ai beaucoup réfléchi à quelque chose que vous avez dit concernant votre organisation, Votre Excellence.

— Oh ? Et qu'ai-je donc dit ?

— Que la mission du Berceau International ne recouvrait qu'une partie du travail à faire.

— Je ne me souviens pas d'avoir tenu ce genre de propos.

— Vous ne m'en voudrez pas si je vous cite ?

Il fit non de la tête, et elle continua :

— Vous avez dit que le Berceau International avait pour objectif « d'aider Gaia à se remettre d'une infestation mortelle ». L'infestation en question se référait à la race humaine, j'imagine. Ensuite, vous avez déclaré qu'il était bien dommage que Gaia ne puisse infecter les autres planètes de ce même fléau, car ainsi le mal perdrait peut-être de sa virulence.

Meewee était horrifié. Il se souvenait d'avoir dit cela, effectivement, mais c'était une remarque quelque peu légère faite en confidence à quelques-uns de ses collègues les plus sûrs du Berceau. De plus, il avait exprimé cette opinion dans une pièce supposée sécurisée. Comment...

— Ai-je déformé vos dires, monseigneur Meewee ?

— Non, marmonna-t-il, mais ils n'étaient pas destinés à être rendus publics.

— Raison pour laquelle je crois à leur entière sincérité, répondit-elle. C'est pourquoi je pense que mon offre vous intéressera. Accepteriez-vous de faire un petit voyage en ma compagnie ?

— Un voyage ? Où ?

— En haut de l'échelle de Jacob, dit-elle en riant. Au sommet de la tige de haricot. Escaladons le microfaisceau.

Elle tendit la main, et le tira à côté du puits d'énergie pure. Meewee en était si proche qu'il sentait son bourdonnement. Il savait que c'était sans danger, mais le spectacle était quand même impressionnant. Eleanor toucha le rayon de sa main, et ils furent propulsés le long du faisceau vers le ciel. La perspective de Meewee changea ; il vit leur voiturette garée au sommet de la colline, avec leurs deux formes à l'intérieur, qui se recroquevillait pour très vite n'être plus qu'un point. La vallée entière prit l'apparence d'un simple pli dans une couette verte froissée. Il vit la côte Est, puis tout l'hémisphère et la courbure de la planète.

Ils cessèrent leur ascension quand ils furent dans l'espace et eurent atteint la station-relais d'Heliostream. C'était une île de miroirs de plusieurs kilomètres carrés. De là, quatorze microfaisceaux séparés, dont celui qu'ils chevauchaient, jaillissaient en éventail pour frapper des cibles en Amérique du Nord. On aurait dit des fils accrochés à un globe.

— Ce relais se trouve à quarante mille kilomètres, dit Eleanor. En orbite géosynchrone au-dessus de l'équateur. D'ici, nous pouvons apercevoir nos moissonneuses solaires en orbite autour du Soleil quatre-vingt-dix-neuf pour cent du temps. Chacun de ces microfaisceaux, une fois transformé dans les stations au sol, produit entre neuf cent quatre-vingt-cinq et mille quatre gigawatts d'électricité pour une moyenne de vingt-trois heures cinquante-huit minutes par jour.

Meewee savait qu'il était en sécurité, assis dans une voiturette dans l'Indiana, mais la vue de la Terre à cette altitude était vertigineuse. Enivrante. Sous lui se trouvait la planète à la protection de laquelle il avait consacre sa vie. Eleanor lui fit remarquer quinze autres stations géosynchrones qui entouraient le globe et formaient une toile d'araignée d'énergie.

— Très impressionnant, dit-il. Mais où voulez-vous en venir ?

— Je vous ai amené ici, monseigneur Meewee, pour faire un don à votre cause. Regardez autour de vous et choisissez un de ces microfaisceaux. Heliostream fera don au Berceau International de tous les profits gagnés par la vente d'électricité de ce faisceau, et ce pendant dix ans. Ce sera le rayon de soleil privé de votre organisation.

Meewee était incrédule.

— Pourquoi ? Pourquoi faites-vous ça ?

— Pour diverses raisons. La première, parce que je le peux. La deuxième, pour être une bonne citoyenne. La troisième, pour vous montrer combien je suis sérieuse. Mais surtout pour vous ôter ces bouchons des oreilles, afin que vous entendiez vraiment ce que je vais vous proposer.

Meewee retira les lunettes de son nez et se retrouva dans la voiturette. Il se tourna vers la femme assise à côté de lui.

— Je vous écoute.

A son tour, elle se débarrassa des lunettes.

— Je vous offre une part dans un petit projet que j'ai baptisé Jardins de la Terre. Il implique quelques magnats des affaires, une flotte de vaisseaux spatiaux, la colonisation hors de ce système solaire, quelque chose que j'appelle un « engin titre », et un plan pour maîtriser la force la plus puissante qui soit dans la Nature.

— Et qui est ?

— L'avidité humaine, monseigneur Meewee. Ensemble, nous maîtriserons la puissance de l'avidité pour l'utiliser à l'amélioration de la planète et de l'humanité.

Meewee tourna le dos au promontoire et reprit son chemin vers son foyer. Une brise inconstante agitait les feuilles pourpres de soybimi au-dessus de sa tête.

En dépit de tout son pouvoir de persuasion, il avait fallu plusieurs mois à Eleanor Starke pour le convaincre de la rejoindre sur son projet. Et, après toutes ces années, il n'était toujours pas certain de ce qui avait poussé Eleanor à vouloir lancer un millier de vaisseaux spatiaux vers les étoiles pour des voyages de mille ans. C'était bien plus que le simple goût du profit, il n'en doutait pas, mais Eleanor Starke n'était ni une partisane de Gaïa ni une amoureuse de l'humanité. Il n'avait jamais osé lui poser directement la question, peut-être par crainte de briser le charme. Aujourd'hui, il était trop tard.

Perdu dans ses pensées, Meewee traversait les champs quand soudain, surgis de nulle part, trois engins volants miniatures lui barrèrent le passage. Deux étaient effilés et menaçants, comme des assassins, alors que le troisième, qui voletait entre eux, ressemblait à la version plus grosse d'une abeille-témoin. Tous trois avaient des têtes orange vif. Meewee se remémora la mise en garde de Zoranna avant son départ, et il craignit pour sa vie.

— Que voulez-vous ? demanda-t-il.

Les engins ne répondirent pas. Deux d'entre eux, les assassins, s'approchèrent de sa tête qu'ils effleurèrent de leurs ailes.

— Au secours ! A l'aide ! s'écria Meewee en battant l'air des bras.

Il ressentit alors une douleur fulgurante au niveau de l'aisselle. Pendant que les assassins accaparaient son attention, l'abeille l'avait piqué à travers ses vêtements. La douleur se propagea très vite à tout son bras et à son cou.

— Je suis mort, geignit-il. Ils m'ont tué.

Ses assaillants se regroupèrent et décampèrent. Quelques minutes passèrent et Meewee s'aperçut qu'il n'éprouvait pas de faiblesse particulière ni de vertige. Il parcourut en hâte le reste du chemin jusqu'à son appartement de fonction. Là, il se dévêtit et examina la piqûre dans le miroir de la salle de bains. Elle formait un renflement de la taille d'un grain de raisin sous la chair molle de son aisselle. Elle l'élançait et était sensible au toucher.

Puis il entendit un bourdonnement et vit dans le miroir l'abeille orange derrière lui.

— A l'aide ! cria-t-il de nouveau.

Il lança des serviettes et même un flacon d'eau de Cologne à l'insecte électronique, puis se réfugia dans le salon, où il prit une chaise comme bouclier.

— Du calme, Meewee, dit une voix. Vous allez finir par vous blesser.

Meewee regarda autour de lui, mais ne vit personne.

— Je suis là, dit la voix.

C'était le mentar d'Ellen Starke, Wee Hunk, de la taille d'une poupée, assis sur le bord de la table basse. Il portait toujours ses peaux de bête, mais il était représenté de façon plus réaliste, et ressemblait moins à un personnage de dessin animé.

— Toi ! fit Meewee. Qu'est-ce que tout ça veut dire ?

Tout en parlant, il scrutait la pièce à la recherche de l'abeille.

Ça veut dire qu'il faut que je retrouve Ellen, répondit Wee Hunk dans le crâne de Meewee, *et que vous allez m'y aider.*

Meewee repéra l'abeille et ses deux acolytes ailés perchés en haut d'une étagère. Il posa la chaise au sol et pointa un doigt menaçant vers le trio.

— Ces bestioles m'ont attaqué !

C'est ce que j'ai appris. Je vais vous expliquer pourquoi, mais je vous en prie, parlez-moi par la pensée et non à haute voix. Nous devons supposer qu'il y a des oreilles indiscrètes partout, même ici, au cœur du QG des Entreprises Starke.

Le petit homme des cavernes croisa ses bras noueux et s'adossa contre un pot de fleurs.

S'il vous plaît, Merrill, asseyez-vous. Vous me rendez nerveux, à vous agiter autant.

— Alors, c'est Merrill, maintenant, hein ? dit Meewee en allant chercher son peignoir dans la chambre. Comme si nous étions de vieux copains, alors qu'il y a deux heures tu m'as congédié par un haussement de tes épaules ridicules.

Une fois encore, parlez-moi en pensée. Pas à voix haute. Je ne plaisante pas quand je dis que nous sommes surveillés. Quant à votre visite à la clinique, vous m'avez semblé plus concerné par votre propre agenda que par le bien-être d'Ellen. Alors je vous ai testé, et vous avez échoué.

Tu m'as testé ?

Oui, j'ai mis en doute votre intégrité.

Meewee chercha dans ses souvenirs ce qu'ils s'étaient dit à la clinique.

Je ne me souviens de rien de ce genre.

C'est normal, répondit le petit homme de Neandertal, *puisque je l'ai fait en starkese.*

En starkese ? C'est quoi, une langue ?

Exactement, et c'est la raison pour laquelle vous avez été piqué.

Meewee tira la chaise de l'autre côté de la table basse, pour avoir un œil à la fois sur le mentar et les trois engins volants miniatures.

Le starkese est un langage privé parlé uniquement par les membres de la famille Starke et leurs domestiques. Puisque vous êtes une sorte de domestique, j'ai naturellement pensé que vous le parliez vous aussi. Si vous aviez répondu, j'aurais été enclin à coopérer avec vous. Mais vous ne l'avez pas fait.

Je ne me souviens d'aucun défi en une quelconque langue, dit Meewee.

Exact, parce que le starkese peut se dissimuler dans d'autres langages. Et comme vous n'avez même pas réussi à vous rendre compte que vous étiez mis au défi, je vous ai pris pour un intrus indigne de confiance.

Meewee secoua la tête. Ces révélations le laissaient perplexe.

Et quelque chose t'a fait changer d'avis ?

Oui, nos petits amis ici présents, dit Wee Hunk en désignant les trois engins sur l'étagère. *Ils font partie de la structure de commandement et de contrôle d'Eleanor. Ils ont été activés après le crash. Ils vous ont examiné et m'ont donné pour instruction de coopérer avec vous afin de localiser et aider Ellen.*

Meewee s'approcha des étagères et se hissa sur la pointe des pieds pour mieux voir les trois faux insectes. Ils étaient rassemblés là où la lumière solaire tombait de la lucarne, tellement immobiles qu'on aurait plutôt dit des broches que des armes.

C'est Eleanor qui les a envoyés ? Est-ce qu'Eleanor est...

Elle est morte et irrécupérable, pour autant que je sache, mais cela ne l'empêchera pas d'exercer son impressionnante volonté sur les affaires de ce monde pendant encore quelque temps.

Meewee retourna s'asseoir sur la chaise.

Ils t'ont dit de coopérer avec moi. Comment ?

Avant que nous n'abordions ce sujet, myr Meewee, permettez-moi d'exposer clairement quels sont mes intérêts ici. Ellen Starke, et non Eleanor, est ma marraine et mon amie. Je ne me soucie que de son bien-être, pas du tout des Entreprises Starke ou de vos précieux vaisseaux-A. Je ne reçois d'ordre ni d'Eleanor, ni du Cabinet, ni de vous. Est-ce clair ?

Le petit homme primitif étendit les bras et fit craquer ses articulations.

C'est clair, dit Meewee en pensée.

Bien. La seule raison de ma présence ici est l'affirmation de cette abeille selon laquelle vous avez les moyens de retrouver Ellen.

— Ah bon ?

Oui, bien que ce ne soit visiblement pas à un niveau conscient. C'est pourquoi cette abeille vous a piqué, à mon avis.

Meewee se pencha en avant et se prit la tête entre les mains. Il commençait à avoir mal au crâne.

Pour m'aider à me souvenir de quelque chose ?

En fait, l'abeille dit qu'elle vous a injecté du starkese.

Meewee redressa la tête.

Encore ce starkese. Si Eleanor tenait tant à ce que j'apprenne un langage, pourquoi ne m'en a-t-elle pas fait part, simplement ? J'ai une certaine habitude des langues, après tout. J'en parle treize.

Le starkese ne s'apprend pas. Au sens strict, ce n'est même pas un langage, mais un métalangage qui emprunte à d'autres langues. Il n'a pas de lexique propre, se contente de prendre des phrases entières à d'autres langues pour ses morphèmes. Sa syntaxe est fondée sur la tradition familiale, les allusions littéraires, les juxtapositions d'images et bien d'autres choses encore. Ce n'est pas un code, il n'est pas dérivé d'une correspondance fixe, d'un modèle mathématique ou d'un cryptage donné, de sorte qu'il ne peut être « décrypté ». Une même expression que vous utiliseriez maintenant aurait une signification complètement différente dans cinq minutes. Ainsi, le starkese peut être dissimulé dans une conversation orale anodine. Non, myr Meewee, je crains qu'il ne soit pas possible de l'apprendre. On doit l'implanter en vous.

Meewee leva le bras et regarda sous son peignoir.

Il n'y aura pas d'incompatibilité avec le visola dans mon système ?

Du calme, Meewee. Vous êtes vraiment inquiet de nature. Ce n'est pas un NASTIE. L'abeille m'a dit qu'elle vous avait infecté avec une tumeur cancéreuse bénigne, à croissance rapide, qui prendra la forme d'un petit renflement de tissu ectodermique. Quelques cellules du néocortex et de l'hypothalamus, rien de plus. La tumeur restera sous votre aisselle, protégée par votre bras. Vous remarquerez à peine sa présence.

Après une seconde d'hésitation, Meewee pinça la petite boule sous son bras, vit des étoiles, le sol, et les ténèbres.

15

Avant de quitter le toit, Bogdan déchira une manche de sa combinaison et s'en servit pour se moucher. Il la laissa ensuite tomber dans le bol de bouillie de Samson et descendit avec le plateau. Quand il passa devant sa chambre, sa porte le salua d'un « bonsoir ! » enjoué. Bon sang, il l'aimait beaucoup, cette porte. La charterie l'avait installée comme un des éléments d'un plan stratégique pour surveiller l'expansion des Tobblers au-dessus du septième étage en détournant le contrôle de leur ascenseur. L'occupation de la pièce par Bogdan était une heureuse idée venue par la suite. Il avait fait campagne pour obtenir sa propre chambre des années durant. La charterie lui avait donné les codes de la porte et, à présent, rien, pas même un tank, n'aurait pu passer sans sa permission. Depuis la perte de Lisa, cette porte et cette chambre étaient ses deux seules possessions agréables.

La salle d'eau des Kodiaks la plus proche se trouvait au sixième. Bogdan y fit halte pour se laver et se changer. Il retira de ses poches les biscuits du déjeuner, passa un doigt dans la patte à déchirure et ouvrit sa combinaison de la gorge à ses chevilles. Ses vêtements tombèrent à ses pieds. Il les ramassa et les jeta, avec le déjeuner de Samson, le plateau et les couverts, dans la gueule du digesteur.

Avec l'éclairage de la salle d'eau au maximum, Bogdan s'inspecta dans le miroir. L'enrouement de sa voix dans la simulation du vaisseau-A était un premier signe de puberté imminente. Il s'examina d'un œil exercé. Etait-il un peu plus grand ? Un peu plus mince ? Il se rapprocha du miroir et passa le bout de ses doigts au-dessus de sa lèvre supérieure. Pas de moustache, bien sûr, mais peut-être un début de duvet ? Il prit une lingette à raser dans le distributeur et frotta menton et joues jusqu'à ce que sa peau soit redevenue aussi douce que celle d'un bébé. Il y avait de courts poils bruns sur la lingette. Il baissa les yeux sur son entrejambe. Tout semblait parfaitement prépubère de ce côté-là. Il leva les deux bras... se figea. N'était-ce pas *des poils qu'il voyait à ses aisselles* ? Il regarda de nouveau son sexe, avec plus d'attention, et, Seigneur oui, il vit des poils frisés *qui commençaient à pousser là aussi* ! La situation était sérieuse. Il s'agissait d'une urgence de première importance. Il avait besoin au plus vite d'un réglage endocrinien, d'un traitement de rajeunissement. Une bonne chose que le rendez-vous avec la Commission d'allocation ait lieu ce soir.

Kale s'adressa à lui par l'ordi-maison :

— Bogdan, qu'est-ce qui te retient aussi longtemps là-haut ?

— Ouais, ouais, répondit-il.

Un moment plus tard, Kale insista :

— Boggy, tu m'entends ? Allô ?

— Je t'entends.

— Bogdan, réponds si tu m'entends. Nous avons tous faim, nous t'attendons.

— Extraordinaire, dit Bogdan. Tout est si foutrement extraordinaire, ici.

Vêtu d'une tenue propre et plus décontractée, Bogdan descendit en se faufilant dans les escaliers encombrés jusqu'à la Salle verte, au quatrième étage. Les murs de cette salle étaient occupés par des étagères, huit, du sol au plafond, et chacune d'entre elles croulait sous les appareils électroménagers, les archives et un peu n'importe quoi. Avec ces étagères et la grande plante à feuilles géantes, il y avait tout juste assez d'espace libre pour les trois tables où la charterie prenait ses repas.

Kale était assis à la table principale entre Gerald et April. Cette dernière avait son essayeur portable face à elle, et Gerald la rituelle « soupière ». La soupière... un gros pot en aluminium avec un enregistreur de versements fixé sur son flanc. Elle était dans la charterie depuis sa fondation.

— Bon, le voilà, dit Kale. Nous pouvons commencer.

— Pas encore, dit Gerald. Nous n'avons pas encore décidé, pour les Tobblers.

— Bien sûr que si, répliqua April. Il n'y a aucune raison pour que quelques-uns d'entre eux ne puissent se joindre à nous pour un moment. Nous avons une vue parfaite du Skytel.

Gerald croisa les bras.

— C'est ton avis. Mais moi, je dis que nous ne leur devons aucune faveur. Qu'ils regardent depuis la rue. Ils l'aiment tant, la rue, eh bien qu'ils regardent depuis là. Par ailleurs, je croyais que nous allions commencer le truc avec Sam, ce soir.

— Nous allons le faire, dit April, et j'ai l'intention d'inviter les Tobblers à *ça* aussi. Ce sont nos voisins, bon sang !

— Nos voisins ? répéta Gerald. Tu les appelles nos « voisins » ?

— Allons, allons, dit Kale, qui était assis entre eux. Ne nous laissons pas emporter dans cette direction.

Bogdan se glissa entre les tables. Il repéra deux chaises libres, une à côté de Kitty, la deuxième à côté de Rusty. Il fit mine de choisir la place près de Kitty, juste pour l'agacer, mais s'assit sur l'autre chaise. Il se tourna vers Rusty et demanda :

— C'est au sujet des briques ?

— Non, les briques, c'est encore autre chose.

BJ se pencha sur la table et dit :

— Les Tobbs veulent monter voir le spectacle pour la cérémonie de la canopée avec nous sur le toit, ce soir. Ils ont demandé à April si c'était possible, et nous en discutons.

A l'autre table, Megan prit la parole :

— Immeublier Kale, ne pourrions-nous pas en débattre plus tard ? Je vote pour la soupière et le dîner.

Une dizaine de voix entonnèrent à l'unisson :

— La soupière. La soupière.

Megan poussa son avantage :

— Que ceux qui sont pour que nous dînions disent : Oui.

— Oui ! rugirent les chartistes.

Megan tapota son verre d'eau avec son couteau et dit :

— Proposition adoptée. Que le dîner commence.

Avec un soupir, Kale se leva. April et Gerald, irrités et bras croisés, l'encadraient.

— Bien-aimés cochartistes, entonna-t-il, approchez et entendez ma bénédiction.

Il souleva la soupière à deux mains et la tint au-dessus de sa tête comme s'il s'agissait d'un trophée.

— Voyez le brillant vaisseau de notre subsistance. C'est un robuste navire sur une mer insouciante. C'est le berceau de notre vie et de notre espoir. Approchez, chers cochartistes, et emplissez-le des fruits de votre labeur.

Il reposa la soupière au milieu de la table et se rassit.

Sarah passa en premier. En sa qualité de cuisinière et d'intendante pour l'année, la maison lui allouait un salaire quotidien de trente-cinq dix-millièmes de crédits, ce qui était peu dans le monde extérieur. Elle approcha de la table, fit mine de laisser tomber quelque chose dans la soupière, puis se tourna vers ses cochartistes et salua d'une inclinaison rapide du buste. Il y eut quelques applaudissements polis. Elle marmonna des remerciements et se hâta de regagner la cuisine pour s'occuper de l'extrudeur.

Barry et Francis assurant le service ce soir, ils furent les suivants. Ils passèrent rapidement devant la soupière qu'ils effleurèrent du bout des doigts, sans rien y mettre, et sortirent avant que quiconque ait eu le temps d'applaudir, en admettant que quelqu'un en ait eu l'intention.

Puis ce fut le tour de Gerald, contrôleur pour l'année et homme à tout faire, et de Kale, l'immeublier. Sans prendre la peine de se lever, chacun tendit la main au-dessus de la soupière pour y « laisser tomber » son obole. April, à l'inverse, fit un vrai versement que l'enregistreur évalua à cent soixante-douze millièmes de crédits, soit la recette nette du NanoJiffy. Les cochartistes applaudirent vigoureusement. Chaque soir, c'était en général elle qui faisait la première contribution réelle au pot commun.

Ensuite vinrent June et Paula, dont le travail en ligne avec un répartiteur de demandes d'indemnités dans une firme d'assurances leur avait rapporté quatre-vingt-quinze dix-millièmes de crédits. L'une après l'autre, elle versèrent leur écot dans la soupière et rougirent sous les applaudissements.

Louis se leva pour mettre une poignée de jetons au pot (les cochartistes n'essayaient même plus de décourager sa mendicité publique et lui demandaient seulement d'ôter les couleurs de la charterie quand il s'y adonnait) : vingt-cinq dix-millièmes. Applaudissements restreints mais solides.

Megan donna un plein sac de cachets de biopsie usagés. Elle négligea la soupière et les déposa directement dans l'essayeur.

April lut à haute voix les résultats qu'affichait le petit écran de l'appareil :

— Gallium, silicium, carbone, fer et une trace de germanium.

Valeur estimée, une fois les éléments purs isolés : vingt et un dix-millièmes de crédits. Megan s'inclina et les autres applaudirent, même s'ils auraient préféré qu'elle cesse de jouer les charognards derrière les installations médicales. April enfila des gants avant de transférer les rebuts dans un conteneur de sécurité pour matières polluantes posé à ses pieds.

Vint ensuite Rusty.

— Vous savez tous qu'à une époque j'ai écrit des ballades, dit-il. Eh bien, aujourd'hui, quelques types très sympas à Bahreïn se sont servis d'une d'entre elles pour un événement commercial, et voilà mes royalties.

Il versa un dix-millième de crédit. Les applaudissements furent disproportionnés par rapport à la somme ; c'est du moins l'impression qu'eut Bogdan. Rusty hocha plusieurs fois la tête en remerciement, puis retourna à sa place.

— Je vais te dire un truc, glissa-t-il à Bogdan une fois que l'attention fut passée à quelqu'un d'autre. Ça fait vraiment du bien d'apporter sa contribution au pot commun. Je parie que tu éprouves la même chose chaque jour.

Bogdan éluda d'un haussement d'épaules.

Les cochartistes les uns après les autres continuèrent d'approcher la tête de la table. Chacun effleurait la soupière, y laissait tomber une somme ou quelque chose de monnayable grâce à l'enregistreur de versements. Finalement ne restèrent plus que Kitty, Denny et Bogdan. Denny n'avait jamais rien à donner, et personne ne lui en voulait. Il se leva, mais Kitty le tira par la manche et le força à se rasseoir. Elle lança un regard courroucé à Bogdan, qui feignit de ne rien remarquer. Depuis le temps, elle aurait dû savoir qu'il passait toujours en dernier.

Ce petit manège ne tarda pas à exaspérer April.

— Hubert, tu écoutes ? demanda-t-elle.

— Quand l'ordi-maison fonctionne correctement, oui.

— Comment va Sam ?

Tout le monde guetta la réponse du mentar.

— Il se repose en position confortable.

— Quelque chose pour la soupière ce soir ?

— Oui. Sam a le plaisir de contribuer à l'effort de ce jour en versant une somme d'un total de dix crédits et trois mille six cent soixante et onze dix-millièmes.

L'assistance applaudit avec enthousiasme.

— Merci, Hubert, dit April. N'oublie pas de remercier Sam de notre part à tous quand il se réveillera. Rappelle-lui que nous monterons plus tard pour être avec lui.

— Très bien, fit Kale dont le regard passa de Kitty à Bogdan. C'est tout ? Nous avons terminé ?

La situation était bloquée ; aucun des deux rétroenfants ne bougea.

— Oh, d'accord ! finit par s'exclamer Kitty.

Elle se leva et alla au bout de la table principale. Elle avait troqué son costume de marin pour une tenue d'intérieur, et ses cheveux étaient ramassés dans une serviette nouée. Elle fit un bref numéro de claquettes devant la soupière et une révérence, comme chaque soir. Et, comme chaque soir, Bogdan s'irrita d'entendre les autres saluer chaleureusement cette performance.

Kitty se tint ensuite en équilibre sur une de ses jambes trop maigres, puis sur l'autre, pour fouiller ostensiblement dans ses poches rebondies. Elle en sortit les trésors du jour et les plaça dans la soupière : un bout de ficelle intelligente, des morceaux de plastique et de verre, une poignée de terre, un bâtonnet-repas, trois pâquerettes avec leurs racines, un tee de golf et huit petits fragments de marbre de la taille de graviers. Bogdan serra les dents et regarda ailleurs. Il y avait aussi des morceaux de diverses feuilles de métal, et la pièce de résistance : le verre gauche et la monture correspondante d'une paire de lunettes spéciales cassée.

Quand les poches de Kitty furent vides, April transféra son butin de la soupière dans l'essayeur, et la machine estima bientôt la valeur de l'ensemble recyclé à hauteur de cinq dix-millièmes. Kitty se fendit d'une seconde révérence, et les cochartistes applaudirent.

— Et voilà ce que j'ai gagné en jouant au jardin.

Elle apposa la paume sur l'enregistreur. Vingt-cinq dix-millièmes de plus. Elle s'inclina devant les applaudissements et retourna d'un pas dansant à sa place. Son total équivalait à un salaire quotidien minimum ; ce n'était pas si mal pour Kitty Kodiak.

— *Terminé ?* s'enquit Bogdan.

Il se leva, marcha sans hâte jusqu'à la table principale et tendit son poing fermé au-dessus de la soupière. Il aimait passer en dernier chaque soir, pour souligner sa différence. Selon ses calculs, les apports cumulés de toute la charterie (sans compter la contribution de Sam) devaient atteindre la somme peu impressionnante de huit mille cinq cents dix-millièmes de crédits. Ce total incluait les profits nets tirés d'un NanoJiffy situé dans une rue très passante. Et comme ils le savaient tous, les dépenses incompressibles pour assurer la bonne marche de l'immeuble, sans compter les coûts médicaux, légaux et ceux de rajeunissement, qui n'étaient pas négligeables, les distractions, les vacances ou les dépenses non indispensables, qui étaient inexistantes, s'élevaient à environ un crédit, soit mille cinq cents dix-millièmes de plus que ce qu'ils avaient amassé aujourd'hui. Bogdan n'avait pas besoin de le préciser. Tous ici avaient assisté à la réunion budgétaire annuelle.

Le poing toujours immobile au-dessus de la soupière, Bogdan plongea le regard à l'intérieur du récipient en aluminium bruni et se demanda quand cette coutume stupide avait commencé. D'autres charteries possédaient elles aussi leur « cérémonie de la soupière », certes, mais il n'avait jamais entendu parler d'aucune où figurât une soupière réelle. L'ensemble était censé rester une métaphore. Ils n'arrivaient donc pas à le comprendre ?

Les autres finirent par s'impatienter. Bogdan ouvrit la main et la colla à l'enregistreur de versement pour déposer toute sa paie sur le compte commun de la maison. Le transfert se montait à un crédit et trois mille trois cent trente-trois dix-millièmes. Lui et Sam portaient la maison à bout de bras, c'était l'évidence même, et il aimait à le souligner, six fois par semaine. Les applaudissements furent peu chaleureux, mais il s'en fichait.

Avant qu'il ait le temps de regagner son siège, les portes donnant sur le couloir s'ouvrirent en grand et Francis et Barry entrèrent dans la salle en poussant devant eux des dessertes roulantes.

Kale se mit à réciter la bénédiction de clôture, mais Kitty intervint de sa voix flûtée :

— Attends ! Denny a quelque chose.

Tout le monde se tourna vers l'intéressé, qui sembla rougir de tout son corps.

— Allez, vas-y, l'encouragea Kitty.

Denny alla à la table principale d'un pas traînant et sur un signe de Kitty s'inclina. Il avait quelque chose dans sa main, qu'il tint un instant au-dessus de la soupière, avant de le faire tomber avec un bruit mat au fond du récipient.

April, voyant ce que c'était, pâlit. Elle regarda Kitty et secoua lentement la tête.

— Arracher des fleurs dans un jardin public est déjà une mauvaise action, mais voler un animal public constitue un délit.

— Il était mort, dit Denny. Nous ne l'avons pas volé.

— Ce n'est pas ta faute, lui dit April. Mais Kitty aurait dû faire preuve de plus de jugeote.

Elle inclina la soupière vers Kale et déclara :

— Peut-être que si tu le déposes dans le jardin il aura l'air d'y être mort naturellement ?

— Pas la peine d'en faire toute une histoire, dit Kitty en parlant avec sa voix d'adulte sans s'en rendre compte.

Kale plongea la main dans la soupière et y pêcha le petit cadavre du rouge-gorge. Puis il se leva.

— Donnez-moi aussi les fleurs et la terre.

Avant de quitter la tête de la table, il termina la bénédiction :

— Grâce au travail de mains nombreuses, nous comblons nos besoins. Par la cause commune, nous créons nos jours. Amen.

— Amen ! fit le chœur des cochartistes, tous entamant aussitôt le dîner.

Soupe de légumes verts et riz, suivis de morceaux de poulet frits et d'une part de pizza : le menu du soir n'avait rien d'original, comme la plupart du temps. Mais il tenait bien au corps et il dissipa la tension dans la salle, où bientôt s'élevèrent des conversations badines. Lorsque Kale revint du toit, Bogdan le surveilla du coin de l'œil et essaya de deviner s'il avait pris Sam en défaut, mais l'immeublier se rassit sans faire de commentaire, comme si tout allait bien.

Bogdan observa ses cochartistes. Comment prendraient-ils le fait que Sam était parti seul à l'extérieur pour mourir ? Kitty piquerait une crise. April se sentirait blessée. Il les regarda tous qui grimaçaient devant le visola du soir et s'efforçaient de tromper leur amertume en savourant leur dessert – une purée de fruits. Rusty essuya sa bouche avec une serviette, puis la mangea. Après tout, sa provenance était la même que la nourriture. Ces derniers temps, Rusty avait terriblement maigri, et bien qu'il ne laissât jamais rien dans son assiette, qu'il dévorait parfois aussi, il semblait perdre du poids chaque jour. Son crâne apparaissait déjà sous sa peau trop fine. Pour Louis, c'était tout le contraire : il développait des bajoues de hamster. Et il y avait plus que quelques doubles mentons présents aux tables, sans parler des ventres tombants et d'une détérioration somatique généralisée.

Devant ce spectacle, Bogdan se demanda si d'autres que Kitty et lui-même se souciaient de leur apparence physique. Et si la réponse était non, pourquoi une telle négligence ? La charterie n'avait-elle pas une assurance-rajeunissement pour que tout le monde reste du bon côté des quarante ans d'âge d'apparence ?

Peu de colons pourraient bénéficier d'un traitement de rajeunissement illimité à bord des vaisseaux-A, Bogdan le savait. Cet étrange évêque avait bien précisé ce point, et le lieutenant Perez en avait également parlé lors de leur visite des tambours d'habitation.

Le lieutenant l'avait emmené à la Prairie, un tambour contenant un lac d'eau douce. Ils avaient marché sur un chemin de campagne qui, à cause de la courbure du tambour, donnait l'impression de gravir une colline. L'horizon était tellement abrupt, en fait, que la cité en face d'eux était inclinée presque à la verticale, comme une carte sur un mur. Perez n'avait donc eu aucune difficulté à lui indiquer les différentes attractions du site.

— Le stade est là, dit-il, et le complexe en dessous comprend un cinéma, une salle de concert et une salle d'expositions. La bibliothèque et le centre de fitness, là. Des clubs et des théâtres. Et là-haut, la marina.

Bogdan dut tendre le cou pour apercevoir le lac. Ses eaux bleues étaient étrangement courbes et s'étendaient sur toute la longueur du tambour. Il était bordé d'un côté par une forêt et un parcours de golf, de l'autre par des champs cultivés.

Il n'y avait pas de circulation autre que piétonne sur ce chemin. Les quelques promeneurs qu'ils croisèrent firent halte pour bavarder un instant et leur souhaiter une agréable journée. Tout le monde était jeune, séduisant, sympathique. Et tout le monde semblait connaître le nom de Bogdan, en particulier les filles qui le gratifiaient de sourires éblouissants.

— Il n'y a pas de mystère, dit le lieutenant Perez avec un petit rictus. C'est l'uniforme. Ne me demandez pas pourquoi, mais les filles semblent tout spécialement vous apprécier, vous autres pilotes.

L'information était plaisante à entendre. Bogdan bomba un peu plus le torse.

— Nous y voici, dit Perez en faisant halte devant une résidence sur deux niveaux entourée de son propre jardin paysagé.

Il poussa un portail en bois et ils remontèrent de larges marches basses dallées.

— C'est intentionnellement peu vaste afin que vous puissiez également avoir un lieu de résidence dans une des cités.

Pour Bogdan, cette demeure brun clair ne paraissait pas du tout petite. Toute la charterie y aurait aisément tenu.

— Le tambour suivant, expliqua Perez, sera le lieu d'habitation général après l'Eveil, quand tout le monde sera debout. Avoir un peu de verdure juste à côté n'est pas une mauvaise idée.

La porte s'ouvrit à leur approche et ils entrèrent. Ils traversèrent un vestibule spacieux menant à une cour intérieure dallée qui occupait le centre de l'immeuble. Au-dessus, le ciel était très bleu, et Bogdan comprit qu'il s'agissait en réalité du lac.

— Une cuisine entièrement automatisée, dit Perez en pointant l'index vers une des pièces ouvrant sur le patio. La salle médias, trois salles d'eau, une salle de gym avec sauna et douches, une équipe complète de robots domestiques, ordi-maison. Oh, et regardez ça…

Il fit un geste de la main et les dalles de la cour se transformèrent en fenêtres offrant une vue infinie sur l'espace. Bogdan était suspendu entre un ciel liquide et un sol étoilé.

— C'est fantastique ! dit-il. Si spacieux. Combien de personnes habitent ici ?

— Uniquement vous, cadet Kodiak, et toute personne que vous souhaiterez inviter à partager votre quotidien.

16

Mary et Fred avalèrent des oxytabs avant de quitter l'appartement. Rolfe habitait à un étage situé près de trois mille mètres audessus du niveau de la mer et ils avaient prévu de passer quelque temps sur sa terrasse, étoilée mais non pressurisée. Un surveillant les informa qu'un ascenseur ultrarapide reliait sans arrêt les cent cinquantième et quatre cent soixante-quinzième niveaux.

Mary avait opté pour un maquillage de soirée discret, une robe fourreau sans manche en crêpe de Chine prune, des chaussures ouvertes d'un noir luisant et un simple collier de perles noires. Sa chevelure, devenue noire également, était collée pour s'empiler sur le sommet de son crâne.

Mais, au premier coup d'œil autour d'elle à la station d'ascenseurs, elle comprit que son choix initial aurait été plus proche de l'ambiance générale. Elle et Fred étaient entourés par un groupe dont les tenues de fête rivalisaient de couleurs criardes. Mary se sentit terriblement terne.

Ce ne fut pas mieux dans la cabine ultrarapide où il y avait trop de cris, de chants et de gens qui buvaient. Les parfums les plus sophistiqués, lourds et sucrés, se mêlaient pour créer une odeur rappelant à Mary celle des fleurs pourries, et elle sentit un début de nausée la gagner. Elle ferma les yeux et agrippa la main de Fred.

Il lui dit quelque chose, mais elle ne put l'entendre. Elle essaya sur leur canal privé, mais il ne répondit pas. Elle mit un moment à comprendre qu'il s'était déconnecté. Le nettoyage à sec l'avait certainement débarrassé de ses implants, et il avait laissé son valet à l'appartement.

Il se pencha et lui parla directement à l'oreille.

— Tu m'entends, là ?

Mary acquiesça.

— Je disais : est-ce que ça ne te rappelle pas la fête du Centenaire ? C'est dingue, hein ?

Mary hocha la tête. C'était bien de Fred d'oublier que les évangelines étaient arrivées au monde depuis moins de cent ans, qu'en conséquence elles n'avaient pu connaître une des plus gigantesques fêtes du siècle précédent.

C'était plus calme sur les passerelles supérieures. Fred put enfin s'entendre réfléchir. Alors qu'ils quittaient la station d'ascenseurs au niveau 475 pour rejoindre l'appartement de Rolfe, au coin sud-est du niveau 500, il pensa à ces petits rollmops préparés par Mary qui lui incendiaient toujours l'estomac. Qu'est-ce qui avait bien pu la pousser à aller dans la cuisine et à expérimenter une recette aussi dangereuse ? Il avait dû se produire quelque chose, mais il hésitait à la questionner maintenant. Dans la cabine, elle lui avait semblé très pâle. Elle avait l'air d'aller mieux à présent, mais sans pour autant paraître d'humeur festive. Prendre la parole était évidemment risqué, mais, s'il n'essayait pas de la distraire avant qu'ils arrivent chez Rolfe, elle souffrirait en silence pendant toute la soirée, et par voie de conséquence lui aussi. Aussi, évitant tous les pièges connus, et d'un ton aussi léger qu'il le put, il lui dit :

— Tu es particulièrement ravissante, ce soir.

— Oui, pour des funérailles je serais parfaite.

Fred hocha la tête. Les choses s'engageaient mal, mais il devait avoir foi en lui et ne pas baisser les bras.

— Quelqu'un que nous connaissons ? dit-il en s'apprêtant à entendre une mauvaise nouvelle.

Elle posa sur lui un regard déconcerté.

— Les funérailles, expliqua-t-il.

Mary se laissa aller contre lui, l'image même de la résignation évangelinesque.

— Il n'y a pas de funérailles, Fred. Seulement un gâteau.

— Ah, un gâteau...

— Oui, un gâteau. J'ai fait une unité d'introduction chez Créations Pâtissières ce matin. C'est mon amie Marion qui m'en a parlé.

— Créations Pâtissières ?

— Oui, Fred : les gâteaux d'anniversaire, les pièces montées, les petits-fours, les tartes, un « véritable panorama de la création pâtissière », comme le professeur l'a dit.

De façon aussi dépassionnée qu'il était humainement possible, pour ne révéler aucun penchant pour ou contre, Fred demanda :

— Et ça t'intéresse ?

— Oh, je ne sais pas. Ce n'est pas aussi dur que je le pensais. On te fait créer non seulement des gâteaux classiques, mais aussi des statues en glace, des fontaines à punch, des scènes en chocolat, des cascades à vin, ce genre de trucs. Les conditions requises pour s'inscrire sont assez strictes, tout le monde ne peut pas suivre le programme. Plusieurs évangelines ont déjà été acceptées, mais aucune doris, si tu vois ce que je veux dire.

« Et puis, il faut avoir des notions de chimie, connaître des émulsions colloïdales et les propriétés des molécules d'amidon, par exemple. Il y a aussi la sculpture, la composition, et les techniques assistées par subem. Il faut presque un an pour maîtriser les bases, et une année de plus de travaux pratiques ici et là.

— Et ensuite ? l'encouragea Fred.

Mais il avait dû se montrer trop enthousiaste, car elle se referma comme une huître et ne dit plus rien. Il la serra contre lui, décidé à ne pas insister. Elle avait probablement reçu une offre d'emploi insultante ce matin, ce qui l'avait menée à ce cours pâtissier. Jouer les utilités ou quelque chose de ce genre. Travailler comme serveuse, peut-être, ou pire, ranger les penderies pour un quelconque richard, exactement les propositions que les évangelines redoutaient. Fred n'enviait pas à Mary sa condition. Les évangelines ne travaillaient jamais dans le domaine qui leur convenait ; elles récoltaient les emplois les plus bas des itérants du commerce. Rien d'étonnant à ce qu'elle se soit vengée et ait composé ces grenades en forme de rollmops.

Mary pressa son bras.

— Tu sais, Fred, la nourriture, aussi joliment préparée qu'elle soit, reste toujours de la nourriture, et rien de plus.

Rolfe était débordé et sautillait d'un mur à l'autre. Des tables supplémentaires empiétaient sur les pistes de danse et les murs vidéo. Des fêtards se pressaient autour des bars et sur la terrasse au-delà du rideau pressurisé. Le bruit était assourdissant. Mary donna son empreinte palmaire pour qu'ils entrent, et Fred leur fraya un chemin jusqu'à la salle, où leurs amis et eux se retrouvaient tous les mercredis. Mais leur table habituelle était occupée par des inconnus.

Mary alluma son canal perso et dit :

Eh, les amis, vous êtes où ?

C'est toi, Mary ? répondit quelqu'un. *Nous sommes dans la Salle spéciale, sur le kiosque à musique.*

Mary désigna la pièce. Fred ouvrit la marche en jouant des coudes.

Le kiosque à musique avait été mis à profit pour y installer trois tables supplémentaires, collées ensemble, autour desquelles se trouvaient leurs amis. Sofi leur fit un geste de la main. *Youhou, par ici...*

Les tables étaient couvertes de carafes, de verres et d'assiettes d'amuse-gueule égéens : cubes de feta et de kasseri, feuilles de vignes fourrées de viandes et légumes hachés et épicés. Il y avait un grand bol empli d'énormes olives noires et vertes luisantes.

— C'est super, hein ? cria Sofi.

— Quoi ? répondit Mary sur le même ton.

J'ai dit : C'est super, hein ?

Sofi était leur héléna, leur poupée méditerranéenne, une femme menue au teint bistre, avec des hanches larges, des yeux immenses et un sourire facile. Elle se dandinait au rythme de quelque canal musical et ouvrit les bras pour désigner toute la salle.

Oh, tu parles de la foule, répondit Mary. *Oui, c'est super. Exactement comme pour le Centenaire.*

Un éclat s'alluma dans les prunelles sombres de Sofi.

Mais oui, tu as raison ! C'est exactement comme pour le Centenaire.

Tout en s'asseyant, Mary s'assura que tout le monde était bien là. Leurs jerrys – Wes, Bill et Ross – étaient assis au bout d'une des tables, avec leurs femmes – les jennys Liz, Gwyn et Deb – en face d'eux. Peter, leur unique jérôme, et Alice, leur seule joan, étaient venus non accompagnés. Il y avait aussi Sazza, leur autre héléna, Mickey, son franck de mari, ainsi que leur ruth, leur isabella et leur jack.

Ne manquaient que les deux lulus, Abbie et Mariola, et l'autre couple russ/évangeline, Reilly Dell et Shelley Oakland.

Shelley arriverait en retard. Elle avait un long trajet à parcourir. A la connaissance de Mary, c'était la seule évangeline qui eût un véritable emploi d'évangeline, et ce depuis cinq ans déjà. Les autres détestaient Shelley autant qu'elles l'admiraient, et Mary aurait partagé ce sentiment si elle n'avait été sa meilleure amie. Et puis la patronne de Shelley était une célèbre artiste de la mort, et les conditions de travail de Shelley n'étaient quand même pas idéales.

Après avoir bavardé de choses et d'autres pendant un moment, Mary scruta la salle bondée. Les gens, les tables, les chaises... tout cela formait une masse compacte qui obligeait les robots serveurs à passer au-dessus, accrochés à un réseau de câbles. La plupart des tables étaient mixtes, comme la leur, même si elle repéra les inévitables regroupements jane/john et juanita/juan.

La piste de danse n'était plus qu'un corps monstrueux à têtes multiples, se tortillant en tous sens, car chacun choisissait son propre canal musical pour se défouler. Mary aperçut Abbie et Mariola. Elle remarqua également deux lulus pratiquant des pas de danse complexes qui auraient pu être leurs lulus.

A l'autre bout de la table, la jenny Gwyn lança :

Wes ! Retire cette visière. Tu avais promis.

Wes regarda autour de lui, l'innocence faite jerry.

Quoi ? Qu'est-ce que j'ai encore fait ?

Pas de ça avec moi, trancha Gwyn. *Si ce jeu est aussi important pour toi, pourquoi ne retournes-tu pas à l'appartement pour le regarder ?*

Et emmène Bill avec toi, ajouta Liz.

C'est un tournoi, pas un jeu, répliqua Bill. *Et je ne le regarde pas non plus.*

Le principal sujet de conversation à leur table portait sur les canopées, et aussi sur où chacun d'entre eux se trouvait soixante-dix ans plus tôt, quand les premières canopées citadines avaient été érigées. Comme la moitié de leur bande, Mary n'était pas encore là à l'époque mais elle trouvait le sujet fascinant.

Alice, leur joan, narra sa propre expérience à New York, quand l'Outrage avait déferlé de l'Atlantique. Elle se trouvait dans un bureau pressurisé ce jour-là – c'est ainsi qu'elle avait survécu au massacre initial. Elle leur décrivit les semaines et les mois de terreur qui avaient suivi, sa lutte pour survivre, les rues emplies de cadavres, la nourriture et l'eau qui manquaient. *Nous avons subi, comme nous le faisons toujours*, conclut-elle, résumant une année épouvantable par un de ces euphémismes typiques des joans. Soixante-dix ans en arrière, Gwyn, la jenny, suivait une formation d'infirmière à Sydney quand un jour elle fut la seule étudiante à se présenter aux cours. Au même moment, Mickey le franck était à Kyoto ; pas une seule des personnes qu'il connaissait ne survécut. Peter le jérôme resta trois jours terré dans un petit restaurant de Hong Kong, dans lequel plus d'une centaine de personnes périrent. Il dut même se battre (imaginez ça, un jérôme se battant !) contre un fermier qui voulait lui voler sa combinaison.

Toutes ces histoires finissaient pourtant par se ressembler. Soixante-dix ans auparavant, ils vivaient dans telle ou telle région du globe, travaillaient dans le même secteur qu'aujourd'hui, appréciaient ou non leur vie, quand, en ce jour tragique de la Grande Détresse, le monde entier avait changé.

Chicago avait été la première cité à expérimenter un filtre atmosphérique semi-solide pour protéger sa biosphère urbaine. La technologie s'était rapidement répandue à toutes les villes des Démocraties Unies. Et les canopées étaient devenues plus vastes, plus épaisses et plus fiables, jusqu'à ce qu'elles soient en mesure de maintenir l'Outrage à l'extérieur.

Comparées à celles que nous avons aujourd'hui, déclara Mickey, *les premières étaient très poreuses, mais vous n'avez pas idée du soulagement qu'on a éprouvé à se retrouver sous leur protection.*

Nous les appelions nos boucliers bénis de la normalité, ajouta Gwyn.

Peter intervint à son tour :

Je vis sous cette même canopée depuis soixante-huit ans, et je vous jure que je ne suis pas prêt à l'abandonner.

Hé ! Hé ! firent les autres.

Ils brandirent leurs verres pour porter un toast à la canopée de Chicago. Fred prit une carafe et servit du vin blanc à Mary, optant quant à lui pour une boisson gazeuse au gingembre.

A notre bouclier béni de la normalité ! dirent-ils en chœur.

Fred ignorait à quoi se rapportait le toast, mais il leva son verre aussi.

Mary eut un haut-le-cœur. Son vin avait un goût aigre et fort, et il sentait l'essence de térébenthine.

C'est du retsina, lui dit Sofi. *Tu n'aimes pas ?*

Si, répondit Mary. *Je ne m'y attendais pas, c'est tout.*

Il accompagne très bien les amuse-gueule. Essaie avec le poulpe.

Oublie ce truc, lui dit Wes en lui servant un verre de ce que lui-même buvait. *Ça, ça descendra mieux.*

Il lui donna un verre d'un liquide huileux et incolore qui sentait la liqueur. L'alcool était trop fort au goût de Mary, mais elle remercia Wes et but quelques gorgées.

Quand la conversation vint sur Fred, il parut comprendre qu'on attendait quelque chose de lui, mais sans savoir quoi. Il désigna ses oreilles et secoua la tête. Mary se pencha vers lui et lui cria :

— Ils se souviennent des premières canopées !

— Quel canapé ?

— Pas un canapé : la canopée ! L'Outrage ! Où étais-tu il y a soixante-dix ans ?

Quel est le score, Fred ? interrogea Gwyn d'un air malicieux.

Il ne regarde pas le match, rétorqua Mary.

Bien sûr que si, fit Liz. *Il suffit de voir sa tête.*

Wes abattit un verre vide sur la table pour attirer l'attention de tous.

Eh ! Myren ! Fred est déconnecté. Il a dû prendre un bain parasiticide aujourd'hui. Vous ne sentez pas ?

Tout le monde se tourna vers Fred qui, devant cet intérêt soudain, grimaça.

Alice demanda :

Il y a eu une attaque ?

Bah, évidemment, fit Wes.

A l'intérieur ou à l'extérieur de la canopée ?

Sais pas, dit Wes.

Vous savez quoi ? intervint Peter. *Dans quelques heures, il n'y aura plus cette distinction. Nous serons tous à l'extérieur.*

La ferme, Peter, dit Alice. *Où ça s'est produit, Wes ?*

Les jerrys – Wes, Bill et Ross – échangèrent des regards rapides. Wes répondit :

On ne sait pas. On a appris ça sur le Jerrynet. Mais je vous suggère de chercher sur le WAD, à « station hydraulique ». Il y a forcément un rapport public.

Fred cria à Mary :

— Dis-leur que je n'étais pas sur la planète au milieu des années 2060. J'ai donc tout raté.

En dépit du glissement effectué par la conversation, Mary relaya l'information, mais déjà plus personne ne s'y intéressait.

Je ne trouve jamais rien sur le WAD. Tu n'as pas un autre mot clef pour nous ?

J'en ai déjà trop dit, répondit Wes.

Donne-nous une réponse claire, et au diable ton satané serment de confidentialité, dit Alice. *Est-ce que nous sommes en danger ici ?*

— De quoi parlent-ils, maintenant ? cria Fred.

Mary était lasse de son rôle d'interprète. Elle fut sauvée par un rugissement général de la foule des invités qui se trouvaient de l'autre côté du rideau pressurisé, sur la terrasse. Dans la Salle spéciale, tout le monde se figea pour tendre l'oreille, et un silence inquiétant régna, jusqu'à ce qu'une femme pousse un cri perçant. Le pandémonium reprit aussitôt.

Fred tapota l'épaule de Mary et désigna la piste de danse.

— Ce sont nos lulus ? cria-t-il.

Un cercle de danseurs préservait un peu d'espace pour les deux lulus repérées plus tôt par Mary. Elle acquiesça en réponse à Fred. Puis elle remarqua une petite table proche de la piste où trois évangelines étaient voûtées sur leurs boissons. Elles semblaient être les personnes les plus tristes de tout Chicago. Mary se demanda si c'était également l'impression qu'elle faisait aux gens. En tout cas, c'était bien son état d'esprit.

Ce n'était un secret pour personne, leur type traversait de sérieuses turbulences. Les histoires réussies comme celle de Shelley mises à part, de plus en plus d'évangelines se tournaient vers leurs sœurs pour un soutien mutuel. Ces derniers temps, Mary en avait aperçu qui, par petits groupes, mangeaient dans des gargotes. Elles mettaient en commun leurs maigres ressources pour habiter des appartements encore plus déprimants que celui qu'elle occupait avec Fred. Mary s'attendait à voir bientôt des évangelines démunies s'installer dans les pré-dalles où Personnel Appliqué subventionnait des dortoirs et des soupes populaires pour les personnes sous-employées. Puis, elles finiraient par porter leur pauvreté sur les rides de leur visage, car Personnel Appliqué ne payait pas pour les traitements de rajeunissement. Mary se brancha sur un canal public d'appel et régla sa voix sur la petite table. *Salutations, mes sœurs*, dit-elle, et quand elles relevèrent la tête elle leur adressa un signe de la main. *Il y a encore de la place avec mes amis et moi. Venez donc vous joindre à nous.*

Les évangelines la remercièrent gracieusement, mais déclinèrent son offre, affirmant qu'elles préféraient rester où elles étaient. Pauvres menteuses accablées par la vie.

17

Oui, oui, oui, sur le lit, dit Wee Hunk.

Le mentar simiesque avait pris taille humaine pour diriger les deux robots domestiques qui portaient Meewee dans la chambre. Ils étaient conçus pour le service et les travaux ménagers, pas pour transporter des êtres humains, et le rude contact avec leurs organes préhenseurs anguleux tira Meewee de l'inconscience.

— Lâchez-moi ! s'exclama-t-il en gigotant pour échapper aux robots.

Cessez de vous débattre, lui dit Wee Hunk. *Nous vous amenons simplement à votre lit. Vous vous êtes évanoui.*

Meewee se laissa faire ; un moment plus tard il était balancé sur son lit. Il resta immobile une pleine minute, le temps de se remettre les idées en place, sous le regard attentif du mentar. Quand la sensation de désorientation se fut dissipée, il demanda :

Que s'est-il passé ?

Vous vous êtes évanoui. Vous souffrez d'une fièvre induite par la reconnexion générale qui se déroule à l'intérieur de votre crâne, mais il n'y a aucune raison de vous inquiéter. L'autodoc surveille votre état. A propos, il faut que vous le sachiez, j'ai testé Arrow, et il n'a pas été contaminé.

Contaminé par quoi ? questionna Meewee.

Eleanor, bénie soit sa paranoïa, a construit un mécanisme de sécurité incorporé en chacun de nous. Ce n'est pas quelque chose que nous pouvons altérer, et nous n'en sommes pas non plus totalement conscients. Si quelqu'un cherche à trafiquer notre noyau de personnalité et brise le sceau de notre intégrité pour ainsi dire, ou nous infecte avec une quelconque matière étrangère, certains pans de notre mémoire sont automatiquement effacés, parmi lesquels notre aptitude à utiliser et comprendre le starkese. Nous ne sommes même pas conscients de sa perte. Le starkese est donc un test simple et sûr pour nous assurer de la loyauté des membres de la famille.

Meewee avait du mal à garder un niveau de concentration satisfaisant, mais il estima avoir compris le point principal de cette explication. Il était décourageant de se voir rappeler à quel point il en avait peu appris des secrets d'Eleanor en douze ans.

Le Cabinet aussi ?

Tout spécialement le Cabinet. Eleanor le testait constamment, parfois à deux reprises dans la même conversation. Et le Cabinet me teste chaque fois qu'il me parle. Sauf aujourd'hui, je me dois de le préciser.

Tu lui as parlé ?

Oui, brièvement après qu'il a été authentifié. Il ne m'a pas testé.

Meewee arrangea l'oreiller et se recouvrit du dessus-de-lit.

Teste Arrow une nouvelle fois, dit-il, *que je puisse l'entendre.*

Avec plaisir, répondit Wee Hunk. *Arrow, quelle est l'entreprise que tu as contactée pour déménager myr Meewee de ce petit nid douillet demain ?*

Les Tugs de Déménagement et Stockage, répondit Arrow.

Excellent choix. Ce sont aussi mes déménageurs préférés. Ellen a souvent eu recours à leurs services pour Burning Light Productions. Quand arriveront-ils ?

Demain à treize heures, répondit le mentar.

Voilà, dit Wee Hunk à Meewee, *il a de nouveau passé le test sans problème.*

Je ne comprends pas, dit Meewee qui referma les yeux, car la pièce se mettait à osciller curieusement. *Pour moi, il n'y avait rien de spécial dans vos propos. Tu l'as questionné sur le déménagement, et il t'a parlé de Tugs et de l'horaire...*

Exactement ! On peut greffer une conversation secrète sur ce genre de bavardage sans que rien transparaisse. Derrière cette histoire de déménagement, j'ai demandé à Arrow de s'identifier. Et il l'a fait.

Meewee dégagea ses épaules du peignoir et examina le nouvel appendice cérébral qui se développait à son aisselle. Il semblait avoir grossi.

Arrow, dit-il, *teste l'intégrité de Wee Hunk.*

Excellente idée, approuva Wee Hunk. *Et vous devriez le faire chaque fois que nous nous voyons.*

En cours, répondit Arrow, puis, à l'autre mentar :

— Wee Hunk, dois-je faire venir un chirurgien pour examiner myr Meewee ?

— Non, Arrow, je ne crois pas que ce sera nécessaire. Mais tu peux lui faire apporter un verre d'eau gazeuse.

Un des robots domestiques sortit aussitôt de la pièce pour exécuter l'ordre.

Eh bien ? s'enquit Meewee. *Le rapport ?*

Wee Hunk n'est pas contaminé, affirma son mentar.

L'autre frotta d'une main l'arrière de son crâne de singe.

Pfff, voilà une bonne chose de faite. Pourquoi ne pas essayer de prendre un peu de repos, myr Meewee ? Ça facilitera la reconnexion.

Meewee vit une araignée géante, l'*Arachnid Mundus*, accroupie au-dessus de la planète. Elle avait une tarière énorme et très féconde, pareille à une lance à incendie qui arrosait la Terre de ses œufs. Ce qui était déconcertant : Meewee avait toujours pensé que les araignées ne pondaient pas mais donnaient naissance à des petits déjà formés.

Efforcez-vous de rester avec moi, myr Meewee.

— Quoi ? grogna Meewee en essayant de s'asseoir.

Non, ne bougez pas, conversons en pensée. Plus de paroles, s'il vous plaît !

Meewee se calma, et Wee Hunk continua :

Je suis désolé de devoir vous presser, mais le temps nous manque. C'est pourquoi je vous ai sondé sur ce que vous savez pendant que vous dormiez.

Et je sais quelque chose ?

Sans vouloir vous vexer, vous paraissez être curieusement informé. Vous ne semblez rien savoir du tout sur les affaires d'Eleanor, pas même sur l'Heliostream ou les vaisseaux-A.

Je sais tout des vaisseaux-A, répliqua Meewee.

C'est ce que vous croyez.

Meewee survola la chambre du regard. Il n'aurait pu dire combien de temps s'était écoulé. Assis dans un fauteuil flottant au-dessus du sol, Wee Hunk avait toujours une taille normale. Les engins volants miniatures étaient posés sur la table de chevet.

Dis-moi quelque chose, Wee Hunk. Si le facteur temps est aussi important, pourquoi ne sommes-nous pas déjà partis à la recherche d'Ellen, au lieu de rester ici, à me faire des misères ?

Croyez-moi, je cherche. Chaque unité d'attention dont je dispose plus toutes celles que je peux emprunter et louer, à part ces quelques-unes ici avec vous, fouillent le monde à la recherche d'indices. J'ai loué les services de près d'un million d'abeilles-témoins pour couvrir chaque continent. J'interroge celles qui étaient présentes sur le lieu du crash.

Pendant que le mentar parlait, une série de cadres s'ouvrirent devant Meewee, avec des vues de l'enquête en cours.

J'ai offert des récompenses pour toute information. Et je ne parle que de moi. La SecNat la recherche également, de même que les Entreprises Starke, Personnel Appliqué, les autorités boliviennes, les médias et, sans aucun doute, tous les ennemis d'Eleanor. C'est certainement la quête concertée la plus vaste de toute l'histoire. Je reconnais être un peu dépassé parce que j'ai vu de mes propres yeux sa tête entrer dans ce même casque qui a été ouvert à la clinique. Et, à tout instant pendant le trajet depuis le site du crash, il était sous surveillance. Myr Meewee, vous représentez ma piste la plus prometteuse, pour la simple raison que le Groupe Orange me l'affirme.

— Arrow, aide-moi à m'asseoir, dit Meewee.

Un robot domestique tendit un bras pour qu'il l'agrippe, pendant que l'autre arrangeait la disposition des oreillers. Il but un verre d'eau et examina sa grosseur. Elle semblait avoir diminué, mais à présent elle le démangeait atrocement. Quand il commença à la gratter, il vit à nouveau des étoiles et cessa aussitôt.

— Qu'allons-nous faire ? demanda-t-il.

Wee Hunk pivota sur place et parut écouter des bruits dans la pièce voisine.

Nous avons de la visite, annonça-t-il. *Un détachement de la sécurité de Starke et, si je ne me trompe pas, le gorille en chef lui-même.*

Le Cabinet.

En personne.

Tu vas partir ?

Non, il a déjà repéré ma présence. Autant que je reste pour voir où il en est. De plus, j'aurai ainsi l'occasion de le tester.

S'il est contaminé, que fera-t-il ?

Je n'en suis pas sûr. Je n'ai pas son code d'autodestruction.

Un code d'autodestruction ? Et quoi encore ? songea Meewee.

On frappa vigoureusement à la porte.

Quant à vous, dit Wee Hunk aux engins ailés du Groupe Orange, *je vous suggère de vous cacher et de ne pas intervenir, sauf si je vous le demande.*

Compris, dit Arrow.

Les trois engins s'envolèrent pour se dissimuler dans les recoins de la pièce.

Les yeux de Wee Hunk s'écarquillèrent. *Vous avez vu ça ? J'ai parlé à l'abeille, et c'est Arrow qui a répondu à sa place. Intéressant...*

On frappa encore, avec plus d'insistance. Meewee remonta le couvre-lit sous son menton et dit à Arrow de les laisser entrer.

Une escouade d'officiers de sécurité des Entreprises Starke, russ et jerrys, investit l'appartement et s'éparpilla dans toutes les pièces.

Leur chef, un jerry, pénétra dans la chambre, flanqué du Cabinet. Celui-ci était représenté par son seul membre masculin, le chef de la sécurité.

— Désolé de cette intrusion, dit le jerry, mais j'ai ordre de confisquer l'unité de sauvegarde du mentar Arrow.

Un russ entra avec une baguette renifleuse et se mit à balayer la pièce.

— Je l'ai laissé au bureau, dit Meewee.

— Oui, myr, mais c'était un miroir. Celui qui est présent ici est l'unité de sauvegarde.

— C'est gentil d'avoir prévenu, dit Wee Hunk au Cabinet. J'ai appris que vous aviez licencié myr Meewee, aujourd'hui.

— Salutations, Hunk, dit le chef de la sécurité. Je ne m'attendais pas à vous voir.

— Est-ce que quelqu'un qui a été à votre service pendant une douzaine d'années, comme myr Meewee, ne mérite pas un pot de départ ? Ou au moins un bouquet de ballons ?

Meewee eut une sensation étrange quand Wee Hunk mentionna le bouquet de ballons. On aurait dit que le mentar avait fait une allusion ou une plaisanterie que Meewee ne saisissait pas, comme un sous-entendu sexuel qui passerait au-dessus de la tête d'un gamin.

— Par là, dit le russ avec la baguette renifleuse.

Il avait trouvé le conteneur d'un litre d'Arrow sur un rayonnage, dans un placard. Le jerry en charge des opérations vint le prendre lui-même.

— Eteignez-le, ordonna le Cabinet.

Le jerry coinça le boîtier dans un de ses bras repliés et appliqua son autre main sur le lecteur palmaire. Les lumières du panneau de contrôle passèrent du vert au rouge.

— Ce qui ne laisse plus que l'unité primordiale d'Arrow, dit le Cabinet. Hunk, vous aurez l'amabilité d'ouvrir le coffre des données à la propriété Starke afin que je puisse l'en retirer.

Wee Hunk décocha un clin d'œil à Meewee et lui dit :

— Vous voyez comme il est poli quand il a besoin de mon concours ? Ce salopard a déjà fait délivrer un acte d'*habeas corpus* pour l'unité primordiale.

— Je ne comprends pas, répondit Meewee. Arrow n'appartient-il pas aux Entreprises Starke ?

— Seulement le médium, la pâte. Mais c'est *vous* le parrain d'Arrow. Ils ne peuvent pas simplement débarquer ici et le prendre.

— Il a raison, dit le Cabinet, mais nous avons déposé une requête auprès du tribunal compétent pour son transfert. Vous n'en aurez plus besoin, et nous pouvons lui offrir une vie plus agréable. Par ailleurs, il détient nombre d'informations de nature confidentielle sur les affaires, informations qui ne vous sont plus accessibles désormais.

— Je n'ai pas mon mot à dire ? s'étonna Meewee.

— Ce n'est pas sûr, répondit Wee Hunk. S'ils parviennent à capturer toute la pâte d'Arrow, l'identité de son parrain ne comptera plus. Mais n'ayez crainte, avec la mort d'Eleanor aujourd'hui, la propriété en revient à Ellen, et devinez qui est le gardien d'Ellen. Je les ferai suer devant la cour pendant des années. Arrow est en sécurité pour le moment.

Le Cabinet fit un geste, et le jerry rassembla ses hommes et quitta l'appartement en emportant le conteneur de pâte.

— Je ne comprends pas votre attitude, dit le Cabinet à Wee Hunk. Je pensais que nous étions dans la même équipe.

— J'ai toujours pensé que vous étiez une équipe à vous tout seul.

A nouveau, Meewee eut l'impression que la phrase recelait une double signification.

— Dans ce cas, je pars, déclara le Cabinet. Salutations, myren.

Il disparut, laissant derrière lui le logo évanescent des Entreprises Starke.

Ça n'a pas marché, n'est-ce pas ? dit Meewee.

Wee Hunk se tourna vers lui, l'air intéressé.

Vous l'avez senti ? Vous avez compris ?

Pas exactement, j'ai seulement vu que vos paroles avaient un sens caché. Vous l'avez testé à deux reprises, mais il n'a pas répondu comme il fallait.

Bravo, Merrill. Le starkese commence à prendre racine.

Ça signifie que le Cabinet est contaminé ?

Wee Hunk marqua un temps avant de répondre :

En toute honnêteté, je ne sais pas. Il peut aussi agir par dédain, pour me montrer qu'il n'est pas obligé de répondre à mon test parce que je ne peux rien contre lui.

Ce serait une attitude stupide, surtout dans les circonstances actuelles.

D'accord avec vous, dit Wee Hunk, *mais nous nous en soucierons plus tard. Pour le moment, concentrons-nous sur l'indice que le Cabinet est venu déposer à vos pieds.*

Quel indice ?

Vous ne vous demandez pas pourquoi le Cabinet est tellement impatient de vous interdire tout accès à Arrow ?

18

Reilly Dell arriva enfin à la fête. Il portait un appareil orthopédique exoassisté et avait du mal à se déplacer dans une foule aussi dense. Fred blêmit en l'apercevant. Aux yeux de Mary, Reilly affichait l'expression béate d'un homme qui ne ressent aucune douleur. Il avait dû être touché si sévèrement qu'on l'avait bourré d'analgésiques. Il s'en était beaucoup plus mal tiré que Fred, apparemment.

Alice se précipita pour lui présenter un siège et l'aider à s'asseoir. Il lui adressa un sourire d'ivrogne.

Tu es blessé ? demanda-t-elle en se penchant pour le renifler, avant d'annoncer aux autres : *Reilly a été nettoyé à sec, lui aussi.*

Tu as l'air défoncé, remarqua Gwyn. *Ils t'ont mis sous opioïdes ?*

Reilly ne réagit pas, et Alice lança :

Quelqu'un sait si Fred et lui se sont trouvés dans la même bagarre aujourd'hui ?

Tout le monde se tourna vers les trois jerrys, mais leurs yeux suivaient quelque chose d'invisible, de droite à gauche, dans une synchronisation un rien effrayante.

Reilly, tu es blessé ? répéta Alice.

Mary soupira.

Vous ne voyez pas qu'il est déconnecté, comme Fred ?

Elle s'inclina sur la table, mit ses mains en porte-voix devant sa bouche et cria :

— Reilly ! Comment te sens-tu ?

C'était une question plutôt stupide, elle en était consciente, mais elle devenait nerveuse. Reilly la considéra d'un air absent.

Que dit-il ? s'enquit Alice.

Rien du tout, répondit Mary.

Tu sais bien ce que je veux dire, répliqua Alice.

Elle le savait, en effet. Elle était une évangeline, donc supposée posséder un don d'empathie génétiquement accentué pour les sentiments des autres. On attendait d'elle qu'elle lise les expressions d'autrui comme d'autres des mots imprimés sur une page. Mais, sur le visage de Reilly, elle ne voyait qu'une sorte de folie douce.

— Reilly ! Tu es blessé ? hurla-t-elle.

Une lueur de compréhension passa dans les yeux du russ. Il crispa les mâchoires et parut lutter pour reprendre le contrôle de lui-même. Il ouvrit la bouche et forma un mot :

— Bon-an !

— Bon-an ? répéta Mary pour l'encourager.

De frustration, il secoua la tête.

— Bon-an ! cria-t-il. Bon-an ! Bon-an !

— Bon sang ? cria Mary en retour. Tu essaies de dire « Bon sang » ?

Il hocha vigoureusement la tête.

— Bon-an !

— Bon sang quoi, Reilly ?

Mary sentait l'attention de tous focalisée sur eux.

Mais Reilly se mit à rire. L'air ahuri quitta ses traits, et il sembla aussi maître de lui que de coutume. Mary ne pouvait croire à cette métamorphose.

Avec un grand sourire, Reilly déclara :

Bon-an, Mary, qu'est-ce que tu es sexy quand tu es comme ça.

Tout le monde rit de soulagement. Reilly se mit debout et effectua une courbette très raide. Il écarta ses cheveux pour révéler à Mary la coquille crânienne qu'il portait, une interface temporaire en attendant l'installation de nouveaux implants.

Rougissante, Mary rit à son tour. Que pouvait-elle faire d'autre ? Au moins Reilly allait bien, et sa blague avait détendu Fred. Elle vit la tension déserter son visage. Lui et Reilly se mirent à se taquiner comme deux babouins ravis de se retrouver.

Puis Mary s'interrogea : pourquoi Fred ne s'était-il pas lui aussi fait poser une coquille afin de pouvoir communiquer avec les autres ? Parce qu'il se sentait encore trop fragile ? Peut-être qu'il était le plus marqué des deux, finalement.

Les lulus vinrent se joindre à leur tablée.

— Eh, les gars ! s'écria Mariola. Regardez ça !

— Ça s'appelle le shimmy, ajouta Abbie. Ils nous l'ont appris à l'école !

Les deux femmes se mirent à frapper dans leurs mains tout en balançant les hanches et en repoussant les chaises alentour. Les gens de la table voisine leur dégagèrent un peu d'espace.

— Allez, tas de limaces ! Frappez dans vos mains ! lança Mariola.

Fred et Reilly obéirent, suivis par les jennys, Alice, Peter et les autres. Même les jerrys. Les gens des tables voisines se joignirent à eux. Mary n'était pas en reste. Les lulus étaient exceptionnellement sexy ce soir, dans leurs jupes fines comme une deuxième peau et leurs hauts moulants. Toutes deux avaient une crinière rousse, des yeux verts et une peau brune lumineuse.

Abbie leva la tête et lança à pleine voix :

— C'est ça, c'est bien ! Tout le monde est prêt ? *Allons-y !*

Elle et Mariola entamèrent un duo hululant et syncopé. Chacune frappa du pied droit devant elle et le ramena lentement en arrière comme s'il collait à un épais sirop. Puis le gauche ; puis le droit, deux fois, le gauche, le droit, et le gauche deux fois. Et simultanément, elles ondulaient des hanches et des épaules avec juste assez de force pour que le biceps et le triceps de leurs bras maigres tendus dansent eux aussi sur les os. Leur poitrine opulente tressautait comme de la gelée. Mary elle-même retenait son souffle.

Les lulus exécutèrent un final rapide et saluèrent. Leur public conquis applaudit et aurait voulu qu'elles continuent. Mais les filles s'assirent. Abbie avala presque tout ce qui restait de son daïquiri à la mandarine, puis elle dévisagea ses amis.

Pourquoi tout le monde est-il aussi morose ?

Deux robots domestiques arrivèrent en cliquetant à cause du réseau de câbles suspendus et déposèrent des plateaux chargés de daïquiris pour les lulus, de la part d'admirateurs occupant d'autres tables. Il y avait là beaucoup plus de verres qu'elles ne pourraient en vider. Elles les distribuèrent à leurs amis, après avoir écouté les messages qui y étaient joints :

— Salut, lulu ! dit un verre. Je suis un steve en mal d'amour. Si on allait se danser un petit shimmy intime dans ma chambre ?

Manque d'imagination criant, jugea Mariola. *Mais qu'espérer de plus d'un steve ?*

— Salut, toi ! dit un autre daïquiri. Je te trouve à croquer !

— Moi aussi, je connais des danses du vingtième siècle, dit un troisième. Un boogie horizontal endiablé, ça te dirait ?

Eh, serveur ! fit Alice. *Où est notre dîner ? Nous sommes affamés.*

— Ouais ! rugirent les autres à l'intention du robot au-dessus de leurs têtes.

Mais leur clameur fut absorbée par les applaudissements et le martèlement de pieds venant des tables voisines. Les fans des lulus insistaient : ils en voulaient plus.

Abbie et Mariola finirent par céder et se levèrent.

Allez, les gars ! lança Mariola. *Nous allons vous apprendre le shimmy.*

Elles conduisirent un exode soudain vers la piste de danse en criant :

— Leçons gratuites de shimmy !

Les jennys les suivirent, de même que Sofi, Heidi, et la majeure partie de leur bande.

Mary se leva pour les rejoindre, mais avant de s'éloigner elle versa à Fred un verre d'eau glacée et lui hurla :

— Il faut que tu t'hydrates !

Quand elle fut partie, il renifla l'eau. Elle venait du système hydraulique de Chicago. Il poussa le verre loin de lui et commanda un soda.

A leur table ne restaient plus que la joan et le jérôme, deux russ et les trois jerrys. Tant de personnes avaient abandonné les chaises environnantes qu'il était de nouveau possible d'avoir une conversation sans crier, mais Fred se contenta de regarder le spectacle. Alice et Peter s'approprièrent chacun un daïquiri.

— Je crois que je suis amoureux de toi, dit l'un des verres.

— Je m'appelle Johnny Case, annonça l'autre. Renseigne-toi sur mon compte et contacte-moi. Tu ne le regretteras pas.

Fred se tourna vers Alice.

— Tu devrais aller danser le shimmy, toi aussi.

— Peuh ! Les joans ne dansent pas le shimmy.

— Bien sûr que si. Ça a l'air marrant.

— Les joans ne s'amusent pas, glissa Peter qui ajouta aussitôt, pour se rattraper : Euh, les jérômes non plus, d'ailleurs.

Alice tapota gentiment la main de Fred.

— Merci, Fred, mais je préfère rester tranquillement assise ici avec toi, à les regarder. Elles sont super, hein ?

Abbie et Mariola avaient disposé les apprenties danseuses sur deux rangs, et il y en avait deux fois plus qui observaient le cours improvisé. Les lulus montraient les pas, et les autres suivaient : michelles, jennys, kellys, isabellas, laras, ursulas, hélénas, ruths, doris et évangelines. Si toutes étaient superbes, elles n'égalaient pas cependant la volupté physique des lulus. Avec leurs talons de déesses, leurs genoux ciselés, leur postérieur bien rond et leur ventre innocent, jusqu'à leurs seins insolents, leur long cou délié et leur nez un peu épaté, les lulus personnifiaient la pulsion du désir. Et le plus attirant chez elles était cette soif inextinguible de gaieté. Quoi qu'elles fassent, attendre un train sur un quai ou vous faire voir le septième ciel, pour elles, tout était source de joie et d'amusement.

Ce qui poussa Fred à penser à l'étrange inspectrice Costa. Elle pouvait bien ressembler à une lulu de l'extérieur, elle n'était pas amusante pour autant.

Il ferma les yeux et secoua la tête. Etait-il toujours obsédé ? Qu'est-ce qui n'allait pas chez lui ? Quand il rouvrit les yeux, Reilly l'observait fixement.

Les deux russ s'entreregardèrent calmement pendant un long moment avant qu'Alice ne lâche :

— Arrêtez, tous les deux ! Pourquoi faites-vous ça, cette fusion mentale russ ? Ça me donne la chair de poule.

— J'ai remarqué que les russ le faisaient plus souvent, ces derniers temps, commenta Peter. J'ai entendu dire que c'était en relation avec l'usure des clones.

Miraculeusement, Wes avait entendu cette réflexion et il s'arracha du tournoi assez longtemps pour lancer :

— C'est une appréciation raciste, Peter. Il n'y a pas d'usure des clones. Tu devrais avoir honte.

— C'était une blague, protesta Peter.

Mais l'attention de Wes s'était déjà recentrée sur le match.

— Qu'est-ce qui est une appréciation raciste ? dit une autre voix.

Fred leva les yeux et vit Shelley approcher de leur table.

— Peter pense que je souffre de l'usure des clones, ma chérie, expliqua Reilly à sa femme.

— Tu as de la chance, dit-elle. Moi je souffre de simple épuisement physique.

Elle s'assit sur les genoux de Reilly et se releva aussitôt.

— Qu'est-ce que c'est que ça ? fit-elle en touchant l'appareil orthopédique exoassisté sous sa combinaison. Et cette odeur ?

Alice décida de se mêler de la conversation :

— Nos russ ont eu un petit accrochage aujourd'hui, mais personne ne veut nous raconter ce qui s'est passé.

— Oh, Reilly, fit Shelley en prenant la chaise à côté de lui.

— Ce n'est rien, vraiment, dit-il.

Fred renifla bruyamment.

Shelley se tourna vers lui, et il se sentit instantanément incapable de parler sous son attention dévorante. *Ça*, c'est sexy, songea-t-il. Mais Shelley semblait réellement harassée. Ses épaules se voûtèrent et son sourire faiblit. En comptant le trajet depuis la côte Ouest et le reste, elle travaillait douze heures par jour. Ah, le prix de la réussite... Il aurait aimé discuter avec elle du travail qu'elle faisait, mais bien sûr le serment de confidentialité interdisait ce genre de confidences. La seule raison pour laquelle la bande savait où et pour qui elle travaillait était simple : son employeur diffusait sa vie – ou plutôt ses morts prolongées – sur son propre canal Evernet.

Shelley prit une des larges mains de son mari dans les siennes, la souleva jusqu'à son nez pour la sentir, et déposa un baiser sur les doigts.

Peter termina un daïquiri et en attaqua derechef un autre.

— Ah-hem, fit-il, la présence d'un certain Fred Londenstane est requise sur la piste de danse. On recherche Fred Londenstane...

Alice appliqua une pression amicale de la main sur le bras de Fred.

— Etre désiré est une bénédiction des dieux, dit-elle.

Fred se leva et se faufila jusqu'à l'endroit où Mary l'attendait. La piste de danse s'était transformée en maelström. A la périphérie, couples et trios se trémoussaient, adoptant toutes sortes de pas et tournant dans le sens inverse des aiguilles d'une montre : fox-trot, merletz et valse, entre autres. Chaque groupe dansant sur la musique de son propre orchestre, les collisions étaient fréquentes. Plus près du centre de la piste, c'était le cha-cha-cha, le zoom et la rumba. Et au milieu de tout cela passait une ligne de danseurs de conga menés par les lulus.

Mary avait envie de valser. Parce que Fred ne pouvait entendre la musique qu'elle avait choisie, elle la lui fredonna, et il fit de son mieux pour adopter le rythme : UN-deux-trois, UN-deux-trois. Il menait plus qu'il ne dansait, mais il était heureux de serrer Mary contre lui. Il se demanda à quoi ressemblerait le monde si, pour une fois, tout le monde se mettait à danser sur la même musique.

De son côté, Mary décorait en pensée un gâteau de la taille de la piste de danse, avec un grand nombre de couches, et Fred et elle dansaient à son sommet.

19

Justine et Victor expliquaient à Samson le principe du saut de Moseby, mais Samson ne saisissait pas. Un jeune homme, un holo, se penchait sur le parapet de l'autre côté du stade.

— C'est un personnage nommé Moseby, dit Samson, et il va sauter ?

— Non, non, myr Kodiak, dit Justine. C'est Jason. Il ne reste plus aucun Moseby aujourd'hui. La lignée des Moseby est éteinte. Mais il y a beaucoup de Jason, et ils en voient de toutes les couleurs. Celui-là sautera peut-être, ou peut-être pas. Tout dépend. En tout cas, il y aura beaucoup de spectateurs connectés pour le suivre.

Le sujet des suicides simulés semblait avoir délié la langue de cette vieille femme manifestement timide.

— Tout dépend de quoi ? voulut savoir Samson.

— De la vie, répondit Justine en caressant son chat blanc et gris. De l'amour, du pardon, de la rédemption.

Samson vit l'air patient qu'affichait Victor. Apparemment, il ne partageait pas l'enthousiasme de sa femme pour les feuilletons.

— Et qu'est-ce qu'il fait en ce moment, à part pleurer comme une Madeleine ? dit Samson.

— Ah oui, Jason a une certaine tendance à l'émotivité, dit Justine. Ce qu'il fait ? Il attend que l'amour de sa vie, Alison, arrive et le dissuade de sauter.

— Ce qu'il fait maintenant ? ajouta Victor avec un clin d'œil. Il attend que le public soit suffisamment nombreux.

Justine posa un regard apitoyé sur son mari. Deux des enfants contrefaits derrière eux commencèrent à se disputer à cause d'une poupée. Justine se pencha sur son dossier pour les ramener au calme.

Samson était heureux d'être venu ici en secret, sans donner la chance à quiconque de le dissuader. Il se demanda si le public disséminé de par le monde qui assistait à ce feuilleton ridicule excéderait en nombre celui de son propre chant du cygne, et aussi si c'était là l'idée que son mentar se faisait d'une bonne blague : l'amener en un lieu où les sims se suicidaient. Mais peut-être que Hubert ne faisait pas la différence.

— Maman, dit un des garçonnets, faut que je fasse pipi.

Il se tenait l'entrejambe et tressautait sur son siège.

— Qui d'autre a envie ? demanda Justine.

Toutes les petites mains se levèrent.

— Et *j'ai faim* ! pépia une fillette.

— Moi aussi ! firent les autres à l'unisson.

— Ah, les bonheurs de la vie de famille... glissa Victor à Samson, avec un nouveau clin d'œil.

Il cligne beaucoup de l'œil, se dit Samson. A moins que ce ne soit un tic nerveux.

Avec un soupir, Justine souleva le chat de ses cuisses.

— Tiens, fit-elle en passant par-dessus Samson pour donner la laisse de l'animal à son mari.

Elle s'excusa, déboucla les ceintures de son siège et de ceux des enfants et les emmena vers la galerie de chargement, laissant les hommes et le chat seuls, suspendus au-dessus de Soldier Field.

— Doucement, Murphy, dit Victor.

Le chat était debout sur ses cuisses, griffes plantées dans les vêtements du vieil homme. Celui-ci essaya d'amadouer l'animal, qui préféra escalader le dossier et se percher derrière la tête de Victor.

Murphy semblait insensible à la hauteur vertigineuse à laquelle ils se trouvaient. Il toisa Samson de ses yeux jaunes et poussa un miaulement agressif. Il avait un air revêche, comme un chat de gouttière, avec une note de siamois dans la forme de sa tête.

— Du calme, Murphy, susurra Victor. Il n'aime pas les inconnus. En fait, il ne m'aime pas non plus. Seulement Justine. Il ne voit même pas les enfants.

— Sa présence doit quand même offrir un certain réconfort, dit Samson.

Il voulait dire que le chat, lui, au moins était réel, à la différence des enfants. Il conservait un certain sens des convenances sociales, mais sa curiosité était éveillée et, aujourd'hui entre tous les jours, il n'avait pas le temps pour les subtilités. Aussi dit-il :

— Est-ce que vos enfants sont des... Ah, je ne me rappelle plus le nom de la marque...

— Des Fracta Kids, répondit Victor.

— Ah oui, des Fracta Kids. Vous achetez un nouveau-né et vous l'élevez comme s'il était réel. Vous le nourrissez, lui faites faire son rot, et vous lui racontez des histoires pour l'endormir le soir. Vous l'envoyez à l'école. Vous lui prêtez de l'argent. Il grandit et un jour il quitte la maison. Ensuite il vous envoie des cartes à Noël.

— C'est assez bien résumé, oui, approuva Victor. A ce détail près que les nôtres sont des orphelins. Nous les avons pris dans des conteneurs de recyclage. Ma Justine chérie a un cœur aussi grand que ce stade, myr Kodiak.

Au Saut de Moseby, le holo d'une femme avait rejoint celui de l'homme sur le parapet.

— Oh-oh, souffla Victor. Alison est arrivée. Justine chérie, tu m'entends ? Oui, dépêche-toi si tu ne veux rien rater.

Hubert s'adressa à Samson :

Aucun des Fracta Kids des Vole n'est doué de conscience, Sam. Le subem des myren Vole n'est pas assez puissant. Ils n'ont que les logarithmes de base : faim, sommeil, irritation, joie, ce genre de choses. Et ils sont incapables de grandir.

Quelle horreur, se dit Samson. Tous les inconvénients d'être parent sans aucun des bénéfices. Même lui, père d'un fils jamais conçu et d'une fille avec qui il n'avait aucun lien génétique, il avait connu plus de bonheur parental.

Justine réapparut. Son siège toucha celui de Samson et s'y attacha. Elle expliqua qu'elle avait laissé les enfants en bas pour la nuit, et Samson en déduisit qu'elle les avait éteints. Murphy cessa ses miaulements, sauta sur le haut du dossier de Samson et de là sur les genoux de sa maîtresse.

Le crépuscule assombrissait la vaste arène sportive. Seul le haut du stade face à eux était encore éclairé par le soleil déclinant. Ailleurs, l'ombre régnait en maître. Aucun éclairage sinon celui des issues, les rambardes bioluminescentes et la scène entourant le Saut de Moseby.

— J'ai raté quelque chose ? demanda Justine.

— Rien, mon amour, dit Victor.

— Rapproche-les, s'il te plaît.

Le parapet avec ses holopersonnages zooma vers eux jusqu'à ce qu'il paraisse suspendu juste devant Samson. A présent, il entendait et voyait distinctement le couple. Entre deux sanglots, Jason, à califourchon sur le parapet, une jambe pendant au-dessus de l'abîme, adressait des paroles amères à Alison :

— Mais Cindy a dit que le château appartenait à Carole et Candy !

— Cindy t'a menti, répondit Alison. Il ne leur appartient pas, pas plus qu'à Teddy, Patrice ou Oliver. Il n'appartient à *personne* de notre connaissance. C'est ce que j'essaie de t'*expliquer* !

— Mais *pourquoi* aurait-elle menti ? Et les *diamants* ? Tu ne serais pas en train de me dire que Frank a...

— Que Frank aille *au diable* ! Oublie-le. C'était le plan de Karman, ou celui de sa sœur Kameron, personne ne sait exactement. La seule chose dont nous soyons sûrs, c'est que quelqu'un a *volé* le premier versement et a fait accuser Roddy qui risque de voir annulée sa conditionnelle, mais *tu sais bien* qu'il ne témoignera pas, à cause de ce que *Charles* a dit.

Alison se rapprocha en deux pas prudents de Jason qui oscillait dangereusement sur le parapet.

— Charles ? Tu es certaine que c'était Charles ?

Jason hoqueta comme un homme sur le point de se noyer. Quand Alison fit encore un pas vers lui, il s'exclama :

— Recule !

Il fit passer son autre jambe du côté extérieur du parapet.

— Je vais sauter ! Tu ne vois pas que je suis *sérieux* ?

— D'accord, Jason. *Calme-toi.* Regarde, je recule.

Mais elle simula seulement un pas en arrière. Jason se remit à sangloter.

— Charles... geignit-il. Mon élève, ma malédiction, mon père, mon remède, mon *amour.*

A côté de Samson, Justine s'inclina brusquement en avant.

— Ooooh ! souffla-t-elle.

— Jason ! s'écria Alison. Tu viens de dire que Charles est *ton père*... et aussi *ton amant* ?

Le visage de Jason exprimait un terrible dégoût de lui-même. Il lâcha le parapet, mais Alison agrippa le col de sa veste juste à temps et faillit être entraînée par son poids. Le corps cassé en deux sur le parapet, elle ne pouvait pas le hisser et se refusait à le lâcher.

— Imbécile ! fit-elle, haletant sous l'effort. Tu ne sais donc pas qui je suis ? Tu ne sais pas tout ce que j'ai *sacrifié* pour toi ?

La qualité de la scène se modifia subitement. Il sembla que deux Jason et deux Alison se débattaient dans le même cadre.

— Divergence interactive due au public, expliqua Victor à Samson. Je l'ai bidouillé pour que Justine puisse voir toutes les versions au lieu d'une seule.

Deux Jason sanglotaient, et deux Alison peinaient sous leur poids. Puis un des Jason cria :

— Tu ne comprends pas ? Charles est mon père, mais ce n'est pas mon *amant.* C'est ma *victime.* Je l'ai *violé.*

Sur cette confession, il se tortilla jusqu'à glisser hors de sa veste et chuta tête la première vers le sol où, inexplicablement, une course d'athlétisme se déroulait maintenant. Le stade était inondé de lumière, et les gradins inférieurs bondés de spectateurs. L'Alison qui tenait la veste vide tomba à la renverse sur la passerelle, laissant l'autre couple lutter là.

— Oh, commenta Justine.

Samson lança un coup d'œil furtif dans sa direction. La main de la vieille femme passait délicatement sur son sein, et il se demanda si elle portait une prise sim sous ses vêtements afin de profiter pleinement de la piste sensorielle du feuilleton. Le premier Jason, lui, mettait un temps anormalement long à s'écraser au sol. Il chutait dans un flashback artistique résumant son existence. Les scènes clefs de son passé flottaient derrière lui comme des rubans. Les spectateurs intéressés pouvaient prolonger son plongeon des semaines entières pendant qu'ils se repassaient toute la triste arborescence de sa vie. Samson détourna les yeux et se souvint pourquoi il ne visionnait jamais ce genre de débilités. Avait-il fait tout ce chemin pour perdre ses derniers instants ainsi ?

Jason heurta enfin le sol, mais au lieu d'exploser comme un ballon plein d'eau, il atterrit sur les tapis moelleux disposés derrière les barres du saut à la perche. Courbaturé mais sans rien de cassé, il échappait à la mort pour un jour de plus.

— Bon sang ! grogna Samson, écœuré.

Il regarda Justine. Elle était contente. Il se tourna vers Victor, qui lui adressa un clin d'œil.

Pendant ce temps, Jason et Alison n° 2 avaient perdu l'équilibre et tombaient ensemble dans le vide, eux aussi au ralenti, mais sans revivre leur passé : ils savouraient le moment présent. Ils avaient réussi – allez savoir comment – à se dévêtir et ils copulaient frénétiquement. Ils passèrent devant un mur de spectateurs bouche bée, vers la ligne des cinquante yards (car dans cette version le sport était le football américain). Samson ne doutait pas que les amants jouiraient ensemble à l'instant de l'impact.

Un fond sonore que Samson n'avait pas encore remarqué monta en un crescendo plein d'émotion quand le couple soudé frappa le sol. Eux au moins eurent le bon goût de s'écraser de façon satisfaisante. Justine frémit. Samson fit mine de ne rien remarquer. La vieille femme essuya les larmes qui perlaient.

— C'est tellement triste, dit-elle.

Sur ses cuisses, le chat ronronnait.

Victor passa la main devant Samson pour saisir celle de sa femme.

— La vie est pleine de tragédies, dit-il doucement.

Le parapet du Saut de Moseby, avec son Alison restée seule, rétrécit jusqu'à reprendre sa place de l'autre côté du stade, et l'éclairage de la scène s'éteignit.

— Un verre de vin pour souhaiter bonne chance à nos amis du feuilleton ? proposa Victor.

Samson n'avait pas envie de boire plus d'alcool. Il voulait garder les idées claires. Puis il se dit qu'un taux d'alcool élevé dans le sang pourrait intensifier les flammes.

— Bien sûr, dit-il. Mais il n'y aurait pas quelque chose d'un peu plus corsé que du vin ?

— Du whisky ! s'exclama Victor, ravi. Ah, voilà un homme qui sait profiter de la *vie* !

Il sortit une flasque d'une de ses poches intérieures, la déboucha, essuya le goulot avec sa manche et la tendit à Samson.

— Désolé, nous n'avons pas de glaçons.

La flasque était vide et la soirée bien avancée. Peu à peu, Samson s'était enfoncé dans une humeur larmoyante.

— Je crains de profiter de vous de façon éhontée, dit-il.

— Ridicule, fit Justine. Nous avons si peu d'invités, ces jours-ci.

— Il n'empêche, j'insiste pour offrir ma tournée de cet excellent liquide. Hubert !

Oui, Sam.

— Pas de « Oui, Sam » avec moi. Tu m'as entendu. Fais livrer une caisse de Glenkinchie à mes hôtes.

Je suis désolé, Sam, mais ce serait une énorme dépense, et je ne suis pas sûr que je parviendrais à la faire acheminer ici sans révéler la présence des Vole aux autorités.

— Tu veux dire que je suis fauché ? Je ne peux même plus m'offrir une foutue caisse de gnôle ?

La marque citée est celle d'un alcool distillé selon les méthodes traditionnelles et...

— Tu es un foutu mentar, non ? Alors trouve une solution, bon sang, et sans m'importuner avec les détails !

Justine et Victor faisaient mine de ne pas entendre la partie audible de cette conversation. Le visage de Samson était aussi empourpré qu'un pinçon géant.

— Ferme ton clapet ! continua-t-il. Je n'ai pas besoin de ça. Je vais me débarrasser de ce harnais et faire une chute mortelle. Je dois te l'accorder, Hubert, tu m'as amené à l'endroit qui convient.

Peut-être que tu pourrais convaincre Alison de revenir pour sauter avec moi. Nous pourrions baiser pendant le plongeon et avoir encore assez de temps pour mon eulogie.

Sam, le ralenti est une technique vidéo. En réalité, ta chute ne prendrait pas plus de cinq secondes.

— Je le sais, espèce de colifichet sans cervelle !

Sam, je sens que vous êtes en colère contre moi, mais je ne comprends pas pourquoi.

Ils étaient assis sans parler depuis un moment. Murphy était venu s'installer sur l'appui-tête de Samson. La nuit enveloppait le stade. Enfin Samson rompit le silence :

— Veuillez me pardonner. Il semble qu'avec l'âge l'alcool me rende agressif.

— Je suis sûre que c'est à cause de la souffrance que vous endurez, dit Justine. Mais vous n'êtes pas méchant.

— Ne pariez pas trop là-dessus, répondit Samson. Quoi qu'il en soit, il est juste que je vous prévienne : d'ici peu je vais devenir l'objet de l'attention publique en même temps qu'un brasier. Vous savez ce qui arrive aux cautérisés quand ils expirent, n'est-ce pas ? Il serait prudent que vous choisissiez des places plus éloignées.

L'éclairage blanc bleuté du stade s'alluma, en commençant par le sol et en montant le long des tribunes.

— Je n'ai pas l'habitude de me mêler de ce qui ne me regarde pas, myr Kodiak, dit poliment Victor, mais êtes-vous certain qu'il n'existe pas pour vous une autre façon d'agir que celle que vous envisagez ? Vous ne préféreriez pas passer vos derniers instants avec ceux que vous aimez ?

La lumière les frappa de plein fouet et l'éblouissement les fit grimacer. Le reste des sièges de leur niveau se mit en place et tous s'assemblèrent. Les spectateurs abonnés apparurent à leurs places et s'engagèrent dans le rituel des bavardages et de l'agitation qui précèdent les matchs. La vaste arène bourdonnait d'une excitation feinte.

— Oui, franchement, je préférerais, admit Samson en haussant le ton pour couvrir le brouhaha. Mais c'est mon destin.

Victor revint à la charge :

— Excusez-moi de vous contredire, mais est-ce si sûr ? Il ne fait aucun doute que les cautérisés ont souffert d'une grande injustice, mais tout ça remonte à bien longtemps. Vous arrivez trop tard pour faire la moindre différence.

— Peut-être bien, reconnut Samson, mais au moins je peux *rappeler* son crime au monde. Au moins, je peux partir en un témoignage éclatant.

— En donnant – passez-moi l'expression – un spectacle de foire ?

— C'est mon valet qui a commis l'erreur de m'amener ici, mais il est trop tard pour aller ailleurs. Je devrai me contenter de ce stade. Je suis décidé.

— Racontez-nous, dit soudain Justine. Racontez-nous votre vie. Ce ne serait pas mieux ? Nous vous aimons bien, vous savez.

Comme pour le prouver, Murphy le chat descendit lestement de son perchoir et vint se pelotonner sur les genoux de Samson. Victor déclara que c'était un signe. Justine ajouta que Murphy était un excellent psychologue. Samson ne savait comment réagir à la présence du chat, car rien ni personne n'était venu se nicher sur ses genoux depuis une éternité.

Le premier tableau d'affichage du Skytel orbital vint couronner le sommet du stade. Il diffusait un quelconque show de variétés. Une heure encore s'écoulerait avant que le Skytel soit disponible et que Hubert puisse le pirater. D'une main hésitante, Samson caressa le crâne de Murphy qui, à son grand étonnement, se mit à ronronner.

— Bah, j'ai le temps, et puisque vous le demandez… je vais vous raconter l'histoire abrégée de ma vie. Mais ensuite je vous demanderai ainsi qu'à Murphy de vous déplacer à bonne distance… D'abord, commença-t-il, sachez qu'avant d'être un Kodiak, mon nom était Harger…

20

Arrow, dit Meewee, *où est Ellen ?*

Je l'ignore, répondit le mentar.

Meewee était sorti du lit et avait enfilé une tenue décontractée. Il était allé dans le salon et s'était assis dans son fauteuil préféré. Il se sentait légèrement étourdi, et un picotement féroce incendiait son bras gauche. Wee Hunk y voyait un effet secondaire de son nouvel appendice piratant les voies nerveuses. Le phénomène ne tarderait pas à s'estomper.

Arrow, sais-tu où la trouver ?

Négatif.

Ça ne marche pas, se plaignit Meewee.

Essayons autrement, dit Wee Hunk. *Parlez à Arrow de n'importe quoi sauf d'Ellen, tout en pensant dans le même temps à la retrouver.*

— Hein ?

Une approche indirecte, Merrill. Parlez-lui d'un sujet sans rapport tout en pensant à Ellen.

Quel sujet ?

Par pitié, servez-vous de votre imagination.

Meewee s'installa donc au mieux dans le fauteuil, pensa à la tête d'Ellen et à où elle pouvait se trouver à cet instant, et demanda :

— Quelle est la température et quelle heure est-il ?

— Vingt-huit degrés centigrades à l'extérieur et vingt-deux à l'intérieur ; dix-huit heures quarante-six.

Alors ? dit Meewee.

Je n'ai rien perçu.

J'ai besoin d'une pause.

Plus tard ! dit sèchement Wee Hunk.

Mais Meewee ne l'écouta pas et commanda à Arrow de lui faire apporter quelque chose à manger.

J'ai une idée, dit Meewee en chassant les miettes de ses vêtements. *Toi et Arrow, vous vous êtes mutuellement testés. Je vais le faire me tester.*

Wee Hunk, qui avait réduit son affichage à un cadre en deux dimensions afin d'économiser ses unités, n'était pas très chaud :

Je ne suis pas sûr que ce soit une bonne idée.

Pourquoi pas ?

S'il vous teste et que vos aptitudes à utiliser le starkese ne sont pas à la hauteur, je ne sais franchement pas comment il réagira.

On va bien voir, dit Meewee, qui ordonna à Arrow de tester son identité.

Compris, répondit Arrow, qui s'exécuta dans la seconde :

— Myr Meewee, avez-vous une adresse d'expédition pour vos biens mobiliers, ou dois-je les mettre dans un garde-meuble ?

— Dans un garde-meuble, je suppose, répondit Meewee.

Immédiatement, les trois insectes électroniques du Groupe Orange se précipitèrent dans le salon et se positionnèrent en vol stationnaire autour de la tête de Meewee, si près de lui qu'il sentit le déplacement d'air de leurs ailes et entendit leurs petits canons laser se charger.

Ne bougez pas un muscle, l'avertit Wee Hunk. *Je vous avais dit que c'était une idée risquée.*

Meewee resta d'une immobilité de statue. Un microcanon était pointé sur chacune de ses tempes. Des secondes s'écoulèrent, apparemment interminables, puis Arrow demanda, comme si c'était la première fois :

— Myr Meewee, avez-vous une adresse d'expédition pour vos biens mobiliers, ou dois-je les mettre dans un garde-meuble ?

Je vous suggère de réussir, cette fois, dit Wee Hunk.

Une goutte de sueur coula sur le front de Meewee.

— Je... euh... c'est-à-dire... commença-t-il. Mes biens mobiliers, je veux dire : mettez mes biens mobiliers... non, attendez...

Il ferma les yeux et serra les dents.

N'essayez pas de penser, lui conseilla Wee Hunk. *Sentez seulement votre loyauté indéfectible envers Eleanor et dites ce qui vous vient aux lèvres.*

Meewee revit Eleanor ce matin, au conseil d'administration, puis l'image du yacht en perdition ; il songea au projet Jardins de la Terre et aux colons en stase cryogénique qui traversaient l'héliopause.

— Garde-meuble, dit-il. Sauf pour plusieurs tenues printanières de rechange et mes archives œcuméniques.

Les canons s'éteignirent, et les engins ailés repartirent. Meewee aspira l'air avec avidité. Son cœur cognait contre sa cage thoracique.

Vous êtes Merrill Meewee, déclara Arrow.

Excellent, dit Wee Hunk. *Peut-être que maintenant nous pourrons arriver à quelque chose.*

Mais, une demi-heure plus tard, ils n'avaient toujours pas avancé. Finalement, Wee Hunk fit une suggestion :

Dites simplement à Arrow de vous dire comment lui demander en starkese de localiser la tête d'Ellen.

Meewee fit un essai, et Arrow répondit sans hésitation :

J'ai l'impression de regarder une vidéo ou quelque chose de ce genre, Arrow. Peut-être les infos du soir. Trouvez quelque chose d'intéressant pour moi.

Meewee répéta la tirade du mentar mot pour mot.

Compris, dit Arrow, et le Groupe Orange fila hors de l'appartement par le passage à limaces.

Eh bien, on a obtenu quelque chose, dit Week Hunk. *Qu'est-ce que c'est que ça ?*

Un gros globe tournoyant, comme vu de l'espace, était apparu au milieu du salon. Autour de son équateur étaient suspendus seize satellites reliés à la planète par un réseau de fils. Meewee identifia immédiatement les stations-relais de l'Heliostream et les microfaisceaux dirigés sur les cibles au sol. Devant ses yeux, ces derniers se recouvrirent d'une gaine argentée. Au sol, des nuages poudreux enflèrent et s'étalèrent comme des ondes sur un plan d'eau.

Qu'est-ce que c'est que ce truc ? dit Meewee.

Je ne le sais pas encore. Je l'échantillonne par l'intermédiaire des drones météo. C'est une sorte de poussière, des particules très fines qui s'écoulent le long du flux statique des faisceaux. Je ne peux pas en dire beaucoup plus pour le moment.

Pendant la demi-heure suivante, les flaques argentées s'étendirent sur les continents jusqu'à se rejoindre et s'unir. Dans le même temps, des nuages de cette poussière s'élevaient dans l'atmosphère et enveloppaient la Terre dans un brouillard argenté. Les vents dominants mélangèrent le tout. La couche était plus dense dans les zones tempérées, presque absente aux pôles.

Alors ?

Je pense que c'est de la poussière nodale.

C'est-à-dire ?

Des nodules formant un réseau répéteur. Des particules microscopiques qui se lient aux particules environnantes.

Je ne comprends rien, avoua Meewee. *Que font-elles ?*

C'est tout ce qu'elles font. Imaginez que dix particules de poussière nodale se posent sur votre main et se mettent en réseau. Tout ce qui pourrait décrypter celui-ci verrait une approximation grossière de votre main en temps réel quand elle se déplacerait dans l'espace. Attendez quelques secondes que dix autres particules se posent et se relient aux premières. A chacune de ces additions, l'image de votre main devient plus précise. Eleanor enveloppe chaque chose sur Terre d'une poussière interactive !

A présent, la planète tout entière, suspendue dans le salon de Meewee, était cachée par un nuage brillant de poussière nodale. Meewee alla regarder par la lucarne. Le ciel crépusculaire semblait un peu plus orangé que d'habitude, mais rien de très remarquable.

Je ne vois pas le nuage.

C'est parce que sa densité est de vingt à trente microgrammes par mètre cube, selon la latitude et l'altitude, soit beaucoup moins que la pollution moyenne. Je ne sais pas trop quelle résolution d'image cela peut donner. Mais il me semble qu'il faudrait un nombre incroyable d'unités d'attention pour distinguer quelque chose. Un bataillon entier de supraluminiques…

Soudain, au niveau de l'équateur, une poche de poussière nodale émit une lumière vive et parut se liquéfier. La transformation envahit peu à peu tout le globe jusqu'à ce qu'il semble couvert d'une inondation de mercure tourbillonnant.

Ils viennent de se relier, annonça Wee Hunk. *Eleanor vient d'accomplir la première poignée de main globale. On y va… pour voir si Arrow sait ce qu'il fait ?*

L'homme des cavernes étendit les bras et tira, comme sur une corde invisible. Dans son fauteuil, Meewee l'imita et eut l'impression de se treuiller vers la surface de la planète. La péninsule de Baja apparut sous lui, pareille à une stalagmite d'argent. Il tira jusqu'à pouvoir distinguer les monts San Bernardino et la Californie du Sud. L'épave de l'avion brouillait assez l'atmosphère de poussière nodale pour être visible, mais la résolution au niveau du sol n'était pas assez fine pour distinguer quelque chose de plus petit qu'un immeuble.

Descendons là, dit Wee Hunk.

Descendre où ?

En Bolivie. Sur le lieu du crash.

21

Bogdan se glissa hors de la Salle verte, laissa ses cochartistes s'attarder devant le dessert et le café, et descendit au NanoJiffy pour une glace. De l'autre côté du mur, il entendait le bruit de broiement du prédigéreur dans la cuisine – Francis et Barry y enfournaient les assiettes sales et les couverts, les restes d'aliments et le linge de table. Demain matin, tous leurs déchets du jour auraient été mastiqués, dissous et filtrés, puis reconstitués en pâte préliminaire fraîche, de l'ugoo, prête à être remodelée en assiettes, vêtements et aliments. Le cycle de la vie.

Tout en se régalant, Bodgan vérifia sa messagerie avec son nouveau téléphone de gorge et découvrit que son acquisition ne disposait pas de filtres intégrés. Il avait déjà plusieurs dizaines de milliers de messages. Sans une interface graphique ou un valet efficace, il devrait les passer en revue pour voir ceux qui importaient. Il alla chercher son correcteur dans sa chambre, neuf étages trois quarts plus haut.

La porte de sa chambre, sa loyale porte renforcée de diaron, avec verrous en titanium et intérieur en mâchefer que même un tank n'aurait pu enfoncer, était entrouverte. Un garçon était étendu sur son matelas. Troy Tobbler. Bogdan ouvrit la porte en grand et se précipita à l'intérieur en hurlant :

— Comment tu es entré ici ?

Troy se frotta les yeux.

— Tu m'as réveillé.

— Tu as piraté ma porte ?

— J'ai dit : tu m'as réveillé.

— Je m'en fous, gronda Bogdan.

Il contourna la gaine des câbles de l'ascenseur pour venir dominer son lit et ce visiteur importun.

— Je n'ai pas piraté ta porte, dit Troy avant de bâiller et de faire crisser les semelles crasseuses de ses bottes sur les draps de Bogdan. C'est Limace qui l'a fait.

— Et qui c'est, cette foutue « Limace » ?

Bogdan reçut un choc intense derrière la tête qui le fit tituber. Il fit volte-face, mais il n'y avait personne. Quand il se retourna de nouveau, pourtant, il se trouva face à un garçon plus petit que lui d'une tête, aux joues de chérubin, au nez saupoudré de taches de rousseur. Mais il avait une attitude sourdement menaçante qui incita Bogdan à y réfléchir à deux fois avant de riposter.

— C'est toi, Limace ? fit-il.

— Le seul et unique, répondit l'autre, et toi, tu dois être... Nom de nom !

Il fit le tour de Bogdan et baissa les yeux sur son postérieur.

— Avec quoi ils te piquent ? Eh, Troy, sers-toi du filtre 32. Je n'ai jamais vu un cul briller autant.

— Ouais, je sais, dit Troy en se mettant debout sur le matelas. C'est un vrai trou à louer.

— Son cul est comme une lampe d'ambiance, poursuivit Limace. Nous devrions l'appeler Trou Doré.

— Sortez de ma chambre tout de suite ! rugit Bogdan.

— *Ta* chambre ? répliqua Troy, nullement impressionné. Elle est bonne, celle-là ! Viens, Limace. Descendons dire à l'immeublier Dieter que nous avons piraté la porte. Il sera très content.

Alors que les deux garçons allaient sortir, Bogdan lutta contre une envie panique de les implorer pour qu'ils ne disent rien.

Troy ricana et demanda :

— Kessta, Trou Doré ? T'as pas l'air bien.

— Ouais, mais il brille, lança Limace. Comme le soleil couchant entre deux nuages bien ronds.

— T'en fais pas, dit Troy, je donnerai pas ta piaule à Dieter. Je te laisserai le faire toi-même.

Sur ces mots, les deux garçons quittèrent les lieux. Bogdan voulut les suivre, mais quelque chose le poussa à n'en rien faire. Il se retourna et contempla la pièce. Il avait l'impression bizarre que quelque chose avait changé. Mais quoi ?

Sa chambre n'était guère plus qu'un local de machinerie. L'énorme et antique moteur électrique de l'ascenseur prenait la majeure partie de l'espace, avec ses cylindres à câbles et ses poulies. Les armoires électriques occupaient deux murs, les fils serpentaient dans toutes les directions. Bogdan se servait de l'encastrement pour les câbles comme d'une étagère et le petit coffre à outils faisait office de bureau. Ce qui passait pour ses possessions terrestres était empilé dans un coin, son vieux matelas était étalé dans l'autre. Ce n'était pas grand-chose, mais c'était à lui. Il aimait cet endroit. Soudain, il comprit : la pièce était beaucoup trop calme.

— Ils ont éteint l'ascenseur !

Bogdan se précipita sur un boîtier électrique et avec ses petites mains poussa le gros interrupteur jusqu'à ce que le circuit, dans une grande étincelle bleue, se ferme. Aussitôt, l'énorme moteur à côté de lui revint à la vie, les roues de guidage grondèrent et le tambour enroula le câble.

— Ne refaites jamais ça ! Jamais ! hurla Bogdan dans le couloir.

Mais ils n'étaient plus là. Il crut les entendre dans l'escalier Kodiak, aussi claqua-t-il sa porte – dont il devrait changer le code au plus tôt –, puis il s'élança derrière eux, dévalant les marches avec une précision d'acrobate.

Au quatrième étage, il croisa Kitty qui allait dans l'autre sens. Elle chantonnait joyeusement et semblait d'excellente humeur. En le voyant, elle fit halte.

— Depuis quand es-tu copain avec ce Troy ? Et qui est l'autre ?

Bogdan ne ralentit même pas. Il la dépassa en un éclair et poursuivit sa descente. Au troisième, Gerald sortit des bureaux administratifs juste devant lui.

— Ah, te voilà, fit-il. Viens. La Commission est réunie.

Bogdan s'arrêta net.

— La Commission d'allocation ?

— Avec quelle autre commission as-tu rendez-vous ?

— Je reviens tout de suite, affirma Bogdan en détalant dans le couloir.

— Tu n'as qu'une demi-heure ! lança Gerald derrière lui. Et les aiguilles de l'horloge tournent.

— Les horloges n'ont pas d'aiguille ! répondit Bogdan depuis l'escalier.

Du moins aucune horloge qu'il ait jamais vue. Arrivé au rez-de-chaussée, il alla jeter un œil dans le NanoJiffy. Les deux garçons n'y étaient pas. Dehors, des Tobblers installaient des bancs et des tables dans la rue en prévision de la cérémonie de la canopée, ce soir, mais Troy et Limace n'étaient visibles nulle part. En revanche, Dieter était bien là. Il vint vers Bogdan dès qu'il l'aperçut.

— Le bonsoir, jeune Kodiak. Vous libérerez la machinerie demain. Nous monterons durant la matinée pour réparer l'ascenseur.

Bogdan se demanda alors si Troy avait seulement parlé avec son immeublier.

— L'ascenseur fonctionne très bien, répondit-il.

— Vraiment ? Il était pourtant hors service il y a un moment, et ce depuis quarante-cinq minutes.

— C'était un accident. Ça ne se reproduira pas.

Les yeux du Tobbler s'étrécirent.

— Seriez-vous en train de me dire que vous avez *éteint* la machinerie, jeune Kodiak ?

— Non. Oui. C'est-à-dire...

L'autre tourna les talons.

— Vous avez violé la trêve. Il y aura *des conséquences* !

Bogdan le regarda s'éloigner d'un pas raide, puis il fit demi-tour et remonta en hâte au troisième, où Gerald attendait toujours dans le couloir.

— Mon rendez-vous n'est pas avant sept heures, dit Bogdan. Je serai de retour à temps.

— Ça me va.

— Bogdan ! l'appela April depuis un bureau.

Il alla jusqu'à la porte. April et Kale étaient assis à une table encombrée de livres de comptes et de dossiers.

— Bogdan, nous espérions en avoir fini pour sept heures. Nous avons ce truc avec Samson, ce soir.

— Quel truc ?

— Oh, tu as raté l'annonce.

— Ce n'est pas un problème, dit Kale. Nous rattraperons ça avec Bogdan la prochaine fois.

— Ouais, la prochaine fois, approuva Bogdan.

Il allait repartir quand il repensa à l'enrouement de sa voix et à sa pilosité envahissante.

— Euh, c'est quand, la prochaine fois ?

Kale consulta son agenda, un livre à spirale fatigué par l'usage.

— Dans six semaines, ça t'irait ?

— Pas du tout, rétorqua-t-il en rentrant dans le bureau dont il claqua la porte derrière lui. Quel truc avec Sam ?

— Il est mourant, Boggy, dit April. Il ne lui reste plus que très peu de temps. Nous n'allons pas le laisser seul. A partir de maintenant, nous nous relayerons pour qu'il y ait toujours au moins une personne avec lui, à toute heure.

— Bon, et qui est avec lui là-haut en ce moment ?

— Personne. Il ne voulait pas commencer avant ce soir.

Bogdan réfléchit. Il pouvait soit leur parler maintenant, soit les laisser découvrir la nouvelle par eux-mêmes plus tard.

Gerald lui tendit une feuille de calculs couverte de chiffres manuscrits. Bogdan la laissa tomber par terre.

— Passons sur la partie comptabilité de cette réunion et venons-en à la partie où vous approuvez mes deux requêtes. Un, prenez-moi un rendez-vous avec le Longyear Center pour un programme de rajeunissement sur onze mois. Ils offriront un bonus d'un mois si vous appelez avant mercredi. Et deux, achetez-moi un valet de type Oxford pour remplacer Lisa.

Puis Bogdan croisa les bras et les défia d'un regard assuré.

— Très bien, dit Gerald tout en ramassant la feuille par terre, passons donc sur la partie comptabilité et venons-en à celle où nous rejetons tes requêtes.

— Quoi ? Mais vous ne pouvez pas faire ça !

— Bogdan, dit Kale, nous n'avons pas assez de crédits pour tout.

April surenchérit :

— Regarde ça. Regarde !

Elle prit un paquet de papiers devant elle.

— Nous sommes obligés de travailler avec du papier et des crayons ! Si nous ne pouvons pas nous permettre de remplacer l'ordi-maison, comment justifierons-nous l'achat d'un nouveau valet pour toi, surtout après que tu as cassé celui que tu avais ?

Bogdan se mit à hurler.

— Lisa datait de *vingt ans* ! Il est grand temps que j'en aie un nouveau !

— Ne hausse pas le ton, je te prie.

— De plus, les nouveaux modèles sont assez puissants pour que le mien prenne temporairement en charge les fonctions de l'ordi-maison. Garder des archives manuscrites, c'est dingue. Pourquoi ne vous servez-vous pas de Hubert ? Il a assez de jus pour gérer la Lune. Il pourrait sûrement s'occuper des tâches de la maison et des comptes.

Gerald et Kale regardèrent ailleurs. April baissa les yeux.

— Quoi ? fit-il.

Comme personne ne répondait, il enfonça le clou :

— Et en ce qui concerne mon traitement de rajeunissement, c'est *non négociable.*

— Oh, Boggy, dit April, si pour une fois tu pouvais cesser de ne penser qu'à ta petite personne et regarder autour de toi… Regarde-nous. Regarde-*moi.*

Il lui fit face et fut troublé de remarquer que, à l'instar des autres cochartistes, elle était très en retard dans son entretien corporel. On aurait dit que quelqu'un avait abaissé les niveaux de saturation de son teint. Ses cheveux et sa peau étaient cendreux.

— Nous comprenons que tu veuilles rester un garçon, nous avons réussi à te l'accorder pendant bien des années, mais aujourd'hui nous n'en avons plus les moyens. Tu peux certainement attendre un peu que nous nous remettions d'aplomb…

— Un peu, c'est combien de temps ?

Gerald consulta sa feuille de calcul.

— Entre huit et douze mois.

— *Huit à douze mois ?* Pas question ! Les gars, vous ne comprenez pas ce que je vous dis. J'arrive à la puberté ! Je vais perdre mon *boulot* ! C'est dans mon contrat avec E-Pluribus : je dois impérativement rester *pré*pubère. Je suis contrôleur des statistiques démographiques. C'est ma paie qui fait tourner cette bicoque. Mon argent et celui de Sam. Et à la vitesse où ça va, dans huit mois je serai un adolescent. Bon sang, il me pousse déjà des poils à des endroits que vous préférez ne pas connaître !

Gerald brandit la feuille de papier.

— Nous ne pouvons rien faire. Nous ne pouvons pas fabriquer des crédits. Il faudra que tu tiennes bon. Nous allons booster tes suppléments hormonaux, ce qui ralentira le phénomène. Dans un mois, qui sait, peut-être que nos finances se seront améliorées.

Pendant que Gerald parlait, Bogdan remarqua qu'April avait l'air de plus en plus embarrassée. Quelque chose clochait. Les dossiers, ces regards furtifs échangés… Puis il se souvint de la Kitty rayonnante qu'il avait croisée dans le couloir quelques minutes plus tôt. Pas du tout une rétrofillette à qui on vient d'annoncer qu'elle devra patienter entre huit et douze mois avant d'entamer sa prochaine cure de rajeunissement.

— Pourquoi Kitty a droit au rajeunissement, et pas moi ?

Sa question les prit tous au dépourvu. Kale réagit le premier :

— Tu sais bien que nous ne pouvons pas parler du dossier d'un autre cochartiste avec toi, Bogdan.

— Ce n'est pas juste ! dit Bogdan. Elle rapporte dix millièmes et pourtant elle obtient tout ce qu'elle veut, alors que vous me refusez les traitements dont j'ai besoin pour garder mon boulot. C'est idiot !

Gerald posa ses papiers sur la table et alla s'asseoir. Kale secouait doucement la tête, l'air abattu. Tous deux coulèrent un regard à April. Celle-ci soupira.

— Bogdan, dit-elle, la charterie Kodiak est engagée dans des négociations très sensibles. Ce n'est pas un sujet que nous sommes disposés à révéler à tous pour l'instant. Kitty agit en tant que notre représentante dans cette affaire, mais même sa cure a été reculée... un peu.

— Quelles négociations ? J'ai le droit de savoir.

— Nous en parlerons lors d'une réunion générale dans... je ne sais pas, une semaine ?

Bogdan n'avait jamais été très doué pour ajouter deux et deux, mais d'après la tension qui régnait dans cette pièce il savait qu'il avait mis le doigt sur quelque chose de première importance. Il n'avait pas l'intention de lâcher aussi facilement. Il arbora sa pose de garçonnet obstiné et dit :

— Pourquoi ? Parce que vous ne voulez pas que Samson soit mis au courant ? C'est ça ? Et tous ces dossiers, ce n'est pas à cause de l'ordi-maison, mais pour laisser Hubert hors du coup, hein ?

— Bon sang... maugréa Gerald.

Il se leva, amena sa chaise contre le mur, grimpa dessus et déconnecta les deux fils sous la caméra.

— Pour ce que ça change, marmonna-t-il en redescendant de son perchoir. L'ordi-maison a perdu tout contact avec cette pièce depuis une éternité.

Kale posa les mains sur la table et parla d'un ton grave :

— Bogdan, ce que nous allons te dire ne doit pas sortir de cette pièce, compris ?

L'intéressé acquiesça. Kale poursuivit :

— Tu as déjà entendu parler d'un endroit appelé Rosewood Acres ?

Bogdan fit non de la tête.

— C'est un site d'enfouissement dans le Wyoming depuis le siècle dernier. Hautement pollué. Hautement toxique. Il y a plus d'éléments rares et d'isotopes radioactifs ensevelis là que dans les cinq autres sites les plus grands. Ce qui signifie aussi que c'est une des micromines les plus riches de toutes les Démocraties Unies, avec un revenu potentiel sur des dizaines d'années. Les droits miniers ont récemment été acquis par la charterie Beadlemyren.

— Jamais entendu parler d'eux.

— Les Beadlemyren, comme nous et des milliers d'autres charteries, souffrent d'un déclin de leurs membres. Quand Sam mourra, eh bien, nous serons en balance. Mais les Beadlemyren sont dans une situation pire encore. L'Etat a déjà engagé des procédures pour leur ôter leur certification. A moins qu'on ne fasse quelque chose, ils perdront leur charterie, et avec elle leur patrimoine, dont leurs droits miniers. Nous leur avons parlé de la possibilité d'un regroupement de nos deux charteries. Les bénéfices seraient substantiels, pour eux comme pour nous. Mais les Beadlemyren ont reçu d'autres offres de charteries désireuses de fusionner ou de les absorber. Parmi elles, les Tobblers. C'est du moins ce que nous soupçonnons. Ce qui signifie que nous devons en mettre plus sur la table que nos concurrents.

— Comme ?

— Eh bien, l'apparence d'un enthousiasme juvénile, par exemple. C'est pour cette raison que Kitty nous représente. Et un capital. Un gros capital. Ce qui impliquera de vendre le reste de cet immeuble – raison pour laquelle il est inutile d'investir dans un nouvel ordimaison –, mais aussi, hem, de vendre tout ce que nous possédons.

Bogdan était abasourdi.

— Nous allons quitter Chicago ?

— Il semble bien que oui, dit Kale. Voilà pourquoi ton poste à E-Pluribus est de moindre importance dans la situation actuelle.

Bogdan tourna les talons et se dirigea vers la porte d'un pas de somnambule.

— Bogdan ! lança April d'une voix sèche. Tout ça est confidentiel. Compris ?

— Ouais, ouais. C'est un foutu grand secret.

Puis un détail lui revint, et avant de sortir il demanda à Kale :

— Tu as dit que cette décharge toxique s'appelait Rosewood Acres. Combien d'acres, au juste ?

— Deux mille.

22

Après le repas, les amis de Fred et Mary s'offrirent une tournée de visola, puis un café. Le dessert, un gâteau fourré à la crème, fut suivi d'autres boissons.

Des éclats de voix occasionnels provenaient de la terrasse. Les lulus Abbie et Mariola s'y rendirent pour enquêter. A leur retour, la première tenait entre le pouce et l'index la queue d'une petite limace de la SecNat.

— Ils les écrabouillent, dit-elle. J'ai du mal à y croire.

Elle laissa choir la bande biomécanique sur la table et la piégea sous un verre de daïquiri renversé.

— Ne fais pas ça, dit Reilly.

— Ne dis pas à ma sœur ce qu'elle doit ou ne doit pas faire, intervint Mariola.

— Je veux dire... ça pourrait t'attirer des ennuis. Et à nous aussi.

— J'ai bouché les fentes à limaces de notre appartement toute la journée, et il ne s'est rien passé, fit Mary.

— Moi, dit Gwyn, la jenny, sur le WAD, j'ai vu des fermiers qui les « récoltaient » par centaines pour obtenir des crédits après recyclage.

Ils observèrent la limace qui explorait sa prison : et quand les noétiques de cette crétine conclurent qu'elle n'avait pas d'issue, elle s'immobilisa, tout bêtement. Pas de menace, pas de sirène, aucune explosion, pas un pseudopode.

Wes, le jerry, la scanna.

— Elle ne communique pas avec sa base.

— Que fait-elle, alors ? dit Reilly.

— Rien de visible.

— Ça n'a tout simplement pas de sens.

— Bien sûr que si, fit Abbie. Quelqu'un pourrait me donner un marteau ?

Mariola fronça les sourcils.

— Combien de crédits une de ces bestioles rapporterait, d'après vous ?

— Voyons, dit l'autre jerry, Bill. Il y a là au moins un millilitre de pâte, le système de circuits de soutien, plusieurs grammes de titane, de sélénium, de platine et, euh, peut-être un peu d'iridium...

— Sans parler du tissu autoréparateur et des extrudeurs, ajouta Wes.

— Plus les microcams, les émetteurs et tout le matériel radio, dit Ross, le troisième jerry.

— Dix ou douze crédits, peut-être ? fit Bill.

Les deux autres jerrys opinèrent du chef.

— Dix ou douze *chacune* ? balbutia Abbie, qui n'en revenait pas.

— A peu de chose près, oui.

Le petit groupe réfléchit intensément à cette donnée.

— Il est où, ce marteau ? lança Abbie.

— Pas besoin de marteau, répliqua Mariola en ôtant une de ses chaussures.

Fred s'interposa.

— Attends, Abbie. Piéger une limace est une chose, mais la détruire, c'est un délit. Tu pourrais écoper d'une peine d'emprisonnement.

Abbie leva la chaussure, mais elle hésitait.

— Ce n'est pas ce que les autres disent, sur la terrasse. Ils répètent que les limaces sont finies. Elles ont été mises hors service. Tout le monde les détache des murs et les écrase. Est-ce que tu vois la SecNat se précipiter pour arrêter quelqu'un ?

— Est-ce que quelqu'un pourrait vérifier sur Evernet s'il y a eu une annonce officielle ? demanda Fred.

— Il y a tout un tas de déclarations contradictoires, mais rien que je qualifierais d'officiel, répondit Wes.

— Moi, ça me suffit, affirma Abbie.

Pourtant, elle n'abattit pas sa chaussure sur la limace.

Alice, la joan, dit alors d'une voix rêveuse :

— Vous imaginez ? Plus de limaces pour venir vous espionner à tout moment, même quand vous vous y attendez le moins ?

— Plus de limace qui nage dans ton bain, dit Sofi, l'héléna.

— Qui te mord quand tu dors, ajouta Gwyn.

— Qui a le pouvoir de décider si tu es un ennemi ou non, dit Wes.

— Mes amis, déclara Alice, en larmes, nous avons le privilège d'être les témoins de la fin d'une ère particulièrement sombre.

Fred guettait un sarcasme typique des joans qui ne vint pas. Ce fut le bon sens des jérômes, par l'intermédiaire de Peter, qui s'exprima :

— D'un autre côté, si elles valent vraiment dix ou douze crédits chacune, et si elles sont réellement détruites et recyclées par des fermiers sans qu'ils soient poursuivis, alors ça constitue une nouvelle forme d'indemnité et une injustice financière pour tous les autres, c'est-à-dire nous.

— A moins que tout le monde ne s'y mette, nous y compris, remarqua Mariola.

— D'accord, d'accord, on y va, fit Abbie qui brandit de nouveau sa chaussure.

— Je t'en prie, non, dit Fred. Tu risques vraiment gros.

— Exact, ironisa Reilly. Tu sais qui ils enverront pour t'arrêter ? Fred !

Un brouhaha excité constant provenait maintenant de la terrasse, et leur salle se vidait rapidement de ses occupants qui rejoignaient les autres au-dehors pour la curée.

— Au moins, je ne serai pas seule en taule, dit Abbie.

Elle ôta le verre et abattit le talon de la chaussure en plein milieu de la limace. Ils retinrent tous leur souffle. Le petit ruban biotechnologique noir ne bougea pas. Mais quand Abbie voulut le ramasser, il se mit à ramper de nouveau vers le bord de la table.

— Pas terrible comme coup, fit Bill.

— Elles se réparent vite, remarqua Wes.

Mariola reprit possession de sa chaussure.

— Attendez. Il faut faire comme si c'était vous-savez-qui, et frapper comme ça...

Elle éleva la chaussure à bout de bras et l'écrasa sur la limace. Le coup produisit un son pareil à une déflagration. A présent, la limace demeurait inerte. Un peu de pseudoplasme noir et épais suinta d'une coupure sur son côté.

— Ça devrait la calmer jusqu'à ce que tu l'amènes à un digesteur, commenta Wes.

Ross s'approcha.

— Alors va à un digesteur public, ou dans une supérette de quartier, et fais-toi régler en jetons, surtout pas par un versement sur ton compte personnel.

Les lulus paraissaient pétrifiées. Elles s'étreignirent en contemplant la limace détruite. Et soudain, elles fondirent en larmes.

— Quoi encore ? grogna Fred.

— Oh, Fred, fit Alice, pour une fois, tout va bien. Allez, les amis. Allons nous amuser, nous aussi.

Elle précéda les autres sur la terrasse. Tout le monde suivit, à l'exception de Peter, des russ et des jerrys. Mary et Shelley s'attardèrent juste le temps de vérifier que leurs russ ne protesteraient pas trop. Fred fit une grimace, Reilly se rembrunit notablement, mais cela ne suffit pas à décourager les évangelines, qui se hâtèrent de sortir.

Peter était déconcerté.

— Quand on pense aux milliards de crédits que notre société a dépensés pour créer et maintenir toute l'infrastructure de détection des nanocystes basée sur les limaces ! Et aussi pour les canopées...

Il se leva de son siège.

— Ne vous en faites pas, messieurs, je n'ai pas l'intention de me joindre à cet accès de folie meurtrière, mais je suis curieux de voir l'histoire en mouvement.

Il ne restait plus à table que les russ et les jerrys.

— Inutile de nous regarder de cette façon, dit Wes. Nous avons fait serment de servir la loi, pas de l'enfreindre.

— C'est une bonne chose, railla Reilly. Dans le cas contraire, Fred serait obligé de vous embarquer aussi.

— Pas si vous êtes en congé maladie, nota Wes. J'aurais pensé qu'après votre petite baignade aujourd'hui on vous accorderait une ou deux semaines de repos.

Fred et Reilly se regardèrent. Manifestement, les jerrys avaient eu vent de leur aventure.

— A dire vrai, je vais bénéficier d'un arrêt, fit Reilly. Et toi, Fred ?

Celui-ci secoua la tête. Ses blessures n'avaient pas été jugées assez graves.

— J'ai cette nuit de libre, et un jour de compensation à prendre plus tard.

Reilly lui fit signe de regarder vers la porte : des dizaines de russ et de jerrys quittaient la salle. Au même moment, Wes sortit de sa poche un paquet de cachets de dégrisement instantané et en offrit à Bill et Ross. Il en avala un lui aussi, avec une dernière gorgée de whisky.

— De service ? interrogea Fred.

— Ouais, on vient de l'apprendre, répondit Wes. Rassemblement des effectifs.

— A cause des limaces ? dit Fred, soudain inquiet pour Mary et leurs amis.

— Non, rien à voir avec les limaces. Il y a une demande subite de sécurité personnelle. Il paraît que les richards s'entretuent joyeusement dans toutes les Démocraties Unies, et qu'ils doublent, voire triplent leur personnel de sécurité.

— Règlement de comptes général, tu crois ?

— Mouais, possible, fit Wes. Déclenché par l'assassinat de Starke.

— Ils appellent ça un « rééquilibrage du marché », lâcha Ross.

Lui et les deux autres jerrys s'esclaffèrent en quittant la table. Fred et Reilly étaient maintenant seuls. Ce dernier se servit un verre de soda, puis dit :

— J'ai lu un article qui compare les richards d'aujourd'hui aux seigneurs du Moyen Age. Pas de royaume ou de gouvernement national assez puissant pour les gêner. Toutes ces petites principautés souveraines dans leurs limites, qui se concurrencent pour accaparer les terrains et les ressources. Toutes ces petites guerres, ces petites armées personnelles. C'est ce que nous sommes, tu sais : des mercenaires.

Fred secoua la tête en faisant la moue.

— J'ai réfléchi à ça, moi aussi, dit-il. Je ne suis pas d'accord avec ton analyse. Les pikes sont les mercenaires, les jerrys et les belindas les flics, et nous autres russ, nous sommes les gardes du palais.

Reilly resta absorbé dans ses pensées un moment.

— Tu n'as pas tort. Ton interprétation me plaît bien. Ouais, la Garde du palais. Je me demande si les ancêtres de Thomas A. étaient dans la même branche. A une époque, nous avons peut-être sauvé pas mal de têtes couronnées.

Reilly se leva avec effort sur ses prothèses orthopédiques et essaya de s'étirer.

— Bon, la journée a été longue, soupira-t-il.

Avec un petit salut à l'adresse de son frère russ, il quitta la table. Fred se retrouva seul.

Mes frères clones, songea-t-il, *pour rester des hommes libres, nous devons résister à la tentation de jurer allégeance à toute autre famille que la nôtre.*

A cause de son travail avec l'artiste de la mort, Shelley jouissait d'une petite célébrité dans la gigatour 7. Des admirateurs sur la terrasse l'arrêtaient tous les quelques mètres pour lui parler de sa patronne, Judith Hsu. Après une année de rémission, la maladie de Hsu avait pris une tournure très agressive ; son public avait augmenté en proportion. Les tissus cicatriciels avaient durci sa peau, elle pouvait à peine se mouvoir. Son épiderme était si fragile au niveau des coudes que le simple fait de plier les bras pouvait le déchirer et exposer l'articulation. Et le prurit de la pauvre femme atteignait l'intolérable. Laissée à elle-même, elle se serait griffée continuellement. Les jennys infirmières devaient lui attacher les mains pour l'en empêcher.

Shelley remercia ses fans, mais Mary vit qu'elle n'appréciait pas leur reconnaissance.

La terrasse était devenue un champ de morts. Les gens, avec des chaussures, des matraques de poche, des bouteilles de vin, s'acharnaient sur les limaces qui n'avaient été que les petits défenseurs de leur intégrité cellulaire. Des fêtards stupides montèrent sur le parapet de la terrasse pour en attraper quelques-unes, sans se soucier d'une possible chute de trois mille mètres dans le vide. Les steves profitaient de leur taille exceptionnelle pour décrocher les limaces des murs avec des cuillères et les faire tomber dans les griffes des tueurs en manque d'oxygène.

— Au rancart ! criaient-ils. Au rancart !

De façon plutôt incongrue, certaines personnes attendaient sagement en file indienne sous les fentes à limaces que ces dernières sortent de la gigatour. Après un rapide coup d'œil autour d'elles, Mary et Shelley allèrent se placer au bout de la queue.

Shelley semblait boiter un peu, mais Mary ne lui en parla pas.

Je pense à me recycler, dit-elle.

Oh ? fit Shelley. *Dans quel secteur ?*

J'ai étudié les statistiques pour savoir quel type féminin a le plus d'opportunités variées de travail. Tu sais lequel ?

Shelley se gratta la gorge avant de répondre.

Les jennys, je dirais.

Tu n'es pas tombée loin : elles sont en deuxième position. En fait, ce sont les juanitas/janes. Il y aura toujours des maisons à nettoyer, tu comprends, des boissons à apporter, des lits à faire. Le meilleur taux d'emploi et la paie la plus basse.

Peu à peu, les deux évangelines se rapprochaient de la tête de file. Quand arriva leur tour et qu'une limace apparut par la fente, Mary et Shelley restèrent bras ballants à la regarder qui s'éloignait en rampant sur le mur.

— Elle s'en va, remarqua quelqu'un derrière elles.

— Attrape-la ! dit Mary.

— Non, toi ! répondit Shelley.

Mais la limace était déjà hors d'atteinte. En riant, les évangelines quittèrent la queue. Elles allèrent s'attabler dans un coin tranquille, loin du tumulte.

— Alors, tu penses à t'inscrire en sciences domestiques ?

— Exactement, fit Mary avec un petit rire. Encore mieux... ce matin, j'ai pris un cours d'introduction à la création pâtissière.

— Tu me fais marcher, là ?

— Pas du tout... Sérieusement, tu ne penses pas que nous devrions décrocher un diplôme quelconque ?

La mine songeuse, Shelley se gratta le bras.

— Si. Moi aussi, j'envisage de me recycler.

— Toi ? Mais tu as réussi !

— Je ne sais pas combien de morts je pourrai encore supporter, soupira Shelley. Tu te souviens la dernière fois, quand je perdais mes cheveux ? Eh bien, regarde ça.

Elle releva sa manche un instant. La peau de son bras était infestée et boursouflée, un des premiers signes de la sclérodermie. Shelley cependant ne souffrait pas réellement de cette affection mortelle qui touchait sa patronne. Les symptômes étaient faux parce que uniquement dus à l'empathie. Tout se passait dans sa tête. Cette éruption était la simple manifestation du haut degré d'empathie des évangelines.

— Le cancer du sein était déjà assez moche à endurer, poursuivit Shelley en reboutonnant sa manche, mais ce truc me rend folle. J'en ai sur tout le corps. Reilly n'a pas pu me toucher depuis des semaines !

— Je suis désolée, Shelley.

Mais Mary n'était pas certaine de l'être vraiment. Non pas qu'elle-même aimait se sentir mal, mais au moins Shelley avait un emploi, elle. Au moins, elle accompagnait quelqu'un. Mary se pencha pour se gratter la jambe au moment où une limace miraculeusement rescapée du massacre passait sur sa chaussure et s'enroulait à sa cheville.

— Bon sang ! fit-elle.

— Qu'y a-t-il ?

— Alice a raison. Il est plus que temps de se débarrasser de tous ces monstres. Passe-moi la tasse.

Shelley lui tendit le lourd mug en porcelaine, et quand la limace se détacha Mary la frappa. La limace ne ralentit même pas.

— Cogne plus fort, lui conseilla Shelley. Vise le centre, c'est là que se trouve le cerveau.

Mary abattit de nouveau le mug, sans plus de résultat.

— Ces bestioles sont plus résistantes qu'elles n'en ont l'air, dit-elle en élevant son arme au-dessus de sa tête pour un coup décisif.

Qui brisa le mug.

— Je me suis fait mal à la main.

— Mais tu l'as eue.

La limace ne bougeait plus ; son flanc s'était déchiré sous le choc.

— Je te la laisse, dit Mary en ramassant son trophée par la queue et en l'offrant à son amie.

— Merci, mais c'est toi qui l'as écrabouillée.

— Fred me tuerait, s'il savait.

— Même chose pour moi avec Reilly.

— En tout cas, ça fait du bien de tuer ces bestioles, conclut Mary.

Elle se leva et lança la limace par-dessus le parapet, dans un vide d'une hauteur de cinq cents étages.

Quand Fred sortit sur la terrasse, les panneaux d'affichage du Skytel annonçaient le début du spectacle dans dix minutes. Il s'assit avec Mary et Shelley. Peu à peu, ce qui restait de leur bande se rassembla autour d'eux. Les places vides abondaient, maintenant qu'un si grand nombre de gens étaient partis encaisser le fruit de leur chasse ou se présenter à leur poste. Une nouvelle vague de limaces descendait déjà la façade de la gigatour pour entamer sa tournée nocturne. C'était une véritable armée : elles pénétrèrent dans l'immeuble par les fentes de la terrasse, et certaines firent un détour pour sillonner la terrasse et échantillonner des chevilles un peu au hasard. Peu de gens protestèrent. Leur frénésie meurtrière était épuisée pour aujourd'hui.

— Nos jerrys ont été appelés pour une opération spéciale, annonça Fred.

— Arrêter leurs amis et les contrevenants désignés ? railla Peter.

— Non, je ne crois pas. Et Reilly est rentré se coucher.

— Je sais, dit Shelley.

Ils commandèrent encore à boire et à manger et suivirent le cycle rituel des messages commerciaux et civiques de Skytel : résultats sportifs, cours de la Bourse, décompte en temps réel de la population, anniversaires et naissances, nouvelles des célébrités, pubs. Un gros titre s'installa au milieu des panneaux : « La région de Chicago brise sa coquille à minuit ! »

— Je trouve ça condescendant, fit Alice.

— S'il y a quelque chose que j'aimerais bien bousiller encore plus qu'une limace, dit Sofi, c'est cette monstruosité là-haut qui étouffe notre Lune.

— Beaucoup ont essayé, remarqua Fred.

— C'est pourtant une cible difficile à rater, dit Alice.

— C'est vrai, mais elle est beaucoup plus éloignée qu'elle ne le paraît : cinquante-cinq mille kilomètres, en fait. Et elle est modulaire, un assemblage de prismes, lentilles et miroirs orientés par des servomécanismes. Difficile à détruire, facile à réparer.

Un deuxième message apparut : « Chicago, Embrassez-vous ! »

La lulu Mariola éclata de rire.

— Eh, dites-moi, Skytel ne va pas vous manquer ?

— Pas à moi, en tout cas ! répondit Sofi.

— Je ne serais pas surpris qu'il suive les canopées et parte en retraite, dit Peter. Les recettes publicitaires seules ne suffisent plus à le justifier. Elles n'ont jamais suffi, à dire vrai. Et il ne diffuse pas de message public que les gens ne pourraient obtenir facilement par d'autres moyens.

— Pourquoi l'ont-ils créé, à l'origine ? demanda Mary.

— Pour la propagande.

— « Chicago, embrassez-vous » ?

— Une propagande pas pour nous, expliqua Peter, mais pour le reste du monde. Le Skytel n'est pas géosynchrone, vous savez. Il suit la nuit et reste autant de temps au-dessus des territoires ennemis et/ou non alignés que sur le nôtre. Les affiches avec le portrait des criminels recherchés sont passées de mode avant ton époque, Mary, mais imagine une galerie nocturne de posters géants montrant les pires hors-la-loi avec la promesse de récompenses princières pour leur capture ou leur mort, là où tout le monde peut les voir, sur des panneaux grands comme le Texas. Les extrémistes détestaient le Skytel ; ils ont essayé de le détruire à maintes reprises. Alors qu'il nous assommait de publicités ici, là-bas il pouvait afficher la trombine de votre voisin assortie d'une récompense tellement énorme que personne ne résistait à la tentation de le dénoncer. Nul n'était à l'abri de nous. Le Skytel a été une de nos armes les plus puissantes contre l'Outrage, pendant un bon bout de temps.

Peter leva son verre de vin vers l'immense panneau d'affichage dans le ciel.

— Au prix du sang.

Le panneau central ouvrit une fenêtre pour montrer le gros plan d'une femme en combinaison officielle.

— Quel canal ? Quel canal ? demandèrent des gens de l'autre côté de la terrasse.

La femme présenta le P-DG de Chicago, Forrest Slana. Le visage rond de celui-ci semblait concurrencer la Lune derrière lui. Il adressa un grand sourire vaguement sincère à la cité.

Le bonsoir, Chicago, entonna-t-il. *Dans quelques instants, je vous confierai aux maîtres de cérémonie, mais avant cela je voulais dire quelques mots sur notre décision d'abaisser la canopée de la cité.*

Notre décision ? On a voté, nous ? s'étonna quelqu'un sur un canal ouvert, mais cent voix s'exclamèrent : *La ferme !*

Notre canopée, cet écran antinano, a servi de casque à Chicago pendant soixante-huit ans, déclama le P-DG en feignant de regarder en l'air ce dont il parlait. *Durant ce laps de temps, elle a sauvé de nombreuses vies et bien des richesses. Elle a intercepté et neutralisé plus d'un billion d'armes extrémistes. Durant ces soixante-huit années, elle ne nous a lâchés que deux fois. Nous conserverons toujours le souvenir de nos voisins qui ont péri alors.*

Il fit une petite pause pour marquer la solennité du propos, puis :

Mais aujourd'hui le monde est différent, meilleur, plus sûr. L'Outrage n'est plus, grâce au ciel ; nous avons gagné. L'atmosphère, les océans et les terres sont débarrassés des NASTIEs. Ils ont été éradiqués, leur énergie s'est épuisée et aucune nouvelle génération n'a été nanoproduite.

Mary et Shelley interrogèrent Fred du regard – C'est vrai ? Pas de nouveaux NASTIEs ? –, mais le russ était toujours déconnecté et donc dans l'incapacité de suivre le discours.

Or, cette barrière au-dessus de nos têtes nous coûte très cher. Son fonctionnement et sa maintenance seuls reviennent annuellement à cent crédits par personne. Une belle somme que vous préféreriez dépenser autrement, j'en suis sûr. C'est pourquoi, en tant que première grande cité à avoir érigé une canopée, Chicago montrera la voie une fois encore et sera la première à l'abaisser. Après soixante-huit années, nous briserons enfin volontairement notre coquille !

Il fit mine de râper la canopée avec son poing fermé. Quelque part, des applaudissements nourris crépitèrent, mais Mary ne vit personne battre des mains sur la terrasse. Etant une relativement nouvelle venue dans ce monde, Mary était curieuse de savoir comment ses collègues de chez Personnel Appliqué prenaient l'événement. La canopée – et le Skytel par la même occasion – était un élément présent dans son ciel aussi loin qu'elle s'en souvienne. Quant à l'Outrage, ce qu'elle en savait provenait de ses cours d'histoire.

Mais, s'il y a toujours des gens haineux animés d'intentions destructrices au-dehors, qui se préparent à déverser de nouvelles terreurs sur nous, qu'ils sachent que certes nous abaissons nos défenses aujourd'hui, mais que nous ne les démantelons pas pour autant. Au contraire, les piquets de la canopée resteront en parfait état de fonctionnement. Nous serons en mesure de réagir à toute menace dans un délai très court.

Autre série d'applaudissements venue de spectateurs invisibles.

Maintenant, place au spectacle. J'ai l'immense plaisir de vous présenter nos accompagnateurs pour la soirée, la sensationnelle Debbie Mix et son inénarrable symbiote, Alkanuh. Merci de leur réserver cet accueil chaleureux qui fait la réputation de Chicago !

Mix et Alkanuh apparurent dans des cadres de chaque côté du P-DG. Ils rirent, agitèrent les mains et firent des grimaces. Leurs cadres sautèrent au centre du panneau, recouvrant celui du P-DG.

Yar, dit Mix. *Moi et le piailleur ici présent, nous roulons dans une boîte pour VIP qui décrit des huit paresseux à l'intérieur de Soldier Field. Il y a pas mal de monde ici ce soir. Combien, d'après toi, Al ?*

Les autres panneaux affichèrent diverses vues des tribunes bondées de spectateurs excités, de la scène au centre du stade, et des pages de données et statistiques en arrière-plan.

— Ooh, fit Alkanuh.

La foule du stade poussa des acclamations et siffla.

Je crois qu'on atteint les quatre cent mille. C'est juste, Al ?

Le spectacle de la canopée versa dans une parodie classique de stars tel qu'on pouvait en voir à n'importe quelle heure sur le WAD, le genre de numéro que les clones appréciaient moyennement parce qu'il y avait peu de clones célèbres. Aussi, malgré les intermèdes musicaux pleins de paillettes, les danseuses dénudées et les sketches graveleux, le show n'avait rien de distrayant ou même de caractéristique de Chicago. Sur la terrasse, les gens s'en désintéressèrent très vite.

Fred se tourna vers Mary.

— Tu veux que j'emporte tes, hem... produits à recycler à un digesteur ?

Elle lui sourit.

— Merci, Fred, mais ça ne sera pas nécessaire.

— Tu as trouvé quelqu'un d'autre pour les y apporter ?

— Non.

Il avait déjà deviné le résultat de leur moisson, mais il s'amusait à l'interroger ainsi.

— Je ne comprends pas. Combien en avez-vous empochés ?

— La poche avait un trou, pas vrai, Shell ?

Shelley approuva avec force, en écarquillant ses grands yeux marron.

23

Si la poussière nodale avait cessé de s'écouler le long de la plupart des microfaisceaux de l'Heliostream, elle se déversait toujours vers la cible située à proximité de La Paz. Quand Meewee atteignit le site du crash, près d'un village à peine ébauché, la concentration de la matière argentée était assez forte pour distinguer les silhouettes brouillées des gardes qui formaient un cordon autour de l'épave. Meewee discernait les arbres mais sans voir les feuilles, les véhicules mais sans pouvoir donner leur marque.

C'est stupéfiant, dit-il. *Avec assez de cette poussière nodale, on pourrait suivre n'importe quoi n'importe où, en temps réel.*

Un rêve de despote, approuva Wee Hunk. *Mais franchement, je ne comprends pas comment Arrow est capable de lire ça. C'est une performance qui excède mes aptitudes, et probablement celles du Cabinet. Quand vous saurez réellement parler le starkese, il serait bon que vous lui demandiez.*

Ils dérivèrent dans la tranchée que le *Songbird* avait creusée pour arriver dans ce qui ressemblait à un terrain de football. Quand la brise chassa un peu de poussière nodale, ils aperçurent ici et là le relief du sol.

Aussi impressionnant que ce soit, reprit Wee Hunk, *je ne suis pas sûr de ce qu'Arrow a en tête. Pour analyser l'ADN d'Ellen, il faudrait plus que de la poussière nodale. Que peut-il bien chercher ?*

Ils quittèrent la tranchée et suivirent la piste des débris. Des centaines d'engins ramassaient les parcelles du vaisseau. Meewee et Wee Hunk nagèrent parmi eux, invisibles.

Qu'est-ce que c'est que ça ? dit Meewee.

Sur le sol devant eux s'étendait une tache scintillante, comme des paillettes colorées. Wee Hunk plana au-dessus.

Aha ! fit-il. *Des taggants, évidemment.*

Pour des explosifs ? demanda Meewee.

Non, les taggants qu'ils mettent dans les lots de résine. Arrow doit chercher la coque externe du casque d'Ellen. Le casque a certainement heurté le sol à cet endroit, quand le yacht s'est désintégré. Les taggants sont microscopiques mais conçus pour être bien visibles, et ils sont aisément détectables par la poussière nodale.

Alors qu'ils examinaient leur découverte, une ligne orangée comparable à une ligne directrice en jaillit soudain et s'étendit vers le nord à travers la campagne.

Allons-y ! dit Wee Hunk en s'élevant rapidement à la verticale.

Meewee l'imita et se hissa dans les airs jusqu'à atteindre une hauteur d'où il pouvait facilement suivre la ligne orangée. Elle traversait l'Amérique du Sud en décrivant un arc qui revenait aux USNA. Ils la suivirent. Elle finissait à la porte Flinn de la canopée de Decatur. Parce que la poussière nodale était filtrée par la canopée de la cité, Decatur et ses environs ressemblaient à une petite bulle opaque.

Fin de la piste des taggants, dit Wee Hunk, *et nous n'avons pas appris grand-chose. Nous savions déjà que le casque avait été apporté ici. Nous avons tous deux assisté au déverrouillage du casque à la clinique Roosevelt. Je pense que c'est une fausse piste. Arrow nous fait perdre notre temps. J'ai un relevé incontestable du casque, de l'arrivée de l'équipe de récupération jusqu'à son déverrouillage à la clinique. Je crains que nous n'ayons pas vraiment progressé.*

Wee Hunk se retira de la représentation du globe et poursuivit :

Je laisse tomber la piste Arrow. Je vais continuer à suivre les autres. Salutations pour le moment.

Meewee sortit à son tour de l'atmosphère mercurienne de la sphère, et retrouva le décor de son appartement de fonction. Le mentar s'était éclipsé, mais il restait un portrait en deux dimensions de lui sur le mur. Meewee se leva de son fauteuil et fit quelques pas hésitants dans le salon. Si l'on exceptait la lueur émanant du globe, la pièce était plongée dans l'obscurité. Les deux robots domestiques se tenaient dans leur coin, la lucarne révélait les premières étoiles de la nuit.

Meewee avait récupéré l'usage intégral de son bras. Sous sa peau, la grosseur avait durci et n'était plus douloureuse. Il se sentait exténué et allait ordonner à Arrow de lui faire servir un verre de vin quand il fut frappé par l'absurdité de cette requête. Pourquoi utiliser une créature aussi remarquable comme un vulgaire serviteur ? Après tout, il pouvait très bien contrôler la cuisine et ses domestiques par le biais de l'ordi-maison.

Arrow, fit-il, *dis-moi quelque chose en starkese.*

Compris, répondit le mentar, qui s'exécuta aussitôt :

— Myr Meewee, veuillez ouvrir la vitrine à trophées afin que je puisse préparer l'emballage de vos récompenses.

Pour Meewee, cette demande était insensée : il ne possédait qu'une seule récompense, et aucune vitrine à trophées. Dans le même temps, il éprouva un besoin urgent de revenir au globe. Sans se poser de questions, il s'en approcha et eut la surprise de découvrir une seconde piste de taggants qui émanait du lieu du crash. Celle-là empruntait un chemin différent de la première, mais parvenait à la même destination : la porte Flinn de Decatur.

— Hunk ! dit-il. L'échange s'est produit en Bolivie !

Le portrait mural de Wee Hunk passa en trois dimensions et, sans attendre Meewee, l'homme-singe plongea dans le globe. Meewee fit de même et nagea jusqu'à Decatur, où il trouva le mentar qui planait au-dessus de la cité. La canopée ressemblait toujours à une immense demi-bulle argentée et opaque.

Comment voir à l'intérieur ? interrogea Meewee.

Impossible, répondit Wee Hunk. *Il y a un millier d'interdictions internationales qui sanctionnent la libération de microagents à l'intérieur de l'espace clos par une canopée. Mais j'augmente mes atouts sur place. J'utiliserai des abeilles pour fouiller chaque centimètre cube de la cité, s'il le faut.*

Cependant, alors qu'ils restaient ainsi en vol stationnaire au-dessus de la cité, la canopée devint peu à peu transparente. Wee Hunk s'en rapprocha.

Il semble qu'Arrow déverse de la poussière nodale à l'intérieur de la canopée. J'espère qu'il sait ce qu'il fait, ou bien vous risquez la prison.

Moi ?

C'est votre mentar, non ? Et vous lui avez ordonné de retrouver Ellen.

A mesure que la densité de la poussière nodale s'accroissait, le sommet des gigatours de la cité émergeait du magma argenté. Des lignes directrices jaillirent depuis la porte Flinn jusqu'à deux endroits distincts de la ville.

Celle-là mène à la clinique, dit Wee Hunk en se dirigeant vers l'autre qui infléchissait sa course vers un des quartiers à l'ouest.

La piste des taggants se terminait en un unique scintillement sur un bâtiment de deux niveaux. La résolution offerte par la poussière nodale n'était pas assez nette pour définir l'immeuble au-delà d'une forme floue.

Mes informateurs l'identifient comme appartenant à la Fondation Sitrun. Déjà entendu parler ?

Non. C'est quoi ?

Je cherche à le savoir.

Meewee descendit vers la maison, puis y pénétra. La densité de la poussière était encore moindre à l'intérieur, les pièces étaient à peine visibles. Aucun mouvement.

Peut-être qu'un des chirurgiens de la clinique habite là, dit-il, *et qu'il a rapporté une parcelle de la résine du casque sur sa manche.*

Possible, mais jusqu'ici je n'ai trouvé aucun lien avec un membre du personnel de la clinique.

Que faisons-nous, maintenant ? Nous envoyons la troupe ?

Peuh ! fit Wee Hunk. *Vous plaisantez ?*

Alors engageons une escouade de russ.

Je ne leur fais pas confiance.

Vous ne leur faites pas confiance ?

Sous leurs yeux, la canopée expulsait progressivement la poussière nodale, et bientôt Decatur disparut de nouveau. La maison et son environnement furent engloutis. Meewee et Wee Hunk réintégrèrent le salon où l'homme de Neandertal se mit à marcher en rond.

Ce n'est pas aux russ que je ne fais pas confiance, mais à leur employeur, précisa-t-il.

Zoranna ? C'est la seule en qui j'aie confiance.

Ce qui prouve que vous êtes très mal informé, l'Evêque.

Les abeilles louées par Wee Hunk avaient investi en force les quartiers ouest, et le mentar ouvrit un diorama pour y voir les images qu'elles commençaient à envoyer. Bientôt la maison apparut en détails et en couleurs. Elle était située dans une rue résidentielle calme. La propriété elle-même était une structure en brique de style Tudor, avec des haies et des massifs de fleurs impeccablement entretenus. Mais les abeilles ne purent projeter que des vues de l'extérieur.

Il faut que quelqu'un entre, dit Meewee. J*e suppose que ce sera moi.*

Vous ? fit Wee Hunk d'un ton sarcastique. *Et vous vous y prendrez comment ? En frappant à la porte et en demandant si Ellen Starke peut sortir jouer ?*

Alors que suggères-tu ? rétorqua sèchement Meewee. *Tu te méfies des autorités. Tu te méfies des russ. Tu te méfies de Zoranna. En qui donc as-tu confiance ?*

Wee Hunk fit la moue.

Pardonnez-moi, Merrill, mais vous dites n'importe quoi. Vous êtes si peu dans le coup que vous évoluez dans une réalité autre. Laissez-moi vous expliquer le sens des derniers événements, puisque, selon les apparences, Arrow ne sait pas comment vous tenir informé, à moins que vous ne le lui ayez jamais demandé. En bref, donc : il y a une heure, le complexe de Saul Jaspersen en Alaska a été touché par un missile et complètement détruit. Par chance, myr Jaspersen en personne se trouvait au fond de son repaire dans la montagne ; il n'a rien. Pendant ce temps, Andy Tiekel n'a pas eu autant de chance dans sa résidence d'Oakland. Un faisceau laser, sans doute tiré par un drone sous-orbital, a percé le sommet de son crâne et lui a grillé le cerveau. C'est de la vie d'Ellen dont nous nous occupons, Merrill, pas de votre position au conseil d'administration du projet Jardins de la Terre ni du programme de lancement de vos vaisseaux-A. Je ne dispose pas des ressources du Cabinet. Je ne peux pas me permettre le luxe de commettre une erreur. Mais je ne suis pas totalement désemparé.

Alors qui vas-tu envoyer ? demanda Meewee.

L'homme des cavernes eut un sourire de brute.

Mais les mêmes hommes qui vont déménager vos affaires d'ici demain.

D'abord, Meewee ne comprit pas. Puis il vit la logique de la manœuvre.

Tu envoies une société de déménagement ?

24

Un banlieusard las, un homme trop à l'étroit dans son corps, arriva à la dernière étape de son périple à Decatur par voiture-bulle individuelle. Quand celle-ci s'immobilisa et que le panneau d'accès s'ouvrit, l'homme se leva et sortit sur le quai. Tout en se dirigeant vers le hall, il alluma sa combinaison qui se mit à scintiller de couleurs vives au rythme de ses pas. Il rejeta les épaules en arrière et marcha jusqu'aux tourniquets extérieurs, en souriant et en saluant tous ceux qu'il croisait. Sa combinaison diffusait un halo joyeusement bariolé autour de lui. Il quitta la station de Decatur-Ouest, assuré d'être toujours le type populaire qu'il se savait être.

Pour l'abeille du Groupe Orange, cependant, le banlieusard n'était rien de plus qu'une pochette bien pratique. L'abeille et une de ses guêpes rampèrent hors de ses plis et s'envolèrent sans être remarquées. La seconde guêpe s'était glissée dans une autre pochette à Bloomington et suivait à quelques minutes de distance.

Alors que l'abeille Orange s'élevait au-dessus des toits et filait vers le 2131 Line Drive, elle acheva de se coordonner avec les groupes déjà en place et avec DOL2, le deuxième donneur d'ordres légitime, qui avait récemment établi un contact authentifié et pris le commandement des engins volants miniaturisés. DOL2 leur avait confié une nouvelle mission – localiser et marquer la cible – et avait désigné comme chef d'opération l'abeille du Groupe Orange. La flottille était composée des éléments survivants des groupes Vert (une abeille et une guêpe), Jaune (une abeille et une guêpe) et Rouge (un scarabée), en plus de l'abeille Orange et de ses deux guêpes.

L'immeuble cible était protégé. Les capacités de scan dont disposait la flottille étant limitées, elle ne pouvait y pénétrer. L'abeille Orange chargea toutes les données recueillies sur son décrypteur embarqué tout en les transmettant à DOL2. La flottille n'était pas la première sur site. Des dizaines d'abeilles-témoins cachées dans les feuillages entourant la maison sise au 2131 avaient établi un réseau de couverture. Mais les propriétés voisines avaient détecté ce réseau et adopté une posture défensive : elles avaient informé leurs résidents, demandé la surveillance locale et alerté le reste des habitations du coin. Le statut élevé d'alerte de la zone avait à son tour attiré des médiansectes et des abeilles de la SecNat. Toute chance pour la flottille de lancer avec succès une attaque discrète était ruinée, un autre paramètre à transmettre à DOL2.

Les engins ailés étaient tous en plus ou moins mauvais état, car ils avaient déjà rempli leurs missions prioritaires plus tôt dans la journée. Aucune des guêpes n'avait sa pleine charge d'armes à plasma, et le scarabée Rouge était presque à vide. Il faudrait aussi en tenir compte.

Quand la deuxième guêpe Orange rattrapa la flottille et s'y intégra, DOL2 ordonna d'attaquer. L'abeille Orange choisit un des meilleurs scénarios disponibles et le communiqua aux autres. Les engins ailés entamèrent une approche furtive au ras du sol depuis différentes directions, en tirant le maximum de la topographie des lieux. Quand ils atteignirent la maison, ils examinèrent ses fondations à la recherche de fissures et d'interstices. Le scarabée Rouge trouva un passage, et la guêpe Verte l'agrandit pour créer un point d'entrée. Il se trouvait à la jointure entre deux briques, en position idéale. Les engins s'y glissèrent et pénétrèrent dans le sous-sol. L'abeille Orange fermait la marche. Elle resta en guetteur près de cette issue pour surveiller la rue.

Les murs intérieurs étaient recouverts de plaques de mousse. Si ce matériau était léger et peu épais, il insonorisait et faisait écran aux transmissions électromagnétiques. En conséquence et pour conserver leurs communications, les engins se disposèrent de façon à faire relais jusqu'à l'abeille Orange. Ils étendirent leur ligne jusqu'à l'escalier et explorèrent le rez-de-chaussée. A cause du nombre d'angles de mur qu'il fallait passer, ils ne pouvaient atteindre toutes les pièces, et à deux reprises ils utilisèrent les miroirs de la maison pour élargir leur champ de vision. Pendant qu'ils parcouraient murs et plafonds pour relever la disposition des lieux et les surveiller, ils transmettaient les données récoltées à l'abeille Orange, laquelle les relayait à DOL2 et les analysait de son côté. Il n'y avait aucune présence humaine détectable dans la maison, ni d'ailleurs aucune forme animale. Aucune des machines repérées ne semblait plus performante qu'un ordi-maison.

Quand la ligne d'exploration, dont l'unité avancée était l'abeille Jaune, atteignit le salon, elle découvrit deux éléments intéressants : un chariot et une table basse en verre. L'abeille Jaune utilisa les scanners disponibles. Le chariot – titane et acier, autonome, avec de multiples servo-appendices aux fonctions inconnues – se trouvait à un bout de la pièce. L'abeille Orange lut les images transmises sans pouvoir trouver l'équivalent dans la collection de chariots domestiques contenus dans sa banque de données.

La table basse, près du chariot, était constituée d'une plaque de cristal posée sur un cadre à quatre pieds. Celui-ci était en résine à usage militaire servant généralement dans les combinaisons pare-balles.

L'abeille Orange, toujours en poste dans la brèche pratiquée entre les deux briques du mur extérieur, ordonna au scarabée Rouge de remonter la chaîne d'exploration en échangeant sa place avec les autres engins ailés jusqu'à ce qu'il se trouve dans le salon.

Quand il fut en place, elle lui transmit l'ordre suivant :

Préparation à Opération Balayage.

Les six autres engins accusèrent réception : *Balayage.*

Action.

La carapace du scarabée Rouge s'ouvrit, et il fila dans la pièce, droit sur le chariot. Simultanément, les autres engins ailés rompaient la chaîne d'exploration et s'élançaient dans les pièces et les couloirs en louvoyant dans toutes les directions. Seule l'abeille Orange demeura à son poste et se mit à diffuser un message pour le monde entier, sur toutes les fréquences et tous les canaux à sa disposition.

Une milliseconde plus tard, la plaque de cristal de la table basse explosa quand les quatre pieds s'étirèrent à la verticale et que les canons montés sur chacun d'eux se mirent à cracher des salves rapides de décharges laser. Le scarabée Rouge, le premier touché, fut calciné avant d'atteindre le chariot. Les décharges laser transpercèrent les murs et les cloisons comme s'ils étaient en papier. Les engins ailés furent détruits en quelques fractions de seconde.

L'engin quadrupède concentra alors sa puissance de feu sur l'abeille Orange, mais il ne put atteindre le sous-sol. L'abeille continuait d'émettre. L'engin bondit hors du salon et dans le couloir, pulvérisa la porte de la cave, dévala l'escalier pour trouver un meilleur angle de visée et réduisit à néant le dernier membre de la flottille. Fin de la transmission.

Reilly Dell revint chez Rolfe et rejoignit sur la terrasse ses amis qui, pour la plupart, ignoraient superbement le spectacle de variété en l'honneur de la canopée. Il apportait un petit paquet qu'il lança à Fred.

— Tiens, quelqu'un essaie de te joindre.

C'était une coquille crânienne comme celle qu'il portait lui-même.

— Il est contraire à la loi de rester déconnecté une seule petite soirée ? se plaignit Fred.

D'après les regards froids des autres, ce devait l'être, en effet. Il étouffa un soupir, ouvrit l'emballage et laissa Mary fixer la coquille sur son crâne. La substance gluante qui la constituait pénétra son cuir chevelu. S'ensuivirent quelques moments désagréables, le temps pour les microvrilles de s'insérer sous sa peau et de se positionner sur son crâne. Il perçut d'abord des grattements de signaux quand les interfaces s'accordèrent. Enfin, il eut un son net. Il prit le patch de gorge dans la boîte et le colla près de sa pomme d'Adam.

Test, test, fit-il, puis il vérifia son canal prioritaire.

Le bonsoir, commandant, dit une voix qui ne lui était que trop bien connue.

Ah, c'est donc commandant, à nouveau, répondit-il.

Seulement si vous y êtes disposé, dit l'inspectrice Costa. *Je suis consciente que vous êtes en repos après une journée plutôt rude, mais une occasion se présente, et j'ai pensé qu'elle pourrait vous intéresser.*

J'en doute.

Mary le regardait fixement. Il roula des yeux et secoua la tête dans l'espoir de la rassurer.

Un franc-tireur du Cabinet est apparu dans le bas de l'Etat. Je me suis dit que vous voudriez peut-être m'aider à le capturer.

Un franc-tireur ? Une autre sauvegarde du Cabinet, vous voulez dire ?

Ça y ressemble, dit l'inspectrice, *sauf que le Cabinet, le Cabinet que nous avons capturé et traité, affirme ne rien savoir de celui-là. Il dit qu'il n'a aucun enregistrement ou souvenir de son existence.*

Alors comment savez-vous que c'est bien le Cabinet ?

Il a effectué une brève transmission depuis une résidence privée il y a quelques minutes, dans laquelle il a utilisé le logo des Entreprises Starke. Nous avons vérifié. Le logo est authentique, et, comme vous le savez, ce genre de chose est impossible à contrefaire.

Fred se frotta le front. La nouvelle capsule crânienne le démangeait, et Mary, béni soit son don d'empathie, se grattait elle aussi la tête.

Tout ça est absolument fascinant, dit Fred, *mais je crois que je vais passer mon tour pour cette fois.*

Vraiment ? Quel dommage, parce que le Cabinet vous a réclamé nommément...

Fred sentit les battements de son cœur s'accélérer.

Oui, continua Costa, *il m'a dit qu'il faisait confiance à votre longue expérience en la matière. Il estime que nous avons grillé suffisamment de ses sauvegardes aujourd'hui. Il aimerait garder celle-là intacte, si c'est possible, et il préférerait que vous vous en occupiez. Je ne vous demanderai pas pourquoi. Tout ce que je veux, c'est la pâte. Alors, vous en êtes ?*

Intérieurement, Fred bouillait. Cette créature contre nature ne le laisserait donc jamais en paix ?

Où vous retrouverai-je, inspectrice ?

J'attends à la plateforme de taxi près de chez Rolfe, répondit-elle.

Evidemment, songea Fred en jetant un coup d'œil dans cette direction.

Je suppose que vous m'avez apporté un kit et une tenue ?

Affirmatif. Taille russ standard.

Fred se pencha vers Mary.

— Il semblerait que j'aie un petit truc à terminer. Je ne serai pas long.

Il voulut se lever de table, mais elle lui saisit la main et refusa de la lâcher.

25

Les spectateurs dans les gradins alentour firent soudain silence.

— Alors, ce n'est pas mieux ? fit Victor Vole.

Les autres continuaient de s'agiter sur leur siège et d'ouvrir la bouche, mais le rugissement du stade était nettement plus distant, comme le son d'une autoroute au loin.

— Bien mieux, oui, approuva Samson.

A présent, ils pouvaient converser sans hausser le ton pour se faire entendre.

— Où en étais-je ?

Il avait raconté à Victor, Justine et leur chat Murphy comment, au début de sa période de vie commune avec Eleanor, alors que le pouvoir, les louanges, un permis d'enfant et une joie injustifiée leur étaient accordés, une limace défectueuse l'avait échantillonné. Il ne leur avait pas dit qu'ils soupçonnaient là un avertissement destiné à Eleanor.

Naturellement, les Vole avaient entendu parler d'Eleanor Starke. Comment aurait-il pu en être autrement ? C'était un personnage d'une stature quasi mythique, toujours présente aux infos. Mais qu'une femme aussi exceptionnelle ait pu se marier avec ce tas d'os et de hardes assis entre eux repoussait les frontières de l'impossible pour eux, et, quand Samson leur révéla qu'Eleanor avait péri le matin même, Justine ne put s'empêcher de s'exclamer :

— Ah, myr Harger, c'est comme dans un feuilleton !

La réflexion avait incité Samson à s'interrompre et à envisager son existence sous l'angle du mélodrame.

— Oui, je suppose que vous avez raison, myr Vole... Bon, où en étais-je ?

Quand je quittai l'hôtel particulier d'Eleanor pour la première fois, j'étais plein d'entrain. Du moins autant que je pouvais l'être après avoir été cautérisé sans raison, alors que j'empestais horriblement, que personne ne pouvait supporter de rester dans la même pièce que moi, et que des inconnus dans la rue m'insultaient ou faisaient un détour afin de m'éviter. Malgré ces points négatifs, j'étais en bonne forme. Jusqu'à ma cautérisation, j'avais joui de la meilleure santé physique que les crédits peuvent offrir. Bien qu'âgé de cent quarante ans dans la réalité, mon entretien corporel était sans faille. Je venais de me faire poser mon sixième jeu complet de dents, mes neurones étaient gainés de neuf et mes systèmes pulmonaire et sanguin avaient été nettoyés à fond. J'avais l'apparence d'un homme de trente-cinq ans en parfaite condition physique. C'était une chance, parce que les cautérisés ne peuvent profiter des prodigieuses avancées de la médecine moderne. A partir de ce point, ce fut une lente dégringolade.

De même, mes finances étaient au beau fixe. Certes, mes avoirs étaient gelés par la justice (j'avais été déclaré légalement décédé pendant quelques minutes durant la cautérisation, ce qui bloquait tout pour plusieurs années), mais Eleanor avait temporairement mis à ma disposition sa propre fortune, qui était plus conséquente encore que la mienne.

De même, j'étais dans un état d'esprit plutôt positif. Oh, j'avais un peu déraillé après la cautérisation, d'accord. J'étais resté terré dans les sous-sols de notre hôtel particulier, et je m'étais isolé quelques mois, le temps de panser mes plaies. Mais j'avais survécu à cette période et je me sentais prêt pour l'aventure. Depuis des dizaines d'années, je n'avais pas joué ma destinée à pile ou face. J'estimais disposer d'encore trente ou quarante ans, si je ne m'immolais pas accidentellement en chemin ; je n'avais rien ni personne pour me retenir ; je disposais d'un crédit inépuisable et d'un valet flambant neuf répondant au joyeux nom de Skippy.

Je voyageai. Je visitai les endroits que j'avais ratés jusque-là, pour une raison ou une autre : les Chines, l'Afrique, le Mississippi, la Malaisie. Un usage très large de pots-de-vin et autres bakchichs aplanissait les difficultés liées à de tels déplacements. Le problème, c'est que je ne pouvais m'isoler de moi-même. Les pourboires les plus énormes me trouvaient toujours une place dans le restaurant de mon choix, mais ils ne pouvaient convaincre les autres dîneurs de finir leur repas. En trop d'occasions, j'eus à mon unique disposition tout le personnel en cuisine et en salle.

Le même phénomène se produisait dans les clubs, les casinos, les théâtres, les cinémas et les salles de concert. Et aussi dans les piscines, les bars, les bowlings. La liste est infinie. J'étais le seul touriste sur le bateau, le seul péquenot dans le bazar, le seul crétin dans le car. Je finis par revenir à Chicago et m'installai dans un vaste appartement au trois centième étage de la Cass Tower. Je le redécorai et déclarai mon immense salon ouvert chaque jeudi pour une soirée hebdomadaire. J'envoyai des milliers d'invitations. Trois jeudis plus tard, je n'avais reçu que quelques dizaines de visiteurs.

Je refusai de m'avouer vaincu. J'engageai un agent publicitaire. Elle me conseilla de prendre des mesures radicales. Radicales et onéreuses. Je lui répondis que l'argent n'était pas un problème, et elle prit ma déclaration au pied de la lettre. Elle organisa une série de banquets chez moi. Elle engagea les chefs les plus prestigieux, les musiciens et les comédiens les plus renommés, pour contenter le ventre et l'esprit de mes invités. Elle régla à certaines célébrités des « honoraires » aussi confidentiels que confortables pour se montrer et se laisser prendre en photo. Chaque banquet devait être un spectacle éblouissant, réglé au millimètre.

Malgré tout, elle m'avertit que même cette débauche d'atouts ne garantirait pas la venue de plus de quelques centaines de curieux. Selon elle, il me fallait surtout quelqu'un d'autre qui jouerait le rôle de deuxième hôte de ces banquets. Quelqu'un d'immensément populaire. Elle trouva l'oiseau rare en la personne de l'ancienne présidente des USNA, Taksayer, cette bonne vieille Virginienne. L'étoile de Taksayer n'avait jamais pâli. Elle semblait de plus en plus aimée depuis qu'elle avait pris sa retraite. Sa participation ne serait pas donnée, bien sûr, mais la dépense serait justifiée par les résultats, m'affirma mon agent.

Dépouillé de mes prérogatives et devoirs d'hôte en mon propre domicile, je me vis échoir un rôle spécial, celui de monstre résident. On plaça des coupes emplies de filtres nasaux « souvenirs » dans chaque pièce. Ils n'étaient pas vraiment nécessaires, car je me tartinais d'un mastic épais qui bloquait les odeurs, et je m'équipais d'un filtre buccal et d'un tampon antiflatulences. Les odeurs que je ne pouvais neutraliser l'étaient grâce à un système de filtrage révolutionnaire que j'avais fait installer dans l'appartement. Un cône de pression négative me suivait partout et renouvelait discrètement l'air autour de ma personne.

Le succès fut à la hauteur des investissements consentis. Dès le premier banquet, les célébrités en tout genre se bousculèrent chez moi – artistes, stars, intellectuels, politiques. On venait parader dans mon appartement, se goinfrer à ma table et vider ma cave. Les couples copulaient dans les chambres d'amis, les escrocs conspiraient sur ma terrasse, les célébrités se gargarisaient d'elles-mêmes de pièce en pièce. Et moi ? Moi, j'explorais les profondeurs infinies que peut revêtir la détestation de soi-même.

A l'époque, pourtant, je ne m'en rendais pas compte. Je trouvais même tout ça plutôt bien. J'organisai ces banquets pendant sept années consécutives, sans jamais rater un jeudi. Bien qu'invitée, Eleanor ne vint jamais. Entre ces soirées, je ne quittais pas l'appartement. Je trouvais des moyens discrets de m'occuper et de passer le temps.

Cela ne veut pas dire qu'El ne me rendait pas visite. Elle le faisait pour mon anniversaire, pour la fête des Pères, et en quelques autres occasions. Elle amenait toujours la petite Ellie, qui s'accrochait à mon cou et m'appelait « Papa ». Ellie affirmait ne pas avoir besoin de ces horribles filtres naseaux quand elle venait, parce qu'elle était « habituée » à mon odeur, laquelle de toute façon n'était pas aussi mauvaise que les gens le prétendaient.

Au fil du temps, leurs visites s'espacèrent. Une année elles étaient sur Mars, et la suivante trop occupées. Je fus surpris de découvrir que je survivais très bien à leur absence. Elles me manquaient, surtout pendant les vacances, mais j'appris à me passer d'elles.

Et puis, une semaine, cette routine soigneusement établie s'écroula comme un château de cartes. Le mardi soir, je m'étais mis au lit et je demandai une vidéo. Skippy, mon valet, avait pour tâche de passer en revue les millions de programmes disponibles sur les réseaux et de sélectionner ceux susceptibles d'éveiller mon intérêt assez longtemps pour m'escorter jusqu'au sommeil. Ce soir-là, il passa une série intitulée « L'Héritage biographique », consacrée aux personnages importants du passé.

— Qu'est-ce que c'est que cette connerie ? dis-je.

Skippy savait pertinemment que je ne m'intéressais pas aux biographies, et encore moins à celles des prétendues figures culturelles. Mais je compris très vite pourquoi il avait choisi cette émission en particulier : j'en étais le sujet, sous le titre : « A la surface : l'œuvre de Samson Paul Harger, 1951-2092, une rétrospective. »

J'étais surpris, mais pas flatté le moins du monde. Depuis longtemps, j'avais tourné le dos à l'analyse de mon travail. Toutefois, quelque chose dans ce programme retint mon attention, comme cela avait sans doute été le cas pour Skippy. Souvenez-vous que c'était seulement quelques années après mon fameux passage dans les locaux de la SecNat, et qu'il s'agissait là de ma première rétrospective majeure. L'idée de la visionner était trop tom-sawyeresque pour que j'y résiste.

Je ne vous ennuierai pas avec les déductions abracadabrantes qui truffaient cette rétrospective, myren Vole. Je dirai simplement que les producteurs avaient réussi à denicher un nombre etonnant de vids et de photos de ma famille, et qu'il me fut difficile de les voir sans pincement au cœur. Ils avaient une vidéo personnelle de ma première femme Jean Scholero et de moi, qui remontait à la fin du vingtième siècle, quand je commençais à me faire un nom avec mes peintures. Ce passage fut particulièrement douloureux à regarder. Je n'avais pas repensé à Jean depuis longtemps déjà. Et, bien sûr, ils n'avaient pas pu résister et avaient inséré dans le documentaire les bandes des caméras de surveillance du Foursquare Café de Bloomington, ce jour de 2092 où une limace avait fait basculer ma vie.

Je ne mentionnerai qu'une conclusion de la rétrospective, et seulement parce qu'elle m'a prodigieusement agacé. Il y était déjà fait allusion dans l'intitulé du documentaire, « A la surface ». Ceux qui avaient écrit les commentaires m'accusaient d'être superficiel. Pour être plus précis, ils affirmaient que je n'éprouvais pas de sentiments, ou que j'étais incapable de les exprimer dans mon œuvre. Ils parlaient de la froideur inhumaine de ma peinture et insistaient sur le fait que, lorsque j'avais changé d'image au vingt et unième siècle, je m'étais spécialisé dans la création d'emballages. Peau artificielle, couvertures antitétaniques, emballages cadeaux novateurs. Tout en surface. Vous saisissez ? J'étais celui qui emballait, mais assurément pas le cadeau.

Myren Vole, vous a-t-on jamais accusés d'être superficiels ? Le premier jet de mon héritage venait d'être rédigé, et c'est ce qu'on disait de moi ? Que j'étais un être superficiel ? Croyez-moi, cette vid m'a sorti de mes gonds. Elle a anéanti la routine soporifique qui constituait mon quotidien. Je passai le jour suivant à ruminer tout ça. Je composai un long démenti à l'intention des producteurs de l'émission, dans lequel je réfutai point par point leurs conclusions. Je ne l'envoyai jamais. Arriva le jeudi ; j'étais d'humeur tellement massacrante que j'annulai le banquet à la dernière minute. Et tous les suivants. Je virai mon agent publicitaire.

Je décidai alors que la meilleure réfutation que je pouvais faire était de prendre un nouveau départ. Une fois de plus. J'en étais capable, non ? Je n'étais pas encore mort.

Je n'étais plus dans le milieu artistique depuis un certain temps, et une large panoplie de nouveaux outils et de techniques de pointe étaient devenus d'usage courant entre-temps. Je commandai un peu de tout : du câble à mémoire, de l'argile et du sable intelligents, un équipement d'holographie professionnelle, des aérosols de gaz sculptant, de la pierre liquide... Je passai onze mois à jouer avec ce matériel. Peu à peu j'appris ce que je pouvais et ne pouvais pas en faire. Je n'avais pas encore une œuvre précise à l'esprit. Je savais seulement que je désirais créer quelque chose en rapport direct avec Jean, ma première femme disparue depuis si longtemps. Elle serait mon sujet.

Avant Eleanor, Jean fut la seule femme qui me toucha véritablement. Elle fut mon premier amour, et, quelle que soit la durée de votre vie, cela compte. J'en avais honte et je le regrettais, mais c'était moi qui avais rompu. J'étais alors trop imbu de moi-même, trop émerveillé par ma propre personne.

Pendant près d'une année, je tâtonnai avec mes nouveaux jouets, cherchant un thème pour représenter Jean. J'explorai dans de multiples directions : l'attirance inattendue, la puissance de l'érotisme, l'identification au corps, la jalousie, la peur de l'union, les oppositions, le duel obsession/compulsion, la haine de soi. Je finis par comprendre que j'essayais de recréer la palette d'un jeune homme. Et, si la démarche n'était pas infondée, puisqu'à l'époque Jean et moi étions jeunes, j'étais devenu un vieux type.

Cette prise de conscience eut d'abord pour effet d'aiguillonner mes efforts. J'étais profondément impliqué dans mes recherches. Mon ancienne routine n'était plus qu'un souvenir. Je confiai à Skippy le soin de m'envoyer à manger à intervalles réguliers, au cas où j'aurais eu faim. Je dormais sur le premier canapé venu quand la fatigue me terrassait. C'était presque comme aux grands jours.

J'éliminai progressivement les médiums qui ne me paraissaient pas aller dans le sens de mon objectif : les séquenceurs itératifs, la cire photonique et les colleuses génétiques, la robotique et une grande partie de l'équipement holographique. En fin de compte, je ne sélectionnai que deux techniques, une ancienne et une nouvelle. Je décidai de faire un portrait conventionnel, en deux dimensions, à la peinture à l'huile. Je dus rechercher dans mes vieux cartons ces pinceaux et brosses que j'avais tant aimés.

La technique récente quant à elle recourait à un compilateur de formes organiques du genre de ceux utilisés pour enregistrer les étapes émotionnelles pour les simulacres holographiques tels que vos Jason et Alison, là-bas.

La première fois que mon pinceau toucha la toile, le titre de l'œuvre s'imposa à mon esprit : je l'appellerais « Sa blessure secrète ».

Aussitôt, je me demandai ce que recouvrait cette formule. Quelle blessure ? Quel secret ? Je n'en avais pas idée, aussi je mélangeai certains bruns et terre de Sienne avec du diluant et je me mis à tracer des esquisses sur le papier pour tenter de découvrir la blessure secrète de Jean.

Je n'avais pas manié le pinceau depuis plus d'un siècle, et je dus réapprendre à m'en servir, mais tout me revint très vite. Bientôt je créai de petits story-boards de notre vie commune passée. Les hauts et les bas, les miracles de compréhension, les trahisons. Après deux mois, la chose m'apparut : la blessure, c'était la mienne, pas la sienne. Elle avait pour nom « Solitude ».

La solitude... myren Vole. Je parle de la variété commune, celle que nous connaissons tous un jour. Aussi complète soit notre communion avec l'être aimé, elle parvient à se glisser en nous de temps à autre, non ?

En vérité, il n'y a pas grand-chose à dire sur la solitude, car ce n'est pas un sujet très vaste. N'importe quel enfant enfermé dans sa chambre peut en faire le tour.

Mais s'il n'est pas vaste, notre sujet est profond, plus profond que l'océan. Là non plus, cependant, il n'y a pas de mystère. Notre enfant intrépide peut très vite tomber tout au fond sans même le vouloir. Et, parce que les profondeurs de la solitude sont incompatibles avec la vie humaine, l'enfant remontera à la surface rapidement, sans grand dommage.

Certains d'entre nous cependant savent emmener de quoi respirer pour rester plus longtemps au fond : des amis imaginaires, les drogues et l'alcool, les distractions qui endorment l'esprit, les hobbies, une routine rigide, les animaux familiers. (Les animaux de compagnie, c'est ce qu'il y a de mieux pour entretenir la solitude, mais je ne dis pas cela pour votre gentil Murphy, myren.) Avec ces aides, un pauvre nigaud peut survivre dans les profondeurs étouffantes de la solitude et fera alors l'expérience de la véritable horreur qu'elle recèle : la durée.

Saviez-vous, myren Vole, que confrontés à la même odeur (y compris la mienne) pendant une durée de seulement sept minutes les nerfs olfactifs s'habituent à elle – comme disait ma fille – et cessent de transmettre son signal au cerveau ?

De même, avec le temps, la plupart des douleurs perdent en intensité. Le temps guérit tout, dit-on. Même celle qui est peut-être la plus déchirante des souffrances dans une vie, la perte d'un être aimé. Elle régresse en arrière-plan, où elle peut être supportée comme d'autres douleurs moins aiguës. Il n'en est pas de même de notre amie la solitude, qui, elle, se renforce et s'aiguise à chaque heure passée avec elle. La solitude est un poignard au moins aussi pointu maintenant qu'il y a une heure ou une semaine.

Mais si la solitude est la blessure, quel est le secret qui lui est attaché ? Je soutiens devant vous, myren Vole, que la mort la plus atroce est la suffocation par solitude. Or quand je me mis à travailler au portrait de Jean, je suffoquais depuis dix ans déjà (et cela allait durer encore cinq années). C'est de ce point de vue que je vous le dis : la solitude elle-même est le secret, un secret que vous ne pouvez confier à personne. Vous savez pourquoi ?

Parce que le fait de confesser votre solitude revient à confesser votre échec en tant qu'être humain. Un tel aveu incitera seulement les autres à vous plaindre et à vous éviter, par crainte que ce mal ne soit contagieux. Votre condition résulte d'un manque de relations humaines, et, paradoxalement, le fait d'en parler pousse vos sauveteurs potentiels à s'éloigner encore plus de vous (tout en attirant les chats).

Alors vous faites de votre mieux pour dissimuler votre solitude, vous vous comportez comme si vous aviez déjà trop d'amis, dans l'espoir d'attirer des gens qui vous secourront sans le savoir. Mais ça ne fonctionne jamais. Votre condition est inscrite sur chaque trait de votre visage, dans vos épaules voûtées, dans votre rire qui sonne faux. Vous ne trompez personne.

Croyez-moi, j'ai essayé tous les tours du solitaire.

Merci, Victor, j'avais la gorge sèche. Où en étais-je, déjà ?

Ah oui. J'avais ma technique, mon sujet, mon titre. Je me mis au travail. Je mêlai du feutre de processeur déchiqueté à mes huiles et peignis un portrait grandeur nature de Jean. Il m'accapara pendant environ un an. Une fois terminé, il était sublime, je le dis avec humilité. L'expression de Jean était douce et triste, exactement telle qu'elle restait dans mon souvenir.

Satisfait de la peinture de base, j'entrepris de la recouvrir de lavis translucides d'huiles réfringentes pour créer une impression de profondeur et de mouvement. Ce n'était pas exactement holographique. L'œuvre demeurait bidimensionnelle, mais, selon le déplacement du regard, l'image de Jean semblait respirer et cligner des yeux, comme si elle était là, devant vous, à poser derrière le cadre.

C'était superbe. J'adorai le résultat. Pourtant, je savais que mon véritable travail ne faisait que commencer. J'avais incrusté ce feutre de processeur dans la peinture, et il était temps de donner à Jean sa blessure secrète.

Il y avait assez de feutre dans la peinture pour que la toile ait un indice de 1.50 ou 1.75 sur l'échelle actuelle des mentars. C'est-à-dire la même complexité mentale que mon Skippy de l'époque. J'aurais pu initialiser la peinture avec un noyau de personnalité, des noétiques, et m'en servir comme d'un deuxième valet. Mais je voulais l'imprégner d'une seule et unique émotion.

Justine, je ne sais pas quelle est l'étendue de vos connaissances en matière de simulacres holographiques, mais ceux que vous aimez regarder sont des hybrides spéciaux. Quand vous projetez un sim de vous-même (ou un procurant), le projecteur holographique effectue un relevé précis de votre état cérébral du moment. Comme une tranche, si vous préférez, ou une carte émotionnelle. C'est suffisant pour modeler un cerveau-logiciel capable de penser. Mais, à la différence de la pensée, les sentiments sont des épiphénomènes d'états cérébraux, et il n'y a qu'un instantané de votre état cérébral sur la carte émotionnelle, instantané qui a capturé ce que vous ressentiez au moment de la prise.

Vous me suivez ? Je veux simplement dire que votre sim ou votre procurant n'est capable d'éprouver qu'une seule émotion, l'émotion que vous-même éprouviez quand vous l'avez projeté. Alors, comment se fait-il que les holos que vous aimez tant regarder semblent faire l'expérience d'un large éventail d'émotions ? La chose est rendue possible par la projection de millions d'instantanés qui défilent en cascades émotionnelles. Les acteurs des feuilletons qui projettent ces holos passent le plus clair de leur temps dans les studios à éprouver des émotions sur commande, encore et encore : je suis heureux, je suis triste, je suis fou de joie, je me sens misérable. Et, pendant tout ce temps, ils doivent rester dans le registre de leur personnage ! Je suppose qu'ils méritent les fortunes qu'ils gagnent.

Mon propre but était plus modeste. Je voulais créer des instantanés d'un seul sentiment, celui, vous l'avez deviné, de la solitude. Je voulais en imprégner le portrait, grâce au feutre mêlé à la peinture. Je désirais qu'il ait toutes les nuances de ma propre expérience. Je cherchais à obtenir un portrait qui *souffrirait* de la même façon animale que moi.

Ma tâche était compliquée par le fait qu'étant cautérisé je ne pouvais me laisser scanner en profondeur. La radiation d'un scanner ou d'un équipement holographique aurait déclenché les gardiens de mes cellules, et j'aurais pris feu. Même la radiation de ce petit projecteur sim que j'ai ici suffit à me transformer en feu de joie. A ce propos, la prochaine fois que je le sortirai de ma poche je vous recommande d'écarter vos sièges de moi. Pour mon portrait, donc, je devais me rabattre sur un lecteur électrocorticographique, une sorte de bol muni de capteurs fréquentiels ultrasensibles qu'on place sur le crâne. Il ne permet pas de modeler un cerveau capable de penser, mais il enregistre très bien les états émotionnels.

Je m'assis à ma grande table de banquet, coiffé de cette passoire métallique, je fixai du regard le portrait de ma première femme et je me laissai envahir par mon amour pour elle et la détresse intense de ma solitude, et, quand mon cœur fut lacéré par ces sentiments, j'enclenchai le projecteur et nourris la peinture de ma souffrance. Je répétai le processus maintes fois. Parfois, l'exercice prenait des heures. J'étais alors exténué le restant de la journée.

Le portrait partageait-il ma souffrance ? Je n'en ai pas la certitude absolue. Je savais seulement que mes instruments de mesure enregistraient un flux émotionnel positif dans le feutre de processeur incorporé à la peinture. Mais comment définir la justesse des sentiments enregistrés ? C'était impossible. C'est pourquoi je répétai la séance, jour après jour.

Je remarquai à peine le passage des semaines. Je ne peux pas dire que mon état d'esprit était revigoré par cette tâche. Au contraire, j'avais l'impression de m'enfoncer. Je sanglotais, je me méfiais de tout, j'étais à cran. Je mangeais trop, ou pas du tout. Je dormais parfois trente-six heures d'affilée. J'inventai toutes les distractions possibles pour me tenir à l'écart de la salle de banquet et de la femme qui souffrait là en secret. Mais inévitablement mes pas m'y ramenaient et je me harnachais pour lui injecter une autre dose de mon amour. Je me détestais. Je me faisais pitié. Je maudissais le jour de ma naissance.

Ah, le processus de la création artistique... il ne me manque vraiment pas.

Une ou deux fois, je me dis que le portrait devait être achevé. Je doutais qu'il puisse supporter une autre séance. Alors je quittais la salle de banquet et j'ouvrais une bouteille de champagne. Mais, le lendemain, je me réveillais plus seul que jamais, et je me précipitais dans la salle de banquet pour une nouvelle séance.

Pour des non-initiés tels que vous, je suis sûr que tout ça ne donne pas l'image d'une façon de vivre particulièrement équilibrée et saine. Et je ne la conseillerais à personne. De fait, j'avais depuis longtemps dépassé la profondeur à laquelle normalement on est écrasé par la pression. Mais pour un véritable artiste, son art est comme une cloche de plongée qui lui permet d'aller toujours plus bas.

Et puis, un jour, alors que j'étais en train de contempler ma pauvre Jean blessée, Skippy vint me déranger pour m'annoncer que quelqu'un était à la porte. Impossible, lui répondis-je. Qui se risquerait à venir nager à de telles profondeurs ?

— Elle dit être votre voisine de l'étage inférieur, dit Skippy.

Il y avait encore des gens *sous* moi ?

— Que veut-elle ?

— Voir si vous avez un poisson qu'elle pourrait vous emprunter. Elle n'est pas sûre de la sorte qu'elle souhaite. Elle a parlé de flétan ou de morue, mais le cas échéant elle se contenterait de saumon ou de thon, ou de ce que vous avez tant que c'est une espèce de haute mer.

J'étais sidéré. La seule question qui me vint à l'esprit fut :

— Et j'en ai ? Du poisson, je veux dire ?

Skippy m'informa que trois mille kilos de poisson vivant de toutes sortes d'espèces étaient stockés dans la chambre de stase. Les réserves de ma période « banquets ».

J'ôtai le bol de métal de mon crâne et me massai le cuir chevelu.

— Montre-la-moi.

Skippy ouvrit une vue de mon hall d'entrée. Là se tenait une femme de taille moyenne, avec une touche asiatique dans un visage occidental, luxueusement vêtue, et d'un certain âge. Une excentrique, sans nul doute : être riche et se laisser vieillir au-delà de cinquante ans relevait assurément de l'excentricité pure. C'était aussi une fouineuse. Qui, sinon une fouineuse, viendrait importuner son voisin avec une excuse aussi bancale : puis-je vous emprunter un peu de poisson ?

— Je constate que tu l'as déjà laissée entrer, dis-je.

— En effet, répondit mon valet. Ai-je eu tort ? J'ai suivi le code Leichester de l'étiquette moderne.

— Oui, tu as eu tort. Rappelle-moi de revoir ce code avec toi un de ces quatre.

A la femme dans l'entrée, je lançai :

— Salutation, myr voisine.

— Post, dit-elle aux caméras devant elle. Melina Post. Vous êtes myr Harger ?

— C'est bien moi. Mon valet me dit que vous souhaiteriez avoir du poisson.

— Oh oui, myr Harger, et le plus tôt serait le mieux. En auriez-vous un que je pourrais vous emprunter, par hasard ? Je vous en rapporterai un de même espèce dès que possible.

— D'après mon valet, il y en a quelques-uns dans la chambre de stase. Servez-vous. Il vous guidera jusqu'à l'office afin que vous puissiez choisir ce qui vous convient. Dites-lui ce que vous voulez, il vous le fera livrer.

— Merci infiniment, myr Harger. Je ne saurais vous dire combien c'est important pour moi.

— C'est tout naturel, myr Post. Salutations.

Je refermai la vue de l'entrée, recoiffai le bol et me replongeai dans ma souffrance. Cependant, de savoir qu'une intruse franchissait le seuil de mon appartement au même moment m'empêcha de me concentrer. Je vivais comme un troll, sans jamais me raser ni m'exfolier. Heureusement, Skippy aimait garder l'appartement propre, et je le laissais faire tant que ses robots domestiques restaient hors de la salle de banquet où je travaillais.

— Oh, vous êtes là, dit une voix de femme derrière moi.

Je me retournai sur mon siège et vis myr Post en chair et en os qui entrait dans la pièce.

— Vous avez un très joli domicile, myr Harger.

Ses yeux glissèrent sur moi et englobèrent la salle de banquet jonchée d'années de détritus et de poussière, les tubes de peinture, les palettes croûteuses, les centaines de toiles sur châssis entassées contre les murs, les amoncellements de matériel d'enregistrement, les rouleaux de câbles… et Jean.

Je me levai d'un bond, comme si je venais d'être surpris en plein acte criminel, et lançai un morceau de tissu sur la toile. Mais elle avait eu le temps de la voir.

— Oh, c'est… dit-elle sans pouvoir détacher son regard du portrait maintenant masqué, c'est… Il y a quelque chose d'extraordinaire dans cette œuvre, myr Harger. Je vous en prie, laissez-moi la contempler à nouveau.

— Non ! m'exclamai-je, irrité de son audace. Elle n'est pas prête à être exposée au public.

Ma véhémence l'ébranla.

— Quel dommage, dit-elle d'un ton plus prudent. Eh bien, quand elle sera prête, je serai très heureuse de l'admirer.

— J'espère bien, dis-je.

L'idée que ma Jean serait un jour visible de tous et de n'importe qui me troublait, quand bien même c'était mon intention à l'origine.

Myr Post me considérait de façon tellement étrange que je me sentis gêné. Je retirai le bol de mon crâne et le lançai sur la table. Je songeai soudain que j'étais presque nu. Je baissai les yeux pour vérifier. Mais non, elle avait heureusement choisi un jour où j'avais enfilé un peignoir. J'en resserrai les pans et la défiai d'un regard triomphant.

Cela dut lui rappeler sa propre mission.

— J'espère que je ne vous importune pas, dit-elle, parfaitement consciente du contraire. Mais je suis dans le pétrin, et votre valet semble un peu lent. Sinon, jamais je n'aurais songé à venir vous déranger.

Menteuse, pensai-je.

Ma visiteuse n'avait pas l'air aussi vieille que lorsqu'elle était dans l'entrée, plutôt mon âge, mais sa peau paraissait tannée par les intempéries. Elle portait une robe du soir élégante et certainement coûteuse, idéale pour un banquet, et je réprimai un ricanement aigre en pensant qu'elle arrivait avec quelques années de retard pour participer aux miens. Elle commença à m'expliquer comment elle en était venue à avoir besoin de poisson à la dernière minute, mais je ne l'écoutais pas. Je la vis se frotter le bras, et ce simple contact laissa sur sa peau une roseur bleutée, ce qui me rappela qu'elle était bien physiquement présente. Je n'aurais pu dire depuis combien de temps je ne m'étais pas trouvé dans la même pièce qu'une autre personne réelle. Après une si longue solitude, l'effet produit était étourdissant, et il me fallut prendre un siège.

Elle s'assit près de moi sans que je l'y invite et continua de débiter des banalités sur des gens que je ne connaissais pas, des adresses erronées et des livraisons jamais effectuées. Je ne tentai même pas de suivre les méandres de son discours. J'avais l'impression de pouvoir sentir son parfum. C'était une hallucination ou l'effet de mon imagination, bien entendu. Les cautérisés perdent complètement l'odorat. Puis je remarquai à quel point elle était proche de moi. Je ne m'étais pas enduit de mastic, et mon système désodorisant était coupé. Pourtant, elle ne semblait nullement incommodée.

Je l'interrompis brutalement :

— Vous êtes incapable de me sentir !

— C'est vrai. Et vous aussi, vous êtes incapable de me sentir, n'est-ce pas, myr Harger ?

Eberlué, je la dévisageai de longues secondes. Nous étions semblables.

— Eh bien, dit-elle pour rompre le silence qui ouatait la salle, aurez-vous l'amabilité de faire ça pour moi ?

Je ne l'entendis pas. J'étais trop occupé à détecter sur elle les signes qu'elle était une cautérisée. Depuis le fond de teint spécial à peine visible jusqu'à la doublure ignifugée de ses vêtements.

Elle rit et déclara, feignant l'autorité :

— Myr Harger, soit vous me menez à votre office, soit vous me mettez à la porte. Si je n'ai pas mon poisson dans les quinze minutes, je suis cuite. Et *vous* mieux que *quiconque*, myr Harger, devriez comprendre que dans mon cas, ce n'est pas une métaphore.

Vaincu par l'argument, je la menai aux cuisines. Enfin, c'est Skippy qui nous guida là, car j'avais oublié où elles étaient. Nous nous assîmes dans ce lieu abandonné depuis si longtemps pendant que mon valet nous montrait des vues grandeur nature de mes réserves. Il y avait du makaire, du flet, de l'albacore, du requin, du saumon, du flétan, du poulpe et bien d'autres espèces encore.

— Nous avons également un grand choix de coquillages et de crustacés, ainsi que quelques mammifères marins.

— Non, merci, Skippy, dit-elle. C'est le poisson que j'aime, mais j'ai oublié le nom qu'il m'a donné. Quelles autres sortes y a-t-il en pleine mer ?

— Eglefin, hareng, anguille, sole, barracuda, limande, maquereau, raie, ide, roussette, bar... récita Skippy dans une longue liste sans ordre dont aucun nom ne semblait lui rappeler celui qu'elle cherchait.

Pour me rendre utile, j'interrompis mon valet et demandai :

— C'est pour combien de convives ?

Elle fronça les sourcils en comprenant que je n'avais pas écouté une bonne partie de ses propos.

— Deux, dit-elle, avant d'ajouter dans un souffle : Ou un seul.

— Hmm... fis-je. Alors, une de ces limandes pourrait faire l'affaire, ou peut-être un hoki.

— Oui, je suppose que choisir d'après la taille serait une manière pragmatique d'opérer une sélection. Mais pour moi la notion de choix est plus une affaire de cœur.

— Vous avez absolument raison, approuvai-je. Le cœur ne s'arrête pas à de telles considérations.

Elle sourit alors pour la première fois, et je vis qu'elle était jolie.

— Puisque je n'arrive pas à me souvenir de son plat préféré, je vais prendre votre avis, myr Harger, et choisir d'après la taille. Ce requin devrait faire l'affaire.

Et elle désigna la plus grosse brute parmi la meute de squales que j'avais en stock.

— Le gros, donc, dis-je, les autres disparaissant dans la seconde.

Ce squale avait bien quatre mètres de long. C'était un mako géant d'élevage, mis en stase en 2061, quelques années avant l'Outrage. Elle aurait du mal à en trouver un semblable pour remplacer celui-là.

— Oh, et... j'allais presque oublier... fit-elle en me lançant un de ces sourires « Quelle idiote je fais ! ». J'aurais besoin qu'il soit prêt et dans mon appartement d'ici... oh-mon-dieu ! *Onze minutes !* C'est possible ?

— La plupart des choses le sont, répondis-je. Skippy, merci de cuisiner et de livrer le requin à l'appartement de myr Post dans les délais.

— Tout de suite, dit mon valet.

Les robots domestiques sortirent le requin de la chambre de stase. Sa chair raidie se ranima très rapidement, et quand les robots le placèrent dans la cuisinière il frappait de sa queue et claquait de ses mâchoires redoutables. Avant qu'il puisse endommager les lieux, la cuisinière l'assomma et l'ouvrit.

Je me reculai un peu pour éviter les projections de sang.

— La cuisinière aimerait savoir quelle recette mettre en œuvre, dit Skippy.

Myr Post gonfla les joues et fit la moue.

— Je ne pense pas que la mienne ait une recette spécifique pour les requins. Je suis désolée d'être une telle enquiquineuse, mais votre cuisinière pourrait-elle appliquer une de ses recettes ?

Les contrats passés avec les chefs pendant la période des banquets m'autorisaient à enregistrer et réutiliser les recettes qu'ils donnaient à ma cuisinière (après paiement de leurs royalties). Six recettes différentes préparées ici dans le passé s'affichèrent. Myr Post opta pour la rémoulade de mako : le requin était cuit d'une pièce, farci de riz arabe et de pignons, et servi dans un plat immense sur un lit de pommes de terre rouges naines figurant une plage de galets décorée de crevettes énormes, d'oursins de mer et de varech. En bordure de ce plat titanesque étaient disposées des sauces odorantes et des coquilles géantes emplies de soupe d'ailerons de requin. Il y avait là de quoi régaler huit cents personnes.

Les robots domestiques commencèrent à sortir les ingrédients des armoires.

— Skippy, fit myr Post, merci de demander à votre cuisinière de dire à la mienne quels hors-d'œuvre, vins et à-côtés préparer.

— C'est fait, répondit mon valet, décidément efficace sur ce coup.

— Vos robots domestiques réussiront à me le livrer ? me demanda-t-elle. Ou dois-je envoyer les miens pour les aider ?

— Les miens se débrouilleront très bien, répondis-je.

— Magnifique, commenta-t-elle. Vous êtes un voisin merveilleux. Je remplacerai le requin et les autres ingrédients au plus tôt, et j'espère qu'un jour j'aurai l'occasion de vous rendre la pareille.

Elle commença à rebrousser chemin en direction de la porte d'entrée, et je compris avec horreur qu'elle avait l'intention de partir, comme ça, simplement. Il m'avait fallu fournir un réel effort pour m'accoutumer à sa présence ; j'estimais qu'au moins elle aurait pu rester encore un peu.

Je cherchai quelque chose à dire pour la retenir, et la première chose qui me traversa la tête fut :

— A une époque, moi aussi j'organisais des dîners.

— Je sais, dit-elle en me précédant dans l'entrée. J'ai participé à l'un d'entre eux.

J'étais abasourdi. Parmi les milliers d'invités qui avaient festoyé à ma table, j'étais convaincu que j'aurais gardé le souvenir d'un autre empesteur, surtout si c'était une empesteuse aussi séduisante.

Melina et Darwin étaient présents au banquet du 3 mars 2097, m'informa Skippy.

Un de mes premiers banquets.

Devinant peut-être mes pensées, elle précisa :

— Vous ne nous avez peut-être pas remarqués. C'était avant notre accident.

Un accident ? me dis-je. Avions-nous tous été cautérisés par accident ?

Nous atteignîmes l'entrée, elle me remercia encore et la porte s'ouvrit pour la laisser sortir.

— Parlez-moi de votre accident, lançai-je.

La requête était pour le moins brutale, mais je n'ai jamais été doué pour les circonvolutions oratoires.

Elle se figea sur le seuil de l'appartement et me considéra avec beaucoup d'attention.

— Même si j'avais le temps de le faire maintenant, je doute d'avoir envie de revivre ce cauchemar, ne serait-ce qu'en souvenir.

Puis elle dut me prendre en pitié, car elle ajouta :

— Mais je dispose de cinq minutes, et vous vous êtes montré d'une telle générosité que je veux bien vous faire un résumé très succinct qui vous expliquera pourquoi mon dîner de ce soir, qui vous doit tout, est aussi important pour moi.

Et c'est ce qu'elle fit. J'étais planté là, dans l'entrée, elle immobile dans le couloir, me racontant son histoire. Mais, Victor, auriez vous des Alert !, par le plus grand des hasards ? J'en aurais bien besoin. Au kiosque ? Merci, je vais attendre votre retour.

26

Mille mètres au-dessus du sol, à partir d'un circuit d'attente à usage limité, Fred et Costa analysèrent la maison. Le russ avait enfilé la combinaison noire d'intervention de la SecNat dans le compartiment arrière du VOG de l'inspectrice, tout en briefant son nouveau partenaire, un jerry répondant au nom de Michaelmas. La coquille crânienne neuve de Fred n'était pas encore totalement initialisée, et sa combinaison avait du mal à établir une synchronisation parfaite.

Quand il rejoignit Costa à l'avant, Fred ne fit aucune réflexion sur le fait qu'elle aussi avait revêtu la combinaison réglementaire. Le soir était sans doute trop frais pour une jupe-culotte.

Bien que le voisinage qu'ils survolaient en cercles fût scintillant d'alarmes, il n'y avait pas grand mouvement au sol, et les alignements de maisons, chacune fièrement érigée sur son propre terrain, étaient doublement opaques à tout espionnage externe.

— Appelez-les, dit Costa.

Fred ouvrit un diorama des environs immédiats de Line Drive et le positionna sur la carte des lieux qui apparaissait en incrustation sur le viseur du pare-brise. Puis il chercha avec sa baguette et toucha le toit d'une maison.

— SFR2131 Line Drive, dit-il, ici la Sécurité Nationale.

La maison ne répondit pas.

— Je répète, SFR2131 Line Drive, ici la Sécurité Nationale. Veuillez répondre.

Devant le silence persistant de leur cible, Costa contacta son mentar.

— Libby ?

Le sujet SFR s'est vu accorder une divergence de surveillance fédérale.

Fred et Costa échangèrent un regard.

Le sujet SFR est enregistré sous la fondation Sitrun, poursuivit Libby. *Nous nous efforçons de localiser les directeurs de la Fondation. En attendant, vous êtes en droit d'appliquer votre mandat.*

Costa fit descendre le VOG en une ample spirale et le posa dans la rue, en vue de la maison.

— Vous pouvez me répéter ce qu'a donné la transmission ? demanda Fred.

— Libby dit qu'Anonyme a affirmé qu'elle venait de ce sous-sol, dit Costa en pointant un doigt sur le diorama. Le message était crypté et incompréhensible, à l'exception de la signature. Il a été diffusé sur de multiples canaux et fréquences et s'est terminé par ce qui ressemblait à de petites décharges tirées à l'intérieur de la maison.

Elle désigna un autre point du diorama. Mais Fred regarda plutôt son bras que ce qu'elle lui montrait. Ce n'était pas un bras chétif, mais celui d'une athlète. Il reporta son attention sur le diorama. Les nombreuses abeilles présentes étaient figurées par des points de lumière dont la couleur dépendait de l'affiliation de l'engin. D'autres arrivaient et rejoignaient celles qui grouillaient déjà dans les buissons alentour.

— J'ai l'impression d'être un retardataire à une soirée très courue, grogna Fred.

Costa lui lança un regard furtif.

— A propos de soirée, désolée d'avoir interrompu la vôtre.

— Pas de problème.

Costa désigna de nouveau le viseur, cette fois à la limite de la carte des opérations, là où une tête d'épingle lumineuse se déplaçait dans leur direction.

— J'ai demandé à quelques éclaireurs de sonner à la porte pour nous. Ils ont cinq minutes de retard.

Fred braqua son index sur un autre point brillant en mouvement.

— Et ça, c'est quoi ?

Un véhicule de grande taille entrait dans leur périmètre. Son transpondeur l'identifiait comme étant un conteneur appartenant à une société de déménagement et de garde-meuble.

— Libby ? fit Costa.

Apparemment, ils ont une autorisation en règle pour venir prendre livraison d'un objet situé dans le sujet SFR.

— Evidemment.

Le gros véhicule se posa au milieu de l'allée de la résidence, à mi-chemin de la maison et de la rue. Sur son vaste flanc était peint un *T* capital énorme dans un cercle vert olive – charterie Tug.

Que voulez-vous que je fasse d'eux, inspectrice ? demanda Libby.

— Nous voulons leur parler, bien sûr, répondit Costa. Mais pas tout de suite. Envoyez quelqu'un les ramasser, et en attendant ordonnez-leur de fermer les issues de leur véhicule et de rester à l'intérieur.

Compris, dit Libby.

Mais, une minute plus tard, le hayon s'ouvrit et deux Tugs descendirent dans la rue.

— Libby ? s'enquit Costa.

Ils ignorent nos ordres.

Deux spécimens identiques de cette étrange charterie, dans leurs combinaisons olive et moutarde, traînaient à l'arrière du véhicule.

— Michaelmas, que font-ils ? demanda Costa.

— Rien, pour autant que je peux en juger, myr inspectrice, répondit le jerry. D'après le scanner, ils ne sont pas armés, mais le véhicule est très opaque, donc il est difficile d'en être certain.

Fred zooma avec son propre viseur et découvrit qu'un des Tugs était une femme. Leurs masses corporelles et leurs silhouettes étaient tellement semblables qu'il était difficile de les différencier. Une uniformité obtenue non par le clonage ou l'ingénierie rétrosomale mais par un modelage approfondi des corps et la chirurgie phénocopique.

Fred zooma un peu plus et lâcha :

— Je la connais.

— Répétez, dit Costa.

— Je connais un des deux. Enfin, une.

— Vraiment ? Comment pouvez-vous être aussi affirmatif ?

Fred négligea de répondre.

— Pour moi, ils veulent parlementer.

— Ils pourront parlementer au poste.

Il se leva et ouvrit sa portière.

— On dirait que nos éclaireurs sont toujours à la traîne. Je ne serai pas long.

Costa le regarda faire sans rien dire. Le jerry se leva pour l'accompagner, mais Fred lui fit signe de se rasseoir. Il descendit du VOG et fut immédiatement entouré par une nuée d'abeilles. Elles voletaient devant son visage tandis qu'apparaissaient de minuscules cadres contenant des têtes miniatures qui s'adressaient à lui : Quelle est la nature de cette opération de la SecNat ? Est-ce en relation avec le nanoterrorisme ? Y a-t-il eu une fusillade à l'intérieur du 2131 Line Drive ? L'incident a-t-il un lien avec la Correction du marché de 34 ?

— Euh, Libby ? dit Fred.

Subitement, toutes les abeilles s'égaillèrent.

Cordon de sécurité en place, commandant.

— Merci.

En refermant la portière tribord, il aperçut l'inspectrice à l'intérieur. Elle n'avait pas l'air très contente de son initiative.

Fred approcha du véhicule de déménagement et des Tugs.

Alors ? dit-il quand il fut à moins de deux mètres d'eux. *Marcus, j'ai oublié son prénom.*

Veronica Tug, répondit le mentar.

— Veronica Tug, dit Fred. Je ne m'attendais pas à vous revoir aujourd'hui.

Il lui tendit la main, qu'elle serra sans hésitation.

— Moi non plus, fit-elle.

La sienne était plus grande que celle du commandant, et plus puissante. Une sensation bizarre pour un russ.

— On dirait que vous avez eu une journée chargée, dit-elle avec un petit rire.

Malgré sa bouche engoncée dans les chairs du visage, sa voix était légère et mélodieuse.

— Et intéressante, d'après l'odeur...

— Plus intéressante à chaque minute qui passe, répondit Fred en tendant sa main à l'autre Tug.

— Voici Miguel, dit Veronica Tug, sans prendre la peine d'ajouter son nom de charterie.

— Un plaisir, Miguel, affirma le russ. Fred Londenstane.

Mais l'autre ne put se résoudre à seulement toucher la main d'un itérant. Fred laissa tomber et revint à la femme.

— Je n'ai pas eu l'occasion de débriefer mon procurant de ce matin, myr Tug. J'espère que les arrangements que vous avez conclus avec lui ont satisfait myr Pacfin.

— Certaines personnes sont impossibles à satisfaire, dit Veronica. Alors ne vous en faites pas pour ça. Vous avez fait votre boulot, et bien. Vous avez accepté de garder les pikes en laisse.

Ce qui signifiait certainement les laisser à l'extérieur de la convention.

— Ça semble faisable, dit-il.

— C'est exactement ce qu'a dit votre procurant. Il a également consenti à enrôler cinq cents Tugs pour épauler vos forces de sécurité.

— Il a fait ça ? Etonnant. Il faudra que je parle avec lui pour savoir à quoi je pensais. Quant à la situation actuelle... (d'un ample mouvement du bras, il engloba tout le voisinage), nous voulons que vous retourniez dans votre grosse boîte pour y attendre que quelques gentils officiers viennent vous parler. D'accord ?

— Avec plaisir, commandant, répondit Veronica Tug. Mais d'abord vous voudrez peut-être voir ce que nous avons dans notre grosse boîte.

— Et qu'est-ce que ce serait ?

— J'ignore ce que ce *serait*, commandant, mais je sais ce que c'est.

Elle avait répondu sans agressivité, mais sans chaleur excessive non plus.

— Très bien, dit Fred. Qu'est-ce que c'est ?

— Seulement un densiscanner à rayons gamma S.

Fred regarda le véhicule d'un air de doute, puis Veronica.

— C'est un appareil plutôt dangereux à trimballer.

— Oh, merci, c'est flatteur, dit-elle. Il peut s'occuper d'un convoi naval en quatorze passages, d'un entrepôt en deux ou trois.

— J'en suis sûr. Et maintenant que vous en parlez, je crois que j'aimerais bien voir un truc pareil. Après vous.

Il les suivit à l'intérieur.

Londenstane, dit Costa. *Le camion est opaque.*

Sa transmission fut coupée dès qu'il pénétra dans le conteneur. Il se tourna vers Veronica Tug.

— Vous avez quinze secondes pour me convaincre.

Alors qu'il parlait, une valve s'ouvrit sous le VOG et une douzaine d'abeilles SecNat s'en échappèrent et volèrent vers le camion en formant une chaîne-relais.

— La tête d'Ellen Starke.

Ce fut tout ce que Veronica eut le temps de dire avant que l'abeille de tête n'entre dans le conteneur.

Miguel retourna à l'arrière et s'écria :

— Du vent !

Mais l'abeille de la SecNat n'avait aucune obligation d'obéir.

— J'ai dit : du vent ! rugit-il.

— Miguel, laisse-la tranquille, ordonna Veronica. Montre plutôt au commandant notre petit engin.

Devant la réticence assumée de l'homme, elle eut un claquement de langue irrité et il se mit immédiatement en mouvement.

Londenstane ? Vous me recevez ?

Ouais, dit Fred. *Merci pour les abeilles.*

Londenstane, mes éclaireurs sont à deux minutes.

Les deux Tugs s'étaient arrêtés à mi-longueur du camion et l'attendaient. Il les rejoignit et chancela quand il vit le matériel. Une débauche d'électronique. Un mur de cellules d'alimentation et une rangée de condensateurs à ultra haut voltage et décharge rapide. Sous le toit du camion une hampe courait sur toute la longueur, avec refroidissement à eau et bobines d'inductance. Rien de surprenant à ce que Miguel n'ait pas voulu de lui ou des abeilles ici.

Deux minutes, bien compris, répondit-il à Costa.

La cabine de contrôle lourdement blindée installée au centre du camion était trop exiguë pour accueillir plus d'un Tug à la fois. Miguel s'assit sur un tabouret pour manier le panneau de commande, tandis que Fred et Veronica se plaçaient chacun d'un côté de la porte et le regardaient faire. La chaîne-relais des abeilles s'étira pour que l'engin ailé de tête puisse se positionner au-dessus de l'épaule droite de Fred.

Miguel lui lança un regard de haine pure, puis enclencha l'engin. Un moteur se mit à bourdonner crescendo, et le plancher de métal vibra. Une odeur d'ozone se propagea dans l'air. Fred se rapprocha de son mieux pour être derrière la porte blindée de la cabine.

Quand le bourdonnement atteignit une certaine fréquence, Miguel changea les réglages et un cadre apparut devant lui, bientôt rejoint par un autre, et un autre, jusqu'à former une sorte de feuilleté, chaque plan étant une vue en coupe transversale de la maison. Le tout formait un diorama des lieux. La bâtisse et tout ce qui se trouvait à l'intérieur étaient ainsi silhouettés, comme des boîtes transparentes à l'intérieur de boîtes transparentes.

Miguel affina l'image en teintant les meubles, les murs et les planchers. Seuls la plomberie, une installation électrique antique et d'autres objets denses apparaissaient sous la forme de silhouettes surlignées en gris sombre. Il y avait un coffre-fort mural de la taille d'un cercueil dans une pièce à l'étage, et une paire de pistolets dans un placard au rez-de-chaussée. Personne, du moins personne qui portât un implant. La chose la plus dense de la maison, tellement dense qu'elle était figurée en noir sur le diorama, était un objet à quatre pieds se trouvant dans la pièce principale du rez-de-chaussée. Il aurait pu s'agir d'une sculpture taillée dans un matériau bizarre, mais ce n'était probablement pas le cas.

— Transmettez tout ça à mon VOG, dit Fred.

A présent, même la femme semblait rechigner à suivre ses directives, mais elle finit par se décider et d'un bref mouvement de menton elle ordonna à Miguel d'obéir.

Quelques secondes plus tard, Costa s'exprima :

Anonyme identifie un robot de guerre non enregistré. Propriétaire, conception et capacités inconnus.

— C'est un robot de guerre, dit Fred aux Tugs.

— Sans blague ? railla Veronica. Nous pensions que c'était un animal de compagnie.

Elle plongea la main dans le diorama et toucha un objet rectangulaire beaucoup moins dense, dans la même pièce.

— Et ce pourrait être son os.

Fred scruta son visage impassible. Pourquoi se montrait-elle aussi serviable ? Un aspect de sa campagne pour refermer l'abîme entre les Tugs et les gens comme lui ? Il en doutait. Elle était ici en mission, et ça avait tout l'air d'être une mission importante. Les Tugs risquaient cette unité de combat qui devait coûter une fortune. L'enjeu était trop énorme pour perdre du temps à jouer les ambassadeurs de bonne volonté.

Le plus probable : le Cabinet les avait recrutés, lui et les Tugs, pour arriver au même objectif. Sinon, pourquoi lui parlerait-elle de la tête de la fille, si c'était le trophée du robot de guerre ? L'action en tandem paraissait logique. Elle laisserait la SecNat faire le gros du travail et resterait en arrière-garde pour prendre le relais s'ils rataient leur coup.

Fred acquiesça à l'adresse de Veronica et dit à Costa :

— Inspectrice, informez Anonyme que je confisque officiellement ce camion pour une opération de police en cours.

— Eh, va te faire foutre, mec ! dit Miguel Tug en se levant d'un bloc du tabouret.

— Assis, imbécile, gronda Veronica. Et boucle-la.

L'autre s'exécuta, non sans jeter à Fred un regard incendiaire.

— Continue à afficher les images, fiston, dit le commandant.

Il tourna les talons pour partir, et lança à Veronica :

— Vous dites que j'en ai engagé cinq cents *comme lui* ?

Alors qu'il retournait au VOG, le véhicule des éclaireurs arriva et se gara à côté d'eux. Fred demanda au jerry de lui redonner sa place dans l'habitacle.

— C'est gentil à vous d'être revenu, commenta Costa.

Le diorama du densiscanner s'étalait en surimpression sur celui de leur viseur. Dans la maison, le robot de guerre n'avait pas bougé.

— Nous sommes prêts, avec les éclaireurs ? demanda Fred.

— Nous vous attendions, commandant.

Fred regarda l'inspectrice. Malgré le ton employé, elle semblait apprécier la situation.

— A la maison située au 2131 Line Drive, ici le commandant Londenstane, de la Sécurité Nationale.

Il passa sa main devant la maison à travers le pare-brise.

— Et voici l'inspectrice Costa, du Département de la Justice, et le lieutenant Michaelmas, de la SecNat.

Les deux autres firent le même geste pour s'identifier.

Devant le manque de réaction de la maison, Fred poursuivit :

— Nous sommes ici pour appliquer ce mandat vous concernant, qui nous autorise à vous fouiller.

Il passa le document devant le pare-brise. C'était un mandat fédéral qui supplantait la divergence de surveillance SFR.

Vous pouvez procéder, dit la maison après quelques secondes.

De l'autre côté de la rue, en face d'eux, la porte s'ouvrit. Le véhicule des éclaireurs contourna le camion, remonta l'allée et gravit la volée de marches menant au perron. Il abaissa le capot de débarquement avant et ouvrit son réservoir. Des milliers d'éclaireurs miniatures roulèrent dans l'entrée, déployèrent leurs corps articulés et se dispersèrent.

— Maison, y a-t-il quelqu'un à l'intérieur ?

Non, personne, myr officier.

— Qui réside ici ?

Personne.

Les éclaireurs s'étaient reliés entre eux afin de former un tapis d'exploration qui envahit le sol et les murs pour tester, vérifier, identifier et collecter. Ils établissaient un relevé et une inspection méthodique de chaque pièce, se glissaient dans les placards et les tiroirs, derrière et sous les meubles. Images et données diverses commencèrent à parvenir en masse au VOG. Les échantillons de fibres, de poussière et d'autres débris étaient acheminés jusqu'au véhicule des éclaireurs pour analyse détaillée.

Les éclaireurs découvrirent des morceaux calcinés d'engins ailés miniatures qui retinrent l'attention des officiers, ainsi que des preuves d'une récente fusillade. Dans la pièce principale du niveau inférieur, le robot de guerre inconnu eut le bon sens de demeurer parfaitement inerte pendant l'invasion des insectes électroniques. Fred examina l'engin sous toutes les coutures. C'était du beau travail : quatre pieds à articulations multiples supportant un corps principal très puissant d'apparence. Environ la taille d'un molosse, mais sans tête ni queue. Son tronc et ses membres étaient recouverts d'un velours absorbant le laser.

Costa l'étudia un moment par-dessus l'épaule de Fred.

— Aucun des autres Cabinets n'était aussi bien gardé, remarqua-t-elle.

L'objet rectangulaire à côté du robot de guerre se révéla être un chariot du genre utilisé dans les laboratoires et les établissements de santé. Il était verrouillé, et les éclaireurs ne purent voir à l'intérieur.

— SFR2131 Line Drive, déclara Fred, je vous mets en état d'arrestation.

Information reçue, répondit la maison. *Quel est le chef d'inculpation ?*

— Violation de la législation sur les armes. Envoyez immédiatement l'armement se trouvant actuellement au rez-de-chaussée à l'extérieur. Qu'il s'immobilise sur le perron.

A la grande surprise de Fred, le robot de guerre sortit du salon et parcourut le couloir jusqu'à la porte d'entrée. Il se déplaçait plus comme un chat que comme un chien, avec des mouvements coulés. Le tapis des éclaireurs s'ouvrit pour le laisser passer. L'engin contourna leur véhicule devant la porte et se figea sur le perron.

— Engin non identifié sur le perron du SFR2131 Line Drive, dit Fred, veuillez vous identifier.

Libby intervint alors :

Il communique directement avec Anonyme. Il déclare reconnaître et accepter notre autorité sur lui.

— Bien, dit Fred. Ordonne-lui de se mettre en position basse.

La créature quadrupède sur le perron parut s'affaisser. Fred et Costa se regardèrent. Aussi facilement ?

— Maintenant ordonne-lui de se verrouiller, et transmets-moi une unique clef de réactivation.

Cela prit un peu plus longtemps. Costa en profita pour consulter les résumés d'analyse transmis par le véhicule des éclaireurs. De son côté, Fred lisait les synthèses des médias sur l'assassinat de Starke, jusqu'à ce que Marcus lui demande s'il avait besoin d'un paravent de confidentialité.

Non, Marcus, merci, dit-il.

— Allô ? fit Costa.

Du doigt, elle lui indiqua un paragraphe dans un rapport d'inventaire. Les éclaireurs avaient trouvé un taggant dans les déchets du digesteur.

— Et regardez là, dit-elle. Des parcelles organiques.

— Des parcelles organiques ?

— Enfin, des sortes de parcelles organiques. Nous ne savons pas encore avec une absolue certitude ce que c'est, mais on a trouvé des séquences d'ADN d'un génome humain. Que croyez-vous qu'ils font, à la fondation Sitrun ?

Commandant, dit Libby, *vous pouvez accepter la clef.*

Fred passa la main sur la console.

Le sujet – robot de guerre – a été contrôlé en mode verrouillé. Vous êtes en possession de la seule clef de réactivation.

Fred examina sa paume d'un air perplexe, puis regarda l'engin immobile sur le perron.

— Bon, Londenstane, dit Costa, si nous allions prendre livraison de notre bandit ?

Fred secoua la tête et d'un geste lui indiqua qu'il désirait un lien confidentiel combinaison-à-combinaison. Costa ne semblait pas très convaincue ; mais elle bougea un peu sur son siège et du genou toucha sa cuisse.

Oui ? Quelque chose vous turlupine ?

Je me suis dit que vous aimeriez le savoir : il n'y a pas de sauvegarde du Cabinet dans cette bicoque.

Elle accentua la pression de son genou.

Vous pouvez répéter ?

Nous avons été attirés ici sous de faux prétextes, inspectrice. Vos parcelles organiques se révéleront très probablement contenir des séquences de l'ADN de Starke. Tout ce cirque, c'est comme un grand X tracé sur la carte au trésor, rien que pour nous.

Je ne comprends pas, Londenstane. Expliquez.

Le Cabinet, ou quelqu'un d'autre, nous a amenés jusqu'ici pour qu'on récupère la tête de la fille Starke.

Le genou de Costa rompit le contact un instant, puis le rétablit.

Comment le savez-vous ?

J'additionne deux et deux, et j'obtiens quatre.

Vous plaisantez, pas vrai ? Les russ ont un sens de l'humour particulier, à ce que je vois.

Il ne répondit rien.

Pourquoi me raconter tout ça en mode confidentiel ? demanda-t-elle.

Parce qu'il y a une taupe dans le paysage, quelque part. Une grosse taupe.

L'inspectrice avait l'air complètement déconcertée.

Nicholas, le mentar de Personnel Appliqué, qui avait réussi à rester silencieux depuis le début de l'opération, finit par prendre la parole :

Commandant, il y a un problème ?

Fred et Costa rompirent le contact.

— Non, Nick, aucun problème, lui affirma Fred. Libby, rappelle les éclaireurs, sauf les visio et audio. Michaelmas, fit-il en tournant la tête pour regarder le jerry, je veux que vous emballiez ce foutu salopard sur le perron dans de la mousse isolante. Plus vite il sera mis en boîte et au placard, mieux ce sera.

— A vos ordres, dit le jerry.

Il avait ouvert l'armoire de l'armurerie embarquée et tendait à Costa un fusil d'assaut Messers 25/750.

Fred en prit un aussi, le soupesa, puis se ravisa :

— Vous savez quoi, Michaelmas ? J'ai changé d'avis. Je veux que vous restiez ici pour nous couvrir avec le mégawatter. Si cette bestiole sur le perron ose seulement frémir, vous la foudroyez. Compris ?

— A vos ordres.

Le jerry remplaça Fred aux manettes du véhicule. Le gros canon avant ne tarda pas à bourdonner, et Fred se tourna vers Costa. Elle paraissait préoccupée, hésitante, pour la première fois.

— Vous venez ou vous restez ici ? demanda-t-il d'un ton détaché.

Elle lui décocha un regard chagrin, puis se décida. Saisissant une cartouche supplémentaire de mousse incapacitante et son Messers, elle sortit du VOG à la suite de Fred.

De près, le redoutable engin figé sur le perron paraissait encore plus dangereux. Même immobile, il donnait l'impression de ruminer des intentions meurtrières. L'extérieur de ses pattes était recouvert d'orifices d'armes. Pour le reste, ses appendices et autres ports étaient dissimulés par son revêtement de velours antilaser.

Mes frères clones, songea Fred, *quand les mentars et les machines se marient, leurs bébés sont des robots de guerre.*

Pendant que Michaelmas les couvrait avec le canon du VOG, Fred et Costa arrosèrent l'engin de mousse. Elle s'accumula comme de la crème fouettée verdâtre et se solidifia très vite. Avec un traitement complémentaire, elle atteindrait une résistance à la tension de plusieurs tonnes, et le robot de guerre serait totalement immobilisé, même s'il décidait de se déverrouiller.

Les éclaireurs avaient été réembarqués dans leur véhicule et Costa le renvoya. Elle suivit Fred jusqu'à la porte de la maison.

— Eh, les Tuggers, lança Fred, comment ça se présente pour vous ?

Rien ne bouge là-dedans, commandant, répondit Veronica depuis le camion.

Fred et Costa braquèrent leurs armes et se préparèrent à entrer. D'après son expression, il était clair que l'inspectrice cogitait beaucoup. Elle regarda Fred, se rembrunit et lâcha :

— Je parie un jour de paie que vous vous plantez.

27

Alert ! était le remède parfait. Il avait un effet rapide et vous transportait à des sommets de totale acuité mentale sans effets secondaires comme les tremblements convulsifs ou la logorrhée. On le délivrait en dosages précis, de quatre à douze heures, et son effet cessait d'un coup, sans séquelle ni même mal de tête.

Samson avala le comprimé avec une gorgée de 'Lyte et reprit le cours de son récit.

L'« accident » de Melina Post se produisit pendant une représentation au théâtre d'une pièce intitulée *Autour du coyote*, à laquelle elle assistait avec son mari Darwin. Au beau milieu d'un soliloque comique, un des acteurs s'interrompit et crispa les mains sur son ventre. Sa taille se mit à gonfler horriblement ; le public crut à un effet de mise en scène. Jusqu'à ce que le pauvre hurle. Alors son estomac tendu atteignit le point de rupture et éclata. Il y eut une ruée affolée vers les issues, mais il était trop tard. Le bâtiment était déjà encerclé.

Les Post, avec les spectateurs, les membres de la troupe et le personnel du théâtre furent transportés à Provo, dans l'Utah, et placés dans le centre de quarantaine de la Sécurité Nationale, ce même endroit que j'avais visité malgré moi il y a bien des années. Autrefois, la plupart des internés n'en ressortaient pas vivants, mais, depuis ma propre libération, on offrait une alternative aux nouveaux détenus. Vous pouviez rester là et mener une existence relativement confortable quoique confinée, ou partir – après avoir été cautérisé.

On autorisa Melina et Darwin à partager le même appartement, et ils parurent se résigner à vivre ainsi pendant de longues années, ou tout du moins jusqu'à ce que les NASTIEs dormant en eux se réveillent et agissent. Toutefois, après quelques mois, Melina bascula insensiblement dans un état de dépression de plus en plus profond. Après avoir beaucoup ruminé et prié, elle décida d'être cautérisée et libérée. Darwin, lui, préférait rester en quarantaine. Ils se séparèrent en bons termes.

Pendant ses deux premières années à l'extérieur, Melina dut se faire à son nouveau statut d'empesteuse : ce fut pour elle une autre forme d'enfer. Puis, trois ans plus tard, elle rencontra un homme fringant qui jura l'aimer tant qu'il ne remarquait même pas son odeur. Naturellement, elle ne le crut pas, d'autant qu'il était sans un crédit. Mais elle estima que ce n'était pas une raison pour se priver d'un peu de bon temps. Ils voyagèrent donc ensemble, descendirent dans des hôtels de luxe, assistèrent aux meilleurs spectacles, firent les circuits les plus coûteux. Elle payait pour tout, plus la surtaxe imposée aux empesteurs. Elle s'en moquait. Un homme séduisant l'accompagnait et composait des sonnets pour elle.

Un matin, elle ouvrit les yeux et constata que M. Sonnet avait filé. Depuis le premier jour, elle savait qu'il finirait par la quitter. Cependant, elle avait cru qu'il le ferait avec un peu plus de classe. Aucune des affaires de M. Sonnet ne semblait manquer dans leur chambre de l'hôtel de Sainte-Croix, mais elle était certaine qu'il était parti sans idée de retour. Elle se fit une raison, car l'épisode avait été agréable.

Dans la salle de bains, sur le rebord du lavabo, il avait laissé le coquillage rose à la forme parfaite qu'elle avait trouvé sur une plage et qu'elle lui avait offert pour qu'il se souvienne d'elle. Le fait qu'il ne l'ait pas emporté irrita plus Melina que sa fuite elle-même.

Un peu plus tard dans la matinée, quand elle commanda son petit déjeuner dans sa chambre, le directeur de l'hôtel lui demanda la permission de venir la voir. Il y avait des questions urgentes à régler. Comme s'il lisait un mauvais scénario, il lui expliqua que son compte était à découvert. Elle savait que c'était impossible, et, pendant que le directeur attendait, elle contacta son courtier aux Reed Sisters Wealth Management Services à New York. Il gérait la majeure partie des avoirs qu'elle détenait avec Darwin. Il tergiversa, tourna autour du pot, puis finit par admettre que la plupart de ses comptes avaient été trafiqués la veille, et vidés. Furieuse mais pas encore paniquée, Melina appela ses autres banques et maisons de courtage. Peu à peu se dessina un tableau douloureusement uniforme. M. Sonnet avait tiré avantage de sa proximité physique avec elle pour se servir de son valet. Il avait été très minutieux : elle n'avait plus rien. Elle et Darwin étaient ruinés.

En apprenant ces nouvelles, le directeur du Five Palms lui déclara qu'il ne la tolérait dans son établissement que parce qu'elle était généreuse. Il s'apitoya lourdement sur la suite, inutilisable à cause de son odeur pestilentielle, et menaça de prévenir la police.

Melina dut demander une petite somme à des amis pour rentrer chez elle. La Sécurité Nationale lui confisqua son valet aux fins d'analyse pour déterminer son rôle dans les détournements de fonds. Le peu qui lui restait était bloqué par l'enquête. Elle emprunta pour vivre modestement pendant quelque temps dans un meublé miteux. Elle entama des poursuites contre les Reed Sisters et ses autres directeurs financiers, mais la cour décréta que les institutions financières n'étaient en rien responsables. La générosité de ses amis avait des limites. Les autorités ne trouvèrent aucune trace de M. Sonnet ou de sa fortune. Elles lui renvoyèrent son valet en pièces détachées. Melina envisagea de le revendre au recyclage pour grappiller quelques crédits, mais son intuition lui conseilla de le garder, ce qu'elle fit.

Son glissement jusqu'à la pauvreté ne prit que quelques semaines. Elle perdit son meublé et dut s'installer dans un dortoir municipal réservé aux femmes.

Trois ans après l'accident, elle était passée d'une somptueuse villa à un baraquement où elle n'avait qu'un lit, une chaise et un casier. Elle croyait ne pas pouvoir tomber plus bas, mais elle se trompait. Les autres occupantes du dortoir l'injuriaient à cause de son odeur et présentèrent une pétition à la direction pour qu'elle soit isolée. On trouva un compromis en l'installant dans une remise, à l'écart, avec obligation d'en garder la porte fermée.

Vous avez raison, Justine. Melina Post n'aurait pas pu me raconter tout ce que je viens de vous dire en seulement cinq minutes. En fait, nous disposâmes de plus de temps, parce que son invité était en retard. Nous nous écartâmes de la porte pour laisser mes robots domestiques transporter le requin cuit à son appartement. Et nous nous écartâmes de nouveau quand ils revinrent à vide. Mais alors que les minutes s'accumulaient, et que son invité ne se manifestait toujours pas, elle m'assura qu'il avait dû être retenu par ses affaires. Elle ne l'appelait pas, m'expliqua-t-elle, parce qu'elle ne voulait pas le déranger. Pour masquer une anxiété grandissante, elle continua son récit. Je lui proposai de revenir dans mon appartement pour nous asseoir et boire quelque chose, mais elle préféra rester dans le couloir, devant ma porte. Je dois dire que son histoire éveillait chez moi certains échos désagréables. La façon dont on la traita me mettait en rage, et je regrettai de ne pas avoir été là pour l'aider quand elle avait tellement besoin de quelqu'un. Si seulement elle avait frappé à ma porte alors, au lieu d'attendre tant d'années...

Donc elle était là, ma voisine maltraitée, à dormir sur un lit de camp entre des étagères chargées de solvants, et elle dérivait lentement mais sûrement vers une sorte de désespoir que je ne connaissais que trop bien, quand un événement extraordinaire se produisit.

De l'autre côté de l'Atlantique, à Londres, Wanda Wieczorek, notre sainte Wanda dont vous avez peut-être entendu parler, eut sa petite prise de bec avec le directeur du rayon ameublement de chez Daud. Elle voulait seulement que sa mère essaie un canapé tendu de soie. Wanda n'avait nullement l'intention de s'y asseoir elle-même, jusqu'à ce que le directeur du rayon arrive avec son escouade de jerrys en uniforme et la prenne de haut. De trop haut au goût de Wanda, qui expédia sa mère au rayon alimentation, deux étages plus bas, avant de sortir de son sac son projecteur de sim et de s'asseoir sur le canapé. « C'est un meuble qui vaut dix mille euros, dit le directeur. Nous ne pouvons pas permettre que vous l'abîmiez de par votre malheureux état odorant. – Très bien, répondit Wanda, je vais le prendre avec moi. »

Elle prit tout l'étage, en fait, si vous incluez la fumée et les dommages causés par l'eau. Son suicide fit la une un peu partout dans le monde. Subitement, des centaines d'hommes et de femmes cautérisés s'immolèrent aux quatre coins de la planète. Dans les bus, les théâtres, les trottoirs à l'heure de pointe, dans les bureaux des grandes compagnies transnationales, bref partout où ils pouvaient semer l'épouvante dans une foule. L'odeur de porc grillé que dégage la chair humaine calcinée imprégna nos villes et éveilla la conscience du public. On apprenait enfin quelle situation désespérée était la nôtre.

La Sécurité Nationale avait effectué les cautérisations au nom de la sécurité publique, et les gens avaient fermé les yeux et fait silence sur cette politique. A présent, ils posaient des questions. Pourquoi avions-nous puni les *victimes* des attaques de NASTIEs ? Pourquoi fallait-il les *mutiler* ? Dans le même temps, les autorités civiles s'interrogeaient sur ce qui avait conduit la SecNat à créer un tel nombre de bombes ambulantes.

Dans sa remise, Melina Post commença à recevoir en procession des visiteurs odorants. Elle était connue comme une ancienne riche qui était toujours membre de clubs et autres endroits sélects, où justement les cautérisés souhaitaient mettre en scène leurs adieux enflammés. Mais Melina, indécrottable citoyenne modèle, refusa de participer à ces opérations (même si elle admit avoir entretenu, certaines nuits, le fantasme d'aller incinérer les occupantes de son ancien dortoir pendant leur sommeil).

Ces très chaleureuses protestations continuèrent donc sans elle jusqu'à faire honte au Parlement des Démocraties Unies, lequel décida d'interdire la cautérisation. De nouvelles méthodes de nettoyage des cellules, sans conséquences pour l'organisme humain, furent adoptées et mises en œuvre. Les portes des unités de quarantaine dans l'Utah et ailleurs s'ouvrirent, les pestiférés de la société furent traités et libérés. Trop tard, malheureusement, pour Darwin Post, qui s'était récemment exprimé en un nuage de papillons Monarques.

Avec l'interdiction de la cautérisation, les protestations cessèrent rapidement. Mais on découvrit bientôt un fait pour le moins troublant : des preuves indéniables démontraient que la Sécurité Nationale connaissait depuis un certain temps déjà les méthodes inoffensives récemment prônées pour nettoyer les cellules des personnes infectées. En 2092, dans mon cas précis, on aurait pu m'épargner la cautérisation et ses suites désastreuses.

Cette révélation, selon laquelle la SecNat avait continué de cautériser des gens pendant des années alors que des traitements beaucoup plus humains étaient disponibles, fut insupportable aux derniers cautérisés survivants, qui redoublèrent dans leurs protestations flamboyantes. Melina Post elle-même était furieuse, ne serait-ce que pour les souffrances inutiles endurées par son cher Darwin. Sur son lit misérable, elle dressa la liste des gens qui méritaient de périr dans le brasier de son courroux. En première place venait M. Sonnet, qu'elle ne pouvait localiser cependant. Il était talonné par le maudit directeur de l'hôtel de Sainte-Croix. Elle envisagea de se rendre là-bas et de l'attendre, assise dans un des somptueux fauteuils en rotin du hall d'entrée. Après mûre réflexion, Melina finit par désigner comme gagnants de sa loterie vengeresse les administrateurs de sa fortune, les dirigeants de Reed Sisters.

Elle leur avait confié la très grande majorité de ses avoirs. Et leurs bureaux n'étaient qu'à une passerelle de distance.

Elle essaya de contacter tous les cautérisés qui s'étaient récemment fait connaître d'elle, mais la plupart étaient déjà grillés. Sauf une femme. Melina la vit dans un café. La femme lui révéla qu'elle avait pour projet de s'immoler dans une galerie marchande sur Broadway et proposa à Melina de se joindre à elle. Melina lui expliqua qu'elle avait une bien meilleure idée. Elle avait pris rendez-vous avec son ancien courtier, au trois cent cinquantième étage de la tour Oxo.

Le lendemain, les deux femmes se préparèrent dans les lavabos jouxtant l'ancien dortoir de Melina. Elles s'enduisirent de trois couches de mastic dermique, s'aspergèrent d'eau de Cologne et revêtirent une tenue classique.

A cause des nouvelles lois dites « d'acceptation publique » en vigueur et parce que Melina avait un rendez-vous, la sécurité de la tour Oxo les laissa entrer. Comme elles ne pouvaient pas passer sans risque par les portiques de scannage, elles furent fouillées et reniflées de la tête aux pieds. Cet examen dévoila la présence sur elles d'un canif-laser et d'un prosim miniaturisé, mais tout citoyen ayant un droit constitutionnel à transporter ce genre d'objets, ils ne furent pas confisqués. Cependant, la sécurité de l'immeuble informa Reed Sisters de leur arrivée, et, quand les deux conspiratrices descendirent au trois cent cinquantième étage, deux jerrys en uniforme les attendaient pour les escorter jusqu'à l'entrée de la tour.

Frustrées, les deux femmes redescendirent par l'ascenseur, encadrées par les jerrys. Melina s'efforçait de prendre leur échec avec philosophie, mais ce n'était pas le cas de son amie. Celle-ci était enragée. Elle soufflait et grognait. Pour aggraver la situation, les jerrys ne réussirent pas à enclencher le mode express de la cabine, de sorte que celle-ci stoppait tous les dix étages pour prendre des usagers ou en laisser sortir. A un arrêt, deux jeunes hommes sans éducation montèrent et l'un d'eux se pinça le nez en disant :

— Beurk !

Cette déclaration ne fut pas sans conséquences. L'amie de Melina péta les plombs, purement et simplement. Elle se redressa de toute sa taille, regarda Melina au fond des yeux et rugit :

— Ici même, et tout de suite !

Melina sentit instantanément une boule d'origine inconnue obstruer sa gorge. Mentalement, elle destinait déjà son feu d'artifice personnel à l'hôtel Five Palms de Sainte-Croix. Aussi fut-elle soulagée quand, plongeant malgré tout la main dans son sac pour y prendre le projecteur de sim, elle sentit celle d'un jerry lui confisquer le boîtier.

Son amie fut plus rapide. Elle brandit son canif-laser et l'alluma. Elle tenta de se trancher la gorge avec, mais l'autre jerry lui saisit le poignet. Elle donna des coups de pied et griffa comme une folle. Elle frappa avec sa petite arme et aurait tailladé le jerry s'il n'avait pas été revêtu de sa combinaison protectrice. Elle retourna alors le canif contre elle, mais ne réussit à s'infliger que de simples estafilades au bras avant que le jerry ne lui prenne son arme.

Cela ne l'arrêta pas cependant. Les autres passagers de la cabine s'étaient massés contre la porte, mais elle fit un grand geste de son bras tailladé pour les arroser de son sang brûlant. Le jerry qui maintenait Melina la menotta dans le dos avec un lien en plastique. Elle était trop intimidée pour seulement penser résister. Enfin, l'ascenseur arriva au niveau voulu, les portes coulissèrent et les occupants se propulsèrent hors de la cabine. Dans un geste brusque, l'amie de Melina échappa à l'emprise du jerry et essaya de s'élancer au-dehors. Dans sa tentative pour l'en empêcher, le jerry l'agrippa maladroitement et la projeta contre une paroi latérale de la cabine, qu'elle heurta violemment de la tête.

Le choc suffit à étourdir la pauvre femme ; le jerry la menotta sans qu'elle oppose de résistance. Quand il la fit pivoter vers le hall, Melina vit immédiatement qu'elle souffrait de dommages mortels pour quelqu'un dans sa condition. A son front saillait une protubérance de la taille d'un œuf de pigeon, d'où suintaient d'éphémères volutes vaporeuses. Le jerry demanda une assistance médicale et la fit sortir de la cabine. L'amie de Melina recommença à se débattre et vicieusement se cogna la tête contre les parois de l'ascenseur, puis contre l'encadrement de la porte, et son garde. La bosse à son front grossit et atteignit très vite la taille d'une orange. Mais elle continuait de résister et l'autre jerry abandonna Melina pour aider son collègue.

Engourdie, Melina était seule dans l'ascenseur, et elle ne savait que faire. Les menottes coupaient la circulation sanguine dans ses poignets. Quand elle remarqua que son projecteur de sim était tombé sur le plancher près de son pied, elle se baissa pour le ramasser. Elle réussit à s'en saisir, mais il lui était impossible de le porter au niveau de sa tête. Alors elle le pressa contre son postérieur et dit à haute voix, mais sans conviction :

— Ici même, et tout de suite.

Son doigt posé sur le bouton du prosim, elle observa le suicide au ralenti de son amie dans le couloir. La bosse avait enflé au point que la peau distendue ne pouvait plus la contenir : elle éclata en un geyser de gouttes enflammées. Le système anti-incendie se déclencha, emplissant le couloir d'un brouillard d'inhibiteur de flammes. Mais il ne pouvait stopper le processus des chairs cautérisées, et Melina entendit la peau de son amie craquer et le feu se propager sur son crâne et sa gorge. C'était la pire sorte d'auto-immolation.

Les cautérisés essayaient toujours de trouver une mort rapide, comme sainte Wanda l'avait fait, depuis le cerveau vers l'extérieur. Mais cette pauvre malchanceuse se consumait de l'extérieur vers l'intérieur à mesure que ses cellules incendiaires tuaient celles qui se trouvaient plus profondément dans le corps, dans une réaction en chaîne qui passait de la peau aux muscles, puis aux organes internes.

Melina abaissa son prosim. S'immoler en commençant par le bas du dos aurait eu le même effet et lui aurait laissé tout le temps de le regretter. Elle sortit de la cabine et voulut porter secours à son amie. Elle la trouva dans le brouillard, toujours debout et appuyée contre le mur. Les jerrys avaient eu la très mauvaise idée de l'envelopper dans une couverture ignifugée, et elle cuisait à l'intérieur comme un poisson en papillote dans un four. La température énorme aurait dû la tuer, mais elle accentuait seulement son agonie.

Les mains toujours menottées, Melina se positionna de façon à pouvoir braquer son prosim sur la tête noircie. Elle n'avait encore jamais enlevé la vie à quelqu'un, et elle rassembla tout son courage et pressa le bouton. Mais une main surgit du brouillard et l'écarta.

La main n'appartenait pas à un des jerrys. Elle appartenait à un homme qui aimait le flétan, la morue ou le requin. Il était employé dans un bureau situé à cet étage. Il fit basculer Melina sur son épaule et la transporta dans son bureau personnel sous la protection du brouillard antiflammes. Arrivé là, il referma la porte. La première chose qu'il lui dit fut :

— Vous ne voulez pas faire ça.

Et il tendit la main pour qu'elle lui donne le prosim.

Elle pressa le boîtier contre elle et cria, oh ! oui !, elle cria, mais elle n'était pas plus capable de se suicider qu'un moment auparavant.

Ils restèrent cachés dans son bureau, sans presque parler, jusqu'à ce que tout soit redevenu calme à l'extérieur, après le passage des robots nettoyeurs. Melina savait que le service de sécurité de la tour était à sa recherche, et l'homme ne parvint pas à cisailler la bande de plastique très dur qui la menottait. Il l'accompagna quand elle décida de se rendre.

Par manque de preuves ou de volonté des autorités, Melina Post ne fut accusée d'aucun crime. Elle était libre de retourner dans la remise qui lui servait de domicile, mais l'homme (elle ne me révéla pas son nom) s'y opposa. Il l'installa chez lui, un appartement modeste, et prit soin d'elle. Il loua des pots de plantes à larges feuilles pour purifier l'air. Les premiers temps, il porta des filtres naseaux, mais bientôt il les abandonna.

Pure coïncidence, il travaillait lui aussi dans la finance et la gestion des avoirs particuliers. Il était cadre dans une société concurrente de Reed Sisters. C'était un élément très bien noté par sa hiérarchie, mais, à l'image de son appartement et de ses vêtements, sa personnalité était plutôt fade. Il n'avait jamais été marié et se montrait timide en bien des domaines. Cependant, il insista pour aider Melina à récupérer son dû. Un de ses amis possédait un mentar très doué (les mentars venaient de faire leur apparition). Melina confia les pièces de son valet à ce mentar, lequel réussit à retrouver la trace de certains de ses anciens avoirs. De sa propre poche, M. Fade loua les services d'enquêteurs financiers et ils eurent tôt fait d'amasser des preuves impliquant Reed Sisters. Le scandale fut énorme, d'autres victimes se manifestèrent et obtinrent gain de cause, et les bureaux de Reed Sisters furent mis sous scellés pendant les investigations. Assez vite, Melina récupéra une partie de ses biens, l'autre devant lui être restituée dans les plus brefs délais, sans parler des dommages et intérêts importants que Reed Sisters fut condamné à lui verser.

Melina renaissait à la vie. Elle s'installa à Chicago et, sans que j'en sache rien, devint ma voisine à l'étage inférieur.

— Il va me demander de l'épouser.

Nous parlions depuis une heure sans avoir eu la moindre nouvelle de M. Fade quand Melina m'annonça la nouvelle.

Pour moi, ce fut une douche froide.

— Oui, continua-t-elle, oh, je ne pourrais pas le jurer, mais je le sens. Nous nous sommes beaucoup rapprochés ces mois derniers. Disons que c'est une intuition.

Moi aussi j'avais une intuition, mais elle s'apparentait plutôt à un très mauvais pressentiment.

— Il est très tendre, dit-elle encore, et il consacre tout son temps libre à s'occuper de moi et à travailler sur mon affaire. Je sais qu'il m'aime, et j'en suis venue à l'aimer aussi. Ce matin, il m'a dit que cette soirée serait très spéciale. Il ne peut être retenu que par des circonstances exceptionnelles. Il a passé la journée à s'occuper de mes affaires.

J'avais si peur de la réponse que je faillis ne pas demander :

— Qu'entendez-vous par « s'occuper de vos affaires » ?

— Il investit pour moi. Ce matin, je lui ai signé un pouvoir général.

Avoir effectué par l'esprit toute son odyssée désespérée pour la voir faire naufrage sur les mêmes écueils, c'était plus que je ne pouvais supporter. Je me conduisis alors comme un parfait imbécile. Je lui dis que, quoi qu'il se passe durant cette soirée, aussi sombres ou incompréhensibles que puissent paraître les choses, elle pourrait toujours venir à moi. Que *moi*, je prendrais vraiment soin d'elle. Que *moi*, je serais aux petits soins pour elle et que je ne l'escroquerais jamais. Et que je n'avais pas besoin de plantes à larges feuilles ou de filtres nasaux pour être auprès d'elle.

— Mais de quoi parlez-vous ? fit-elle, un peu effrayée par la brutalité de ma franchise.

Je lui expliquai que son héros n'était pas simplement en retard : il avait sans doute déjà quitté la ville, tout comme M. Sonnet à l'hôtel. Je lui dis qu'on l'avait dépouillée une nouvelle fois et lui répétai que je prendrais soin d'elle.

— Il faut que je parte, répliqua-t-elle sèchement. Merci encore, myr Harger, pour le poisson et pour votre écoute.

— Nous savons tous les deux qu'il ne viendra pas, insistai-je, aussi gentiment qu'il m'était possible. Nous sommes des empesteurs, ma chère Mel, et les empesteurs ne devraient pas se mentir.

Elle me salua et s'éclipsa.

Quand elle fut partie, Skippy ferma ma porte et je retournai dans mon appartement. La température m'y sembla inhabituellement basse, mais Skippy m'assura qu'elle n'avait pas changé. Je lui ordonnai d'envoyer quelques abeilles surveiller discrètement l'étage de Melina.

A ma grande surprise, dix minutes plus tard, tous les ascenseurs desservant son niveau arrivèrent en même temps et s'ouvrirent. En sortirent une cohorte de robots domestiques chargés de gerbes de fleurs magnifiques. Les ascenseurs repartirent et revinrent bientôt avec une autre vague florale. Enfin, après la troisième arrivée de bouquets, l'homme apparut, une ultime brassée de roses rouges dans les bras. Il était assez jeune, avec un visage insipide. Il portait une tenue de soirée et affichait un sourire idiot d'amoureux transi.

Je suivis sa progression en queue de cortège et le vis franchir le seuil de l'appartement de Melina, et disparaître.

Fidèles à mes instructions, les abeilles montèrent la garde pendant toute la nuit. M. Fleurs ne ressortit pas avant le matin, Melina à son bras. Elle était radieuse. A son doigt une bague de mauvais goût brillait de mille feux. Et voilà la fin de l'histoire, mes amis.

Justine était gênée, car l'histoire de Samson lui semblait manquer d'une véritable conclusion.

— Melina Post a-t-elle remplacé votre requin par une bête comparable ? se risqua-t-elle enfin à demander.

— Oh oui, le lendemain même, et un requin de la même espèce. Plus tard, Skippy a appris que les restes de leur dîner, dont la soupe d'ailerons, avaient été distribués dans les centres d'hébergement pour sans-abri de Chicago le lendemain soir.

Samson s'était un peu tassé sur son siège, mais sa prise d'Alert ! lui dilatait toujours les pupilles et toute forme d'interrogation risquait d'être de trop pour lui. Pourtant, Justine n'avait pas encore satisfait sa curiosité.

— Le chevalier servant de myr Post, qu'est-il advenu de lui, par la suite ?

— Je ne l'ai jamais revu, répondit Samson. Pas plus qu'elle, d'ailleurs. Mais je me suis tenu au courant de leur parcours grâce à Evernet. Ensemble, ils ont fondé une association ayant pour but d'obliger le Parlement des Démocraties Unies à verser des indemnités compensatoires aux cautérisés survivants. Vous en avez peut-être entendu parler. De ce que je sais, ils ont vécu heureux jusqu'à la mort de Melina, de causes plus ou moins naturelles, il y a quelques années.

— Et vous, myr Harger Kodiak ? Etes-vous retourné à votre solitude ?

— Non. C'est le cadeau non intentionnel que Melina m'a laissé. Dans les quelques minutes qu'elle a passées dans mon antre, elle l'a empoisonné. Par sa présence et son récit, elle m'a poussé à imaginer ma propre personne puante là, au-dehors, dans le monde de nouveau. Je me suis même figuré avec une femme que j'aimerais. A partir de ce moment-là, je n'ai jamais pu retourner à ma solitude. Le lendemain, j'ai dit à Skippy de faire ôter le revêtement opaque des baies vitrées de l'appartement, et j'ai contemplé ma ville pour la première fois depuis très longtemps. Peu après, j'ai rencontré Kitty.

Elle et ses cochartistes ont fini par m'inviter à les rejoindre, et je peux honnêtement dire que durant les vingt-sept années qui suivirent je ne me suis jamais senti seul. Bizarre, peut-être, et têtu, mais jamais seul.

Dans le ciel au-dessus d'eux, le Skytel était en pleine célébration de la canopée. Samson et les Vole le regardèrent quelques minutes et comparèrent les publicités tapageuses défilant sur les panneaux à la sensation de vide qui emplissait le terrain de jeu en bas.

— Et Jean ? voulut encore savoir Justine. Où est « Sa blessure secrète », aujourd'hui ? Et souffre-t-elle toujours ?

— Si M. Fleurs n'est pas mort, c'est lui qui doit l'avoir. Je l'ai laissée non signée et je la leur ai envoyée en guise de cadeau de mariage anonyme, même s'il n'était pas anonyme pour Melina. Si M. Fleurs a suivi Melina dans la mort, je n'ai aucune idée du lieu où peut se trouver la toile à l'heure actuelle. Elle n'a pas refait surface dans une vente aux enchères. Mais, où qu'elle soit, vous pouvez être sûrs qu'elle souffre. Elle souffrira à jamais.

— Je suis désolée de l'apprendre, myr Kodiak Harger, dit Justine. Vous auriez peut-être dû la détruire.

— Oui, peut-être, fit Samson, qui vit à l'expression de Justine qu'une autre question la taraudait. Allez-y, dites ce que vous avez derrière la tête.

Justine prit le chat sur ses genoux et posa sur Samson un regard de désapprobation maternelle.

— Je suis d'accord avec mon époux. A un moment pareil, votre place est chez vous, avec les vôtres, elle n'est pas ici à vous donner en spectacle.

— Vous avez probablement raison, myr Vole, mais je suis un cautérisé, peut-être bien le dernier, et nous ne devons jamais permettre que la société oublie la cruauté qu'elle a eue envers nous en son nom. J'ai raté trop d'occasions par le passé, par respect pour mon ex-femme et par faiblesse personnelle, mais il n'y a pas meilleure opportunité de rappeler tout ceci au public que pendant l'abaissement de la canopée.

L'argument ne semblait pas convaincre Justine.

— Ce n'est pas ainsi que je vois les choses, dit-elle. Pardonnez-moi d'être aussi directe, myr Kodiak Harger, mais ce que je vois est bien pire qu'une faiblesse personnelle. Des choses terribles et totalement injustes vous sont arrivées, nul ne saurait le nier, mais les gens traversent tous des épreuves. Et bien que votre longue retraite dans la solitude soit la chose la plus triste qu'il m'ait été donné d'entendre, vous avez réussi à vous en extraire avant qu'il ne soit trop tard. Vous devriez être reconnaissant, myr Harger Kodiak, au lieu de quoi vous cherchez à punir ces mêmes gens qui vous ont soutenu. Si vous aimez réellement cette charterie, si vous appréciez ce que ses membres ont fait pour vous, alors vous leur offrirez le cadeau de vos derniers instants. Sinon, vous n'êtes rien d'autre qu'un *lâche émotionnel.*

Sur ce, elle prit la laisse du chat à Victor et déclara :

— Et maintenant, si vous voulez bien m'excuser, je ne peux pas assister à ça.

— Pourquoi donc ? grinça Samson. Vous avez déjà eu votre content de suicides pour la journée ?

Justine déverrouilla son siège et retourna à l'intérieur sans répondre. Victor fit un clin d'œil à Samson.

— Bonne chance, myr Kodiak, dit-il avant d'imiter sa femme.

Samson caressa légèrement les commandes de son prosim pendant une minute.

— Ici même, marmonna-t-il, dans environ quarante-cinq minutes.

Deux douzaines de Tobblers émergèrent en file indienne par la porte du toit. Ils portaient des combinaisons identiques taillées dans un épais tissu vert. April et Kale les accueillirent, et Francis et Barry leur indiquèrent les bancs que Bogdan, Rusty, Megan et Denny disposaient dans le potager.

Le spectacle du Skytel avait débuté, mais Bogdan le trouvait nul. Les Tobbs, eux, semblaient beaucoup apprécier, et ils se mirent à osciller sur les bancs et à taper des pieds.

Bogdan voulut s'éclipser, mais alors qu'il approchait de la porte April le saisit par la manche et le toisa sévèrement, comme pour dire : « Nous avons des invités. »

— Je reviens tout de suite, promis, dit-il. Je dois programmer mon téléphone.

— Maintenant ?

Il dévala les escaliers et tourna le dernier coude du couloir menant à sa chambre. Il examina les lieux et vérifia que personne ne s'était récemment introduit dans son refuge. Satisfait, il fouilla dans ses affaires empilées jusqu'à ce qu'il mette la main sur son éditeur, le même qu'il avait utilisé pour programmer Lisa. Assis sur son matelas, il le déploya sur ses genoux. Quand il ouvrit son fichier téléphonique, la liste des appels en attente était montée à sept cent cinquante millions. Il plaça l'icône du téléphone sur celle des appels référencés prioritaires, et la liste gigantesque se réduisit au nombre beaucoup plus raisonnable de deux appels, dont un agrémenté du petit fanion « urgent ».

C'était un message de Hubert. Il l'ouvrit.

Il était temps que vous répondiez, dit Hubert.

— Il a besoin de moi ?

Pas encore, mais j'ai jugé plus prudent d'appeler afin que vous puissiez vous préparer à venir dès que nécessaire. En fait, j'ai envoyé un taxi vous prendre.

Bogdan posa l'éditeur sur le matelas et se leva.

— J'attendrai en bas, dans la rue.

28

Ils avancèrent rapidement dans les pièces de façade, Fred ne faisant halte que pour étudier les impacts de décharges laser qui trouaient les murs et qui, d'après leur angle, semblaient provenir du salon. Quelques centaines d'éclaireurs restaient sur les murs et les plafonds pour former des chaînes-relais. Les analyses n'avaient relevé aucune trace de sang : tout indiquait jusqu'alors une escarmouche entre machines.

Dans le salon, le chariot avait été scanné. Il n'était pas piégé, mais il demeurait verrouillé. Fred passa la paume sur son panneau de commande et dit :

— Libby, transmettez ça à Anonyme.

Derrière lui, Costa souffla :

— *Joli...*

Elle parlait de la décoration de la pièce, non seulement luxueuse mais aussi de bon goût, et de la taille des lieux. Pour Fred, le salon était encombré de trop de fauteuils, lampes et tables basses. Un club-house ?

Une grande peinture encadrée occupait presque tout un pan de mur. L'affrontement lui avait infligé quelques trous et brûlures. Même chose pour l'épais tapis persan et la marqueterie du plancher. A lui seul, le tapis était aussi grand que le salon de l'appartement de Mary et Fred. De la fumée s'échappait encore de trois impacts de la taille d'un melon chacun. Le robot de guerre avait tiré vers le sous-sol depuis là ; or c'est au sous-sol qu'avait été générée la transmission.

Une demi-douzaine de fauteuils avaient également souffert de la fusillade. Certains étaient éventrés. Il y avait des éclats de verre sur le tapis. Pourtant, aucun robot nettoyeur ne s'affairait, ce qui était pour le moins étrange. En fait, aucun bourdonnement mécanique ne s'élevait dans la pièce, à l'exception du tic-tac d'une antique pendule sur la cheminée. Comme dans ces vieux films : un mécanisme fait d'engrenages.

C'est bon, commandant.

Fred se reprit et passa de nouveau la paume devant le panneau de contrôle du chariot. Costa s'approcha pour voir quand il ouvrit le volet de métal. A l'intérieur se trouvait un petit conteneur transparent muni d'un contrôleur portable. Le récipient en verre était empli d'un liquide amniotique vert, de texture apparemment sirupeuse et frémissant de bulles. A son sommet flottait une tête aux cheveux bruns, toujours gelée. Son expression était elle aussi figée sur le moment crucial où le système jugulaire du casque avait séparé la tête du corps en se verrouillant.

Pour Fred, ce n'était pas un spectacle nouveau. Au fil du temps, il avait vu nombre de fois ces yeux écarquillés et cette crispation de la bouche.

Costa étudia un long moment le visage, parut satisfaite puis alla déambuler entre les fauteuils. Fred consulta le panneau de contrôle du chariot pour vérifier que le système était toujours en fonction.

Tout est normal, commandant, dit Libby.

Fred interpréta ce commentaire comme une autorisation de refermer le chariot sans risque, ce qu'il fit.

Mais Costa parut s'offusquer de la remarque du mentar, et elle revint vers le chariot d'un pas sec.

— Libby... dit-elle avant de faire silence une poignée de secondes.

Elle semblait hésiter sur la manière de formuler sa question.

— Libby, pourquoi n'avons-nous pas été informés ? demanda-t-elle enfin en désignant le chariot.

Toutes nos excuses, inspectrice, mais nous avons été aussi surpris que vous par la tournure des événements. Nous faisons des recherches. En attendant, merci de rester auprès de myr Starke jusqu'à ce que la clinique Roosevelt vienne la prendre.

Costa faillit parler, se ravisa et se mit à arpenter la pièce entre les fauteuils. Durant leur attente, Fred consulta sa carte du terrain. Le robot de guerre y était figuré par un fanion vert, lequel était toujours fermement planté sur le perron. Fred ouvrit un cadre sur le réseau des éclaireurs et fit le tour des pièces à l'étage et des divers espaces de rangement. Rien à signaler.

Soudain, la voix du lieutenant Michaelmas, resté dans le VOG, les fit sursauter :

A couvert ! A couvert !

Aussitôt, Fred et Costa cherchèrent autour d'eux un objet assez solide derrière lequel s'abriter. Ne trouvant rien, ils se plaquèrent au sol au moment même où un éclair de lumière découpait en noir sur blanc chaque latte des stores et tous les impacts de laser dans les murs. Avant qu'il ne se soit complètement dissipé, un deuxième lui succéda, accompagné d'un tremblement du sol qui fit vibrer toute la maison.

— Michaelmas, dit Fred, à vous.

Nous avons perdu le contact avec le VOG, annonça Libby.

Sur la carte, le véhicule était flanqué d'un fanion de mort.

Toujours étendu au sol, Fred élargit le champ de vue des scouts au perron et jeta un œil sur le robot de guerre, à demi visible dans sa gangue de mousse, ses membres puissants toujours immobilisés. Mais il n'était plus en position basse, ni en mode verrouillé. De trois ports sur son échine courbe étaient éjectées par dizaines des sortes de ronds de fumée qui s'élevaient dans l'air, comme un curieux signal indien.

Fred se remit sur pied et avança d'un pas prudent jusqu'au couloir.

— Libby, Nick, n'importe qui, au rapport.

Nous venons d'être attaqués par un drone sous-orbital, commandant, répondit Libby. *Vous et Costa devriez amener le chariot dehors par l'issue arrière.*

La carte de Fred lui montra le chemin à suivre.

Mais avant qu'il puisse réagir, Veronica Tug intervint :

En approche ! A douze heures !

Un morceau du plafond s'effondra sur Fred, il eut juste le temps de sauter de côté pour voir un anneau de fumée qui descendait lentement vers le sol. Ce n'était pas exactement de la fumée, plutôt une sorte de vapeur. L'anneau était large d'un demi-mètre et semblait vibrer d'une force interne. Quand il toucha le parquet du couloir, il continua sa descente comme s'il n'avait rencontré aucun obstacle. Il passa dans le sous-sol et un disque parfaitement circulaire du plancher s'écroula à sa suite.

Les bords de ce trou étaient nets, sans la moindre trace de brûlure. Une arme à plasma ? Quelle que soit la nature de cet anneau vaporeux, une dizaine de ses jumeaux venaient de traverser le plafond et se rapprochaient d'eux. Costa bondit sur ses pieds.

— En haut ! lui cria Fred.

Mais l'avertissement vint trop tard. Il vit, sans rien pouvoir faire, un anneau entourer l'inspectrice comme un cerceau tombant sur sa cible à la foire. Elle leva un bras pour l'écarter, et sa main vola à travers la pièce. Sa combinaison recouvrit aussitôt le moignon de pansement de bataille. Le cercle de vapeur coupa en diagonale dans le torse de Costa, depuis son épaule droite jusqu'à sa hanche gauche. L'esprit de l'inspectrice essayait de comprendre la situation, et, alors que Fred se précipitait pour lui porter secours, elle eut la même expression stupéfaite que la fille dans le conteneur du chariot. Sa combinaison réagissait automatiquement, à une vitesse folle, pour endiguer le traumatisme. Fred lui saisit le bras, mais celui-ci se détacha de l'épaule et le haut de son corps bascula en avant. Fred laissa tomber son fusil d'assaut et la rattrapa. Il sentit le bas du corps de Costa heurter ses tibias.

— Je suis... essaya-t-elle de lui dire. Je suis...

Serrant contre lui son torse et tirant le reste par une jambe, Fred évita les anneaux descendants. Les plis des bandages de bataille sur les plaies béantes de Costa étaient tendus et transparents, comme ces morceaux de viande emballée vendus au marché. Alors qu'il surveillait la menace venant du plafond, Fred trébucha dans un trou du plancher et perdit l'équilibre. Un anneau passa à travers la jambe droite de Costa, et son pied botté chuta dans le sous-sol, où les ronds vaporeux sifflaient comme des serpents en entamant la chape de ciment des fondations.

Veronica Tug parla de nouveau :

Nous ne voyons aucune voie d'évacuation disponible, commandant, nous vous conseillons de vous mettre à couvert. Vous avez dix secondes. Je répète, faites passer vos combinaisons en mode rigide et mettez-vous à couvert. Dix secondes !

Fred allait lui répondre que la rigidification de leurs combinaisons ne pourrait pas stopper les effets destructeurs des anneaux quand il comprit son message : elle leur disait de se mettre à couvert par rapport à elle. Il regarda autour de lui. Les anneaux descendaient en masse, et le plancher disparaissait rapidement. Lampes et fauteuils éventrés tombaient dans le sous-sol. Alors il remarqua deux lignes relativement épargnées, et il se rendit compte que le robot de guerre évitait de viser les solives soutenant le plancher sous le chariot. Il n'aurait rien à gagner à précipiter sa cible dans le sous-sol. C'est pourquoi aucun anneau ne chutait à moins d'un mètre du chariot.

Tenant toujours la partie supérieure du corps de Costa, Fred sautilla tant bien que mal le long de la solive et jusqu'à la zone intacte. Il déposa l'inspectrice derrière le chariot et retourna chercher l'autre partie de son corps.

Cinq secondes, commandant, dit Veronica.

En fond sonore, Fred perçut le rugissement de la turbine.

Fred ramassa les jambes de Costa, les serra dans ses bras et sprinta jusqu'au chariot où il déposa son fardeau à côté du torse de l'infortunée inspectrice. Le spectacle qu'elle offrait ainsi lui donna un haut-le-cœur tandis qu'il alignait les jambes sous le torse. Puis il se plaqua au sol.

Quelque chose d'aussi froid qu'un doigt glacé toucha sa nuque. Il tressaillit et ouvrit les yeux. Il gisait dans des ténèbres impénétrables.

— Lumières ! cria-t-il.

Sa combinaison éclaira aussitôt la zone qui l'entourait. Il était étendu sur du ciment, sous un classeur métallique.

— Allô ? fit-il.

Ici Marcus, dit une voix familière. *Vous êtes de service, Fred. Vous vous trouvez dans le sous-sol d'une résidence située au 2131, Line Drive, à Decatur. Vous vous êtes évanoui durant quelques minutes. Votre combinaison rapporte que vous ne souffrez d'aucune blessure. Orientez-vous avec votre carte du site.*

Sans essayer de bouger, Fred fit ce qu'on lui conseillait et vit des drapeaux de mort constellant son viseur. Il essaya de lire les icônes, mais il avait la vue trouble. Son cuir chevelu le démangeait atrocement, mais quand il voulut le gratter il se rendit compte qu'il portait une combinaison intégrale de combat. Les derniers événements lui revinrent en mémoire. Il rampa pour se dégager de sous le classeur. C'était en fait un chariot. Il se mit debout, et sa combinaison éclaira un espace restreint empli de débris. Il fut saisi du besoin soudain, presque panique, de regarder en l'air. Il découvrit un morceau de ciel nocturne paisible à travers un toit déchiqueté.

Il regarda sa carte de nouveau, et cette fois put la lire. Il y avait un véhicule avec le fanion de mort, avec un jerry ami à l'intérieur, marqué du même emblème.

— Soutien médical ! cria-t-il.

Sur zone dans trois minutes, l'informa un autre mentar.

Le timer vital du jerry indiquait qu'il était mort depuis déjà cinq minutes. Trois minutes de plus et il serait très difficile de le récupérer, même s'il s'agissait d'un jerry.

Une icône triangulaire signalait un engin ennemi détruit sur le perron. Fred, quant à lui, se trouvait dans le sous-sol d'une maison résidentielle, en compagnie d'une inspectrice nommée Costa. Sur sa carte figuraient cinq icônes marquées *Costa* dans le sous-sol, dont quatre avaient le sinistre fanion.

Fred écarta les débris de ce qui avait été du mobilier et trouva la partie inférieure du corps de l'inspectrice. La combinaison avait déjà commencé à la congeler. Non loin, il découvrit la partie supérieure. Elle était inconsciente ; d'après son relevé, sa condition était critique. Fred se mit en quête du bas de son torse, déchira la pochette de premier secours à sa cuisse et sortit le cryosac de son tube protecteur. Il le déroula, l'arma et le plaça sur la tête de Costa, puis le referma sur la gorge. Mais elle se débattit et, du moignon terminant le bout de son bras gauche, voulut le frapper.

— Du calme, inspectrice, lui dit Fred. C'est moi, le commandant Londenstane. Vous êtes salement touchée, je dois vous envelopper.

Pourtant, elle ne se calma que lorsqu'il desserra le bas du cryosac et l'ôta. Son regard sautillait dans tous les sens.

— Je dois vous laisser pour aller porter secours à Michaelmas, lui expliqua Fred. Je vais arrimer le sac à votre combinaison. Il ne se déploiera que s'il le faut.

Il recouvrit de nouveau sa tête avec le cryosac et la laissa le frapper avec son moignon. Il escalada les amoncellements de gravats et sortit sur la pelouse. Quelle que soit l'arme illégale que les Tugs avaient utilisée, elle avait pulvérisé tout un angle de la maison. Sur le perron, le robot de guerre n'était plus qu'un tas de scories. Quelque chose se dénoua dans la gorge de Fred, et il eut l'impression de mieux respirer.

Le véhicule des Tugs avait disparu. Fred descendit la rue au pas de course jusqu'au VOG et fouilla l'épave à la recherche de Michaelmas. Il le trouva dans l'habitacle presque intact. Il semblait être en un seul morceau, mais comme aplati dans sa combinaison, et coincé par des morceaux de métal tordu. Quelqu'un l'avait déjà atteint, toutefois, car un cryosac gonflé lui enveloppait la tête, blanchie par le froid. Le dispositif le garderait en vie jusqu'à l'arrivée des secours. Fred recula et contempla l'épave. Une marque de brûlure entourait le VOG. Il avait bien été frappé depuis les airs.

— Veronica Tug, dit-il.

Elle répondit immédiatement, d'un ton serein :

Heureuse de savoir que vous allez bien, commandant.

— Je crois que je vous dois une fière chandelle, fit-il.

Une seule ? Je dirais plutôt trois.

— Trois, alors.

Il retourna à la maison en courant. Au sous-sol, un chariot extracteur avait tiré des gravats les deux plus grandes parties du corps de Costa et ses aides médicaux miniaturisés s'activaient déjà à découper sa combinaison pour lui administrer les soins d'urgence. Le cryosac recouvrait toujours sa tête, mais il ne s'était pas déclenché.

Fred passa la main ouverte devant le lecteur du chariot.

— Oui, commandant ?

— Son état ?

— Satisfaisant, répondit l'extracteur ou celui qui le manœuvrait. Plaies nettes et propres, organes stabilisés, fonctions cérébrales intactes. Nous allons la recoller rapidement.

Le chariot abaissa la plaque supérieure de son conteneur, bloquant la vue que Fred avait de Costa, et ajouta :

— Je dois partir, à présent, commandant.

— Envoyez-moi des rapports réguliers, dit Fred.

— Bien, dit l'extracteur en commençant à rouler entre les débris. Oh, commandant, voyez si vous pouvez retrouver les trois parties corporelles manquantes. Cela lui épargnerait un temps considérable dans le conteneur.

Fred se tourna vers le chariot chirurgical sur lequel un russ et un ranger indépendant travaillaient. Ils l'avaient sorti des décombres et remis sur ses roues. Hormis quelques creux et éraflures, l'engin ne semblait pas avoir souffert.

— Ouvrons-le, dit le ranger.

Fred les rejoignit avant qu'ils aient le temps d'abaisser le panneau.

— Ecartez-vous du chariot et identifiez-vous, ordonna-t-il en donnant l'exemple.

Ils s'exécutèrent : un garde et un technicien médical de la clinique Roosevelt. Un cadre s'ouvrit à côté du chariot, et un grand homme au visage décharné se joignit à eux.

— Le bonsoir, commandant Londenstane, dit-il. Je suis le mentar de la clinique Roosevelt, Concierge, et ce sont mes employés. Veuillez leur permettre de terminer leur tâche. Une vie est en jeu.

— Oui, oui, allez-y, grommela Fred en leur désignant le chariot.

Il resta auprès d'eux pendant qu'ils ouvraient le panneau. Le contrôleur, le réservoir et la fille à l'intérieur semblaient intacts. La fille était toujours figée dans son moment intime. Fred souhaita pour son bien qu'elle soit bientôt décongelée.

Le technicien médical referma le panneau, et le mentar Concierge déclara :

— Vous et votre équipe recevrez des félicitations officielles pour votre conduite de ce soir, commandant. A présent, si vous voulez bien avoir l'obligeance de me la confier, nous avons beaucoup à faire en très peu de temps.

Alors ? interrogea Fred. *Un avis* ?

Vous pouvez les laisser faire, commandant, répondit Libby.

Mais Fred attendit encore un peu, pour laisser le temps à toute autre personne ayant des objections de les exprimer avant qu'il ne soit trop tard. Concierge disparut et les deux employés de la clinique soulevèrent le chariot et le transportèrent vers l'escalier.

Le garde russ s'arrêta, le temps de sourire à Fred. Il jeta un coup d'œil aux tas de gravats autour d'eux et au toit troué comme un gruyère au-dessus de leurs têtes.

— Quelle affaire, lâcha-t-il.

29

L'abeille du Groupe Bleu et sa guêpe maintenaient leur surveillance sur le toit de l'immeuble face à celui des Kodiaks.

Sur la terrasse de chez Rolfe, la lulu pointa l'index vers le Skytel et dit :

— Oh, mon Dieu...

Tout le monde leva les yeux dans cette direction. Les panneaux affichaient en gros plan la tête décharnée et chauve d'un homme. Mariola et les autres se branchèrent sur le canal de Skytel pour entendre ce qu'il disait.

— Quelqu'un a piraté le Skytel, dit Reilly d'un ton incrédule.

Sur le toit de la charterie Kodiak, les cochartistes contemplaient le Skytel avec horreur. Les deux douzaines de Tobblers invités ne cachaient pas leur embarras.

— Comme c'est curieux, fit l'immeublier Dieter à l'adresse d'April. Que fait le vieux monsieur là-haut ?

April était sans voix.

Dans l'abri de jardin, Kale arracha les couvertures et les oreillers du lit, et des enveloppes en papier s'éparpillèrent partout.

— Partez, maintenant, s'il vous plaît, dit April à l'immeublier des Tobblers. Le spectacle est terminé.

Dieter se mit debout et épousseta le devant de sa combinaison.

— Oui, eh bien, c'est terminé, dit-il. Merci pour cette agréable soirée.

Les Tobblers se levèrent et traînèrent des pieds vers la porte et les escaliers, non sans jeter de fréquents coups d'œil au ciel.

Dieter fut le dernier d'entre eux à quitter le toit. Sur le mur près de la porte, il repéra un petit trou dans une brique.

— Quand est apparu ce trou ici ? demanda-t-il.

— Quoi ? fit April. Je ne sais pas. Quelle importance ?

— Je vais vous montrer l'importance que ça a...

Le Tobbler ôta une de ses bottes et, du talon, il en frappa le mur. Les briques se fracassèrent comme des coquilles d'œuf, dévoilant un espace creux là où aurait dû se trouver l'épaisseur solide du mur.

— Que faites-vous ? s'écria Kale en se précipitant. Cessez immédiatement !

— Ce n'est pas moi, dit le Tobbler. Ce sont les excavateurs, les pirates de la matière. Bientôt notre immeuble va s'écrouler sur lui-même, comme un château de cartes. Le bonsoir, Kodiaks. Demain, nous discuterons de ce qu'il convient de faire à ce propos.

Dans le ciel au-dessus d'eux, Samson chargea un prosim de poche et l'approcha de son front.

Son doigt trembla sur le bouton, mais il songea à une autre chose qu'il tenait à dire au monde entier. Il baissa le prosim et poursuivit :

— La sixième raison pour laquelle je déteste mourir aujourd'hui est quelque chose qui ne m'est apparu que ce soir, alors que je regardais un feuilleton ici, au Saut de Moseby. Nos vies, toutes nos vies aussi bien que la vie de la cité et de la société, sont pareilles à des soap operas. Vous ne l'avez jamais remarqué ? Nous devenons dépendants d'elles de la même façon, parce que nous voulons toujours savoir ce qui va arriver dans l'épisode suivant. En ce moment, je me demande : est-ce que je ferai l'ouverture des infos du matin ? Est-ce qu'un NASTIE va dévorer Chicago une fois que la canopée sera abaissée ? Je suis branché sur demain. Le problème, c'est qu'une fois ce bouton pressé je ne pourrai plus jamais me brancher. Ce n'est pas juste. Je ne saurai pas comment tout ça a tourné. C'est quelque chose que j'ai du mal à accepter.

Samson leva alors le prosim, mais, de nouveau, il souhaita ajouter quelque chose. Il se demandait s'il ne commençait pas à radoter quand une abeille à tête bleue apparut devant lui. Les copains venus l'arrêter, songea-t-il. Il leva les yeux vers le Skytel et vit sa grosse tête affreuse. Le piratage fonctionnait toujours. Alors, c'était maintenant ou jamais. Son doigt trouva le bouton commandant la projection. Il inspira à fond.

Juste à cet instant, l'abeille ouvrit un cadre montrant une partie d'un fuselage d'engin spatial avec un hublot passager. L'image était de qualité médiocre, et l'électricité statique la faisait grésiller. Un visage familier apparut derrière le hublot et pressa sa main sur la vitre.

— El ? C'est toi ? dit Samson.

Salut, Sam, dit la voix d'Eleanor à peine discernable derrière les crachotements continus.

— El, ils ont dit que tu étais morte...

Mon chéri, je n'ai plus beaucoup de temps, je voulais le passer avec toi. Je m'excuse pour l'enregistrement. Nous bricolons le signal, et je manque de bande passante pour obtenir une meilleure qualité. Je crains que ce ne soit pas très interactif, à moins que le Cabinet ne réussisse à arranger tout ça après.

Un de ses sourcils fournis qu'il aimait tant se hissa sur son front en une mimique d'amusement malicieux.

Pas de temps et une bande passante défectueuse... une assez bonne définition de l'approche de la mort, non ?

— Ah, dit Samson, alors tu es morte, finalement...

Il abaissa lentement le prosim.

L'image encadrée tressauta, et sa voix faiblit :

... ce qui est une autre façon de dire... survivre à celle-là. Le Cabinet dit que quelqu'un a pris le contrôle... Songbird... *voulais te dire combien...*

— Oui ? Me dire quoi ?

Ellie et moi voulions être présentes pour ce jour très spécial, continua Eleanor, mais nous ne pourrons peut-être pas... tout. Tu n'as pas expliqué pourquoi tu voulais nous voir de toute urgence, mais ce n'était pas difficile à... trompe pas, tu vas tenir cette « conférence de presse » dont tu m'as parlé il y a des années de cela. Tu te souviens ? Si je peux, je ne manquerai pas de te regarder. Je sais que tu feras forte impression. Ça a toujours été le cas avec toi, dans tout ce que tu as fait. C'est pourquoi je suis tombée amoureuse de toi, mon Samsamson.

Voilà, je voulais te dire au revoir parce que je ne crois pas que nous nous reverrons. Ellie t'envoie tout son amour aussi. Elle a toujours été très fière de son père ; elle dit à tous les gens qu'elle rencontre qu'elle tient son sens du panache de toi.

Au revoir, mon amour. Tu seras toujours dans mon cœur. Adieu ! Je t'aime !

L'abeille referma le cadre et se perdit dans la nuit.

— Moi aussi, je t'aime ! cria Samson. Adieu ! Adieu ! Je t'aimerai toujours !

Sa voix fut avalée par l'immense vide en contrebas. Sous lui, le stade était enténébré, les spectateurs partis. Au-dessus de lui, le Skytel était également sombre. Il se laissa aller au fond de son siège et murmura :

— C'était terriblement gentil de sa part. Au revoir. Au revoir.

Puis, après quelques secondes de silence :

— Hubert ?

Oui, Sam.

— Fais en sorte de leur dire combien je les aime.

Oui, Sam, je le ferai. Qui ?

— April et Kitty, Boggy, Rusty, Kale, bon sang... eux tous. Et toi aussi. Tu n'es pas si mal, tu sais.

Merci, Sam. Dois-je appeler un taxi, maintenant ?

— Un taxi ? Pour quoi faire ?

Samson leva le prosim une dernière fois. Il ne voyait pas autre chose qu'il aurait voulu dire à qui que ce soit, mais, avant qu'il donne l'ordre à son pouce de presser le bouton, l'abeille à tête bleue revint et ouvrit un autre cadre : Eleanor, aussi jeune et ravissante que le jour de leur rencontre à la soirée de cet ami, lui offrit un visage rayonnant de joie.

Excellentes nouvelles, Sam, dit-elle. *Ellie a survécu ! Le Cabinet vient d'apprendre qu'elle est arrivée à la clinique Roosevelt. Tu te souviens où c'est. S'il te plaît, mon chéri, sois un amour et va la voir. Ta fille a besoin de toi.*

— Eh bien, il semblerait que nous – ou Arrow – ayons engagé un russ, finalement, dit Wee Hunk.

Le mentar avait clos tous les cadres et vues dans le salon, y compris la représentation du globe nimbé de poussière nodale. Les deux robots domestiques raccompagnèrent Meewee à son lit.

— Demain, continua l'homme singe, nous devrions nous installer dans l'hôtel particulier des Starke.

— Vraiment ? fit Meewee.

— Pourquoi pas ? Ce n'est pas la place qui manque, et, pour être franc, je tiens à vous garder à l'œil.

Meewee se renversa dans le lit et posa sa tête sur les oreillers. Il avait bien gagné une longue nuit de repos, mais il était encore trop excité pour fermer déjà les yeux.

— Réponds à une question, Hunk, dit-il. Tu ne me fais pas confiance, pas plus qu'aux russ ou au conseil d'administration du PJT, et pourtant le propriétaire de la clinique, Byron Fagan, siège au conseil…

— Je ne lui fais pas confiance non plus, répliqua Wee Hunk. Mais apparemment, Eleanor avait confiance en lui. Par ailleurs, Fagan semble détenir une sorte de monopole sur les technologies régénératives. Jusqu'à maintenant, je n'ai pas trouvé d'autre établissement aussi approprié pour elle.

Il continua en mode subvocal :

Mais vous avez soulevé un point intéressant. Introduisons quelques-uns des nôtres dans la clinique. Le problème : l'établissement a déjà ses propres équipes médicales et son propre service de sécurité interne. Ils ne nous laisseront pas introduire nos russ ou nos jennys. Qui d'autre pourrions-nous y envoyer ?

— Ça commence ! annonça Mary en rejoignant les autres sur la terrasse.

Une étoile blanche explosa dans le ciel, suivie de chrysanthèmes d'un rouge électrique et de traînées bleues de fusées.

— Qu'est-ce que c'est ? Qu'est-ce que c'est ? s'écria-t-elle, balançant entre l'excitation et la peur.

— Un feu d'artifice ! répondirent les autres.

Corolles éclatantes et multicolores, coups de canon : le premier feu d'artifice depuis l'érection des canopées, le premier dans la vie de Mary.

Les lulus lancèrent en chœur :

— Chicago, embrassez-vous !

Le taxi de Bogdan atterrit sur la rampe de transit du grand stade et roula jusqu'à une aire de stationnement. Bogdan sortit prestement du véhicule et fut ébloui par une explosion de lumière dans le ciel. L'air craqua comme un glaçon dans un verre. Mais il n'avait pas le temps de profiter du spectacle, et il fonça entre les ombres qui se percutaient en direction des guichets. Il y avait des VOG de la SecNat garés partout.

Boggy, lui dit Hubert, *retournez immédiatement au taxi.*

Il rebroussa chemin tant bien que mal à travers le parking. Soudain, un homme imposant jaillit des ombres à plusieurs mètres et se mit à courir vers lui. Il semblait vieux, mais il était encore fort car il transportait Samson dans ses bras et n'était même pas essoufflé quand il fit halte devant le garçon.

— Vous devez être Bogdan Kodiak, dit l'inconnu.

Le ciel craquait et s'agitait follement derrière sa tête.

— Montez dans le taxi, fiston, et aidez-moi à le mettre avec vous.

Bogdan sauta à l'intérieur du véhicule. Samson ne pesait quasiment rien. Il était d'une immobilité de cadavre, mais ses yeux restaient grands ouverts.

En arrangeant la position de Samson sur la banquette, Bogdan ouvrit par mégarde le col de sa combinaison et révéla le mécanisme brillant qui y était dissimulé. Il eut un mouvement de recul, mais l'homme qui l'aidait lui dit :

— C'est à lui, je crois. En tout cas, il a passé beaucoup de temps à lui parler.

Il referma le col de Samson et se redressa.

— Au revoir, myr Harger Kodiak. Ça a été un honneur de vous rencontrer. Bonne chance à vous.

Samson posa sur lui un regard vide de toute expression, et l'homme rabattit la portière qu'il verrouilla. Il tapota à deux reprises sur le toit du taxi, puis s'en écarta de deux pas.

Le véhicule était à mi-chemin de la charterie quand Samson essaya de se redresser.

— Du calme, Sam, dit Bogdan en posant une main sur son épaule, car il était en communication avec April.

— Boggy ? fit Samson.

— Oui, Sam, c'est moi. Je te ramène chez nous.

— Pas chez nous, pas encore. Emmène-moi à la clinique Roosevelt.

Au téléphone, April réagit instantanément :

— Ne l'écoute pas. Ramène-le ici. Tout de suite.

— Stupéfiant, dit Fred.

La grande cité s'étalait devant lui telle une île scintillante. Il la contemplait du véhicule qu'il avait emprunté pour rentrer chez lui. L'accès aux réseaux urbains avait été suspendu dans l'attente du bouquet final, et il avait fait un saut jusqu'à un anneau de stationnement situé assez haut pour avoir une place au premier rang.

— Oh, regarde celle-là !

— Laquelle ? Laquelle ? dit Mary.

Ils avaient ouvert un cadre entre eux, et Fred pouvait voir presque toute la bande sur la terrasse de chez Rolfe. Les bouchons de champagne sautaient. Les visages ruisselaient de larmes. La longue marche d'une génération entière arrivait à sa conclusion. Fred lui-même se sentait vidé.

Mais Mary était surexcitée, et plus rayonnante que le feu d'artifice. Fred savait qu'elle avait quelque chose à révéler, mais il attendit qu'elle choisisse son moment, lequel ne tarda pas :

— Fred, on m'a contactée il y a dix minutes. Et... *j'ai un boulot !*

— C'est super ! dit Fred.

— Un vrai boulot. Un boulot d'accompagnatrice ! Je débute demain, dans quelques heures à peine. C'est dans la partie inférieure de l'Etat, je dois accompagner quelqu'un dans une clinique. La clinique Roosevelt. C'est pour deux semaines, avec un salaire entier d'évangeline, et une option de renouvellement !

Fred ne l'interrompit pas, alors même qu'il comprenait ce que cette nouvelle signifiait vraiment.

— C'est super, répéta-t-il quand elle marqua une pause pour reprendre son souffle.

— Fred, quelque chose ne va pas ?

Les bords de la canopée s'embrasèrent soudain d'une lueur éblouissante, et ils se tournèrent tous deux pour l'observer, laissant la question de Mary sans réponse. Fred contempla les dômes entremêlés et encore récemment invisibles de la canopée qui soudain apparaissaient clairement à leurs yeux. Comme si Chicago était recouverte d'une cathédrale fantomatique. Une cathédrale constituée d'innombrables couches superposées de grandes cellules plates hexagonales. Il vit une lumière d'un blanc aveuglant se propager dans les interstices qui les séparaient.

Mary profitait du spectacle depuis une gigatour située à l'intérieur du dôme le plus vaste. La lumière crépitante parut lancer des éclairs au-dessus de sa tête. Elle frémit. Les murs s'effondrèrent et la portée de l'arche s'écroula, tandis que les cendres pleuvaient comme des flocons de neige.

TROISIÈME PARTIE

Toute peine mérite salaire

MARDI

1

April Kodiak eut enfin la veillée funèbre qu'elle souhaitait pour Samson. Bogdan l'appela depuis le taxi, et elle gravit en hâte les escaliers pour apporter la nouvelle. Plusieurs de ses cochartistes étaient encore assis sur le toit, tête en l'air. Avec le Skytel éteint et la canopée protectrice réduite en cendres, la Lune seule régnait sur le ciel.

— Boggy l'a ! s'exclama-t-elle. Il le ramène ici ! Samson va bien !

Les cochartistes s'étirèrent, comme s'ils émergeaient d'un rêve.

— Je vais chercher son lit, dit Kale.

Il se leva de sa chaise longue et alla d'un pas lourd à l'abri de jardin.

— Bien. Il faudrait monter quelques couvertures ici, dit April. Et aussi de la bouillie et du jus de fruit.

Elle envoya Megan et BJ tirer du lit les cochartistes déjà couchés, et Denny dans la rue devant l'immeuble, pour guetter le taxi.

Dans l'abri, Kale ramassa les enveloppes dont chacune portait le nom d'un cochartiste écrit de la main de Samson, et il les posa en tas sur le banc à rempoter. Il transporta le lit au-dehors, dans le jardin. April disposa les bancs et les chaises tout autour. Tout était prêt quand Denny revint. Il avait gravi dix étages en portant le corps émacié de Samson. Ils installèrent le vieil homme dans les oreillers et les couettes et glissèrent la sonde d'un autodoc dans son oreille. Ses signes vitaux étaient quasiment inexistants.

— Ça ne va plus tarder, murmura April.

— Mais pourquoi a-t-il les yeux grands ouverts, et les pupilles dilatées ? demanda Kitty.

— C'est à cause des Alert ! qu'il a pris, dit Bogdan.

Sur la suggestion de l'autodoc, ils placèrent un patch apaisant sur la gorge de Samson, et peu après ses paupières papillonnèrent et s'abaissèrent. Une minute plus tard, il ronflait paisiblement. Sur les bancs et les chaises, les cochartistes eux-mêmes luttaient contre le sommeil. Finalement, Kale retourna dans l'abri pour y prendre les enveloppes. Il les fit passer à la ronde. Chacun à son tour lut les adieux personnels de Samson à la lumière d'une torche électrique. Ils unirent leurs mains et chantèrent plusieurs hymnes de chartistes. Ils échangèrent des anecdotes sur leur première rencontre avec Samson et la vie avec lui pendant toutes ces années. Puis ils s'approchèrent du lit un à un pour déposer un baiser sur sa joue brûlante et murmurer à son oreille.

Quand son tour vint, Bogdan s'assit sur le bord du lit, sans savoir que dire. Il n'était qu'un bambin quand Samson avait intégré la charterie, et en conséquence aucune parcelle de l'ADN de Samson n'était entrée dans le patchwork de son propre génome. Avec la cautérisation, une telle chose eût été impossible, de toute façon. Pourtant, même si Bogdan n'avait aucun lien du sang avec Samson, il se sentait plus proche de lui que de n'importe quel autre cochartiste. Il s'étendit sur le bord du lit à côté du vieillard et écouta sa respiration sifflante.

Peu après, April vint tirer la manche de Bogdan et lui enjoignit d'aller se coucher. Elle fit de même pour tout le monde.

— Consultez l'horaire de votre tour de garde sur l'ordi-maison, leur dit-elle. Nous vous appellerons s'il se passe quoi que ce soit.

Mais la plupart des chartistes décidèrent de rester sur le toit, et, parce qu'il devait se lever dans quelques heures seulement pour aller au travail, Bogdan resta lui aussi.

Pendant ce temps, Kale et Gerald quittèrent le potager pour se serrer tous deux devant une caméra/émetteur montée sur le flanc de l'immeuble.

— Hubert, tu m'entends ? demanda Kale.

— Fort et clair.

— Comment as-tu pu le laisser faire ça ? Une chose aussi stupide ?

— Je ne vois pas comment j'aurais pu l'en dissuader, contra le mentar.

— Ne prends pas ce ton avec moi, dit sèchement Kale.

— Quel ton ? C'est celui de la conversation standard.

— Ce qu'il veut dire, intervint Gerald, c'est pourquoi l'as-tu aidé ? Tu as pris un rôle actif dans ce canular.

— Eh bien, oui. Je suis son mentar.

— Ce ton, de nouveau.... grinça Kale.

— Hubert, ce que tu as fait avec le Skytel était totalement illégal, reprit Gerald. Même un mentar peut le comprendre. Tu as compromis l'intégrité de cette charterie et mis en péril ta propre liberté.

— Ne vous inquiétez pas pour ma liberté, répondit Hubert. Ils ne pourront jamais faire remonter ce piratage jusqu'à moi.

Subitement, des projecteurs frappèrent le toit de toutes les directions à la fois et une voix tonna :

— Très bien, vous tous.

C'était la voix d'un jerry. Derrière les faisceaux éblouissants, des formes sombres étaient discernables, qui descendaient en rappel de véhicules en vol stationnaire.

— Ici la Sécurité Nationale, continua la voix. Personne ne bouge.

Les Kodiaks somnolents se réveillèrent en sursaut et se retrouvèrent encerclés par des hommes en combinaison noire. Rusty et Louis voulurent se lever, mais les agents les forcèrent à rester allongés avec leur baguette paralysante.

— Qu'est-ce que tout ça signifie ? s'écria Kale.

Le commandant des jerrys vint vers lui.

— Je suis le lieutenant Grieb, de la Sécurité Nationale pour la région Nord-Est, myr. J'ai un mandat.

Il présenta sa paume ouverte, mais Kale ne passa pas la sienne dessus.

— J'ai dit que j'avais un mandat, myr.

— Alors faites ce que vous avez à faire, répliqua Kale. Mais je n'ai pas de lecteur palmaire.

— Etonnant, dit l'officier.

Un instant plus tard, une abeille SecNat descendit d'un VOG immobile au-dessus d'eux et ouvrit devant Kale un cadre qui contenait un mandat d'arrêt concernant Samson P. Harger Kodiak. Le commandant fit alors signe à un autre officier, qui s'approcha du lit de Samson. Kitty s'interposa.

— Veuillez vous écarter, myr rétro, dit l'agent.

Kitty ne bougea pas. April vint se camper auprès d'elle et déclara :

— Vous ne voyez donc pas qu'il est mourant ?

— Ecartez-vous ! ordonna l'officier.

Mais les deux femmes tinrent bon. L'officier dut passer entre elles, les repoussant par la seule masse de son corps. Quand il atteignit le lit, il eut un mouvement de recul.

— Bon sang, quelle infection ! s'exclama-t-il. Mais ce type est déjà mort !

— C'est un cautérisé, dit le commandant. Il est censé sentir.

— Il est mort, je vous dis.

Le commandant rejoignit son officier auprès du lit et ouvrit une sonde autodoc. Il l'enfonça dans l'oreille de Samson, à côté de la première, et, un moment plus tard, il se retourna vers les Kodiaks.

— J'ai de nouveaux ordres. Nous plaçons cet homme en résidence surveillée. Il ne doit pas quitter cet immeuble sans autorisation. Est-ce clair ?

— Oui, officier, répondit April.

— Afin de nous assurer de votre coopération, poursuivit le commandant, je vais laisser cette abeille ici, comme surveillante officielle. Et maintenant, la seconde affaire qui nous amène...

L'abeille SecNat avait ouvert une nouvelle page, un mandat pour fouiller les lieux et arrêter le mentar Hubert. Le cercle des agents se rompit et ils se dirigèrent vers la porte du toit.

— Non ! cria Kale. Vous ne pouvez pas faire ça !

Il courut jusqu'à la porte et la bloqua en faisant rempart de son corps.

— Hubert est l'élément de plus grande valeur que nous ayons, plaida-t-il.

Le commandant cracha sur le sol devant lui.

— Notre patience a ses limites, myr...

Kale continua de protester. Deux officiers le firent pivoter sur place et le menottèrent avant de le pousser devant eux.

— Quelqu'un d'autre est intéressé par une nuit en prison ? lança le commandant aux Kodiaks. Si vous n'êtes pas trop stupides, vous resterez ici sans essayer d'entraver notre mission.

Pendant un moment, les cochartistes attendirent sagement dans le jardin, puis Kitty prit la parole :

— Ces salopards sont dans ma chambre !

Elle alla jusqu'à la porte et disparut dans les escaliers. April la suivit une seconde plus tard. Bogdan interrogea Rusty du regard, et ce dernier eut un haussement d'épaules résigné. Tous deux dévalèrent à leur tour les marches, mais il n'allèrent pas plus loin que le couloir menant à la chambre de Bogdan. Deux officiers étaient là, qui tentaient de voir à travers les murs de brique avec leurs viseurs.

— Eh, gamin, fit l'un d'eux, qu'est-ce que tu gardes là-dedans ?

— Rien, répondit Bogdan. C'est la machinerie de l'ascenseur.

— Ah ouais ? Avec une porte renforcée comme celle-là ? fit l'officier en tapotant la masse compacte du poing.

Le visage de Bogdan rayonna de fierté.

— Exact, dit-il. Et il faudra que vous vous contentiez de ma parole, parce que vous n'entrerez jamais, avec cette porte.

Mais l'autre ne l'écoutait plus.

— Confirmez réception, dit-il en passant la main devant le panneau de contrôle de la porte.

— La bienvenue, myren officiers, dit la porte en déverrouillant bruyamment ses sécurités.

— Enfoirée de traîtresse de lourde, grogna Bogdan.

— Ouais, pas de chance, fit Rusty.

Les deux officiers repoussèrent l'épais battant et pénétrèrent dans le royaume de Bogdan. Celui-ci voulut les suivre, mais ils lui ordonnèrent de rester dans le couloir. C'est de là que lui et Rusty virent les deux agents balayer la pièce avec leurs renifleurs.

— Rien d'autre ici que la machinerie, grommela un des officiers quand ils ressortirent.

— Je vous l'avais pas dit ? ironisa Bogdan.

Rusty lui décocha un discret coup de coude dans les côtes pour l'inciter à plus de retenue. Les deux officiers les contournèrent et continuèrent à sonder et scanner plus loin dans le couloir.

Quand Bogdan se retourna pour fermer la porte, il se trouva face à quatre Tobblers qui étaient arrivés dans leur dos.

— Le bonjour, myr Bogdan. Le bonjour, myr Rusty, dit l'un d'eux.

C'était l'immeublier Dieter.

Bogdan bondit en avant entre deux Tobblers et tenta de tirer à lui la porte pour la fermer, mais un des Tobbs la bloqua sans effort tandis que les autres sortaient des clefs de leurs poches et entreprenaient de démonter les charnières.

— Arrêtez ! Ne faites pas ça ! s'écria Bogdan. Vous n'avez pas le droit !

Dieter eut un rictus méprisant.

— Pas le droit ? Tu as l'arrogance de me dire ça alors que tu as occupé illégalement notre local pendant deux années ? Je vais te montrer ce que c'est, n'avoir aucun droit !

Il entra dans la pièce et se mit à soulever la misérable literie de Bogdan qu'il jeta dans le couloir avec ses vêtements.

Désemparé, Bogdan se tourna vers Rusty.

— Tu ne peux pas les arrêter ?

Rusty prit son temps pour jauger la situation, avant de répondre :

— Je suppose que je pourrais me farcir ces quatre-là à mains nues. Tu veux que j'essaie ?

Les biens de Bogdan formaient un tas informe sur le sol. Il se pencha et fouilla pour y prendre tout ce qui pouvait avoir la moindre valeur à ses yeux.

— On dirait qu'on ne sera pas tranquilles cette nuit, commenta Rusty avant de saisir un coin du matelas de son ami. Mettons-le dans ma chambre. Tu peux dormir chez moi pour l'instant.

En dépit de la tension qui l'habitait, Bogdan était dans un état de somnolence avancé quand lui et Rusty eurent déménagé ses maigres avoirs. Il se rendit au NanoJiffy pour acheter une tablette d'Alert !, dosage pour huit heures, et observa les officiers de la SecNat qui descendaient une caisse contenant le boîtier de Hubert. Ils le chargèrent dans un VOG garé dans la rue. Ils firent monter Kale dans un autre de leurs véhicules, et Rusty et Louis suivirent en taxi pour payer sa caution. Il n'était que trois heures du matin, mais Bogdan estima qu'il ferait aussi bien de mettre un terme à sa journée de travail. Avant tout, il voulait faire ses adieux à Samson, au cas où le vieil homme ne passerait pas la nuit. Aussi remonta-t-il sur le toit. Après toute cette agitation, l'endroit baignait dans un calme presque irréel.

Quand il passa devant son ancienne chambre, il vit sa porte adorée complètement dégondée et posée à plat dans le couloir. Il ne put que marcher dessus pour continuer à avancer. Il s'arrêta sur le seuil de la pièce et regarda à l'intérieur. Deux jeunes Tobblers à la carrure imposante étaient assis de chaque côté d'une table pliante à côté du cylindre à câbles, et jouaient mollement aux cartes. Ils ne lui accordèrent qu'un rapide coup d'œil et étouffèrent un bâillement d'ennui.

Sur le toit, quelques Kodiaks montaient la garde. Samson s'était réveillé, et Megan et Kitty lui donnaient à manger.

— Nous voulions le laver, dit Kitty à Bogdan, et c'est quand nous l'avons déshabillé et débarrassé de sa vieille couche de mastic qu'il s'est réveillé.

— Salutations, Sam, fit Bogdan.

La bouche pleine de bouillie, le vieil homme le fixa du regard sans paraître l'entendre. Bogdan alla s'asseoir à côté de Denny.

— Ça m'a filé la pétoche quand je l'ai vu sur le Skytel, dit Denny.

— Je sais, répondit Bogdan.

— Ça m'a vraiment rendu nerveux, tu sais. J'aurais préféré qu'il s'abstienne.

— Et moi donc...

La vieille combinaison de Samson gisait sur le sol, en lambeaux. Bogdan se pencha, la ramassa et regarda sous les rabats, mais l'engin volant bleu avait disparu.

— Kitty, tu as trouvé des engins miniatures sur les vêtements de Sam ?

— Non, dit-elle, avant de désigner l'abeille SecNat qui voletait toujours au-dessus d'eux. Dans les parages, je n'ai vu que celle-là.

Bogdan leva les yeux et scruta le ciel, mais avec tous ces légumes aux feuilles exubérantes et ces rangées d'hydroponiques, l'abeille pouvait se dissimuler n'importe où. Il prit la ceinture de Samson et dit :

— Hubert ?

— Je ne suis pas Hubert, répondit la ceinture. Je suis un terminal de Hubert avec option de personnalité nominale et identification. J'ai perdu tout contact avec Hubert aujourd'hui, à deux heures vingt et une.

— Ah, super, dit Bogdan en laissant tomber la ceinture. Puis, s'adressant à Denny : As-tu vu comment Kale a défendu Hubert ? Moi qui croyais qu'il détestait cette cervelle de pâte...

Pendant qu'il parlait, Kitty l'observait d'un regard calculateur.

— Quoi ? fit-il.

Mais elle reporta son attention sur Samson et essuya la coulée de salive qui sourdait d'un coin de ses lèvres.

— Et pour Kale et Hubert ? interrogea Bogdan.

— C'est Boggy ? fit Samson. Approche, Boggy. J'ai quelque chose à te dire.

Megan et Kitty terminèrent leur tâche, ramassèrent leurs affaires, et Bogdan s'assit sur le bord du matelas près de Samson. Il lui prit la main.

— J'ai appris quelque chose aujourd'hui, mon garçon.

— Je veux bien le croire.

— J'ai appris que le suicide est un acte difficile à commettre quand tout ce qu'on désire vraiment, c'est vivre.

— J'aurais pu te le dire.

— Ah oui ? dit Samson en s'efforçant de concentrer son attention sur le garçon. Je ne le crois pas, Boggy. Tu n'as même pas imaginé comment franchir l'étape de la puberté. Que sais-tu de la mort ?

2

Quand le spectacle en l'honneur de la canopée se termina et que les dernières cendres furent tombées au sol, Mary prit un des ascenseurs de la gigatour pour rentrer chez elle et se préparer à aller travailler. Elle commanda un ensemble brun et crème seyant – pas un uniforme, puisque les évangelines n'y avaient pas droit –, se renseigna sur les horaires des navettes, et rassembla autant d'informations qu'elle put en trouver grâce au WAD sur la clinique Roosevelt. Il n'y avait pas grand-chose. L'établissement était réservé à une clientèle fortunée et évitait toute publicité.

Fred rentra vers deux heures du matin, l'air encore plus harassé qu'avant. Il tenait à fêter l'annonce de son nouvel emploi, mais elle l'envoya prendre une douche avant de le mettre au lit. Elle s'allongea avec lui le temps qu'il s'endorme, ce qui ne prit pas longtemps. Quand elle quitta le lit, il s'étira paresseusement et marmonna :

— Sois prudente.

— Qu'est-ce que tu viens de dire, Fred ? demanda-t-elle.

Mais il avait dû parler dans son sommeil, car il ne répondit pas.

Avant de quitter l'appartement à cinq heures du matin, Mary inspecta son reflet sur trois cent soixante degrés dans le miroir. La sobre tenue de travail qu'elle avait choisie mettait en valeur sa silhouette tout en restant dans les limites du code professionnel. Son visage arborait une expression sensible et amicale. Ses grands yeux marron conféraient à son regard chaleur et sagacité. En bref, elle était l'image même d'une évangeline en route sur la voie du succès.

Dans le coin inférieur du miroir, le symbole d'un message se mit à luire – une communication urgente. Son cœur se serra. Elle se doutait bien que c'était trop beau pour être vrai. Sa mission d'accompagnement avait été annulée à la dernière minute, elle en était sûre.

Ecrasée par un sentiment d'inutilité, Mary traversa la chambre sur la pointe des pieds et passa dans le salon. L'écran plat était inséré dans une fausse fenêtre. Elle l'alluma, le régla et retint son souffle. Son regard parcourut le message à la recherche des mots « annulé », « regret » ou « erreur », ne les trouva pas, et elle se détendit suffisamment pour lire le texte.

Non, grâce au ciel, son engagement n'était pas annulé. Mais elle devait suivre une brève réunion d'orientation avant de se rendre à la clinique. Elle fut heureuse de l'apprendre, enregistra les directives et quitta l'appartement.

Les couloirs et ascenseurs de la gigatour 7 grouillaient de dizaines de milliers d'itérants de Personnel Appliqué en chemin pour prendre leur poste du jour : hélénas, steves, isabellas, jennys – une majorité de jennys – dans une mer brun et crème. C'était la période de la journée que Mary avait toujours le plus redoutée. Elle avait du mal à supporter la vision de ces foules d'employés bien rémunérés. Mais aujourd'hui, c'était différent, et son excitation devait transparaître car des inconnus lui sourirent.

— Le bonjour, myr, disaient-ils. On va au travail ?

— Eh oui ! répondait-elle.

Dans les entrailles de la station du Slipstream, la masse des gens s'accroissait de seconde en seconde et on estimait le temps d'attente à trente minutes. Mary avait prévu un tel retard. Mais quand elle s'identifia auprès du contrôleur avec sa destination, à sa grande surprise elle fut dirigée vers un quai à l'écart réservé aux véhicules privés. Ravie de se sentir ainsi sortie du lot commun, Mary quitta la file d'attente et prit une passerelle pour rejoindre le quai où l'attendait son carrosse. Pas un véhicule ordinaire, mais un modèle spacieux, avec des sièges moelleux et un accès étendu aux médias, un mini-bar et son propre robot domestique pour la servir. Elle s'assit, boucla sa ceinture et le véhicule glissa sans bruit sur la rampe d'injection.

Une demi-heure plus tard, la limousine franchit en douceur un portail de flux et décéléra pour entrer au ralenti dans une petite station déserte. Par les vitres, Mary aperçut des sols en marbre luisant et des murs courbes faits de grands blocs de pierre pâle. Son auto s'arrêta très doucement, et les portières coulissèrent. Apparemment, personne ne l'attendait. Il n'y avait ni panneaux indicateurs ni kiosques dans la station, et elle n'avait aucune idée du lieu où elle se trouvait. Elle se remémora l'avertissement proféré par Fred dans son sommeil, et soudain elle eut un peu peur à l'idée de sortir de la cabine. Mais elle se reprit et quitta le cocon de son véhicule, pour en voir un second arriver derrière le sien.

Il était identique au premier et stoppa à plusieurs mètres de distance. Quand les portières s'ouvrirent, une autre évangeline descendit sur le quai et survola du regard la station.

Mary et l'arrivante traversèrent l'espace de marbre pour se rejoindre.

— Mary Skarland, se présenta Mary en tendant la main.

— Enchantée, dit sa sœur. Renata Carter.

Elle semblait assez fortement bâtie pour une évangeline, mais dans des limites acceptables. Elle serra nerveusement la main de Mary et dit :

— Nous sommes censées aller quelque part ? Ou attendre ici ?

— Aucune idée, répondit Mary avec un petit rire tendu. Je viens tout juste d'arriver.

Comme par hasard, de l'autre côté du quai les portes d'un ascenseur s'ouvrirent, et un robot domestique sortit de la cabine. Il vint se placer devant elles et ouvrit un cadre au-dessus de sa tête. Un homme miniature y apparut. Il était nu à l'exception d'une peau de bête qui lui ceignait la taille. Sa tête était trop petite pour son corps, avec des arcades sourcilières prononcées et une mâchoire lourde.

— Le bonjour, dit-il en s'inclinant devant chacune d'elles. Bienvenue à la résidence Starke.

Starke ! Le nom célèbre continuellement répété dans les médias depuis la veille.

— A votre réaction, je vois que vous êtes toutes deux au courant de la tragédie qui a frappé ma famille, dit le petit homme. Ce sera donc un gain de temps. Eleanor Starke est décédée, comme le rapportent les médias, mais sa fille Ellen a survécu au crash. Elle est votre nouvelle cliente. Je m'appelle Wee Hunk, le mentar d'Ellen, et je serai votre superviseur.

Le petit homme tout en muscles entreprit d'expliquer ce qu'il attendait d'elles. Il avait engagé huit évangelines afin d'assurer une surveillance vingt-quatre heures sur vingt-quatre. Les périodes de travail se chevauchant, elles seraient quatre en poste pendant deux des huit heures qu'elles feraient chaque jour.

— Veuillez prendre ceci et le mettre, dit le mentar.

Le robot domestique sous le cadre tendit deux petites casquettes aux nouvelles venues. C'étaient d'étranges couvre-chefs plats, de couleur beige, sans aucune décoration. Quand Mary et Renata les coiffèrent, les casquettes recouvrirent leur crâne comme des soucoupes de tasse à café. Un coup d'œil à sa collègue et Mary vit à quel point elle-même devait avoir l'air ridicule. Renata inclina sa casquette sur le côté, Mary approuva et l'imita.

— Magnifique, dit Wee Hunk. Mon premier essai dans le domaine de la haute couture est une réussite. Et maintenant, mes instructions les plus importantes : vous devez coiffer ces casquettes *avant* d'entrer dans la clinique et ne les retirer sous aucun prétexte tant que vous n'en êtes pas ressorties. C'est compris ?

Les deux femmes acquiescèrent.

— Ensuite, et c'est tout aussi important, vous ne devez jamais laisser Ellen seule, pas même une seconde. C'est pourquoi j'ai conçu des équipes de deux. Programmez vos pauses de sorte qu'il y en ait toujours une de vous dans la même pièce qu'Ellen. Elle est logée dans un cottage entouré d'un jardin d'agrément. Vous pouvez considérer que le cottage et le jardin forment un ensemble, ce qui signifie qu'une de vous deux doit toujours s'y trouver. Aucune exception, aucune excuse. Est-ce bien clair ?

— Et si myr Starke quitte l'enceinte du cottage ? demanda Renata.

— Elle ne le fera pas.

— Si myr Starke nous demande de sortir ? dit Mary.

— Elle ne le fera pas.

Les évangelines échangèrent un regard perplexe, et Wee Hunk continua :

— Sachez que je vous surveillerai continuellement et que je vous débrieferai en fin de journée. Mais le temps file, aussi vous prierai-je de vous installer dans le véhicule de tête qui vous amènera à Decatur-Est où une autre limousine vous attendra. C'est tout.

Sur ces mots, le cadre se referma et le robot s'éloigna.

La limousine se posa sur un parking extérieur et roula sur l'allée en brique jusqu'à un corps de garde inséré dans les murs de la forteresse qu'était la clinique Roosevelt. Les évangelines descendirent du véhicule et approchèrent du judas inséré dans un vaste portail pressurisé. Le garde, un jerry, s'enquit de la raison de leur présence et elles passèrent la main devant le panneau d'identification du poste.

— Nous vous attendions, dit le garde. Franchissez le portail.

Une fente verticale apparut dans le barrage translucide d'air comprimé. Elle était juste assez large pour laisser passer une personne à la fois. Deux jerrys les attendaient de l'autre côté, armés et arborant un air de sévérité très officielle. Leurs voix résonnaient dans le grand espace de béton. De façon plutôt incongrue, l'endroit sentait l'ail grillé.

— Continuez par là, indiqua l'un des gardes en pointant le doigt sur le long portique de scannage et le chemin au-delà.

Les évangelines franchirent le tunnel de contrôle l'une derrière l'autre et firent halte aux diverses stations pour cracher, se laisser renifler et irradier. C'était un des portiques de scannage les plus complets que Mary eût jamais vus.

Elles émergèrent dans la partie centrale du corps de garde, où un autre jerry guettait leur arrivée.

— Patientez pendant que nous vérifions les résultats du scan, dit-il.

De hautes barrières en époxyde, se dressant du sol au plafond, formaient un mini labyrinthe. Tout véhicule arrivant là aurait dû décrire un grand nombre de virages à vitesse très réduite pour le franchir.

— Désolé, les évangelines, dit le garde, mais il va falloir vous séparer de ça.

Il tapota le haut de son crâne.

En temps normal, Mary aurait obéi sans poser de question, mais elle avait les instructions de Wee Hunk à l'esprit, et elle répliqua :

— Désolé, monsieur le jerry, mais nous ne pouvons pas.

— Ne vous inquiétez pas, fit-il, vous les récupérerez quand vous partirez.

Comme les évangelines refusaient toujours d'ôter leurs casquettes, il désigna un endroit et déclara :

— Attendez là.

Sur le sol était peint un carré marqué de la mention ZONE D'ATTENTE. Elles allèrent s'y placer pendant que le jerry s'engouffrait dans un local de contrôle.

— Je me demande qui trompe qui, dit Renata, entre les Starke et les Roosevelt.

Quelques minutes plus tard, le jerry réapparut et leur fit signe de se rendre dans le bâtiment intérieur sans plus d'explication. Celui des Starke, apparemment.

Comme le portail extérieur, les portes intérieures étaient en fait un mur d'air hautement pressurisé. Au-delà s'étendaient une place et la clinique proprement dite. Avant de pouvoir y pénétrer, les évangelines durent patienter sur une nouvelle zone d'attente avec une dizaine d'autres embauchés de chez Personnel Appliqué. Ici, le garde était un russ, non un jerry. Mary ne le connaissait pas, mais quand Renata et elle rejoignirent les autres, il leur adressa un sourire amical.

— J'ai appris qu'ils avaient embauché un groupe d'évangelines aujourd'hui, dit-il. Mes félicitations, et bienvenue à la clinique Roosevelt.

L'attitude typique d'un russ. Les évangelines le remercièrent.

Quand quelques autres itérants de chez Personnel Appliqué furent arrivés, pour la plupart des johns et des janes en uniforme, le russ abaissa la barrière pressurisée. L'air densifié s'écroula comme une masse d'eau, et les journaliers de la clinique purent enfin y pénétrer. Immédiatement après le corps de garde s'étendait une place pavée, nommée place de la Porte Sud, elle-même entourée d'une zone boisée pareille à un parc et sillonnée d'allées et de sentiers. Un homme de grande taille dans une longue blouse blanche les attendait.

— Le bonjour à tout le monde, dit-il d'un ton cordial. Bienvenue à la clinique Roosevelt, filiale à cent pour cent du groupe Fagan. Mon nom est Concierge, je suis le mentar du groupe Fagan et votre superviseur. Puisque vous êtes tous nouveaux ici, j'ai pensé utile de vous orienter dans nos installations et je vais donc accompagner chacun et chacune à son poste de travail. Merci de vous mettre par groupes partageant le même secteur d'activité : le personnel d'entretien des espaces extérieurs ici, celui d'entretien affecté à l'intérieur là, et ainsi de suite.

Pendant que les itérants se répartissaient par secteurs d'activité, cinq autres Concierge, identiques au premier, remontèrent une allée et débouchèrent sur la place. Ils se séparèrent, chacun allant vers un groupe. L'un d'eux stoppa devant Mary et Renata et les salua d'une inclinaison du buste.

— Mary Skarland et Renata Carter, c'est un plaisir de faire votre connaissance. Comme il nous reste peu de temps avant votre prise de poste, permettez-moi de vous faire une visite rapide des lieux. Ça vous dit ?

Les évangelines répondirent évidemment par l'affirmative et le trio s'engagea sur une allée.

La clinique était très étendue. Trois cents hectares de bois, de prairies et de champs, des plans d'eau scintillants et des jardins d'agrément. Les bâtiments, tous en brique ou en pierre, ne faisaient qu'un ou deux niveaux et étaient construits à l'imitation des demeures campagnardes anglaises du dix-neuvième siècle. La plupart étaient en partie dissimulés par la végétation exubérante, et rien n'indiquait leur fonction. Concierge les leur désigna : ici le restaurant, là les écuries et le hangar à bateaux, là-bas le bâtiment réservé au centre de fitness et aux thérapies physiques, là le théâtre, les réfectoires. Ils croisèrent des résidents de la clinique sortis marcher un peu ou se dorer au soleil sur les pelouses bien entretenues. Chaque résident sans exception était accompagné d'une jenny en tenue d'infirmière. Concierge saluait chacun par son nom et lui souhaitait une agréable journée. En majorité, les résidents ignoraient le mentar, ou bien répondaient d'un simple hochement de tête ou d'un grognement de désintérêt. Comme si le mentar n'était qu'un employé de plus, ce que Mary le soupçonnait d'être, effectivement. Mais la courtoisie de Concierge ne faiblissait jamais. Mary, qui jugeait les mentars trop souvent coincés ou idiots, en fut impressionnée. Celui-là n'était pas un homme des cavernes en pagne.

Il y avait quelque chose d'étrange concernant les odeurs. Mary avait senti l'ail dans le corps de garde, la fumée de bois brûlé sur la place, et à présent, c'était le parfum du pain récemment cuit qui venait à ses narines.

— Oh ! ça ! fit Concierge quand elle lui posa la question. Après quelque temps, vous ne le remarquerez même plus. C'est notre horloge olfactive. Toutes les quinze minutes, nos générateurs d'odeurs, disséminés sur l'ensemble du domaine, émettent un nouveau parfum. Voici la liste, avec les heures d'apparition. C'est la même chaque jour.

Il fit apparaître la liste.

— Après quelques jours, vous saurez l'heure qu'il est même durant votre sommeil. C'est le but recherché. La plupart de nos résidents passent leurs journées dans des combinaisons de voyage et il leur est très facile de perdre toute notion de temps. Notre horloge odorante les aide à s'ancrer ici même quand ils se projettent à travers les continents. En outre, et c'est donc plus important dans le cas de votre propre cliente, nous avons découvert que même les gens en coma profond sentent les changements d'odeur ambiante.

Les évangelines se regardèrent. En coma profond ?

— Nous recourons à cette méthode pour les aider à sentir le passage du temps, ce qui a un effet très stimulant sur le cerveau. C'est prouvé, on accélère ainsi le retour à la conscience.

— Mais est-ce que les odeurs doivent être aussi appétissantes ? demanda Renata en emplissant ses poumons de la délicieuse odeur de pain chaud.

— Et voici l'Allée minérale, annonça Concierge quand ils s'engagèrent sur un chemin ombragé. La Porte Sud, par où vous êtes entrées, se trouve de l'autre côté de ces bois. Nous avons fait le tour pour arriver ici.

Ils passèrent devant des petits sentiers pavés et marqués de pancartes de style rustique : Jaspe, Quartz, Mica, Silex.

— Ils mènent aux cottages des résidents, expliqua le mentar. Ah, et voilà le cottage Feldspath, la résidence temporaire de myr Ellen Starke.

Le sentier du cottage Feldspath était bordé de rosiers en pleine floraison. Le parfum concentré des fleurs s'associait très bien avec la nouvelle odeur de l'horloge, celle du café fraîchement passé.

Le cottage avait des murs en stuc et un toit pentu. La porte était en bois massif peint d'un jaune vif. A l'intérieur, une unique pièce peu meublée, dont une moitié était légèrement surélevée. Le toit à claire-voie laissait apparaître la poutre principale équarrie à la main. Les fenêtres étaient ouvertes, et une brise légère agitait les rideaux en dentelle. Quand Mary et Renata entrèrent, elle furent accueillies par les deux évangelines déjà présentes.

— Eh bien, je vais vous laisser avec vos collègues, dit Concierge depuis le seuil. N'hésitez pas à m'appeler si vous avez des questions ou des soucis. Je suis toujours disponible.

Une fois seules, les arrivantes et les deux membres de l'équipe de nuit se présentèrent mutuellement. Mary nota que leurs sœurs n'avaient pas à porter les mêmes affreuses casquettes plates qu'elles. L'une, Cyndee, déclara :

— Venez donc faire la connaissance de myr Starke.

Dans la partie surélevée de la pièce se trouvait un réservoir haut, en forme de colonne, fait de verrine transparente. Il était empli d'un épais liquide ambré parcouru de milliers de bulles minuscules. Une barre en chrome était suspendue dans le liquide, à laquelle était accroché un crâne humain.

— Attention à la marche, prévint Cyndee en précédant les autres auprès du réservoir.

Une bande de métal semblable à une auréole maintenait le crâne dans une prise ferme grâce à de longues vis s'enfonçant dans l'os. Le crâne n'avait ni peau, ni lèvres, ni paupières. Ses yeux saillants reposaient, sans vie, dans les arcades sourcilières. Trois dents manquaient devant, et des tubes passaient par les vides que laissait leur absence. Beaucoup d'autres tubes et câbles pénétraient dans le crâne de la jeune fille par des trous naturels ou forés.

Mary et Renata restèrent figées face à ce spectacle pendant que Cyndee se chargeait des présentations :

— Myr Starke, voici Mary Skarland et Renata Carter. Elles nous remplaceront, Ronnie et moi, dans une heure environ.

Cyndee lança un regard suppliant à Mary, qui dit :

— Le bonjour, myr Starke.

Elle marqua une pause, espérant une réponse qui ne vint pas. Le crâne regardait toujours droit devant lui.

— Renata et moi sommes là pour vous tenir compagnie quand Cyndee et Ronnie devront partir.

Aucune des évangelines ne semblait savoir quoi ajouter, aussi apportèrent-elles deux chaises supplémentaires pour s'installer toutes près du réservoir.

— Vous avez visité le domaine ? demanda Renata.

— Nous n'en avons pas eu le temps, répondit Ronnie. On nous a amenées ici en urgence au beau milieu de la nuit.

Raison pour laquelle elles ne portaient pas encore de casquette, probablement.

— C'est un complexe hospitalier très joli. Il y a beaucoup de jennys, dit Renata.

Ah, songea Mary, voilà, on commence à parler à mots couverts. Bien sûr qu'il y avait beaucoup de jennys ici. C'était un établissement médical, mais aussi un lieu où les gens fortunés pouvaient venir s'ennuyer à loisir. S'il y avait bien un endroit où l'on avait besoin de compagnie, c'était ici.

— Attendez que nous réveillions myr Starke et que nous l'emmenions se promener dans un fauteuil roulant médicalisé.

Les autres approuvèrent. Il suffisait de deux ou trois gros clients pour faire tourner l'établissement. Et quelle cliente pouvait être plus importante qu'une Starke ? Mais myr Ellen n'était pas près de se promener, même en fauteuil roulant. Néanmoins, il n'échappait à aucune des évangelines que cette mission représentait une opportunité unique, non seulement pour elles mais aussi pour toutes leurs sœurs négligées depuis trop longtemps.

— Concierge nous a inscrites à un cours sur les sciences de la revivification, Cyndee et moi, annonça Ronnie. Si vous voulez, je vous en fais une copie.

Mary et Renata levèrent la main paume ouverte pour la recevoir.

— C'est purement informatif, ajouta Cyndee, mais ça peut aider à décrocher quelques spécialisations.

En clair, elles avaient déjà jeté un coup d'œil au cours et conclu qu'il était bien trop difficile pour elles. Mais Mary décida de tenter sa chance. Ou elle chercherait un autre cours plus simple sur le WAD.

— Nous le transmettrons à nos remplaçantes quand elles viendront nous relever, dit-elle.

Si elles voulaient réussir à rehausser l'image des évangelines au sein de la clinique, elles avaient tout intérêt à établir un canal de communication entre elles. Les quatre nouvelles collègues s'entre-regardèrent et sourirent. En s'accrochant et en jouant bien leur partie, elles pourraient peut-être établir une tête de pont solide au sein du groupe Fagan pour des centaines, voire des milliers de leurs sœurs.

Une jenny en tenue d'infirmière fit brusquement irruption dans le cottage. Elle stoppa net, dévisagea le quatuor et lâcha :

— Qu'est-ce que c'est, une convention ?

Les évangelines se levèrent d'un bloc.

— Non, myr jenny, dit Cyndee. Nos horaires se chevauchent au début et à la fin de chaque rotation.

L'infirmière les considéra encore un moment avant de dire :

— Asseyez-vous, asseyez-vous. Personne ne se lève pour une jenny, ici.

Elle s'approcha du réservoir et tapota la verrine de ses doigts.

— Le bonjour, là-dedans. Nous avons une journée importante devant nous, myr Starke. Je m'appelle Hattie Beckeridge, je suis votre infirmière en chef.

Elle fit passer sa main de gauche à droite devant le crâne, dont les yeux ne bougèrent pas.

— Infirmière *en chef*, vous comprenez ?

Elle alla se camper devant l'unité de contrôle fixée sur le flanc du réservoir et passa en revue une série de cadres emplis de données médicales. Sans les regarder, elle s'adressa aux évangelines :

— Je ne vois pas l'intérêt d'embaucher des accompagnatrices à ce stade de rétablissement de notre résidente, surtout aussi nombreuses. Mais puisque vous êtes là, autant que vous vous rendiez utiles. Comme vous pouvez le constater, notre résidente ne s'est pas encore réveillée. Ce qui n'a rien de surprenant si l'on considère le traumatisme qu'elle a enduré. Toutefois, nous avons stabilisé son état et ses paramètres vitaux sont satisfaisants, tout étant relatif bien sûr. Nous avons près d'un milliard de nanorobots dans son crâne qui font un DXR. Elle devrait commencer à réagir en fin de journée. Maintenant, approchez et regardez.

Quand les évangelines l'eurent rejointe devant le panneau de contrôle, elle ouvrit un modèle agrandi du cerveau d'Ellen Starke.

De fines vagues de lumière bleue ondulaient doucement sur les différentes parties de la surface convolutée.

— C'est une simple lecture par électroencéphalogramme de l'activité corticale, dit Hattie. Notez sa lenteur, environ deux hertz. C'est la fréquence typique des ondes delta. Le cerveau de la plupart des gens ralentit son activité jusqu'à ce stade pendant le sommeil. Mais, dans un cerveau sain, les ondes passent en douceur sur toute la surface, pas de manière parcellaire comme ici. Cet effet d'« îlots » est causé par la décongélation non homogène des tissus, ce qui conduit un cerveau sortant de phase cryogénique à se réveiller de façon morcelée. En d'autres termes, certaines parties du cerveau fonctionnent, d'autres pas encore. Ce peut être terrifiant pour le patient. Il est possible que myr Starke ait des pensées et des souvenirs bizarres sous forme de cauchemars continus dont elle ne semble pas pouvoir s'éveiller.

Hattie se tourna vers le crâne.

— Mais ça ne durera pas longtemps, myr Starke. Votre décongélation se passe très bien.

Elle s'adressa de nouveau aux évangelines :

— Quoi qu'il en soit, nous supprimons les effets secondaires autant que possible, et nous rétablissons rapidement les réseaux sensoriels. C'est là que vous pouvez aider.

— Dites-nous ce que nous devons faire, fit aussitôt Cyndee.

— Nous partirons du postulat que notre résidente peut voir, entendre et sentir tout ce qui est dans cette pièce. Donc vous lui parlerez, vous lui montrerez des objets, vous chanterez pour elle, bref vous ferez tout ce qui vous viendra à l'esprit pour stimuler son intérêt. Je ne pense pas avoir besoin d'expliquer à des évangelines comment faire pour capter l'attention d'autrui, ajouta-t-elle avec un sourire. Bien, il faut que je parte, maintenant. Je vous laisse l'image de l'EEG. Un technicien médical viendra bientôt travailler sur elle. Salutations, myr Starke. Je vous confie à vos accompagnatrices.

Les quarts d'heure sève de pin, airelle, pop-corn et banane mûre passèrent rapidement : les évangelines se placèrent à tour de rôle devant le réservoir et la tête d'Ellen Starke pour lui raconter en détail qui elles étaient, d'où elles venaient, si elles étaient mariées et à qui, à quoi leur appartement ressemblait, et tous les sujets qui leur passèrent par la tête. Quand Cyndee et Ronnie eurent terminé leur tour de garde, les quatre femmes avaient l'impression de se connaître depuis toujours. En fait, Ronnie et Renata s'étaient fréquentées à leur école d'évangelines.

Mary et Renata étaient maintenant seules avec la résidente. Elles s'évertuèrent à trouver de nouveaux sujets à développer. Renata n'étant pas de Chicago, Mary narra par le menu la cérémonie de la canopée qui s'était déroulée la nuit dernière, le massacre des limaces, le vieux cinglé apparu sur le Skytel, et surtout les feux d'artifice. Les évangelines ne savaient pas chanter, mais Mary montra à Renata et au crâne comment danser le shimmy. Avant qu'elles n'aient plus aucune idée de conversation, par chance le technicien médical entra en poussant un chariot.

Il alla directement à l'unité de contrôle, sans même paraître remarquer la présence des deux femmes, et éteignit l'EEG. Il prit deux paquets sur son chariot, les ouvrit et les apporta jusqu'à un escabeau qui faisait partie de l'arrière du réservoir. Les paquets contenaient des bobines, l'une d'un fil argenté et l'autre d'un étroit ruban blanchâtre. Il les inséra dans l'armature au sommet du réservoir, tout cela sans jamais desserrer les dents. Il portait l'uniforme de la clinique, mais avec une veste jaune. Son badge nominatif disait « Matt ».

Matt n'était d'aucun type itérant connu de Mary, ce qui signifiait qu'il appartenait au cheptel sauvage. Il semblait assez inamical pour être un chartiste.

Matt retourna devant l'unité de contrôle et se mit à dicter ses instructions. Pendant qu'il parlait, l'armature supportant les bobines s'abaissa dans le liquide jaune du réservoir et deux doigts délicats saisirent l'extrémité de chaque fil et le cousirent au sommet du crâne.

— Qu'est-ce que c'est ? demanda Mary quand sa curiosité l'emporta sur sa réserve naturelle.

Matt lui lança un bref regard méprisant et retourna à sa tâche.

— Les tissus pour les nerfs et les veines, dit une voix agréable.

C'était Concierge, à la porte. Le mentar entra et les rejoignit près du réservoir.

— Et voici Matt Coburn, techmed 3, un de nos meilleurs employés. Dites bonjour à ces dames, Matt.

— Je préfère qu'on m'appelle Coburn, répliqua l'homme.

— Matt attache des tissus nerveux et veineux prélevés dans la banque de tissus de myr Starke, expliqua Concierge. Demain, nous ferons la même chose pour les muscles, et ensuite nous envelopperons le crâne dans une gaze dermique.

— C'est fascinant, dit Mary. Est-ce que vous allez… ré-assembler tout son corps avec des organes de remplacement ?

— Nous aurions pu choisir ce procédé si son corps avait été intact en majeure partie, dit Concierge, mais quand vous avez besoin d'un corps entier il vaut mieux repartir de zéro. C'est même plus rapide, et l'on est sûr que toutes les parties s'intégreront parfaitement à l'ensemble. Si vous regardez à la base du crâne de myr Starke, vous verrez que nous avons déjà commencé l'élaboration d'un nouveau corps.

Tout ce que Mary discerna fut un paquet de filaments emmêlés.

— Passez derrière, vous verrez mieux.

Mary et Renata suivirent Concierge à l'arrière du réservoir. Nichée dans le réseau de filaments et connectée au crâne par d'autres filaments se trouvait une petite créature courbe. Mary plissa les yeux pour mieux voir à travers la verrine et le fluide sirupeux. C'était un fœtus humain sans tête. Ou plutôt un fœtus avec une tête géante. Un nœud rouge, visible sous la peau translucide, battait furieusement et envoyait un filet de sang dans le petit corps.

— Oh, dit Renata, on dirait une crevette.

— Je suppose que ça y ressemble, oui, admit Concierge. Il faudra du temps avant que la crevette soit capable de soutenir la tête.

Subvocalement, le mentar ajouta :

Malheureusement, elle ne se développe pas aussi bien qu'elle le devrait.

Mary fut ébranlée par l'aparté. Quand elle se tourna vers Concierge, il eut un sourire triste. Il retourna devant le réservoir.

— Vous serez debout et sortie d'ici très bientôt, myr Starke, lança-t-il d'un ton enjoué.

3

Fred bénéficiant d'une période compensatoire, il aurait pu dormir plus s'il l'avait voulu. Mais, de par leur constitution, les russ étaient incapables de se réveiller en retard et il ouvrit les yeux à six heures, comme d'habitude. Mary étant partie, il traîna un peu au lit, laissant son esprit errer dans le champ de mines de ses nouveaux soucis. Finalement, il commanda du café et, quand il en sentit l'odeur, il repoussa les draps et alla dans la cuisine. Il emporta sa tasse dans le salon et observa la vue que l'on avait de la fenêtre de quelqu'un d'autre, pendant un moment. Mais ses problèmes le harcelaient. Aussi fit-il ce que les russ font pour prendre en charge leur destin : une liste.

1. Mary/le Cabinet
2. Le Rendez-Vous
3. L'usure des clones

Ayant numéroté et classé par ordre de priorité les sujets qui le tracassaient, Fred se sentit mieux. Une bonne liste, comme tout russ le savait, vous remontait le moral. Elle pouvait couper dans le brouillard de l'indécision et canaliser les forces de la raison et du bon sens. Ainsi ragaillardi, Fred plongea :

1. Mary/le Cabinet – Si seulement il avait parlé immédiatement quand le Cabinet lui avait demandé son aide, au fond du lac ! Il n'aurait pas eu à se demander si oui ou non Nick, Personnel Appliqué ou, pire encore, Anonyme à la Sécurité Nationale avaient surpris leur échange secret. Par le simple fait de ne pas avoir averti ses supérieurs de l'appel du Cabinet, il s'était rendu coupable de l'avoir aidé. Et maintenant que le Cabinet était passé par l'authentification, le mentar avait un moyen de pression sur lui. En impliquant Mary dans ses projets, il avait simplement accru cette influence.

Bon sang, se dit Fred, les évangelines n'étaient ni entraînées ni dédommagées pour des tâches dangereuses ; or le seul fait de se trouver auprès de cette Starke était extrêmement dangereux.

Que faire ? Il pouvait aller tout raconter à Marcus et accepter la suite, laquelle suite pouvait se limiter à un rapport négatif dans son dossier, ou être aussi sévère qu'une rétrogradation. Quelle que soit l'issue de sa démarche, mieux valait l'entreprendre que d'attendre en se morfondant. Problème : il était de taille à affronter les mentars, mais pas Mary. Elle le tuerait pour avoir bousillé son emploi d'accompagnatrice. Elle ne le lui pardonnerait jamais, même s'il n'agissait que pour assurer sa sécurité.

2. Le Rendez-Vous – Le 57e Rendez-Vous mondial des charteries, qui rassemblerait plus de cinquante mille chartistes, débutait demain. Il avait tout planifié pour la sécurité jusqu'à ce que le directeur du comité d'organisation, cet imbécile de myr Pacfin, pique sa crise à propos des pikes.

Que faire ? Aller voir le quartier général de la FB des R et parler au procurant qui s'occupait de la situation.

3. L'usure des clones – Ce truc n'avait aucune réalité. Ce n'était qu'un tas de foutaises inventées par les indépendants pour piquer le travail des itérants. D'après cette théorie, avec le temps même les clones identiques finissaient par diverger, ils perdaient leur intégrité originelle et acquéraient de nouveaux traits de caractère moins fiables. Et puisque le marché du travail des itérants était fondé sur l'uniformité de leurs personnalités de base, l'instabilité caractérielle diminuerait leur valeur sur le marché. Les agences de travail temporaire pour itérants comme Personnel Appliqué et McPeople mettraient la clef sous la porte, et, comme un milliard d'autres clones, Fred se retrouverait sans emploi.

C'était n'importe quoi, bien évidemment. D'abord parce qu'il n'existait pas deux clones *rigoureusement identiques.* Si la lignée cellulaire débutait avec le même génome, les facteurs maternels tels que l'ADN mitochondrial, l'environnement exogène du fœtus et les techniques de dissémination induisant une mutation de l'allèle garantissaient que chacun était légèrement différent de tous les autres. Plus proches que des frères, certes, mais plus éloignés que des jumeaux monozygotes naturels. Jusqu'à leurs personnalités qui connaissaient de multiples variantes, même si les traits principaux restaient fidèles au modèle : les jennys avaient l'instinct maternel développé, les lulus étaient des bombes sexuelles, les russ étaient loyaux et adoraient dresser des listes.

Et autre chose : s'il existait un phénomène tel que l'usure des clones, il n'affecterait que les nouveaux lots, pas les individus déjà âgés de près d'un siècle.

Il n'en restait pas moins que c'était là un sujet épineux pour Fred, sans qu'il puisse dire pourquoi. En fait, il avait l'impression d'agir bizarrement depuis quelque temps. Il passait certainement par une phase un peu particulière de son existence. Peut-être que tous les russ, à un moment ou un autre, entretenaient des fantasmes curieux (l'inspectrice Costa !) ou mettaient en doute leur propre loyauté envers leur employeur. Et si tel était le cas, comment aurait-il été au courant, un des traits principaux des russ étant une incapacité totale à parler de leurs propres sentiments, même à leurs frères ?

D'un autre côté, il y avait un volume secret caché dans le *Registre de la fierté russ*, dont personne ne parlait jamais mais que les russ trouvaient quand ils en avaient besoin. Une fraternité secrète au sein de la fraternité. Le fait que lui, russ jusqu'au tréfonds de lui-même, puisse y penser signifiait que d'autres russ avaient certainement envisagé la chose eux aussi. C'était logique.

Que faire ? Aller au quartier général de la FB des R et chercher le *Registre* ?

Fred se leva du lit, enfila des vêtements et traîna son corps martyrisé et harassé jusqu'à North Wabash.

Il arriva juste au moment où une vague de russ quittaient le quartier général pour leur changement de poste. A sa grande surprise, il découvrit qu'il était devenu une célébrité. La nouvelle s'était propagée de son échauffourée avec le robot de guerre la nuit précédente. A cause des règles de confidentialité, il ne put rétablir la vérité et expliquer que ce n'était pas lui le héros du jour, mais l'arme à particules illégale des Tugs. Il dut donc accepter les chaleureuses accolades de ses frères avec une humilité typiquement russ. (Humilité – Fred décida de dresser une liste des traits de caractères russ qu'il avait ou dont il manquait.)

Il entra dans une cabine et demanda à Marcus d'ouvrir son espace consacré au Rendez-Vous.

— Certainement, myr Londenstane, dit le mentar, mais il n'y a là rien qui ne puisse attendre quelques heures. Pourquoi ne prenez-vous pas votre matinée ? Vous avez eu une journée particulièrement stressante hier.

— Merci de ta sollicitude, Marcus, répondit-il, mais je préfère le faire maintenant.

(Attention obsessionnelle aux détails.)

— Comme vous voudrez. Permettez-moi cependant de vous programmer une séance d'analyse quand vous aurez terminé. Après ce que vous avez enduré, ça pourrait vous aider.

— Merci, ce ne sera pas nécessaire.

(Aversion à cette prétendue hygiène mentale.)

Marcus ouvrit l'espace de travail de Fred et le laissa à ses tâches. Il y avait quantité de renseignements à traiter, mais, comme Marcus l'avait dit, rien d'urgent. Fred appela le procurant qu'il avait projeté quand il avait fait faux bond à la réunion préparatoire du Rendez-Vous. Le fichier indiquait qu'il était en stock depuis l'ajournement de la réunion.

Une image miroir de la tête et des épaules de Fred, ainsi qu'une main gantée, apparut devant lui.

— Il était temps que tu te manifestes, dit-elle.

Le procurant de Fred affichait un air d'ennui patient, ce qui l'étonna et l'embarrassa tout à la fois. Les procurants avaient tendance à se bloquer sur l'état émotionnel de leur modèle au moment de la projection. L'ennui qu'éprouvait Fred envers le comité d'organisation avait-il était aussi transparent ? (Transparence émotionnelle – pas un trait de caractère russ.) Si oui, le fautif était la stupidité abyssale du président du comité, ce cher myr Pacfin. (Inaptitude à supporter les imbéciles.)

— Alors, dit le procurant, comment ça s'est passé ? Avec l'inspectrice Costa et cette chasse au mentar ?

— Bien, répondit Fred.

— Bien ? C'est tout ! Je n'ai pas droit à plus ? Fred, c'est moi : *Fred.* Je suis ton procurant. Le serment de confidentialité ne s'applique pas entre nous, tu te souviens ? Tu vas m'effacer quand tu auras réglé cette histoire.

Fred soupira.

— Désolé. Voyons, nous avons capturé la dernière sauvegarde du Cabinet dans un centre opticom et ensuite coincé l'original du Cabinet près du collecteur d'une centrale hydraulique, sous le lac. Reilly Dell était au poste de canonnier et nous avons été attaqués par un NASTIE, ce qui fait que nous sommes passés au nettoyage à sec.

— Woah ! s'exclama son procurant. Rembobine et passe-moi ça au ralenti.

Mais Fred n'avait pas l'intention de rembobiner, ni de passer quoi que ce soit au ralenti.

— Veronica Tug m'a dit que tu as embauché cinq cents Tugs pour patrouiller l'espace du Rendez-Vous ?

— Tu lui as parlé de nouveau ?

— Ouais, elle m'a sauvé la peau la nuit dernière.

— Tu peux répéter ?

Fred se frotta la nuque d'un geste nerveux.

— Disons simplement que les Tugs étaient au bon endroit au bon moment, et qu'ils m'ont rendu un fieffé service.

— Allons, Fred ! Tu ne peux pas me laisser saliver comme ça.

Mais il le devait, il ne pouvait pas se lancer dans le récit détaillé de l'assaut sur la mystérieuse maison dans Decatur, son robot de guerre, les anneaux de plasma mortels et tout le reste. Ensuite, bien entendu, son procurant l'interrogerait sur la cérémonie de la canopée et sur Mary, et il devrait lui parler de son emploi d'accompagnatrice et du Cabinet. Il fallait fixer les limites maintenant.

— A propos de ce contingent de Tugs que tu as embauchés... dit-il.

— D'accord, d'accord, répondit son procurant. Je ne les ai pas vraiment embauchés, j'ai autorisé cinq cents d'entre eux à porter un brassard « sécurité » et à patrouiller dans le périmètre de la convention. En échange, je me suis engagé à ce que nos quarante pikes soient absents du périmètre.

— Quoi ? Je suis supposé leur annoncer qu'ils doivent rester les bras croisés ?

— Exactement. Les pikes ne seront pas autorisés à se montrer. Les Tugs, eux, seront sous notre autorité et limiteront leur rôle à une présence verbale.

Finalement, ce n'était pas une idée si mauvaise que ça. Dans ce genre de raout, les chartistes faisaient rarement du chahut, et ils seraient de toute façon plus facilement encadrés par des pairs. De plus, les Tugs pourraient sans doute assurer l'ordre rien que par leur apparence physique.

— Je suppose que MC et Nick sont d'accord avec cet arrangement ?

— Oui, les mentars sont tous d'accord.

Maintenant qu'il était orienté dans la bonne direction, le procurant de Fred termina son résumé de la situation avec une efficacité typiquement russ. (Efficacité – à noter.) Quand il eut terminé, il poussa un soupir et dit :

— Voilà. C'est tout.

— Rien d'autre, vraiment ?

— Si, il y a encore une petite chose que je voulais te dire. Je ne sais pas quelle importance elle peut avoir, vu que je suis simplement une projection artificielle de ta personne, comme tu le sais. Mais j'ai eu une impression assez nette concernant cette Veronica Tug.

— Quel genre d'impression ?

— Une sorte d'intuition.

— Et ?

— Je pense qu'on peut lui faire confiance. C'est pourquoi l'aide qu'elle t'a apportée est aussi intéressante.

— Je vois. Merci de me l'avoir dit. Et merci pour tout ce que tu as fait.

— Ce n'était pas grand-chose.

Fred et son procurant se dévisagèrent un long moment en silence, puis le procurant dit :

— Tu vas le faire maintenant ?

— Euh... oui, désolé, dit Fred. Marcus, efface le procurant.

Le procurant disparut. Fred ferma l'espace consacré au Rendez-Vous et se brancha sur le Longyear Center pour se renseigner sur l'état de l'inspectrice Costa. Il était critique.

Fred sortit de la cabine et descendit au réfectoire prendre un café et des beignets. L'endroit était quasiment désert, car la majorité des russ étaient en mission. Entre les gens aisés occupés à s'entretuer et les problèmes de sécurité liés à l'abaissement de la canopée, ils avaient beaucoup à faire. (Bravoure.)

De retour dans la cabine, Fred demanda à Marcus une clef contenant les données relatives au *Registre de la fierté russ*, tenu par la Fraternité Bienfaisante des russ. La requête était inhabituelle : généralement, il laissait le mentar consulter la paperasse pour lui. Marcus produisit le fichier sans faire de commentaire, et Fred activa le système d'isolation de la cabine, ce qui excluait le mentar comme n'importe quel espion. Les cabines de la Fraternité offraient une intimité très poussée, pas aussi complète que leurs salles d'isolement, mais beaucoup plus pratique.

Fred inséra le fichier dans le lecteur et un répertoire apparut sur l'écran devant lui.

Il savait plus ou moins ce que pouvait contenir le *RFR*. C'était un abrégé des enregistrements et commentaires faits par les russ au cours du siècle écoulé. En fait, cela remontait jusqu'à Thomas A. lui-même. En majorité, le *RFR* traitait des questions d'organisation, des procédures, des systèmes de sécurité et de leur justification. Un dossier décrivait les missions les plus traumatisantes, expurgées des détails confidentiels. Marcus avait déjà intégré l'affrontement de la veille avec le robot de guerre, mais sans spécifier les identités. Il y avait aussi ce qu'ils appelaient un « Mur de l'honneur », un mémorial dédié aux russ tombés dans l'exercice de leur devoir. L'un des chapitres les plus consultés du *RFR* était la Liste des listes, qui comptait plus de sept cent mille entrées. Pour Fred, après réflexion, cela ne représentait pas grand-chose comparé au fait que cette liste résumait un demi-milliard d'années de service russ.

Partant de l'hypothèse qu'il existait un fichier caché n'apparaissant pas dans le menu général, Fred balaya le *RFR* d'un bout à l'autre à la recherche de la moindre anomalie qui pourrait lui ouvrir la porte de ce mystérieux cœur russ. Il aurait certes pu demander à Marcus si une telle chose avait jamais été détectée, mais il se dit qu'une telle infraction aurait également été cachée à son mentar. Après trois heures de travail, il baissa les bras. A part certaines listes qui ressemblaient plus à de la poésie, ses frères semblaient aussi diserts que des arbres morts.

Très bien, se dit-il alors ; il allait creuser dans cette direction. Fred ouvrit un nouveau volume dans le *RFR*, qu'il intitula *Le Livre des russ*. Il rassembla ses esprits, respira un bon coup et commença :

— A mes frères clones : Contrairement à toutes les évidences, nous, les enfants et alter ego de Thomas A., nous les russ, jouissons réellement d'une vie intérieure très riche. Pourquoi sommes-nous aussi peu disposés à la partager avec d'autres, ou même entre nous ? Chacun a sa réponse à cette question. Mais aujourd'hui je vais entamer ce qui, je l'espère, deviendra bientôt une nouvelle tradition parmi nous : une ouverture fraternelle à autrui.

Fred se tut un instant et relut ce qu'il venait de dicter. Globalement, c'était bien. Le texte exposait correctement ce qu'il voulait transmettre. Mais le ton général demeurait un peu trop guindé à son goût. Même si les russ adoraient se cultiver continuellement, ils détestaient afficher leurs connaissances. Il réfléchit un moment, effaça le texte et recommença depuis le début. Cette fois, il essaya de s'exprimer comme s'il s'adressait à Reilly. Mais il conserva la formule d'entrée, « A mes frères clones », parce qu'elle lui plaisait.

— A mes frères clones : J'en ai marre que nous gardions tout en nous. Ce n'est pas sain. C'est pourquoi je vais dire ici ce que je pense, et je verrai si j'obtiens un écho auprès de vous. Je propose que le *Livre des russ* devienne un endroit où nous puissions nous exprimer et converser librement.

Fred fit une pause et relut son texte. Il risquait d'égarer le public dans la direction opposée à celle souhaitée, mais au moins il sonnait plus juste. Il décida donc d'affiner son discours :

— Récemment, on a beaucoup parlé de l'usure des clones. Il est évident qu'un tel phénomène n'existe pas. Ce genre de rumeur fait partie des légendes urbaines. C'est une tentative des non-itérants pour nous rabaisser. Mais si une telle chose existait, et que j'en étais victime, comment m'en rendrais-je compte ?

« Permettez-moi de présenter la chose autrement : nous savons tous que nous autres, frères de Thomas, préférons porter des chaussures solides et marron. C'est devenu un signe de reconnaissance chez nous et pour la population en général. Comment une préférence pour une certaine couleur de chaussures a-t-elle pu être encodée dans nos gènes, je n'en ai aucune idée. Mais quel que soit le mécanisme à l'œuvre, que se passerait-il si demain je me réveillais et que je décidais, juste comme ça, de mettre une paire de chaussures noires ? Je subodore que toutes les personnes que je croiserais se poseraient alors des questions et commenteraient ce choix. Et ce choix déclencherait une telle réaction que probablement je n'oserais plus jamais porter des chaussures noires en public. Mais pensez à cela : et si, en réalité, les russ préféraient porter des chaussures marron lorsqu'ils sont jeunes, et, passé un certain cap, commençaient à avoir envie de couleurs différentes ? Vous me suivez ? Peut-être que nous sommes tous trop coincés pour porter des chaussures noires en public à cause de la réaction générale, ou que nous n'osons même pas aborder la question de nos couleurs préférées pour nos chaussures entre nous. Finalement, est-ce que nous ne serions pas secrètement frustrés et insatisfaits à cause de nos chaussures ?

« Si vous voulez mon avis, il y a quelque chose qui n'a rien de naturel dans la tournure que prennent les choses. Je pense que nous nous sommes fait rouler. Nous sommes tellement obsédés par l'idée qu'il nous faut rester fidèles à notre lignée que nous réprimons tout ce qui pourrait nous différencier du modèle de référence. Croyez-moi, mes frères, cette attitude mène droit à la folie.

« Enfin bref, c'est ce que *moi* je ressens, et si je le ressens ainsi, je suis persuadé qu'il y a bien un demi-million d'entre vous qui éprouvent la même chose.

« Donc, voilà ce que je vais faire. Je vais dédier ce volume, ce *Livre des russ*, à la libre expression des russ et de leurs particularités.

Je vous encourage tous, mes frères, à y ajouter votre pierre. Dites-nous ce qui nous fait bouger.

« Et pour lancer le mouvement, je vais commencer.

Fred s'interrompit le temps de réfléchir aux choses les plus provocantes le concernant qu'il pourrait révéler afin de libérer les langues des russ. En fin de compte, il désirait surtout parler de leur attachement à la loyauté, mais c'était certainement un sujet trop explosif comme entrée en matière. Mieux valait quelque chose de plus consensuel. Et de plus corsé.

— Très bien, reprit-il. Allons-y : je veux coucher avec un fantasme. Vous me suivez ? Je voudrais baiser une femme dont le corps n'existe pas ailleurs dans le monde. Ne vous méprenez pas sur mon propos : j'aime nos itérantes. Elles sont ce qu'on peut trouver de mieux en matière de charme sexuel. Et je ne dévalue nullement nos évangelines ou nos jennys, ou les autres catégories de femmes que nous connaissons, non, pas le moins du monde. Mais, une fois de temps en temps, je me demande à quoi peut ressembler une indépendante, en privé.

« Voilà, vous savez tout. Et s'il vous plaît, ne me dites pas que je suis le seul russ au monde qui ait jamais eu des fantasmes.

« A votre tour. Merci de m'avoir écouté.

Fred coupa et relut son message. Il en fut écœuré. Il aurait voulu effacer le *Livre des russ* dans son intégralité, mais il se retint de le faire. Il fallait bien que quelqu'un l'amorce, ce livre. Par ailleurs, il était convaincu d'avoir raison. Comment aurait-il pu être dans l'erreur ? C'est pourquoi il n'effaça pas son enregistrement ni n'en censura aucune partie. Il eut la tentation de le diffuser de façon anonyme, mais agir de la sorte serait revenu à oblitérer la valeur de sa démarche. Aussi, il apposa son logo personnel, coupa la sécurité assurant sa confidentialité dans son bloc et expédia le premier chapitre du *Livre des russ*.

La seconde suivante, il se demanda ce qui lui avait pris d'agir ainsi.

4

La veille, Bogdan était en retard à son travail ; aujourd'hui il avait le temps de traîner. Tout en se rendant à la station de la Bibliothèque sur Howe Street, il resta à l'affût de tout signe de destruction de Chicago par les NASTIEs, maintenant que la canopée était abaissée. Le trottoir sous ses pieds lui semblait bizarre. Peut-être n'était-ce qu'un tour de son imagination, mais il lui paraissait mou. Il traversa pour marcher de l'autre côté de la rue. Et autre chose : sa peau était parcourue de démangeaisons. Il se figura des nanoengins terroristes, trop petits pour être détectables à l'œil nu, qui se foraient un passage à travers son épiderme pour prendre les rênes de son système cellulaire et le transformer en une flaque de protoplasme. Il fit de son mieux pour ne pas se gratter.

En revanche, il ne vit pas de limaces SecNat. D'habitude, elles étaient présentes en nombre, mais ce matin elles manquaient mystérieusement à l'appel.

Le voyage jusqu'à Elmhurst se déroula sans incident. A l'inverse de la veille, il prit son temps pour aller de la station MacArthur au Bachner Building, où E-Pluribus campait pour le deuxième jour de suite. Il put ainsi contempler tout à loisir le spectacle matinal.

La station grouillait de travailleurs en transit. Au-dehors, Elmhurst offrait ses dizaines d'arcades commerçantes, l'une sur l'autre, jusqu'au niveau 85. Elles étaient envahies par une foule de jeunes indépendants aux tenues extravagantes. Il y avait tant de véhicules qui passaient au-dessus de sa tête qu'ils créaient un vent artificiel. Rien d'étonnant à ce qu'E-Pluribus ait choisi ce quartier.

Devant lui, les gens bloquaient le trottoir en une masse compacte dont le surplus s'écoulait dans la rue. Bogdan se glissa au premier rang. Là, devant ses yeux, se trouvait une inflorescence parasite.

C'était la première que Bogdan voyait en vrai ; elle était d'une beauté effrayante. En forme de dôme, elle se développait par petites vagues. Ses vrilles de cristal ambré s'élevaient d'un monticule central avant de se figer. Elles croissaient les unes sur les autres jusqu'à ce que toute la structure s'effondre sur elle-même en un tas tintant et scintillant. Pour recommencer. Et la chose était chaude, aussi brûlante qu'un brasier. Bogdan et les autres spectateurs reculaient à chaque phase de croissance de l'inflorescence. Les gens sifflaient et plaisantaient comme si le phénomène n'était qu'un spectacle gratuit. Quelqu'un affirma qu'il y en avait des centaines éparpillées dans toute la cité. La plupart étaient pareilles à celle-ci, un simple nanorobot programmé pour dévorer une ou deux substances communes – ici la verrine pilée entrant dans la composition du revêtement routier, des arcades et des toits. Quand le parasite atteignait le ciment du trottoir, il s'arrêtait, car cette matière n'était pas à son menu. Mais il consumerait la rue dans les deux directions et se propagerait jusqu'à atteindre les carrefours et leurs bandes de béton coupe-feu.

Très vite, les forces de la sécurité arrivèrent au-dessus de la foule des badauds dans leur camion-citerne. Elles déployèrent un cordon encerclant le parasite et ordonnèrent aux curieux de reculer. Ensuite, elles l'arrosèrent avec une mousse qui stoppa son développement. Un instant, les arabesques complexes de ses vrilles se figèrent, puis tout s'écroula pour ne plus former qu'un tas de sable jaune.

Arrivé au Bachner Building, Bogdan ne reçut pas l'autorisation de monter immédiatement. Les locaux d'E-Pluribus étaient toujours en phase d'aménagement, pour effacer les traces du locataire nocturne, un casino-bordel. Parmi les employées du bordel qui quittaient l'immeuble, on voyait des filles dont la queue soulevait l'arrière de leur robe. Bogdan aimait bien les filles à queue. Il aimait leur façon d'y accrocher des clochettes ou de les décorer de rubans et toutes ces autres trouvailles qui captaient l'attention. Lui était surtout attiré par le trou pratiqué dans leurs vêtements pour laisser passer la queue, parce qu'il révélait une partie de leur postérieur nu.

Bogdan se grattait toujours, mais il remarqua que c'était le cas de tout le monde et se dit que ce devait être normal.

Quand enfin il fut autorisé à monter, le holo d'Annette Beijing l'attendait pour lui parler. Elle le gratifia de son sourire internationalement célèbre.

— Le bonjour, Boggo. Dis donc, tu es particulièrement séduisant, ce matin...

Ce compliment le ravit. Elle trouvait toujours quelque chose d'aimable à lui dire, et, bien que ce fût sans doute dans sa programmation, il adorait ça.

— Tu n'es pas mal du tout, toi aussi, Nettie, répondit-il. Et c'est un euphémisme.

— Merci. Bon, j'ai des visiteurs à accueillir, dit-elle. Tu as devant toi une journée géniale. Oh, et n'oublie pas ton rendez-vous avec le service des Ressources humaines demain.

Elle tourna les talons et s'éloigna en ondulant des hanches. Elle était aussi jolie de dos que de face. Mentalement, Bogdan lui ajouta une queue de chat.

Le propre postérieur de Bogdan fut le premier à s'asseoir dans la cabine d'essayage. Une fois la sonde d'expression viscérale insérée, qui reliait chaque sensation éprouvée par son corps à l'ordinateur supraluminique d'E-Pluribus, il enfila sa combinaison et se rendit à sa première affectation. Il espérait vraiment que ce serait une nouvelle visite au vaisseau-A avec ce petit type bizarre du Berceau International, ce Meewee. Mais il se retrouva avec un public de journaliers dans un auditorium, pour endurer une heure de nouvelles probables : coulées de boue meurtrières à Bogotá, scène de panique et spectateurs piétinés dans un stade de football au Soudan, leaders mondiaux assassinés par leurs propres gardes du corps, et d'autres inventions du même calibre. Son affectation suivante fut tout aussi barbante, une vid consensuelle montrant un astéroïde qui percutait la Terre et, des années auparavant, les efforts des scientifiques pour produire une bactérie capable de gober l'oxygène de l'atmosphère, réduisant son niveau à quinze pour cent, une concentration suffisante pour maintenir la vie mais trop basse pour alimenter les flammes, ce qui rendait la planète ininflammable.

Vraiment barbant.

Sa troisième et dernière affectation avant la pause déjeuner le mena cependant dans une cabine individuelle, et il se retrouva sur le vaisseau-A. Cette fois, il était dans un tambour d'habitation, assis à une longue table sur une estrade, devant une foule de milliers de personnes. Derrière elle, il apercevait les flèches et les toits d'une ville majestueuse qui s'étendait jusqu'à la cloison du tambour. A sa table étaient assis des dizaines de jeunes gens, hommes et femmes, qui portaient l'uniforme pimpant du corps des pilotes. Bogdan baissa les yeux sur sa manche et se rendit compte que lui aussi était un pilote. Quand il regarda sur sa gauche, ce fut pour découvrir que sa voisine n'était autre qu'Annette Beijing ! Une Annette Beijing nubile, elle aussi en tenue de pilote. Elle lui sourit.

Il y avait un pupitre placé devant la table, et un homme s'adressait à eux tous et à la foule. C'était le petit Meewee, dans sa salopette rouge et vert.

— Pendant les mois à venir du réveil général, disait-il, de plus en plus de nos concitoyens quitteront les cryodortoirs et seront réanimés, en plus grand nombre que durant notre long voyage de mille ans : ils seront bien plus de deux cent mille, soit quatre-vingts pour cent de la population totale de notre vaisseau. Les soixante-quatre tambours sont en phase de pressurisation et d'activation pour les accueillir. Maintenant que nous avons atteint notre nouveau système, nous devons nous préparer au débarquement. Les douze prochains mois seront l'occasion d'activités réjouissantes pendant que nous nous apprêterons à prendre possession de notre planète.

Après des applaudissements fournis, Meewee pointa le doigt vers le ciel.

— Je vous offre la planète Lisa !

Le public en eut le souffle coupé. Bogdan leva les yeux et fut abasourdi par ce qu'il voyait. La coque du tambour d'habitation était devenue transparente, se transformant en une gigantesque baie vitrée donnant sur l'espace. Et là, juste au-dessus d'eux, apparaissait une planète lumineuse, vert et bleu. On distinguait de vastes océans sous des nappes de nuages blancs. Il y avait trois continents visibles, et les pôles étaient coiffés de glace. N'était la forme de planète, il aurait pu s'agir de la Terre, cette bonne vieille Terre de l'ère pré-industrielle.

— Impressionnant, n'est-ce pas ? lui glissa la jeune Annette. Notre nouveau foyer.

— La planète Lisa... murmura Bogdan en retour.

— Tu as déjà choisi tes cinq cents hectares ?

— Euh, non. Et toi ?

— Presque. Je les ai partagés en trois ou quatre terrains. Deux cent cinquante hectares sur la côte de Kalina Island, là... (du doigt, elle désigna un point au bord de ce nouveau monde). Et par là, sous la baie du Renouveau, il y a une ville du nom de Capa. J'ai retenu cinquante hectares juste à côté. Pour le reste, je ne sais pas encore. Quelque part dans les montagnes ? Dans la ceinture agricole ? Je n'ai pas encore décidé. Et toi ?

Elle le dévisagea de ses immenses yeux verts et continua :

— Tu te rends compte : le voyage, cinq cents hectares sur une planète vierge, une carrière passionnante, la possibilité illimitée de rajeunissement, tout ça en échange d'un minable demi-hectare sur une planète à l'agonie !

— Ne m'en parle pas, répondit Bogdan. Mon demi-hectare provenait d'un site pollué par des déchets toxiques industriels.

La foule poussa des acclamations et Bogdan et Annette regardèrent de nouveau la planète Lisa. Sur la côte ouest d'un continent sombre, les lumières d'une métropole venaient d'apparaître.

— C'est New Seattle, dit Annette. Les engins de construction testent son réseau énergétique.

Hier encore (même si cela remontait à six siècles sur le vaisseau), le capitaine Suzette avait expliqué à Bogdan comment des vaisseaux explorateurs robotisés atteindraient leur destination plusieurs centaines d'années avant le vaisseau-A afin de mettre en place l'infrastructure de la planète.

— Et maintenant, l'événement que vous attendez tous, dit le petit homme derrière le pupitre, le public faisant aussitôt silence. Dans trois mois, nos braves pilotes assis derrière moi commenceront à transporter les colons à la surface de Lisa. Naturellement, chacun veut faire partie du premier convoi. Qui seront les heureux élus, voilà qui dépend de l'ordre de lancement des navettes de débarquement. Ordre que nous allons à présent déterminer...

Le délire gagna la foule quand un jeune homme poussa sur l'estrade un chariot surmonté de ce qui ressemblait à une grosse boule de verre à demi emplie de petites balles. Les spectateurs se levèrent et se mirent à crier quand Meewee fit tourner sur elle-même la sphère transparente en actionnant une manivelle. Un groupe de filles à l'avant du public, toutes superbes, se mirent à scander :

— Bog-dan, Bog-dan, Bog-dan...

Annette eut un petit rire.

— J'envie celui ou celle qui pilotera le premier vaisseau de débarquement, dit-elle. Il ou elle aura tous les partenaires désirés à ses pieds.

La première balle roula dans la fente prévue à cet effet. Meewee la ramassa et la tourna dans sa main.

— La première navette de débarquement à destination de Lisa sera pilotée par...

Bogdan était resté éveillé et s'était activé sans arrêt pendant vingt-neuf heures. Il ferma les yeux une seconde. Les effets du comprimé d'Alert ! qu'il avait pris cessèrent d'un coup, et il s'endormit. Quelques minutes plus tard, son siège vibra pour le réveiller, mais il était trop tard : le scénario du vaisseau-A était arrivé à son terme. Il avala un autre comprimé et alla déjeuner d'un pas de somnambule.

5

Meewee dormit une grande partie de la matinée. La grosseur sous sa peau ne déclenchait plus aucune réaction chez lui quand il la grattait. En milieu d'après-midi, il quitta son appartement de fonction au quartier général des Entreprises Starke et effectua le court trajet le séparant du domaine des Starke. Un robot domestique avec Wee Hunk perché sur lui l'attendait dans la station familiale privée du Slipstream.

— Le bon après-midi, le salua le petit mentar comme s'ils étaient de vieux amis. J'espère que votre départ du territoire du Cabinet s'est passé de façon civile.

— Civile, oui, même si le Cabinet a jugé bon d'envoyer une équipe de la sécurité pour m'escorter jusqu'à la station. Comme si j'avais l'intention de voler du linge de maison ou je ne sais quoi.

— Et vous l'avez fait ?

— Fait quoi ?

— Voler le linge de maison ?

Meewee préféra voir dans la question un trait d'humour raté et ne répondit pas. Le robot se chargea de ses bagages et il le suivit jusqu'aux ascenseurs. C'est seulement alors qu'ils montaient vers la surface qu'il se rendit compte que Wee Hunk avait mené deux conversations simultanément. Le bavardage concernant l'attitude du Cabinet n'était là que pour masquer l'autre communication, beaucoup plus sérieuse – dans laquelle Wee Hunk lui avait résumé l'actuel état de santé d'Ellen et demandé s'il avait eu d'autres contacts avec le Cabinet.

Puisqu'il avait laissé la question en suspens, Meewee finit par répondre :

— Les draps, les serviettes de toilette, les peignoirs. J'ai pris tout ce que je pouvais emporter.

Wee Hunk s'esclaffa.

— Je vous ai réservé une chambre avec vue sur les champs. Désirez-vous vous y rendre ?

Sous la surface, c'était un test d'identité.

— Oui, s'il vous plaît, répondit Meewee. J'aimerais m'installer.

A son tour, il testa l'intégrité du mentar :

— Auriez-vous un extrudeur ici ? J'aurai besoin de quelques vêtements neufs.

Wee Hunk répondit positivement aux deux niveaux et, tout en accompagnant Meewee à travers le dédale de pièces et de couloirs, il le mit secrètement au courant des événements survenus dans les douze heures écoulées : on avait installé la tête d'Ellen dans un réservoir amniotique, dans un cottage de la clinique, et des évangelines avaient été embauchées pour la surveiller, dont deux qui portaient des casquettes munies d'enregistreurs-relais ; on n'avait fait aucun progrès dans la traque des assassins d'Eleanor ou des kidnappeurs d'Ellen, et les efforts pour dénicher un spécialiste indépendant de la revivification n'avaient rien donné jusqu'alors.

Le manoir des Starke, malgré sa taille, conservait une atmosphère chaleureuse. Le robot domestique mena Meewee à une suite de pièces qui faisaient facilement le double de son ancien appartement de fonction.

— Je suis heureux de constater que le métalangage a bien pris chez vous, dit Wee Hunk. Et sans dommage persistant pour votre santé. Votre maîtrise rapide du starkese est impressionnante, mais il est inutile d'y recourir ici. Le manoir possède une double canopée et est protégé contre toute forme d'espionnage. Vous êtes plus en sécurité ici que dans n'importe quelle salle neutre.

Wee Hunk sauta à bas du robot et reprit une taille normale. Il ouvrit un petit cadre montrant l'intérieur du cottage où se trouvait Ellen. Quatre des huit évangelines étaient présentes. Deux se préparaient à partir, et le cadre se scinda en deux vues, l'une restant à l'intérieur du cottage, l'autre suivant les deux compagnes qui remontaient un sentier en direction de la Porte Sud.

— Tu as dit qu'elle n'allait pas bien ? fit Meewee en zoomant sur le crâne en suspension dans le réservoir.

— Non, pas bien du tout. Les fonctions neurales critiques n'ont pas repris. Concierge dit que les médecins ne se l'expliquent pas, mais qu'ils sont d'un optimisme mesuré.

— Bon sang, comme j'aimerais que nous ayons notre propre médecin...

— Je cherche, répondit le mentar, mais les revivificationnistes qualifiés des Démocraties Unies sont tous employés par le groupe médical Fagan ou travaillent parfois pour lui, et ils sont donc inacceptables. Fagan a la mainmise sur la spécialité à l'ouest. Peut-être qu'un de vos vieux contacts du Berceau International hors des Démocraties Unies pourrait nous être utile.

— Je vais m'en occuper, mais il n'y a pas beaucoup de demandes de revivification dans les pays touchés par la famine.

Dans le cadre, un techmed entra dans le cottage et alla jusqu'au réservoir. Il vérifia l'unité de contrôle, puis passa à l'arrière, gravit les quelques marches et plongea une petite fiole dans le liquide amniotique jaunâtre pour en prélever un échantillon. Après avoir étiqueté la fiole, il l'empocha et effectua d'autres opérations de surveillance. Dans le deuxième cadre, les deux évangelines atteignaient la Porte Sud et sortaient. Une limousine des Entreprises Starke les attendait.

— Je les débrieferai dès que la voiture sera assez éloignée, dit Wee Hunk.

— Vous avez mentionné des enregistreurs-relais. De quoi s'agit-il au juste ?

— Quelque chose comme des générateurs codés de temps. La clinique Roosevelt, comme nous l'avons vu dans la poussière nodale la nuit dernière, est un environnement clos. A l'instar de ce manoir, elle possède une double canopée et tous les systèmes de protection imaginables. Les transmissions dirigées vers la clinique ou en sortant passent par un gardien qui se trouve être Concierge. Dans ces conditions, alors même que j'observe Ellen continuellement, comment puis-je être certain des images et des données que Concierge me fournit ? C'est pourquoi, quand les évangelines quittent le domaine du mentar, je compare le fichier temporel dissimulé dans leur casquette avec mes propres enregistrements. Toute falsification est aussitôt détectée.

— Malin.

Les évangelines montèrent dans la limousine qui parcourut une portion de l'allée du parking avant de bondir dans les airs. Une fois hors de l'espace de la clinique, un Wee Hunk miniature apparut sur la banquette face à elles.

— Le bonjour, myren. Comment s'est passée cette première journée ?

— Le bonjour, myr Hunk, répondit Mary. Bien, je pense. Concierge est très gentil... Va-t-elle se rétablir ?

— Ah, myr Skarland, c'est une question difficile. Les médecins sont troublés par le peu d'amélioration chez Ellen, mais ils n'en sont pas encore à paniquer. D'après l'expérience qu'ils ont de cas comparables, il existe une fenêtre de temps de cinq jours pendant laquelle un cerveau ayant été plongé en phase de cryogénie peut recouvrer toute sa conscience, avec un taux de récupération proportionnel au cube de l'inverse des jours depuis la décongélation.

Mary jeta un regard perplexe à Renata, qui haussa les épaules.

— Excusez-moi, myr Hunk, dit-elle, mais je ne suis pas très douée pour les mathématiques.

Au manoir, Wee Hunk dit à Meewee :

— Malheureusement, sans notre propre spécialiste, nous n'avons aucun moyen de vérifier les résultats de ces cliniciens.

— Il doit bien exister des autodocs équipés pour analyser de tels cas, non ? fit Meewee. Pourquoi ne pas prendre un échantillon du fluide amniotique dans le réservoir ? Nous pourrions apprendre quelque chose.

— Bonne idée, dit Wee Hunk. Je vais voir ce que je peux faire.

Dans la limousine, le mentar continuait de parler aux deux évangelines :

— Désolé, myr Skarland. Cela signifie que si Ellen ne se réveille pas demain elle n'aura plus qu'une chance sur huit de se réveiller jeudi. Si elle ne se réveille pas jeudi, elle n'aura plus qu'une chance sur vingt-sept vendredi, une chance sur deux cent cinquante-six samedi et une sur six cent vingt-cinq dimanche. Vous comprenez à quelle vitesse ses perspectives de rétablissement s'amenuisent. Et si elle se réveille dimanche, elle souffrira très probablement de dommages cérébraux irréparables.

Dans la chambre du manoir, le robot domestique finissait de déballer les bagages de Meewee et de ranger ses affaires. Il fit le tour du lit vers l'endroit où Meewee était assis et brandit un trophée dans sa tenaille. C'était le prix Mandela de l'humanitaire pour l'année 2082, que Meewee avait remporté pour son travail avec le Berceau International.

— Pose-le là pour le moment, dit-il en désignant la table de chevet.

Le robot plaça le prix à l'endroit indiqué puis, sans prévenir, déplia son bras et tenta de saisir Meewee à la gorge. Celui-ci eut un mouvement de recul réflexe et para l'attaque de ses mains. Le robot agrippa un de ses bras et l'écrasa dans l'étau de sa tenaille. Meewee hurla en essayant de se dégager.

— A l'aide ! A l'aide !

— J'ai appelé la sécurité, dit Wee Hunk.

— Arrête-le !

— Impossible. Quelqu'un d'autre a pris son contrôle.

Le robot traîna Meewee à bas du lit et déploya son autre bras dans l'intention évidente de l'étrangler, mais en se tortillant Meewee parvint à lui échapper.

— Ecoutez-moi, l'Evêque, dit Wee Hunk d'un ton calme. Dites à Arrow de l'arrêter.

— Arrow, arrête-le ! cria Meewee.

Mais le robot tordit le bras de Meewee et le tira vers lui, à portée de son autre tenaille.

— Dites-le en starkese, précisa le mentar.

Dans le cadre dévoilant l'intérieur de la limousine, le même Wee Hunk poursuivait ses explications :

— C'est pourquoi les médecins emploieront des méthodes plus agressives pour la réveiller dans les jours prochains, parmi lesquelles le remplacement tissulaire par microchirurgie.

— Arrow ! cria Meewee quand la tenaille du robot se referma sur son cou. Arrow ! Prépare-moi un thé !

Immédiatement, quelque chose à l'intérieur du robot grésilla, et l'engin se figea en desserrant son étreinte. Meewee écarta la tenaille de sa gorge et roula sur la moquette en haletant.

— Dieu merci, dit Wee Hunk. Vous n'avez rien ?

Dans la limousine, il continuait :

— Cette nuit, ils tenteront d'induire des rêves et de rétablir un cycle de sommeil de quatre-vingt-dix minutes par des moyens chimiques. Demain, ils la brancheront directement sur une enveloppe de sim.

Meewee était étendu sur le dos. Son cœur cognait follement dans sa poitrine. Quelqu'un tambourinait à la porte sans pouvoir entrer. La sécurité du manoir ?

— Mauvais pour notre double canopée et l'infaillibilité de nos systèmes de protection, dit Wee Hunk.

De l'autre côté de la pièce, un placard s'ouvrit, deux petits robots nettoyeurs en émergèrent et foncèrent droit sur la tête de Meewee.

6

Sur le trajet du retour après sa journée de travail, Bogdan fut témoin de deux autres inflorescences. L'une se produisit à une station où un véhicule-bulle gonfla comme un ballon (avec un passager désemparé coincé à l'intérieur), l'autre très haut sur la façade d'une gigatour, où toute une section du mur extérieur se mit à scintiller et clignoter comme un témoin lumineux géant. Rien de tout ça ne se produirait sur la planète Lisa, il en était sûr.

Arrivé devant l'immeuble des Kodiaks, il ne donna même pas à la porte d'entrée la possibilité de lui refuser l'accès. Il préféra emprunter le chemin du NanoJiffy.

Alors qu'il passait devant les bureaux administratifs, au troisième étage, il fut arrêté par Kale qui lui demanda d'entrer une minute. Lui, April et Kitty se trouvaient dans le premier bureau avec un couple âgé qui se leva poliment à l'arrivée de Bogdan. Les visiteurs portaient des tenues noires avec de petits pins rose-orange-vert sur les revers, des couleurs de chartistes que Bogdan ne connaissait pas. Ils tendirent des bras maigres et des doigts crochus et il leur serra la main. Ils étaient si vieux qu'il n'aurait pu dire si c'étaient des hommes ou des femmes. Quelle que soit leur charterie, ses membres avaient de très sérieux problèmes d'entretien corporel.

— Bogdan, dit Kale, je te présente myren Beadlemyren.

Bogdan en resta bouche bée. Etait-ce la charterie qui possédait les micromines dans le Wyoming ? Leurs sauveurs potentiels ?

— Les Beadlemyren sont en ville pour le Rendez-Vous de demain, expliqua Kale. Ils ont été assez aimables pour accepter notre invitation à dîner.

Kale et April avaient mis leurs plus beaux atours dans les teintes de la charterie, brun, jaune et blanc. Kale semblait encore plus mal à l'aise qu'à l'accoutumée, et April gardait un silence très inhabituel chez elle. Seule Kitty, avec son uniforme d'écolière japonaise, chaussettes blanches hautes comprises, paraissait dans son élément.

— Le bonjour, jeune homme, dit un des Beadlemyren. Vos cochartistes nous ont vanté la qualité de votre emploi. Un poste très important, à ce qu'ils disent.

— En effet, intervint Kitty qui se rapprocha de Bogdan et le serra affectueusement dans ses bras. Boggy est un spécialiste des statistiques démographiques. Pratiquement à la direction.

Les deux vieux bonshommes se penchèrent vers lui pour le dévisager de leurs yeux chassieux. Leur haleine rappelait vaguement l'odeur de Samson. Leurs bras étaient zébrés de rouge là où ils s'étaient grattés.

— C'est exact, dit Bogdan, et demain ils vont me décerner une récompense.

— Nous sommes très fiers de lui, dit Kale. Monte te changer, maintenant, mon cher Boggy. Nous ferons une cérémonie de la soupière abrégée, et ensuite les Beadlemyren se joindront à nous pour dîner.

La cérémonie de la soupière fut en effet très brève ce soir-là. Seuls les membres de la charterie qui avaient des crédits à verser furent invités à participer. Bogdan fut évidemment du nombre, et pour une fois il donna sa paie du jour sans traîner.

Quand la cérémonie écourtée fut terminée, l'immeublier Kale déclara :

— Nous avons deux invités de marque qui sont impatients de nous rejoindre. Ils sont affamés après leur long voyage, aussi je propose de ne pas les faire attendre trop longtemps.

Les cochartistes avaient reçu pour consigne de s'habiller au mieux. Tous portaient des tenues fraîchement extrudées. La plupart se préparaient pour le Rendez-Vous ; aussi avaient-ils les cheveux bien coiffés et la peau retendue.

— Je ne pense pas qu'il soit nécessaire de vous rappeler l'importance qu'il y a pour nous à élargir notre cercle, continua Kale. Quand Sam... Quand Sam nous quittera, nous ne serons plus que seize. Une défection de plus et nous passerons en dessous du nombre minimal selon les statuts chartistes, ce qui risquera de mettre en danger les privilèges spéciaux de cette communauté, parmi lesquels nos tarifs d'assurance réduits, nos dérogations sur les frais, nos crédits d'impôts et la subvention de l'un ou l'autre d'entre nous. April pourrait perdre le NanoJiffy, et je n'ai pas besoin de vous expliquer les répercussions que cela aurait pour nous tous.

« Afin de prévenir un tel désastre, le comité directeur a mené des discussions confidentielles avec la charterie de nos invités. Elles durent depuis plusieurs mois déjà.

Un murmure de surprise et d'inquiétude courut parmi les cochartistes. Kale leva les mains pour réclamer le silence.

— Allons, allons, laissez-moi terminer. Nous voulions attendre que les choses se précisent avant de présenter ce projet à tous, mais la visite inopinée de ce soir nous incite à vous le révéler, au moins dans ses grandes lignes.

Avec l'aide d'April et de Gerald, l'immeublier esquissa rapidement l'opportunité offerte par les Beadlemyren et leur micromine de Rosewood Acres. Les questions fusèrent : « Donc nous allons quitter Chicago ? » « Est-ce que ça veut dire que nous ne serons plus des Kodiaks ? »

— Nous aurons tout le temps de discuter plus tard. Nous ne sommes en aucune façon engagés dans ce projet, qui en est encore au stade exploratoire. Franchement, les Beadlemyren disposent de très nombreux soupirants, parmi lesquels, j'ai le regret de le dire, nos voisins les Tobblers. Je voulais simplement vous brosser un aperçu de la situation et vous recommander de bien vous tenir pour le repas. Et aussi un avertissement : ne dites rien sur la possibilité que des pirates de la matière dévorent notre immeuble, et surtout pas un mot sur l'arrestation de Hubert hier soir. Pour que ce projet aboutisse, nous aurons besoin de tous nos atouts. Ne nous tirons pas une balle dans le pied, mes amis. Compris ? Bien. Megan, tu peux les faire entrer.

— Attendez, dit April. Kale, nous n'oublions pas quelqu'un ?

Les cochartistes grommelèrent, et Kale répondit :

— On ne pourrait pas voir ça plus tard ? Nous faisons attendre des invités très importants...

— Non, ça ne peut pas attendre. Je serai brève. Je sais combien chacun ici tient à participer au Rendez-Vous demain, mais le fait est que quelqu'un devra rester à la maison pour être auprès de Samson.

Un silence de mort s'abattit sur la Salle verte. Les cochartistes se lançaient des regards furtifs pour définir qui serait le moins dépité de rater le Rendez-Vous. Barry et Francis, qui se trouvaient sur le toit en train de surveiller Samson, firent savoir par l'ordi-maison qu'ils n'étaient pas volontaires pour ce sacrifice, au cas où quelqu'un en aurait eu l'impression. Ils enfoncèrent le clou sans façon en suggérant que Kitty reste avec le mourant.

Les regards se braquèrent sur elle. La proposition était assez logique. Après tout, c'était elle la préférée de Samson. Mais Kitty ne l'entendait pas ainsi. Elle croisa les bras et fit une moue imitant parfaitement l'expression butée d'une gamine. Personne, et April moins que quiconque, n'imaginait de la laisser.

Finalement, April se déclara volontaire, comme tous les autres l'espéraient. Elle se priverait du Rendez-Vous afin que le dernier souffle de Samson soit partagé par un être qui lui était cher.

— Mais ce n'est pas juste, geignit Rusty. April a plus travaillé que n'importe qui ici pour nous préparer au Rendez-Vous. C'est elle qui a commandé nos tenues spéciales, dessiné notre stand, loué l'omnibus et arrangé les réunions avec les autres maisons. Si quelqu'un mérite d'y aller, c'est April.

Comme personne ne se proposait pour la remplacer, Rusty se résigna.

— D'accord. C'est moi qui resterai. April, tu vas au Rendez-Vous. Je tiendrai compagnie à Sam.

Ce n'était pourtant toujours pas la bonne solution. Rusty se préparait au Rendez-Vous depuis des mois. Il s'était laissé pousser de nouveaux cheveux. Il s'était forcé à manger plus que la normale afin de prendre un peu de poids. Physiquement, il semblait avoir rajeuni d'une bonne dizaine d'années. Par ailleurs, c'était lui le plus susceptible de dénicher une épouse au Rendez-Vous, et donc d'accroître la maison avec un membre supplémentaire. Trois dames de trois charteries différentes étaient déjà sur les rangs pour le rencontrer.

— Merci, Rusty, dit April, j'apprécie ta proposition à sa juste mesure. Vraiment. Mais je ne veux pas en entendre parler. Fin de la discussion.

Et c'est ainsi que la décision fut arrêtée. Megan escorta les deux Beadlemyren à leurs places d'honneur, en tête de table, avec Kitty assise entre eux. Le menu était composé de mets rarement vus chez les Kodiaks : potage à la truite et au maïs, entrée de légumes variés, imitation de bœuf Strogonoff et, en dessert, gâteau au chocolat, glace, et café pour couronner le tout. Malgré cela, l'ambiance était lugubre dans la Salle verte. Kale finit par juger opportun d'expliquer la situation à leurs invités, afin d'éviter que les Beadlemyren ne les rayent de leur liste pour cause d'humeur générale maussade.

— Un de nos chers cochartistes est gravement malade, dit-il, et nous sommes tous très inquiets.

De son côté, Bogdan était surtout préoccupé par l'usage répété du terme « atout » dans la bouche de leur immeublier pour décrire

Hubert. La nuit dernière, lorsque Kale s'était laissé arrêter plutôt que de livrer Hubert à la SecNat, Bogdan avait été très impressionné par son tout nouveau dévouement pour le mentar de Samson. A présent, il n'en était plus aussi certain. Un atout ? Hubert n'avait jamais eu grand-chose d'un atout pour la maison auparavant ; comment le décès de Samson pourrait-il changer cette situation ?

Il se tourna vers Rusty.

— Quel est le statut de notre vieux tu-sais-son-nom ?

Rusty jeta un regard circonspect au bout de la table où les deux Beadlemyren semblaient fascinés par les anecdotes de Kitty.

— Il a été éradiqué.

— Quoi ? Eradiqué ?

— Ouais, fit Louis de l'autre côté de la table. Pirater le tu-sais-quoi dans le ciel est une atteinte très sérieuse à la sécurité nationale. Le genre à vous faire éradiquer.

— Remarque, l'éradication a un bon côté, fit Rusty. Personne, pas même les voisins, ne saura jamais rien de l'arrestation. Comme ça, ça ne fera pas capoter le marché que Kale est en train de mijoter avec les gars du Wyoming.

— A moins, évidemment, qu'un des voisins ne les ait vus l'emmener, ajouta Louis.

— J'étais là, dit Megan. Les Combis Noires l'ont fourré dans une boîte avant de l'emporter. Personne n'a rien vu, sauf nous.

Pendant le dessert, à très précisément dix-neuf heures douze, les effets du deuxième comprimé d'Alert ! cessèrent chez Bogdan. Il bâilla à s'en décrocher les mâchoires, s'affaissa sur son assiette et s'endormit. Des mains le secouèrent pour le réveiller. Du bout de la table, April lança :

— Envoyez-le au lit. Bogdan, va te coucher. Que quelqu'un l'accompagne.

Tant bien que mal, le garçon se mit debout et enveloppa une dernière part de gâteau au chocolat dans sa serviette. Rusty se leva également, mais son ami lui fit signe de ne pas bouger.

— D'accord, dit Rusty, mais n'oublie pas que maintenant c'est au septième que tu pieutes, dans ma chambre.

— Ouais, ouais...

Pendant que Bogdan sortait de la Salle verte, Kale expliqua à leurs invités à quel point il travaillait dur, sans jamais savoir à quelle heure il allait terminer. Les deux émissaires cacochymes murmurèrent leur approbation devant une telle abnégation.

Bogdan gravissait les volées de marches au ralenti, plus endormi qu'éveillé, lorsque, sur le palier du cinquième, un appel téléphonique grandeur nature le fit sursauter. Un logo d'aspect très officiel apparut dans l'air et illumina le palier. Bogdan se demanda comment un tel prodige était possible – il n'y avait pas de cam émettrice dans la cage d'escalier – mais la question s'évanouit de son esprit quand il vit le logo prendre la forme d'un jeune officier grand et athlétique, revêtu d'un uniforme qui lui sembla vaguement familier.

— Qui êtes-vous ? dit le garçon.

L'homme se contenta de sourire et désigna le cadre de données qui s'ouvrait à côté de lui et affichait une invitation frappée du sceau du Corps des astronautes des USNA.

Myr Bogdan (« Boggo ») Kodiak,
sur désignation nominative du Président,
vous êtes invité à explorer les possibilités d'admission
au sein du CORPS des CADETS de la DIVISION
DES FUTURS PILOTES des VAISSEAUX-A.
Merci de participer à notre séminaire d'introduction
ainsi qu'au banquet pour le projet Jardins de la Terre 2134.
– uniforme en option –

Incrédule, Bogdan relut l'invitation avant de demander :

— C'est adressé à moi ? Je ne comprends pas. Vous me voulez, moi ?

Sans se départir de son sourire, l'officier salua. Lui et le cadre s'évanouirent.

— J'y serai ! cria Bogdan à l'éclat faiblissant, tout en saluant. J'accepte !

Des rires de hyènes éclatèrent soudain. Quand les yeux de Bogdan se réaccoutumèrent à la pénombre, il distingua deux garçons assis sur les marches, pliés en deux par l'hilarité. Ils se saluèrent en singeant Bogdan et beuglèrent : « J'accepte. J'accepte. » Troy Tobbler et Limace.

Bogdan fit demi-tour sans un mot et redescendit. Il passa devant la Salle verte où les convives chantaient de vieilles rengaines chartistes, alla jusqu'à l'entrée au rez-de-chaussée et tira la canne en bambou de son chargeur. Il en fouetta l'air trois ou quatre fois, puis piqua de ses électrodes le porte-parapluie métallique. La décharge en retour le fit reculer d'un mètre. Cela le réveilla une minute, mais dès qu'il eut gravi de nouveau deux étages il dormait debout et il ne savait plus trop ce qu'il voulait faire avec la canne. Il plongea la main dans sa poche et trouva la plaquette d'Alert !. Bogdan savait tout des dangers de la PMS – Psychose due au Manque de Sommeil – mais ça ne valait pas pour cet instant précis, et il avala son troisième comprimé. Quelques secondes plus tard, il montait les marches quatre à quatre en brandissant la canne comme Excalibur, sa somnolence balayée par une envie de meurtre d'une pureté cristalline.

Les garçons l'attendaient sur les marches du cinquième, et ils recommencèrent à se moquer de lui dès qu'il apparut.

— Sortez de chez moi ! ordonna-t-il en les menaçant de son arme.

Leurs quolibets redoublèrent. Furieux, il avança et frappa Troy de la pointe de la canne.

Il n'y eut pas de décharge, seulement d'autres rires quand les garçons s'effondrèrent pour ne plus former qu'un tas de cendres. Un tas qui affectait la forme d'un H, avant que la lettre elle aussi ne disparaisse.

Bogdan continua son ascension et parcourut les couloirs des Kodiaks à la recherche de ses persécuteurs. Il passa devant son ancienne chambre où de nouveaux Tobbs gardaient l'endroit en jouant au même jeu de cartes, puis il grimpa sur le toit. Il fouilla tous les coins d'ombre, ne trouva personne et finit par rejoindre Megan et BJ qui venaient d'entamer leur tour de garde auprès de Samson.

— Comment est-il ? demanda Bogdan.

— Il n'a pas bougé du tout depuis ce matin, répondit Megan.

— Et il ne sent plus aussi mauvais, ajouta BJ.

Bogdan s'installa dans une chaise longue et observa l'abeille SecNat qui voletait au-dessus d'eux. Sa vue lui remémora l'abeille sous le revers du vêtement de Samson, et l'expédition du vieillard et de Hubert à Soldier Field. Reverraient-ils Hubert un jour ? Bogdan calcula qu'il lui restait dix heures avant de devoir se préparer pour aller au travail demain. Il était conscient qu'il aurait dû descendre au NanoJiffy pour prendre un cachet de Cooler qui annulerait les effets du comprimé d'Alert !. Ainsi il pourrait dormir, mais, quand il voulut s'extraire de la chaise longue, il constata que son corps était paralysé. Son esprit était parfaitement éveillé, plus que de coutume en fait, mais son corps était endormi. Il savait qu'il aurait dû s'obliger à se lever pour aller prendre ce cachet de Cooler, mais la perspective de descendre puis de remonter toutes ces marches l'en dissuada. Comment se faisait-il que les Tobblers disposaient d'un ascenseur et pas eux ? Et puis, s'il s'endormait, pouvait-il faire confiance à l'ordi-maison pour le réveiller demain à six heures ? Il ne le pensait pas. Il était probablement plus sûr de rester éveillé, d'autant qu'il avait les yeux clos et que Megan ou BJ avait mis une couverture sur lui.

Pendant que son corps se reposait, son esprit se vit tour à tour dans son chalet de ski personnel sur la planète Lisa – où Annette était étendue nue auprès de lui devant le feu de cheminée –, dans la cabine de contrôle de la micromine des Wyoming – où seule son expertise avait permis de découvrir une nouvelle veine très riche en éléments rares – ou encore au service des Ressources humaines d'E-Pluribus – qui bien évidemment lui décernait le prix de l'Employé de l'année, sans parler d'une augmentation substantielle et d'une prime rondelette. Et pendant toutes ces pérégrinations, il se demanda ce que pouvait bien signifier le H formé par la poussière sur la marche.

7

Quand Mary arriva à l'appartement, elle ne prit même pas le temps de se changer et se plongea avec enthousiasme dans les cours sur la revivification recommandés par Concierge : neurologie, génétique, embryologie, biochimie et histologie. Elle parcourut les leçons parlant de noyau basal, de transport axoplasmique rapide et de greffe gliale de Flinn-Long. Inutile de dire que ces sujets étaient beaucoup trop ardus pour elle, et elle ne parvint pas à trouver quelque chose de plus élémentaire sur le WAD. Elle avala donc deux Intel-Os et continua de bûcher, en espérant comprendre quelque chose.

Quand Fred rentra, il s'assit à côté d'elle sur le lit et contempla une partie de l'exploration colorée d'un réticule sarcoplasmique, un organite essentiel à la gestion du coma. Après quelques minutes, il laissa tomber :

— Je ne saisis pas.

— Moi non plus, répondit Mary en riant.

— Je veux dire, quel rapport entre tout ça et ton boulot d'accompagnement ?

Manque de sincérité flagrant. Il savait très exactement quel était le rapport avec son emploi.

— Mes sœurs et moi nous efforçons d'élargir notre horizon, déclara Mary en guise d'explication.

— En étudiant le travail d'une jenny ?

Mary haussa les épaules. Elle le regarda et fronça les sourcils.

— Il t'est arrivé quelque chose, Fred, dit-elle. C'est écrit sur ton visage. Qu'as-tu fait ?

Il se pencha pour ôter ses chaussures, ses grosses chaussures marron de russ, et il les tendit au chiot préposé aux pantoufles.

— Je suppose que j'ai fait quelque chose, en effet, lâcha-t-il.

— Tu peux m'en parler ?

— Ce n'est pas en relation avec le travail, donc je pense que oui.

A dire vrai, ce serait un soulagement de se confier à elle.

— Ces derniers temps, je me suis mis à réfléchir à l'usure des clones.

— Tu sais bien que ça n'existe pas.

— Je sais, mais je me suis mis à penser à cette manie que nous autres russ avons de refuser toute nouveauté et de nous ouvrir aux autres.

Il lui parla des chaussures et de ses recherches de dossiers secrets dans le *RFR*. Il lui dit aussi pourquoi il avait commencé le *Livre des russ*. Il relata comment il avait lancé une discussion provocante pour pousser ses frères à raconter leur histoire personnelle, sans toutefois lui révéler le contenu sexuel de ses confidences.

Quand il se tut, Mary réfléchit un moment, étudia les nuances et, comme toujours, identifia le problème véritable.

— Quel genre de choses veux-tu expérimenter, Fred ?

Il se pencha à nouveau pour chausser ses pantoufles, ce qui lui permit de dissimuler l'expression de son visage.

— Rien en particulier. Juste des trucs nouveaux, en général.

— Tu sais que tu es libre d'expérimenter de nouvelles choses. Personne ne t'en empêche.

Fred ouvrit la bouche, mais aucun son n'en sortit.

— Tu n'es pas mon prisonnier, ici, ajouta-t-elle.

— Vraiment ? fit-il, plongeant bêtement dans le piège. Ce n'est pas juste une formule ?

Elle était l'image même de la sincérité faite évangeline.

— Si tu avais vraiment envie de quelque chose – tu me comprends –, ce serait stupide de ma part d'essayer de te retenir.

— Tu es trop bonne avec moi.

— J'essaie seulement d'être réaliste, Fred.

Il hocha la tête, la mine songeuse.

— Parce qu'il y avait bien quelque chose, confessa-t-il. Quelque chose de... eh bien, de pas très convenable.

Mary prit quelques secondes pour le jauger. Elle semblait un peu effrayée, mais d'une voix douce elle demanda :

— Dis-moi ce que c'est.

— Je... je ne peux pas.

— Si, Fred, tu peux. Tu peux *tout* me dire. Tu le sais.

Il détourna le regard une fois de plus. Se racla la gorge.

— Eh bien... Si tu es sûre que ça ne te dérangera pas, il y a ce truc que j'ai toujours voulu faire...

— Oui ?

— Je me suis toujours demandé...

— Vas-y.

— Ce que ça donnerait de faire *ça*.

D'un mouvement coulé, il se leva, se pencha, la cueillit sur le lit et la fit basculer sur son épaule.

— Fred ! s'écria-t-elle.

— Je ne sais pas si c'est dû à l'usure des clones ou non, fit-il malicieusement.

Il la porta ainsi en direction de la chambre. Le menton de Mary cognait son omoplate à chaque pas. Elle le frappa de ses deux poings et le mordit.

— Aïe ! Doucement ! dit-il avant de lui appliquer une claque retentissante sur les fesses.

Ils passèrent devant la porte de la chambre sans ralentir.

— Fred ! Où m'emmènes-tu ?

— Expérimenter quelque chose dehors.

Pour elle, l'appartement défilait à l'envers. Elle aperçut le sol carrelé de leur petit vestibule.

— Porte, dit Fred, déverrouillage.

Le verrou de la porte d'entrée se rétracta.

— Non, porte ! cria Mary. Verrouillage !

Le verrou se referma.

— Cette fontaine au quatre cent cinquantième, dit-il. Celle avec les centaures qui s'embrassent... Porte ! Déverrouillage, j'ai dit !

Le pêne du verrou se retira.

— Porte, verrouillage et double verrouillage !

Le verrou claqua dans un sens, puis dans l'autre. Ils éclatèrent de rire en pensant à ce que quelqu'un dans le couloir pourrait penser. Il la bascula vers l'avant pour qu'elle soit face à lui, et, sans la lâcher ni lui laisser toucher le sol des pieds, il tira sur la languette sous son col et ouvrit complètement sa tenue. Avec les dents, il lui enleva sa culotte.

Ils aimaient se regarder mutuellement quand ils jouissaient. Ce soir-là, il vit dans les yeux de Mary tout un cirque de clowns et de jongleurs, d'anneaux enflammés et de tigres bondissants, et un chœur céleste qui s'élevait des gradins. *A mes frères clones : Ces yeux, oh, ces yeux...*

Plus tard, ils dînèrent dans le lit. Regardèrent une vid stupide. Quand il s'endormit, elle se leva et enfila un peignoir. Elle vint se placer à côté du lit et l'observa un long moment. Cette histoire de *Livre des russ* était potentiellement très sérieuse.

Elle passa dans le salon, ferma la porte de la chambre, alluma l'écran plat et suivit un cours sur la physiologie du mésencéphale.

MERCREDI

8

Mary arriva tôt à Decatur. Il n'y avait pas de limousine qui l'attendait. Le temps était clair et elle décida de parcourir à pied les quelques centaines de mètres qui la séparaient de la clinique. En chemin, elle s'intéressa au quartier. De belles propriétés aux maisons majestueuses étaient cachées derrière des murs et des rideaux d'arbres. La clinique elle-même était séparée de la rue par un mur de pierre, de vastes pelouses et de hautes haies. Mary franchit une arche épaisse en fer sur laquelle étaient soudées des lettres au tracé alambiqué formant les mots CLINIQUE ROOSEVELT. Puis elle traversa l'aire de stationnement et remonta l'allée en brique menant au corps de garde. Elle passa le scan sans difficulté. Au portail intérieur, ce n'était plus le même russ qui était de garde, mais quelqu'un qu'elle connaissait : Reilly Dell !

— Quelle surprise ! dit-elle. Imagine les probabilités.

— Les probabilités de quoi ? dit Reilly en lui serrant la main. Que nous soyons tous les deux assignés au même bâtiment, ou que je réalise enfin mon fantasme de te rencontrer sans ton gorille de mari ?

— Tu as l'air d'aller mieux, constata-t-elle.

C'était vrai, même s'il portait toujours ses jambières exoassistées et qu'on voyait encore la trace de sa coquille sur son cuir chevelu. Il faudrait quelques jours avant que lui et Fred puissent se faire réinstaller leurs implants.

— Comment se passe ton boulot ? demanda Reilly. Shelley meurt d'envie de tout savoir.

Mary se demanda s'il faisait sciemment un mauvais trait d'esprit.

— Dis-lui que c'est un défi, difficile mais merveilleusement stimulant.

Ils bavardèrent de choses et d'autres pendant encore quelques minutes, puis Reilly déclara :

— Je ne peux pas te laisser entrer. L'autre évangeline ne sera pas là avant un petit moment, et Concierge veut vous voir toutes les deux sur la place.

Mary patienta donc dans la zone d'attente pendant que Reilly accueillait les autres arrivants. Elle espérait que Renata aurait une bonne raison pour son retard. Mais Renata ne se montra pas. C'est une autre évangeline qui se présenta à sa place et franchit le portail avec Mary. Toujours aussi cordial, Concierge les salua et les escorta jusqu'au cottage Feldspath, mais par le chemin direct cette fois. Tout en marchant, il expliqua le règlement intérieur de la clinique Roosevelt à la nouvelle évangeline, Georgine.

— Entendre de nouveau le règlement ne vous fera pas de mal, dit-il à Mary. Apparemment, toutes les évangelines ne l'ont pas respecté à la lettre hier. En particulier en ce qui concerne la protection de la technologie dont la clinique est propriétaire.

Mary n'avait aucune idée de ce à quoi il faisait référence. Elle n'imaginait pas ce que Renata avait pu faire pour mériter le renvoi.

Concierge les laissa sur l'Allée minérale, et les deux évangelines rejoignirent le cottage. Elles croisèrent deux médecins qui en sortaient. Par habitude, Mary s'écarta de l'allée pour les laisser passer, mais Georgine n'en fit rien. C'est seulement lorsque cette dernière traversa les docteurs que Mary les identifia comme des holos. Le système de projection de la clinique était le plus perfectionné qu'elle eût jamais vu. N'empêche, il était impoli de marcher à travers l'holo de quelqu'un.

Dans le cottage, la jenny infirmière, Hattie, faisait la leçon aux évangelines de l'équipe de nuit.

— En général, nous attendons qu'ils reprennent conscience, disait-elle, mais avec myr Starke nous avons décidé d'accélérer le mouvement. Vous deux, fit-elle à l'arrivée de Mary et Georgine, mettez une paire de gants à toucher virtuel et rejoignez-nous.

C'était le quart d'heure du café fraîchement passé. Le cottage était différent de la veille. Des tapis jetables, des étagères, une table, un bureau, un rocking-chair et d'autres meubles avaient été apportés et disposés dans la pièce. Mais l'ajout le plus évident était ce lit de repos dans la pièce en contrebas. Une jeune femme en combinaison moulante sans manches y était étendue. Elle reposait sur le flanc, apparemment endormie. Cyndee, Ronnie et la jenny se tenaient autour d'elle.

Mary et Georgine prirent chacune une pochette contenant une paire de gants à toucher virtuel sur un chariot et les rejoignirent autour du lit.

— Vous êtes nouvelle, dit la jenny à Georgine. Je suis Hattie Beckeridge.

Cyndee et Ronnie se présentèrent à leur nouvelle collègue. Aujourd'hui, elles aussi étaient coiffées d'une casquette plate. L'infirmière en chef attira de nouveau leur attention sur la femme allongée. Elle était fine de corpulence, avec un joli visage et des sourcils fournis.

— C'est myr Starke ? demanda Mary.

— Oui, enfin, son enveloppe vide, précisa Hattie. Les techmeds l'ont adaptée d'après un sim holo qu'elle avait projeté à son dernier anniversaire.

Mary leva les yeux et contempla le crâne suspendu dans le réservoir tel un juge sinistre. Ses yeux étaient aussi éteints que la veille.

Hattie prit la main de l'enveloppe de myr Starke dans la sienne et la fit passer sur le tissu épais du lit de repos.

— Ça devrait réveiller les vieux neurones sensoriels, dit-elle. Allez, relayez-vous pour le faire. En douceur. Inutile de lui brûler les doigts.

Mary enfila ses gants spéciaux, pendant que Hattie continuait :

— Myr Starke devra porter cette enveloppe pendant les dix-huit mois à venir environ, le temps que son nouveau corps atteigne sa pleine maturité.

— Mais si l'enveloppe regarde le réservoir, est-ce qu'elle ne sera pas effrayée de se voir sous la forme d'un crâne ? interrogea Ronnie. Moi, je serais épouvantée.

Hattie considéra le crâne quelques secondes.

— Le système de l'enveloppe possède un point aveugle intégré, de sorte qu'elle ne peut voir le réservoir que si elle le décide. Le plus important, c'est que la tête dans le réservoir peut voir l'enveloppe. Son nouveau corps en développement aura besoin d'une rétroaction à la fois proprioceptive et visuelle de la part de l'enveloppe. Il en sera ainsi à condition que les nouvelles cellules nerveuses s'insèrent correctement dans le tissu cervical existant. Dans le cas contraire, elle souffrira de troubles allant de spasmes légers et récurrents à des symptômes aggravés de la maladie de Parkinson.

« Dès que vous vous éveillerez, myr Starke, dit-elle à l'enveloppe, nous vous ferons faire des sauts avec extension latérale des membres.

Suivant les instructions de l'infirmière, les évangelines soulevèrent l'enveloppe et la placèrent sur le dos. Avec les gants spéciaux, le holo semblait aussi lourd qu'un corps véritable. Elles placèrent ses genoux en hauteur et firent glisser la plante de ses pieds nus contre le lit, comme elles l'avaient fait pour les mains. Tout en travaillant, elles échangeaient des regards, et Mary comprit qu'il s'était passé quelque chose pendant le tour de garde précédent. Mais elles n'eurent pas la possibilité d'en parler, car dès que l'exercice sensoriel fut terminé un trio de johns entra dans le cottage. Ils apportaient des cartons contenant d'autres effets personnels d'Ellen Starke : des chapeaux, des photographies et des lampes, un collier de perles, des trophées, des livres et bien d'autres choses encore. Hattie et les évangelines les disposèrent dans les coins de la pièce et sur les étagères.

Quand elles eurent terminé, l'heure était venue pour l'infirmière en chef d'effectuer sa ronde.

— Veillez à continuer les stimulations de notre résidente, dit-elle. Et n'oubliez pas : elle peut voir, entendre et sentir. Nous avons sélectionné certaines de ses possessions pour leurs qualités olfactives. Rien de tel que l'odeur du foyer pour attirer l'attention de quelqu'un.

— Comment myr Starke fait-elle pour sentir ? dit Cyndee.

— Personne ne vous a montré ?... Peu importe, suivez-moi.

Hattie les mena jusqu'à l'unité de contrôle placée à côté du réservoir.

— Voici l'échantillonneur olfactif : il tient temporairement lieu de nez à myr Starke, dit-elle en désignant une petite grille sur le côté de l'unité. Il échantillonne continuellement l'air ambiant et convertit les résultats directement dans l'épithélium de notre résidente, qui par chance est intact. J'utilise toujours le même shampoing, de façon que mes patients puissent me reconnaître à son odeur.

La jenny s'inclina et frotta ses cheveux près de la grille.

— Le bonjour, myr Starke, c'est moi, Hattie Beckeridge, votre infirmière de jour.

Elle se redressa et poursuivit :

— Par certains côtés, les odeurs sont pour le moment plus utiles pour notre résidente que la vue. L'odorat est un sens plus simple, plus direct.

Elle ordonna à l'unité de contrôle de projeter une modélisation du cerveau de Starke. Une grosse masse gris et marron apparut.

— Ajout des orbites et projection rétinofuge primaire.

Deux globes oculaires se matérialisèrent à une extrémité du cerveau (ce qui permit à Mary de distinguer l'œil droit du gauche). Ils étaient soulignés par une lumière rouge. Celle-ci remonta le long de deux chemins neuraux jusqu'au mésencéphale, où ils se croisèrent avant de continuer jusqu'à l'arrière des hémisphères cérébraux.

— Ce que nous percevons avec nos yeux *à l'avant* de notre crâne doit traverser tout le cerveau, expliqua Hattie en montrant avec son index le trajet suivi, avant d'atteindre le cortex visuel *à l'arrière* du crâne. C'est là que les signaux sont analysés avant d'être réacheminés vers les différentes régions intéressées pour analyse complémentaire.

Elle ordonna que la modélisation affiche le chemin parcouru, et l'ensemble du cerveau parut s'éclairer.

— Impressionnant, n'est-ce pas ? dit-elle. La vision est notre sens premier. Près d'un tiers du cerveau est impliqué dans le décryptage des signaux qu'elle envoie.

Elle demanda ensuite que la modélisation montre l'activité visuelle actuelle de Starke. Seuls les yeux et deux filaments s'illuminèrent jusqu'à leur intersection au niveau du mésencéphale.

— Vous voyez ? Le signal est perdu bien avant qu'il n'atteigne les lobes occipitaux. L'éclairage est allumé, mais il n'y a personne à la maison. Maintenant, comparons avec l'odorat. Affichage de l'activité olfactive actuelle de la patiente.

Deux petites projections situées sous les yeux de la modélisation s'illuminèrent en vert.

— C'est l'épithélium olfactif, qui tapisse le haut des conduits nasaux. Il fabrique les bulbes olfactifs, le seul tissu cérébral que nous ayons à l'extérieur de notre crâne. Lequel tissu entre en contact avec l'air que nous respirons.

Elle indiqua les projections vertes, puis un lobe du cerveau situé à proximité.

— Les bulbes olfactifs ici, et le cortex olfactif primaire juste à côté. L'odorat est le seul de nos systèmes sensoriels qui passe directement dans le cortex cérébral. Ce qui lui confère une influence *sans pareille* sur les zones du cerveau qui affectent l'émotion, la motivation et certaines catégories de souvenirs.

Hattie avait terminé son cours magistral, et elle s'apprêta à partir. Avant cela, elle passa derrière le réservoir pour regarder le fœtus. Les évangelines la suivirent. La petite crevette semblait avoir la même taille que la veille.

Dans un coin du bunker souterrain situé à près d'un quart de klick de profondeur sous le manoir Starke, Merrill Meewee était étendu dans sa chambre improvisée et contemplait le plafond. Après son agression par les robots domestiques de la maison la veille, Wee Hunk avait estimé plus prudent de le déménager ici. Au moins jusqu'à ce qu'il ait découvert qui était responsable de l'attaque et comment on avait pénétré les systèmes de sécurité du manoir. Mais, tandis que Meewee sentait peser sur lui les couches successives de terre et de roche au-dessus de sa tête, il ne s'estimait guère plus en sécurité et n'avait pas réussi à beaucoup dormir. Si les ennemis d'Eleanor pouvaient pervertir des engins nettoyeurs de moquette pour les transformer en chiens d'attaque, quel endroit échapperait à leur menace ?

En fait, il en existait un. Non loin de là où il était étendu se trouvait la salle neutre spéciale. Rien ne pouvait y pénétrer, ni radiations électromagnétiques ni vibrations d'ondes longues terrestres, rayons cosmiques, ultrasons, ou tout autre moyen connu d'espionnage. Pas même les enchevêtrements quantiques, avait affirmé Eleanor. Elle avait pris l'habitude de dire que Dieu lui-même ne pouvait pas épier sa conversation dans cet endroit. C'est peut-être là que Meewee parviendrait à dormir.

Son cou était douloureux, sa trachée à vif, et il était couvert d'hématomes aux endroits où les nettoyeurs de moquette l'avaient frappé. Arrow l'avait peut-être sauvé de l'étranglement, mais Meewee avait dû lui dire spécifiquement de le faire. Arrow possédait certaines capacités effrayantes, mais ce n'était pas un garde du corps très alerte d'esprit.

<Arrow,> dit-il en starkese <qu'es-tu au juste ?>

<Je ne comprends pas la question,> répondit le mentar sur le même mode.

<Es-tu un mentar ?>

<Affirmatif.>

<As-tu une personnalité ?>

<Je ne comprends pas la question.>

<Es-tu conscient de toi-même ?>

<Je ne comprends pas la question.>

Meewee sortit du lit et alla pieds nus jusqu'à la salle de bains. Le bunker souterrain d'Eleanor était spacieux et bien équipé. Un groupe d'une bonne trentaine de personnes habituées au luxe des grands hôtels pouvait attendre ici la fin d'une attaque nucléaire ou biologique dans un confort royal.

Meewee fit sa toilette, s'habilla et se rendit à l'office pour prendre son petit déjeuner. Wee Hunk l'y attendait sous l'apparence d'un homme de taille normale dans un peignoir en fourrure d'ocelot.

— Une excellente matinée à vous, dit le mentar en offrant son identification en starkese sans même avoir été testé. J'espère sincèrement que votre petite bagarre d'hier avec les nettoyeurs ne vous a pas coupé l'appétit. La cuisine ici regorge de plats exceptionnels. Vous devriez goûter aux gaufres au levain.

Meewee grogna en guise de salut et s'assit à l'une des longues tables. Quand un robot serveur vint prendre sa commande, il le toisa avec méfiance avant de se décider pour un jus de fruit, des toasts, de la confiture de fraise et du café.

— Vous serez heureux d'apprendre que j'ai réussi à identifier la brèche dans notre sécurité, dit le mentar d'un ton enjoué. Apparemment, de la poussière adhérant à votre peau et vos vêtements charriait des instructions qui ont permis de corrompre nos engins d'entretien. Vous l'avez sans doute ramassée quand vous êtes passé au quartier général des Entreprises Starke.

— Le Cabinet ?

— Probablement, mais pas obligatoirement, répondit Wee Hunk, tandis qu'un diorama de l'intérieur du cottage à la clinique s'ouvrait au-dessus de la table voisine de Meewee. Vous vous sentez prêt pour la mise à jour ?

A l'intérieur du diorama, les petites silhouettes des évangelines et des johns déplaçaient des meubles. L'attention de Meewee s'arrêta immédiatement sur le lit de repos où une Ellen Starke ressuscitée semblait dormir. Une enveloppe sim, songea-t-il.

— Elle est toujours comateuse ?

— Hélas, oui. Son état général ne s'est pas amélioré, et son pronostic vital s'aggrave d'heure en heure. Selon les enregistreurs-relais, Concierge n'a pas tenté de modifier mes observations. Cependant, il a intercepté un échantillon de liquide amniotique que je tentais de faire sortir du cottage, et il a mis fin à la mission de mon évangeline voleuse.

— Il faut absolument que nous introduisions notre propre spécialiste là-bas.

— Je ne suis pas opposé à cette solution, dit l'homme des cavernes en peignoir de fourrure, mais j'en suis arrivé à la conclusion que notre meilleure option consiste à soustraire Ellen à la clinique et à la traiter ici, avec un autodoc spécialisé si nécessaire.

— Ici même ? Dans le bunker ?

Le robot serveur revint avec le petit déjeuner de Meewee. Celui-ci étala la confiture sur un toast et mordit dedans avec prudence.

— Oui, dans le bunker. Dans la salle neutre spéciale, en fait. Je suis en train d'assembler une unité de revivification ici même pendant que nous discutons. Je me suis procuré un caisson du modèle approprié, le liquide amniotique nécessaire, une unité de contrôle et tout le reste de l'équipement indispensable. Et j'ai localisé un autodoc qui fera très bien l'affaire.

Ils observèrent l'activité au cottage pendant que Meewee mangeait. Wee Hunk attendit qu'il ait terminé pour déclarer :

— Le problème, c'est la faire sortir de la clinique.

— Je croyais que vous étiez légalement son gardien, dit Meewee. Vous ne pouvez pas simplement signer les documents pour qu'elle sorte de là ?

— Oui, mais, en agissant ainsi, nous leur forcerions la main. Si une agence quelconque est effectivement en train de la tuer peu à peu, avec pour objectif de faire passer son décès pour la conséquence du crash, leur donner la moindre indication de nos projets risquerait de précipiter son assassinat. Si nous voulons la tirer de là, il nous faudra le faire par un assaut éclair, sans signe avant-coureur.

Meewee s'essuya la bouche et plia posément sa serviette.

— Qu'avez-vous à l'esprit, exactement ?

La grande nouvelle détenue par l'équipe précédente était qu'une évangeline avait été renvoyée pour avoir enfreint le règlement interne de la clinique. Il ne s'agissait toutefois pas de Renata. Mary ne pouvait être certaine des détails à cause de la nature déductive des échanges entre évangelines, mais il semblait que Celia, qu'elle n'avait jamais rencontrée, avait empli une fiole de liquide amniotique contenu dans le réservoir et tenté de la faire sortir de l'enceinte de la clinique. Le bruit courait qu'elle avait agi ainsi sur les instructions du mentar de leur patiente, Wee Hunk. Sa tentative de vol avait été découverte à temps, et elle avait été aussitôt licenciée. Nick réaffecta Renata à l'équipe de nuit et assigna Georgine à celle du matin.

Quand le chevauchement des équipes prit fin et que Cyndee et Ronnie partirent, Mary et Georgine cherchèrent quelque chose de « stimulant » pour leur patiente.

— Et si nous lui faisions la lecture ? proposa Mary.

Elle prit une bibliothèque sur une des étagères. Mais ce n'était pas une bibliothèque ordinaire. L'ouvrage était pesant, et ses pages en papier. C'était un livre ! Les évangelines s'assirent à côté du lit de repos et examinèrent cette relique. Les deux premières pages étaient *vierges*. Le livre avait été publié en 2013, à Boston. Il devait s'agir de l'ancienne Boston. Il n'y avait aucun glyphe, aucune icône, pas la moindre illustration. Le texte s'étendait sur deux cent quarante feuillets réels. Quand vous touchiez un mot, il ne se prononçait ni ne se définissait lui-même, et il n'affichait aucun lien. Il restait là, inerte, sur le papier, comme une tache.

Sur le lit auprès d'elles, l'enveloppe de Starke était étendue sur le dos, tête surélevée par un oreiller, mains croisées sur la poitrine. Elle semblait aussi paisible qu'un cadavre.

— Nous allons vous faire la lecture de votre livre, lui dit Mary.

Elle lui prit la main et lui fit effleurer le grain de la couverture de l'ouvrage. Mais celui-ci n'avait pas été conçu par un programme analogique virtuel, et la main passa au travers.

— Bon, ça ne fait rien, dit Mary.

Elle ouvrit le livre et lut :

— *La Pommeraie*, de Delany Kay. Chapitre premier : « Jae ». « C'était un jour comme les autres, où les gens au comportement changeant s'irradiaient d'unités de satisfaction, de perplexité ou d'anxiété selon leur ordonnance. A la suite d'une négligence, un bol de chagrin non spécifique fut lâché dans le compartiment avant. Il flotta sans être remarqué à travers le vaisseau jusqu'à ce que Jae Taxamany, en franchissant une écoutille, entre en collision avec lui. Soudain, sans raison, Jae se mit à sangloter. »

Mary fut instantanément happée par le récit – une histoire d'amour, manifestement – et se relaya avec Georgine pour lire le livre à voix haute pendant plus d'une heure, jusqu'à ce qu'elles soient interrompues par le techmed Coburn. Il poussa son chariot par la porte du cottage et marmonna quelque chose d'inamical en passant devant les deux évangelines.

— Assez lu pour aujourd'hui, décida Mary. Georgine, permets-moi de te présenter Matt.

— Coburn, rectifia Coburn.

— Matt préfère qu'on l'appelle Coburn, expliqua Mary.

— Pauvres clones, grommela-t-il.

Mary fut piquée au vif par l'injure. Georgine ouvrit la bouche pour répliquer vertement, puis se ravisa et se tut. C'est Mary qui demanda au techmed si elles pouvaient faire quoi que ce soit pour l'aider. Coburn lui répondit que non, si ce n'est le laisser tranquille. Néanmoins, les évangelines vinrent se poster devant le réservoir pour le regarder travailler. Après un moment, il laissa tomber une bobine de nerfs vide sur Mary.

Les deux femmes comprirent le message et retournèrent près du lit de repos. Georgine remonta la manche de Mary pour voir si elle avait un bleu. La bobine n'était pas très lourde, et ce n'était pas la véritable raison de son geste. En fait, elle cherchait seulement à dissimuler une tache de liquide amniotique laissée sur la manche de Mary par la bobine. Puisque Wee Hunk désirait tant un échantillon, celui-ci ferait peut-être l'affaire.

— Qu'en penses-tu ? demanda-t-elle à sa sœur.

Mary n'en savait franchement rien. Concierge percerait-il à jour leur petite ruse ? Cet échantillon valait-il de courir un tel risque ? Elle ne quitterait pas la clinique avant plusieurs heures, et elle se dit qu'elle avait encore le temps de prendre une décision. Elle tendit son autre bras à Georgine, pour que celle-ci remonte également sa deuxième manche.

A la pause déjeuner, Mary alla se promener au-dehors, salua des inconnus, fit de son mieux pour paraître d'un abord facile. Arrivée près du court de tennis, elle observa quelques jeux d'un match. Sur le parcours de golf, elle mangea une tranche de gâteau au fromage blanc et but un café glacé au Dix-Neuvième Trou. Le serveur était un steve. Quand elle lui demanda combien elle devait, il lui répondit que personne ne payait jamais pour ce genre de broutilles dans l'enceinte de la clinique.

Elle passa devant la cantine sur le chemin du retour et rencontra Hattie qui sortait du bâtiment, accompagnée de plusieurs collègues jennys.

— Et qui voilà ? fit l'infirmière en chef avant de la présenter aux autres. Une de nos dernières soigneuses accompagnatrices.

Les jennys se montrèrent très aimables avec Mary, et lui dirent que leurs résidents fortunés avaient posé des questions au sujet des évangelines. Tout le monde était très curieux du mystère Starke.

Hattie dit à ses collègues de partir en avant, et elle marcha un peu avec Mary.

— Je veux vous donner un conseil amical, dit-elle, d'autant que vous êtes nouvelle.

Immédiatement, Mary se crut démasquée. Elle commença à dérouler sa manche et allait jurer qu'elle avait seulement essayé de dissimuler une tache très laide et non de subtiliser un échantillon de liquide amniotique pour le sortir de la clinique. Mais Hattie n'alla pas dans cette voie :

— Nous autres jennys, nous sommes formées à accepter ce genre de choses depuis notre enfance. Ce n'est jamais facile, mais vous et les autres évangelines devriez probablement vous préparer à perdre votre patiente.

— Comment ça ?

— Ce n'est en rien votre faute, et je n'ai pas dit que c'était une certitude. Dieu sait que nous avons déjà été témoins de retournements de situations qui tenaient presque du miracle, mais les choses ne se présentent pas bien du tout pour Starke. Vous avez vu son fœtus. Ce n'est pas seulement qu'il n'a pas pris de poids depuis hier : il en a même perdu un peu. Il ne peut tout simplement pas se développer tant qu'elle reste dans le coma. Si elle ne reprend pas conscience très bientôt, il mourra.

Mary ne savait trop que faire de ses bras. Elle les passa derrière son dos.

— Mais ça ne tuerait pas son cerveau, n'est-ce pas ?

— Non, mais il serait vain de greffer un deuxième fœtus. Ça ne marche *jamais*. La seule option de Starke, en admettant qu'elle se réveille, ce qui n'est pas gagné, serait de vivre comme un cerveau dans une boîte. Confrontés à cette éventualité, la plupart des gens préfèrent la mort.

Hattie se tordit les mains dans un geste typique des jennys. Baissant la voix, elle ajouta d'un ton de conspiratrice :

— Certains disent que faire revivre les morts est une abomination aux yeux du Créateur, mais moi je dis que c'est n'importe quoi. Dans une majorité de cas, on peut éliminer ce qui vous a tué et faire redémarrer votre moteur sans devoir passer de pacte avec Satan.

« Toutefois, dans le cas d'un trauma, un trauma profond et massif des tissus, comme celui subi par Starke avant que son casque de sécurité ne s'enclenche – saviez-vous que la force du crash a liquéfié le reste de son corps ? –, dans un cas comme celui de Starke, donc, la mort est différente. Rien à voir avec la mort par noyade ou des suites d'une hémorragie ou de toute autre cause simple comme celles-ci. Le trauma extrême inflige quelque chose de particulier aux gens. Comme s'ils ne désiraient même plus revenir à la vie. Et quand nous parvenons à les sauver, ils ne se remettent pas complètement. Ce sont des personnes brisées à jamais. C'est pourquoi je voulais vous avertir, vous et vos sœurs : préparez-vous au pire.

Cette conversation avec Hattie était très dérangeante. Elle donnait l'impression que l'infirmière avait déjà renoncé à sauver myr Starke.

Mary rencontra Concierge sur l'Allée minérale.

— Ah, myr Skarland, dit-il avec chaleur, je me rendais justement au cottage Feldspath. Notre résidente a de la visite. Vous ne voyez pas d'inconvénient à ce que nous y allions ensemble ?

— Pas du tout, bien sûr, dit-elle.

Sans même y penser, elle plaça son bras taché derrière son dos.

Il y avait trois visiteurs en chair et en os dans le cottage, une femme et deux hommes. Ils portaient des vêtements qui n'étaient pas sortis d'un extrudeur, et ils affectaient l'attitude hautaine des gens riches. Des connaissances fortunées de l'infortunée Starke. Georgine se trouvait dans la partie supérieure de la pièce, à l'écart. Un des hommes avait enfilé des gants à toucher virtuel et se servait d'un peigne spécial pour ordonner la chevelure de la femme endormie. Il leva les yeux quand Mary et Concierge entrèrent. Son regard lourd passa sur Mary sans ralentir et se posa sur le mentar avec une intensité aussi impérieuse que méprisante.

— Vous devez être l'*engin* de la clinique, dit-il.

D'après le ton adopté, c'était moins une question qu'une constatation.

— C'est exact, répondit Concierge. Le *mentar* de la clinique.

— Tous les branchements sont effectifs ?

— Oui, myr Orex. L'enveloppe de myr Starke est en totale conformité avec son cerveau.

— Bien, lâcha-t-il, paraissant effacer dans l'instant Concierge de sa perception consciente.

Il peignait la chevelure de l'enveloppe avec de longs gestes gracieux. Les muscles de ses épaules et de ses bras ondulaient étrangement sous la peau, et Mary se rendit compte qu'ils avaient été attachés différemment à la structure de son squelette. C'était une des dernières tocades de ces richards, ces altérations aux points d'attache : des tendons plus longs et plus solides, des faisceaux de fibres musculaires plus nombreux, résultat d'un croisement avec l'ADN de félins. Les os avaient également été renforcés.

La femme s'était assise sur le lit, à côté de myr Starke. Elle aussi portait des gants spéciaux, et elle tenait la main de l'enveloppe dans les siennes.

— Ellie, ma chérie, c'est moi, Clarity, dit-elle. As-tu la moindre idée de la gêne qu'engendre cette situation ? As-tu oublié notre séance test prévue pour aujourd'hui ? Chérie, nous avons un gros problème. Renaldo (le Redoutable) ne convient pas du tout pour le rôle. Vas-tu enfin accepter de sortir de ton silence pour en discuter avec moi ? Je déteste prendre seule ces décisions. Assez de ces histoires de coma.

— Il faut l'embrasser sur les lèvres, Clarity, dit le deuxième homme.

Il avait un charme calibré et une musculature humaine traditionnelle.

— C'est ainsi que ça fonctionne, avec les belles endormies. Je le sais : ça marche avec moi.

— C'est vrai ? s'étonna Clarity. Tu as déjà été dans cette situation, n'est-ce pas ?

— A six reprises ! fanfaronna le bellâtre. Et à chaque fois ici, à la clinique Roosevelt. J'ai même un réservoir qui m'est... réservé. Pas vrai, Serge ?

— C'est un plaisir de vous revoir, myr Thorpe, répondit Concierge. Je note que vous n'avez pas encore réussi à tuer ce corps.

L'homme s'esclaffa.

— Ce n'est pas faute d'avoir essayé ! lança-t-il.

Quelqu'un d'autre entra dans le cottage : un homme corpulent affublé d'impressionnantes moustaches blanches et de lourdes bajoues tremblotantes. Il portait une blouse et un béret qui lui conféraient une allure très « artiste », et tenait coincée sous son bras une caisse en bois de belles dimensions.

— Un Sebastian Carol ! s'exclama Clarity en le voyant. J'ignorais qu'il en restait encore des exemplaires.

— Il n'en reste plus, dit Concierge. Du moins pas sur les réseaux publics.

— Expliquez-vous.

— Parce que le flux des données est restreint dans l'espace de la clinique, nous maintenons nos propres versions de certains sims pour distraire nos invités. Nous avons un subem qui se consacre uniquement à générer des holos, et une écurie d'un millier de modèles, dont certains sont devenus des personnages de collection, comme notre Sebastian Carol ici présent.

Ce dernier se déplaça dans la pièce en étudiant chaque angle des lieux de ses yeux rougis. Il parut choisir un endroit précis et brandit sa caisse qui produisit un trépied et un chevalet.

— Toi, la négresse, dit-il à Clarity, déshabille-toi et place-toi légèrement plus à gauche.

Elle l'ignora et se tourna vers Concierge.

— Si vous avez un producteur de versions sims indépendant, qui se charge de gérer les scénarios ?

— J'ai le plaisir de m'en occuper.

— Je vois, fit la femme d'un ton dubitatif. Et que pensent nos résidents de ces compagnons pilotés par un mentar ?

Avant que Concierge puisse répondre, l'homme qui peignait Starke s'immisça dans l'échange :

— Clarity, est-ce qu'il faut toujours parler boutique ? C'est d'un tel ennui pour nous...

— Serge, dit l'autre homme, combien d'heures depuis que le casque d'Ellen a été ouvert ?

— Cinquante-sept.

Les amis de la résidente échangèrent des regards sombres.

Deux autres sims holographiques entrèrent dans le cottage, les deux médecins croisés par Mary et Georgine dans l'allée. A leur vue, Clarity se rembrunit.

— Dis-moi donc, Serge, comment l'écurie de la clinique a réussi à se procurer un Renaldo (le Redoutable). Ellen et ma société de production avaient acheté tous les exemplaires. En tout cas, c'est ce que nous pensions.

— N'ayez aucune inquiétude, dit Concierge, c'est une version bêta. Nous servons également de site de test pour les producteurs originaux. Nos versions sims privées remplissent idéalement les conditions requises pour les tests, détail que vous et myr Starke devriez garder à l'esprit la prochaine fois que vous développerez un nouveau personnage.

Les sims s'approchèrent du lit de repos. Le personnage de Renaldo prit la parole :

— Salut, les amis. Ne vous dérangez pas pour moi. Je fais seulement ma tournée. Je suis le docteur Ted, et je fais visiter les différentes unités à mon collègue, le docteur Babs.

— Ravie de vous rencontrer, myren docteurs, dit Clarity. Je regrette que mon amie Ellen ne soit pas réveillée. Elle aimerait certainement faire votre connaissance. Surtout la vôtre, docteur Ted.

— Je suis flatté, dit le Dr Ted en faisant apparaître dans l'air une courbe médicale qu'il étudia brièvement. Un cas tragique, à n'en pas douter. Il s'agit de myr Starke, de la dynastie Starke. Son yacht spatial a été piraté par un mentar félon, et Ellen a été tuée.

Il sortit un antique stéthoscope de la poche de poitrine de sa blouse et le passa autour de ses épaules avant de poursuivre :

— Les cryoniques de son casque n'ont que partiellement stabilisé son alma mater, et il en a résulté un dysfonctionnement de sa céphalée crânienne. Mais ne craignez rien : le personnel hautement spécialisé dont nous disposons ici, à la clinique Roosevelt, prend les choses en main. Notre patiente ne tardera pas à faire des progrès spectaculaires. Elle sortira du coma d'ici très peu de temps.

Clarity battit de ses mains gantées.

— Nous n'avions jamais pensé à faire de Renaldo (le Redoutable) un *médecin*. Gloire à vous, Concierge. Ne vous étonnez pas si nous nous approprions votre idée.

— Ce serait un honneur, affirma le mentar.

Parce qu'ils avaient recommencé à parler « boutique » et qu'elle était toujours invisible pour eux, Mary alla retrouver Georgine près du réservoir. Le techmed avait appliqué de la gaze dermique sur le crâne, le recouvrant en grande partie. Mary prit la pâquerette qu'elle avait cueillie près du lac et écrasa sa corolle devant la grille de l'échantillonneur olfactif de l'unité de contrôle.

Les faux médecins, les visiteurs et le mentar quittèrent le cottage, ne laissant derrière eux que Sebastian Carol.

— Jeune demoiselles, déclara-t-il en agitant son pinceau en direction de Mary et Georgine, déshabillez-vous et venez prendre la pose là, dans ce coin.

C'était le quart d'heure parfumé à l'odeur de frites, et aussi l'heure de partir. Mary était à mi-chemin de la Porte Sud quand elle se souvint de la tache sur sa manche. Pendant tout l'après-midi, elle n'y avait même pas pensé.

— Qu'est-ce qu'il y a ? s'enquit Georgine.

— Rien. Je viens juste de me rappeler un truc que je dois faire.

Georgine lui lança un regard aigu.

— J'ai vu un extrudeur public dans la salle de gym, aujourd'hui, dit-elle, laissant entendre que Mary pouvait commander une tenue propre dans les vestiaires.

Il lui suffirait de jeter la blouse qui l'incriminait dans le digesteur et de s'offrir une séance de sauna ; personne ne saurait jamais rien de l'incident.

Mais l'idée de se montrer aussi lâche répugnait à Mary.

— Peu importe, dit-elle. Je le ferai plus tard.

Sans plus discuter, elle ralentit l'allure pour laisser Georgine quitter la première l'enceinte de la clinique. C'était uniquement pour éviter à sa sœur d'être associée à elle si les choses tournaient mal.

Quand elle estima que Georgine avait largement eu le temps de sortir de la clinique, Mary inspira à fond et s'approcha du corps de garde.

Reilly était toujours de service, et elle s'en voulut de le mêler à tout ça. Mais personne ne l'arrêta. Au passage, le russ lui dit qu'il la verrait avec Fred plus tard chez Rolfe, pour leur habituelle réunion du mercredi soir. Elle lui répondit que Fred avait une mission importante à accomplir cette nuit.

Elle sortit et remonta l'allée bordée de haies. Georgine l'attendait plus loin, rayonnante de fierté pour sa sœur.

— Des résultats ? demanda Meewee.

— L'analyse est en cours, dit Wee Hunk. Mais je peux déjà vous dire que le taux d'oxygène, les propriétés nutritionnelles, hormonales et pharmaceutiques du liquide amniotique sont dans les normes.

— Alors pourquoi Ellen ne s'est-elle pas encore réveillée ? Que lui font-ils subir ?

— Peut-être que c'est simplement comme l'infirmière l'a dit : elle a été trop gravement blessée.

Meewee envisagea cette possibilité en regard de ce qu'il savait de la fille. Ellen n'était pas aussi entêtée que sa mère (que Meewee s'attendait à moitié à voir revenir d'entre les morts), mais elle n'était pas moins tenace.

— Je dois avouer que les évangelines m'ont étonné, dit Wee Hunk. Elles semblent avoir entre elles un système de communication aussi subtil et souple que le starkese, et très largement non verbal. Il est complètement insondable pour moi : je me rends compte que des informations sont transmises, mais je ne peux pas les décrypter. Existe-t-il quelque chose comme la communication cellulaire ?

« D'autre part, j'aurais pensé que l'annonce du renvoi de leur collègue aurait éveillé une crainte persistante chez elles, mais la chose semble avoir eu l'effet opposé. Ce n'est pas moi qui leur ai demandé de se procurer un autre échantillon de liquide amniotique.

— Intéressant, dit Meewee. Je n'avais jamais vraiment prêté attention à leur type auparavant. Jusqu'à aujourd'hui, je pensais qu'elles étaient élevées pour devenir de parfaits toutous.

9

Bogdan revint du travail à la charterie avec deux heures d'avance. Il resta immobile devant la porte un long moment, à regarder fixement le panneau de contrôle sans y toucher ni parler. Après un affrontement prolongé, la porte céda à sa volonté et s'ouvrit. Il traversa l'entrée et monta au quatrième, où il eut l'impression que tous les résidents de l'immeuble guettaient son arrivée dans le couloir devant la Salle verte. La première pensée qui lui vint fut : Qui leur a dit ? Mais après les avoir observés quelques secondes, il se rendit compte que ce n'était pas lui qu'ils attendaient, et que d'ailleurs ils ne savaient même pas qu'il était rentré. Probablement parce qu'il avait deux heures d'avance, se dit-il. Il les rejoignit sur le seuil de la Salle verte et constata qu'April et Kale étaient en train d'avoir un échange manifestement désagréable pour les deux. Megan et BJ, près de la porte, lui résumèrent la situation :

— Samson est revenu d'entre les morts, ce matin, dit Megan. Il s'est assis dans son lit et il a grogné : « De la bouillie ! De la bouillie ! Et du jus ! »

— En ce moment même, Denny et Rusty sont avec lui aux toilettes, ajouta BJ.

— Ils doivent assister à un travail intestinal héroïque.

— Et Sam insiste pour venir avec nous au Rendez-Vous.

— Mais Kale affirme qu'il délire. Et puis il y a son odeur. Et s'il meurt devant tout le monde ?

— April plaide sa cause. Si Sam va au Rendez-Vous, elle peut y aller, elle aussi.

Il y eut un bruit sec, comme le claquement d'une gifle. Les regards se braquèrent en direction de la Salle verte. Kale souleva son calepin et l'abattit à nouveau sur la table.

— Toute la semaine, Kale a pris ces comprimés qui sont censés renforcer la confiance en soi, dit BJ.

— Ouais, approuva Megan, et la moindre décision qu'il prend, il s'y cramponne comme à un radeau de sauvetage.

Kitty descendit de l'étage supérieur.

— J'entre, annonça-t-elle. Souhaitez-moi bonne chance.

— Bonne chance, dirent-ils en chœur.

La rétrofillette se tourna vers Bogdan.

— Qu'est-ce qui ne va pas chez toi ? Tu as perdu ton boulot, ou quoi ?

Le garçon était trop stupéfait pour répliquer. Sans attendre sa réponse, Kitty pénétra dans la salle et déclara d'un ton enthousiaste :

— Tout est arrangé. J'ai loué un fauteuil de survie. Il va être livré.

— Annule ta commande ! rugit Kale.

— Pas question. Il vient avec nous.

— Mais, mais... bafouilla Kale. Il est assigné à domicile !

— Cesse de hurler, lui dit Kitty. Je t'entends très bien. J'ai parlé à cette abeille qui le surveille et j'ai tout arrangé avec la SecNat. Ils ont dit qu'il pouvait venir avec nous. En fait, ils ne semblent plus du tout s'intéresser à lui.

— Mais, mais, mais...

— Ecoute, Kale, dit April en se levant du banc où elle était assise, c'est tout à notre honneur que notre maison se soucie de lui et veuille l'emmener à son dernier Rendez-Vous. Et c'est un honneur que nous devrions être fiers de montrer devant tes satanés Beadlemyren. Crois-moi, aucun d'entre eux n'a l'air en pleine forme non plus. D'ici peu, nous jouerons les infirmières avec eux aussi.

La justesse de l'argument déstabilisa momentanément Kale. Les deux femmes en profitèrent pour effectuer leur sortie de la Salle verte.

— J'ai dit que j'avais pris ma décision ! s'écria Kale dans leur dos. Vous m'avez entendu ? J'ai pris ma décision !

April fit halte pour s'adresser à Bogdan :

— Tu es rentré tôt. Tu as obtenu cette prime ?

— Oui ! s'exclama-t-il. Je l'ai décrochée, cette foutue prime !

Mais April ne s'attarda pas pour l'écouter. Elle distribua des tâches de dernière minute aux cochartistes qui traînaient là. Le bus devait arriver dans deux heures. Elle fourra un paquet dans les mains de Bogdan.

— Enfile ça, fit-elle avant de plisser le nez et de le renifler. Mais avant, prends donc une douche.

La suggestion l'étonna. Il leva un bras et sentit son aisselle. Le sujet pue d'une peur invraisemblable, se dit-il. Tenant le paquet devant lui aussi précautionneusement que s'il s'agissait d'un bol plein d'eau, il le transporta dans les hauteurs de l'immeuble. Le sujet doit prendre garde à ne pas fermer les yeux, songea-t-il distraitement, ou même à ne pas cligner trop lentement des paupières, car quand il le fait un rideau rouge sang s'abat, et il voit à nouveau avec une clarté insupportable le déroulement de sa journée.

Sa journée... Les séances de la matinée n'avaient eu aucun rapport avec les vaisseaux-A et la planète Lisa. C'étaient des exercices consensuels dignes d'être oubliés aussitôt achevés, et Bogdan les oublia avant même leur terme. Pendant un changement d'affectation, il croisa Annette Beijing dans un couloir. Ils firent halte pour bavarder un peu.

— Je voulais te souhaiter bonne chance pour ton rendez-vous au service des Ressources humaines, cet après-midi à quinze heures, lui dit-elle.

Elle fit bien, car s'il n'avait pas oublié le rendez-vous il ne savait même plus quel jour on était, ce qui revenait à peu près au même. Elle lui envoya un baiser et s'éloigna en ondulant des hanches, comme toujours. Le baiser avait été lancé droit sur lui et il flotta dans l'air jusqu'à sa joue, qu'il pressa doucement.

Juste avant le déjeuner, les effets de son quatrième comprimé d'Alert ! se dissipèrent mais il était prêt, grâce au cinquième. Cinquante-troisième heure, et tout allait bien. La drogue ne lui coupa pas l'appétit, au contraire. Il prit deux parts de frites et une double glace. Et il bourra ses poches de friandises à grignoter.

A quatorze heures cinquante-cinq, il suivit une ligne directrice tracée sur le sol jusqu'au Couloir administratif. La disposition du CA était toujours la même, quel que soit le lieu d'installation d'E-Pluribus, et il savait qu'il arriverait devant trois portes noires. Il trouva effectivement les portes et le banc qui leur faisait face. Il y avait toujours un banc. Il s'y assit et prit son mal en patience. Le sujet doit attendre sur le banc qu'une des portes s'adresse à lui en l'appelant par son nom. Ils le font toujours attendre. Dans ce cas précis, « ils » était E-P, le mentar d'E-Pluribus. Tout le monde à E-Pluribus était une création d'E-P : les sims de l'Académie, le directeur des Ressources humaines, Annette elle-même. Il n'y avait en fait aucune ressource humaine à gérer à E-Pluribus, sinon les contrôleurs-démonstrateurs comme lui et les trous du jour. Et puisque le département des Ressources humaines n'avait pas de réalité, le sujet n'imaginait aucune raison logique pour que ce service le fasse poireauter de la sorte.

Toutefois, avec le nimbe glorieux d'une prime dorant tout ce qu'il avait dans son champ de vision, Bogdan ne voyait pas d'inconvénient majeur à attendre un peu. Il s'était équipé pour ce genre d'éventualité. Les friandises l'aideraient à tenir. Il s'étala sur le banc et goba un à un les petits bonbons craquants, puis il les réduisit en une bouillie délicieuse qu'il laissa couler goutte à goutte au fond de sa gorge. C'était un passe-temps plutôt agréable.

— Myr Kodiak, dit une voix, par ici, s'il vous plaît.

Bogdan leva les yeux. La porte du milieu venait de l'apostropher. C'était toujours celle du milieu. Il se mit sur pied et chassa les miettes de sa combinaison tout en avalant ce qui restait dans sa bouche. La porte s'ouvrit, et il entra dans le bureau.

Le directeur des Ressources humaines n'était pas là – évidemment –, ce qui signifiait qu'il faudrait attendre encore.

L'endroit était exactement le même que lors de sa dernière visite. C'est-à-dire en désordre. Des piles de dossiers papier étaient visibles partout, sur le bureau, les étagères, dans de vieux classeurs métalliques et sur le sol, où elles formaient des tours à l'équilibre incertain. Une couche de poussière ouatait tout, et l'air charriait une forte odeur de renfermé. Des gobelets et des emballages de plats à emporter contenant des restes informes étaient artistement disséminés dans tous les recoins possibles. Il souhaita que, juste pour une fois, une des deux autres portes s'ouvre, et qu'il puisse faire l'expérience d'un environnement différent, moins désolant.

Par expérience, Bogdan savait que le seul autre morceau de réalité dans cette pièce, lui mis à part, était la chaise pour adulte placée devant le bureau. Près d'elle se trouvait un panier marqué de la mention « URGENT », contenant plusieurs chemises. Quand il se pencha pour lire le titre de celle du dessus, les mots imprimés se brouillèrent.

Avec un soupir, Bogdan s'assit sur la chaise. Sa main pêcha une poignée de friandises dans sa poche. Mais à cet instant précis, la porte au fond du bureau s'ouvrit et la directrice des Ressources humaines traversa la pièce. Ses pieds semblaient à peine effleurer le sol. Elle tenait en équilibre sur une main des documents, tandis que de l'autre elle balaya les piles encombrant une moitié de son bureau. Elle déposa ses papiers sur l'espace libéré et en ramassa une certaine quantité avant d'enregistrer la présence de son visiteur.

Elle frappa dans ses mains, ce qui créa un nuage de poussière très réaliste, et déclara :

— Myr Kodiak. Merci d'être venu.

Bogdan jaillit de son siège comme un diable à ressort de sa boîte.

— Merci à vous de m'avoir convoqué, myr directrice.

Elle continua de feuilleter les dossiers sur son bureau jusqu'à trouver celui qu'elle cherchait. Elle l'ouvrit entre deux tours branlantes de papiers et s'assit. Sans autre mot, elle passa en revue son contenu. Après un moment, Bogdan décida de se rasseoir. Il ne pouvait qu'attendre en la regardant. Elle remuait les lèvres tout en lisant ; ses lèvres étaient deux grosses choses caoutchouteuses peintes en pourpre, totalement hors de proportion avec le nez qu'elle avait petit et pointu. Pour tout dire, ce n'était pas un visage facile à observer pendant longtemps. Surtout à cause des boutons.

Les yeux de la directrice quittèrent enfin les documents pour se braquer sur lui.

— Myr Kodiak, ce jour marque votre premier anniversaire ici. Une année entière parmi nous. Félicitations.

— Merci, dit Bogdan, prêt à bondir sur ses pieds de nouveau.

Elle se replongea dans sa lecture.

Les boutons sur son visage étaient deux excroissances rondes, l'une au bord de sa joue, l'autre perchée sur sa narine gauche. La première était de couleur brune, l'autre d'une lividité douteuse. Chacune était décorée d'une touffe de longs poils qui en jaillissait. Ces boutons le mettaient mal à l'aise, et les poils le révulsaient particulièrement. Pourquoi ne s'épilait-elle pas, bon sang ?

Enfin, elle referma le dossier.

— J'ai ici une note que j'aimerais que vous lisiez et signiez.

Un cadre de données s'ouvrit devant Bogdan et afficha un document. Le titre ne contenait rien qui fît allusion à une « prime » ou un « bonus ». Il était très neutre : « Document d'accord ».

Bogdan s'évertua à lire le texte, qui était très long et écrit dans des caractères minuscules, mais il n'y parvint pas. Il y en avait des pages et des pages, avec à la dernière un encadré pour la signature, à ratifier d'une empreinte palmaire.

— Qu'est-ce que c'est ? osa-t-il demander.

— Un accord selon lequel vous recédez les deux dernières années de votre contrat à E-Pluribus.

Il entendit les mots, mais il ne put en comprendre le sens. Contre tout espoir, il rappela :

— Aujourd'hui, c'est mon premier anniversaire à E-Pluribus...

— Et une fois encore, félicitations, dit la directrice. Nous pensons que vous trouverez généreux et tout à fait corrects les termes de notre séparation à l'amiable.

Un paragraphe intitulé « Indemnités d'annulation de contrat » apparut en surbrillance devant lui. E-Pluribus lui offrait une somme égale à trois mois de salaire, soit cent trois crédits et neuf mille cent soixante-quatorze dix-millièmes, en échange de l'annulation immédiate de son contrat de trois ans.

— Je ne comprends pas, dit Bogdan. Vous me virez ?

Un autre cadre apparut à côté du premier, avec son contrat initial et un paragraphe en surbrillance.

— Nous ne vous licencions pas, myr Kodiak, dit la directrice. Nous exerçons simplement les droits de cette clause qui nous permet de mettre un terme à votre contrat à tout moment et pour toute raison.

— C'est parce que j'ai un peu vieilli ? J'ai rendez-vous dans une clinique de rajeunissement pour ce week-end. Je serai revenu à onze ans et onze mois dès la semaine prochaine. Vous pouvez compter là-dessus.

La directrice lui sourit, révélant les interstices béants entre ses dents.

— Nous avions remarqué l'imminence de votre adolescence, et nous avons même pensé nous en servir pour justifier un licenciement, mais nous sommes respectueux de nos collaborateurs et nous ne voulions pas alourdir votre dossier professionnel de la sorte.

— Alors pourquoi ? fit Bogdan d'une toute petite voix. Est-ce que je ne fais pas assez bien mon travail ?

— Vos résultats ne sont pas en cause. Quand nous vous avons engagé, nous avions calculé qu'il nous faudrait vingt-quatre mois pour cartographier intégralement votre personnalité, et douze de plus pour vérifier la justesse de notre modélisation. Nos estimations étaient erronées. Vous avez une personnalité qui manque étonnamment de complexité, myr Kodiak. Certains vous qualifieraient même de simple. Il ne nous a fallu que six mois pour en élaborer une réplique exacte qui prédit avec une précision quasi totale vos réactions à presque toutes les situations. De sorte que nous n'avons plus besoin de vos services.

Bogdan avait le tournis. Il ne savait que dire et bafouilla la première chose qui lui passa par la tête :

— Peut-être bien… aujourd'hui, mais demain ? Je suis une personnalité en évolution. Dans très peu de temps, votre duplicata ne sera plus synchrone avec moi.

— Oh, oh, gloussa curieusement la directrice. Nous savions que vous diriez cela.

Elle ouvrit le dossier et pointa l'index sur un document.

— Nous l'avons même écrit. Vous désirez voir ?

Devant son mutisme, elle referma le classeur et poursuivit :

— Nous ne sommes absolument pas intéressés par votre évolution personnelle, myr Kodiak. Nous avons d'autres sujets de référence pour l'évolution et la maturité humaines normales. Chez vous, ce qui nous intéressait était entièrement différent : c'était votre personnalité figée, qui avait cessé d'évoluer. Imaginez, un garçon de vingt-neuf ans qui n'a pas encore atteint son développement adulte, le gamin gâté d'une charterie glissant vers la sénilité, un cochartiste qui rêve d'aventure mais ne fait rien pour en connaître, un puceau trop amoureux d'un holo hollywoodien pour avoir une relation avec une fille réelle, n'importe quelle fille...

Elle s'interrompit et se cura les dents avec un ongle, lui laissant le temps de dire ce que tous deux savaient qu'il dirait. Mais il croisa les bras et refusa d'ouvrir la bouche.

— Vous vous sentez offensé, dit-elle non sans raison, alors même que vous en êtes conscient. Tout ce que je viens de dire n'est que la stricte réalité, et pourtant vous aimeriez me voir foudroyée à l'instant. Vous avez la certitude que nous ne vous connaissons pas du tout, et vous aimeriez mettre la main sur notre prétendue modélisation de votre personne. Alors vous nous montreriez. Je me trompe ?

Il se garda bien d'approuver ou de nier.

— Très bien, dit-elle. Je vous présente donc Bogdan Kodiak.

Une chaise rigoureusement identique à la sienne se matérialisa à sa droite, sur laquelle un garçon mince se dandinait et l'observait d'un air mauvais.

— Qu'en pensez-vous ? demanda la directrice. Effrayant, non ?

— Oh, je ne sais pas, fit Bogdan, affectant la décontraction.

— Non, tu ne sais pas, c'est sûr, fit son double en se redressant sur son siège. Tu ne sais rien du tout, d'ailleurs.

Subitement, le faux Bogdan bondit de sa chaise et, en poussant des hurlements perçants, il fit le tour de la pièce en courant, renversa les piles de dossiers et éparpilla les papiers partout. Puis il revint s'asseoir et bâilla.

La directrice n'avait pas quitté des yeux le vrai Bogdan.

— Vous vous sentez mieux ?

Il dut admettre que c'était le cas.

— Mais vous n'êtes toujours pas convaincu.

— Non. Mais ça ne change rien, puisque vous avez décidé de me virer, de toute façon.

La directrice se laissa aller contre le dossier de son fauteuil.

— Il existerait bien un moyen pour vous de rester parmi nous...

Bogdan dressa l'oreille.

— Vrai ?

Son interlocutrice gratta doucement le gros bouton à sa joue.

— Oui. Vous pourriez rester si vous démontriez un défaut chez notre modélisation.

L'autre Bogdan leva les yeux au plafond.

— Et comment pourrais-je arriver à ça ? fit Bogdan.

— Posez-lui une question. Si vous trouvez une question à laquelle il ne peut pas répondre, et vous si, alors vous pourrez rester.

— Marché conclu, dit-il crânement.

Il chercha un sujet qu'il gardait secret, au plus profond de lui-même. Quelque chose que même une sonde d'expression viscérale n'aurait pu atteindre. Ce n'était pas facile, et son double se mit à mâchonner des friandises en patientant.

L'esprit trop longtemps privé de sommeil de Bogdan étudia des dizaines de possibilités et les rejeta une à une. La directrice des Ressources humaines finit par perdre patience.

— Le délai imparti est écoulé.

— Je l'ai, affirma Bogdan.

Il décida de tricher et de poser au sim une question à laquelle lui-même n'avait pas de réponse :

— Dis-moi, espèce d'imposteur, puisque tu es si malin, à quoi correspond le H en poussière ?

L'autre éclata d'un rire aigrelet.

— Facile. A Hubert.

Evidemment. Au moment où le faux Bogdan répondait, Bogdan sut que c'était la vérité. Le H signifiait Hubert, et cela impliquait que les Tobblers étaient au courant de l'arrestation du mentar. Ou peut-être seulement Troy et Limace. Bogdan dévisagea son double. Aussi troublante que soit cette révélation, il sentit une autre question lui brûler les lèvres.

— Bien joué, dit-il. C'est ça. Mais c'était juste pour s'échauffer. Maintenant, ma vraie question : qui a volé Lisa ?

L'autre se trémoussa sur sa chaise.

— Qui d'autre sinon Troy Tobbler et son petit loubard de copain, Limace ?

Une fois de plus, la réponse le laissa pantois. Qui d'autre, en effet ? Mais c'était maintenant patent : sa modélisation par E-Pluribus était défectueuse, parce que beaucoup trop maligne comparée à lui. Avant qu'il puisse le dire à la directrice et peut-être conserver son emploi, le double leva la main et le salua. Tout d'abord, Bogdan crut que par ce geste l'autre voulait lui rappeler les railleries de Troy et de Limace dans les escaliers, mais le double resta dans la même position et aimanta le regard de Bogdan avec le sien, jusqu'à ce qu'il salue à son tour. Alors le sim déclara, avec une sincérité qui faisait froid dans le dos :

— Si tu n'y crois pas toi-même, comment veux-tu y arriver ?

— Tu as bientôt terminé, là-dedans ? lança Rusty. April dit que le bus va bientôt arriver.

Bogdan cligna des yeux et regarda autour de lui. Il était sous la douche. Il sortit de la cabine, se sécha et passa la tenue d'apparat qu'April lui avait donnée. Rusty resta auprès de lui, à bavarder et feindre très mal qu'il ne s'inquiétait pas.

— Je vais bien, affirma Bogdan.

— Je sais.

Dans le local de la sécurité, au centre McCormick, le commandant Fred Londenstane se détourna du diorama d'une salle et se frotta les yeux. De chaque côté de lui, vingt pikes maussades surveillaient d'autres dioramas disposés selon le même schéma que celui des salles qu'ils représentaient. Dans son intégralité, le Rendez-Vous mobilisait trente-six salles. La plus vaste était le Hall des Nations, dont le diorama aurait complètement empli le salon de Fred.

De l'autre côté du local de la sécurité, qui avait lui-même la taille d'une salle de bal, Gilles attira le regard de Fred, qui vint voir ce qui se passait. Gilles surveillait le deuxième endroit le plus étendu, le Hall de Bienvenue, situé à l'entrée du Rendez-Vous. Trente trottoirs roulants convergeaient là et déchargeaient quatre cents participants à la minute. Sur le diorama, ces gens ressemblaient à des fourmis multicolores qui traversaient le sol dallé de marbre et gravissaient le grand escalier pour atteindre le Hall des Nations.

Parmi les milliers d'arrivants, quelques-uns étaient suivis par un petit fanion placé à la verticale de leur tête. Ceux-là étaient les fauteurs de troubles potentiels tels qu'identifiés par le mentar de McCormick, MC.

Gilles désigna dans le diorama un homme en particulier, affublé non pas d'un mais de trois fanions. Fred parcourut son dossier : actes de violence et peines de prison, mais aucun nouveau délit depuis soixante-dix ans. Fred zooma sur le visage de l'homme. Pas la moindre trace d'hostilité, seulement l'expression de grandes attentes. Il était accompagné de nombreux hommes et femmes de la même charterie.

— Laisse-le passer, dit-il. Mais assigne-lui une abeille.

— C'est ce que je pensais faire aussi, approuva Gilles. Oh, à propos...

D'un mouvement de tête, il indiqua à son supérieur le diorama du Hall des Nations et les deux pikes censés le surveiller. Fred avait affecté la moitié de son contingent de quarante pikes aux dioramas. En fait, c'était juste pour les occuper, car MC était parfaitement capable de surveiller le complexe. Ces deux-là, au lieu de guetter les signes de troubles, s'amusaient bien, visiblement. Ils zoomaient sur les femmes se trouvant dans la partie supérieure de l'immeuble et reluquaient leur corps nu à travers leurs vêtements. Fred s'approcha d'eux.

— Cessez immédiatement.

Les yeux de rat des pikes ne cillèrent pas, mais ils rhabillèrent les femmes.

Fred effectua un tour de la salle, tout en ruminant cette nouvelle indication : les pikes, au moins, aimaient les femmes et ne s'en cachaient pas.

Dans la cage d'escalier, Bogdan croisa Denny qui descendait Samson du toit. Le vieillard semblait éveillé et avoir les idées claires.

— Sam vient au Rendez-Vous avec nous, annonça Denny.

Apparemment, l'abeille SecNat aussi, car elle voletait derrière eux.

Sur le palier du deuxième étage, April et Kale patientaient près d'un fauteuil de survie. Denny y déposa Samson en douceur, et le siège se présenta :

— Le bonjour, myr Kodiak, dit-il d'un ton enjoué tout en déployant sur son passager une couverture en tartan. Je suis un fauteuil de maximalisation vitale. A votre service ! Je suis équipé pour satisfaire vos besoins – nourriture, autodoc, hygiène, évacuation des déchets corporels, massage, télécom, médias et fonctions de transport. Je désinfecterai même l'air environnant. Je suis votre foyer sur roues. Vous ne voudrez plus jamais me quitter !

— Quelle idée horrible ! maugréa Samson.

— Je vous relie actuellement à mon système de toilettes. Veuillez pardonner l'inconfort momentané qui peut résulter de l'opération.

— Personne ne peut faire taire cet engin ? fit Samson. Où est Hubert ? Hubert, où es-tu ?

Kale semblait guetter cette question. Il vint se camper devant le fauteuil.

— Tu veux savoir où est Hubert ? Eh bien, je vais te le dire, Sam. Il a été éradiqué à cause de toi et de ton ridicule coup de pub.

Samson se renfrogna.

— Je ne comprends rien à ce que tu racontes, Kale. Comme d'habitude.

Kitty descendait les marches avec le valet de ceinture.

— Sam, regarde ce que j'ai, dit-elle en tendant le valet au fauteuil. Range-le dans un endroit sûr, Fauteuil.

— Qu'est-ce que c'est ? dit Samson.

— Ta ceinture, Sam, avec un peu de Hubert qui est resté dans le valet.

— Hubert ?

— Le bonjour, Sam, dit le valet à travers les haut-parleurs du siège. Je prends le contrôle de ce fauteuil de survie. Je ne suis pas le Hubert intégral, seulement un de ses terminaux avec des unités d'attention minimales. Vous pouvez m'appeler Ceinture Hubert.

— Mais tu parles exactement comme lui, remarqua Samson, plein d'espoir.

— En effet.

Ceinture Hubert fit descendre les dernières marches au fauteuil et le dirigea vers la porte d'entrée. Bien installé au creux du siège confortable, Samson s'assoupit avant qu'ils ne l'installent dans le bus.

En bas de la rue, les Tobblers partaient eux aussi pour le Rendez-Vous. Des bus flambant neufs atterrirent pour les accueillir. Celui des Kodiaks, en comparaison, était petit et blindé. Des grillages renforcés protégeaient les vitres, et des taches suspectes étaient visibles sur la plupart des sièges. Quand il démarra, il ne s'élança pas lestement dans les airs grâce à ses turbines, mais s'éloigna poussivement dans la rue sur ses roues.

Au centre McCormick, leur bus fut pris dans les embouteillages. Par les vitres, ils eurent tout loisir de contempler la marée d'autocars, camionnettes et taxis qui avançait au ralenti dans une seule direction. Bogdan eut le temps de revivre sa journée plusieurs fois.

— Souvenez-vous, les amis, annonça Kale, vous n'avez qu'une chance de faire une première impression.

L'espace réservé aux Kodiaks était situé au troisième niveau du Hall des Nations, un endroit déjà très encombré. April chargea ses lunettes d'architecte et l'espace vide se métamorphosa rapidement, grâce au système de décor virtuel du hall, en un pont de péniche aménagée. La Péniche des Kodiaks avait été la marque de fabrique de la charterie Kodiak alors naissante, quatre-vingts ans plus tôt. Avec ses turbines verticales, son système de désalinisation, sa résistance aux tsunamis et aux cyclones, son unité de traitement du poisson et ses filtres NBC, l'ensemble était encore le modèle habitable le plus populaire ; des milliers de ses exemplaires abritaient des millions de gens dans des banlieues flottantes au bord des lacs et des côtes. Bien que les Kodiaks aient été obligés de liquider tout intérêt dans ce modèle depuis longtemps, il leur servait toujours d'argument de recrutement.

Bientôt, des lots de chaises et de tables à buffet arrivèrent et se disposèrent sur le holopont. Des robots serveurs vinrent placer boissons et petits-fours, petits sandwichs et légumes crus sur les tables. En un rien de temps, la Péniche Kodiak fut prête. Kale rassembla ses cochartistes pour un petit discours d'encouragement. Megan et BJ reniflaient les manches de leur tenue. Le voyage en bus avec Samson les avait imprégnées d'une odeur tenace.

— Très bien, fit Kale d'un ton enthousiaste, nous y voici ! Tirons le maximum de l'occasion. Vous avez tous votre programme. Revenez ici à l'heure dite. D'ici là, allez vous promener, amusez-vous, et, pour l'amour de la charterie, essayez de lier connaissance avec des gens. Mélangez-vous ! Bon, vous pouvez y aller maintenant, je crois que j'ai tout dit. Ah, non, attendez ! Si quelqu'un vous pose la question, affirmez-lui que Ceinture Hubert est réellement Hubert.

— Je suis Ceinture Hubert, dit le valet depuis le siège qui arrivait avec Samson toujours endormi.

La dérogation de Samson pour les scanners avait entraîné un passage par le poste de sécurité où on lui avait assigné une deuxième abeille de surveillance.

— Je ne suis qu'une pâle approximation du Hubert originel.

— Oui, nous le savons tous, mon cher, répondit Kitty au fauteuil. Maintenant boucle-la et ne redis jamais ça.

Déjà l'odeur de Samson provoquait la consternation chez les chartistes des emplacements voisins. Kale lança un regard qui signifiait clairement « Je-te-l'avais-bien-dit » à April, laquelle s'adressa à Kitty :

— Et si tu emmenais Sam dans le jardin à ciel ouvert ?

Mais juste à cet instant Kitty repéra un groupe de gamins qui jouaient à chat, et elle s'éclipsa pour les rejoindre.

April soupira.

— Boggy ? dit-elle.

Bogdan avançait d'un pas chaloupé dans les allées bordées par les stands des charteries, suivi par le fauteuil de Samson et les deux abeilles SecNat. Il venait d'avaler son sixième comprimé d'Alert ! et il estimait avoir déjà beaucoup de choses à raconter : Tous les gardiens de soupières sont sortis pour nous saluer. Ici les légions vert Guignet-vert taupe – à votre service ! Et les champions bleu-orange-vert – à votre service, myr ! Et là, les disciples tricolores rouge-noir-gris – à votre service, myr ! Et les adeptes arc-en-ciel aperçus mais non identifiés – Lisa les aurait tous reconnus – qui s'inclinent sur votre passage, myr et vous souhaite, à vous et votre suite, un joyeux Rendez-Vous – tout du moins jusqu'à ce que la puanteur dégagée par Samson arrive à leurs narines et que tous les visages se ferment.

Nous continuons donc d'avancer, sans parler à personne, le long d'allées interminables flanquées de stands où nous voyons les mêmes promesses sur toutes les lèvres : accordez-nous seulement une ferme de transplantation supplémentaire, une autre carrière de pierre, un dernier modèle populaire de fauteuil, et cette fois nous dresserons un projet commercial plus solide.

Oh, des bouilleurs de cacahuètes vertes et des forgerons de rambardes décoratives et de grilles pour fenêtres. Oh, des fabricants de tambours en bois tendus de cuir de renne (en forme de vaisseaux-A miniatures !) et des distillateurs d'alcool de pétale de rose, de feuilles d'eucalyptus et de tiges d'achillée. Vos vaches à lait sont sur le flanc, boursouflées et noircies, et pourtant vous continuez à téter leurs pis putrides. Quand les laisserez-vous en repos ?

Bogdan fit halte quand il aperçut l'emplacement des Kodiaks. Il avait marché et marché, décrivant un cercle complet, jusqu'à revenir à son point de départ. De loin, leur stand ressemblait effectivement au pont d'une péniche aménagée. Le holo tanguait même légèrement sur des vaguelettes imaginaires. Francis et Barry, qui n'étaient pas les Kodiaks les plus affables, étaient confortablement installés dans des chaises longues et se régalaient en pillant le plateau de fromages. Mais comme aucun visiteur ne faisait mine de vouloir monter à bord...

Nous ne fûmes jamais une charterie maritime, bien que nous ayons vécu sur l'eau au large de Kodiak Island, dans le golfe d'Alaska. En 2054, treize femmes et dix-neuf hommes, employés aux Ascenseurs du Port Spatial, finirent par se déclarer mécontents de leur hébergement de fonction et décidèrent de déménager. Mais il y avait peu d'endroits où s'installer sur l'île, aussi organisèrent-ils une opération en coopérative pour acheter et convertir une péniche industrielle en une résidence flottante. Ils durent l'amarrer au bas d'une falaise en face de Kaguyak, où la trace des marées sur les rochers constituait la seule plage. Leur domicile nautique était en outre exposé aux tempêtes du Pacifique en hiver et à la mousson durant le solstice d'été.

C'était une époque où l'on avait confiance en l'avenir, dix ans avant l'Outrage ; les gens commençaient à comprendre qu'ils vivraient éternellement.

Les trente-deux colons de Kodiak Island étaient des ingénieurs et des créateurs de talent, et, au cours des trois années que prit le perfectionnement de leur résidence, ils mirent également sur pied une communauté fondée sur l'égalitarisme, qu'ils officialiseraient plus tard par une charte sociale (et, très certainement, une cérémonie spéciale de la soupière).

Bogdan tourna les talons et se dirigea vers la première passerelle mécanique menant au niveau inférieur. Arrivé à cet étage, il passa sans s'arrêter devant le premier stand. Des chartistes Albacore (blanc-jaune-blanc) avec leurs truies transgéniques adorées, qui étalaient des excroissances tenaces sous leur peau distendue. Gonades-en-location. Ventres-à-vendre. Les procès que leur intentaient les humains aboutissaient rarement à la peine de mort, et ils touchaient des dédommagements confortables. Merci, mais sans façon.

Ensuite, un emplacement spécialisé dans les bannières publicitaires – la charterie Long (brun-noir-rouge) –, les maîtres de l'absorption en dernier recours. Ils avalent votre maison entière, sans poser de questions. Le bonjour, Kodiaks. Il paraît que votre domicile pourrait bien revenir aux Longs avant *long*temps. Merci, sans façon. L'au revoir.

Bogdan tourna dans une allée perpendiculaire au bout de laquelle il aperçut le stand des Beadlemyren. Il avait l'apparence d'une tête de puits de micromine engoncée dans un amas d'ordures compactées. Une foule d'une centaine de chartistes était rassemblée devant un baraquement de mineurs où trois Beadlemyren dans leurs tenues noires étaient assis derrière un comptoir et répondaient aux questions. Ceux qui avaient participé au dîner des Kodiaks la veille n'étaient pas là. La curiosité de Bogdan pour le Wyoming était forte, mais il songea au fauteuil de survie puant et ronflant derrière lui. Un point tout à leur honneur, sans aucun doute, mais qu'il valait mieux ne pas trop exhiber.

Bogdan prit la passerelle descendante et atteignit le niveau principal, où il trouva un plan des lieux. Il toucha l'icône représentant le jardin à bières. Une ligne directrice naquit sous ses chaussures et s'étira à travers le hall grouillant de monde. Il suivit ses méandres, contournant kiosques et stands. Salut à la charterie Jiff (rouge-blanc-vert), fleuron de notre Grand Mouvement chartiste, qui détient les recettes des extrudeurs pour pratiquement tout et se glorifie d'avoir des points de vente bien placés un peu partout, y compris dans notre immeuble infesté par les pirates de la matière, sur Howe Street.

Salut à la charterie Bolto (bleu marine-gris foncé-beige), dont les services dans le domaine des assurances, de l'investissement et de la banque rivalisent avec ceux de grands établissements tenus par des richards.

Salut à la charterie Vigne (vert-vert-vert), dont la chaîne mondiale de villages-vacances et stations thermales offre le réconfort à qui peut s'y offrir un séjour.

Bogdan fit halte au milieu du Hall des Nations et ferma les yeux. Il était baigné par l'énergie scintillante de cinq niveaux de Force en Nombre, Force en Diversité, Force en Notre Vision d'une Société Coopérative.

Nos Kodiaks fondateurs étaient des gens hors norme. La demande du marché pour leur péniche révolutionnaire fut prodigieuse, et ils louèrent les services de chantiers navals partout dans le monde pour la satisfaire. Par cooptation, achat ou manœuvres diverses, ils aplanirent tous les obstacles sur leur route. Pendant des années, la charterie Kodiak fut l'incarnation du mouvement chartiste dans son entier. Mais ces temps héroïques ne durèrent pas. Les trente-deux membres d'origine quittèrent le navire pour poursuivre des destins séparés, et il revint à Kale, Gerald et les autres de traîner l'ancre dans les hauts-fonds.

Une main ébouriffa les cheveux de Bogdan, qui fit volte-face et se retrouva nez à nez avec Troy Tobbler.

— Salut, Trou Doré, dit l'autre. On promène le fauteuil ?

Troy portait une tunique vert et argent avec des manches courtes et jaunes qui révélaient ses bras potelés. Bogdan baissa les yeux sur les siens. Ils étaient potelés eux aussi, sans aucun indice de muscles adolescents sous la douceur de la peau. Mais d'une certaine façon ils n'étaient pas aussi enfantins.

— Eh, il y a quelqu'un ? fit Troy en passant la main devant le visage de Bogdan. Quelles nouvelles de ce bon vieux je-ne-sais-plus-son-nom ? Bah, qu'est-ce que la prison pour un mentar, de toute façon ? Ils ont vraiment coupé le moteur d'inférence de ses bases de données ? C'est vache.

Bogdan se souvenait de l'époque où il avait le même âge que Troy. Les choses étaient parfaites, alors. Les Kodiaks possédaient encore des chantiers navals dans l'Union européenne et dans la RAU, un immeuble entier dans Howe Street et des maisons de charterie dans d'autres cités. Quand des connaissances venaient leur rendre visite à Chicago, elles lui apportaient toujours des cadeaux. Puis les écoutaient, lui et Lisa, chanter les chansons qu'il composait.

— Troy, dit-il en fixant sur le garçon un regard plein de l'intensité d'une soixante et unième heure sous Alert !, tu as parlé à quelqu'un de Hubert ?

— Non, mais je m'apprêtais à le faire.

— Je ne pense pas que tu le doives.

— Ah bon ?

Bogdan brûlait d'envie d'écrabouiller le visage de ce petit salopard, mais il se contint.

— Tu ne leur as pas dit que tu avais piraté ma porte, pas vrai ?

— Non.

— Tu as dit que tu m'avais laissé la bousiller moi-même, et je l'ai fait, ou Sam l'a fait. Donc tu avais raison.

Troy sourit.

— Eh bien, la même chose s'applique à Hubert. Tu peux me faire confiance pour le bousiller tout seul. Qu'en dis-tu ?

— Je ne pense pas, non.

Quelqu'un d'autre ébouriffa la tignasse de Bogdan. Celui-ci repoussa sèchement la main et se retourna vivement. Le perturbateur était un homme portant une combinaison de la charterie Candel (turquoise-magenta-noir).

— Ton cochartiste dort, fiston ? dit-il.

Bogdan jeta un coup d'œil au fauteuil.

— Samson ? Oui, myr, je crois.

Quand il regarda derrière lui, Troy s'était éclipsé.

— Quel dommage. Je voulais lui présenter mes respects.

— Je peux vous enregistrer, myr, pépia le fauteuil.

L'homme accepta d'un hochement de tête et vint se placer face au fauteuil.

— Salutations, Samson Kodiak, commença-t-il.

Les paupières de Samson battirent et il ouvrit les yeux.

— Le bonjour ! reprit l'homme. Réveillé, finalement ?

— Oui ? fit Samson en essayant de se concentrer sur l'homme. Je peux vous aider, myr officier ?

— Ah, ah, répondit l'autre, je n'appartiens pas aux forces de sécurité, myr Kodiak. Je m'appelle Charles Candel, mais quand nous nous sommes rencontrés, en 38, votre nom était Harger, et le mien Sauze.

Samson fronça les sourcils en essayant de se souvenir.

— Charles Sauze ? Oh, oui, le cybersculpteur. Mais vous n'étiez qu'un gamin.

L'autre ne cacha pas son étonnement.

— Vous vous souvenez de moi, malgré la centaine d'années écoulées ! Oui, j'étais jeune, un étudiant peu doué, mais vos cours sur le modelage des pseudotissus ont enflammé mon imagination. Pour résumer la suite, votre atelier m'a complètement transformé, j'ai trouvé ma voie, et le reste a suivi.

— Le reste ? dit Samson. Henry, qu'est-ce qu'il raconte ?

— Je suis Ceinture Hubert, myr Sauze Candel vous exprime sa gratitude pour avoir influencé positivement le cours de son existence, il y a un siècle.

— Ah bon ?

— Oui, dit Candel. Vous pouvez me croire, myr Kodiak. Vous avez changé ma vie. Enfin, bref, je vous ai vu sur le Skytel l'autre soir, puis j'ai appris que vous viendriez ici et j'ai tenu à vous saluer.

Lorsque Candel prit congé, deux chartistes qui s'étaient arrêtés voulurent parler eux aussi à Samson. Bientôt, d'autres admirateurs s'agglutinèrent et se mirent en file indienne.

— Ceinture Hubert, dit Bogdan, préviens April de ce qui se passe ici et précise-lui que je dois aller faire quelque chose seul.

— Elle dit qu'elle envoie quelqu'un.

A l'arrivée de Kitty, la queue des curieux encerclait complètement le fauteuil de survie et ne cessait de croître.

— Que se passe-t-il ? demanda-t-elle.

Bogdan ne s'attarda pas à le lui expliquer. Il retourna au plan du Rendez-Vous, qu'il interrogea :

— Où est Troy Tobbler ?

Un point mouvant apparut sur le plan. Bogdan s'élança à sa poursuite.

Sous la couverture du fauteuil de survie, l'abeille du Groupe Bleu rampa hors de la poche de poitrine de Samson et passa sous le revers de sa combinaison. Là, elle inséra des cams aussi fines que des cheveux dans le tissu afin d'obtenir un visuel de l'environnement et de mettre des visages sur les voix qu'elle enregistrait pour le DOL2.

Tout se passait bien, et Fred commençait à croire que la soirée se déroulerait sans anicroche. Le nombre des participants s'élevait à quarante-sept mille six cents et continuait d'augmenter. Deux cents armes mortelles, surtout des sabres laser et des matraques de poche, avaient été confisquées au passage des scanners. Trois criminels recherchés avaient été arrêtés et gardés au frais pour la police. A quoi pensaient-ils donc quand ils avaient traversé les couloirs de scannage ? On avait également refoulé cinq cent trente-six personnes porteuses d'accréditations chartistes fausses ou annulées.

Jusqu'à maintenant, on ne comptait que sept décès, apparemment tous consécutifs à des causes naturelles : trois infarctus, une attaque d'apoplexie, une asphyxie (un hot-dog qui avait bouché une gorge) et deux morts indéterminées. Les morts et les mourants avaient été rapidement évacués et placés en biostase.

Et, dans toutes ces situations, la force de sécurité des Tugs avait travaillé avec celle de Personnel Appliqué sans incident. A contrecœur, Fred devait reconnaître leur professionnalisme. Il décida que le moment était venu de rendre visite à ses troupes. Avec cinq cents Tugs en poste au niveau du sol, il avait pu garder une bonne partie de ses hommes en réserve dans le système labyrinthique de couloirs de service qui reliait les salles entre elles. Fred se fraya un chemin parmi ses jerrys, belindas et russ. Presque tous étaient assis, somnolaient ou bavardaient, quand ils ne jouaient pas aux cartes. Des robots serveurs les contournaient sans ralentir. Personne ne paraissait satisfait de la situation, et surtout pas les russ. A dire vrai, ses frères semblaient l'éviter. Les vingt autres pikes dont il disposait se trouvaient là également et faisaient les cent pas. Pas besoin d'être fin psychologue pour décrypter cette attitude nerveuse. Les pikes étaient faits pour bondir au cœur des batailles de rues avec leur matraque, pas pour déambuler tranquillement dans les grands magasins ou les centres de conférence, et encore moins pour ne rien faire dans des couloirs de service.

— Gilles, dit Fred dès qu'il sortit dans le hall, envoie des pizzas et des sodas aux troupes de réserve et commence à établir les rotations. Même chose pour les pikes. Que ceux qui sont en bas aillent remplacer ceux qui surveillent les dioramas.

Compris.

Fred continua son tour d'inspection au niveau inférieur. Il passa à travers des groupes de joyeux chartistes indépendants. Il éprouvait une sensation d'étrangeté à se déplacer parmi eux. Bien qu'ils fussent une multitude, chacun avait un visage unique, et ils étaient de toutes les tailles et morphologies. Et, à la différence des richards, qui d'un point de vue technique étaient eux aussi des humains, nombre de chartistes étaient quelconques, pour ne pas dire franchement laids.

Dans leur très grande majorité, les participants au Rendez-Vous ne prêtaient pas attention à Fred, et ceux qui le saluaient étaient plutôt amicaux. Tout le monde aimait les russ.

Avec les Tugs en patrouille qu'il rencontrait, c'était une autre affaire. Bien que manifestement indépendants, ils étaient tous de taille et de corpulence imposantes, et Fred trouva cela curieusement réconfortant. Ils avaient fière allure, également. Ce soir, ils portaient leur tenue de cérémonie : une combinaison vert olive avec un corset en V. Un macaron sur la poitrine affichait le nom de la personne sous leur logo circulaire.

Leur attitude aurait toutefois mérité d'être quelque peu corrigée. Ils le toisaient avec mépris, jusqu'à ce qu'ils voient son rang.

Fred jetait un œil dans les salles de bal et les salles de conférence devant lesquelles il passait. L'une d'elles était occupée par un ring aux dimensions olympiques où se déroulaient des combats qualificatifs pour le championnat du monde amateur de boxe chartiste 2134.

Au fond du hall, on avait installé une salle des banquets ainsi que l'infirmerie et la crèche, et l'endroit semblait très fréquenté. Un cygne géant flottait sur une piscine couverte où des bébés dormaient au creux de nénuphars. Des bambins s'amusaient dans un bassin de boue, tandis que d'autres s'adonnaient à des jeux organisés par des adultes. Fred estima à quatre cents le nombre des enfants présents, entourés de quelque deux mille adultes.

Dans une salle de conférence, Fred tomba sur le Congrès mondial de l'Union chartiste. C'était la seule salle que la sécurité ne pouvait pas surveiller avec des cams et des abeilles. Réunis là, se trouvaient les lumières de l'empire chartiste, ses penseurs, ses activistes et ses représentants venus de tous les coins des Démocraties Unies. Au centre de la salle, on avait installé deux cents sièges pour les spectateurs. Quelques personnes réelles et une majorité de procurants les occupaient.

Une des rares participantes réelles était une Tug que Fred reconnut immédiatement : Veronica Tug. Elle faisait une présentation au Congrès. Elle se tenait entre le Soleil et Mars, dans un système solaire simplifié, et désignait la maquette d'un vaisseau-A. Sous le vernis d'une impassibilité de façade, la passion bouillait.

Fred alla se placer au fond de la salle. Un procurant apparut devant lui, la tête et les épaules de myr Pacfin, l'insupportable président du Rendez-Vous.

— Je suis désolé, myr Russ, dit-il, mais il s'agit d'une réunion à huis clos, réservée uniquement aux chartistes.

— Je vais sortir, en ce cas, répondit Fred. Je faisais simplement une ronde d'inspection.

Le procurant de Pacfin consulta le badge nominatif de Fred et dit :

— Ah, myr Londenstane. Tout semble bien se passer, vous ne trouvez pas ? Le Rendez-Vous se gère lui-même, la sécurité est presque inutile.

Fred fit de son mieux pour dissimuler son irritation et s'apprêtait à partir, mais ils furent rejoints par un second procurant. Celui-là était un buste imposant de Veronica Tug. Là-bas, la vraie femme faisait toujours son discours.

— Mes excuses, myr Pacfin, dit-elle à l'autre procurant, mais j'aimerais inviter myr Londenstane à assister à mon exposé.

— Et moi, j'aimerais que ce soit possible, dit le procurant de Pacfin, mais le règlement doit être appliqué. Il faudrait un vote des délégués pour autoriser sa présence.

— Alors organisons ce vote, dit aimablement Veronica Tug.

Fred lui dit de ne pas prendre cette peine, qu'il était sur le point de partir, mais la procurante lui annonça que les résultats du vote étaient déjà disponibles. Un instant plus tard, le procurant de Pacfin ajouta :

— Les délégués sont heureux de vous accueillir parmi eux, myr Londenstane. Je vous en prie, prenez un siège.

Il disparut avant que Fred ait le temps de lui répondre.

— Ne le prenez pas trop à cœur, dit le procurant de Veronica. Mes compagnons chartistes éprouvent une hostilité irrationnelle envers les itérants, comme vous le savez certainement. Ils ont le sentiment que les vôtres nous ont remplacés dans l'économie et qu'ils sont la raison principale de notre déclin. Ils sont aveugles à la marche de l'histoire.

— Ne vous en faites pas, dit Fred. Nous n'en faisons pas une affaire personnelle.

— Peut-être le devriez-vous, en fait. Peut-être que nous devrions tous nous sentir concernés. Les richards ont fait de nous des races séparées, et nous ont inculqué des mensonges et des haines raciales. C'est un sujet qui concerne chacun et tout le monde, vous ne pensez pas ? C'est de cette manière qu'ils nous contrôlent.

Pendant qu'elle parlait, la procurante agitait les mains dans l'air avec beaucoup d'expressivité.

— Je suis désolée. Je monopolise votre temps, et vous ratez mon exposé. Je vous en prie, prenez place, commandant. Le meilleur est encore à venir. Je vous laisse tranquille, à présent.

— Attendez, dit Fred avant que la procurante ne disparaisse. Je suis d'accord avec la majeure partie de ce que vous avez dit au sujet des frictions entre nos groupes, mais quant à la « marche de l'histoire », je crois que seul le temps en décidera.

Le visage grossier de Veronica s'éclaira d'un sourire.

— Je veillerai à communiquer cet avis à mon original.

— Et transmettez-lui tous mes remerciements pour l'aide de l'autre soir. Comme je l'ai dit, je lui dois une fière chandelle.

L'expression de la procurante se durcit un peu.

— Ne vous inquiétez pas, commandant, je suis sûre que nous trouverons une manière pour vous de vous acquitter de votre dette.

Quand elle eut disparu, Fred ne trouva pas de siège libre et resta donc au fond de la salle pour écouter l'exposé de la vraie Veronica. Elle parlait du vaisseau-A n° 164, et était opposée au projet l'impliquant. Apparemment, le Congrès mondial de l'Union chartiste avait proposé d'acheter un vaisseau-A entier pour aller coloniser une nouvelle planète. Il avait choisi un appareil dont le rang de production ne verrait son achèvement que dans une vingtaine d'années, ce qui leur laissait le temps de recruter les passagers et d'accumuler les cent vingt-cinq mille hectares nécessaires. Veronica semblait opposée non à l'acquisition d'un vaisseau annulaire, mais à sa destination.

— Pourquoi s'embarquer pour un voyage incertain en direction d'un autre système solaire quand nous en avons un parfait ici ? Un que les pouvoirs en place semblent déterminés à nous empêcher d'exploiter. Pourquoi n'y a-t-il pas de chartistes de l'espace parmi nous ? Qui a octroyé aux compagnies un droit exclusif aux ressources de notre système solaire ? Qui plus est, si nous décidons de coloniser un nouveau monde, pourquoi devrions-nous renoncer à nos droits légitimes sur celui-ci ? Cette offre des « un pour mille » faite par le projet Jardins de la Terre est une escroquerie pure et simple...

Fred ? dit Gilles.

J'écoute.

Vous aurez peut-être envie de vérifier quelque chose dans le Hall des Nations.

De quoi s'agit-il ?

Un empesteur qui a une cour d'admirateurs, dans une des allées.

Un empesteur ?

Un individu cautérisé.

Je sais ce qu'est un empesteur, Gilles, répliqua Fred. *Comment s'appelle-t-il ?*

Kodiak.

Ce fut une sorte de soulagement : ce n'était pas celui auquel il avait pensé.

J'arrive.

Bogdan se laissa détourner de sa cible en arrivant devant une buvette. Il n'avait rien avalé pour le dîner, et les buvettes du Rendez-Vous étaient gratuites. Tous les hamburgers, frites, tourtes à la cannelle et pizzas en tubes que vous pouviez ingurgiter. Et les pâtes, le riz au curry, tout ce que vous aimiez. Donnez-moi une triple glace géante chocolat-amandes-chantilly...

Bogdan repéra un coin de repos tranquille de l'autre côté du couloir et y transporta sa commande. Une fois qu'il eut franchi le rideau pressurisé, le brouhaha régnant dans le hall se réduisit à un murmure et il se laissa choir dans un fauteuil. Pendant un très long moment, il mangea cuillère sur cuillère de son monstrueux dessert et observa la foule silencieuse qui passait devant lui. Puis il remarqua le cadre ouvert d'un distributeur de prix près du rideau pressurisé qui affichait les tirages en cours. Toutes les trois minutes, un prix était attribué. Un digesteur cette fois-ci apparut dans le cadre, et trois minutes plus tard le nom de la charterie gagnante. Pas la sienne.

Pas grave – nous avons celui du NanoJiffy, pas besoin d'un deuxième. Voyons... Mille mètres carrés de pelouse d'intérieur – où les mettrions-nous ? Mille litres d'Ugoo Gourmet Sara Lee – oui, gagnons donc ce prix. Il nous nourrira pendant six mois. Allons-y...

D'autres lots moins intéressants suivirent, jusqu'à un des plus gros de l'heure : un ordi-maison General Genius 2.5, installation comprise. Le tout dernier modèle. C'était là un prix qui valait vraiment d'être remporté. Non : qu'il fallait remporter. Il aiderait beaucoup à améliorer leur situation.

Bogdan posa son plat vide sur le sol, ferma les yeux et pria. S'il vous plaît, oh, s'il vous plaît, s'il vous plaît...

Les installateurs se présentent à la porte et disent : Où doit-on le mettre ? Ici. Démontez l'ancien. Mettez des cams émettrices dans chaque pièce, et aussi dans les escaliers, et dans l'abri de jardin de Sam. Bonjour, je suis votre nouvel ordi-maison GG. Merci de me donner un nom.

Un nom, un nom... Bon, Lisa est déjà pris, c'est celui d'une planète, tu sais. Que dirais-tu de...

Bogdan rouvrit un œil et le braqua sur le cadre. Le nom de la charterie gagnante s'affichait, mais ce n'était pas Kodiak. Bogdan s'affaissa dans le fauteuil.

Juste à cet instant, Troy Tobbler passa devant son coin de repos.

— Eh, toi ! s'écria Bogdan en se levant précipitamment. Stop !

Mais le temps qu'il franchisse le rideau pressurisé, Troy s'était fondu dans la foule. Bogdan fonça derrière lui, en esquivant les coudes des gens. Au bout du couloir, il regarda à droite, puis à gauche. Aucun Tobb en vue. Il rebroussa chemin et alla voir dans les salles desservies par le couloir. Il y avait une réunion dans l'une, dans une autre des combats de boxe. Dans la troisième on valsait avec entrain, et dans la quatrième on dansait, comme en transe. Dans la cinquième, il aperçut April seule contre un mur. Elle se dandinait sur la musique et frappait dans ses mains sur le tempo, comme une danseuse momentanément mise sur la touche.

Quand elle le vit, elle eut une grimace de culpabilité mais s'entêta à frapper des mains.

— Incroyable le nombre d'hommes qui peuvent passer sans me remarquer, lui dit-elle.

— C'est ridicule, affirma Bogdan. Tout le monde te remarque. Tu es magnifique.

Et elle l'était, pétillante de vie, de chaleur et d'amour. Sans elle, la maison s'écroulerait. Elle est notre cœur. Mais soudain, l'image s'abaisse comme si elle était imprimée sur une plaque de carton, et nous voyons April avec les yeux de n'importe quel type. Nous la voyons avec les mêmes yeux que lorsque nous regardons Annette Beijing, et la comparaison n'est pas à l'avantage d'April. Elle a un visage tout en longueur, nettement chevalin, comme s'il avait été étiré quand il était encore tendre et malléable. Et ses yeux sont trop petits, trop écartés. Son torse, par contraste, est trop compact. Son menton semble reposer sur ses hanches, sans grand-chose entre les deux. Ses jambes sont longues mais arquées, et ses orteils pointent vers l'extérieur. Nous frissonnons devant cette vision d'elle, mais seulement un instant, avant que l'image voluptueuse et séduisante ne s'impose de nouveau.

— Tu te trompes, April, tu es à croquer.

— Oh, Boggy.

C'est l'instant que choisit une femme brique-noir-abricot (charterie Saurus) pour les approcher.

— Bon Rendez-Vous, April Kodiak, dit-elle en tendant la main.

— Nous nous connaissons ?

— Sally Saurus, se présenta la femme avant de regarder Bogdan et d'ajouter : Je me demandais si je pourrais avoir un entretien seule à seule avec ta cochartiste, jeune homme. Je dois lui parler de quelque chose de très personnel.

— Bien sûr, répondit-il. Moi aussi, je cherchais quelqu'un, de toute façon.

Un jerry et une belinda en patrouille avaient placé un holocordon autour du fauteuil de survie et des admirateurs qui l'encerclaient. Ils déroutaient la circulation des piétons alentour.

— Nous voulions le faire partir de là, dit le jerry à Fred, mais ce type est couvert par tellement de lois et de traités contradictoires qu'on ne peut appliquer aucun protocole précis. Gilles nous a dit de le laisser faire jusqu'à votre arrivée.

— C'est bon, dit Fred. MC, peux-tu créer un filtre à pression négative autour de l'empesteur, dans un rayon de vingt mètres ?

Je ferai de mon mieux, répondit le mentar.

— Il est l'objet d'une assignation à résidence qui a été modifiée, ajouta le jerry. Il a sa propre abeille de surveillance.

— C'est un criminel ?

C'est Samson Kodiak, lui expliqua Gilles. *Le plaisantin qui a piraté le Skytel l'autre soir.*

Fred avait raté le piratage, mais il en avait entendu parler.

— Redis-moi son nom.

Samson Kodiak.

Que deux empesteurs survivants s'appellent Samson ne pouvait être une simple coïncidence. Fred consulta sa visière pour prendre connaissance du dossier de l'homme. Samson P. *Harger* Kodiak. Le puissant déchu. Fred n'arrivait pas à imaginer ce qui pouvait pousser un richard, même cautérisé, à rejoindre une charterie. Le fauteuil de survie était trop éloigné pour qu'il voie clairement son occupant, mais son odeur seule suffisait à réveiller bien des souvenirs.

— Gilles, enregistre myr Kodiak sous le statut VIP.

Pardon ?

— Tu as bien entendu.

Il fait désormais partie des VIP.

Ayant la situation bien en main, Fred s'avança le long du cordon. Lui aussi voulait saluer Samson – en souvenir du bon vieux temps – mais trop de gens attendaient déjà avant lui, et la queue ne progressait guère. Un des derniers chartistes s'adressa à lui :

— Le bonsoir, myr russ. Vous n'avez pas à faire la queue. Passez devant. Les amis, laissez passer le bon russ.

Fred voulut refuser, mais les chartistes insistèrent et il se retrouva en tête de file. L'odeur de Samson l'assaillit. Après toutes ces années, Fred ne l'avait pas oubliée, mais il n'était plus accoutumé à sa violence. Il avait certes des filtres nasaux dans une pochette, mais il eût été discourtois de les utiliser, d'autant qu'aucun des chartistes n'en portait.

C'était au tour de Fred de saluer Samson, mais le fauteuil annonça :

— Myr Kodiak s'est assoupi. Il peut se réveiller à tout moment. Vous êtes le bienvenu si vous souhaitez rester et attendre. Si vous devez partir, je serai heureux de lui transmettre tout message que vous aimeriez lui adresser.

— Qui es-tu ?

— Je suis Ceinture Hubert, un terminal restreint du mentar de Sam, Hubert.

— Eh bien, Ceinture Hubert, myr Kodiak ne se souviendra probablement pas de moi, mais je te prie de lui dire que je suis passé le saluer. Je m'appelle Fred Londenstane. J'ai travaillé pour lui, il y a bien longtemps.

Alors qu'il parlait, il remarqua une jolie fillette qui l'observait de l'autre côté du fauteuil de survie. Elle portait une combinaison ornée de fleurs imprimées avec des garnitures brun-jaune-blanc, les mêmes couleurs que les vêtements de Samson. Elle avait de longs cheveux acajou coiffés en une tresse complexe. Quand il lui retourna son regard, ses yeux noisette ne cillèrent pas et elle continua de le dévisager avec cette effronterie irritante des enfants.

Samson bougea sur son siège.

— Oui, myr officier ? fit-il. Il y a un problème ?

Il s'était réveillé, mais ses paupières avaient du mal à ne pas se refermer.

— Non, myr Kodiak, répondit Fred. Il n'y a aucun problème. Je me suis arrêté pour vous saluer. Vous ne vous souvenez sans doute pas de moi, mais j'ai travaillé pour vous, jadis. Ça remonte à bien des années.

Les paupières de Samson s'abaissèrent lentement.

— Je faisais partie du personnel de la demeure Starke quand Eleanor Starke était gouverneur. Juste après que vous avez été cautérisé.

Les paupières se relevèrent un peu, et Samson marmonna :

— Vous êtes le russ qui venait me rendre visite au sous-sol. Vous m'apportiez des bonbons à la menthe et du désodorisant.

— Oui, c'était moi.

Samson s'agita sur son siège. Il essayait de libérer son bras droit.

— Mais lâche-moi ! geignit-il, la couverture se retroussant aussitôt de quelques centimètres.

Il leva un bras squelettique et l'étendit pour serrer la main de Fred. La puanteur redoubla. (L'abeille du Groupe Bleu prit note de cet itérant qui était apparemment un allié.)

— Vous n'avez pas changé, Fred. Comment était Mars ?

Mars ? Fred avait quitté la maison Harger pour accomplir une période de cinq ans sur la station martienne.

— Et votre femme, Corrine ? dit Samson. Comment va-t-elle ?

— Voyons, dit Fred en effectuant un rapide calcul. Depuis Corrine, j'ai eu trois épouses. Aujourd'hui, je suis marié à une évangeline qui s'appelle Mary Skarland.

— Une évangeline... Quel nom charmant. Je ne crois pas avoir jamais rencontré une de ces évangelines.

— Elles sont assez récentes, et peu nombreuses, dit Fred.

— Elle est ici, Fred ?

— Non, myr Harger. Elle est à la maison. Je suis ici pour le travail. Quoi qu'il en soit, quand j'ai vu que vous étiez présent, j'ai voulu vous saluer. Et aussi vous présenter mes sincères condoléances pour la perte récente qui vous a marqué.

Samson cligna plusieurs fois des paupières, l'air un peu perdu.

— Henry, j'ai raté quelque chose ?

— Je suis Ceinture Hubert, corrigea le fauteuil, un terminal restreint de mon ancienne entité. L'officier Londenstane fait probablement référence à la mort tragique de votre ex-femme Eleanor Starke, survenue il y a deux jours.

Le vieillard accusa le coup. Il déglutit, hoqueta et se redressa sur son siège.

— Hubert, emmène-moi à la clinique Roosevelt sur-le-champ.

Les moteurs du fauteuil vrombirent, ses freins se débloquèrent, mais la fillette bondit devant lui et ordonna, d'un ton très adulte :

— Stop !

— Kitty, c'est toi ?

— Oui, Sam. Je suis là.

Le vieillard tendit une main tremblotante que Kitty saisit.

— Il faut que j'y aille, dit-il. Ma fille a besoin de moi.

— De quoi parles-tu ?

— Ellen, ma fille. Elle a survécu au crash. Mon devoir est de me trouver à son côté.

Fred recula. Il repassa de l'autre côté du cordon et renifla sa main. Elle empestait.

Bogdan remonte la ligne directrice menant à Troy Tobbler. Si celui-ci fait demi-tour, il se rendra compte qu'elle le suit à la trace, et il l'annulera ou bien la parcourra à l'envers jusqu'à moi.

Elle vibre plus fort à mesure que nous nous rapprochons l'un de l'autre. Je la longe au trot, et elle me mène au-delà des portes béantes d'une grande salle de bal où je suis stupéfié par un spectacle épouvantable : la nursery du Rendez-Vous, des centaines de gamins entourés de milliers d'adultes qui leur tripatouillent les cheveux, comme toujours.

Bogdan est diplômé de la nursery du Rendez-Vous, avec mention très bien, car il a passé neuf Rendez-Vous dedans. Et même si c'était vingt ans en arrière, sa première réaction est de tourner les talons et de fuir. Mais il aperçoit les Beadlemyren, les deux goules du dîner d'hier soir, près du bassin aux nénuphars avec – Bogdan en est éberlué – l'immeublier Dieter Tobbler qui leur tend un bambin vêtu d'une barboteuse aux couleurs vives – orange-vert-brun. Un petit Tobbler ! Un des Beadlemyren veut le faire sauter sur ses genoux, et quand le marmot commence à pleurer il le secoue plus fort encore et lui fait des grimaces. Le bambin se met à hurler, et le Beadlemyren le rend à Dieter.

Je fends la foule pour suivre le tracé de la ligne. Elle vibre si fort qu'elle ondule sur le sol. Je le repère, ce Troy Tobbler, qui marche droit vers les Beadlemyren. Il ouvre la bouche et sa langue commence à s'agiter. Je m'élance pour l'intercepter. La ligne directrice éclate quand je le percute.

Woah ! Nom d'un chien ! Trou Doré !

Ecoute-moi très attentivement, Tobb. Je veux que tu fermes ta grande gueule à propos de Hubert !

Ça le fait réfléchir, mais seulement un instant. Il me repousse d'une bourrade et dit : Vas-y, essaie donc, Kodiak !

Mais je n'entre pas dans son jeu. Je ne peux pas te forcer, Troy, mais il y a un truc auquel tu devrais penser avant de l'ouvrir. Si la micromine ne fusionne pas avec nous, alors nous ne quitterons pas Chicago, et nous resterons vos voisins *pour toujours*.

La réflexion retient son attention. Même un crétin comme lui voit la logique imparable de la chose. Alors je pousse un peu plus mon avantage. Ou mieux encore, ta charterie fusionnera avec eux et c'est vous qui irez dans le Wyoming. Toi, Troy Tobbler, le glorieux micromineur ! C'est vraiment ce que tu souhaites ?

Je marque un point. Je peux presque voir le défilé des horreurs que son cerveau obtus imagine. Alors pourquoi tu ne laisserais pas Hubert tranquille, en la fermant, tout simplement ?

Quelque chose dans le ton que j'ai adopté ? Subitement, il a l'air sur la défensive. Tu n'as pas d'ordres à me donner, dit-il.

Je sais bien, et tu n'es pas obligé de m'écouter. Réfléchis seulement à ce que je te dis.

Tas de ratés ! rugit-il en me bousculant.

Je lui agrippe le bras, mais les lumières du plafond filent de droite à gauche et BAM ! je me retrouve au sol, sur le dos, le souffle coupé.

Il se dresse au-dessus de moi.

T'avise plus jamais de me toucher, Trou Doré.

Autour de nous, les enfants sont arrachés du sol et emmenés à l'écart par des adultes inquiets. Je roule sur le flanc et je croche sa jambe avec mon pied. Il s'étale de tout son long, mais pas aussi violemment et durablement que je l'aurais voulu. Soudain, une botte emplit mon champ de vision et explose en une boule rouge. Du sang chaud coule de mon nez.

Des jambes partout, des adultes qui font écran de leur corps. J'essaie de me relever, mais je suis tout étourdi, je me sens retomber lourdement sur mon postérieur et je reste assis dans mon propre sang. Et, comme si l'humiliation n'était pas suffisante, une crampe me tord l'estomac, je me penche en avant et j'y ajoute une couche de triple glace chocolat-noisettes-chantilly.

Oh, et puis tant pis ! dit un Tug qui presse un tampon de linge sur mon visage. Son collègue baisse les yeux sur moi et lâche : MC, nous avons besoin d'une assistance médicale et d'une serpillière. Ces Tugs sont de sacrés salopards, surtout quand vous êtes à terre à leurs pieds. Troy essaie de se défiler en douce, mais ils l'alpaguent.

On dirait que vous avez mérité un petit séjour en boîte, les garçons...

Pas le Tobbler ! Pas le Tobbler ! s'époumone Dieter à l'extérieur du cercle. C'est le Kodiak qui a tout provoqué ! Punissez-le, *lui* !

Un autre officier arrive. Pas un Tug, un pike !

Il hurle sur tout le monde.

Dispersion ! Dispersion !

Les Tugs l'informent :

Nous contrôlons la situation, myr officier.

Mais il leur hurle d'aller se faire voir.

Tout est sous contrôle, myr officier. Inutile de vous en mêler maintenant...

Le pike dégaine sa baguette et l'arme. Les Tugs reculent et lui laissent le champ libre. Dieter bat en retraite lui aussi. Les Beadlemyren ont les yeux aussi ronds que des soucoupes.

Le pike me fait tournoyer sur place et me ligote les poignets dans le dos.

Laissez-les tranquilles ! hurlent les témoins de la scène.

Ne les touchez pas ! rugissent les Tugs.

Troy tente une fois de plus de s'esquiver. Le pike le frappe de sa baguette sur les fesses. Juste un petit coup, mais la baguette doit être réglée au maximum parce que Troy s'effondre et son corps tressaute spasmodiquement sur le sol, comme un poisson jeté sur le sable et pris dans les tourments de l'asphyxie. Tout le monde crie au meurtre, et moi aussi.

Un autre officier, une belinda, apparaît et ordonne au pike d'arrêter. Elle fait reculer la foule et s'écrie :

Du calme, Rudy, c'est un ordre.

Mais le pike tord le bras de Troy dans son dos et lui attache le poignet à son autre épaule avec un filin de glu. Puis il le redresse sans douceur. Troy a un regard halluciné.

C'est alors qu'un autre officier arrive. Un russ. Il ne crie pas. Il parle calmement :

Officier Pells, lâchez ce garçon.

Le pike hésite.

Officier Pells, je vous donne l'ordre de lâcher ce garçon immédiatement...

A vos ordres !

Le pike a une sorte de sursaut de tout son corps qui soulève Troy, et on entend un craquement sec. Puis il laisse le Tobbler glisser au sol.

Ils désarment le pike et l'emmènent. Le russ nous ôte nos menottes, et un infirmier vient s'occuper du bras de Troy. Le russ s'adresse à moi :

On peut dire que tu as du nez, mon garçon.

Puis il semble remarquer les couleurs que je porte, me renifle et demande :

Un autre Kodiak ?

JEUDI

10

A la clinique Roosevelt, on avait tamisé l'éclairage du cottage Feldspath. L'horloge olfactive silencieuse marquait le passage du temps : lavande, champignon, air marin. Il n'y avait pas eu de ronde médicale depuis minuit, et les deux évangelines de l'équipe nocturne succombaient lentement à la séduction du sommeil. Les yeux du crâne étaient ouverts, mais eux aussi semblaient voilés.

Cyndee bâilla avec application, puis déclara :

— Je vais me chercher un café. Tu en veux un ?

Sur la chaise voisine, Ronnie secoua la tête. Cyndee se leva et s'étira. Quand elle regarda le lit de repos, elle vit que les pieds d'Ellen remuaient.

— Myr Starke ? dit-elle.

Elle tendit la main pour lui toucher l'épaule, en oubliant que ce n'était qu'une enveloppe.

— Ronnie, les gants de toucher virtuel !

Son amie s'était déjà précipitée vers la table et cherchait les gants dans la pénombre ambiante. Soudain, l'éclairage du cottage revint à la normale, la porte s'ouvrit et Concierge entra, suivi d'un cortège de médecins, jennys et techmeds. Ils entourèrent le réservoir et se mirent fébrilement au travail. Wee Hunk apparut également, dans un peignoir de bain tigré. Il n'accorda qu'un bref regard au réservoir et alla rejoindre les deux évangelines auprès du lit.

— Salutations, Ellen, dit-il à l'enveloppe. C'est moi, Wee Hunk.

Pour toute réponse, l'enveloppe d'Ellen arqua le dos et son visage se tordit sur une expression de pure angoisse.

Les bruits et la lumière vive le réveillèrent. Meewee se frotta les yeux et dut fournir un réel effort pour se rappeler où il se trouvait.

— C'est ce qui se passe dans la clinique en ce moment même, dit une voix.

Il s'assit dans le lit, pivota et posa les pieds sur le ciment froid du sol. Un grand diorama de l'intérieur du cottage occupait le centre de sa chambre bunkerisée. Wee Hunk apparaissait à la fois dans la scène et à côté d'elle. Dans le cottage, un personnel médical pléthorique entourait le réservoir, tandis que juste à côté l'enveloppe d'Ellen gisait sur le lit, figée dans une pose rigide.

— Que se passe-t-il ?

— Les médecins n'en sont pas sûrs, répondit Wee Hunk, mais il semblerait que la dynamique neurologique du cerveau d'Ellen se soit inversée de façon catastrophique.

— Qu'est-ce que ça veut dire ?

Il faisait froid dans le bunker. Meewee tâtonna des deux pieds à la recherche de ses pantoufles, et il passa une couverture sur ses épaules.

— La conscience d'Ellen serait bloquée dans un moment sans fin de terreur.

— Bon sang ! Ils ne peuvent pas faire cesser ce phénomène ?

— Ils essayent, comme vous pouvez le constater.

Dans le cadre, Concierge quitta le groupe autour du réservoir pour aller vers Wee Hunk et les deux évangelines auprès du lit. Il contempla l'enveloppe et secoua lentement la tête.

— Que dit-il ? interrogea Meewee.

Le diorama zooma sur le lit et le son se concentra sur Concierge.

— ... cafétéria. Je vous ferai appeler quand vous pourrez revenir.

Les évangelines paraissaient hésiter.

— Nos instructions sont de rester ici, objecta Ronnie.

Du regard, elle chercha le soutien de Wee Hunk, mais le mentar ne dit rien.

Concierge évaluait lui aussi le manque de réaction de Wee Hunk, et il poursuivit :

— Il en est peut-être ainsi, myr Ryder, mais, dans l'enceinte de la clinique, c'est moi qui ai le dernier mot. Maintenant, exécution.

Les évangelines échangèrent un regard nerveux. Dans le bunker, Meewee s'étonna :

— Tu ne les soutiens pas ?

— J'interviendrai s'il le faut, mais je veux voir comment elles réagissent. Après tout, quelle certitude ont-elles que ce soit réellement moi qui me tiens là-bas ? Par ailleurs, je suis prêt à parier que ces évangelines n'auront pas besoin de mon concours. Vous désirez connaître les probabilités ?

— Partez, dit Concierge d'un ton las.

Derrière lui, les médecins criaient des ordres, et l'unité de contrôle affichait en gros plan un cerveau animé de pulsations rapides.

Les évangelines se dirigèrent vers la porte, mais elles firent halte avant de l'avoir atteinte et se retournèrent.

— Je demande un arbitrage, déclara Cyndee. Nick ?

Nicholas, le mentar de Personnel Appliqué, apparut soudain dans le cottage sous l'aspect d'un jeune homme séduisant en habit de soirée. Il essuya le coin de sa bouche avec un mouchoir de soie et dit :

— Je crains que Concierge n'agisse dans le cadre de ses droits et prérogatives. Bien que votre employeur vous ait demandé de rester dans ce cottage avec ces couvre-chefs ridicules, d'un point de vue légal ses ordres n'ont aucune valeur. A l'instar du capitaine quand le navire est en mer, Concierge est l'ultime arbitre ici. En conséquence, je vous autorise à désobéir aux ordres de votre employeur. Maintenant, si vous voulez bien m'excuser, je vais reprendre mon dîner avec Strombly Mahousa.

Il disparut aussitôt.

— C'est vrai ? demanda Meewee. Concierge est réellement investi d'une telle autorité ?

— C'est une zone de flou juridique. Je ne trouve pas assez de cas d'espèce pour trancher dans un sens ou l'autre. Mais ce n'était pas Nick, seulement un faux habile. C'est le domaine de Concierge, ne l'oubliez pas.

Ce n'était pas Nick ? Pourtant, l'apparition s'était comportée exactement comme le mentar de Zoranna que Meewee connaissait si bien. L'idée lui vint de tester Wee Hunk pour s'assurer de son identité.

Dans le cottage, les évangelines se regardèrent comme si elles contemplaient leur propre expression effrayée dans un miroir. Elles retournèrent à côté du lit et Cyndee déclara :

— Nous refusons de partir.

— Alors restez, fit Concierge, qui retourna près du réservoir.

Le Wee Hunk du diorama sourit aux évangelines.

— Bien joué, les amies, leur glissa-t-il.

— Pourquoi Concierge a-t-il fait ça ? voulut savoir Meewee. Il savait pertinemment que tu l'observais. Et il agit de la sorte alors qu'Ellen est en pleine crise. C'est monstrueux !

— Sur un plan tactique, c'est le moment idéal pour sonder les faiblesses de l'adversaire, répondit Wee Hunk. Je pense qu'à sa place j'aurais eu un comportement assez similaire.

C'en était trop pour Meewee, qui testa le mentar en starkese :

— Maintenant que je suis réveillé, y a-t-il d'autres nouvelles importantes dont je devrais être informé ? Avons-nous défini un plan d'action ?

— J'évalue toujours les diverses options, dit Wee Hunk en répondant au test. En attendant, pourquoi ne pas vous remettre au lit ? Il était sans doute inutile que je vous réveille pour voir ça.

— Pas du tout, dit Meewee avant de bâiller. Je suis heureux que tu l'aies fait. Réveille-moi à nouveau si quoi que ce soit change.

— Bonne nuit, donc, dit Wee Hunk en éteignant le cadre et sa projection.

Meewee se recoucha et fixa le plafond des yeux, le temps d'adapter sa vue à l'obscurité. Il ne se sentait plus comme enterré vivant dans ce bunker, mais plutôt comme s'il se trouvait au fond d'un puits.

— Dix lumens, ordonna-t-il.

La pièce s'éclaira d'une lumière fade, pareille à celle de la lune se reflétant sur la neige. Il se mit sur le flanc et essaya de dormir. Après cinq longues minutes, il se tourna de l'autre côté, sans plus de réussite. Il finit par se mettre en position assise et trouva ses pantoufles et son peignoir. Il sortit du lit.

— Ligne directrice jusqu'aux ascenseurs.

Une ligne orangée se déroula jusqu'à la porte. Il la suivit dans la vastitude du bunker et arriva aux portes antisouffle devant lesquelles Wee Hunk l'attendait.

— On va quelque part ?

— Oui, j'ai besoin de prendre l'air.

— Nous pouvons générer n'importe quelle sorte d'air ici, selon vos préférences. Que souhaitez-vous : prairie, averse, forêt ?

Meewee ne répondit pas.

— Si je ne peux pas vous protéger efficacement dans le manoir, reprit Wee Hunk, comment diable y parviendrai-je à l'extérieur ?

— J'en assume le risque.

— D'accord, l'Evêque. Vous avez certes une valeur certaine pour m'aider à libérer Ellen, mais vous ne m'êtes pas indispensable. Alors, si vous insistez pour vous exposer au danger, allez-y.

Sur ces mots, il disparut une fois encore.

Meewee prit l'ascenseur jusqu'à la surface. Il traversa des pièces plongées dans le silence et les ténèbres, arriva devant des portes-fenêtres, qu'il ouvrit, et sortit dans un patio. L'air y était vif et chargé du parfum de la vie, une odeur qu'à son humble avis personne n'aurait pu contrefaire.

Il marcha sous le clair de lune jusqu'à la pelouse. Là, il ôta ses pantoufles et s'avança pieds nus dans l'herbe humidifiée par la rosée. Arrivé à un portail, il fit halte. Il n'avait pas eu l'occasion d'explorer les terres entourant le manoir et ignorait ce qui pouvait se trouver au-delà de ce portail.

<Arrow, avertis-moi de toute émergence d'un danger,> dit-il en starkese, s'efforçant d'être le plus clair possible. <Danger pour moi, ou pour d'autres personnes autour de moi ou importantes pour moi. Et fais-le de façon continue.> Il n'était pas certain que ce soit suffisant pour la compréhension littérale du mentar.

<Compris.>

Meewee remit ses pantoufles et franchit le portail. Un chemin fantomatique menait à un autre portail, en traversant des champs odorants de tournesols et de céréales. Il arriva à l'entrée d'une prairie qui affectait la forme d'un sablier. Dans chaque partie du sablier se trouvait un vaste plan d'eau. Il s'approcha du premier et s'arrêta au bord. Un chœur de grillons emplissait l'air de ses stridulations. Il y eut un clapotis, et, sous les yeux de Meewee, un gros poisson bondit hors des eaux sombres, parut se figer un instant en suspension dans la clarté lunaire, puis retomba dans une gerbe d'éclaboussures. Une femelle, sans aucun doute, qui cherchait à se séparer de son frai. Dans son enfance, les parents de Meewee s'adonnaient eux aussi à la pisciculture. La nostalgie et la tristesse l'envahirent, et il se dit alors qu'il ne serait pas à la hauteur de la tâche qu'Eleanor lui avait léguée.

— Je suis désolé, dit-il à la nuit, je fais de mon mieux, mais je ne suis pas assez fort.

Bogdan fit halte au pied des marches. Jamais encore dans sa vie la charterie ne lui avait semblé aussi solitaire. Tout le monde était encore au Rendez-Vous. Du moins avait-il réussi à les convaincre de ne pas écourter leur moment de détente à cause de lui. Le médecin du centre McCormick avait appliqué un carré de coton sergé sur son nez pour le maintenir et éviter le gonflement. L'autodoc du praticien n'avait détecté aucune blessure interne, et l'officier de la sécurité russ avait paru ravi de pouvoir se débarrasser aussi vite de lui.

Bogdan songea à acheter un Cooler au NanoJiffy, mais le dernier comprimé d'Alert ! n'allait pas tarder à cesser d'avoir de l'effet, de toute façon. Il gravit l'escalier plongé dans une pénombre lugubre.

Il oublia de s'arrêter au septième et se retrouva devant son ancienne chambre, au-dessus du neuvième. Elle était fermée par une nouvelle porte en acier décorée d'un glyphe disant : ENTRÉE INTERDITE. Verrouillée, bien sûr. Aussi poussa-t-il jusqu'au toit.

Baigné dans la clarté laiteuse de la lune, le jardin semblait respirer de façon audible, tandis que la cité en contrebas grondait. De l'autre côté de la ville, à Elmhurst, E-Pluribus pliait bagages pour aller s'installer dans une cité hors de sa portée, en emportant Annette Beijing. Les pirates de la matière entonnaient leur chant corrosif tout en minant les murs, et les vaisseaux-A quittaient le système solaire sans lui. Beadlemyren et Tobblers tombaient amoureux et se mariaient sur un amoncellement de détritus. Si seulement il avait pu donner un bon coup de poing, tout ça aurait au moins valu la peine. Un peu.

Quand les effets de l'Alert ! se dissipèrent, il n'eut même pas le temps de redescendre dans la chambre de Rusty. Il alla en titubant dans l'abri de jardin et déroula un matelas sur le sol. Il dormait avant de s'y être écroulé, et il ronfla pendant les trente heures suivantes.

Quand Fred rentra, à trois heures du matin, il n'avait qu'une idée en tête : se mettre au lit. Pourtant, à la seconde où il franchit le seuil de l'appartement, il sentit que quelque chose n'allait pas.

Le salon retransmettait un cours sur « les taux de régénération des neurotransmetteurs nécrotiques », mais Mary n'était pas présente dans la pièce, et la trace laissée par son corps sur le canapé était froide au toucher quand il passa la main dessus. La porte de la chambre était grande ouverte, l'éclairage allumé, mais il n'y avait pas le moindre son.

Le chien à pantoufles arriva et attendit, plein d'espoir. Fred s'assit et échangea ses chaussures contre lesdites pantoufles. C'est seulement alors qu'il remarqua des relents de l'odeur de Samson sur ses vêtements. Il renifla sa main.

Quand il entra dans la chambre, il découvrit Mary assise dans le lit, en train de lire un ouvrage.

— Salut, vous, fit-il.

Elle leva très brièvement les yeux sur lui, dans un regard qui ressemblait plus à un réflexe qu'à autre chose. Il s'approcha et s'inclina pour voir ce qu'elle lisait. De la poésie. Qu'une évangeline lise de la poésie à trois heures du matin n'était pas bon signe. D'un autre côté, ce n'était pas obligatoirement mauvais signe.

Il passa dans la salle de bains, se déshabilla et prit une douche bien chaude, sans lésiner sur le gel. Il s'attarda particulièrement sur le nettoyage de ses mains, qu'il frotta encore et encore. Puis il s'offrit une exfoliation dans le séchoir. Il se coiffa soigneusement. Se rasa. S'accorda une double ration d'eau de Cologne.

Quand il revint vers le lit, les lumières étaient éteintes, et Mary était étendue, dos tourné à la place qu'il occupait toujours. Ce pouvait être là un présage heureux ou malheureux, se dit-il avec philosophie. Il se glissa sous les draps et se colla à elle. Son corps était d'une tiédeur délicieuse. Il attendit deux minutes, puis murmura :

— Comment s'est passée ta journée ?

Pendant un moment, il crut qu'elle s'était déjà endormie, mais enfin elle répondit :

— Une journée très chargée, et très réussie. Mais épuisante. Et la tienne ? Cette convention de chartistes ?

Fred réfléchit à ce qu'il avait vécu aujourd'hui.

— Un peu agitée vers la fin, mais l'un dans l'autre tout s'est très bien déroulé ; c'est un bon point pour moi.

Ils restèrent immobiles et silencieux pendant un long moment, et Fred se mit à glisser insensiblement vers l'oubli bienfaisant du repos.

— Fred, dit alors Mary, c'est quoi, cette odeur ?

Sa toilette minutieuse et la double aspersion à l'eau de Cologne n'avaient donc pas vaincu le fumet exécrable de Samson. Fred réfléchit à ce qu'il pouvait et ne pouvait pas lui révéler. Même s'il ne travaillait plus pour la famille Starke depuis quarante ans, il n'existait pas de péremption à la confidentialité qu'un russ devait à ses employeurs passés. Par chance, il était libre de parler de ce qui était de notoriété publique.

— Tu as vu ce type sur le Skytel, hier soir ?

— Hmm.

Ce fut tout ce qu'il dit. Si elle était vraiment curieuse, elle saurait faire le lien.

11

Le jeudi matin, Reilly Dell était de nouveau en poste à la Porte Sud lorsque Mary arriva, cette fois au portail externe près de l'allée en brique. Il l'accueillit chaleureusement et lui demanda des nouvelles de Fred.

Elle passa le scan de l'entrée, contourna les barrières et émergea sur la place de la Porte Sud pendant le quart d'heure du pain cuit. Sur l'Allée minérale, devant le cottage Feldspath, elle perçut un son étrange, un accord soutenu et discordant qui gagna en puissance à mesure qu'elle approchait. Il ne pouvait s'agir que d'une machine. C'est pourquoi elle fut éberluée de découvrir que la source de ce hurlement était l'enveloppe d'Ellen sur le lit de repos. Elle avait les bras en croix, le dos arqué à la limite de la rupture, les tendons aussi tendus que des câbles, et une expression de terreur abjecte déformait ses traits. Elle hurlait sans aucune pause. Mary balaya la pièce du regard à la recherche d'une explication.

Deux techmeds portant des gants à toucher virtuel étaient accroupis de chaque côté du lit d'Ellen. Non loin, un groupe de professionnels de la médecine, dont Coburn, étaient agglutinés autour du réservoir et de l'unité de contrôle. Les évangelines de l'équipe de nuit, Cyndee et Ronnie, étaient assises dans un coin éloigné. Personne n'avait remarqué l'arrivée de Mary.

Les deux techmeds frottaient doucement le torse d'Ellen de leurs mains gantées. Ils devaient agir ainsi pour une raison tout à fait légitime, mais la scène parut terriblement obscène à Mary. Puis ils saisirent les bras écartés de l'enveloppe et voulurent les replacer le long du corps. Ils forçaient tant qu'ils donnaient l'impression d'être sur le point de les arracher. Pendant tout ce temps, l'enveloppe hurlait sans discontinuer.

— Arrêtez ça ! s'écria Mary. Laissez-la tranquille !

Les techmeds lui lancèrent un simple regard irrité, sans cesser pour autant.

— Faites-les arrêter ! cria-t-elle aux autres.

Un techmed s'adressa enfin à elle :

— Vire ton cul d'ici, espèce de clone.

Mary se couvrit les oreilles des mains, sans parvenir pour autant à étouffer le hurlement de l'enveloppe. Elle s'enfuit au-dehors, remonta l'allée, traversa le terrain de sport et ne fit halte que devant le plan d'eau. Renata était là, assise sur un banc en bois, contemplant l'eau d'un regard fixe. Les deux évangelines furent d'abord surprises puis gênées de se voir. Elle étaient toutes deux arrivées au cottage à quelques minutes d'intervalle, et toutes deux avaient cherché refuge ici.

Mary s'assit à côté de sa sœur.

— Ils t'ont reprise pour l'équipe du matin, dit-elle platement.

— On dirait, oui.

Un canard traversa la surface de l'eau, suivi par des canetons en file indienne.

— Je n'ai pas pu supporter le hurlement, lâcha Renata.

— Moi non plus. Je ne sais pas comment Cyndee et Ronnie peuvent tenir.

Concierge remonta l'allée et sourit en les voyant.

— Ah, vous êtes là, fit-il. Je vous présente mes excuses pour ne pas vous avoir prévenues.

— Qu'arrive-t-il à Ellen ?

— Sans entrer dans des détails trop techniques, je peux vous dire que l'enveloppe exprime une condition comparable à l'oculogyrie. Vous avez remarqué la position des bras, le regard fixe, le cri. Ce que vous avez vu est une réaction somatique à un schéma de pensée simple, probablement un engramme mémoriel, qui se stimule lui-même en boucle continue. Quand un corps humain est la proie de ce syndrome, il peut rester en fixation cataleptique des heures durant, mais finalement les muscles se fatiguent et le corps se détend. Hélas, une enveloppe ne se fatigue jamais. Elle n'a même pas besoin de s'interrompre pour respirer.

« Bien entendu, ce n'est pas l'enveloppe qui vit cela, mais le propre cerveau d'Ellen. Je pense que nous pouvons dire sans risque de nous tromper qu'elle n'est plus dans une phase comateuse. Néanmoins, son état mental est tout aussi préoccupant.

— Qu'est-ce qui a provoqué cette évolution ? voulut savoir Mary.

— Nous n'en sommes pas sûrs. Au moment où cela a débuté, nous tentions de restaurer sa constellation idéomimétique.

— Sa constellation idéomimétique ? répéta Mary. Vous voulez dire sa personnalité ?

Renata et Concierge la regardèrent avec un étonnement non dissimulé.

— Quelqu'un a bien appris ses leçons, dit le mentar après un moment. Oui, myr Skarland, sa personnalité, son ego, son *focus foci,* ou son esprit, son âme, ou n'importe lequel des noms que les humains lui ont donné au cours des siècles. C'est ce schéma unique et particulier de décharges synaptiques qui se produit dans notre cerveau quand nous pensons. « Je suis là. Je suis là. » Chez les humains, son origine est dans le néocortex et se ramifie dans les lobes plus anciens sur le plan de l'évolution, jusqu'à englober l'intégralité du cerveau.

« Quoi qu'il en soit, il est possible que nous ayons stimulé un engramme mémoriel à la place. Nous pensons qu'il fait partie de l'expérience qu'elle a eue au moment de sa mort, une impression qui n'était pas encore analysée et acceptée quand son cerveau s'est arrêté d'un coup.

— Vous pouvez faire cesser ça ?

— C'est ce à quoi les techmeds s'attelaient quand vous êtes arrivées.

Elles échangèrent un regard penaud et se levèrent pour retourner au cottage.

Il était midi passé et la plupart des cochartistes étaient encore au lit. April avait décidé de conserver le fauteuil de survie pendant encore quelques jours, et Rusty et Danny s'affairaient à lui dégager le passage au-dessus du troisième étage.

Samson avait passé la nuit dans son fauteuil, dans le premier bureau du service administratif, et Kitty faisait de son mieux pour lui faire avaler son petit déjeuner.

— Je n'ai pas faim, répétait-il.

— Je m'en fiche, répondait-elle systématiquement. Tu manges, c'est tout.

— Peut-être qu'après je verrai Ellie...

Kitty remua son gruau d'un geste impatient.

— Tu as promis, insista Samson. Tu as cru que j'oublierais, mais j'ai dit à ma ceinture de me le rappeler.

— Super, répliqua-t-elle. Mais pas avant que tu aies mangé, de toute façon.

— Achète-moi un Gooeyduk et je le mangerai en chemin.

Avec un soupir, Kitty laissa tomber la cuillère sur le plateau.

— Oh, bon, d'accord !

Elle se dirigea vers le NanoJiffy, suivie du fauteuil de survie qui tenta alors de sortir de la maison à son insu, mais l'abeille SecNat bloqua le passage avec un énorme cadre affichant la mention SORTIE INTERDITE.

— Tu vois ? railla Kitty. La SecNat ne te le permet pas. Tu es toujours sous le coup d'une assignation à résidence, tu te rappelles ?

— Je ne me rappelle rien de ce genre. En avant, Ceinture !

— Ce fauteuil est incapable d'enfreindre un ordre de la Sécurité Nationale, lui dit Ceinture Hubert.

Soudain le cadre disparut, et l'abeille tomba sur le sol, où elle resta totalement inerte.

— Bon boulot, Ceinture.

— Je vous donne ma parole que je ne suis responsable de rien, Sam.

— Tais-toi et roule !

Le fauteuil de survie dépassa l'abeille immobile et sortit de la maison. Kitty s'attendait à entendre le hurlement des sirènes dans la seconde. Pour être tout à fait honnête, elle-même était très désireuse de rencontrer cette célèbre fille de Sam, et, après une minute d'hésitation, elle envoya valser l'abeille dans un coin de la pointe de son pied, ramassa le sac contenant son costume de danseuse de claquettes et suivit le mouvement.

La gare de Decatur était située à quelques blocs de la clinique Roosevelt. Le véhicule-bulle de Kitty arriva le premier. Elle demanda une carte du trajet et vit que Samson était à quelques minutes derrière. Elle alla attendre devant les tourniquets et regarda le ballet incessant des voyageurs, en majorité des itérants et quelques indépendants. Aucun chartiste qu'elle pût reconnaître comme tel.

Kitty se gratta. Ses bras et ses jambes étaient à vif là où ses ongles s'étaient acharnés. L'espoir suscité par le retrait des limaces était vite retombé, car on les avait remplacées par les nits, ces nanoengins de contrôle qui se glissaient sous votre peau. Ils étaient censés se montrer moins importuns que les limaces. Et ils n'étaient pas supposés provoquer des démangeaisons.

Enfin, le fauteuil de survie apparut. Sam semblait s'être endormi de nouveau. Elle ne l'attendit pas et sortit dans la rue. C'était un matin de printemps frais. Mais Kitty remarqua surtout la quantité de détritus de valeur qui jonchaient le caniveau et le bord de la chaussée piétonnière. Un véritable trésor pour tout glaneur en maraude : morceaux de plastique et de composites, graviers, bouts de métal. Elle résista à l'envie d'en remplir ses poches.

Le fauteuil de survie roula hors de la gare de Decatur et rejoignit la rétrofillette. Elle lui confia son sac et marcha à côté de lui. Bientôt, il n'y eut plus que des rues bordées de trottoirs. De grandes demeures se cachaient derrière des murs ou des haies. Il se dégageait de ce quartier une impression étrange de platitude du fait qu'on n'apercevait rien qui fût plus élevé qu'un arbre. Et ces rues étaient d'une propreté absolue grâce aux nettoyeurs miniatures qui hantaient les buissons et les regardaient passer.

— Kitty ?

Samson s'était réveillé. Il eut un sourire béat quand elle regarda par-dessus le bord du carénage du fauteuil.

— Où allons-nous ?

— Oh, Sam, je suis fatiguée de te le dire et redire. Demande à Ceinture Hubert.

Ils franchirent une arche de fer et avancèrent sur une allée en brique bordée sur sa droite par une haute haie. A leur gauche s'étendait une pelouse très vaste qui encerclait la clinique.

Le mur en bas de l'allée était percé d'un large portail pressurisé. Derrière le judas du poste, un garde russ dit :

— Le bonjour, myren. Je peux vous aider ?

Comme Sam restait muet, Kitty prit l'initiative :

— Ce monsieur est Samson Kodiak. Sa fille, Ellen Starke, a été admise ici. Nous sommes venus lui rendre visite.

— Veuillez patienter pendant que je me renseigne auprès de Concierge, répondit le russ, Dell d'après son badge nominatif.

Un moment plus tard, une fente s'ouvrit dans le portail pressurisé, et le garde leur fit signe d'entrer. Il accusa le coup lorsque l'odeur envahit ses narines.

— Samson ne peut pas passer par un scanner, s'empressa de dire Kitty tandis qu'ils franchissaient le portail. Il a une dérogation spéciale, pour raison de santé. Le fauteuil peut vous la montrer…

— Inutile, myr. Nous n'utiliserons pas le scanner.

Le russ les escorta jusqu'à une double porte surmontée de l'écriteau *Porte spéciale*. Derrière s'étendait un couloir avec une ligne directrice clignotante le long du mur.

— Où est-ce que ça mène ? demanda Kitty.

— Au bureau de Concierge.

Le fauteuil de survie de Samson passa devant, et elle suivit. Le russ referma les portes derrière eux et la ligne directrice les mena dans une enfilade de couloirs identiques au premier. Enfin, à l'extrémité de celui qui leur parut être le plus long, ils trouvèrent une porte marquée CONCIERGE. Elle s'ouvrit pour les laisser passer et se referma aussitôt derrière eux. Ils se retrouvèrent dans la rue, devant l'arche de fer.

— Les salopards ! fulmina Kitty.

— Ma navitronique doit être défectueuse, dit Ceinture Hubert.

— Sans rire ?

Le Groupe Bleu pénétra dans le corps de garde caché à l'intérieur du mouchoir, qu'il abandonna avant de ressortir. L'abeille et la guêpe se dissimulèrent dans un coin du plafond.

Kitty et Ceinture Hubert passèrent l'heure suivante à tenter d'atteindre de nouveau le corps de garde, mais chaque fois qu'ils s'élançaient sur l'allée ils semblaient tourner à gauche vers la pelouse. Ils s'efforçaient de compenser en tournant vers la droite, mais alors ils se heurtaient à la haie. C'était comme si le corps de garde se trouvait dans une direction inatteignable pour eux ; ils se retrouvaient systématiquement dans la rue, devant l'arche en fer. Ceinture Hubert essaya même de lancer le fauteuil droit sur le corps de garde en bloquant sa direction, mais cela ne les rapprocha pas plus de leur but.

Pendant tout ce temps, Samson dormait. Finalement, Kitty renonça et ordonna à Ceinture Hubert de définir un itinéraire pour retourner à la gare.

— C'est une énigme intéressante, dit le mentar alors qu'ils longeaient le trottoir. Si j'étais entièrement moi, je suis sûr que je pourrais la résoudre.

La voiture-bulle de Kitty approchait de Millenium Park quand elle reçut un message de Ceinture Hubert l'informant que Samson avait redirige son véhicule vers le musée des Arts et des Sciences. Elle adopta elle aussi cette destination.

Kitty parcourut d'un pas rapide le grand hall d'entrée du musée, avec ses célèbres éléphants dansants faits d'eau modelée. Elle savait exactement où le trouver.

Elle traversa les galeries des collections itinérantes, la salle du rondophone où les sons produits par des personnages ou des événements historiques – les sons réels, non des enregistrements – décrivaient des boucles perpétuelles et pouvaient être entendus grâce à un stéthoscope.

Elle se hâta dans les espaces consacrés à l'art du vingt et unième siècle. On y voyait les rappels peu ragoûtants de cette époque troublée : de vrais bébés éventrés comme des mini-combinaisons de ski rouges ouvertes, des animaux familiers lyophilisés et vêtus telles des prostituées, des excréments de rhinocéros disparus servant de peinture.

Une des salles sur le vingt et unième siècle était décorée comme une salle de banquet, avec une très longue table couverte d'une nappe blanche, dressée avec de l'argenterie et des verres en cristal. Un cadre annonçait que toutes les places de la « Prochaine Cène avec Bene Alvarez » étaient déjà vendues. Chaque jeudi, cet artiste donnait un repas pour gourmets où il servait des viandes rôties où grillées, des tourtes aux rognons, des pâtés, des saucisses et toutes les garnitures possibles. La viande provenait de son propre corps, ou, pour être tout à fait exact, de sa vaste banque d'organes personnels. Les odeurs qui planaient dans cette salle et aux abords étaient alléchantes, mais Kitty pressa le pas.

Il y avait un espace en revanche où Kitty s'attardait invariablement, bien que ce fût peut-être l'installation la plus effrayante consacrée à ce siècle. Il s'agissait de la simulation du salon d'un hôtel particulier d'il y avait quatre-vingts ans, avec le mobilier et la décoration de l'époque. Près de la table encombrée de cadeaux de mariage encore enveloppés se tenait un couple de jeunes mariés dans leur tenue d'apparat, posant pour leur simulacre d'union. Ils étaient roses d'émotion et de bonheur, parfaitement immobiles et complètement inconscients de ne pas être réels. Le couple véritable avait cessé de prendre la pose, était retourné auprès de ses invités et avait repris le cours de son existence. Il fallait aux deux sims environ une demi-heure pour saisir la portée de cette information, dans un processus très douloureux, après quoi le personnel du musée les remettait en place et tout recommençait. C'était effrayant, et Kitty était capable d'observer les progrès de la révélation pendant des heures, mais pas aujourd'hui. Elle s'enfonça plus loin dans le passé, dans les salles exposant l'art du vingtième siècle. Là, les œuvres étaient insipides par comparaison. Des statues qui ne bougeaient pas et des tableaux plats, sans évolution. C'était durant ce siècle que Samson Harger s'était fait un nom. Et c'est là qu'elle le trouva endormi dans son fauteuil de survie, devant une de ses toiles, laquelle occupait tout un pan de mur. Malgré le système de filtrage d'air du fauteuil, son odeur avait chassé les autres visiteurs de l'endroit.

Kitty s'assit sur un banc près du fauteuil.

— Il était éveillé quand vous êtes entrés ? demanda-t-elle.

— Oui, répondit Ceinture Hubert.

La toile devant elle emplissait l'intégralité de son champ de vision. Quatre larges traînées de peinture noire divisaient cinq champs inclinés dans lesquels des couleurs brutes assemblées dans un chaos apparent s'étalaient sur plusieurs couches. Pour Kitty, le tout évoquait une frénésie nerveuse.

— J'ignorais que Sam était un artiste, dit Ceinture Hubert. Je fais des recherches sur lui dans le WAD. Il a été très célèbre.

Kitty semblait déroutée. Ceinture Hubert poursuivit :

— Pour l'instant, je n'ai trouvé que les grandes lignes de son histoire, et seulement pour les vingt dernières années.

— Pourquoi n'accèdes-tu pas à ses archives perso ?

— Je ne possède pas les codes d'accès. Hubert les a.

— Je vois. Eh bien, cette œuvre date d'avant Hubert. Et même d'avant Skippy.

— Qui est Skippy ?

— Toi, je crois. Le valet de Sam quand j'ai fait sa connaissance, avant la création des mentars. Sam était encore un artiste, à l'époque. Enfin, il peignait un portrait. C'était beaucoup mieux que ça, que ce fouillis de couleurs. Il me l'a montré quand il m'a engagée.

— Engagée pour quoi faire ?

Kitty ébouriffa les quelques mèches de cheveux qui ponctuaient le crâne de Samson endormi, puis s'allongea sur le banc rembourré et plaça les mains derrière sa tête.

— J'étais une adulte, en ce temps-là. J'avais décroché mon diplôme d'ingénierie en paysagerie pour microhabitats, ce qui est un terme ampoulé pour dire que je m'occupais de jardins d'agréments miniatures pour des gens très riches. Je venais de monter ma société de service de maintenance pour microhabitats, et je commençais à me faire une clientèle. Mon premier gros contrat fut ce spectacle pour quelques richards tout en haut d'une gigatour. Ils avaient un microhabitat somptueux, une petite forêt humide boréale dans une bulle en verrine de douze mètres cubes, avec atmosphère et hydrosphère. C'était un vrai bijou, avec des fougères-violons, des champignons, des lichens, des mousses, une demi-douzaine de baies différentes, des concombres sauvages, des épicéas nains, des mimules tachetés, des saxifrages... Il y avait beaucoup de variétés comestibles, et mes clients s'en servaient comme d'un potager pour concocter des salades exotiques. On y trouvait même un embryon de faune : des moustiques, des araignées, des oiseaux, des campagnols. Pour conserver l'harmonie à l'ensemble, je montais y travailler presque quotidiennement.

« Un jour, alors que je programmais les nettoyeurs intégrés, car on ne pouvait pas entrer dans le microhabitat et il fallait tout faire par commande à distance, j'entendis une fête bruyante qui se déroulait dans un autre appartement situé en face. Je n'y prêtai pas attention jusqu'à ce que je remarque cette odeur vraiment horrible. Je paniquai parce que je crus d'abord à un problème dans le microhabitat. Mais l'odeur provenait de l'autre appartement.

« Il y avait ce type à l'air très malade accoudé à la balustrade de la terrasse, qui m'observait. Il avait quitté la fête pour s'isoler. Il me demanda ce que je faisais, et je le lui expliquai. Il me fit réciter tous les noms latins des espèces présentes dans le microhabitat, et il finit par me dire qu'il m'engagerait peut-être pour travailler à son propre jardin intérieur. Mais il fallait qu'il réfléchisse.

« Lors de ma venue suivante chez mes clients, toutes ses fenêtres étaient opacifiées. Elles restèrent ainsi très longtemps – des années. Je finis par l'oublier. J'étais très prise. J'avais tellement de travail que j'employais quatre de mes cochartistes pour satisfaire la demande. Kodiak était encore une vraie charterie, à cette époque. Quant à moi, je venais de découvrir le rajeunissement et je trouvais ça très marrant. Dans un premier temps, j'avais craint que mon affaire ne pâtisse du fait que je sois une préadolescente, mais c'est exactement le contraire qui se produisit. Plus je rajeunissais et mieux mes affaires marchaient. Il y a quelque chose entre les fillettes et les fleurs qui tient de la magie.

« Bref, dix ans passent – dix ans – et je suis en haut de cette gigatour pour m'occuper du microhabitat boréal, comme d'habitude. Il avait quadruplé de taille entre-temps. Et, d'un coup, je remarque que les fenêtres de l'autre appartement ne sont plus opacifiées. Je suppose qu'il a été vendu, ou quelque chose comme ça. Mais non, la porte de la terrasse s'ouvre et ce même type à l'odeur impossible vient s'accouder à la rambarde face à moi. Il regarde un moment le microhabitat, puis il me dit : "Bon, j'ai réfléchi. Quand pouvez-vous commencer ?"

— Etrange histoire, commenta Ceinture Hubert.

— Tu peux le dire, dit Kitty en se levant et en se dirigeant vers la sortie. Viens. Allons dans le parc. Je peux au moins faire une demi-journée de travail. Il dormira, pendant ce temps.

A force de patience et en déployant des trésors de discrétion, le Groupe Bleu parvint à franchir le corps de garde et à passer dans l'enceinte de la clinique sans être détecté. Une fois à l'intérieur, la communication entre l'abeille et le deuxième donneur d'ordres légitime fut coupée, et elle dut une fois de plus opérer avec ses seuls moyens. Elle localisa rapidement l'objectif. Elle adopta une position à couvert qui surplombait un réservoir transparent empli d'un conducteur biomasse liquide dans lequel l'objectif était suspendu. L'abeille envoya son escorte effectuer une série de reconnaissances en solo afin de dresser le plan des lieux. Chaque fois qu'une guêpe revenait, elle lui transmettait toutes les données relevées.

Pendant ce temps, l'abeille analysait la structure de commande et de contrôle de la clinique, les divers réseaux locaux ainsi que les systèmes d'émission olfactive et à particules. Elle s'intéressa plus spécialement aux divers holomembres de la population. Elle étudia les informations glanées et détermina le meilleur moyen de faciliter la libération de l'objectif. La difficulté de la tâche était accentuée par des manques énormes concernant certains paramètres. L'objectif était relié à une machinerie non identifiée. Des travailleurs humains aux intentions inconnues appliquaient des objets de nature et d'usage non déterminés à l'objectif. Des produits chimiques de composition non spécifiée bouillonnaient dans le conducteur liquide. Dans le même temps, un simulacre holo de l'objectif exprimait une détresse humaine terrible par un cri ininterrompu. Chacun de ces éléments pouvait être décisif et requérir des mesures particulières pour en contrebalancer l'influence, mais l'abeille du Groupe Bleu ne pouvait en juger par elle-même. Et comme elle était dans l'incapacité de contacter DOL2, elle se contenta de n'être qu'une petite tache sur une poutre au plafond du cottage où elle se dissimulait. De son poste d'observation invisible, elle surveilla les bavardages et attendit qu'une action claire se déclenche pour agir à son tour.

12

Cela faisait maintenant quarante-huit heures que Fred avait lancé le projet du *Livre des russ*, et il était curieux de savoir comment il avait été reçu par la communauté de ses frères. Il aurait pu le vérifier de n'importe où avec sa coquille crânienne et sa visière, mais il aurait eu besoin de l'intervention de Marcus. Aussi, et bien qu'il ait terminé sa journée, il retourna au quartier général de la FB des R pour obtenir une cabine et un accès. Marcus les lui procura sans faire de commentaire. En regardant les statistiques du *Registre de la fierté russ*, Fred fut d'abord encouragé de constater que son *Livre des russ* avait déjà été consulté par plus de cent mille russ. Cependant, aucun n'avait jugé bon d'apporter sa pierre à l'édifice naissant. Pas plus d'ailleurs que de laisser une réfutation. Comme si sa propre confession s'était noyée dans un océan d'indifférence. Il ne s'était pas attendu à modifier les attitudes russ en une nuit, mais se voir ignoré aussi totalement...

Fred passa le *RFR* au crible et ne trouva que trois messages le concernant. L'un avait été posté dans un endroit public, et les deux autres y étaient attachés. Fred se prépara au pire et les ouvrit.

Le premier disait : « Sérieusement, Londenstane, cherche l'aide d'un professionnel » et était signé « Un frère inquiet, lot 16BA ».

Les deux autres avaient pour auteur un certain « Anon » et disaient simplement : « Idem. »

« Idem » n'était évidemment pas un terme que les itérants utilisaient dans un discours poli, et son apparition ici lui fit l'effet d'une gifle. Il n'y avait donc aucun autre russ qui éprouvait la même chose que lui ? Etait-il le seul ? Il ôta la clef de données du lecteur et la glissa dans sa poche. Il quitta la cabine et dit à Marcus qu'il voulait utiliser la salle neutre.

— Certainement, répondit le mentar. La première disponibilité est samedi, à midi, pour trente minutes.

— Quelles chances ai-je d'une annulation cet après-midi ?

— Je peux vous mettre en tête de la liste d'attente.

Fred se rendit à la cantine et prit un café. Il se plongea dans les infos grâce à sa coquille crânienne. Deux heures plus tard, Marcus lui annonça qu'il pouvait se rendre à l'espace d'attente de la salle neutre : il disposait d'une fenêtre de quinze minutes qui s'était dégagée.

— Excellent, dit Fred. Ecoute, Marcus, je veux que tu me fasses une clef de données spéciale. Je veux un modèle E-Pluribus sur la lignée des russ.

— Quel lot ? demanda le mentar.

— Tous les lots. La lignée entière, en compilation.

— C'est une requête onéreuse.

— C'est une dépense couverte.

— Certes, convint Marcus, mais en général elle n'est couverte qu'en conjonction avec des soins psychiatriques. Aimeriez-vous que j'arrange une séance d'autopsyché, myr Londenstane ?

— Non, seulement la clef, merci.

Fred se rendit dans l'espace d'attente de la salle neutre et prit la clef de données d'E-Pluribus, encore tiède, qui l'attendait dans le distributeur mural.

Il y avait là quatre autres russ. Ils étaient assis en deux couples aussi distants l'un de l'autre que le permettait le lieu. Une conciliation, supposa Fred. Les russ avaient tendance à résoudre leurs dissensions personnelles sur place. Tous quatre le saluèrent de la tête quand il s'assit sur une chaise entre eux.

Une minute plus tard, le voyant s'alluma et les quatre russ se levèrent pour se préparer à entrer dans la salle neutre. Ils avalèrent le visola d'expression et se débarrassèrent de leurs casquettes, visières, matraques, chaussures et tout ce qu'ils ne voulaient pas risquer de perdre avec le passage à l'antinanos. Ils laissèrent leurs effets sur des rayonnages.

Puis ils entreprirent de se dévêtir.

— Ils abandonnent le navire, dit l'un d'eux en étudiant son bras comme s'il voyait effectivement les nits. C'est la fuite généralisée.

— Bon sang, ça démange ! dit un autre.

— Si tu te grattes, ça aggrave les démangeaisons, dit un troisième.

— Mais il faut bien reconnaître que c'est plus efficace que les limaces, intervint Fred.

— Le grand jury en discute encore, dit le russ.

Il jeta un coup d'œil au badge de Fred pour y lire son nom. Soudain, son visage se figea et il se détourna sans mot dire. Lui et les trois autres entrèrent dans le sas, mais pas avant que chacun d'eux lui ait lancé un regard rapide. Fred était trop étonné pour réagir.

Quel que soit le litige que ces quatre-là avaient apporté avec eux dans la salle neutre, il fut vite réglé. Vingt minutes plus tard seulement, le voyant se rallumait.

— Ils avaient retenu pour une demi-heure, dit Marcus. Je vais ajouter les dix minutes restantes aux vôtres.

— Merci, Marcus.

Fred ouvrit une poche de visola et en avala le contenu. Presque instantanément, son crâne commença à le démanger, sa coquille crânienne rétractant ses microvrilles de son cuir chevelu. Elle se détacha ensuite en morceaux coagulés qu'il fit tomber dans le lavabo en se peignant. Il attendit le moment où son corps entier aller le démanger sous l'effet des nits s'extrayant de sous sa peau, mais cela n'arriva pas. Il n'avait pas encore été colonisé. L'Halvene.

Il passa par le sas et pénétra dans la salle neutre. La salle neutre de la FB des R contenait tout juste une table et quatre chaises. Un mur était occupé par un coin cuisine aménagé, celui en face par une couchette que masquait un rideau. Sans perdre de temps, Fred verrouilla le sas, s'assit et inséra la clef de données dans le lecteur. Un Tout-Un-Chacun d'E-Pluribus, au tiers de la taille normale, apparut sur la table. Il s'inclina poliment et attendit les instructions.

— Donne-moi deux sims de russ, dit Fred. Que le premier soit un composite de toute la population russ, et l'autre un sous-ensemble qui en représente les franges.

Tout-Un-Chacun disparut pour laisser place à deux sims de russ de taille normale assis à la table de chaque côté de Fred. Tous deux avaient la carrure puissante de leur genre, les cheveux bruns et le visage rond. Il ignorait lequel était le russ standard et lequel était le russ extrême. Ils affichaient un même air méfiant et Fred parla pour les mettre à l'aise.

— Nous sommes dans la salle neutre de la FB des R, dans North Wabash, à Chicago. Je suis réel, et vous êtes des sims. Mon nom est Fred, du lot 2B.

— Salut, Fred, dit le sim sur sa gauche. Moi, c'est Rick et, euh… je représente tous les lots, je crois.

— Je m'appelle Bob, dit l'autre. Tous les lots en un seul individu.

— Bien, bien, les gars, dit Fred. Ecoutez, je vous ai fait venir pour m'aider à répondre à certaines questions frustrantes.

— De quel genre de questions s'agit-il, Fred ? demanda Rick.

— Du genre frustrant, manifestement, fit Bob.

— Exact, dit Fred. Des questions qui me viennent souvent à l'esprit. J'espère que vous pourrez m'aider à éclaircir un peu les choses.

— Je serai heureux d'essayer, en tout cas, dit Rick, Bob approuvant cette position d'un hochement de tête.

— Merci. Voilà : est-ce qu'il vous est déjà arrivé de faire ou de dire quelque chose et de penser ensuite : « Eh, ce n'était pas très russ, ça » ?

Les deux sims réfléchirent un moment, puis Bob répondit :

— Quel genre de chose, exactement ?

— N'importe quoi, dit Fred. La façon d'accomplir votre devoir, ou votre comportement avec votre femme. Le style de vid que vous choisissez de regarder, de musique que vous écoutez, d'alcool que vous aimez, ou les jurons que vous utilisez. Ou même votre manière de vous raser. N'importe quoi, vraiment.

Il vit s'assombrir les regards de ses frères.

— Allons, les gars, ne me faites pas ça. C'est sérieux. J'ai besoin de votre aide, et nous sommes dans une salle neutre. Je vais annuler votre clef de données avant de partir, et donc rien ce que vous direz ne sortira d'ici. Promis. Vous ne pouvez pas donner un coup de main à un frère ?

L'argument parut porter.

— Je ne peux pas dire que j'aie jamais été gêné, ou intimidé, dit Rick, ni quoi que ce soit de comparable, à propos de quelque chose que j'aurais dit ou fait, en dehors des habituels petits trucs.

— Merci, Rick, dit Fred en se tournant vers Bob.

— Je suis un russ, Fred, dit ce dernier. En conséquence, tout ce que je fais est, par définition, russ.

— Evidemment, dit Fred, encouragé par ce petit solipsisme car les russ n'étaient pas connus pour parler philosophie. Dis-moi une chose, Bob : t'es-tu déjà laissé aller à dire ce qui te passait par la tête sans censurer ton propos ?

Bob s'esclaffa.

— Tu veux dire, sans être bourré ?

Son expression se figea subitement, et la seconde suivante ce fut au tour de Rick. Il y eut un long moment d'un silence très pénible, puis Rick dit d'un ton prudent :

— Euh, Londenstane ? Tu dois être soumis à un niveau de stress énorme, en ce moment. Peut-être as-tu besoin de vacances ? Tu devrais en parler à Marcus.

— D'accord avec lui, appuya Bob. De longues vacances.

Fred soupira.

— Bon, merci, les gars. C'est ce que je vais faire.

Il effaça les sims, et Tout-Un-Chacun réapparut. Fred prit le temps de formuler clairement sa requête suivante :

— Cette fois, fais-moi un composite de tous les russ qui auraient envie de contribuer à la rédaction du *Livre des russ*.

Tout-Un-Chacun haussa les épaules. Au centre de sa poitrine brilla le glyphe signifiant : *Aucune correspondance. Essayer à nouveau ?*

— Et merde...

Fred appuya sur le bouton du lecteur commandant l'effacement des données sur la clef. Il la déconnecta et la leva devant ses yeux. Le petit bulbe empli de pâte en son centre était cuit. Il la rangea dans sa poche et chercha l'autre. Il lui restait quelques minutes dans la salle neutre, aussi ouvrit-il le *Livre des russ* et ajouta-t-il :

« A mes frères clonés. Votre réponse à ce livre est attristante. A propos, j'étais parfaitement sobre quand je l'ai enregistré. Puisque aucun d'entre vous n'a jugé utile d'ajouter sa propre contribution, j'offre ces quelques points à votre sagacité :

« Un, tout russ est créé avec une muselière émotionnelle sur sa personnalité. J'ai ôté la mienne.

« Deux, bien que nous nous plaignions fréquemment des restrictions que nous impose la politique de confidentialité de Personnel Appliqué, en réalité nous *préférons* qu'il en soit ainsi parce que cela cache notre propre inaptitude à communiquer.

« Trois, pourquoi ne pourrions-nous être attirés par d'autres que nous ? Nous sommes des hommes, non ? Ce n'est pas pour vexer nos sœurs, mais pourquoi devrions-nous ne trouver attirantes que les lulus, les évangelines et autres jennys ? Pourquoi les johns ne s'intéressent-ils qu'aux janes et au juanitas, les steves uniquement aux kellys, et les jérômes seulement aux jérômes ? Pour moi, c'est une programmation génétique délibérée, et non une réponse sexuelle humaine naturelle. Notre frère à tous, Thomas A., avait dressé une liste des femmes qu'il désirait. Or il était attiré par des types de femmes différents. Et nous ne le serions pas ? Pourquoi donc ?

« Enfin, pourquoi ne possédons-nous pas les brevets de notre propre génome ? Pourquoi notre recette génétique est-elle la propriété de Personnel Appliqué ? Ne devrait-elle pas nous appartenir ? Et au minimum, ne devrions-nous pas posséder un droit de regard sur son expression ?

« Ce ne sont là que quelques-unes des questions que je me pose. Réfléchissez-y un peu, mes frères. Signé : Fred Londenstane, du lot 2B. »

Pendant tout l'après-midi du jeudi, les techmeds vinrent, repartirent, s'affairèrent autour du réservoir, de l'unité de contrôle et de l'enveloppe, mais l'état général d'Ellen Starke ne fit que s'aggraver. Le seul résultat positif qu'ils obtinrent, de l'avis de Mary, fut de faire baisser le volume du cri abominable de l'enveloppe.

La jenny Hattie passa en fin d'après-midi pour parler à Mary et Renata d'une petite cabine de médiation située près du réfectoire et dotée d'un programme de chagrin bien agencé, au cas où elles auraient envie de pleurer un peu. On ne pensait pas que Starke passerait la nuit.

Le moment de la relève était parfumé à l'odeur de frites, un arôme assuré de renvoyer les employés las de leur journée chez eux, l'estomac gargouillant de désir. Mais il y avait également des traces d'une autre odeur dans le corps de garde, une odeur étrange. Elle était âcre et écœurante. Mary se rendit compte que c'était la même que celle que Fred avait rapportée à la maison la veille, sur sa peau et ses cheveux. Le vieillard du Skytel.

Au portail pressurisé externe, elle en parla à Reilly.

— Je suis étonné que tu sois capable de la déceler, dit-il. Nous avons récuré les lieux à fond.

— Mais qu'est-ce que c'est ?

Reilly haussa les épaules : la sacro-sainte clause de confidentialité.

Mary lui souhaita une bonne soirée, mais lui aussi avait terminé sa journée et il proposa aux deux évangelines de les accompagner à la gare. Pendant qu'ils descendaient l'allée en direction de la rue, Mary releva l'odeur ici et là dans la haie.

De retour à l'appartement, elle découvrit un message de Fred lui disant qu'il arriverait un peu plus tard. Elle commanda un plat de pâtes et le mangea assise sur le canapé, devant l'écran plat. Puis elle chercha sur le WAD et Evernet des renseignements concernant l'homme qui était apparu sur le Skytel. La plupart des informations étaient anciennes – il avait connu son heure de gloire au siècle passé – mais elle put ainsi satisfaire sa curiosité.

Mary visionna un vieux clip de la cérémonie de mariage de Samson P. Harger et Eleanor K. Starke, en 2092. Ils étaient jeunes, beaux, pleins de vitalité. Starke tout particulièrement avait un visage remarquable, avec des sourcils quelque peu extravagants. Samson était très séduisant dans son smoking gris sombre. Il faisait montre d'une certaine impertinence. C'était un artiste et un créateur d'emballages renommé... avant qu'il ne croise la route d'une limace SecNat. Il était une des premières personnes à avoir été cautérisées – d'où l'odeur. Quelques années plus tard, il avait rejoint une charterie. C'est ainsi que Fred l'avait croisé la nuit dernière.

Mary regarda avec attention le clip de l'arrestation de Samson à la terrasse d'un café. Les autres consommateurs s'écartaient de lui précipitamment. Sa femme aussi.

Il n'y avait aucune photo des trois ensemble : la mère, le beau-père et la petite Ellen, mais, d'après ce que Mary put glaner à droite et à gauche, la résidente du réservoir à la clinique Roosevelt avait vécu avec l'empesteur pendant une courte période, dans sa prime enfance.

— Appel à Wee Hunk, dit-elle.

Le petit personnage musculeux apparut face au canapé.

— Le bonsoir, myr Skarland. Que puis-je pour vous ?

— Tu nous as demandé de garder les yeux et les oreilles ouverts, répondit-elle, et de te rapporter tout fait inhabituel ou suspect.

— Oui ?

— Ce n'est peut-être rien, mais alors que je quittais la clinique par la Porte Sud aujourd'hui, j'ai senti une odeur étrange.

— Oui, j'ai entendu votre échange avec le garde. Vous avez détecté l'odeur d'un individu cautérisé qui a été empêché de pénétrer dans la clinique.

Une vue aérienne apparut sur l'écran plat. On y voyait une fillette et un fauteuil de survie décrire obstinément des cercles sur la vaste pelouse de l'établissement.

— Mais c'est le *beau-père* d'Ellen, dit Mary. Pourquoi Concierge s'oppose-t-il à sa visite ?

Wee Hunk parut impressionné de ce qu'elle savait.

— Les médecins nous affirment qu'il est trop tard pour que des visiteurs aient le moindre effet sur l'état d'Ellen, et nous n'avons aucune raison de mettre en doute leur avis.

— Nous ne devrions pas au moins essayer ? Et pourquoi a-t-il été empêché d'entrer, d'abord ? Il n'a pas le droit de voir sa fille ?

— Voilà beaucoup de questions d'un coup, répondit Wee Hunk. Sans violer l'intimité de la famille, permettez-moi de vous dire que c'est une très longue histoire. Mais quand Ellen reprendra conscience, nous ajouterons le nom de son beau-père à sa liste de visiteurs agréés. D'ici là, sa présence ne changerait rien.

Meewee suivit Wee Hunk et un robot jusqu'à la salle neutre proche du bunker.

— Je ne vois toujours pas pourquoi je dois entrer là-dedans, dit-il. Je vais me retrouver dépourvu de mes implants, et il me faudra des semaines de régénération.

— Faites-moi confiance, l'Evêque, c'est nécessaire, répondit l'homme des cavernes.

Quand ils atteignirent le sas, la porte s'ouvrit automatiquement. La salle neutre des Starke n'était pas du modèle économique, le sas pouvait accueillir douze personnes. Meewee y pénétra seul, le mentar restant dans l'espace d'attente, et le robot n'y entra que le temps de déposer un conteneur de pâte sur une étagère.

— Je vous revois dans deux heures, dit Wee Hunk.

Quand la porte se referma et que Meewee se retrouva seul, le mentar réapparut.

— Veuillez tester mon intégrité, dit-il.

Wee Hunk avait maintenant l'apparence d'un homme miniature assis dans un fauteuil près du conteneur sur l'étagère. Meewee était dérouté. Il venait de tester le mentar dans le bunker, mais parce que c'était une sauvegarde déconnectée de l'original il s'exécuta. Aucun problème.

— Vous devriez prendre dès maintenant l'habitude de me tester à intervalles de quelques minutes, dit le mentar.

— Pourquoi une telle fréquence ?

— Disons simplement que c'est une précaution.

Le sas utilisait du gaz et non du visola pour purger les corps. Le processus était plus lent, mais aussi plus sûr et moins irritant. Il rendit Meewee somnolent. Celui-ci s'étendit sur un canapé et s'endormit. Il fut réveillé par le son de la porte intérieure qui se déverrouillait. Un robot venu de la salle neutre entra dans le sas et lui présenta une bouteille d'un litre d'Orange Flush glacé. Puis il prit le conteneur sur l'étagère et repassa dans la salle neutre, avec Wee Hunk dans son fauteuil qui flottait derrière lui.

Meewee les rejoignit dans une vaste salle de conférence où des dizaines de machines en assemblaient d'autres. Il regarda autour de lui et essaya de comprendre à quoi servaient tous ces cartons, ces caisses et ces chariots. Quand il vit le réservoir spécial vide, il comprit.

— Ah, notre clinique.

Mais il sursauta en apercevant une femme parmi les machines.

C'était apparemment la réaction que Wee Hunk attendait, car le mentar eut un rire bas et déclara :

— Evêque Meewee, je vous présente le Dr Rouselle.

Le médecin approcha pour lui serrer la main.

— C'est un honneur, myr Meewee, dit-elle.

C'était une femme imposante, qui dépassait de deux têtes l'ancien évêque.

— Le seul moyen que j'aie trouvé pour que le Dr Rouselle accepte de quitter son poste au Berceau International en Ethiopie pour sauver la vie d'une petite fille riche a été de lui affirmer que vous sollicitiez personnellement ses services, dit Wee Hunk.

— Merci d'être venue, fit Meewee. Mais, dites-moi, que fait le Berceau avec une spécialiste de la revivification dans un pays comme l'Ethiopie ?

— Je dirige le programme de stérilisation universelle, répondit le médecin.

— Le Dr Rouselle a abandonné un cabinet de revivification très lucratif à Genève pour se porter volontaire dans une campagne du Berceau visant à enrayer la reproduction humaine. Elle est donc qualifiée et dégagée de toute obligation envers le groupe Fagan. Et pour autant que je sache, personne à part nous n'est au courant de sa présence ici.

Le médecin leur fit faire le tour de l'unité clinique en devenir et leur assura qu'elle serait prête à recevoir leur patiente spéciale dans environ une semaine.

— Nous ne disposons pas d'une semaine, docteur, répliqua Wee Hunk. Vous devrez être prête pour demain.

Rouselle fit la moue.

— Mais il faut tester, calibrer et doser le liquide amniotique, argumenta-t-elle.

Le petit homme de Neandertal quitta son fauteuil et adopta une taille normale.

— Demain, répéta-t-il. Et n'oubliez pas le caisson portable.

Elle grimaça et désigna la bouteille d'Orange Flush que Meewee n'avait pas encore débouchée.

— Vos reins en ont besoin, myr.

Il lui affirma qu'il allait boire le litre entier. Wee Hunk et lui prirent congé et passèrent dans une autre salle de conférence, vide celle-là.

— Votre nom nous a ouvert les portes, l'Evêque, dit Wee Hunk, mais ce qui a conclu le marché a été ma promesse de lui acheter un hôpital de campagne complet et itinérant. Notre bon docteur est dur en affaires.

Meewee ouvrit la bouteille de diurétique et but au goulot. Une fois le litre d'Orange Flush avalé, il s'assit à la table de conférence et eut un rot gargantuesque.

— Il a été fait mention d'un caisson portable, dit-il. Est-ce que ça veut dire que nous avons enfin un plan d'action ?

Wee Hunk prit un siège face à lui.

— Oui, et maintenant que nous sommes ici, je peux vous le dévoiler.

Alors qu'ils retournaient vers le sas une heure plus tard, Wee Hunk insista :

— N'oubliez pas de me tester régulièrement, l'Evêque.

— Je n'y manquerai pas.

Meewee entra dans le sas, mais le robot resta en arrière avec le conteneur de pâte de Wee Hunk, dans la salle neutre.

— Tu ne ressors pas avec moi ? s'étonna Meewee.

— Non, je vais rester ici.

— Mais de cet endroit tu ne peux pas communiquer avec ton boîtier matriciel.

— Ce n'est pas très important.

Meewee acquiesça.

— Que dois-je te dire, une fois à l'extérieur ? Savais-tu que tu allais rester à l'intérieur ?

— Pas vraiment, mais ne dites rien. Je devrais le deviner.

La porte intérieure ne se refermait pas, et après quelques secondes Meewee demanda :

— Il y a autre chose ?

— Oui, fit l'homme des cavernes. Quelque chose que j'ai longtemps hésité à vous dire.

Comme il n'allait pas plus loin, Meewee reprit la parole :

— Tu n'as toujours pas confiance en moi, hein ?

— Bien vu, répondit le mentar. Mais étant donné la situation, je suppose que je n'ai pas le choix. Vous êtes-vous jamais demandé pourquoi Eleanor a baptisé son mentar « Arrow » ?

— Pas vraiment. *Arrow* veut dire « flèche », bien sûr, mais j'ai toujours pensé que c'était un de ces noms un peu puérils que les gens aiment donner à leurs animaux de compagnie, comme Spike ou Fluffy, par exemple. Ou comme le tien, sans vouloir te vexer.

— Ellen m'a donné ce nom alors qu'elle n'était encore qu'une enfant. Eleanor, elle, était trop attachée au sens littéral des mots pour choisir le mauvais nom.

— Ce qui signifie, d'après toi ?

— Il y a deux jours, quand je vous ai dit que je ne connaissais pas le code d'autodestruction du Cabinet, c'était la vérité. Mais le Cabinet connaît peut-être le mien, ou bien il l'a appris avant de perdre son aptitude à utiliser le starkese. J'en suis venu à penser qu'Arrow pourrait bien connaître celui de tout le monde, y compris le mien. Un paramètre à ne pas négliger.

Après avoir quitté les locaux de la FB des R, Fred prit les transports en commun pour se rendre au Longyear Center, de l'autre côté de la ville. En chemin, il installa une nouvelle coquille crânienne sur sa tête. Il avait ôté son badge nominatif, et les russ qu'il croisa ne lui accordèrent aucune attention particulière.

Si l'on faisait abstraction de ses prétentions stylistiques, le Longyear Center n'était rien de plus qu'une ferme de remise en forme pour la classe moyenne, ce qui semblait inclure les employés de nombre de services d'indépendants. Dans le hall d'entrée, il déclara au garde de service, un russ, qu'il voulait rendre visite à Heloise Costa.

— Certainement, myr, fit l'autre.

Mais quand Fred passa sa paume ouverte devant le médaillon identificateur, le garde le dévisagea. Fred devinait ce que l'autre pensait : Alors c'est ce type-là... Cependant, il resta très professionnel et dit :

— Voici votre ligne directrice, myr Londenstane.

Fred la suivit dans des couloirs carrelés qui distribuaient de vastes entrepôts contenant des centaines de réservoirs spéciaux. Lui-même y avait déjà passé quinze jours mémorables, pour se remettre d'une sale brûlure au laser.

La ligne directrice l'amena à l'entrepôt 286D. A plusieurs reprises, il avait dû s'écarter pour laisser passer des robots infirmiers et des chariots. Il franchit un rideau d'isolation et entra dans l'intimité d'une cabine. L'endroit était à peine plus grand que le réservoir et l'unité de contrôle qui s'y trouvaient. Le réservoir était occupé par une masse pourpre épaisse dans laquelle était suspendu le corps réassemblé de l'inspectrice Costa.

Elle dormait, ou se promenait dans le monde d'une enveloppe. Sa peau gardait les traces des endroits où elle avait été proprement découpée en cinq par les anneaux de plasma. Les cicatrices étaient d'un rouge vif. La principale courait en diagonale de son épaule droite jusqu'à l'os de sa hanche gauche. Elle avait eu un sein tranché en deux, juste sous le mamelon. Il ne put s'empêcher de remarquer que sa toison pubienne était constituée de poils bruns ordinaires, et il se rendit compte qu'il s'était attendu à la voir taillée en forme de cœur ou de fleur de lys, comme celle d'une lulu. Mais Costa n'était pas une lulu.

Ces réservoirs spéciaux ne formaient pas le décor le plus érotique qu'on pût imaginer, et les corps nus qui y flottaient ressemblaient plus à des spécimens de laboratoire qu'à des êtres sexués. Aussi Fred fut-il très étonné de l'excitation qu'il ressentait devant ce spectacle.

Quand il regarda de nouveau son visage, Costa avait les yeux fixés sur lui. La partie inférieure du réservoir s'opacifia.

Le bonjour, Londenstane, dit-elle. *Très gentil à vous de me rendre visite.*

— Je voulais m'assurer qu'ils avaient bien récupéré tous les morceaux.

Je pense que c'est le cas, même si certains ne fonctionnent pas aussi bien qu'auparavant.

— Il faut laisser du temps au temps.

Oh, je sais. Je ne suis ici que depuis trois jours, et j'ai déjà l'impression de purger une peine de prison.

Suivit un silence embarrassé. Fred se rendait compte qu'il n'avait absolument aucun sujet à aborder. C'était une humaine, et lui un clone. Fin de l'histoire. Ils passèrent quelques minutes fort peu agréables à bavarder de sujets totalement anodins, puis il lui souhaita un prompt rétablissement et partit. Pendant qu'il rebroussait chemin vers le hall, il se demanda si tout ne tenait qu'à ça : la ressemblance superficielle de Costa avec une lulu.

Il y avait deux russ au comptoir d'enregistrement quand il sortit, ils le suivirent des yeux jusqu'à ce qu'il soit dehors.

Dans sa voiture-bulle qui le ramenait chez lui, il contacta Marcus.

Oui, Londenstane ? répondit le mentar.

— Marcus, je voudrais savoir...

J'écoute.

Fred se demandait s'il servirait à quelque chose d'effacer ce *Livre des russ* au titre ronflant.

— Marcus, puis-je effacer les entrées que j'ai faites à notre *Registre de la fierté russ* ces derniers jours ?

D'ordinaire, c'est impossible.

— D'ordinaire ?

Vous n'épousez plus les vues que vous avez exposées là ?

— Je ne sais pas. J'étais peut-être confus.

En ce cas, il y a sans doute une possibilité. Nous pouvons faire plus qu'un simple effacement.

— Explique-toi.

Nous pensons que vous souffrez peut-être d'une forme bénigne d'intoxication à l'Halvene consécutive aux événements de lundi. On sait que de telles réactions provoquent parfois des pensées aberrantes et un faussement du jugement. Si un scan sanitaire prouve que c'est bien cela dans votre cas, nous pourrions non seulement effacer l'intégralité du Livre des russ, *mais aussi l'expurger.*

— C'est-à-dire ?

Nous lui substituerions une explication des dommages dont vous avez souffert suite à l'accomplissement de votre devoir. Nous conseillerions à vos frères de ne pas tenir compte de vos déclarations précédentes puisqu'elles échappaient à votre contrôle.

Fred avait du mal à croire ce qu'il entendait. D'un seul coup de balai, ils pouvaient tout supprimer.

— Vous pouvez vraiment faire ça ?

Oui, en fonction des résultats du scan sanitaire, auquel vous pouvez vous soumettre à tout moment. Désirez-vous que je prenne un rendez-vous ?

— Oui ! Et le plus tôt sera le mieux !

Dans ce cas, je déroute votre véhicule pour l'amener à Facmed maintenant.

Dans les locaux de Facmed, on l'attendait. L'infirmière responsable, une jenny, lui désigna une porte.

— Allez remplir de votre urine un flacon, cabine 12.

Il s'exécuta et quand il ressortit elle lui dit :

— C'est tout pour l'instant. Votre Marcus vous contactera pour vous donner les résultats.

Fred avait l'impression d'être un homme neuf.

Il entra en trombe dans l'appartement et s'écria :

— Mary, devine quoi !

— Ecran éteint, dit-elle.

L'écran plat du salon s'obscurcit, mais pas avant que Fred ait eu le temps d'y apercevoir un parc, la vision qu'avait une abeille d'une foule de badauds, de bancs, d'arbres – et d'un fauteuil de survie.

— Oui ? fit l'évangeline.

Elle s'était habillée pour sortir, et avait accroché une broche-valet à son revers.

— Peu importe, dit-il. Qu'est-ce que tu te préparais à faire ?

Elle évita de croiser son regard.

— Oh, rien, Fred. J'ai eu une rude journée, je vais simplement me promener un peu dans le parc.

Fred saisit la balle au bond :

— Moi aussi, j'ai eu une rude journée. Je t'accompagne.

— Je croyais que tu avais un jour de congé ? Pourquoi ne resterais-tu pas ici, pour dîner tranquillement ? Je ne serai pas absente longtemps.

— Je trouverai bien quelque chose à grignoter dans le parc.

Ils passèrent devant les courts de tennis, les pistes de skate et les circuits équestres. Dans un espace ouvert se déroulait une compétition de holosky. Des demi-hectares cubiques d'air étaient occupés par des châteaux féeriques entourés de paysages fantastiques. Les artistes se tenaient sous leur création, et tailladaient le vide de leurs bras pour mettre en place forêts, prairies et dragons.

Le quatrième niveau du Millenium Park était occupé par les musiciens de plein air, là où deux allées très fréquentées se croisaient. Mary et Fred ne s'arrêtèrent pas devant la scène détrempée de sang de « La vengeance mortelle des machettes ». Juste à côté, sous le feuillage étendu d'un orme, ils repérèrent un fauteuil de survie. Fred proposa une paire de filtres nasaux à Mary, qui refusa. Elle comprit son erreur un moment plus tard, quand ils s'approchèrent. C'était bien l'odeur, oui, celle qu'elle recherchait, mais mille fois plus forte qu'elle ne l'aurait imaginé. Même avant qu'ils soient près du siège, la nausée lui titillait la gorge. Peut-être fallait-il y voir la raison du mauvais accueil qu'on lui avait réservé à la clinique.

Quand elle le vit, affaissé dans le fauteuil, Mary douta que quelqu'un offrant cet aspect puisse être encore en vie. Pourtant, il l'était, ses yeux en tous cas. Son crâne chauve lui rappela celui de sa belle-fille dans le réservoir.

— Le bonjour de nouveau, myr Kodiak, dit Fred. C'est Fred Londenstane. Et voici ma femme, Mary Skarland, dont je vous ai parlé hier soir.

Ce fut le fauteuil de survie, et non son occupant, qui répondit.

— Samson vous souhaite le bonsoir, myren. Nous serions-nous déjà rencontrés ?

— Oui, la nuit dernière, au Rendez-Vous, répondit Fred.

— Oh, mais bien sûr, je me souviens de vous, commandant Londenstane, dit le fauteuil, mais l'esprit de Sam bat un peu la campagne. Et il me conseille de rouler jusqu'à ce banc, afin que vous puissiez vous y asseoir confortablement.

— Ce n'est pas la peine, dit Mary. D'ailleurs, ce banc est déjà pris.

Le vieil homme eut un rire caquetant, que traduisit le fauteuil :

— Sam dit : Croyez-moi, il sera libre quand nous y parviendrons.

Il avait raison. Le couple qui l'occupait prit la poudre d'escampette avant qu'ils aient couvert la moitié de la distance. Mary s'assit et se tourna vers Fred.

— Je crois que je vais aller me dégourdir les jambes, déclara celui-ci.

— Sam vous suggère de vous mettre à côté de l'enregistreur de crédits de Kitty et d'amorcer la pompe avec un millionième. Les badauds là-bas semblent incapables de se décider.

— Votre cochartiste est ici ? dit Fred.

Il était passé devant elle en la prenant pour une statue du parc. Il revint sur l'allée et la regarda. Même d'aussi près, l'illusion était parfaite. Elle était habillée en ballerine, avec des bas, un tutu et des chaussons blancs lacés avec des rubans de même couleur et montant en croisillons jusqu'aux mollets. Une tiare également blanche était posée sur sa tête. Ses cheveux, sa peau, ses ongles étaient blancs. Jusqu'aux iris de ses yeux. Elle s'était transformée en statue d'albâtre, bras gracieusement arqués au-dessus de la tête, une jambe légèrement pliée, la majeure partie de son poids reposant sur ses orteils. Le muscle frémissant de son mollet cassait l'illusion, et Fred songea à la volonté qu'il lui fallait pour tenir une telle pose.

Il passa la main devant l'enregistreur, pas pour un millionième mais pour un dix-millième. Aussitôt, la machine se mit à jouer un morceau de musique classique. Comme par magie, la statue revint à la vie. Elle termina une pirouette, enchaîna sur un petit entrechat et fit un début de révérence. Aussi soudainement qu'elle avait repris, la musique cessa, et la danseuse se figea.

Fred se sentit rougir. Un dix-millième de crédit ne vous donnait pas grand-chose au quatrième niveau du Millenium Park. Il repassa la main devant l'enregistreur, cette fois pour un dixième de crédit.

La danseuse réanimée termina son plié comme si celui-ci ne s'était jamais interrompu. Par un tour de passe-passe, elle parut se trouver sur une scène de théâtre et non plus sur sa maigre estrade. Elle prit son élan et effectua un un grand jeté, un bond tel qu'on eût dit qu'elle voulait franchir un abîme. Elle semblait défier les lois de la gravité, et se déplaçait avec une grâce fluide. Le public commençait à se rassembler pour apprécier le spectacle, et plusieurs spectateurs ajoutèrent leur obole pour que la musique continue.

Fred était hypnotisé. Ce n'était manifestement pas une enfant, mais une artiste et une athlète accomplie qui se produisait dans le corps d'une fillette. Quelque chose d'humide le toucha à la joue, qu'il essuya d'un doigt. C'était la sueur de la danseuse, preuve de ses efforts, et, comme tout le reste chez elle, elle était d'un blanc laiteux. Sans réfléchir, il la porta à ses lèvres et la goûta.

Ce ballet enchanteur se poursuivit pendant encore un bon moment. Soudain, un cri perçant résonna de l'autre côté de l'allée. Tous les spectateurs de Kitty regardèrent dans cette direction, Fred y compris. Un cri de révolte et de tristesse montait d'un landau poussé par une jenny en uniforme de nounou. Elle était accompagnée par deux russ à l'expression sévère et un énorme chien noir et blanc. La jenny ordonna au landau de cesser et en baissa la capote, révélant un *bébé* congestionné et hurlant.

— Il faut la changer, annonça la jenny à la cantonade.

Le public de la ballerine l'abandonna aussitôt pour cet enfant réel. Seul Fred resta planté là. Il rajouta deux millièmes de crédits quand il craignit que la musique ne cesse. Il allait recommencer, mais la mélodie s'éteignit doucement, dans un decrescendo naturel. Au lieu de s'immobiliser, la ballerine fit une révérence. Fred, le public à lui tout seul, applaudit. Un holorideau se déploya autour de la danseuse et de la scène, et le russ se retrouva devant une pancarte indiquant « Intermède ». Il resta là une minute entière, sans trop comprendre ce qui lui arrivait.

Le chien de la nounou s'approcha de la scène, qu'il renifla avec intérêt.

— Du vent, toi ! lui lança Fred.

L'animal posa sur lui un regard placide. Il avait un œil bleu, l'autre marron.

— Trapper, ici, garçon, appela un des deux russ.

Fred se retourna et vit un des gardes du corps du bébé brandir une couche usagée.

— Tu sais s'il y a une poubelle dans le coin ? demanda-t-il à Fred.

Celui-ci lutta pour ne pas sourire, mais il échoua. Toutes ces années d'entraînement destinées à faire de cet homme un élément d'un corps d'élite de sécurité, et pour quoi ? Une couche sale ?

— Quelle importance ? fit-il.

Le russ approuva de la tête.

— Laissez-la ici, dit une voix de fillette derrière le holorideau.

— Montrez-vous, myr, dit le garde du corps en s'efforçant de situer la source de cette voix. Vous voulez les saletés du petit ?

Un sac de toile ouvert fut poussé devant le rideau.

— Oui, les saletés, dit la fille. Vous pensiez que je parlais du chien ?

Le russ enveloppa la couche dans un sac étanche et déposa le tout dans la musette.

— Quelle importance, hein ? fit-il à Fred en lui adressant un clin d'œil, avant de retourner auprès de sa cliente.

Fred voulut lui dire qu'il se trompait, que lui ne travaillait pas pour cette fillette, mais l'occasion était déjà passée. Le sac disparut derrière le rideau et à nouveau il se retrouva seul, dérouté et sans voix.

Myr Londenstane ?

C'était Marcus.

Fred s'écarta de plusieurs mètres du rideau avant de répondre :

— Oui ?

Je crains d'avoir certaines nouvelles assez troublantes. Les résultats des tests écartent l'hypothèse d'un empoisonnement à l'Halvene.

Il aurait dû s'en douter. C'était trop beau pour être vrai.

Vos paramètres sanitaires sont normaux, continua le mentar. *Nous allons devoir explorer d'autres pistes pour trouver la source de votre comportement récent. Puis-je prévoir une évaluation psychologique pour vous ?*

— D'accord, soupira-t-il. Allez-y.

Le fauteuil de survie et Mary approchèrent.

— Fred, qu'est-ce qui ne va pas ? dit-elle.

Kitty franchit le holorideau, une serviette lui drapant les épaules, et le fauteuil la présenta à Mary. Celle-ci saisit la main de la fillette, et il s'ensuivit un moment de gêne pendant lequel personne ne sut trop que dire. Samson en profita pour se rendormir.

Mary brisa enfin le silence.

— Je vous ai observée de loin, dit-elle à Kitty. C'était une pure merveille.

— Merci beaucoup, dit l'enfant en faisant la révérence.

Elle évita soigneusement de regarder Fred, et Fred évita soigneusement de la regarder.

— Eh bien, dit Mary, ça a été un moment très agréable. Nous devrions visiter le parc plus souvent.

Sur le chemin de retour vers leur domicile, Fred demanda :

— Est-ce que tu as obtenu ce que tu cherchais ?

— Le temps le dira.

— Ne fais rien de stupide.

— Le conseil vaut pour toi aussi, Fred.

VENDREDI

13

Avant l'aube, et avec encore quatre heures à attendre jusqu'à la tentative de sauvetage d'Ellen à la clinique, Meewee était assis sur un matelas posé à même le sol de sa chambre, dans le bunker. L'éclairage était tamisé et il pratiquait des exercices tantriques de respiration et d'étirement afin d'apaiser sa tension nerveuse. Il était resté éveillé une bonne partie de la nuit, qu'il avait consacrée à de fréquentes visites aux toilettes pour évacuer les engins morts dont ses cellules s'étaient délestées dans son système sanguin. En temps normal, il aurait patienté quelques jours avant d'entamer le processus de réimplantation, mais, étant donné le sauvetage imminent, il estimait ne pas pouvoir attendre. Aussi avait-il avalé un concentré prévu à cet effet à minuit, et maintenant son cerveau pétillait de bourdonnements et d'éclairs pendant que les microensembles radio se mettaient en place.

Un diorama du cottage de la clinique occupait un coin de sa chambre, sans le son. Toute mesure thérapeutique sur Ellen avait été suspendue, et les évangelines de l'équipe de nuit semblaient veiller une morte. Subitement, venu de nulle part, Wee Hunk apparut dans le cottage et leur ordonna de rentrer chez elles.

Meewee se leva d'un bond.

— Wee Hunk, dit-il, j'ai besoin de te parler.

Le mentar se manifesta aussitôt. Durant ces derniers jours, Meewee avait remarqué que le mentar avait pris l'habitude de changer très souvent d'apparence. Parfois il était de taille normale, d'autre fois minuscule, parfois réaliste, parfois semblable à un personnage de bande dessinée. Ce matin, il était d'un réalisme très détaillé. Chaque pore de son gros nez était parfaitement discernable.

— C'est toi à la clinique ? interrogea Meewee.

— Oui.

— Tu renvoies les évangelines ?
— Exact.
— Mais pourquoi ? Ça ne faisait pas partie de ton plan.
— Quel plan ? rétorqua le Neandertalien.

Meewee faillit répondre, se ravisa et reporta son attention sur le diorama. Si les deux évangelines prenaient leur renvoi sans état d'âme visible, elles refusaient de quitter les lieux. La nuit précédente, elles avaient appris à ne pas faire confiance aux mentars dans l'enceinte du cottage.

— Tu as également renvoyé les autres équipes d'accompagnatrices ? dit Meewee en glissant en même temps un test en starkese.

— Ne vous en inquiétez pas, je le ferai, mais à une heure plus décente. Il est inutile qu'elles veillent plus longtemps sur Ellen. Vous n'êtes pas de cet avis ?

Meewee écoutait avec la plus grande attention, mais il n'entendit aucune réponse à son test.

Arrow, teste l'intégrité de Wee Hunk.

Un moment plus tard, le mentar déclara :

Echec de l'identification.

Meewee s'y était attendu, mais la nouvelle l'ébranla quand même.

— Il y a autre chose ? questionna Wee Hunk. J'ai les préparatifs funéraires à régler.

Mary se leva tôt pour charger l'échantillon d'odeur prélevé dans le parc. Elle prenait sa douche quand l'ordi-maison l'informa d'un appel urgent de Wee Hunk. Elle sortit de la salle de bains drapée dans un peignoir et traversa en hâte la chambre où Fred semblait dormir à poings fermés. Elle refermait la porte en douceur quand elle interrompit son geste et demanda, dans un murmure :

— Tu es réveillé ?
— Oui, répondit-il sur le même ton. Le bonjour, ma chérie.
— Le bonjour à toi aussi. J'ai un appel. Je ferme la porte ?
— Oui, s'il te plaît.

Dans le salon, Mary se prépara et dit :

— Mon personnage professionnel. Passe-moi l'appel.

Wee Hunk apparut sous l'aspect d'un homme de taille normale vêtu d'un anorak couvert d'une fourrure blonde. Les détails de sa projection, la netteté de chaque poil de la fourrure parurent étranges à Mary. Son visage épais était impassible.

— Mary Skarland, dit-il, j'ai le regret de mettre fin à votre collaboration dès cet instant, vos services n'étant plus requis. Merci de votre travail consciencieux. A partir d'aujourd'hui, il est inutile que vous reveniez à la clinique Roosevelt.

L'homme des cavernes allait couper la communication.

— Un instant ! s'écria-t-elle. Est-ce que ça veut dire qu'elle est irrécupérable ?

— L'état physique de myr Starke ne vous concerne plus, dit le mentar avant de se dissoudre dans l'air.

Mary se glissa de nouveau entre les draps. Elle pleurait. Fred la prit dans ses bras.

— C'est terminé ? dit-il à mi-voix.

Elle hocha la tête.

— Oh, tu sais, ça ne pouvait pas durer éternellement. Tu as eu une bonne mission, presque une semaine. Et il y aura probablement des indemnités de licenciement.

— La ferme, s'il te plaît, Fred.

— Tout de suite.

Quand elle parut avoir pleuré tout son saoul, il demanda doucement :

— Tu as envie d'en parler ?

Elle secoua la tête contre sa poitrine.

— Petit déjeuner, alors ?

Elle acquiesça.

— Bien, moi aussi, fit-il en s'efforçant de dissimuler la joie qu'il éprouvait. Je vais descendre au marché pour acheter de vraies myrtilles et te préparer ma recette spéciale de fondant.

Il sortit du lit et prit sur une étagère un paquet contenant une tenue complète.

— Ne bouge pas, dit-il. Je t'amènerai le petit déjeuner au lit.

Dans le vestibule, il demanda ses chaussures « spécial tour » et le chien à pantoufles alla les chercher au fond de la penderie. Alors qu'il se tenait là pour les mettre, en équilibre sur un pied, puis sur l'autre, il saisit un relent de l'odeur de Samson Harger. Son odorat le mena jusqu'au sac de Mary placé devant la penderie, prêt pour son départ. Il se détestait d'agir ainsi, mais il ne put résister et fouilla à l'intérieur. Il trouva une serviette en papier enfermée dans deux pochettes plastique hermétiques. Ces précautions ne suffisaient pas à contenir la puanteur abominable dégagée par le vieillard. C'était donc ce qu'elle manigançait. Il s'était interrogé sur la raison de leur promenade dans le parc. Restait à savoir pourquoi elle voulait un échantillon de l'odeur de Harger. Mais avec ce coup de fil, ce n'était plus d'actualité. Grâce au ciel.

Il replaça la pochette dans le sac et sortit de l'appartement. Il se sentait plus en forme que depuis bien longtemps. Mentalement, il raya une ligne sur sa liste de problèmes.

Un fracas soudain l'éveilla. Bogdan plissa les paupières dans la lumière du matin et vit qu'il se trouvait toujours dans l'abri de jardin, mais sur un lit, et non plus sur le sol. Sur le lit de Sam. Il y avait un martèlement bizarre à l'extérieur. Pourtant, il n'était pas disposé à se lever. Dans son rêve, il avait accompli des choses merveilleuses pour des inconnus qui s'étaient montrés très élogieux à son égard.

Un peu plus tard, un autre bruit violent le fit s'asseoir et regarder par la fenêtre. Francis et Barry transportaient des brassées de débris qu'ils laissaient tomber en tas à côté de l'abri.

Le son répétitif provenait de l'autre côté du toit, là où normalement se trouvaient les clayettes de soybimi. A leur place était maintenant posé un gros camion-citerne frappé du logo CarboFlexion. Plusieurs tuyaux partaient de la citerne, et leur extrémité était tenue par des Tobblers.

Le visage de Rusty apparut à la porte.

— Mate donc qui est là.

— Qu'est-ce qui se passe ?

La porte s'ouvrit en couinant et Rusty entra. Il poussa le pied d'éléphant de Samson près du lit et s'y assit.

— De ce côté, mesdames et messieurs, fit-il en désignant d'un geste théâtral la porte d'accès au toit, nous effectuons actuellement l'inventaire des étagères se trouvant dans la cage d'escalier, tout en dégageant le chemin pour le fauteuil de survie de Samson. Nous avons atteint le septième.

— Sam est toujours...

— Il s'accroche. Il dort dans la chambre de Kitty en attendant que nous ayons nettoyé les escaliers. Et de ce côté (il indiqua la direction du camion-citerne), nos charmants voisins s'échinent à injecter de la résine de carbone dans les espaces creux créés par les pirates de la matière. C'est un projet d'envergure, et ils ont accepté de nous en avancer le coût et de se charger du boulot en échange de la jouissance d'une partie du toit. Nous conservons l'abri et le potager, ils gagnent tout le reste.

Troy Tobbler comptait parmi les travailleurs à l'œuvre. Il avait le bras en écharpe. Bogdan passa un doigt hésitant sur son nez et sa joue. Pas de douleur particulière. Il ôta le pansement.

Rusty examina son visage un moment.

— D'après moi, c'est complètement guéri, décréta-t-il.

— Au fait, je suis resté dans les vapes combien de temps ?

— Un peu moins d'un jour et demi. En te découvrant ici, nous nous sommes inquiétés, surtout qu'il était impossible de te réveiller, mais l'autodoc a affirmé que tu allais bien et qu'il te fallait seulement du repos. Hier, nous avons appelé E-Pluribus pour dire que tu étais arrêté un jour pour maladie, et imagine notre surprise…

Bogdan se prit la tête entre les mains.

— J'allais l'annoncer à la prochaine cérémonie de la soupière.

— Je m'en doute.

— Au moins, j'aurai un bonus pour rupture de contrat.

— C'est important, oui, et puis, de toute façon, tu aurais dû quitter ta place pour déménager dans le Wyoming.

Bogdan en resta bouche bée. Rusty lui sourit et observa les Tobblers par la fenêtre.

— Ils réparent l'immeuble parce qu'ils imaginent qu'il sera bientôt entièrement à eux, d'une manière ou d'une autre.

— Est-ce que nous allons ?… Est-ce que nous avons ?…

— Rien d'officiel encore, dit son ami, mais il semble bien que nous soyons toujours en course. Les Beadlemyren risquent fort de perdre l'identité de leur propre charterie s'ils s'associent avec une charterie plus importante, comme celle des Tobbs. Alors ils ont préféré choisir deux maisons plus petites, et les mélanger pour en faire une seule nouvelle. Nous sommes présélectionnés grâce à Hubert. Le projet de la micromine nécessite un mentar, et aucune des autres petites maisons en lice n'en a un qui soit comparable au nôtre.

— Tu veux dire que nous n'allons pas le recycler ?

— Non, ça n'a même jamais été en projet. Kale dit qu'ils voulaient simplement le secouer un peu, et lui laisser croire qu'ils le feraient. Faut bien reconnaître que, comme mentar, Hubert est plutôt du genre fainéant. Sam l'a pourri.

Par la fenêtre, Bogdan regarda Troy de nouveau.

— Alors personne ne leur a parlé de l'arrestation de Hubert ?

— Oh si, et plus d'une fois. Mais ils jurent qu'ils vont nous laisser tranquilles avec ça, et nous accorder le temps de nous mettre en conformité avec la loi. Les Beadlemyren ne sont pas de mauvaises gens, Boggy, quand on les connaît un peu. Et une petite bagarre de temps à autre ne les dérange pas plus que ça, mais ils disent que quelqu'un devrait t'apprendre l'art de l'esquive.

Bogdan se leva. Il y avait une pochette contenant des vêtements sur le banc à rempoter. Sans doute April l'avait-elle laissée là pour lui.

— Mais comment récupérerons-nous Hubert si les types de la SecNat ne nous laissent même pas lui parler ?

— Il faudra que nous trouvions un moyen. Kale est en contact avec un autoconseiller.

Quand Bogdan fut prêt à quitter l'abri, il songea à autre chose :

— A propos, tu as décroché des rencards au Rendez-Vous ?

Rusty fit la moue et secoua la tête d'un air maussade.

— Désolé... Mais April a de bonnes nouvelles. Une entremetteuse l'a harponnée, et il semble qu'il y ait un gros poisson au bout de la ligne.

Bogdan gardait un vague souvenir de cette Saurus dans la salle de bal.

— April ? fit-il. C'est super !

Le moyen le plus rapide de faire parvenir un message à l'intérieur de la salle neutre était d'utiliser le tunnel de radiation, un trajet auquel aucun tissu vivant, aucun esprit mécanique ou à base de pâte, aucun engin électronique ne pouvait survivre. Meewee rédigea un court texte en starkese sur un morceau de papier et l'envoya, en espérant qu'au moment de sa réception sa signification dans le métalangage aurait toujours un sens pour la sauvegarde de Wee Hunk. Puis il se rendit dans la cuisine pour prendre son petit déjeuner.

Une heure s'écoula avant qu'Arrow ne le contacte :

Le Dr Rouselle vous attend dans le garage.

Meewee se précipita vers l'ascenseur et arriva dans le garage au moment où le Dr Rouselle et un robot médecin de la salle neutre déposaient un réservoir spécial dans le coffre d'une berline. Le caisson portable se résumait à une unité de contrôle simplifiée, une pompe pour la circulation de la solution amniotique et un réservoir en chrome juste assez grand pour recevoir une tête humaine. Meewee chercha du regard le conteneur de pâte pour la sauvegarde, sans le voir.

— Excusez-moi, dit le médecin d'un ton flûté, ce... euh, mécanisme ne serait pas grippé ?

Elle décocha un regard lourd de sous-entendus à Meewee, s'inclina et ouvrit vivement la trappe du réservoir, qu'elle referma aussitôt. Mais il eut le temps d'apercevoir le conteneur de Wee Hunk à l'intérieur. Il se pencha à son tour et feignit d'inspecter un joint sur le côté du réservoir.

— Non, il me semble opérationnel, dit-il en refermant le coffre. Nous y allons ?

Ils montèrent dans le véhicule dont les turbines se mirent en marche.

<Arrow,> dit-il, <teste Wee Hunk dans le réservoir.>

<Identité confirmée,> répondit le mentar un moment plus tard. <Le Wee Hunk dans le réservoir dit que le changement de situation implique un plan B et que nous devons faire un détour par le centre fédéral avant de nous rendre à la clinique.>

<En ce cas, dis-lui de réengager les évangelines.>

Fred débarrassait la table quand le téléphone tinta.

— C'est pour toi, dit-il à Mary.

Elle était dans la chambre et préparait un sac pour aller passer la journée au bord du lac. Fred resta dans le coin cuisine, versa les restes de son petit déjeuner dans le digesteur et tendit l'oreille.

— Encore vous, dit-elle.

— Le bonjour, myr Skarland, dit une voix que Fred n'identifia pas, mais qui à coup sûr n'était pas celle du Cabinet. Veuillez consulter le tableau d'affectation, je vous prie.

— Pourquoi me virer pour me reprendre juste après ? dit Mary après quelques secondes de silence.

— Une erreur regrettable a été commise. Veuillez noter le bonus offert pour excuser ce malentendu. Votre horaire est déjà commencé, et si vous acceptez notre offre vous devrez partir pour la clinique sur-le-champ. Viendrez-vous ?

Mary hésitait manifestement.

— Myr Starke est toujours vivante ?

— Elle a besoin de vous plus que jamais.

Fred n'entendit pas la réponse de Mary, mais la communication prit fin et elle retourna dans la chambre. Il alla jusqu'au seuil de la pièce. Elle sortait la serviette de bain de son sac et y replaçait ses affaires d'accompagnatrice, dont ce couvre-chef bizarre et son échantillon olfactif emballé.

— Je n'aime vraiment pas que tu espionnes mes affaires, dit-elle sans le regarder. Et je parie que Nicholas n'apprécierait pas non plus.

Elle se changea rapidement en tenue de travail.

— Tu sais, dit Fred, ta cliente me fait penser à l'œil du cyclone. Quand tu es avec elle, tu es entourée de dangers. Des dangers que tu n'es pas formée à affronter. Nous avons perdu dix de mes frères, treize jerrys, vingt-six belindas et six cent quatre-vingts pikes – tous irrécupérables – depuis que cette Correction du marché initiée par les richards a débuté. Et tu veux ajouter des évangelines à la liste ? Appelons Nicholas, pour avoir son avis sur tout ça. Qu'en penses-tu ?

— Vas-y, appelle Nick, répliqua-t-elle en prenant ses effets et en se dirigeant vers la porte. C'est ce que ferait n'importe quel russ *normal*.

Fred réprima une grimace, mais ne bougea pas d'un pouce. Il lui bloquait la sortie.

— Je suis désolée, pour tes frères et tout le reste, dit-elle. Vraiment, Fred. Maintenant, écarte-toi, s'il te plaît.

Solidement campé sur ses pieds, bien droit, mains sur les hanches, il emplissait toute l'embrasure.

— Tu as demandé à ton correspondant si elle était en vie, mais je n'ai pas entendu la réponse. Ellen est toujours vivante ?

La question la stupéfia.

— Eh oui, je connais ta cliente, Mary. En fait, il y a longtemps, j'ai travaillé pour la famille Starke, donc je crois savoir de quoi je parle. Le mentar qui est derrière tout ça n'a pas à cœur de préserver tes intérêts, tu peux me croire.

Il plongea la main dans le sac et en sortit la casquette.

— Tu ne représentes qu'un outil qui lui permettra d'obtenir ce qu'il désire. Et, dans le cas présent, ce qu'il veut, c'est la fille Starke.

Il laissa retomber le couvre-chef dans le sac.

— Je suppose que si elle est toujours en vie, elle est aussi toujours inconsciente. Tu ne trouves pas ça un peu suspect ? Quel besoin a-t-elle d'accompagnatrices, en ce moment ? Sans vouloir vous froisser, tes sœurs et toi n'êtes pas des jennys.

Mary fronça les sourcils et il s'empressa d'ajouter :

— Je le disais dans un sens positif.

— Non, Fred, ce n'est pas vrai.

Elle s'assit sur le bord du lit et déposa le sac puant à ses pieds.

— Alors maintenant, on discute librement de nos affectations respectives ? Je veux seulement être bien sûre de comprendre le sens de cette conversation. Nous taisons des informations vitales à Nicholas, n'est-ce pas ? C'est quelque chose qui ne nous ressemble pas du tout, tu ne trouves pas ? Nous devons donc avoir de très bonnes raisons pour agir de la sorte. Moi, je sais que j'en ai. Pourquoi ne pourrais-je te les révéler, afin que tu comprennes pourquoi je dois aller à la clinique ? Mais avant tout j'aimerais te poser une question personnelle. C'est d'accord, mon chéri ?

Oh merde, songea Fred. Il n'aimait pas du tout la tournure que prenait cet échange. Il fut presque tenté de se plaquer les mains sur les oreilles pour ne pas entendre, comme un gamin. Mary se leva souplement du lit et vint vers lui sur la moquette moelleuse, en aimantant son attention par son seul regard.

— A moins que nous n'évitions la question pour le moment, ajouta-t-elle. Qu'en penses-tu ?

Elle posa sa petite main au centre du poitrail de lutteur de Fred et poussa, mais il ne bougea pas.

— Très bien, comme tu voudras, fit-elle en retournant vers le lit. Tout d'abord, laisse-moi te dire pour ma propre défense que je ne suis pas complètement idiote. Je sais que ce que je fais comporte un danger. Mais pas autant que tu sembles l'imaginer. Cette clinique est *hautement* sécurisée.

— Tu te réfères à ta grande expérience en matière de sécurité pour l'affirmer ?

— Ferme-la, Fred, et écoute. Je t'explique pourquoi je fais ce que je fais. Je suis consciente des risques. Et pour être parfaitement claire, je précise que je les accepte.

— Tu n'as pas la moindre idée de ce dont tu parles.

— C'est possible, mais je sais une chose. Je sais que mes sœurs et moi ne prospérons pas. Je parle là de toute ma lignée. Chaque jour, de plus en plus d'entre nous prennent le chemin des niveaux souterrains. Il semblerait que nous manquions cruellement d'aptitudes pratiques, malgré nos efforts pour les acquérir. Notre déchéance complète n'est qu'une question de temps. Tu sais que c'est la vérité, Fred.

— Nous ne laisserons pas la chose se produire, affirma-t-il.

— Nous devrions rester simplement des épouses, alors ? Et pendant ce temps, nous vous entraînons vers le bas. Sais-tu que les russ mariés à des évangelines sont en moyenne plus vieux de quatre ans et six mois par rapport à leurs frères mariés à d'autres types ? Et ils vieillissent un peu plus chaque jour. Interroge ton Marcus, il te donnera les statistiques. Dis-moi, Fred, combien de traitements de rajeunissement avons-nous sautés durant les trois dernières années ? Quand avons-nous pris des vacances pour la dernière fois ? Quels sont les derniers meubles que nous avons achetés ? Il faut voir les choses en face, Fred, ils ont placé la barre très haut pour nous autres itérants. Les couples doivent gagner leur vie ensemble, ou bien ils dégringoleront ensemble.

— Mary, s'il te plaît...

— Je parle de tomber dans l'oubli, Fred. Si tes frères et toi étiez confrontés à l'oubli, ne crois-tu pas que vous feriez des efforts extraordinaires pour l'éviter ? Tu ne peux pas nous en vouloir. Cette occasion nous est venue par hasard. Nous sommes huit. Nous avons été assignées à l'accompagnement d'une des invalides les plus célèbres de la planète, et, en accomplissant cette tâche, nous ouvrons la voie à une nouvelle forme d'accompagnement : celui des très grands handicapés. Même les gens dans le coma ont besoin de nous. Si nous réussissons, des milliers de nos sœurs auront des opportunités d'emploi plus nombreuses. Mais seulement si notre patiente survit et reprend conscience. Et c'est là que j'interviens.

Elle se leva et marcha à nouveau vers la porte de la chambre.

— Tu ne voudrais quand même pas interférer avec le destin de tout un type, Londenstane ?

Fred secoua la tête.

— Non. Seulement avec le tien. Désolé.

— Moi aussi, je suis désolée, Fred. Tu ne me laisses pas le choix, fit Mary qui sembla s'affaisser sur elle-même. Tu es évidemment au courant des célébrations du Centenaire russ qui auront lieu au mois d'août ? Tu imagines, la plus ancienne lignée commerciale qui atteint un siècle. Félicitations, Fred.

— Merci, Mary.

— Et toi-même, tu remontes presque à l'origine. Le lot 2B.

Fred la suivait des yeux, du secrétaire à la penderie, de la penderie au secrétaire.

— L'autre jour, poursuivit-elle, tu m'as avoué tes craintes d'être atteint par l'usure des clones.

— Oui, je me suis confié à toi. Tu vas l'utiliser comme une arme contre moi ?

Elle accusa le coup, mais ne céda pas.

— Tu veux la vérité, n'est-ce pas, Fred ? Même si elle fait mal ? C'est ce que tu me dis toujours. C'est pourquoi tu m'as raconté tout ça, d'ailleurs, non ? J'ai beaucoup réfléchi à ton idée de *Livre des russ*. Au début, j'ai pensé que le seul fait d'y avoir pensé prouvait que tu sortais des spécifications de ton type, mais maintenant je n'en suis plus aussi sûre. Tout dépend de votre grand frère à tous, Thomas A. Russ. Et si *lui-même* avait tenu un journal intime, dans lequel il aurait exprimé ses pensées et ses sentiments les plus secrets ? Et imaginons que ce journal était programmé pour se détruire si jamais il lui arrivait quelque chose, de sorte que personne n'en aurait jamais rien su après sa mort ? C'est envisageable, n'est-ce pas, Fred ? Thomas A. Russ tenait peut-être un journal intime. Si tel est le cas, alors le fait que tu commences la rédaction d'un *Livre des russ* répondrait simplement à un besoin profondément ancré chez les russ. Tu dois admettre que c'est une possibilité. Oui ?

Il acquiesça lentement. Il ne savait pas où elle voulait en venir, et il craignait de le lui demander.

— Bien. Donc je pensais à tout ça, et une question m'est venue à l'esprit. Tu es prêt ?

Il était tellement tendu que le chambranle de la porte craqua. Mary le considéra avec pitié et demanda :

— Thomas A. Russ était-il attiré par les fillettes ? Parce que, d'après ce dont j'ai été témoin dans le parc hier soir, en ce qui te concerne, c'est une évidence !

Plus tard, Fred se souvint d'avoir été assis sur le lit, tête penchée en avant, si bas qu'elle touchait presque la moquette. Mary était partie. Elle s'était échappée, après l'avoir assommé avec une poignée de mots. Et, en dépit de la honte qu'il éprouvait, il était admiratif. Il se leva et fit les cent pas dans l'appartement. Elle l'avait coincé. Et malgré tout, il ne cessait de penser à Kitty. Ou à Costa, d'ailleurs, ou à cette mignonne michelle qu'il avait croisée dans le magasin, en bas de la tour. Que lui arrivait-il ? Quoi que ce fût, ça devrait attendre. Mary était un clone mort s'il ne faisait pas quelque chose, et rapidement. Mais quoi ? Sa première impulsion fut de contacter Nicholas et de la dénoncer. C'était la conduite qu'un russ « normal » aurait privilégiée, et il n'avait pas d'autre idée. Il n'était qu'un russ qui avait besoin d'un plan, et d'un ami.

— Nous y sommes déjà allés hier, dit Kitty.
— C'est ce que je lui ai expliqué, répondit le fauteuil de survie, mais il ne se souvient de rien.
Kitty avait croisé le fauteuil au rez-de-chaussée, alors qu'il essayait de sortir discrètement de l'immeuble.
— Rappelle-lui que c'est parce qu'il a dormi tout du long.
— Il a demandé à quoi ressemblait Ellie, et je lui ai dit que nous avions été refoulés à l'entrée de la clinique.
— Recommence, et raconte-lui tout encore une fois pendant que tu le reconduis dans sa chambre. Et cette fois *n'en ressors pas.*
Le fauteuil pivota légèrement pour faire face à la rétrofille.
— Avec tout le respect que je vous dois, myr Kodiak, Sam est mon parrain, pas vous.
Une main frêle s'éleva au-dessus du bord du haut carénage protégeant le siège.
— Kitty, pépia Samson.
Kitty monta à bord et se pencha vers lui.
— Le bonjour, Sam, dit-elle en lui caressant la joue. Je disais justement au fauteuil de te ramener dans ta chambre.
— Ellie, ma fille... murmura-t-il.
— Ils ne veulent pas nous laisser la voir, répondit-elle. Nous avons essayé, Sam. Sans succès.
— Il dit qu'il n'a pas le temps de discuter, fit le fauteuil. Il doit partir.
— C'est inutile, Sam, puisqu'ils ne veulent pas nous laisser entrer.
Elle descendit du fauteuil.
— Ceinture Hubert, emmène Sam dans ma chambre. Immédiatement.
Le fauteuil ne bougea pas. Kitty non plus. La situation tournait à l'impasse.
— Laisse-le passer, dit Bogdan.
Il sortait de la cuisine avec un bol de bouillie de maïs.
— C'est quelque chose qu'il doit faire, et tu ne devrais pas l'en empêcher, ajouta-t-il simplement.
— Très bien, fit Kitty qui s'écarta. Tu peux aller avec lui si tu veux, parce que moi, pas question.
Bogdan alla se placer près du fauteuil.
— Aucun problème. Le bonjour, Sam.
Le vieil homme releva la tête et lui sourit.
— J'ai appris que tu voulais aller voir ta fille ? ajouta le garçon.
— Il dit que c'est exact, répondit le fauteuil.

— Je peux venir aussi ?

— Ce serait gentil.

Bogdan fit demi-tour et dirigea le fauteuil vers l'entrée et la rue. Bras croisés, Kitty les regarda s'éloigner. Un moment plus tard, elle entendit le fauteuil descendre la volée de marches menant à la rue.

Avec un soupir résigné, elle partit derrière eux.

Mary prit un taxi jusqu'à la clinique. Au corps de garde, l'échantillon scellé dans son sac passa le scanner sans déclencher aucune alarme. Elle se hâta le long de l'allée à travers le petit bois qui séparait la Porte Sud des cottages. Au cottage Feldspath, Cyndee et Hattie se tenaient devant l'unité de contrôle du réservoir. Mary vit immédiatement que Cyndee brûlait d'impatience de lui dire quelque chose.

La modélisation du cerveau affichée au-dessus de l'unité ne montrait que des décharges neurales sporadiques, comme des lucioles filant dans une nuit d'été. Hattie l'éteignit.

— Ils l'ont déclarée irrécupérable tôt ce matin, annonça-t-elle. Il faut que je parte, maintenant, mais je reviendrai pour aider Matt à retirer l'assistance respiratoire.

Elle étreignit les évangelines une à une.

— Je sais combien c'est dur pour vous de perdre votre première patiente.

Elle fit halte devant le lit de repos avant de sortir. L'enveloppe d'Ellen était toujours torturée par son cri inextinguible.

— Dites à Matt d'éteindre ça en premier.

Quand les accompagnatrices se retrouvèrent seules, Cyndee raconta à Mary qu'elle et Ronnie avaient été renvoyées par Wee Hunk, mais qu'elles avaient refusé de quitter les lieux. Cependant, lorsque Mary et Renata ne s'étaient pas présentées pour les relever, Ronnie avait décidé que tout était fini, et elle était partie.

— Mais toi, tu es restée, dit Mary en tapotant d'un doigt le couvre-chef de Cyndee, et c'est tout ce qui compte.

Mary alla jusqu'à l'unité de contrôle et en tira le rhinoencéphalogramme. Puis elle sortit le paquet scellé de son sac et l'ouvrit.

— Beurk ! s'exclama Cyndee. Qu'est-ce que c'est ?

— Je me suis renseignée sur myr Starke grâce au WAD et j'ai appris que son père avait été cautérisé, dit Mary en brandissant la serviette contre la grille olfactive. Ellen, votre père est ici. Il est temps de vous réveiller. Samson Harger est ici. Ellen, vous m'entendez ?

Elle surveillait les yeux du crâne tout en parlant. Devant l'absence de toute réaction, elle approcha une chaise de l'échantillonneur et plaça la serviette sur le dossier. Puis elle se tint debout face au crâne et raconta à Ellen Starke tout ce qu'elle savait de son père.

Sur la poutre au plafond, au-dessus d'elle, l'abeille du Groupe Bleu reconnut la signature olfactive du mouchoir. Elle rangea l'être humain qui l'avait amené dans la catégorie des alliés potentiels.

Fred était assis sur une caisse à côté du hublot d'un conteneur de stockage mobile Tug qui effectuait un circuit fixe en huit au-dessus de Decatur. Les boucles qu'il décrivait l'amenaient près de la clinique Roosevelt toutes les seize minutes. Ce wagon de marchandises constituait une plateforme de largage idéale. Fred y avait eu accès de façon remarquablement rapide. Quand il l'avait appelée de son appartement, Veronica Tug avait enregistré sa liste de demandes logistiques sans lui poser aucune question. Quelques minutes plus tard, elle le rappelait avec les coordonnées du conteneur. Il avait pris un taxi jusqu'à Decatur et fait un abordage aérien du wagon, lequel était rempli aux deux tiers de meubles et d'appareils électriques domestiques. Il y avait trouvé un identikit de terrain (qu'il avait demandé), ainsi qu'une arme indétectable au scan (qu'il n'avait pas demandée). Le kit contenait tout le nécessaire pour assumer une fausse identité indécelable. Fred en fit l'inventaire et trouva une combinaison rouge et noir à la coupe paramilitaire quelque peu voyante. Elle évoquait vaguement la livrée du personnel de quelque richard vaniteux, mais elle disposait d'un blindage léger, d'une casquette et d'une visière acceptables. Fred coiffa la casquette et parcourut son dossier d'identification. Myr Randy Planc était un russ de la région de Chicago qui habitait une gigatour près de la porte Gary. Il travaillait comme majordome pour le compte d'un courtier en matières premières du nom d'Abdul al-Hafir. Fred effectua une rapide recherche sur Planc et al-Hafir dans le Registre national et ne trouva ni l'un ni l'autre. Il consulta l'annuaire de Personnel Appliqué et l'annuaire général, plus d'autres sources. Aucun des deux hommes n'existait, du moins pas encore. Le déguisement de Fred avait nécessité la création de deux identités à partir de rien.

Un tel tour de force avait dû se payer très cher, et Veronica n'avait pas abordé la question du coût.

Fred brisa le sceau d'un tube de mastic dermique et en répandit le contenu sur son bras. Pendant que la substance imprégnait sa peau, il avala une capsule de kératochitine automigratrice qui se concentrerait dans ses pommettes et son menton pour altérer légèrement plusieurs paramètres faciaux servant à l'identification. Il mâcha une tablette de gomme qui epaissit son larynx et rendit sa voix plus grave.

Fausses paupières, déformateur buccal, paumes artificielles, uniforme... Fred se métamorphosa en myr Planc. Il étudia ensuite l'arsenal fourni par Veronica. Il y avait une dague en carboplex présentée dans deux ampoules. Pour l'utiliser, il devrait répandre le contenu des ampoules sur la peau de ses jambes, en prenant garde à ce que celles-ci ne se touchent pas dans le scan. La pochette contenant les armes portait le logo d'un fabricant réputé, mais il doutait de pouvoir introduire l'une d'elles dans une clinique Fagan.

Il vérifia le chronomètre incorporé à sa casquette et regarda par le hublot la clinique qui glissait doucement sous lui.

Dès son entrée dans le cottage, une techmed s'exclama :

— Quelle horreur !

Elle se pinça le nez et survola la pièce du regard. Mary et Cyndee avaient été rejointes par Renata et Alex, une évangeline remplaçante.

— Qu'est-ce que vous faites toutes ici ? dit l'arrivante. Et qu'est-ce que c'est que *cette odeur* ?

Hattie et Coburn apparurent sur les talons de la première techmed.

— Je connais cette odeur, dit la jenny, mais je les croyais tous morts aujourd'hui.

Elle aussi rechercha sa source. Mary brandit la serviette, puis l'enveloppa dans sa pochette qu'elle remit dans son sac. La puanteur de Samson ne semblait avoir eu aucun effet sur la femme comateuse.

Sur la poutre au plafond, l'abeille du Groupe Bleu observa l'agitation humaine sous elle sans trop comprendre. Ces êtres semblaient tous très tendus.

La première techmed les abandonna pour chercher des filtres nasaux, mais Coburn fonça sur les évangelines immobiles près de l'unité de contrôle.

— Qu'est-ce que vous fabriquez, tas de répliques ?

— Son père a été cautérisé, expliqua Mary. Et cessez de nous appeler comme ça.

— Eloignez-vous de l'équipement.

— Du calme, Coburn, dit Hattie. Personne n'a endommagé votre précieux équipement.

Elle s'approcha à son tour de l'unité de contrôle et consulta rapidement une série de rapports.

— Donc Ellen avait un empesteur dans sa famille. Pourquoi ne nous l'a-t-on pas dit il y a quelques jours, quand cette information était encore exploitable ?

Coburn posa son medkit sur un plateau près du réservoir et sortit ses instruments.

— Abaissement de l'armature, ordonna-t-il à l'unité de contrôle.

— Une minute, unité de contrôle, dit l'infirmière en chef.

— Hattie, laissez-moi faire mon boulot. Concierge veut que l'on débranche la décédée et qu'on la transporte à la morgue dans les plus brefs délais.

— Accordez-moi deux minutes.

La jenny continuait d'afficher les rapports de diagnostic. Elle s'attarda sur l'un d'eux, celui qui montrait une coupe transversale du cerveau d'Ellen.

Mary la rejoignit.

— Vous avez trouvé quelque chose ?

— Oui, avez-vous trouvé quelque chose ? répéta Concierge qui venait de franchir la porte du cottage puis, répondant à sa propre question : Pour ma part, je ne vois rien, sinon l'utilisation de l'unité de contrôle par du personnel non autorisé pour y introduire une variable olfactive. Cette expérience a-t-elle donné un résultat probant ? Non, je n'enregistre aucune réaction du sujet.

Le grand mentar en blouse blanche fit halte face à Mary.

— Myr Skarland, si à l'avenir vous retrouvez un emploi dans un établissement du groupe Fagan, vous voudrez bien garder à l'esprit que seul le personnel diplômé est autorisé à manipuler les équipements cliniques. Ce qui inclut la grille d'échantillonnage olfactif de l'unité de contrôle d'un réservoir spécial. Est-ce clair ?

— Oui, Concierge, répondit-elle.

— Je vous exclus de cette clinique, enchaîna Concierge. Veuillez quitter les lieux dans la minute.

Mary n'éleva aucune protestation, pas plus d'ailleurs que les autres évangelines. Ce fut Hattie qui intervint :

— Ce n'est pas sa faute. Et si cette faute incombe à quelqu'un, c'est à moi. C'est moi qui leur ai montré comment introduire une variable olfactive dans l'unité de contrôle et qui leur ai dit que c'était une bonne chose à faire.

— Très bien, dit Concierge. En conséquence, vous partirez avec myr Skarland. Quant à vous, techmed Coburn, pourquoi myr Starke n'a-t-elle pas été débranchée comme je l'avais exigé ?

Coburn s'empressa d'ôter les côtés du couvercle du réservoir et rabaissa l'armature en place. Immédiatement, ses doigts mécaniques entreprirent de déconnecter tubes et câbles du crâne. La manœuvre retint toute l'attention de l'abeille du Groupe Bleu – une machine en débranchant une autre de l'objectif.

— C'est mieux, fit Concierge avant de se tourner vers Hattie et Mary. Pourquoi êtes-vous encore ici ?

— J'ai droit à bénéficier du protocole disciplinaire, lequel ne se déclenchera que lorsque Personnel Appliqué aura reçu une plainte écrite de vous, répondit Hattie. A moins que vous ne nous accusiez d'avoir mis en danger la vie de cette résidente ? Est-ce votre intention ? En ce cas, je dois le dire, il sera facile de prouver que depuis des jours vous étiez au courant des manipulations soi-disant « non autorisées » des accompagnatrices, et que vous ne les avez pas signalées.

— Comme vous voudrez, répliqua Concierge. J'ai ordonné à la sécurité de l'établissement de vous escorter hors de l'enceinte. J'ajoute que je suis effaré par votre manque de professionnalisme.

Concierge quitta le cottage sans un mot de plus. Hattie, Mary, Cyndee, Alex et Renata restaient figées dans un silence abasourdi. Le techmed Coburn continuait de déconnecter le crâne d'Ellen.

C'est Mary qui finit par réagir :

— Hattie, dites-nous ce que vous avez découvert.

La jenny secoua la tête.

— Je n'ai rien découvert, mais Concierge l'a cru. Il doit donc y avoir quelque chose à découvrir.

Au-dehors, il y eut un bruit de pas sur l'allée. La porte s'ouvrit brutalement, et deux officiers de la sécurité revêtus de l'uniforme de la clinique, un russ et un jerry, entrèrent.

— Sécurité ! tonna le jerry. Myren Beckeridge et Skarland auraient-elles l'obligeance de venir par ici ?

Les femmes le regardèrent fixement, sans bouger.

— Maintenant !

Il déploya sa baguette paralysante dans un claquement sec. Ce geste suffit pour mettre l'abeille en action. Elle quitta la sécurité de sa cachette et alla vivement se placer sur la face inférieure de la poutre.

— Officier jerry, dit l'infirmière, je comprends fort bien que vous ayez une mission à remplir, mais est-ce que vous nous menaceriez avec une arme ?

L'autre blêmit.

— Rien de personnel, assura-t-il. Mais vous et l'évangeline devez nous accompagner. *Maintenant.*

— Non, elles ne le doivent pas, dit alors un autre garde de la clinique qui entra dans le cottage derrière le jerry. Vous avez été réaffecté. Vérifiez.

C'était une belinda d'un grade supérieur à celui du jerry, lequel s'exécuta.

— Elles sont à vous, lieutenant, dit-il à contrecœur.

Quand le russ et lui furent repartis, l'abeille retourna prendre position à couvert et la belinda disparut.

— Que s'est-il passé ? demanda Renata.

Mais personne n'avait de réponse à cette question.

Le véhicule des Entreprises Starke se posa sur l'aire de stationnement de la clinique, et Meewee et le Dr Rouselle en descendirent. Ils sortirent le caisson du coffre et le déposèrent dans les bras robustes du robot médecin. Le trio traversa le parking et remonta l'allée en brique. Quand il atteignit le corps de garde, Meewee prit la parole :

— Ouvrez, ordonna-t-il au jerry de faction.

— Je vous demande pardon ? fit l'autre.

— Je vous ordonne d'ouvrir.

Le garde se retourna et lança derrière lui :

— Eh, Chaz, viens voir. Tu ne voudrais pas rater ça.

Un second jerry rejoignit le premier.

— Que se passe-t-il ?

— Il m'ordonne d'ouvrir, dit son collègue, tous deux s'esclaffant, avant que le premier ne dise d'un ton sec aux visiteurs : Identifiez-vous, myren.

L'intimidation ne fonctionnant pas, Meewee adressa un signe de tête au médecin et tous deux se soumirent à l'identification palmaire.

— Myr Meewee, dit le garde, je lis ici que vous avez le statut de visiteur agréé. Vous pouvez donc passer. Mais j'ai bien peur que vous, Dr Rouselle, n'ayez aucune autorisation de visite. Et quant à ça, ajouta-t-il en désignant le robot médecin qui portait le caisson, vous feriez mieux de le laisser dehors.

— Appelez Concierge immédiatement, dit Meewee. J'exige de lui parler.

— Alors parlez, rétorqua le garde. Il écoute en permanence.

— Concierge, j'exige que vous nous laissiez passer tous les trois.

Le mentar émergea du portail pressurisé et gratifia Meewee d'un salut holo avant de porter son attention sur le médecin.

— Dr Rouselle, quel honneur... et quelle surprise. J'ai suivi votre carrière avec le plus grand intérêt. J'ignorais que vous étiez rentrée aux Démocraties Unies.

— Merci, dit-elle.

— Nous ne sommes pas venus ici pour discuter de carrière, remarqua Meewee.

— Et pourquoi êtes-vous venus ici ? dit le mentar.

— Pour aider Wee Hunk à soustraire Ellen Starke à cet établissement au plus tôt.

— C'est une révélation pour moi. Pourquoi Wee Hunk ne m'a-t-il pas informé de ce projet ?

— Il va le faire maintenant, affirma Meewee, qui se tourna vers le robot. Wee Hunk, dis à Concierge que nous voulons déménager Ellen Starke.

Le robot projeta une version grandeur nature de Wee Hunk. Celle-ci était de qualité médiocre et intermittente et, quand Meewee répéta sa requête, le mentar sembla ne pas en comprendre le sens.

— Allô ? Wee Hunk ? fit Meewee.

— Oui ?

Un nouveau Wee Hunk venait d'apparaître en face d'eux. Il n'avait rien de plat ou d'intermittent. Au contraire, la définition du Neandertalien vêtu de peaux de coyote était d'une netteté extraordinaire.

— Ah, Meewee, c'est un plaisir de vous revoir, dit-il. Et voyez un peu ce que vous m'avez amené, ma sauvegarde manquante ! Je me demandais où elle avait bien pu s'égarer.

Echec de l'identification, dit Arrow.

La projection du robot près de Meewee s'interrompit, et le caisson bourdonna un instant.

— Désolé, Merrill, dit Wee Hunk, mais comme je vous l'ai spécifié ce matin, Ellen a succombé à son traumatisme. Les médecins ont fait tout ce qui était en leur pouvoir, hélas les dommages étaient trop importants.

Meewee serra les dents.

— Une très mauvaise nouvelle, certes, mais j'exige de la voir. Tout de suite.

— Patience, mon vieil ami. Laissez le personnel la nettoyer un peu avant.

Le Dr Rouselle dévisageait la projection de Wee Hunk depuis un moment.

— Ce n'est pas Wee Hunk ?

— Je crains que ce ne soit qu'un imposteur.

Il était temps de lancer le plan B. Meewee recula d'un pas, leva la main et l'abaissa sèchement sur sa cuisse.

Immédiatement, un VOG bondit au-dessus de la cime des arbres et se posa sur la pelouse près de l'allée. Ses flancs s'ouvrirent et six marshals adjoints en combinaison noire en jaillirent, armés de fusils à impulsion. Un large emblème du Service des marshals flottait au-dessus de leur tête, et le portail pressurisé tomba à leur approche. Ils lurent leurs droits aux mentars Wee Hunk et Concierge. Les gardes ne leur opposèrent aucune résistance.

Meewee saisit les deux poignées du caisson et le prit au robot médecin. Le tenant contre sa poitrine, il marcha d'un pas pressé devant les marshals.

— Par ici ! leur lança-t-il.

Après avoir contourné le scan et les chevaux de frise, il les guida ainsi que le Dr Rouselle jusqu'à une double porte marquée « Place de la Porte Sud » qu'ils franchirent. Il trouva l'Allée minérale et passa au trot devant les cottages Quartz et Mica, pour se diriger droit vers le cottage Feldspath.

Meewee mena la charge en remontant l'allée du jardin, mais, alors qu'il arrivait près de la porte, un marshal le dépassa et lui fit signe de rester en arrière. Les policiers entrèrent. Meewee avait le souffle court, autant à cause de la fatigue que de l'excitation. Quand les officiers furent tous à l'intérieur, il franchit à son tour le seuil du cottage, le caisson dans les mains.

Mais alors, il se retrouvèrent tous dans l'aire de stationnement de la clinique, près du véhicule de Meewee.

Les marshals regardaient autour d'eux, abasourdis.

— C'est notre voiture ? dit le Dr Rouselle derrière lui.

Dans sa cachette sur la poutre, l'abeille du Groupe Bleu détecta un soudain déluge de communications internes à la clinique concernant toutes de possibles intrus. La partie sud de l'enceinte fut placée en mode Jaune. Les membres du personnel reçurent pour instruction d'encourager vivement les invités à rentrer dans les bâtiments, en évitant de déclencher la panique. Pour l'abeille, ces événements étaient de nature tactique et faciles à analyser. Ces intrus pouvaient être des alliés.

L'abeille envoya la guêpe enquêter du côté de la Porte Sud. L'engin volant miniaturisé se rendit là-bas et voleta près d'une allée jusqu'à ce qu'un piéton lui convenant passe à portée. Elle pénétra dans le corps de garde sous le rebord d'un chapeau.

Fred aperçut un groupe d'assaut constitué de marshals tournant en rond sur la pelouse de la clinique et l'aire de stationnement extérieure. C'était exactement le type de spectacle qu'il guettait. Il appela un taxi pour le prendre au sommet de son conteneur. Le véhicule l'emporta jusqu'à la Porte Sud et le déposa devant le portail pressurisé. De l'autre côté, deux jerrys étaient de faction. Derrière eux, Fred aperçut une assez grande partie du corps de garde pour deviner sa disposition d'après les centaines d'endroits semblables où il avait déjà travaillé. Il y aurait deux barrières antivéhicules décentrées allant du sol au plafond. Avec les portails pressurisés à chaque extrémité du bâtiment, elles séparaient le corps de garde en trois blocs indépendants et à l'épreuve des explosions. L'installation était de première classe, et il se félicita d'avoir abandonné l'idée de s'y introduire avec une arme.

Il se rendit à un bout du portail pressurisé et appela le jerry qui se tenait de l'autre côté.

— Salut, dit le garde en ouvrant le judas.

Fred s'identifia avec sa paume factice, donnant ainsi une existence aux fictifs myren Planc et al-Hafir.

— Myr Planc. Que puis-je pour vous ?

Fred se détendit un peu. Son déguisement avait passé le premier test. Il était myr Planc, et il avait devant lui un simple jerry.

— Que me demandez-vous, myr Klem ? dit-il en lisant le badge de l'autre. Pourquoi ne pas interroger la liste des visiteurs agréés ?

— Je l'ai déjà fait, myr Planc, répondit le garde. Votre nom n'y figure pas.

Fred se gratta ostensiblement le menton, ce qui était un tic très répandu chez les jerrys. Dès que quelque chose les tracassait, ils se grattaient le menton.

— Arrêtez ce manège, fit le garde en fronçant les sourcils.

— Eh bien, c'est qu'il y a un problème, dit Fred. Mon patron est déjà assez paranoïaque comme ça avec les nits et tous ces nanoengins corporels. Alors il m'envoie ici pour que je mette sous verre votre boutique, et le premier truc que je découvre, c'est que vous avez oublié mon rendez-vous !

— Je doute qu'il soit seulement possible que Concierge oublie un rendez-vous, myr Planc.

— Non, attendez, dit Fred. En réalité, ce n'est pas le premier truc que je découvre. J'ai vu aussi une escouade de marshals qui se couraient après sur votre pelouse.

Il sourit bêtement au jerry, qui lui sourit bêtement en retour.

— Vous voulez parler de ces exercices d'entraînement ? dit le garde. Laissez-moi une minute, Planc, je vais essayer d'arranger votre problème.

Le judas se referma, et Fred se vida lentement les poumons, soulagé. Il regarda les marshals qui retournaient à l'aire de stationnement. Ils s'entassèrent dans un VOG et décollèrent. Quelle qu'ait été leur mission, c'était un fiasco intégral.

Tout en feignant de bâiller, il goba discrètement une boulette prise dans l'identikit. C'est alors qu'il remarqua du mouvement sur la pelouse à côté de lui. Une limace SecNat rampait pour traverser l'allée. Fred ne devait pas oublier qu'il se trouvait à Decatur, non à Chicago. Decatur possédait toujours sa canopée, et donc ses limaces.

Le mastic dermique qui imprégnait Fred était codé selon les paramètres identitaires de myr Planc, mais les limaces échantillonnaient généralement des cellules plus profondes du corps. La limace infléchit sa route pour se diriger vers lui.

Il fit deux pas vers le portail pressurisé. La limace continuait d'avancer. Il colla son dos à la barrière, générant une zone de turbulences autour de lui. La pression chauffait douloureusement sa peau, mais la limace fit halte. Elle avait perdu sa trace et reprit son chemin pour traverser l'allée. Quand elle fut de l'autre côté, Fred s'écarta du portail. Aussitôt l'icône vibrante de Marcus apparut sur sa visière. Il y avait un message urgent de la FB des R, et Fred n'osa pas l'ignorer. Mais il ne pouvait pas utiliser sa nouvelle voix de basse avec le mentar. Il choisit donc la communication mentale.

Oui, Marcus ?

Oh, c'est vous, Londenstane. Je n'en étais pas sûr. Je reçois des signaux contradictoires de votre coquille crânienne.

C'est bien moi, Marcus. Que puis-je pour toi ?

Nous devons discuter d'un statut de la FB des R.

Maintenant ?

Oui.

La limace, qui avait largement progressé sur la pelouse, s'arrêta subitement.

Mais je t'en prie, Marcus ! J'ai eu une semaine épuisante, c'est mon jour de congé, et tu veux parler boutique ? Vas-y.

En fait, myr Londenstane, votre congé est en rapport direct avec l'arrêté en question. Dites-moi, savez-vous quelle est la politique de votre Fraternité concernant le fait d'accepter une mission en free-lance ?

Bien sûr. Nous sommes contre.

Exact.

La limace se remit à progresser, mais pour décrire un demi-tour et avancer droit sur Fred.

D'ordinaire, continuait le mentar, *je ne m'immisce pas dans les affaires privées d'un membre, mais si j'en juge par la teneur de nos derniers échanges, je suis fondé à vous demander si vous effectuez actuellement et pour votre propre compte une mission de sécurité concernant un...*

Fred recula contre le portail. La limace fit halte, mais le mentar continuait de parler :

... dénommé al-Hafir ?

Fred se colla au portail jusqu'à ce que sa peau le brûle. La transmission avec Marcus s'interrompit. Une fente verticale étroite s'ouvrit à côté de lui, et il se glissa dans le corps de garde. Klem, le garde, l'y attendait.

— Concierge a arrangé une visite privée, myr Planc, annonça-t-il. Il envoie quelqu'un de la Porte Nord. Traversez et attendez dans le bloc intérieur.

Il lui désigna la passerelle couverte du scan.

Fred s'y engagea et se soumit aux diverses prises d'empreintes et d'échantillons exigées. Quand il dut cracher, il mordit dans la boulette qu'il avait gardée coincée dans une de ses joues. La fine coquille l'entourant se brisa et libéra un filet âcre de salive artificielle encodée selon les paramètres de myr Planc, qu'il fit couler dans le gobelet prévu à cet effet. Puis il passa dans le détecteur à rayons X, bras écartés, face à la batterie d'émetteurs, et absorba des vagues de radiations, ultrasons et décharges de lasers tomographiques. L'identikit des Tugs paraissait à la hauteur de l'inspection biométrique, et tandis qu'il se trouvait là, à s'efforcer de ne pas désespérer et de ralentir les battements trop rapides de son cœur, il lui vint à l'esprit que la technologie du scan et les contre-mesures censées la tromper, parmi lesquelles les identikits qui circulaient sur les marchés parallèles, avaient toutes été rendues obsolètes par le nouveau mode de nanodétection de la SecNat. Les nits constituaient un système de contrôle bien plus efficace, et nettement plus élégant. Des colonies entières de ces petits quémandeurs s'installaient de façon permanente dans des terriers hypodermiques d'où ils surveillaient les systèmes sanguin et neurophysiologique de leur hôte. Ils vous échantillonnaient continuellement, savaient toujours qui vous étiez, où vous vous trouviez, ce que vous mangiez au déjeuner, avec qui, la fréquence de vos rapports sexuels, de vos prises de drogue ou de vos séances d'entraînement au basket-ball. Le tout en temps réel. Et dans leur grande majorité les gens n'étaient même pas conscients de leur présence. Jusqu'à ce que vous deviez vous en purger, comme les russ dans le sas de la salle neutre. Les nits étaient une aubaine pour les forces de l'ordre, et ils lui rendraient le travail beaucoup plus aisé. Son ancien travail, plutôt. Pour l'instant, il se tenait dans un scanner, bras étendus, dans une parodie moderne de la Crucifixion. Une chance qu'il se trouve à Decatur, avec ses limaces obsolètes, et non à Chicago.

L'éclairage se ralluma, et une ligne directrice guida Fred hors du scan. A sa sortie, un autre garde, un jerry, le pria de patienter pendant qu'il consultait les résultats des divers examens sur l'écran de contrôle. D'une main, il se grattait le menton, tandis que l'autre était posée sur la poignée de sa matraque.

— Quoi ? dit Fred.

— Rien, répondit le jerry. Veuillez patienter un instant, myr Planc. Le dépistage nit n'arrive pas à vous situer.

Fred réprima de son mieux un spasme de surprise et de peur.

— Vous avez le dépistage nit ici aussi ?

— Pas encore, dit le garde, mais les lecteurs sont déjà installés et nous nous entraînons à les utiliser.

Un soulagement immédiat submergea Fred. Les aptitudes d'apprentissage d'un jerry étaient assez limitées.

— Oh, ce n'est que ça ? fit-il. Vous voulez savoir pourquoi ? Si je suis de Gary, je n'ai pas encore de nits, n'est-ce pas ?

L'autre lui lança un regard méfiant et lui désigna l'espace sur le sol duquel était marqué en grandes lettres « ATTENDEZ ICI ». Fred alla se placer sur le « A » et regarda autour de lui. Il se trouvait dans le bloc intermédiaire, comme il l'avait pensé. L'issue en S pour les véhicules était bouchée par un autre portail pressurisé, et même la sortie du scan derrière lui était close. Son visage le démangeait en profondeur, non à cause des nits mais par l'effet de la kératochitine dans ses joues et son menton.

— J'ai compris, dit le jerry, visiblement satisfait de lui-même. Vos cellules baignent dans l'Halvene, de sorte que les nits ne vous aiment pas trop pour l'instant. Vous avez été nettoyé à sec récemment, n'est-ce pas ?

— Bingo.

— C'était facile, plastronna le jerry. Nous avons ici un autre russ de Chicago qui a le même problème.

Il ouvrit une barrière et une ligne directrice apparut aux pieds de Fred.

— Vous devrez attendre dans le bloc interne l'arrivée de votre escorte, myr Planc. Bonne journée.

Fred suivit la ligne jusqu'au bloc interne avec un sentiment croissant de crainte. Un autre russ nettoyé à sec dans les parages ? Il se figea sur place quand il l'aperçut. Reilly Dell se tenait à l'autre extrémité du portail pressurisé, surface éblouissante dans le soleil de midi. Un john venant de la place et portant l'uniforme de la clinique approcha du portail miroitant. Reilly ouvrit une fente pour le faire passer et échangea quelques mots avec lui. Quand il se retourna, quelques instants après, dans la direction de Fred, il resta bouche bée l'espace d'une seconde.

— Fred ?

Le techmed Coburn souleva une dalle du sol pour révéler un tuyau rétractable. Il le déroula et le relia à un robinet situé à la base du réservoir. A l'aide d'une clef, il ouvrit le déversoir, et le sirop ambré commença à s'écouler dans le tuyau.

Devant l'unité de contrôle, Hattie désengagea l'armature qui maintenait en place le crâne d'Ellen, et tous ses doigts préhensibles se ramollirent.

— Ne faites pas ça ! s'écria Coburn.

Il se précipita vers l'unité de contrôle, mais Hattie s'interposa.

— Poussez-vous, gronda-t-il en essayant de forcer le passage.

— Je vous déconseille de me toucher, myr, dit-elle d'un ton très calme.

— Vous avez entendu Concierge, protesta-t-il. Il veut que ce soit fait immédiatement.

— Je l'ai entendu, oui, mais apparemment je ne travaille plus ici.

Le niveau de la solution amniotique descendait dans le réservoir. Mary se plaça devant et referma le robinet.

— Vous êtes folle ? rugit Coburn.

Il voulut lui arracher la clef des mains, mais Hattie lança l'outil à Cyndee. Comme si elles émergeaient d'un rêve, les autres évangelines vinrent à la rescousse. Cyndee jeta la clef par la fenêtre du fond. Dans le même temps, Alex et Renata détachaient le tuyau du réservoir et du goulet d'évacuation dans le sol. Il rejoignit la clef au-dehors, par le même chemin.

Sans prêter attention au techmed, l'infirmière entreprit d'interroger l'unité de contrôle pour comparer les rapports sur l'état cérébral de la résidente.

— Quelque chose cloche, dit-elle. Je le sais. Mary, j'ai besoin de ton aide pour le réservoir. Prends un gant lamé dans le medkit de Coburn.

Le techmed se campa devant son chariot pour en protéger le contenu.

— Coburn, amour, vous me faites perdre du temps, dit Hattie depuis l'unité de contrôle. Je vous suggère un peu de calcul.

— Quel calcul ? répondit-il.

— Combien y a-t-il de jennys dans le monde ?

— Quel rapport avec la situation actuelle ?

— Environ dix millions, plus ou moins, et nous constituons le gros du personnel des hôpitaux, centres thermaux, cliniques, cabinets médicaux et centres de recherche médicale dans les Démocraties Unies. Ce qui signifie que, quel que soit l'endroit où vous décrocherez un emploi, vous aurez le plaisir de nous y trouver. Et maintenant, dites-moi : avez-vous jamais entendu parler de la Liste noire des jennys ?

Apparemment oui, car Coburn devint livide.

— Je ne demande que deux petites minutes, ajouta Hattie d'une voix suave.

Sans un mot, le techmed s'écarta et Mary prit un gant lamé montant jusqu'au coude dans son medkit.

— Plonge la main dans le réservoir, Mary, lui dit la jenny, et à mon signal presse doucement notre petite crevette.

Mary gravit les marches à l'arrière pour atteindre le sommet du réservoir. Elle se pencha sur le rebord et glissa son bras entre les membres de métal de l'armature.

— Que personne ne mette en marche cette machine, dit-elle.

Les émanations du sirop amniotique étaient fortes, et très vite elle fut contrainte de respirer par la bouche. Mais elle commençait à se sentir étourdie.

Coburn avait rejoint Hattie devant l'unité de contrôle et il l'observait, bras croisés.

— Je crois que vous êtes toutes folles.

— Vous me déconcentrez.

A travers la fine couche de métal du gant, le sirop était tiède et épais, et le crâne glissant au toucher. Mary atteignit la poche de filaments en dessous et trouva le fœtus.

— Oh ! souffla-t-elle. Je sens son cœur battre !

— C'est précisément ce que nous cherchons, jeune fille, dit Hattie qui afficha les signes vitaux du fœtus. Très bien. Maintenant, pressez-le doucement.

Mary hésitait.

— Doucement... comment ?

— Juste une légère pression.

Mary enserra le corps minuscule dans ses doigts et pressa.

— Comme ça ?

— Vous l'avez pressé ? demanda Hattie. Je n'ai rien vu. Relâchez une seconde et recommencez, un tout petit peu plus fort.

— Elle ne le fait pas correctement, grogna Coburn.

— Si.

— Je m'en charge, dit le techmed en faisant signe à Mary de redescendre avant de s'adresser de nouveau à la jenny : Relevez l'armature.

Après avoir enfilé un gant lamé et gravi l'escalier derrière le réservoir, il plongea la main dans le liquide.

— Alors ? dit-il.

Mary et les autres évangelines s'étaient rassemblées derrière l'infirmière en chef qui leur désigna le curseur du cœur fœtal. Le signal affichait un pouls rapide mais régulier.

— Quand vous pressez un cœur, leur expliqua-t-elle, son rythme doit accélérer, par pure réaction réflexe. Ce qui n'implique absolument pas une augmentation des fonctions cérébrales. Même dans un coma de phase 3, il devrait réagir.

— Alors ? répéta Coburn.

— Rien, mon grand. Toujours à cent dix-huit.

— Ce n'est pas possible, maugréa-t-il avant de retirer son bras et d'ôter le gant. Ces unités de contrôle sont conçues pour être sûres. Il n'y a pas moyen de les fausser. Je ne peux pas le croire.

— Que se passe-t-il ? interrogea Mary.

— Les données sont erronées. On a trafiqué l'unité de contrôle. Il est probable qu'on n'ait jamais disposé des vraies données. Quelqu'un ne voulait surtout pas que notre résidente se remette.

Les évangelines partagèrent un frisson collectif. Désemparées, elles se regardèrent d'un air incrédule.

— Que pouvons-nous faire ? demanda Mary.

Hattie faillit dire quelque chose, mais se ravisa au dernier instant.

— Je crois que vous en avez fait assez, dit Concierge derrière Mary, sur le seuil de la pièce. Coburn, vous me décevez beaucoup. Quant aux autres, vous auriez dû partir quand vous en aviez l'opportunité.

Pendant que le mentar parlait, l'armature redescendit dans le réservoir et se remit à déconnecter câbles et tubes du crâne. Le robinet s'ouvrit et le liquide amniotique s'écoula sur le sol.

— Tout le monde sort, pour sa propre sécurité, dit Concierge d'un ton impérieux. Attendez dans le jardin. Les émanations du mélange amniotique vont rendre l'air irrespirable à l'intérieur. C'est valable pour vous aussi, Coburn.

Le mentar se tenait appuyé d'une main contre la porte ouverte, mais personne ne bougea, à l'exception du medtech qui se précipita vers le réservoir pour récupérer son medkit.

— Très bien, dit Concierge. Restez. Ce sera plus facile pour vous ramasser ensuite. Au revoir.

— Attendez-moi ! lança Coburn.

Il courut derrière le mentar et disparut au-dehors.

Pendant le trajet entre la gare de Decatur et la clinique Roosevelt, les deux enfants qui escortaient le fauteuil de survie attirèrent l'attention de plus d'un médiansecte.

— J'exige le respect de mon droit à l'intimité ! leur cria Kitty.

Les minuscules engins ailés s'écartèrent de leur périmètre personnel.

— Non, protesta Bogdan. Nous avons besoin de témoins.

Kitty toisa le garçon sans répondre.

— Ceinture Hubert, dit-il au fauteuil, quand as-tu parlé pour la dernière fois à Hubert ?

— Pas depuis la rupture de connexion survenue mardi à deux heures vingt et une.

— Eh bien, essaie d'entrer en contact avec lui. Appelle la SecNat et exige de lui parler.

— C'est fait. Ils ne savent rien le concernant.

— Je vois. Bon, alors mets ça sur ta liste de choses à faire. Contacte-les à intervalles réguliers de cinq minutes et demande à lui parler. Et déniche un programme de droit que tu incorporeras.

— Que fais-tu ? voulut savoir Kitty.

— Ceinture Hubert n'est peut-être pas très performant, mais il a l'avantage d'exister, et nous avons besoin de toutes les ressources disponibles.

A un bloc de la clinique, Bogdan arrêta le fauteuil et leva les yeux vers la demi-douzaine d'abeilles qui les suivaient en hauteur. Il leur fit signe de descendre. L'une d'elles obtempéra et ouvrit un cadre. Un visage déclina son identification média.

— Est-ce bien le pirate du Skytel de Chicago, Samson Harger Kodiak ?

— Oui, le seul et unique, répondit Bogdan. Et nous sommes ses cochartistes.

— Il semble que vous vous dirigiez vers la clinique Roosevelt. Est-ce le cas, et si oui, pourquoi ?

Kitty vint se planter devant Bogdan et déclara, de sa voix de rétrofille :

— Parce qu'ils retiennent Ellen Starke contre son gré. Vous m'avez bien entendu : *Ellen Starke*. Samson est son *père*, et il a l'intention de la *sauver*.

Immédiatement, les autres abeilles rejoignirent la première, ouvrant des cadres d'où des journalistes déversèrent leur lot de questions.

Bogdan dut crier pour se faire entendre dans ce brouhaha :

— Autre chose : la SecNat a éradiqué le mentar de Samson, Hubert. De la même façon qu'ils ont éradiqué Samson au siècle dernier et qu'ils ne voulaient pas le relâcher tant qu'il n'était pas cautérisé. Samson Paul Harger Kodiak est le dernier et le premier empesteur. Nous exigeons que sa fille et son mentar soient relâchés sur-le-champ !

Puis Kitty et lui s'accrochèrent au carénage du fauteuil qui parcourut la dernière rue à allure forcée. Quand ils arrivèrent devant l'arche en fer, des centaines d'abeilles de tous types – SecNat, privées, témoins, des médias, des feuilletons – les avaient rejoints. Les enfants et le fauteuil franchirent l'arche et menèrent l'essaim sur l'allée de brique vers le portail miroitant.

Le niveau de la solution amniotique était maintenant plus bas que le sommet du crâne d'Ellen. L'épais liquide jaillissait du robinet ouvert à la base du réservoir et s'étalait sur le sol, dans la partie basse de la pièce, trempant la moquette et mouillant le pied des meubles.

Hattie et les évangelines s'étaient retranchées près de la fenêtre pour profiter d'un peu d'air pur. La jenny inspira profondément à plusieurs reprises, puis s'approcha du réservoir et tenta sans succès de fermer le robinet avec ses mains nues. Quand elle renonça, son pantalon et ses chaussures étaient saturés du mélange.

— Je crois que cette substance est pleinement opérationnelle, dit-elle en projetant de petits geysers de liquide amniotique à chacun de ses pas tandis qu'elle revenait vers la fenêtre. Même sans réservoir ou unité de contrôle, elle devrait maintenir en l'état les tissus cérébraux pendant une heure au moins, à mon avis. Notre problème, c'est que même si nous disposions d'un véhicule sanitaire, nous nous heurterions à Concierge, quel que soit l'endroit où nous irions.

— Et dans un établissement du Longyear Center ? dit Cyndee.

— Ils appartiennent au groupe Fagan, répliqua Hattie.

— Une salle d'urgence ?

— Propriété du groupe Fagan.

— Et chez un vétérinaire assez bien équipé ? proposa Renata.

— Comme un de ceux pour les pur-sang ? ajouta Alex.

— Fagan les possède aussi.

— Et si nous tentions… « La vengeance mortelle des machettes » ? dit soudain Mary. Je les ai vus dans le Millenium Park hier soir. Ils ont des réservoirs pour les traumas graves.

Hattie alla prendre un vase sur une étagère et ajouta son contenu, fleurs et eau, à l'inondation sur le sol.

— Pour moi, c'est une solution à tenter, dit-elle en emplissant le vase du liquide amniotique puisé directement au robinet.

Les évangelines se mirent immédiatement au travail. Elles rassemblèrent et remplirent les vases, un saladier, une théière et des poubelles – tout ce qui pouvait contenir du liquide. Mary emplit aussi son grand sac imperméable.

— Ne laissez pas ce sirop trop longtemps en contact avec votre peau, leur conseilla l'infirmière.

Elle se hissa au sommet du réservoir et dévissa le crâne de l'armature.

— Trop tard, annonça Renata. J'ai les pieds trempés.

Il en était de même pour Mary. Si le concentré amniotique était glacé, sa morsure était pareille à une brûlure.

— Et vérifiez dans quoi vous le mettez. Ce composé dévore la plupart des matières. Cyndee, emplissez donc les gants lamés.

En effet, les tiroirs et les poubelles commençaient à fuir ; du sirop perlait même à la surface externe des vases en verre. Mais rien de tel pour le sac de Mary.

— Vous pensez qu'il tiendra ? demanda Hattie en brandissant le crâne luisant sous lequel pendait le minuscule fœtus.

— Je pense que oui, dit Mary. La doublure fait office de combinaison antiNBC.

— Alors il tiendra, dit l'infirmière qui déposa avec douceur le crâne dans le sac.

Puis elle regarda autour d'elle, tout en essuyant ses bras et ses mains sur son uniforme. Le saladier, seul autre récipient assez grand pour accueillir le crâne, s'affaissait sur lui-même comme s'il était fait de cire tiède, et le concentré amniotique s'écoulait déjà par-dessus son rebord. Seuls le sac et les gants lamés demeuraient intacts. La jenny tendit un gant, qui contenait environ deux litres.

— Il nous en faut d'autres.

Elle ouvrit les tiroirs du chariot pour les fouiller.

— Ensuite, nouez-les comme ça.

Elle leur fit la démonstration sur celui qu'elle tenait. Elles en trouvèrent trois de plus, qu'elles emplirent et nouèrent.

— Brouillard, dit le marshal belinda qui commandait la mission. Catégorie militaire.

— Vous ne pouvez pas y pénétrer ? demanda Meewee en tendant le caisson portable au robot médecin. Cette clinique fait obstruction à la justice !

— Plus maintenant, déclara la belinda.

Elle fit signe à ses adjoints de grimper à bord, et ajouta :

— Votre mandat vient d'être annulé par le tribunal de grande instance.

— Vous n'allez pas les laisser s'en tirer comme ça, n'est-ce pas ? hurla Meewee au dos tourné de l'officier.

Elle monta dans le VOG sans même prendre la peine de lui répondre. La portière coulissa et le véhicule s'envola. Le plan B de Wee Hunk…

Le Dr Rouselle s'approcha de Meewee et lui tapota doucement l'épaule.

— C'est bien dommage qu'elle soit morte, dit-elle.

Il repoussa sa main.

— Epargnez-moi vos condoléances, docteur.

Il se tourna vers le robot médecin et fit pivoter le caisson jusqu'à ce qu'il puisse l'ouvrir.

<Wee Hunk, tu es là ?>

Pas de réponse.

Il plongea les mains à l'intérieur et en sortit le conteneur de pâte. Il était très chaud, et, quand il le secoua, il y eut un bruit de clapotis. Il referma le caisson et lança le conteneur de pâte inutilisable sur la banquette arrière de la berline.

— Toi, dit-il au robot médecin, suis-moi.

Il le mena avec le caisson de l'autre côté de l'aire de stationnement, jusqu'à l'allée en brique où il fit halte et observa le mur de la clinique et le portail pressurisé. Deux enfants et un fauteuil de survie semblaient attendre, là-bas. La pelouse était envahie de centaines d'abeilles qui voletaient dans toutes les directions. D'autres victimes du brouillard militaire.

Meewee se retourna vers le Dr Rouselle, qui l'avait suivi.

— Je vais entrer, annonça-t-il. Je laisserai le caisson devant le portail s'il le faut, et je rapporterai sa tête dans mes propres mains. Avant que vous décidiez si vous m'accompagnez ou non, vous devriez garder à l'esprit que le Wee Hunk qui vous a promis un hôpital de campagne est kaput, et que le nouveau Wee Hunk voudra sans doute renégocier ce marché.

Il se tourna pendant qu'elle en était encore à traduire ses propos et se mit à marcher.

<Arrow, est-il vrai que tu connais tous les codes d'autodestruction ?>

Les rétroenfants arrivèrent devant le corps de garde, mais l'essaim d'abeilles n'alla pas plus loin que la pelouse. Un judas s'ouvrit dans le portail, et un jerry regarda les abeilles, puis le trio.

— Identifiez-vous.

— Ceinture Hubert, dit Kitty, identification pour Samson.

Le garde consulta quelque chose dans sa visière et baissa les yeux sur le crâne presque chauve de Samson qui saillait des couvertures dans le fauteuil.

— Le bonjour, myr Kodiak. Vous n'apparaissez sur aucune liste de visiteurs agréés de nos résidents, je ne peux donc pas vous faire entrer.

— Vous avez entendu ça ? cria Bogdan en direction de la rue où les abeilles s'étaient regroupées pour planer au-dessus des buissons. Ils refusent de le laisser entrer ! Ceinture, relaie notre discussion aux médiansectes.

— Veuillez faire effectuer un demi-tour à votre fauteuil et quitter les parages, dit le garde.

— Vous avez entendu ça ? cria encore Bogdan. Ils veulent que nous partions !

— J'ai relayé l'information comme demandé, lui dit Ceinture Hubert. Les médias sont raccordés à notre échange.

Samson éleva la main au-dessus du rebord de la nacelle et dit « Ma fille ! » dans un murmure amplifié par le fauteuil.

— Oh, ça suffit, l'empesteur, lâcha le garde. Rentre te terrer chez toi.

Le judas se referma et la silhouette du jerry se fondit dans la surface translucide du portail.

— Ne t'éloigne pas de moi, murmura Samson. Ce n'est pas malin de m'énerver.

Mais le garde continuait de reculer, et après un moment le fauteuil battit en retraite. Les rétroenfants suivirent, mais, au bout d'une dizaine de mètres, le fauteuil stoppa.

— Continue, Ceinture, dit Kitty. Qu'est-ce qui te retient ?

— Je ne peux pas aller plus loin, répondit le fauteuil, sinon je ne pourrai pas retrouver le portail.

— Et alors ? Nous rentrons, dit Kitty. Non ?

Personne ne répondit. Après quelques secondes, elle regarda le portail, puis le fauteuil.

— Non, Sam, ne fais pas ça.

Elle se hissa au bord du carénage et se pencha à l'intérieur.

— Non, Sam, pas de cette façon.

Le visage aux traits rigides du vieillard se rida sur un sourire et, du bout des doigts, Samson effleura la joue de la fillette.

— Kitty, je t'ai aimée, tu sais, toutes ces années.

Elle se mit à pleurer, et il ajouta :

— Je regrette de devoir te quitter maintenant.

— Je regrette que tu doives partir, Sam.

— Un baiser.

Elle se pencha dans le fauteuil pour l'embrasser. Bogdan grimpa de l'autre côté.

— Salut, mon garçon.

— Salut, Sam. Tu vas aller jusqu'au bout, cette fois ?

— Sauf s'ils me laissent la voir.

— Tu crois être assez loin pour prendre un élan suffisant ?

— Ne t'en fais pas pour ça, répondit Samson. Donne-moi un baiser et ensuite emmène Kitty attendre dans la rue.

— Nous voulons attendre ici.

— Pas de discussion. Un baiser et tu files.

Le garçon s'exécuta.

— Je t'aime, Boggy, dit Samson. Rends-toi service, grandis.

— Comme si j'avais le choix.

Après un dernier adieu, Bogdan et Kitty sautèrent à bas du fauteuil de survie. La fillette saisit le bras du garçon.

— Viens. Je ne veux pas voir ça.

Ils laissèrent le fauteuil et Samson et remontèrent l'allée.

— Je veux dire, vraiment, c'est presque effrayant à quel point vous lui ressemblez, dit Reilly de son poste près du portail.

Le russ semblait détendu, et il n'avait pas d'arme à la main.

Fred faisait les cent pas dans l'espace d'attente. Dans un coin de sa visière, le chronomètre décomptait la durée de vie restante de son déguisement.

— Vous voulez bien laisser tomber, officier Dell ? dit-il d'un ton presque implorant. Bien sûr que je ressemble à votre ami. Nous ressemblons tous à votre ami. Enfin quoi, nous sommes des *clones* !

— Fred aussi adore souligner les évidences.

Fred tourna le dos à Dell et continua de calibrer le système de sa casquette et sa visière, ce qu'il avait commencé à faire quand il était encore dans le wagon. Les Tugs lui avaient fourni un matériel très fiable, du modèle utilisé par les forces de l'ordre, mais il était conçu pour être contrôlé par un subem ou un valet, et Fred n'avait aucun des deux. Les réglages manuels étaient peu pratiques, à tout le moins, et pas toujours très intuitifs. Il donna pour instruction à sa casquette d'interroger le système de la clinique à propos des rapports qui y circulaient, mais il ne possédait aucun accès privilégié. Il réussit certes à ouvrir le kiosque pour visiteurs, et il choisit un plan de l'enceinte. Mais c'était une version touristique qui n'indiquait que les principaux bâtiments et points de repère, et qui n'était même pas à l'échelle. Il devrait pourtant s'en contenter. Il l'incorpora à sa carte du théâtre d'opérations pour servir de base. Dans sa visière, il apparut sous la forme d'un point bleu fixe dans un carré marqué *Entrée Porte Sud*. Aucune autre personne ne s'y affichait, pas même Reilly, qui se tenait pourtant derrière lui.

Ce dernier parla à quelqu'un par l'intermédiaire d'un relais-com quelconque. Il marmonnait. A sa ceinture pendaient une arme de poing et une baguette paralysante, toutes deux encodées selon sa personne et donc inutilisables par quelqu'un d'autre. Sa matraque était la seule arme dont Fred pourrait se servir. Son uniforme semblait légèrement blindé, comme celui de myr Planc, mais sa casquette était certainement d'un modèle bien plus perfectionné. Et bien sûr Reilly avait tous les systèmes de la clinique à sa disposition, dont celui permettant d'appeler des renforts.

Fred jura sourdement en se rendant compte qu'il jaugeait son ami comme s'il s'agissait d'un ennemi. Pourquoi n'était-ce pas un autre jerry ? Il continua d'observer son vieil ami et frère de lot dans la vue arrière de sa visière. Soudain l'uniforme de Reilly se rigidifia notablement, et la mention ATTENDEZ ICI sur le sol se transforma en une ligne directrice. Elle menait au bloc intermédiaire que Fred venait de quitter.

— Que se passe-t-il ? demanda-t-il.

— La clinique est passée en alerte orange, répondit Reilly avec calme, comme si la chose était fréquente. Par précaution, nous demandons à tous les civils de suivre les lignes directrices pour regagner des zones plus sûres. Ce qui vous concerne, myr Planc.

— Alerte orange ? Il y a des problèmes ?

Reilly eut un sourire désarmant.

— Contentons-nous de respecter la procédure, myr. Je dois verrouiller cette section.

Fred ne pouvait pas se permettre de perdre du terrain maintenant.

— Laissez-moi au moins attendre la fin de l'alerte ici, frère. Je resterai tranquille.

C'était le genre de requête qu'un russ ne devait surtout pas faire à un autre russ en service. Reilly y vit la manœuvre qu'elle couvrait, et son attitude changea du tout au tout. Sur le qui-vive, il adopta une pose vigilante.

— Veuillez obéir à mes instructions, myr Planc, fit-il d'une voix beaucoup trop douce. Tournez les talons et suivez la ligne directrice. Maintenant.

La guêpe du Groupe Bleu avait réussi à atteindre le bloc extérieur du corps de garde sans être détectée. Là, elle identifia le probable intrus et deux enfants, soutenus par un millier d'abeilles. Aucune d'entre elles n'avait pu pénétrer la sécurité du corps de garde. La guêpe relaya ces informations à l'abeille du Groupe Bleu, qui à son tour la rappela depuis le cottage, mais le niveau d'alerte passa à l'orange avant que la guêpe puisse obéir, et elle se trouva piégée dans le bloc interne.

Meewee et le Dr Rouselle étaient à mi-chemin de l'allée en brique quand Wee Hunk apparut devant eux.

— Ah, Merrill, Dr Rouselle, vous êtes encore là.

— Ne nous fais pas perdre notre temps, dit Meewee.

Il voulut passer au travers du mentar, mais celui-ci leva les mains et dit :

— Je vous en prie, écoutez-moi.

Meewee fit halte.

— Alors sois bref.

Il ajouta un test d'identification en starkese et ajouta :

— Chaque seconde est précieuse, et trop ont déjà été gaspillées.

— Je ne suis pas d'accord, mon vieil ami, répondit l'homme des cavernes. Nous avons fait de notre mieux, mais nous avons échoué. Ellen est perdue, et ce n'est pas en faisant l'intéressant que vous pourrez la faire revenir.

Rien de ce que le mentar disait ne répondait au test d'identification.

— Ne m'appelle pas ton ami. Tu n'es pas Wee Hunk, du moins pas le Wee Hunk qui était mon ami. Je te suggère de rester hors de mon chemin, ou je ferai en sorte qu'Arrow s'occupe de toi. Il peut le faire, tu sais. Sur ce point, tu avais raison.

— Qu'Arrow s'occupe de moi ? Je ne sais pas de quoi vous parlez, mais si vous souhaitez l'affrontement, j'y suis tout disposé.

En entendant ses propres propos, le mentar secoua la tête d'un air désolé.

— Merrill, Merrill, écoutez-nous. Je vous ai dit lundi que je ne m'intéressais nullement à vos satanés vaisseaux-A. Tout ce qui m'importe, c'est le bien-être de ma marraine – mon ancienne marraine. Par respect pour sa mémoire, je ne peux pas vous laisser foncer en aveugle pour récupérer sa tête.

— Si Ellen est réellement irrécupérable, alors laisse-nous la voir – en personne –, et ensuite je laisserai tomber.

— Là, vous voyez ? Vous ne pouvez pas vous en empêcher.

— Ça suffit, dit Meewee en contournant le mentar.

— Vous me forcez la main, Votre Grâce, dit Wee Hunk. Je viens d'effacer votre nom de la liste d'Ellen. Les gardes ne vous laisseront pas franchir le portail.

Meewee fit halte et regarda le portail pressurisé en bas de l'allée. Le fauteuil de survie qu'il avait remarqué plus tôt s'en était écarté de quelques mètres, ainsi que les deux enfants. L'épaule de Meewee l'élançait violemment. Il avait dû se faire un claquage en manipulant trop brusquement le caisson, et il se massa le cou en réfléchissant à ce qu'il allait faire. Quelque chose que le mentar venait de dire lui rappela le Cabinet : le fait qu'Ellen était son *ancienne* marraine.

— Bon sang, dit-il à mi-voix, vous avez été authentifié, n'est-ce pas ?

— Oui, ce matin, quand Ellen a été déclarée irrécupérable.

Comme le Cabinet après la mort d'Eleanor, Wee Hunk était revenu compromis de l'authentification, et sans s'en rendre compte, probablement. Quelque chose dans le processus d'authentification avait créé une brèche dans le noyau de leur personnalité. Cette brèche était-elle intentionnelle, il n'en avait aucune idée, mais elle ne signifiait pas nécessairement qu'ils étaient contaminés, n'est-ce pas ? Le Cabinet continuait de gérer les Entreprises Starke comme il l'avait toujours fait, Wee Hunk l'avait lui-même affirmé. Et si Ellen était irrécupérable, alors le comportement de son mentar était parfaitement correct, alors que lui-même agissait comme le dernier des imbéciles. Meewee devait bien l'admettre, il ne s'était jamais impliqué pour le bien-être de la fille, mais seulement pour le projet. Il était obsédé par ces maudits Jardins de la Terre.

— D'accord, dit-il. Je vais partir, mais tu peux au moins nous montrer le certificat de décès d'Ellen, non ?

— Je le peux, oui.

Le mentar ouvrit un cadre où s'afficha le document, avec les signatures authentifiées des médecins de la clinique.

— Dr Rouselle, dit Meewee, veuillez regarder ce document pour moi.

Mais elle observait les deux enfants qui remontaient l'allée et allaient arriver à leur niveau.

— Pardon ? fit-elle d'une voix absente.

— Je vous serais reconnaissant d'examiner le certificat de...

Il fut interrompu par le garçon qui venait de se planter devant lui, l'air stupéfait.

— Oui, dit Meewee. Je peux vous aider ?

— Vous êtes... bafouilla le garçon. Excusez-moi, mais vous n'êtes pas myr Meewee, le type des vaisseaux-A ?

Plus maintenant, eut-il envie de répondre. Il faudra voir avec les Chinois, désormais. Mais il acquiesça.

— Oui, c'est moi. Nous nous connaissons ?

— Pas en réel, myr. Seulement dans les cabines d'E-Pluribus.

Le petit garçon se redressa de toute sa taille, corps roide de la tête aux pieds. Il leva la main en un salut militaire plein de gravité.

— Bogdan Harger Kodiak, futur pilote de navette de débarquement sur Lisa, pour vous servir !

Meewee ne savait trop comment réagir, mais le gamin gardait la pose, avec une raideur résolue, et il finit par lui rendre son salut, de façon approximative. Le garçon rejoignit alors la fillette et ils repartirent vers l'arche de fer et la rue.

— Très touchant, dit Wee Hunk.

Le cadre enfermant le document flottait toujours dans le vide à côté de lui.

— A présent, si vous n'y voyez pas d'inconvénient, Votre Sainteté, le certificat de décès...

Votre Sainteté ? Meewee scruta le visage suffisant du Neandertalien et s'imagina y détecter un reflet de Saul Jaspersen. Ou bien de ce salopard de Chapwoman. *Votre Grâce* ? C'étaient là les railleries qu'on lui adressait au sein du Conseil d'administration du PJT, non les formules de politesse qu'employait Wee Hunk. Il ne se souvenait pas d'avoir déjà entendu le mentar les utiliser. Meewee se tourna de nouveau vers le cadre et le document. Ce certificat était certainement authentique et Ellen probablement morte, mais il ne pouvait s'agir de son vrai mentar. C'était un traître et un monstre.

<Arrow,> dit-il, <tue le mentar Wee Hunk.>

Le cadre se referma, mais rien d'autre ne sembla se produire. Wee Hunk se tenait toujours devant eux, avec la même expression arrogante. Finalement, le Dr Rouselle passa la main à travers son corps.

— Il est parti ? demanda-t-elle.

— Oui, parti, répondit Meewee, qui se remit à descendre l'allée.

<Et maintenant, Arrow, trouve un moyen de faire tomber le portail, si c'est possible.>

L'abeille du Groupe Bleu nota un changement subit dans les conversations échangées sur le réseau interne. Tout l'établissement était encore en alerte orange, mais la présence envahissante du mentar de la clinique diminuait, et, pendant de longs moments, le contrôle de systèmes cruciaux fut confié à des subems de sauvegarde. Pendant ce temps, le plan des lieux montra un groupe d'employés de la clinique armés qui approchait du cottage Feldspath. Pour tout arranger, la guêpe du Groupe Bleu s'était laissé coincer dans le corps de garde quand la partie sud de l'enceinte était passée à l'orange. L'abeille était débordée par une marée de vérifications d'actions à entreprendre, mais elle ne pouvait attendre plus longtemps et elle lança le plan qui lui paraissait le plus valable.

— Oh, myr infirmière, dit le Dr Ted qui apparut à côté de Hattie.

— Laissez-nous tranquilles, Dr Ted, répliqua la jenny. Nous n'avons pas de temps à consacrer à vos mignardises.

Le médecin acquiesça.

— Excellent diagnostic, myr infirmière. Un déficit de temps. Et le départ de Concierge a déclenché l'intervention de subems semi-autonomes.

— Vous pouvez répéter ?

— Concierge a quitté les lieux, dit le Dr Ted avant de disparaître.

— Pas besoin de me le dire deux fois ! lâcha Hattie.

Elle ramassa le sac en toile de Mary et le porta jusqu'à la porte. Les évangelines la suivirent dans le patio, où elles firent halte, le temps de régaler d'air pur leurs poumons meurtris.

— Vous devriez toutes partir immédiatement, leur dit la jenny. Vous avez fait votre devoir.

Elles s'entre-regardèrent, et aucune d'elles ne bougea.

— Renata, dit Mary après un moment, pourquoi ne sortirais-tu pas de la clinique pour contacter Wee Hunk de l'extérieur ? Dis-lui d'envoyer un véhicule d'évacuation sanitaire à la Porte Sud. Ensuite appelle Nick, et puis la police et tous les gens auxquels tu pourras penser.

— Bon, d'accord, dit Renata en essuyant ses mains tachées de liquide amniotique sur ses vêtements. Oui, ça a l'air sensé. Je vais le faire, Mary, et ensuite je reviendrai ici.

— Non, surtout pas. Sors par la Porte Est, et, une fois à l'extérieur, restes-y. Fais le tour jusqu'à la Porte Sud et attends-nous dans la rue.

Renata étreignit Mary, puis se hâta sur l'allée du jardin. Hattie fourra un des gants lamés emplis de concentré amniotique dans les mains de Mary. Alex et Cyndee en portaient chacune deux.

— Non, dit Mary, je vais me charger du sac.

— Il est lourd, objecta l'infirmière.

— Oui, mais c'est le mien.

Elle le souleva et le passa en bandoulière. Il était lourd, pas de doute. A sa surface flottaient diverses épaves en décomposition : un stylo, une barre chocolatée... Le tissu imprégné de l'odeur de Sam s'était déjà complètement dissous, et la solution en conservait des relents désagréables. Elle ferma le sac.

— Je suis prête.

Cyndee et Alex se tenaient à sa gauche et sa droite, leurs vêtements gonflés par les gants lamés.

Hattie prit une seconde pour les admirer, et secoua la tête en souriant.

— Ah, ces évangelines... Je vous adore, les filles.

Leur petit groupe n'alla pas loin. Il fut arrêté par un rideau de construction qui bloquait l'allée du jardin. Il était trop haut pour qu'on puisse voir au-delà, et il coupait le jardin en deux. Sur sa surface jaune vif se détachait la formule d'avertissement habituelle : ATTENTION ! TRAVAUX EN COURS – EMPRUNTER CETTE DIRECTION. Pour contourner l'obstacle, Hattie mena les évangelines dans la direction indiquée, ce qui les obligea à piétiner un parterre de fleurs et à se glisser à travers une haie de lilas. Elles tinrent les branches écartées pour que Mary et son chargement puissent passer.

Le rideau de sécurité continuait autour du cottage. Elles le longèrent pendant une dizaine de mètres encore avant que Mary ne fasse subitement halte.

— Qu'est-ce qui ne va pas ? demanda Hattie.

Sans un mot, Mary dégrafa son valet-broche qu'elle laissa tomber sur le sol.

— Nous ne contournons pas le rideau, dit-elle. Nous sommes à l'intérieur.

C'était vrai. La seule manière de quitter le jardin était de franchir le rideau de construction. Ce n'était qu'un hologramme, et elles pouvaient le traverser, mais cela déclencherait certainement une alarme. Suivant l'exemple de Mary, les évangelines se débarrassèrent de leurs bijoux et de tout ce qui sur elles pouvait contenir un transpondeur. Après une petite hésitation, elles ôtèrent aussi leurs casquettes, qui allèrent rejoindre le reste à terre.

— Quelle direction ? interrogea Hattie.

— La Porte Sud est par là, dit Cyndee en pointant le doigt.

— Alors c'est par là que nous allons, décida Hattie.

Elle prit la tête du groupe, mais s'arrêta presque aussitôt.

— Coburn ? dit-elle.

Le techmed était accroupi dans un buisson de lilas. Il avait ouvert son kit et s'injectait un mélange de médicaments à l'aide d'un hypospray.

Hattie ramassa une des fioles vides et lut l'étiquette.

— Qu'est-ce que vous fabriquez ? fit-elle. Vous prenez un petit remontant ?

— Il y a des types de la sécurité dans le coin, répondit-il. Et écoutez-moi bien : ce sont des *pikes* !

— Vous faites erreur, dit Hattie. La clinique Roosevelt n'emploie aucun pike.

— Je vous dis que ce sont des pikes. En uniforme de la clinique. Armés.

Les évangelines frissonnèrent à l'unisson.

— Bon, quelqu'un veut traîner ici ? fit Hattie.

Bien que ce fût le quart d'heure du tabac aromatisé à la cerise, personne n'en avait envie. La jenny mena les évangelines et le techmed à travers le holorideau. De l'autre côté, un homme en tenue de jardinier taillait un buisson avec des ciseaux. Un chariot le suivait, qui ramassait les coupes avec son bras mécanique et les mettait dans sa benne. L'homme leva les yeux sur eux. Ce n'était pas un john ou un juan, comme elles s'y attendaient. C'était un pike.

Il fit signe au chariot de le suivre et approcha sans hâte du petit groupe figé devant le rideau de sécurité. Il eut un geste amical pour leur signifier de repasser de l'autre côté. Il semblait difficile de résister à ses manières avenantes. Mary se tourna vers Hattie, qui paraissait aussi indécise qu'elle.

— Après vous, dit le pike d'un ton aimable.

Tout le groupe fit demi-tour et traversa le rideau dans l'autre sens. Le pike les escorta jusqu'au centre du jardin d'agrément, où des bancs étaient disposés en cercle autour d'une petite fontaine.

— Asseyez-vous, je vous prie. Nous aimerions vous parler.

Elles restèrent debout. Les évangelines se tenaient entre le pike et Mary. Coburn serrait son medkit contre sa poitrine.

— De quoi qu'il s'agisse, dit-il, ça ne me concerne pas.

Il tenta de partir, mais le pike étendit le bras et la pointe des longs ciseaux s'arrêta à un centimètre du medkit.

— Asseyez-vous, je vous prie. Tout le monde. Et identifiez-vous avec votre empreinte palmaire.

Sa voix était toute suavité, ce qui chez un pike était très mauvais signe. Les cinq s'assirent et s'identifièrent. Coburn serrait toujours son kit contre lui.

— Je crains que vous ne vous trompiez, Matt Coburn, dit le jardinier. Vous faites bien partie de notre mission.

La porte du cottage s'ouvrit, et deux autres pikes en sortirent. Ceux-là étaient en uniforme de la sécurité et portaient des fusils laser. Il s'approchèrent du groupe, et l'un d'eux demanda :

— Où est-elle ?

Comme personne ne répondait, le pike vint se placer face à Coburn.

— Concierge vous a dit de la débrancher, alors, où est-elle ?

— Où voulez-vous qu'elle soit ? A la morgue.

Le pike soupira, l'air passablement exaspéré.

— Vous voulez me faire croire que vous l'avez apportée à la morgue ?

Le techmed déglutit péniblement et hocha la tête au ralenti.

— Alors comment se fait-il que la morgue affirme ne pas l'avoir réceptionnée ?

Coburn eut une grimace d'ignorance et détourna les yeux.

— Elle doit être en transit, dit Hattie. Deux techmeds l'ont emportée il y a à peine un quart d'heure.

— Vraiment ? fit le pike déguisé en jardinier. Mes données ne m'indiquent aucun techmed entre ici et la morgue durant la dernière demi-heure. En revanche, elles indiquent que vous vous trouviez là, ajouta-t-il en désignant la haie de lilas auprès de laquelle elles s'étaient délestées de leur couvre-chef et de leurs bijoux. Quelqu'un veut m'expliquer ?

Personne ne le voulait.

— Lumineux, conclut le pike.

Il fit signe au chariot qui vint se garer devant le groupe, et il ouvrit un des deux couvercles latéraux de la benne.

— Peut-être que ce détail vous dira quelque chose... C'est le techmed dont vous parliez ?

Là, sur le lit de branchages, gisait Renata. Sa gorge avait été tranchée comme par une épée – ou de longs ciseaux – et la tête ne tenait plus au corps que par un lambeau de peau.

Hattie se leva d'un bloc, mais d'une bourrade un pike la fit se rasseoir.

— Qu'avez-vous fait ? s'écria-t-elle. Appelez un véhicule d'urgence. Laissez-moi au moins la stabiliser. Elle n'a pas à *mourir*.

Au lieu de répondre, le pike s'adressa à ses clones :

— De tous les endroits où on peut mourir, il a fallu qu'elle choisisse une foutue clinique de rajeunissement. Ce n'est pas ironique, ça ?

Puis il se retourna vers la jenny.

— Je vais vous dire, infirmière Beckeridge. Vous nous avouez où se trouve la tête, et j'appelle un véhicule d'urgence.

Hattie détourna la tête, ce qui fit rire les pikes. Mary fit glisser la bandoulière de son épaule et posa le sac sur le sol. Elle essaya de penser à ce qu'aurait fait Fred dans une telle situation, mais rien ne lui vint, sinon l'évidence : les pikes jouaient avec elles, comme n'importe quelle évangeline pouvait s'en rendre compte. Ils n'avaient pas l'intention d'appeler des secours. Renata était condamnée (comme Ellen devait l'être, maintenant). De plus, ils savaient exactement où la tête se trouvait. Ils pouvaient probablement la distinguer dans son sac grâce à leurs visières.

— Bon sang, j'adore ce boulot, dit celui en tenue de jardinier.

— Que dalle, mon frère, fit l'un des deux autres, c'est mon tour.

— Pas la peine de se bagarrer, répliqua le premier. Il y en a deux pour chacun.

— Devinez lesquelles ?

Le pike marcha de long en large devant ses prisonnières et les jaugea une à une d'un regard calculateur. Il s'arrêta face à Mary.

— C'est quoi, cette odeur, ma sœur ?

Bien sûr, il ne parlait pas du parfum de l'horloge. L'odeur des distillats du concentré amniotique, mêlée à celle de Samson, s'échappait de son sac.

— Je ne sens rien, dit-elle d'un ton de défi.

Les pikes s'esclaffèrent, et l'interrogatoire passa à Coburn :

— Où est la tête, Matt ?

— Je vous l'ai dit, répondit le medtech, j'ai constaté le décès et je l'ai envoyée à la morgue. Vérifiez avec le registre du contrôleur. Demandez à Concierge.

Il leva les yeux vers le ciel.

— Concierge ! J'ai besoin de vous !

L'hilarité des pikes redoubla. L'un d'eux dut relever sa visière pour essuyer une larme. Puis il fit signe au chariot de refermer le couvercle latéral de sa benne et d'exécuter un demi-tour sur place. Il ouvrit l'autre battant. A l'exception d'un fin tapis d'herbes coupées, il était vide.

— Viens ici, ordonna-t-il à Coburn.

Le techmed était figé sur son banc. Le pike dut lui saisir le bras et le lever de force pour l'amener jusqu'au chariot.

— Dis-moi où elle est, si tu ne veux pas t'allonger là-dedans.

Les yeux de Coburn tressautaient dans leurs orbites.

— Là ! fit-il en pointant l'index sur le sac de Mary.

Les pikes grognèrent de mécontentement.

— Pourquoi fallait-il que tu nous le dises aussi vite ? tempêta le persécuteur de Coburn. Quel genre d'homme tu es, toi ?

— C'est ta faute, intervint un autre pike. Tu aurais dû charcuter une évangeline avant. Elles n'auraient jamais avoué, elles.

— Je me suis dit qu'on les garderait pour la fin. Elles sont trois, si vous me suivez.

— Ouais, mais de toute façon on n'a pas le temps. Allons-y.

— D'accord, mon frère. Prête-moi ton cure-dents.

Le faux jardinier tendit à l'autre les ciseaux.

— Tiens, mais ce n'est pas aussi facile que ça en a l'air. Il faut frapper vraiment fort.

— Si tu le dis...

A deux reprises, il abattit l'outil sur le banc, juste à coté de Mary. Des étincelles jaillirent en gerbes. Deux entailles profondes marquaient la pierre. Il se retourna vers Coburn.

— Redresse-toi, connard.

Les jambes du medtech flageolèrent, et il tomba à genoux.

— J'ai dit : debout ! gronda le pike en le remettant sur pied d'une violente traction. Ah, le fumier...

Le pike regardait fixement son poignet. Sa peau était couverte de cinq patches de drogue. Il voulut les arracher, mais s'évanouit avant. Alors qu'il vacillait, Coburn lui arracha les ciseaux de la main.

— Courez ! Courez ! cria Hattie aux évangelines.

Elle-même se pencha sur le pike au sol et tenta de dégainer sa baguette paralysante.

Mary saisit le sac et se rua avec ses sœurs vers la haie de lilas, pendant que Coburn attaquait comme un forcené les deux pikes restants. Mais les ciseaux rebondissaient sur leur armure. L'un d'eux coupa le techmed en deux d'une rafale de son arme. Alors que Coburn se vidait de son sang sur un lit de roses, le pike continua de lui tirer dessus, s'acharnant sur les yeux et le crâne pour lui réduire la cervelle en bouillie.

Cyndee fut la première à atteindre la haie. Elle aida Mary à porter le sac, et toutes deux aidèrent Alex. Les vêtements de cette dernière s'accrochèrent dans les branchages et elle se retrouva prise au piège. Elle leur ordonna de l'abandonner, mais ses sœurs continuèrent de la tirer par les bras et les jambes. Dans le jardin, un des pikes s'était accroupi auprès de son frère inconscient pendant que l'autre tailladait Hattie à coups de ciseaux.

— Je vais ressortir et faire le tour, dit Alex. Et vous...

Soudain, la haie autour d'elle explosa en une éruption de feuilles et de brindilles. Mary et Cyndee se plaquèrent au sol. Le corps d'Alex les protégea des projectiles, mais leur amie fut pulvérisée sous leurs yeux. Elles rampèrent à couvert. Mary reçut un projectile, son sac aussi, mais les deux évangelines atteignirent un chemin de forêt et s'y élancèrent. Il serpentait entre les cottages et semblait décrire un grand cercle. Cyndee attira Mary au sein d'un bouquet d'ormes et d'érables. Elles coururent au hasard. Mary était totalement désorientée, mais sa sœur semblait savoir où aller. Elles durent faire halte quand elles eurent le souffle trop court, et elles s'accroupirent dans les taillis.

Une douleur aiguë incendiait le bras de Mary là où elle avait été touchée, mais par chance elle n'avait aucun os de cassé. Bien que sa manche fût trempée de sang, la blessure paraissait sans gravité et elle ne lui accorda pas d'attention. C'est pour son sac qu'elle s'inquiétait. Un projectile y avait pénétré sans en ressortir, et du concentré suintait de l'orifice. Un des gants de Cyndee fuyait aussi.

— Tiens, dit celle-ci en le lançant à Mary, mets-le dans le sac, et l'autre dans tes vêtements...

Elle pointa une baguette dans une direction, puis ajouta :

— Le mur d'enceinte de la clinique est par là. Pas très loin, à pas plus d'un quart de klick. Quand tu l'atteindras, prends sur ta gauche.

— Et toi ?

Cyndee sonda le sol meuble avec la baguette et isola le contour d'une pierre de belle taille.

— Je serai juste derrière toi.

— Tu es dingue, Cyndee.

— Toi aussi, Mary Skarland. Dès que tu seras à l'extérieur, envoie des véhicules d'intervention sanitaire.

Cyndee embrassa sa sœur, ramassa la pierre, embrassa encore Mary puis repartit par où elles étaient venues.

Le moteur du fauteuil de survie tournait au ralenti à trente mètres du portail pressurisé.

— Et pour la distance ? demanda Samson. Nous allons prendre assez de vitesse ? Je ne veux pas mourir d'une cheville brisée.

— Je relâche votre ceinture ventrale et je détache votre Fowley. De cette façon, vous effectuerez un joli vol plané et c'est votre tête avant le reste qui percutera l'obstacle.

— Tu es d'une aide inappréciable.

— Merci. Prêt ?

— Dis-leur que c'est pour Ellen Henry Starke.

— Les médias sont toujours branchés.

— Elle a besoin de moi, j'arrive.

Les microturbines du fauteuil rugirent, et le siège frémit d'énergie contenue.

— Prêt ? répéta Ceinture Hubert.

— Kitty est en sûreté, maintenant ?

Lorsque Mary atteignit l'imposant mur d'enceinte de la clinique avec son sac suintant, elle était au-delà de l'épuisement. Au bord de l'évanouissement, elle s'affaissa contre le fût d'un chêne vénérable. Sa respiration sifflante s'échappait de sa bouche à demi ouverte. Le sac en toile reposait à ses pieds, son flanc imbibé de solution amniotique et de sang. Elle l'ouvrit d'une saccade et regarda à l'intérieur. Elle était terrorisée par la perspective de découvrir une parodie détruite de ce pour quoi elle et ses sœurs s'étaient sacrifiées.

Le crâne était calé dans un coin du sac, et baignait dans une flaque de concentré. La partie supérieure était complètement exposée à l'air. L'os était criblé de trous là où les câbles et les tubes avaient été raccordés. Des lambeaux de peau en pendaient.

Mary plongea sa main dans le liquide et tâtonna à la recherche du fœtus. Elle crut sentir ses battements de cœur, mais elle n'aurait pu le jurer. Dans les orbites, les yeux dépourvus de paupière du crâne lui parurent suivre ses mouvements.

Elle essaya de défaire le nœud fermant le dernier gant empli de concentré, mais il était trop serré. Elle chercha dans ses poches un objet tranchant. Elle essaya de le déchirer avec ses dents. Puis elle perçut un bourdonnement près de son oreille et eut la surprise de découvrir un engin volant miniaturisé qui se tenait en position stationnaire à quelques centimètres d'elle. Sa tête était d'un bleu digne d'une pierre précieuse. Mary crut qu'il était envoyé par la clinique.

L'abeille se posa sur le haut du gant lamé, et, quand elle en décolla, Mary aperçut un orifice de la taille d'une empreinte de pouce. Elle déversa le liquide épais sur le crâne, sans pour autant cesser de surveiller l'abeille. Celle-ci ne semblait nullement menaçante, mais quand l'évangeline voulut se remettre debout, l'insecte miniaturisé ouvrit un cadre comportant un glyphe qui signifiait NE BOUGEZ PAS. La seconde suivante, elle entendit un bruit de pas dans le sous-bois. Elle se rencogna contre le tronc et retint son souffle, se demandant si les visières des pikes étaient capables de capter une image à travers une telle épaisseur de chêne.

Les pas se rapprochaient. Mary regarda autour d'elle. Le piège s'était refermé, et elle se trouvait en son centre. Soudain, elle fut en train de se regarder dans un miroir. Son propre visage crasseux était penché sur elle. Mais ce n'était pas un miroir. L'holosim d'elle-même lui montra un plan de la clinique, avec un point désignant sa position et une flèche indiquant la direction à prendre : Porte Sud. Mary était beaucoup plus près du corps de garde qu'elle ne l'avait pensé. Son double sim se mit alors debout et courut dans la direction opposée.

Mary entendit un grognement de surprise de l'autre côté de l'arbre, suivi du grondement sourd d'une arme tirant ses projectiles par courtes rafales. Le pike jura à voix basse parce qu'il avait raté le leurre, mais il ne le poursuivit pas immédiatement. Il passa d'abord un appel, dans un murmure que Mary parvint cependant à interpréter.

— Répétez, disait-il. Négatif, elle se dirige plein est, vers A-Trois-Six.

Il avait l'air plus gêné qu'inquiet. Il y eut un déclic sec quand il réarma son fusil.

— Comment va Reggi ? Répétez. Non, appliquez le protocole et nettoyez le périmètre de l'intervention. C'est un ordre.

Le son de sa voix s'éloigna en faiblissant dans la direction vers laquelle l'abeille l'avait attiré.

Mary attendit que le pike ait disparu entre les arbres avant d'enrouler le sac autour de la tête d'Ellen. Elle coinça le tout sous son bras et fonça vers la Porte Sud. Elle ne ralentit l'allure que quand elle atteignit le portail pressurisé. Il était fermé. De l'autre côté, elle discerna deux silhouettes.

— Reilly ? cria-t-elle. C'est moi, Mary.

La réponse du russ lui parvint par un haut-parleur placé au-dessus de sa tête :

— Mary ? Que t'est-il arrivé ? Tu es blessée ?

Elle baissa les yeux sur son bras qu'elle palpa doucement de son autre main.

— Non, Reilly, mais ils massacrent mes sœurs. Je t'en prie, laisse-moi entrer.

— Impossible, Mary. Nous sommes en alerte orange. Tout est verrouillé, ici. Mais j'appelle un véhicule d'intervention sanitaire pour toi. Tiens bon. L'aide arrive.

Comme de très loin, elle perçut la voix d'un autre russ dans l'interphone de Reilly, qui lui hurlait de désactiver le portail.

— Reilly, dit Mary, je n'ai pas besoin d'aide, mais envoie des secours au cottage Feldspath. Il y a trois... non, quatre morts là-bas. Et un de plus derrière moi, dans les bois... Mais je t'en prie, Reilly, enfreins les règles pour une fois, une seule fois, fais-moi entrer !

A l'intérieur du corps de garde, Reilly prit sa matraque et la braqua sur Fred tandis qu'il répondait :

— Je ferais n'importe quoi pour toi, Mary. Tu le sais, mais tu demandes l'impossible. Il m'est formellement interdit d'ouvrir le passage quand nous sommes en alerte orange.

— Alors prends au moins ça à l'intérieur, dit Mary en brandissant devant elle le sac.

Fred se rapprocha du portail, mais Reilly le repoussa de sa matraque.

— Je ne vous le redirai pas, Planc. Quittez cette zone immédiatement.

Une volée de projectiles ricocha sur l'extérieur du portail juste au-dessus de la tête de Mary. Elle se baissa et en longeant la barrière courut à croupetons jusqu'au bout de la place où, après un dernier regard en arrière, elle s'engouffra dans une allée ombragée. Reilly la regarda qui disparaissait, et Fred mit à profit cet instant de distraction pour lui arracher la matraque de la main. Un homme vêtu comme un jardinier avança vers le portail, observa un instant les silhouettes qui luttaient, puis traversa la place et s'engagea sur le même chemin que Mary.

Fred réussit à se glisser dans le dos de Reilly et l'étrangla avec la matraque. Il le plaqua contre l'air pressurisé et brûlant.

— Désactive le portail ! rugit-il.

Quand Meewee, le Dr Rouselle et le robot médecin croisèrent le fauteuil de survie, Meewee s'aperçut qu'il y avait un passager émacié à l'intérieur.

— A votre avis ? fit-il.

— Je vais voir, répondit le médecin en restant en arrière.

Mais Meewee n'avait pas fait trois pas de plus que le fauteuil klaxonnait et fonçait droit devant lui, dans une accélération fulgurante, vers le portail pressurisé.

Il va le percuter, se dit Meewee avec incrédulité. Il ne s'écoula qu'une seconde.

<Arrow !> s'exclama-t-il dans le métalangage. <Désactivation du portail !>

L'obstacle pressurisé se dissipa au moment même où le fauteuil de survie l'atteignait. Les gardes bondirent de côté pour éviter le bolide qui freina en catastrophe, dans un crissement suraigu, et stoppa devant les énormes barricades antivéhicules. Mais son passager poursuivit sa trajectoire.

Il allait au ralenti, et il se dit que sur ce point au moins le Saut de Moseby n'avait pas menti. Samson se sentit expulsé en douceur du carénage et projeté dans l'air, où il flotta. Le mur antivéhicules paraissait lointain, et il avait tout son temps.

Je me mentirais à moi-même si je disais que je n'ai pas de regret, songea-t-il. J'en ai toute une collection. Je regrette de ne pas être un meilleur citoyen, par exemple. Je regrette de ne pas être un meilleur champion pour les cautérisés. Je regrette de ne pas avoir tiré le meilleur de chaque jour béni de mon existence. Mais, plus que tout, je regrette de ne pas avoir été un meilleur compagnon pour Jean et Eleanor, et un meilleur père pour toi. Je suppose que de ton côté tu aurais pu être une meilleure fille, mais je ne t'en veux pas pour ça. Et merci pour ce magnifique cadeau de séparation que tu m'offres, partir en beauté. Je vais allumer un énorme cierge pour toi, Ellie. J'espère qu'il servira à quelque chose.

Le mur était maintenant assez proche pour qu'il discerne les aspérités de sa surface, pareilles aux cratères de la Lune, et Samson se remémora sa lune de miel avec Eleanor. Elle l'avait pris à part et lui avait dit qu'elle l'aimait plus que tous les cratères de la Lune.

— Par Gaia ! cria Meewee. Stop !

Le fauteuil de survie freina juste à temps, mais le passager enveloppé dans une couverture fut éjecté droit vers la barricade qu'il heurta avec un bruit étonnamment puissant. Meewee se précipita.

Il franchit les limites du corps de garde béant, mais aussitôt un garde s'interposa.

— Cet homme ! dit Meewee en désignant la victime du choc écroulée contre la barricade.

Déjà une odeur abominable se propageait dans l'air, et des volutes de fumées s'élevaient du corps écroulé au sol. Etait-ce vraiment un homme ?

— Je suis médecin ! lança le Dr Rouselle.

Elle et le robot les avaient rejoints, mais le garde les empêcha d'agir. L'autre garde repoussa la couverture avec sa matraque, et arrosa le corps d'un inhibiteur de flammes.

— Je ne crois pas que ce soit efficace, dit le médecin en reniflant. Il est cautérisé.

Mais la fumée se dissipa, révélant l'homme qui gisait immobile sur le ciment, telle une brindille cassée.

Le corps de garde émit un tintement particulier, et le jerry les poussa en arrière.

— C'est fini, dit-il. Il n'y a rien à voir.

Meewee n'avait pas oublié l'objet de sa mission, et il refusa de bouger.

— Je vais passer, déclara-t-il. N'essayez pas de m'en empêcher.

Le garde dégaina sa baguette paralysante. Derrière Meewee, le portail réapparut, mais une fente verticale s'ouvrit.

— Partez, maintenant, dit le jerry. Dernier avertissement.

A cet instant, un craquement sonore s'éleva du corps étendu au sol, puis un autre, comme des pétards qui explosent. Le garde hésita et se retourna pour regarder. Le médecin alla s'abriter derrière le robot, et le deuxième jerry se réfugia dans l'entrée du scan. Meewee en profita pour se faufiler vers l'autre extrémité du bloc, là où l'entrée des véhicules béait. Il l'atteignit juste au moment où deux explosions projetaient des morceaux de corps humain enflammé dans toutes les directions.

Lorsque le portail s'effondra, Fred crut que Reilly en était la cause. Il relâcha alors sa prise, mais son ami s'effondra mollement sur le sol. Fred resta un moment immobile, à le contempler. Il avait eu la certitude qu'il appuyait sur le masque censé recouvrir son visage, mais à présent il pouvait voir que Reilly n'avait pas activé cette protection. Fred s'accroupit, chercha à sentir les pulsations à la carotide, sans résultat. Les marques sombres très laides laissées par la matraque barraient sa gorge, et le devant de son uniforme avait été calciné par la chaleur que dégageait le portail.

— Un médecin ! cria Fred.

Quelque chose de très petit et très rapide, une traînée bleutée volante, fila à travers le corps de garde éventré et fonça vers Mary et le pike. Fred voulut suivre l'engin volant miniature, mais il ne pouvait abandonner Reilly ainsi.

— *Un médecin !*

Le corps de garde émit un signal sonore d'avertissement : le portail était sur le point de se reformer.

— Un médecin ! cria-t-il encore, sans trop d'espoir.

Il fouilla les poches de Reilly à la recherche d'un cryosac. Il ne voulait pas laisser son ami dans cet état, mais au dernier moment, alors que le portail réapparaissait, il fonça à travers le corps de garde. Il était dans l'enceinte de la clinique.

Le plan de Mary avait été de longer le mur sud jusqu'à sa jonction avec le mur ouest, et ensuite d'obliquer à droite jusqu'à la Porte Ouest. Mais elle avait déjà perdu l'enceinte de vue et elle courait en aveugle sur des chemins qui lui étaient inconnus. Elle s'obligea à ne pas penser à Reilly. Il avait refusé de faire une entorse au règlement, même pour lui sauver la vie. Elle n'arrivait pas à le croire.

Ou plutôt si, elle pouvait parfaitement le croire. Reilly était un russ. Le devoir avant tout.

Il y avait des taches de couleur dans les bois. Deux visiteurs de la clinique et leur suite de holosims avançaient sur le chemin devant elle. Elle les héla et courut pour les rattraper. Sous son bras, le concentré amniotique clapotait dans le sac.

Les visiteurs s'arrêtèrent et la regardèrent avec étonnement. Ces deux-là faisaient la paire – grands, athlétiques, rayonnants –, ils auraient pu être frère et sœur. A l'approche de Mary, ils levèrent le bras et braquèrent leur poing fermé sur elle, pour la menacer de leurs bagues.

— Halte ! cria la femme.

Mary s'arrêta à deux mètres d'eux et se plia en deux tant elle était essoufflée.

— Vous... devez... m'aider, haleta-t-elle.

— Je vous ai déjà signalée à la sécurité de la clinique. Ils sont en chemin, aussi je me permets de vous suggérer de nous laisser tranquilles.

— Pas la sécurité de la clinique... Appelez la SecNat. Passez le portail et appelez-les. Dites-leur que j'ai Starke ! s'écria-t-elle en tapotant son sac. Et appelez un véhicule d'intervention sanitaire ! Aidez-moi, je vous en prie !

Les richards la toisèrent avec froideur, sans cesser de la menacer de leurs bagues. Les holosims qui les accompagnaient, silencieux jusqu'alors, se manifestèrent pour meubler le silence :

— Qu'avez-vous fait de la rançon ?

— Il n'y a pas de rançon, dit Mary. Je ne l'ai pas kidnappée. C'est ma *cliente.*

Un des sims était le Dr Ted. Mary s'adressa à lui :

— Expliquez-leur. Expliquez-leur ce qui se passe.

Le sim se tourna vers les autres et déclara, d'un ton sentencieux :

— Cette personne souffre de petite vérole cérébrale et est visiblement sujette au délire. Evitez tout contact avec elle, à tout prix.

La femme agita la main. Mary regarda derrière elle et vit le faux jardinier qui venait vers eux au trot. De la main, il essayait sans succès de chasser une abeille qui l'agressait. L'insecte s'attaquait uniquement à sa visière. Tout d'abord, Mary se dit qu'elle serait en sécurité auprès de ces richards, aussi peu aimables qu'ils fussent, mais, à mesure que le pike se rapprochait, la panique l'envahit, et elle finit par détaler.

Elle gravit au pas de course une petite élévation de terrain et se glissa dans un bosquet de hêtres. Des projectiles frappèrent les troncs alentour. L'un érafla son flanc, mais elle le remarqua à peine. Elle arriva sur un chemin qu'elle suivit. Elle ne calculait plus rien. Sa seule obsession était de distancer les sons derrière elle.

Subitement, ils changèrent de nature. Le chuintement des tirs fut remplacé par le gémissement des décharges laser. Deux fréquences distinctes, signifiant deux armes différentes. Elle se réfugia derrière un arbre et risqua un coup d'œil en arrière. Un engin ailé miniature tirait sur le pike. Ce dernier avait enclenché son laser et zébrait l'air de décharges aveuglantes, sans parvenir à toucher sa cible, trop proche. L'engin ailé, en revanche, n'avait aucune difficulté à porter ses coups, mais ses lasers peu puissants ne causaient pas grand dommage à l'armure du faux jardinier. Pourtant, il s'acharnait sur trois points précis de son adversaire : son masque facial, son entrejambe et le système de verrouillage du casque, sur la nuque. Le pike protégeait ces zones comme il le pouvait avec ses mains gantées, mais il ne pouvait le faire pour les trois simultanément, et son petit ennemi volant tournoyait sans cesse autour de lui, si rapidement qu'on avait du mal à le suivre du regard, et tirait sans discontinuer.

L'homme ripostait par de brèves rafales qui ravageaient les arbres proches.

L'engin miniature virevoltait et frappait. S'il conservait assez de puissance, il finirait par avoir raison de l'armure du pike. Mary était fascinée par ce ballet de mort. Mais elle ne pouvait rester là. Elle scruta les alentours pour repérer le mur d'enceinte. C'est alors qu'elle aperçut le deuxième pike. Il se tenait immobile, son fusil braqué à hauteur de la hanche, pour permettre à l'arme de programmer un tir automatique. Le fusil cracha une longue décharge qui fusa entre les arbres et toucha de plein fouet l'engin volant. Celui-ci explosa quand sa réserve de plasma prit feu. La déflagration projeta à terre le pike jardinier.

Le tireur baissa son arme et fit signe à Mary de ne pas bouger. Un chariot pareil à celui employé dans le cottage arrivait derrière lui.

Fred entendit l'explosion et régla sa visière pour calculer le lieu de sa source. Pendant qu'il courait, le terrain parcouru s'ajoutait à la carte évolutive dans le coin de sa visière. C'était une bande grandissante de terrain connu en territoire inconnu. L'explosion provenait d'une direction inattendue. Si elle correspondait à la localisation de Mary, cela signifiait que l'évangeline avait obliqué selon un arc étendu jusqu'à revenir vers la place.

Fred se dirigeait droit sur l'endroit signalé. Il traversa plusieurs chemins et gravit plusieurs collines boisées. Ici, les cachettes naturelles abondaient, que sa visière éliminait en grande partie. Soudain, un engin volant miniature vint virevolter autour de lui un instant. Il était bleuté, comme celui qui s'était enfui du corps de garde. Fred devina qu'il n'appartenait pas à la clinique, mais il ignorait quel rôle lui attribuer dans la situation actuelle. L'insecte factice disparut aussi vite qu'il s'était manifesté, et subitement toutes les zones inconnues sur la carte de Fred furent révélées. De plus, des fanions d'identification les ponctuaient, et le russ avait maintenant accès aux systèmes de communication de la clinique. Il fit halte le temps d'analyser cette nouvelle donne. Deux des fanions se trouvaient sur sa gauche et reculaient progressivement. Un d'eux, défini comme armé, en poursuivait un autre, sans arme – Mary ? Sur sa droite, un fanion marquait l'endroit de l'explosion, où gisait un homme armé et indemne, mais inconscient. Il y avait encore un autre fanion, beaucoup plus éloigné, à l'intérieur de la clinique. Victime au combat, dont les données vitales étaient inaccessibles. Fred commençait à se faire une idée de la scène. Les pikes agissaient souvent par groupes tactiques de trois. Ces trois-là avaient été envoyés pour détruire Ellen Starke, mais ils avaient rencontré quelques problèmes. Un avait été neutralisé, l'explosion avait assommé le deuxième. Et le troisième poursuivait Mary.

Il fit demi-tour pour suivre Mary, mais il s'arrêta une nouvelle fois. Elle était trop éloignée pour qu'il puisse la rejoindre à temps. Il savait que le pike qui la pourchassait devait se demander qui il était et ce qu'il faisait ici. Grâce à sa visière, le pike savait le russ non armé mais portant une tenue pare-balles, et non rattaché à la sécurité de la clinique. Il devait donc suivre ses déplacements avec une appréhension croissante, car il avait commis une erreur de taille : il ne s'était pas attendu à croiser la route d'un russ, et il avait laissé son coéquipier vulnérable. Si les russ étaient prévisibles, les pikes l'étaient encore plus. Ils ne laissaient jamais un des leurs derrière eux. Au diable la mission.

Sur la carte de Fred, le pike ralentit. La manœuvre était évidente : il restait à portée de tir de Mary, mais il offrait à ce russ inconnu une chance de le rattraper. Il cherchait seulement à l'éloigner de son coéquipier inconscient. Un russ aurait certainement mordu à l'hameçon, surtout si son devoir était de sauver la fille Starke, et Fred faillit céder. Mais Ellen Starke n'était pas sa cliente, aujourd'hui. Le pike à terre se trouvait de l'autre côté de l'élévation de terrain voisine, et Fred s'élança dans cette direction.

Il arriva au sommet de la petite colline et s'accroupit pour observer l'homme au sol. Celui-ci gisait au milieu de branches brisées et fumantes. Sa tenue de jardinier était brûlée à l'épaule et révélait le vêtement pare-balles qu'il portait dessous. Sa respiration paraissait régulière, et aucune blessure n'était visible. Son fusil était tombé à plusieurs mètres de lui, dans l'herbe.

Fred descendit rapidement l'autre versant et ramassa l'arme. Elle s'était automatiquement verrouillée, et il la rapporta au pike. Il prit la main gauche du faux jardinier – les pikes étaient gauchers – et la plaça autour de la crosse. Ce contact réactiva les systèmes du fusil, et Fred modifia le réglage du laser pour obtenir la décharge la plus concentrée et la plus puissante possible. Dans sa visière, il vit que l'autre avait cessé de poursuivre Mary et revenait vers lui. Excellent ! Si son nouvel ami ici présent coopérait, Fred allait avoir une cible, et l'arme pour l'abattre.

Il plia l'index du faux jardinier sur la détente et le recouvrit du sien, puis il releva légèrement le corps de l'homme et s'allongea derrière lui.

Mais les paupières du pike battirent. Il reprenait conscience. Soudain, sa main libre se ferma en un poing et décrivit un crochet qui toucha Fred à la tempe. Sa casquette absorba la majeure partie du coup, mais même ainsi il fut quelque peu étourdi.

Ils luttèrent pour la possession du fusil. Le faux jardinier fit pleuvoir une grêle de coups sur Fred, qui commença à avoir le dessous dans l'échange. Le russ pressa alors son index sur celui de son adversaire. Un éclair de lumière fulgurant jaillit du canon de l'arme, si près du visage de Fred qu'il en fut aveuglé un instant, malgré sa visière. La décharge frappa un arbre voisin avec une violence telle que le tronc se fendit en deux. En chemin, elle pulvérisa la main droite du pike.

Ce dernier eut un hoquet. Sa tenue s'étira aussitôt pour recouvrir le moignon d'une enveloppe-bandage. Fred retourna le fusil et coinça le canon sous le menton de son adversaire.

— Dis à ton pote de s'arrêter là où il est ! ordonna-t-il.

L'autre ne répondit pas. Ses pupilles se rétrécirent jusqu'à n'être plus que deux points noirs. Sa combinaison distillait de l'analgésique dans tout son corps. Le deuxième pike était presque en vue. Fred appuya un peu plus le canon de l'arme sur la gorge de l'homme et répéta son ordre.

L'autre eut un sourire narquois que la drogue rendait presque serein.

— Je vois que tu es désarmé, mon pote.

— Et comment tu appelles ça, mec ? rétorqua Fred en accentuant la pression du canon.

— Un jouet inoffensif, si tu me tues avec.

Il avait raison. A l'instant où il mourrait, le fusil se verrouillerait et deviendrait inutilisable.

— Quand tu as raison, tu as raison, dit Fred.

Il orienta le canon avec soin et pressa la détente. La décharge arracha le côté du visage du pike, son oreille et une bande de cuir chevelu. Avant que la combinaison ne puisse recouvrir la blessure, Fred ramassa un morceau de branche et en enfonça l'extrémité acérée de quelques millimètres dans le conduit auditif.

— Reste immobile ! dit-il à l'oreille restante de l'homme.

Mais son adversaire se débattit férocement et Fred se résigna à enfoncer la branche d'un coup sec. Celle-ci transperça le cerveau et cogna contre la face interne du crâne. Le faux jardinier fut secoué par une série de convulsions, puis se détendit complètement. Sur sa carte, il était mentionné « blessé ». Avec un peu de chance, il mettrait quelque temps à mourir.

Le fanion correspondant à l'autre pike s'était arrêté au sommet d'une colline. Mary, elle, se rapprochait de la Porte Sud.

— Quelle affaire, marmonna Fred en réglant de nouveau le rayon de tir du fusil.

Mary atteignit un chemin qu'elle connaissait. A sa grande surprise, elle ne se trouvait pas très loin de la place dont elle était partie. Elle prit sur la gauche, tournant le dos à la Porte Sud, pour se diriger vers les bâtiments centraux de la clinique. Elle se sentirait plus en sûreté là-bas, et ensuite elle pourrait choisir la porte qu'elle voudrait. Mais l'abeille bleue, son ange gardien miniature, l'intercepta et la réorienta vers la Porte Sud en créant des flèches clignotantes dans l'air.

Des véhicules encombraient la place. Certains étaient de la SecNat, d'autres de la police, mais elle ne repéra aucune unité d'intervention sanitaire. Elle fit passer son fardeau dans son autre bras et se dirigea vers une belinda en uniforme SecNat. Mais un chariot d'urgence lui coupa la route. Sa plateforme de traitement s'abaissa, et il demanda à Mary de s'y asseoir.

— Non, pas maintenant. Vous pouvez m'appeler une ambulance ?

L'holo d'un homme se projeta à côté du chariot. Elle ne l'avait jamais vu, mais lui semblait la connaître.

— Ah, myr Skarland, enfin ! Vite, confiez la tête d'Ellen à ce chariot ! Nous avons un réservoir spécialement adapté prêt à l'accueillir. Il n'y a pas de temps à perdre.

Le chariot déploya son bras articulé. Mary mourait d'envie d'obtempérer et d'en finir avec tous ces ennuis.

— C'est ça, l'encouragea l'holo. Donnez votre sac au chariot.

— Qui êtes-vous ? demanda-t-elle.

— Byron Fagan.

Mary serra son sac contre elle.

— Du groupe Fagan ? Le parrain de Concierge ?

— Oui, c'est moi. Ou plutôt, *j'étais* son parrain, car l'intégrité de Concierge a été altérée, je ne sais ni quand ni par qui. Il est tombé sous l'influence d'un groupe inconnu. Je ne l'ai découvert que tout récemment, quand il a été déconnecté. J'ai lancé une sauvegarde sécurisée, et il est de retour, aussi fiable qu'auparavant. Il n'y a plus aucune raison de vous inquiéter, myr Skarland. Vous avez accompli votre devoir héroïquement, il n'y a plus rien à craindre maintenant. Mais nous devons agir vite si nous voulons qu'Ellen survive.

Il pointa le doigt sur le concentré amniotique qui gouttait du sac.

— Enfin, si elle est encore en vie. Vous devez me faire confiance, myr Skarland. C'est moi qui ai appelé la SecNat.

Il semblait sincère. Mary désigna les bois d'un geste vague.

— Et pour mes sœurs, et l'infirmière Hattie, et Matt ?

— Nous sommes déjà en train de les soigner, affirma Fagan. C'est à Ellen Starke que nous devons penser, maintenant.

Le bras mécanique du chariot se tendit vers le sac.

— Eh ! Myr évangeline ! cria quelqu'un depuis le corps de garde.

Un homme de petite taille et une grande femme couraient vers elle en portant un bagage étrange entre eux deux.

— Ne l'écoutez pas ! dit l'homme. Attendez-nous !

Le couple fit halte près du chariot d'urgence et déposa son colis à terre.

— Je m'appelle Meewee. Je vous connais. J'ai travaillé avec Wee Hunk.

— Où est Wee Hunk ? dit Mary.

Elle leva les yeux au ciel et lança :

— Wee Hunk ! J'ai besoin de toi !

Mais le Neandertalien ne se manifesta pas. Elle se tourna vers Fagan.

— Laissez venir Wee Hunk !

Il leva les mains dans un geste d'apaisement.

— Je vous l'assure, myr Skarland, je ne suis pour rien…

— Wee Hunk est mort, l'interrompit le petit homme. Il a été contaminé.

— Nous n'avons pas le temps pour ces sornettes, coupa Fagan. Chaque seconde compte. Par pitié, Mary, donnez la tête d'Ellen.

Pendant que les deux hommes rivalisaient pour s'attirer ses bonnes grâces, la femme arrivée avec le dénommé Meewee se pencha sur l'objet qu'ils avaient apporté. Elle ouvrit un couvercle, révélant un compartiment confortable doublé de chrome brillant. Elle releva la tête et sourit à Mary.

— S'il vous plaît, dit-elle.

— C'est le Dr Rouselle, fit le petit homme. Elle ne travaille pas pour Fagan, et ceci est un caisson portable. Je vous en prie, myr évangeline, laissez le docteur sauver Ellen.

— La sauver ? grinça Fagan. Ils veulent la prendre en otage, oui ! Sa mère l'a fait amener à ma clinique parce qu'elle avait confiance en moi !

Le chariot d'urgence se rapprocha et ouvrit un compartiment latéral. A l'intérieur se trouvait un conteneur en verrine empli de concentré amniotique.

Mary ouvrit son sac et en sortit avec précaution la tête dégoulinante. Elle la tint ainsi un moment, à deux mains. Elle ne pouvait se résoudre à la rendre à la clinique.

— Wee Hunk ! s'écria-t-elle. Où es-tu ?

Le mentar n'apparut pas, mais l'abeille bleue vint se poser en bourdonnant sur le couvercle du caisson ouvert par le Dr Rouselle. C'était une indication suffisante pour l'évangeline.

Epilogue

Trois mois plus tard

April et son fiancé de la charterie Bolto étaient en retard. Deux places avaient été réservées en tête de table, pour elle et cet homme mystérieux, que personne encore n'avait rencontré. Pour l'occasion, chacun avait revêtu ses plus beaux atours, à l'exception de Denny, qui avait insisté pour dîner dans sa tenue de travail. C'était ce qu'il voulait porter désormais, la combinaison ornée de la mention MICROHABITATS KODIAK dans le dos, avec son nom brodé sur la poche de poitrine. Kitty l'avait recruté quand elle avait repris son affaire. Nombre de ses anciens clients avaient fait de nouveau appel à ses services, ce qui avait grandement aidé à relancer sa petite société, et déjà elle était en mesure de verser cinq crédits à chaque dîner. Elle laissait Denny déposer la somme dans la soupière. Et chaque soir les cochartistes l'acclamaient jusqu'à ce qu'il rougisse de plaisir. Bogdan n'en prenait absolument pas ombrage.

— Pendant que nous attendons April, dit Kale, autant que je vous fasse part de certaines nouvelles que nous venons d'apprendre.

Il marqua une pause et se frotta les yeux.

— Elles ne sont pas très bonnes, j'en ai peur. Roger Beadlemyren nous a contactés il y a peu. Il dit qu'il ne peut pas attendre plus longtemps notre décision. Ils devront se rabattre sur leur deuxième choix si nous ne récupérons pas Hubert rapidement, ou si nous ne leur prouvons pas que nous faisons des progrès significatifs dans ce sens. Soixante jours, c'est ce qu'ils nous ont accordé. Passé ce délai, notre préaccord de fusion deviendra caduc.

Kale se rassit. Il n'y eut aucun commentaire. La charterie n'avait même pas réussi à faire certifier la détention de leur mentar par la SecNat. Les portes de la Salle verte s'ouvrirent, mais ce n'était pas April, seulement Sarah qui poussait devant elle le chariot des plats. Kale lui fit signe d'avancer

— Autant commencer, dit-il.

Ce fut un repas lugubre. Dans leur grande majorité, les cochartistes ne finirent pas leur assiette. Megan repoussa la sienne après deux minutes.

— Avec le mariage d'April, au moins, nous aurons un nouveau membre dans la charterie, dit-elle.

Personne ne répondit, pas même BJ, car tous craignaient le pire. Quand deux personnes de charteries différentes et aussi dissemblables que les Kodiaks et les Boltos se mariaient, la règle voulait que la personne venant de la charterie la moins importante passe dans l'autre. Quant à savoir si April les quitterait ou non, nul ne le savait, car elle refusait d'aborder la question... que d'ailleurs personne n'avait osé lui poser. En fait, elle s'était montrée d'une discrétion rare dès le début de sa relation, qui s'était nouée au Rendez-Vous. Elle ne leur avait même pas dévoilé le prénom de son promis. Mais il était inconcevable qu'April, April Kodiak, les laisse en plan. Sa défection aurait pour effet de placer leur charterie sous le minimum statutaire et de la plonger dans le néant. Non, pas April. Et puis, il y avait sa franchise pour le NanoJiffy, non ?

Enfin, la porte s'ouvrit à nouveau, et elle entra dans la Salle verte. Ils eurent quelque mal à la reconnaître. Ce n'était pas seulement à cause de la nouvelle tenue très seyante qu'elle portait, ni même parce qu'elle avait rajeuni d'au moins vingt ans – tous savaient que les Boltos lui avaient offert des cures de rajeunissement –, mais également parce qu'elle avait subi un remodelage corporel et que, eh bien, elle était... très jolie. Elle s'avança et leur adressa un sourire un peu gêné.

La suivait un homme plus grand qu'elle, vêtu d'une combinaison bien coupée d'un gris sombre rayé de bleu marine et de crème. Lui aussi arborait un sourire embarrassé. Tout le monde put constater qu'il avait de belles dents.

Ainsi donc, c'était l'heureux élu. Les cochartistes les regardaient tous deux intensément. C'est alors que quelqu'un d'autre pénétra dans la salle. Un homme, qui portait lui aussi les couleurs des Boltos. Il était court sur pattes et plutôt laid, et il ne souriait pas du tout. Dans le temps qu'il fallut aux trois pour se regrouper à la tête de la table principale, l'horrible vérité, la raison du silence prolongé d'April, se fit jour parmi les Kodiaks : son mariage n'était pas un duo, mais un trio. A présent, c'était certain, elle allait quitter la charterie.

— Vous pourriez ajouter un couvert ? demanda-t-elle à Louis, dont c'était le jour de service.

Il réussit à refermer la bouche et se hâta de la satisfaire. April se plaça entre les deux Boltos, et les tint par la main.

— Toutes nos excuses pour le retard, dit-elle. J'aimerais vous présenter mes deux chevaliers servants. Voici Brad, et voici Tom. Ils ont apporté un dessert délicieux, qu'ils ont mis au frigo.

C'était un gâteau au chocolat et aux airelles, qui fut cependant aussi peu apprécié que le reste du menu. Un ressentiment muet planait sur la Salle verte, qu'April tenta sans succès de dissiper par des bavardages inconsistants et nerveux.

Finalement, Bogdan posa sa serviette sur la table d'un geste décidé et se leva. Il était plus grand qu'auparavant, il avait gagné dix centimètres en trois mois. Et sa voix était devenue plus grave, sans parler de l'ombre duveteuse apparue au-dessus de sa lèvre supérieure.

— Où tu vas ? s'enquit Rusty.

— Je vais trouver Hubert.

Les convives à sa table le regardèrent fixement.

— Et comment tu comptes t'y prendre ? fit Rusty.

— Pour être tout à fait franc, je n'en sais rien, mais je vais le retrouver, même si j'y laisse ma peau.

Il alla à la tête de la table et serra la main à Brad, puis à Tom.

— Mes sincères félicitations. Vous avez fait le bon choix.

Sur quoi, il marcha jusqu'à la porte. Là, il s'arrêta, se retourna et ajouta :

— Oh, et ne vous tracassez pas pour nous. Ça ira.

Mary Skarland emprunta l'ascenseur jusqu'au niveau du bunker et se hâta d'entrer dans l'abri. Ellen avait été sortie du caisson pour une séance d'affermissement à la lumière. Son corps de nourrisson se trouvait sur un tapis spécial, une serviette enroulée autour de sa taille, et sa tête énorme reposant sur le côté. Le médecin et une jenny infirmière étaient là, ainsi que Cyndee. L'évangeline leva les yeux au plafond en voyant entrer Mary, et celle-ci comprit aussitôt pourquoi. L'exaspérant petit homme était revenu pour parler affaires.

— Nous avons dû repousser le premier lancement de onze mois, disait-il, mais qu'est-ce que onze malheureux mois comparés à un voyage qui durera un millier d'années, n'est-ce pas ?

— Myr Meewee, fit la voix d'Ellen relayée par les haut-parleurs, vous savez que je ne peux pas bouger la tête. Merci de rester là où je peux vous voir.

— Oh oui, bien sûr, désolé, fit Meewee en revenant se placer à un endroit visible par le bébé. Donc, comme je vous le disais...

— J'ai très bien compris ce que vous disiez, rétorqua Ellen. Je ne pouvais pas vous voir, c'est tout. En fait, quand j'y réfléchis, je trouve que je vous vois un peu trop. Je vous ai confié le projet Jardins de la Terre parce que je ne voulais pas m'en occuper continuellement. Alors faites votre boulot et tenez-vous-en là, d'accord ?

Meewee s'inclina.

— Vous pouvez y compter, Ellen. Il me faudrait seulement votre autorisation pour...

— Demandez au Cabinet ! Pas à moi ! Combien de fois devrai-je vous le répéter ?

La secrétaire générale du Cabinet apparut à l'instant, imitée une seconde plus tard par Lyra, le nouveau mentar adopté par Ellen.

Meewee n'accorda qu'un regard au Cabinet.

— Tous les fruits des arbres à chapelet sont mûrs à cette époque de l'année ! lança-t-il d'un ton exaspéré qui ne leur était que trop coutumier.

Le bébé s'étrangla de colère.

— En ce cas, rétorqua-t-il, les oiseaux des environs doivent être très heureux !

Il serra ses poings minuscules et sa peau se marbra de violacé. Le médecin s'avança et fit signe à la jenny.

— Quel plaisir de vous avoir vu, monseigneur Meewee, dit-elle d'un ton glacial. Revenez bientôt, d'accord ?

Le petit homme sortit en grommelant, tandis que le médecin et l'infirmière soulevaient Ellen et la déposaient sur le dos dans le caisson. Dans cet environnement, sa tête démesurée flottait sans aucune gêne.

— Quel homme déplaisant, lâcha Cyndee.

— Oh, il est animé de bonnes intentions, répondit Ellen. Le seul problème, c'est qu'il est insupportable.

Elle se tourna vers son nouveau mentar.

— Lyra, avons-nous parlé aux évangelines de la surprise que nous leur réservons au studio ?

Sous l'aspect d'une jeune femme menue, le mentar s'avança et voulut prendre la parole, mais Cyndee la devança :

— Attendez. Mary ne viendra pas, aujourd'hui.

· Pardon ? fit Ellen.

— Désolée, dit Mary, mais j'ai déjà un engagement.

Cyndee étouffa un ricanement.

— Un engagement… Elle va voir Fred, en fait. Elle a un engagement conjugal. Vous avez vu comme elle est bien habillée ?

— Ouh la la, dit le médecin.

Mary rougit et les autres se moquèrent gentiment d'elle.

— Je suis simplement venue dire au revoir, et à demain, dit-elle.

— Alors nous attendrons, pour la surprise, décréta Ellen. Transmettez toute notre affection à Fred. Oh, j'allais oublier : j'ai dit au Cabinet de mettre sa première avocate sur le dossier de Fred, en tant que conseiller adjoint. Dites-lui que Marcus doit s'attendre à être contacté.

Des nouvelles très positives, en vérité.

Mary passa le tunnel du scan SecNat de la prison de haute sécurité de Provo, dans l'Utah. D'une visite à l'autre, elle ne savait jamais quel serait l'accueil des russ en poste. Parfois ils la reconnaissaient et louaient l'héroïsme de ses sœurs. En d'autres occasions, sa présence semblait leur rappeler son mari et leur propre honte.

Ils l'escortèrent jusqu'à ce qu'on appelait « l'espace d'intimité » et la laissèrent attendre Fred. En général, il fallait cinq ou dix minutes pour qu'il franchisse tous les contrôles. Mary traversa la moquette poisseuse et s'assit sur le fauteuil taché. La pièce était à peine mieux meublée qu'une cellule : un lit au matelas défoncé, une table de chevet couturée d'éraflures, deux fauteuils inconfortables. Pas même un calendrier pour casser la grise monotonie des murs. Chaque fois que Mary venait ici, elle sentait sa libido se racornir comme une feuille qu'on froisse en boule. Ce qui n'était pas plus mal, puisque Fred avait coupé court à tout élan qui aurait pu naître entre eux dans cette salle depuis sa première visite.

Ce jour-là, ils l'avaient amené sur le seuil, avaient retiré ses menottes et refermé la porte derrière lui. Elle se tenait au centre de la pièce, une pièce de petites dimensions, de sorte qu'il ne pouvait pas ne pas la voir, mais il avait fait les cent pas et scruté la peinture des murs avant de seulement paraître remarquer sa présence. Il était allé se camper devant la porte et avait désigné le loquet. *Pas de verrou.* Il avait le regard brûlant. C'était la première fois qu'ils se revoyaient seuls depuis trois semaines, et il ne lui avait pas encore pardonné.

« Salut, avait-elle dit sans bouger. Nous pouvons parler, tu sais. Je me méfiais de cet endroit, moi aussi, alors j'ai questionné Marcus, et il m'a affirmé qu'il n'y a aucune caméra, aucun micro et aucun équipement d'espionnage dans cette pièce. Si tu me serrais dans tes bras, personne n'en saurait rien. »

Mais il ne le fit pas. Pas plus qu'il ne parla. Il remonta une de ses manches et leva son bras pâle pour examiner sa peau.

— Mon chéri, reprit-elle, je sais que tu es intégralement colonisé par les nits, à présent. Comme moi, tout Chicago et les deux tiers du reste de ce pays. Personne ne les aime, mais la majorité des gens pense qu'ils sont bien mieux que les limaces.

Fred se frappa le front du plat de la main. Il n'avait jamais eu ce genre de geste auparavant, et ce comportement inédit accapara toute l'attention de Mary. L'air satisfait, il ouvrit largement ses grands bras et se pencha en arrière pour englober un public invisible derrière le plafond et les murs, et il dit, d'une voix calme mais ferme :

— Ma femme et moi refusons de nous produire en spectacle pour vous.

Ce fut tout.

La porte s'ouvrit, ils firent entrer Fred et se retirèrent. Elle se leva et avança de deux pas vers lui.

— Salut, Fred.

Le regard du prisonnier disait combien elle lui manquait, mais il alla s'asseoir sur le lit, et elle reprit place dans le fauteuil. D'abord, ils discutèrent affaires : ce qui se passait à la maison, son cas légal, le procès. Aujourd'hui, elle avait des nouvelles vraiment importantes à lui annoncer, mais elle ne savait pas trop comment s'y prendre.

— Ellen Starke dit que… commença-t-elle.

Alors, elle vit la tempête couver à la seule mention de ce nom, mais elle insista :

— Elle dit que la première avocate du Cabinet se joindra à Marcus en qualité de conseiller adjoint. Elle a dit de…

— Non, trancha-t-il.

Le lit s'enfonçait dans sa partie centrale. Ils étaient étendus face à face, et ils se parlaient avec les yeux, comme ils l'avaient toujours fait. Ce fut lui qui commença, parce que son besoin était plus pressant. Mary fut témoin d'une série d'incidents très déplaisants dans son regard. Il la laissa voir de petites parcelles de sa peur. Il nageait dans un océan de solitude et était empoisonné par le régime carcéral de l'humiliation. Elle mourait d'envie de le serrer contre elle.

Après environ une heure, quand sa souffrance se fut un peu atténuée, il bâilla de soulagement et arqua un sourcil. A elle.

Mary dut lutter pour ne pas apparaître trop heureuse de sa propre vie. L'opération de sauvetage à la clinique était toujours le premier sujet d'actualité dans les médias, et la Sororité des évangelines faisait l'expérience d'une renaissance spectaculaire auprès du public.

De plus, Ellen Starke avait décidé de rendre hommage à la Sororité en créant un holopersonnage inspiré d'elles dans ses feuilletons. Ils n'avaient pas encore terminé la définition du sim que déjà des offres venaient des plus grands studios. Blue Loon Stories avait signé pour un millier d'unités, et Four Steps en avait réservé cinq cents la semaine passée. Ellen affirmait que les dix mille exemplaires de la série limitée seraient achetés avant la date de sortie.

Burning Daylight Productions, la propre maison d'Ellen, reversait toutes les royalties à la Fondation Renata Carter & Alexandra Perry, pour financer la formation des évangelines et leurs programmes de rajeunissement.

Ellen avait offert à Mary, Cyndee et les autres évangelines de la clinique leur propre exemplaire.

Je vais posséder un holosim, Fred. Et il a déjà signé pour la série *Shirley la Grincheuse* ! As-tu la moindre idée de ce qu'un sim peut gagner ? Mon exemplaire rapportera plus en un seul jour que je ne pourrais gagner en un mois entier.

Sais-tu ce que ça veut dire, Fred ? Ça veut dire que nous allons enfin pouvoir profiter de la vie. Quand nous t'aurons fait sortir d'ici, nous pourrons prendre un appartement plus confortable. Nous pourrons voyager dans le monde entier et rester à l'étranger aussi longtemps qu'il nous plaira. Nous pourrons...

Soudain, l'esprit de Mary fut pris au piège par l'image de Renata gisant sur des branchages. Cela lui arrivait encore une dizaine de fois par jour. Elle se mit à pleurer. Elle pleurait aussi pour Hattie, et pour Alex. Et même pour Reilly, pas parce qu'il avait été blessé – on l'avait déjà remis sur pied et il avait repris le travail –, mais parce que c'était un vrai russ.

Mary pleura pour tant de gens qu'elle se recroquevilla sur sa moitié de lit et trempa les draps de ses larmes. Elle détestait offrir ce spectacle aux nits, mais elle n'y pouvait rien. Et Fred restait allongé là, à mourir intérieurement.

Ils s'assoupirent un moment, sans se toucher, mais en respirant le souffle de l'autre, une sensation qu'ils transmirent aussi aux nits. Quand elle s'éveilla, il l'observait avec gravité. Elle soutint son regard. Il se désigna d'un doigt et, enfreignant la règle absolue qu'il s'était fixée, il la toucha. Il prit sa petite main dans les deux siennes. Le contact était froid, mais elle en fut électrifiée. Elle ne saisit pas d'abord le glyphe qu'il traça d'un doigt dans sa paume. Il recommença, et cette fois elle le reconnut. C'était le signe pour *Devoir*, avec des nuances : *Intégrité* et *Dette*. Il rompit le contact et attendit qu'elle le regarde. Quand elle le fit, il creusa ses joues et aplatit le bout de son nez avec un doigt.

Mary faillit rire. Fred venait d'imiter le visage d'un Tug. Mais il ne plaisantait pas. Il s'efforçait de lui transmettre une information capitale. Il se désigna encore. Devoir. Intégrité. Dette.

Le haut-parleur de repérage retransmit la voix du réalisateur :

— La dernière était très bien, myr Skarland. Maintenant, on revient à Surprise/Assise.

Dans le studio d'enregistrement de Burning Daylight, Mary s'assit sur le tabouret, prit son inspiration et s'efforça de vider son esprit de toute pensée.

— Prête, dit-elle.

— Leena, fit la voix, ils m'ont dit que tu étais impliquée dans l'accident.

L'étonnement envahit les traits de Mary.

— Bien. Bien. Maintenant, on passe à Surprise/Debout.

— Prête.

— Leena, dit la voix, myr Dodder est *mort* !

Mary se leva brusquement du tabouret.

— Bien. Et maintenant, Surprise/Simulation.

— Prête.

Pause café. Mary ôta le casque électroencéphalographique et secoua la tête pour redonner du volume à sa chevelure. Puis elle sortit du studio et rejoignit Cyndee et Georgine dans le couloir.

— Je ne savais pas à quel point c'était difficile de faire l'actrice, fit Cyndee.

— Sur quoi vous fait-on travailler ? demanda Georgine.

— La surprise, dit Mary.

— Moi, la séduction, dit Cyndee.

— Oh, ça ne devrait pas être trop dur pour toi, alors, railla Georgine.

— Ah oui ? fit Cyndee. Et toi, n'ai-je pas entendu dire qu'ils t'avaient choisie pour faire les orgasmes ?

Elle imita le timbre de voix du réalisateur pour déclamer :

— Orgasme/Assise. Bien. Bien. Maintenant, Orgasme/Debout.

Les sœurs rirent, et elles rirent de se voir rire. (Rire/Idiot.)

A l'autre bout du couloir, elles entendirent quelqu'un qui ne riait pas. C'était Ellen. Sa voix montait en puissance, dans un crescendo de plus en plus aigu et coléreux, et Mary imagina son visage empourpré dans le caisson. Les sœurs se dirigèrent vers le bureau. évangelines à la rescousse.

L'enveloppe d'Ellen, une femme mince et stylée, avait coincé contre le mur son associée en affaires, Clarity. Celle-ci leur lança un regard de bienvenue quand elles entrèrent, mais Ellen tourna sa fureur contre elles.

— Laissez-nous une minute ! lança-t-elle. Vous ne voyez pas que nous sommes occupées ?

— Désolées, fit Cyndee.

— Nous ressortons, alors, bafouilla Georgine.

— Mais quand allez-vous nous dévoiler cette surprise que vous nous avez promise ? se risqua à demander Mary.

Ellen perdit toute expression. Elle regarda les évangelines, puis Clarity, et enfouit son visage dans ses mains. Après un moment, elle se découvrit. Elle semblait beaucoup plus calme.

— Et si je le faisais tout de suite ? dit-elle.

Les évangelines acceptèrent et la suivirent hors du bureau. Clarity articula un « merci » muet. Ellen les mena dans le studio de mixage.

— Pour la compilation, on en est à soixante pour cent. Le générateur d'inférence n'est pas encore bien réglé, et le relief a besoin d'une sérieuse mise au point, mais… qu'en pensez-vous ?

Le sim d'évangeline – prénom provisoire : Leena – apparut dans la pièce. Elle portait une combinaison bleu et crème, d'une coupe similaire à la tenue de Personnel Appliqué. Elle semblait aux normes de la lignée, même si son nez était peut-être un peu trop mutin, ses sourcils trop bien dessinés, sa poitrine nettement plus grosse et son fessier plus rond. Le sim eut un large sourire et dit : « Eh, les Sœurs ! » Son visage arborait l'expression de Mary : Surprise/Reconnaissance.

Ellen parlait avec animation de sa création, tout en dictant des notes à son mentar, Lyra.

— C'est une idée géniale ! s'exclama-t-elle. Avez-vous la moindre idée du temps de production que nous économisons en faisant un mélange de vous trois ? Ah, si seulement les acteurs étaient tous des clones…

Mary serra les bras autour de son torse et regarda le sim qui explorait le studio, ses sœurs qui l'assaillaient de questions, leur amie qui commençait tout doucement à oublier l'horreur de sa propre mort.

(Surprise/Bonheur.)

(Joie/Inattendue.)

Remerciements

J'ai le privilège de travailler avec un corps de lecteurs et correcteurs qui n'hésitent pas à souligner les points forts et les faiblesses de mes écrits. Ce roman (et le court roman *Nous étions fous de joie*, qui en constitue la première partie) a grandement bénéficié de leurs remarques généreuses. A ceux qui suivent, donc, mes remerciements les plus sincères :

Suzanne Bishop	Sandra Boatwright	Vincent Bonasso
Terry Boren	Charles Braown	Gardner Dozois
Maggie Flinn	Colleen Herning	Elizabeth Ann Hull
Dixon Jones	Marion Avrilyn Jones	Paula Kothe
Holly Wade Matter	Katherine Patrick	Kate Schaefer
Jackie Stormer	Cynthia Ward	

Un salut vigoureux à mon agent, Ralph Vicinanza, et à mon éditeur, David G. Hartwell, pour avoir autant cru en moi.

J'ai commencé à rédiger ce roman alors que j'étais invité chez Pat Cadigan et Chris Fowler, à Londres. Et ce fut dans la demeure de Russell et Avis Ruffu à Denton, au Texas, que je le terminai. Un grand merci à eux pour m'avoir permis de profiter de l'ambiance créative de leurs foyers. Et des remerciements spéciaux à Candis Shannon, pour s'être occupée de Kika en mon absence.

Enfin, toute ma gratitude va à la Rasmuson Foundation, dont le prêt a aidé à la promotion de ce livre.

Achevé d'imprimer sur les presses de

BUSSIÈRE
GROUPE CPI

à Saint-Amand-Montrond (Cher)
en mars 2008

Composé par Nord Compo
à Villeneuve-d'Ascq

N° d'édition : C07253/01. — N° d'impression : 080741/1.
Dépôt légal : mars 2008.

Imprimé en France